독일
명작
기행

지은이 홍성광

서울대학교 독문과 및 대학원을 졸업하고, 토마스 만의 장편소설『마의 산』연구로 박사학위를 취득하였다. 역서로는 괴테의『이탈리아 기행』『젊은 베르터의 고뇌』, 헤르만 헤세의『헤세의 여행』『헤세의 문장론』『데미안』『수레바퀴 밑에』『싯다르타』『환상동화집』『잠 못 이루는 밤』, 야스퍼스의『정신병리학총론』(공역), 뷔히너의『보이체크·당통의 죽음』, 쇼펜하우어의『의지와 표상으로서의 세계』『쇼펜하우어의 행복론과 인생론』『쇼펜하우어와 니체의 문장론』, 니체의『니체의 독설』『차라투스트라는 이렇게 말했다』『도덕의 계보학』, 토마스 만의『마의 산』『부덴브로크 가의 사람들』중단편소설집『베네치아에서의 죽음』, 카프카의『성』『소송』중단편소설집『변신』, 실러의『빌헬름 텔·간계와 사랑』, 하인리히 하이네·카를 마르크스와 프리드리히 엥겔스의『독일. 어느 겨울 동화·공산당 선언』등이 있다. 현재 전문 번역가로 활동 중이다.

독일 명작 기행

2015년 5월 20일 초판 1쇄 발행
2016년 5월 15일 초판 2쇄 발행

지은이 | 홍성광
펴낸이 | 권오상
펴낸곳 | 연암서가

등 록 | 2007년 10월 8일(제396-2007-00107호)
주 소 | 경기도 고양시 일산서구 호수로 896, 402-1101
전 화 | 031-907-3010
팩 스 | 031-912-3012
이메일 | yeonamseoga@naver.com
ISBN 978-89-94054-68-1 03850

값 23,000원

중세에서 현대까지
독일 고전 명작들과 함께 하는

홍성광 지음

독일
명작
기행

일
작
행

연암서가

머리말

이 책은 독일 문학의 여러 명작을 중심으로 문학 전공자는 물론이고 문학 애호가, 명작 수업을 듣는 학생 및 일반 독자들이 읽을 만한 작품들을 선별해서 되도록 상세히 소개, 분석하고 해설, 평가했다. 그러다 보니 우리나라에 잘 알려진 작가인 토마스 만, 헤르만 헤세, 프란츠 카프카의 작품이 중심적 위치를 차지하고 있다. 그리고 문학 작품은 아니더라도 이들에게 큰 영향을 끼친 아르투어 쇼펜하우어와 프리드리히 니체의 저서를 다루었다. 요한 볼프강 폰 괴테의 작품으로는 『젊은 베르터의 고뇌』를 다루었고, 중간에 요한 페터 에커만이 괴테와 나눈 대화를 담은 산문집인 『괴테와의 대화』[1]에서 문학과 관련된 내용을 많이 수록했으며, 괴테에 비해 프리드리히 실러의 작품을 좀 더 비중 있게 소개했다.

"예술이란 그 본질에 있어서 세대에서 세대로 이어지는 것"[2]이고, "재능

----

1 니체는 요한 페터 에커만이 괴테와의 10년에 걸친 대화를 모아 펴낸 이 책을 '현존하는 최고의 양서'라고 평가한다. 『괴테와의 대화』 제1부와 2부는 1836년에, 『괴테와의 대화』 제3부는 1848년에 발간되었다.
2 요한 페터 에커만, 『괴테와의 대화 1』, 장희창 역, 민음사, 2008, 280쪽.

도 지식을 통해 길러져야"[3] 한다는 괴테의 말에 공감하여, 이 책에서는 시대를 초월한 작품 상호 간의 연결과 연상 작용을 중시했다. 예를 들자면 『니벨룽겐의 노래』는 리하르트 바그너의 〈니벨룽겐의 반지〉, 토마스 만의 『부덴브로크 가의 사람들』과 연결이 되고, 고트홀트 에프라임 레싱의 『에밀리아 갈로티』는 괴테의 『젊은 베르터의 고뇌』, 베른하르트 슐링크의 『책 읽어주는 남자』와 연결된다. 그리고 파크리크 쥐스킨트의 『향수』는 많은 중요한 고전과 계몽주의의 패러디란 점에서 특히 흥미를 끈다. 철학자 쇼펜하우어의 『의지와 표상으로서의 세계』는 토마스 만, 프란츠 카프카를 비롯한 수많은 작가들의 영감의 원천이 되고 있고, 밀란 쿤데라의 『참을 수 없는 존재의 가벼움』은 니체의 영원회귀 사상과, 토마스 만, 카프카를 작품 속에 끌어들이고 있다. 그런데 헤세는 스위스로 국적을 바꿨고, 카프카는 체코인이었지만 독일어로 글을 썼기에 독일 작가에 포함시킬 수 있는 반면, 밀란 쿤데라는 체코에서 태어나 후에 프랑스 국적을 취득해서 독일인이 아니고 독일어로 글을 쓰지도 않았지만 쇼펜하우어, 니체, 하이네, 토마스 만, 카프카 등의 독일 철학자와 작가들을 사숙해 독일적 사유의 전통을 이어받았기에 그의 작품을 이 책에 수록하기로 했다.

그리고 토마스 만의 『마의 산』은 그리스 신화, 괴테의 『파우스트』, 그림 형제의 동화, 하인리히 하이네의 『독일. 어느 겨울동화』에서 많은 것을 가져온다. 또한 토마스 만의 동성애적 문제의 형상화라는 점에서 『토니오 크뢰거』, 『베네치아에서의 죽음』, 『파우스트 박사』는 안데르센의 「인어 아가씨」와 연결되고, 『파우스트 박사』는 독일의 과거 청산이라는 문제에서 『책 읽어주는 남자』의 주제를 선취하고 있다. 『데미안』에는 니체의 영향이 직접 언급되어 있는데 이처럼 여러 작품이 홀로 존재하지 않고 스크럼

---

3 앞의 책, 277쪽.

을 짜듯이 서로 긴밀히 얽혀 있어서 가히 정신의 거인들이 봉우리에서 봉우리로 성큼성큼 발걸음을 옮기는 것을 보는 듯하다. 따라서 작품들 간의 이런 관계를 아는 것은 작품 이해에 도움을 줄 뿐만 아니라 독서의 흥미와 즐거움도 배가시킬 수 있다.

처음에는 가벼운 마음으로 필자의 강의 자료와 번역서 해설을 모으려고 했는데 욕심을 부리다 보니 부피가 늘어나게 되었다. 독일 문학을 더 잘 이해하고 감상하기 위해서는 작품마다 작가 소개는 물론 최소한의 줄거리를 다뤄야 했고, 시대적 배경과 작품 간의 연결성에 대한 기술도 필요했기 때문이다. 특히 "어떤 작품의 위대한 정도는 모두 그것을 만든 예술가나 시인의 뛰어난 정도를 반영한다"[4]는 점에서 전기를 풍부하게 다루었고, 작품 인용도 약간 넣었다. 또 아쉬운 마음에 멀리 중세와 계몽주의까지 거슬러 올라갔고, 가까이는 최근의 현대 문학까지 내려왔다. 작품 해석과 평가에는 소박하게나마 작품 내재적 방법, 전기적 방법, 정신분석적 방법, 문학 사회학적 방법 등을 동원했다. 예컨대 『젊은 베르터의 고뇌』[5]만 하더라도 어느 한 가지 방법만으로는 작품을 온전히 파악할 수 없고 사방에서 조명해야 전모가 드러나기 때문이다.

독일인은 대개 철학적인 사변 때문에 장애를 겪는다. 그로 인해 문체 속에 추상적이고 불가해한 장황하고 종잡을 수 없는 것이 섞여든다. 그래서 독일 문학은 난해하고 철학적인 경우가 많다. 여기에서도 작품을 모아 놓고 보니 많은 작품에 철학적인 배경이 깔려 있다. 하지만 토마스 만의 『파우스트 박사』와 카프카의 소설 외에는 그다지 난해하지 않은 작품들

---

4 앞의 책, 570쪽.
5 오랫동안 우리나라에서 '젊은 베르테르의 슬픔'으로 쓰이고 있으나 '베르테르'는 외래어 표기법에 따라 '베르터'로, 'Leiden'은 '슬픔'이 아니라 '고뇌', '고통'이라는 뜻인데, '고통'은 신체적인 의미가 강하므로 정신적인 의미를 지니는 '고뇌'로 쓰도록 한다.

이다. 그렇다고 다른 소설들이 읽기 쉽고 이해하기 용이하다는 말은 아니다. 독일 문학은 인식에 치중해서 재미가 없을뿐더러 한번 봐서 쉽게 이해되고 해결되는 작품이 드물기 때문이다. 따라서 여러 가지 해석이 가능하고 사람마다 다르게 판단할 소지가 충분히 있으므로 필자의 해석과 평가도 작품을 보는 하나의 개인적이고 주관적인 관점으로 보아주기 바란다. 그렇게 보면 다양한 수용사를 겪고 특히 조작과 왜곡이 많았던 『니벨룽겐의 노래』의 해석도 '맞다'·'틀리다'의 문제가 아니라 각자의 관점이 다르다는 점에서 보면 되겠다. 특히 국가와 군인, 교수나 교사와 같은 지식인이 특정 목적을 위해 작품에 부당하게 개입할 때 조작과 왜곡이 빈번하게 일어난다. 한편 독일 문학 작품은 어느 것 하나 만만한 게 없지만 그나마 이해하기 쉬운 작품이 『수레바퀴 밑에』, 『그리고 아무 말도 하지 않았다』와 『서부전선 이상 없다』이다. 이 소설들은 우리에게 절실한 교육, 주택난, 그리고 전쟁을 다루고 있는데 『수레바퀴 밑에』와 『부덴브로크 가의 사람들』은 전후 독일의 교육개혁에도 큰 영향을 끼쳤다. 이제 독일 문학에서 작품의 주인공들의 지위를 살펴보면 영주와 기사, 귀족에서 시작되어 시민계층, 하층민으로 점차 범위가 확산된다. 시민계층 주인공은 『에밀리아 갈로티』에서, 하층민 주인공은 『보이체크』에서 처음으로 등장한다. 그 후 시민계층이 작품의 주도권을 장악한 뒤부터는 작가의 비판과 공격이 속물 시민에게로 향한다. 그 결과 헤세와 쥐스킨트의 작품 주인공들은 경제적 이해관계에만 매몰된 그러한 속물 시민과의 싸움에 지친 나머지 그들을 피해 도피처를 찾아 도망친다.

  예나 지금이나 문학 작품에서 중요한 모티프는 삶과 죽음의 문제이다. 서구 기독교 사회에서는 프랑스 대혁명이 일어나기까지 자살이 엄격히 금지되어 있었다. 그런데도 계몽주의나 질풍노도[6]기의 작품 주인공은 살인을 저지르거나 자살을 하는 경우가 대부분이다. 라인홀트 렌츠의 『가정교사』에서는 심지어 주인공이 자기거세까지 한다. 봉건 영주의 절대적 지배 하에서 시민계층이 영주와 맞서 싸울 수 없으니 그 같은 개인적 일탈 행동밖에 할 수 없었을지도 모른다. 그런 점에서 사회적 안전판을 도외시하고 개인에게만 책임을 돌리는 쇼펜하우어나 지그문트 프로이트의 치유책이나 반대로 사회에만 책임을 묻는 카를 마르크스의 해결책은 한계가 있다.

『에밀리아 갈로티』에서는 불의에 대항하여 시민계층이 수동적으로 죽음을 받아들일 뿐 정치적 행동으로 나아가지 않는다. 게오르크 뷔히너 작품의 주인공도 살인이나 처형을 통해 죽음을 맞이한다. 토마스 만의 여러 작품에서도 주인공의 죽음이 다루어지는데, 특히 『마의 산』은 삶과 죽음의 문제에 철저하게 천착한다. 전장에서 죽을 것으로 예상되는 주인공 한스 카스토르프는 결국 삶 쪽으로 전환하지만 마음속 깊은 곳에서는 죽음에의 공감과 애착이 여전히 어른거리고 있다. 삶으로의 확실한 전환은 만년의 『선택받은 남자』에 가서야 이루어진다. 주인공의 죽음이라는 점에서는 카프카 소설도 예외가 아니다. 헤세의 주인공은 익사하는 경우가 많으며, 데미안은 전쟁에 나가 죽음과 대면한다. 현대 소설에서도 에리히 마리아 레마르크, 쥐스킨트나 슐링크의 작품에서 죽음이 중요한 문제로 다루어지고 있다.

하루하루 살기 힘든 세상에 한가하게 문학 작품을 읽는 것은 쓸데없는 낭비로 볼 수도 있다. 단지 안정된 미래를 위해 노력하는 사람이라면 그 시간에 수험서나 자기계발서를 읽는 게 더 나을지도 모른다. 그래서 『마의 산』에서 맥주 양조업자 마그누스는 문명문사 세템브리니에게 '문학하

---

6 '슈투름 운트 드랑(Sturm und Drang)'의 원뜻은 '폭풍과 충동'이나 널리 쓰이는 '질풍노도'로 그대로 쓰기로 한다.

면 뭐가 나오는지'를 물으며 '실생활에서 아름다운 품성 같은 것은 거의 본 적이 없다'고 말한다. 세템브리니가 문학의 아름다움에 대해 장황하게 설교하지만 마그누스는 이런 '저주스럽고 야만적인 곳'에서 '문학 운운 하며 자기를 성가시게 하지 말아 달라'고 요구한다. 사람들은 그런 그를 비웃는데 아마도 요양소의 거주자들은 그래도 어느 정도 교양과 재산이 있는 중산층이기 때문일지도 모른다. 마그누스의 말에도 일견 일리가 있다. 지식과 교양이 있는 사람도 품성이 좋지 않은 경우가 없지 않기 때문이다. 그렇지만 문학 작품 속의 위대하고 고귀한 품성을 접함으로써 스스로가 개선되고 발전해 나아질 가능성은 누구에게나 열려 있다고 하겠다.

계몽주의 작가 레싱은 비극에서 유용성과 즐거움을, 괴테는 유익과 고귀함을 추구한다. 레싱은 호라티우스의 연극론을 받아들여 교육과 오락의 상호 배제성을 인정하지 않고, 오락 속에 교육이 내포되어 있으며 교육 그 자체가 오락이라고 이해한다. 그런데 마그누스의 말은 이런 의미가 아니라 시문학을 읽는다고 재미는커녕 돈 버는 데 아무런 도움이 되지 않는다는 말일 것이다. 물론 그런 말을 하면 교양인으로 인정받지 못한다. 독일 소설은 교양을 통한 주인공의 자아완성을 중시하는데, 내면의 성숙 과정을 묘사하는 독일의 전형적 소설형태가 교양소설이다. 이 책에서 다루는 교양소설로는 『데미안』, 『싯다르타』가 있고, 『마의 산』은 교양소설이지만 탈교양소설의 측면도 있으며, 『향수』는 일종의 반교양소설이다.

독일 문학은 성서, 민담, 민요의 구절을 가져오거나, 다른 작품의 줄거리나 모티프, 문장을 따오는 경우가 많다. 그런 점에서 독일 문학의 독서는 지식과 교양을 늘리는 공부가 된다. 『에밀리아 갈로티』, 『젊은 베르터의 고뇌』, 『보이체크』뿐만 아니라 토마스 만과 헤르만 헤세, 밀란 쿤데라의 작품들도 그러하다. 특히 파트리크 쥐스킨트의『향수』는 가히 상호 텍스트성과 패러디의 보고라 할 수 있는데 그 안에 독일 문학 내지 서양 문학의 고전이 총 망라되어 있다. 그런 점에서 그 고전들을 잘 알수록 더 많은 재미와 흥미를 느낄 수 있다. 토마스 만도 『파우스트 박사』에서 현대 예술은 이제 패러디밖에 할 게 없다고 말한다. 이미 나올 것은 진작 다 나왔다는 것이다. 요즈음 영화에서도 다른 영화의 패러디가 많아지는 것은 그 때문이다. 다른 영화의 패러디라는 것을 알아챌 때 보는 재미도 더 쏠쏠해진다.

독일 문학은 철학, 특히 쇼펜하우어나 니체의 철학을 바탕에 깔고 있는 경우가 많다. 『참을 수 없는 존재의 가벼움』은 처음에 니체의 영원회귀에 대한 단상으로 시작하고 있다. 그리고 카프카의 작품에서 '법'이나 '성'은 안으로 들어가거나 닿을 수 없는 의지나 무의식으로 볼 수도 있는데 그 단초는 의외로 쇼펜하우어에게서 가져온 것으로 보인다. 그러나 '법'이나 '성'은 외적 차원에서 보면 오늘날 안정된 정규직의 알레고리로도 읽을 수 있다. 이런 점에서 독일 문학은 난해하고 지루한 감이 없지 않지만 지적 흥미를 불러일으킨다는 점에서 우리의 도전의식을 자극하기도 한다.

홍성광

차례

머리말 ✦ 5

제1부 중세에서 계몽주의 시기까지 ✦ 17

중세의 영웅서사시 『니벨룽겐의 노래』 ✦ 18

지크프리트 전설의 전승과 확산 | 지크프리트의 죽음과 크림힐트의 복수 | 작품의 배경 | 수용사, 그 변천과 왜곡 | 영향

귀족과 시민계급의 갈등을 다룬 레싱의 시민비극 『에밀리아 갈로티』 ✦ 35

베르터가 자살하기 전 읽은 작품 | 아버지에 의한 딸의 살해 | 계몽주의의 완성자 레싱 | 에밀리아 에게 반한 영주 곤차가 | 『함부르크 극작론』 | 정치적인 함의가 깔린 시민비극 | 귀족과 시민계급의 대립 | 딸 에밀리아의 비극적 결말 | 아버지 오도아르도의 성격적 결함

제2부 괴테와 실러 ✦ 55

현실 체험을 문학으로 가공한 괴테의 『젊은 베르터의 고뇌』 ✦ 56

부족함이 없는 삶 | 문학세계 | 『젊은 베르터의 고뇌』의 생성 | 작품의 명성과 개작 | 작품의 구성 |

베르터의 고뇌 | 작품의 내적 분석 | 사랑과 죽음 | 시민계급의 한계 | 프리데리케를 둘러싼 괴테와 렌츠의 삼각관계

격정과 혁명의 작가 실러의 첫 작품 『도적들』 ◆ 87

성공적인 초연 | 자비 출판 | 감옥에 갇힌 실러와 도주 | 사관학교에 입학한 실러 | 도적이 된 카를 | 질풍노도기의 대표적 작품 | 공화주의자 카를 | 도적이 된 지식인 프롤레타리아 | 질풍노도기 작품의 한계

신분을 초월한 사랑의 비극을 그린 실러의 시민비극 『간계와 사랑』 ◆ 107

귀족과 시민계급 간의 비극적인 사랑 | 신분을 뛰어넘는 사랑 이야기 | 시민비극의 태동 | 정치적인 시민비극 | 시민계급의 문제성 | 간계와 사랑 | 사회 비판적 성격

자유와 정의의 옹호자 『빌헬름 텔』 ◆ 122

전설과 역사적 사실 | 주민을 학정에서 해방시킨 빌헬름 텔 | 자유를 위한 투쟁 | 자연권과 시민혁명 | 실러 작품의 수용과 평가

제3부 하이네와 뷔히너 ◆ 137

하이네의 혁명적인 운문서사시 『독일. 어느 겨울동화』 ◆ 138

낙후된 봉건 독일 이야기 | 낭만주의 비판과 프로이센의 이데올로기 비판 | 아이러니와 대중성 | 배타적인 독일 민족주의 비판 | 화자와 분신 | 바르바로사 왕의 실체 | 독일의 악취 나는 미래상 | 작가의 기능 | 독일의 스캔들

리얼리즘 극의 모범이 된 뷔히너의 『보이체크』 ◆ 163

격동의 짧은 삶을 산 뷔히너 | 의학과 자연사 공부 | 오두막에 평화를, 궁전에 전쟁을! | 지명수배를 당하는 뷔히너 | 티푸스 감염과 작품들 | 열린 형식의 연극 | 보이체크의 실제 모델 | 이발사이자 실험용 모르모트인 보이체크 | 등장인물들의 성격 | 보이체크의 비극 | 리얼리즘 극의 모범 『보이체크』

처형당한 혁명가를 그린 뷔히너의 『당통의 죽음』 ◆ 185

프랑스 시민혁명 | 죽음을 맞이하는 혁명가 당통 | 쾌락주의자 당통 | 당통과 로베스피에르의 반목 | 혁명지도자 당통 | 로베스피에르의 공포정치 | 죽음에서 안식을 찾는 당통 | 처형 도구 생쥐스트

제4부 쇼펜하우어와 니체의 철학 ✦ 201

19세기와 20세기를 뒤흔든 쇼펜하우어의 사상과 『의지와 표상으로서의
세계』 ✦ 202

독일 시민혁명의 좌절 | 뒤늦은 성공과 지속적인 명성 | 칸트를 넘어서, 그를 비판하다 | 쇼펜하우
어 철학과 불교 | 충분근거율의 전사(前史)와 종류 | 『의지와 표상으로서의 세계』 | 쇼펜하우어의
'의지 철학'의 정신사적 의미 | 쇼펜하우어 철학의 광범위한 수용

차라투스트라는 누구인가? ✦ 233

꼬마 목사 니체 | 망치를 든 철학자 니체–신은 죽어 있는가? | 위버멘쉬는 누구인가? | 노예도덕과
주인도덕 | 위험한 철학자 니체–영향과 오해

제5부 토마스 만 ✦ 255

어느 부르주아 가문의 몰락을 다룬 『부덴브로크 가의 사람들』 ✦ 256

위대한 소설가이자 문명비판가 | 20세기 초 최고의 베스트셀러 | 어느 부르주아 가문의 몰락 | 소
설 인물 분석 | 시민성의 약화 | 쇼펜하우어 철학과 죽음 | 몰락의 이유 | 의지와 표상으로서의 세
계 | 의식의 여러 단계

예술가가 된, 길 잃은 시민을 그린 중편 『토니오 크뢰거』 ✦ 288

『토니오 크뢰거』와 『이멘 호(湖)』 | 길을 잘못 든 시민 | 『토니오 크뢰거』의 성립과 구성 | 예술가와
시민의 갈등 | 『인어 아가씨』와 『토니오 크뢰거』 | 박제가 된 남자

고전작가의 실존 파괴 이야기 『베네치아에서의 죽음』 ✦ 306

꿈과 비밀의 도시 베네치아 | 고전작가의 실존 파괴 이야기 | 문제의 완벽한 모범 | 미의 화신 타치
오 | 아셴바흐의 정체성 | 죽음의 사자 타치오 | 영화 〈베네치아에서의 죽음〉

20세기 최고의 문제작 『마의 산』 ✦ 323

문학이란 무엇인가? | 생성사와 줄거리 | 『마의 산』의 문제성 | 『마의 산』과 「독일적 공화국에 관하
여」 | 『마의 산』의 상징성 | 에로스와 발푸르기스의 밤 | 카스토르프의 세 명의 사부(師父) | 교양소
설과 시대소설 | 소설의 하강구조 | 토마스 만적인 제2의 계몽주의

섬뜩한 시대소설이자 금지된 사랑의 소설 『파우스트 박사』 ✦ 349

민중본 『요한 파우스트 박사 이야기』 | 괴테의 『파우스트』 | 구동독에서의 파우스트 논쟁 | 『파우스

트 박사」의 성립 | 천재 작곡가 아드리안 레버퀸의 일대기 | 유혹자인 악마의 여러 모습 | 패러디와 몽타주 기법 | 토마스 만과 쇤베르크의 논쟁 | 사랑의 금지와 동성애 | 상징적 동일성 | 「독일과 독일인」

제6부 헤르만 헤세 ◆ 381

가정과 학교의 몰이해로 파멸한 젊은이의 이야기 『수레바퀴 밑에』 ◆ 382

경건한 분위기의 가정 | 학업 중단과 우울증 | 견습생이 된 헤세 | 헤세의 분신 기벤라트 | 헤세의 자서전 격인 『수레바퀴 밑에』 | 재능 있는 젊은이의 파멸

자신의 길을 가는 싱클레어 이야기 『데미안』 ◆ 397

위기에 처한 헤르만 헤세 | 싱클레어 이야기 | 시도동기와 모티프 | 정신분석과 꿈 | 자기실현의 문제

금욕과 쾌락을 거쳐 완성으로 가는 『싯다르타』 ◆ 412

인도와 친숙한 헤세 | 제1차 세계대전과 제2의 위기 | 생성과 구조 | 구도의 길 | 도가 사상적 자기실현

제7부 프란츠 카프카 ◆ 427

죽음에 이르는 실직 가장의 이야기 『변신』 ◆ 428

유대인 중산층 가정 출신 카프카 | 사회주의에 대한 공감 | 법학박사가 된 카프카 | 사후의 명성 | 실존주의 소설의 선구 | 죽음에 이르는 실직 가장 이야기 | 일의 세계와 자아의 세계 사이의 갈등 | 오이디푸스 콤플렉스와 아버지에 대한 공포 | 변신의 의미와 이유 | 자본주의 체제에서 가족의 의미 | 한국 소설에서의 변신 모티프 수용

어느 날 이유 없이 체포되는 요제프 K의 이야기 『소송』 ◆ 447

딜레마이자 또 다른 소송인 결혼 | 토마스 만이냐 카프카냐? | 소설의 생성 | 길 잃은 평범한 시민 요제프 K | 상징 언어 | 진정한 사랑의 상실 | 체포와 종말 | 권력에 의한 감시와 통제 | 권력과 법의 실체 | 오손 웰즈의 영화 〈소송The Trial〉 | 원죄설과 구원설 | 법과 성

도달할 수 없는 곳의 상징인 『성』 ◆ 470

들어갈 수 없는 성, 즉 의지 | 요양 생활 | 시대사조에 앞선 글쓰기 | 『성』의 여러 모델 | 성에 초대받은 K | 인물들의 이름 분석 | 성에 들어가지 못하는 토지측량사 | 성(城)과 의지, 사물 자체 | 권력과 욕망 | 무능한 관청조직 | 소더버그 감독의 영화 | 위안이자 구원인 글쓰기, 우리 삶의 고단한 모습

제8부 현대 작가들 ◆ 495

전쟁의 상흔을 그린 레마르크의 『서부전선 이상 없다』 ◆ 496

전쟁의 상흔 | 세계적 작가가 된 저널리스트 | 작품 세계 | 작가의 분신 파울 보이머 | 전쟁의 참상 | 차분한 반전소설

전후의 가난과 주택 문제를 다룬 하인리히 뵐의 『그리고 아무 말도 하지 않았다』 ◆ 509

삶과 글쓰기가 일치한 작가 | 진실한 가톨릭 가정에서 보낸 어린 시절 | 전쟁, 탈영, 포로가 된 뵐 | 상흔을 되새기는 습작의 시기 | 성공과 기억의 재생 | 전후 독일 문학의 대표 하인리히 뵐 | 폐허문학의 정수 | 집 없는 자의 서러움 | 염소, 양과 늑대, 물소의 인물 유형 | 가출, 낙오와 탈영 | 가톨릭교회 비판 | 막다른 골목에 처한 약자들

살인자가 된 냄새의 천재를 그린 파트리크 쥐스킨트의 『향수』 ◆ 533

어느 살인자의 이야기 | 출생과 죽음, 그리고 비존재성 | 교양소설 | 추리소설 | 예술가소설 | 시각에 대한 후각의 우위 | 계몽주의에 대한 비판 | 도구적 이성에 대한 경고

규범의 파괴자 페터 한트케의 중편 『어느 작가의 오후』 ◆ 553

외부세계와 내부세계의 갈등 | 천재 또는 무서운 파괴자, 새 세대의 출현 | 전통적 형식을 통한 전통소설의 파괴 | 비정치적인 작가의 소박한 현실인식 | 선입견에 대한 도전 | 오후의 바깥 산책 | 한트케 식 글쓰기의 표본 | 작품, 작가와 번역가

독자에게 큰 충격을 안겨준 밀란 쿤데라의 소설 『참을 수 없는 존재의 가벼움』 ◆ 571

밀란 쿤데라의 문학 | 프라하의 봄과 그 이후 | 쇼펜하우어, 니체, 토마스 만의 영향 | 저속한 세계와 고상한 세계 | 여성 혐오자 토마스 | 저속한 세계로부터의 탈출 | 감각과 쾌락의 옹호 | 프란츠와 프란츠 카프카

독일의 과거 청산 문제를 다룬 베른하르트 슐링크의 『책 읽어주는 남자』 ◆ 587

철부지 소년과 여인의 위험한 사랑 | 독일의 과거 청산 | 악의 평범성과 무사유의 죄악 | 진정한 과거극복의 어려움

제1부

중세에서 계몽주의
시기까지

중세의 영웅서사시
『니벨룽겐의 노래』

"힐데브란트는 크게 분노하며 크림힐트에게 달려들어 힘껏 칼을 내리쳤
다. 그녀는 힐데브란트를 보고 기겁을 하고 말았다. 경악한 그녀가 비명을
질렀건만, 그게 무슨 소용이 있었을까?"[1]

『니벨룽겐의 노래Das Nibelungenlied』의 끝 부분의 한 장면이다. 베른의 디
트리히는 하겐을 육박전에서 제압한 뒤 군터도 같은 방법으로 제압한다.
크림힐트는 오빠 군터를 죽이게 하고 하겐에게 보물의 인도를 요구하나
거부당한다. 그러자 그녀는 지크프리트의 보검 발뭉을 하겐의 허리에서
잡아 빼서 그를 쳐 죽인다. 영웅들의 죽음을 보다 못한 늙은 힐데브란트
가 크림힐트에게 달려들어 단죄의 칼을 휘두르고, 이로써 『니벨룽겐의 노
래』는 비참한 대단원의 막을 내린다.

『니벨룽겐의 노래』는 중세의 영웅서사시로 독일 기사문학의 최대 걸작이
다. 또한 독일 문학의 최고봉의 하나로 꼽히며, 호메로스의 『일리아스』에

---

[1] 『니벨룽겐의 노래』, 허창운 역, 범우사, 2003, 556쪽. 번역은 필자가 일부 수정했음.

필적하는 걸작이다. 작품의 정확한 성립 연대와 작자는 미상이나 12세기 후반 도나우 강의 지리에 밝은 오스트리아의 기사나 음유시인에 의해 쓰인 것이라고 추측되고 있으며 1200-1205년경에 쓰였다는 설도 있다.

게르만 민족 대이동 시대에 있었던 여러 영웅설화들이 구비, 전승되는 과정에서 집대성된 것이 바로 『니벨룽겐의 노래』이다. 이 영웅서사시는 2부로 구성되어 있는데, 1부는 크림힐트와 지크프리트의 결혼과 죽음을, 2부는 훈족 왕 아틸라의 왕비가 된 크림힐트의 복수를 다루고 있다. 이 서사시는 기사시대에 성립되었으므로 대체로 그리스도를 섬기는 기사 이야기로 변형되어 있으나, 옛 게르만 시대의 영웅 전설을 소재로 하고 있으므로 이교적인 무력위주의 영웅주의를 그리고 있다.

지크프리트 전설의 전승과 확산

지크프리트 전설은 라인 강 하류 지역의 프랑켄인 사이에서 발생하여 7세기에는 스칸디나비아 지역으로 전파된다. 이 북유럽 계통의 설화에 따르면 지크프리트(시구르드)는 게르만 민족의 주신 오딘(보탄)의 자손이고, 지크프리트(Siegfried)는 독일어로 '승리를 얻은 후의 평화', 즉 '승화(勝和)'라는 뜻이다. 『니벨룽겐의 노래』의 원형이 바로 이 전설이다. 크림힐트 전설의 기원은 두 역사적 사건에서 추적해볼 수 있다. 437년 부르군트의 왕 군다하르와 그 추종자들이 훈족에게 격퇴된 사건과, 453년 훈족의 왕 아틸라가 일디코(또는 힐디코)라는 이름의 독일 신부 곁에서 잠든 사이 죽은 사건이 그것인데, 이 두 사건이 민간전설과 융합되었다. 고대 노르웨이 전설에서 구드룬이라는 이름으로 나오는 힐디코는 자신의 오빠들을 배반하여 죽인 훈족의 왕 아틸라를 살해했다. 한편 다른 게르만족 지역의 전설에서는 아틸라가 너무 존경받고 있어서 그런 잔학행위와는 걸맞지 않으므로 판이한 내용으로 바뀌어, 아틸라는 배후의 인물로 물러서고 크림힐트가 오빠들을 죽인 살인자의 역할을 맡게 되었다. 이 이야기에는 중세적 행동규범으로서의 교육적 강령을 제시하는 중세시대의 미화된 궁정 기사문학과는 달리 정치적 암살과 배신, 약탈, 기만, 협박 등으로 얼룩진 13세기 초의 역사 정치적 현실이 반영되어 있다. 그런데 여기서 배신과 복수, 암투와 편싸움이 난무하는 우리 현실 정치판의 모습을 볼 수 있다.

19세기 초 나폴레옹의 정복전쟁에 의해 촉발된 애국 감정은 독일 민족의 기원과 신화가 담긴 『니벨룽겐의 노래』에 대한 열광적 관심을 불러일으켰다. 괴테는 '이 서사시는 국민이 어느 정도의 교양에 이르기 위해 반드시 알아야 하는 필수불가결한 작품'이라고 말하기도 했다. 니벨룽겐의 전설은 이후 바그너에 의해 4부작 오페라 〈니벨룽겐의 반지〉에 수용되어 19세기 후반 독일 민족의 정체성과 민족주의를 형성하는 데 중요한 역할을 했다. 한편 토마스 만은 〈니벨룽겐의 반지〉의 영향으로 4대에 걸친 어느 가문의 몰락을 그린 『부덴브로크 가의 사람들』을 집필한다. 여기서 구(舊) 부르주아 부덴브로크 가와 대립하는 신흥 부르주아 하겐슈트룀 가는 군터의 충직한 신하 하겐을 상기시킨다.

이 이야기는 오랜 세월에 걸쳐 전해져 내려왔기 때문에 모순되는 내용도 많다. 예컨대 '니벨룽겐'이라는 말 자체가 난점을 안고 있다. 전반부에서 니벨룽겐은 지크프리트의 나라와 백성 및 보물을 가리키지만, 후반부에서는 부르군트족의 또 다른 이름으로 쓰인다. 군터가 1부에서는 무용이 그리 뛰어나지 않지만 2부에서는 발군의 영웅적 인물로 부각되는 점도 모순된다. 지크프리트는 부르군트의 궁성에서 처음에는 매우 당돌한 자세를 취하다가 그 후에는 지나치게 겸손한 태도를 보이며, 명성이 자자한 전사인데도 근 1년 동안 크림힐트와의 만남이 허용되지 않는 상태를 그대로 감수하는 것도 앞뒤가 잘 맞지 않는다. 1부에서는 지크프리트의 살해

자로 '악인'의 형상을 가졌던 하겐이 2부에서는 선한 이미지로 부각된다. 동시에 1부에서 지순한 피해자의 역할에 국한됐던 크림힐트의 이미지가 영웅들의 죽음을 사주하는 '마녀'와 같은 이미지로 변질한다. 또한 하겐의 동생 당크바르트는 지크프리트가 살해되었을 때 어린아이였다고 소개되지만, 군터가 브륀힐트에게 청혼하러 갔을 때는 싸울 수 있는 전사로 간 것으로 되어 있으므로 어린이라고 할 수 없다. 이러한 점은 구비문학으로서의 특수성과 전승 과정의 불가피성 때문으로 보인다.

주요 등장인물

지크프리트 용과 싸워 니벨룽겐의 보물, 보검 발뭉, 마법의 망토를 얻은 게르만족의 영웅.

군터 보름스의 성주이며, 브륀힐트와 결혼하기 위해 지그프리트를 이용한다.

크림힐트 군터의 누이동생이자 지크프리트의 아내. 남편이 살해된 후 잔인한 복수를 계획한다.

브륀힐트 바다 저편의 섬 이젠슈타인의 용맹스러운 여왕으로 군터의 아내가 된다.

하겐 군터의 충직한 신하, 조언자이자 용감한 장군.

기젤헤어와 게르노트 군터의 동생.

당크바르트 하겐의 동생.

지크프리트의 죽음과 크림힐트의 복수

부르군트족의 왕 군터의 누이동생 크림힐트가 어느 날 불길한 꿈을 꾼다. 두 마리의 독수리가 그녀가 기르는 매를 갈기갈기 찢어버리는 꿈이다. 이것은 훗날 자기 남편이 될 사랑하는 기사를 여의는 꿈이다. 이 크림 힐트가 미인이라는 소문을 듣고 라인 강 하류에 위치한 크산텐의 왕자 지크프리트가 보름스 성을 방문하게 된다. 지크프리트는 전에 니벨룽겐이란 소인족을 정복하였을 때 엄청난 보물들을 노획했으며, 그 왕의 보검 발뭉과 마법의 망토를 획득했다. 그는 당시 그 보물을 지키고 있던 용을 퇴치할 때 그 용의 피를 뒤집어쓰고 불사신의 영웅이 되었으나 다만 등 뒤에 보리수 잎이 붙어 있어서 피가 묻지 않는 바람에 거기에 유일한 약점을 갖게 되었다. 하겐은 영웅 지크프리트를 알아보고 그의 행적에 관해 왕에게 보고한다.

지크프리트는 부모의 경고에도 불구하고 크림힐트에게 구혼하기로 결심한다. 그가 보름스에 이르렀을 때, 크림힐트의 오빠인 군터 왕의 신하 하겐이 그를 알아보고 보물을 손에 넣은 일을 비롯하여 지난날 지크프리트의 영웅적인 활약상을 이야기한다.

보름스에서 덴마크족과 색슨족이 선전 포고를 해오자, 지크프리트는 부르군트 군대를 이끌고 전투에서 눈부신 활약을 한다. 전투에서 돌아온 지크프리트는 근 1년 만에 처음으로 크림힐트를 만나게 되고, 궁정에 머무는 동안 둘 사이에 사랑이 싹튼다.

이 시점에서 이야기에 새로운 요소가 도입된다. 뛰어난 힘을 지닌 미모의 여왕이 있는데, 그녀의 무예에 대적하는 남자만이 여왕을 얻을 수 있다는 소식이 왕궁에 들려온다. 보름스 성주인 군터는 그 이젠슈타인의 여왕 브륀힐트에게 구혼하고 싶었지만 그녀는 힘[2]으로 겨루어 자기를 이기는 남자가 아니면 결혼하지 않겠다고 했다. 자신이 없던 군터는 크림힐트와 결혼하는 조건으로 지크프리트에게 도움을 청하였다. 지크프리트가

----

2 경기 종목은 돌 던지기, 뛰면서 던진 돌 따라잡기, 창던지기 세 가지이다.

투명 외투를 입고 신분을 바꾸어 브륀힐트와의 대결에서 이긴 뒤 두 쌍의 결혼식이 행해졌다.

그러나 그날 밤에도 브륀힐트는 침실에서 남편의 힘을 시험하려 했으므로, 왕의 부탁을 받은 지크프리트는 또다시 왕 대신 그녀를 꺾어 뉘였다. 지크프리트는 그때 무의식적으로 빼앗은 그녀의 허리띠와 반지를 자기 아내에게 주었다. 일단 크산텐으로 돌아간 지크프리트 부부는 10년 후에 다시 보름스를 방문하게 되었는데, 두 왕비는 각기 자기 남편 자랑을 하다가 서열 문제로 결국 말다툼을 벌이게 된다. 브륀힐트가 남편의 신하 지크프리트와 결혼한 크림힐트를 비웃자, 크림힐트는 자기 남편이 군터를 능가한다는 증거로 허리띠와 반지를 내보이고 브륀힐트가 지크프리트와 군터에게 속았음을 폭로한다.

심한 굴욕감을 느낀 브륀힐트는 방에 틀어박혀 식음을 전폐한다. 이때 군터 왕의 신하 하겐이 브륀힐트 편에 서서 복수를 꾀하면서 주요인물로 부각된다. 크림힐트의 신임을 얻은 하겐은 지크프리트의 약점을 알아내서는 사냥터에서 샘물을 마시고 있던 지크프리트의 등에 창을 던져 죽인다. 이런 일이 일어나는 동안 브륀힐트는 거의 이야기에 등장하지 않으며, 지크프리트의 죽음은 브륀힐트의 앙갚음이라기보다는 지크프리트의 힘이 점점 세지는 것을 경계한 하겐이 그를 처치해버린 것으로 보인다.

지크프리트의 장례는 성대하게 치러지고, 슬픔에 잠긴 크림힐트는 보름스에 계속 머물기는 하지만 오랫동안 군터, 하겐과 사이가 멀어진 채 지낸다. 그러다가 그들은 보름스로 옮겨온 지크프리트의 보물을 처분하기 위해 화해한다. 크림힐트는 지크프리트의 보물을 많은 기사들에게 나누어주기 시작하지만 크림힐트의 세력이 커지는 것을 두려워한 하겐이 보물을 라인 강에 던져 버린다. 크림힐트는 지크프리트가 죽은 뒤 13년 동안 처절한 아픔 속에서 살아간다.

지크프리트의 죽음

작품의 후반부는 훨씬 단순하게 짜여 있으며, 하겐과 크림힐트의 다툼 및 부르군트족에 대한 크림힐트의 복수를 주로 다루고 있다. 공간적 배경은 독일 남동쪽 라인 강가의 부르군트국과 오늘날 오스트리아와 헝가리의 도나우 강 유역이다. 왕비 헬헤의 죽음으로 실의에 빠져 있던 훈족의 왕 아틸라[3]는 크림힐트에게 사절을 보내 구혼한다. 군터, 게르노트, 기젤헤어 등은 크림힐트의 결혼을 적극적으로 찬성한다. 하지만 크림힐트와 하겐은 결혼을 반대한다. 특히 하겐은 결혼이 크림힐트의 힘을 막강하게 할 것이고, 크림힐트가 복수를 할 수 있는 길을 열어주어서는 안됨을 강조한다. 결국 크림힐트는 지크프리트의 복수를 위해 결혼을 승낙하고, 게르노트, 기젤헤어가 훈국까지 그녀를 수행한다.

라인 강변을 떠나온 크림힐트 일행이 트라이젠 강가의 '트라이스마우어'라는 성에 도착한다. 아틸라 왕 일동이 크림힐트가 머무르고 있는 트라

---

3 아틸라(독일어로는 에첼, 406-453)는 훈족 최후의 왕이며 유럽 훈족 가운데 가장 강력한 왕이었다. 434년부터 죽을 때까지 8년 정도 유럽에서 최대의 제국을 지배했으며, 그의 제국은 중부 유럽부터 흑해, 도나우 강으로부터 발트 해까지 이어졌다. 아틸라는 453년에 사망하는데, 그 원인에 대해서는 자신이 사망 직전 새로 맞아들인 피정복민 출신의 후궁 일디코(또는 힐디코)에 의한 독살, 복상사, 과음으로 인한 질식사, 스파이에 의한 죽음 등 추측이 무성하다. 그의 무덤에는 귀중한 물건들이 함께 묻혔는데, 무덤 위치는 아직 밝혀지지 않고 있다. 그의 무덤을 만들 때 일했던 사람들은 도굴 방지를 위해 모두 살해당했고, 관에 아무것도 새겨져 있지 않은 것으로 추정되므로 그의 무덤을 찾을 가능성은 희박해 보인다.

이젠 강가에 도착하고, 둘은 성령강림절에 결혼한다. 18일 후 아틸라 왕과 크림힐트 왕비는 아틸라의 궁성으로 떠나고, 그 뒤 7년 동안 평화로운 나날을 보낸다. 둘 사이에서는 아들 오르트리프가 태어난다.

크림힐트는 하겐을 훈국에 오게 할 방법을 모색하고, 남편에게 부르군트인들을 축제에 초대할 것을 건의한다. 아틸라 왕은 크림힐트의 의도를 모른 채 음유시인 슈베멜과 베르벨을 보내 군터 3형제를 훈국으로 초대한다. 군터, 게르노트, 기젤헤어 등은 모두 찬성하지만, 하겐만은 사지에 발을 들여놓는 꼴이라며 이를 반대한다. 그러나 죄가 있으니 안전하게 머물러 있으라는 기젤헤어의 말에 하겐은 진노하고 왕의 형제들을 수행하기 위해 동행을 결심한다. 군터 왕의 용맹한 기사이자 음유시인인 폴커도 동행을 결심한다.

아틸라의 궁성에 도착하기 위해서는 도나우 강을 건너야 하지만, 강을 건널 배가 보이지 않는다. 하겐은 배를 찾던 중 인어들과 만나고, 왕의 사제를 제외한 그 누구도 부르군트로 돌아갈 수 없다는 말을 듣고 탄식한다. 하겐은 자신을 적대시하는 사공을 죽이고 배를 빼앗는다. 그리고 배를 타고 부르군트인들이 모두 건너가자 하겐은 배를 부수어 버린다. 사공의 주인이었던 바이에른 백(伯) 겔프라트가 부르군트인들을 추격해 오고, 하겐의 동생 당크바르트가 겔프라트를 죽인다.

군터 일행이 도착하자 크림힐트는 하겐을 넘겨주면 공격을 중단할 것이라고 전한다. 하지만 군터 3형제는 신의를 지키기 위해 하겐을 넘겨주지 않는다. 베른의 디트리히가 군터와 하겐 모두를 생포한다. 크림힐트가 하겐에게 니벨룽겐의 보물을 양도한다면 살아서 고향땅 부르군트로 살아갈 수 있음을 제시한다. 크림힐트는 자신의 오빠를 복수를 위한 희생물로 삼은 뒤 마지막으로 남아 있던 하겐의 목을 베고 복수에 성공한다. 하지만 디트리히 휘하의 동고트 노장 힐데브란트는 용감한 영웅의 치욕적인 죽음과 크림힐트의 잔인성에 격분한 나머지 그녀에게 칼을 내리친다. 그후 혼자 남게 된 아틸라와 수많은 부인들이 영웅들의 최후를 슬퍼하며 우는 장면이 이어진다. 이로써 부르군트족이 멸망한다.

작품의 배경

이 작품에는 매우 오래된 몇 가지 설화가 들어 있다. 브륀힐트의 이야기는 고대 노르웨이 문학에도 나타난다. 짧게 언급된 지크프리트의 영웅적 업적들은 몇몇 고대 설화에서 찾아볼 수 있다. 그 중 상당수는 스칸디나비아의 『운문 에다』, 『뵐중 사가』, 『티드리크스 영웅담』에 들어 있는데, 지크프리트는 여기서 시구르드라 불린다. 부르군트족의 멸망을 다룬 후반부 전체는 더 오래된 에다의 시 『아틀리의 노래』에 나온다. 그렇지만 『니벨룽겐의 노래』는 각각의 이야기를 단순히 모아놓았다기보다는 전체적인 완성물 속에 통합된 느낌이 든다.

이 영웅서사시가 쓰인 것은 중세 독일 문학에서 적절하고 잘 다듬어진 교양과 몸가짐이라는 '궁정' 덕목이 강조되던 때였다. 격정을 드러내고 복수와 명예를 철저히 강조하는 내용의 『니벨룽겐의 노래』는 이 시기와 대조적으로 이전 시대를 반영하는데, 게르만 대이동기의 영웅설화에서 그 기원을 찾을 수 있다. 이 시의 바탕이 되는 주제도 그때로 거슬러 올라가는데, 부르군트족의 멸망을 다룬 이야기는 437년경 훈족이 보름스의 부르군트 왕국을 멸망시킨 것에서 소재를 얻고, 브륀힐트와 지크프리트의 이야기는 600년경 프랑스 왕국 메로빙거 왕조의 역사에 나오는 사건에서 소재를 얻은 것으로 보인다. 이 서사시에는 설화 본래의 영웅적 성격이 많이 남아 있으며, 특히 하겐을 엄격하게 군터 왕의 명예를 지키는 사람으로 그린 데서 잘 나타난다.

『니벨룽겐의 노래』 중 삽화

18세기 이후부터 이 작품을 변형하거나 번안한 작품이 많이 나왔는데, 그 중 헤벨의 희곡 『니벨룽겐』과 바그너의 오페라 〈니벨룽겐의 반지〉가 유명하다. 바그너의 〈니벨룽겐의 반지〉는 원작인 『니벨룽겐의 노래』와는 상당히 다르다. 바그너가 이 이야기와 아이슬란드의 고(古) 시가집 『에다』, 그리고 13세기 아이슬란드의 문학 작품 『뵐중 사가』를 섞고, 자신이 창작한 이야기를 대거 삽입하는 식으로 개작하여 등장인물의 이름과 기본적인 설정만 비슷할 뿐일 정도로 다른 이야기가 된다. 전 세계에 대한 지배권을 상징하는 황금반지를 중심으로 니벨룽겐의 난장이족과 북유럽의 신이 서로 심하게 싸우다가 마지막에는 모두 멸망함으로써 구세계의 몰락이 불가피해지고 그 대신 신세계가 탄생된다는 줄거리이다.

『니벨룽겐의 노래』에는 독일인의 철저성이 잘 묘사되어 있으며 시간이

흐를수록 그 진가가 독일 국민에게 더 잘 인식되어 왔다. 모든 영웅설화처럼 이것도 한 가지 역사적 사실을 근거로 하고 있다. 이 역사적 사실이란 훈족이 중부 라인 지방에서 게르만족 부르군트 왕국을 멸망시킨 적이 있으며, 훈족의 왕 아틸라가 갑자기 잠자리에서 각혈(喀血)하고 게르만 계통의 왕비 곁에서 급사한 적이 있었다. 그런데 게르만족에게 이것은 왕비가 일족의 복수를 위하여 왕을 살해한 것으로 전승되었고, 부르군트 일족 멸망의 노래도 여기에 기원한 것이며, 이것이 니벨룽겐의 노래 속에 통합된 것으로 볼 수 있다. 군터, 기젤헤어 등의 이름은 역사적으로 입증되고 있다. 그리고 435~437년 사이 군다하리 왕 지배하의 부르군트 왕국은 서로마 장군 아에티우스의 공격을 받고, 후에 로마의 원군 훈족에 의해 결정적 패배를 당했다.

수용사, 그 변천과 왜곡

『니벨룽겐의 노래』는 처음 쓰인 뒤 오랫동안 잊혔다가 1755년 린다우의 의사 오베라이트(Jakob Hermann Obereit)에 의해 재발견되고 1782년 뮐러(Christoph Heinrich Myller)에 의해 최초로 완전한 판이 발간되었다. 하지만 계몽주의는 중세 문학에 별로 관심을 기울이지 않았다. 그 이유는 독자들의 계몽주의적 태도뿐만 아니라 뮐러 판에 결함이 많아 그 의미를 제대로 이해하기 어려웠기 때문이기도 했다. 1784년 2월 프리드리히 대제는 『니벨룽겐의 노래』와 『파르치팔』이 담긴 중세 문학 모음집을 왕에게 헌정한 뮐러에게 편지를 보내 '한 푼의 값어치도 없다'며 부정적인 평가를 했다.

괴테는 하겐의 판으로 『니벨룽겐의 노래』를 바이마르의 부인들에게 낭독했으며, 그에 곁들여 몇 가지 상세한 소견을 피력했다. 괴테가 그 귀중한 작품에 대해 우호적인 평가를 하고 그 영웅의 노래를 서사 형식으로 만들어보라는 요구를 한 뒤에야 비로소 낭만파 작가들은 극 형식으로 새로 바꾸어보려는 노력을 시작했다. 그래서 일부는 『니벨룽겐의 노래』의 소재를 가공했고, 일부는 13세기 중반에 생겨난 『뵐중 사가』와 『에다』에서 형상화된 시구르드-브륀힐트 판으로 되돌아갔다. 19세기의 수많은 개작 작품들 중 오늘날까지 관심을 끄는 것은 푸케의 삼부작 『북구(北歐)의 영웅』, 헤벨의 『니벨룽겐』, 바그너의 오페라 〈니벨룽겐의 반지〉 세 작품 정도이다.

시인 하이네는 『니벨룽겐의 노래』에 매혹되었다고 하면서도, 괴테와는 달리 이것은 '돌 같은 언어이고, 시구는 운을 맞춘 마름돌 같다'며 그 음조에서 생소한 느낌을 받는다. 헤겔 역시 강의에서 유사한 판단에 도달한다. 쇼펜하우어도 『니벨룽겐의 노래』를 『일리아스』와 비교하려는 시도를 신성모독으로 여긴 것 같다. 그는 고등학교에서 독일 애국자들을 고대 그리스와 로마의 고전작가 곁에 세우는 것을 경고했다. 이런 몇몇 비판에도 불구하고 니벨룽겐 소재는 19세기에 시대정신을 담보하는 개념이 되어 국민 서사시의 위치에 도달했다. 이처럼 이 소재는 18세기 말까지는 고대의 진품 정도로 몇몇 소수만 알고 있었지만, 19세기 초에 와서 정치적인 여러 사건의 결과 오랫동안 암흑에 가려 있던 민족문학의 가장 숭고하고 완벽한 기념비가 된다.

수많은 소공국으로 나뉘어져 있던 독일은 1806년 프랑스의 침공으로 예나와 아우어슈테트 전투[4]에서 패배하고 나폴레옹의 지배를 받게 되자 도탄에 빠진 독일 현재를 독일 중세와 연결시킨다. 나폴레옹에 의해 국토가 유린되던 시기에 중세 정신에서 기원하는 제국을 혁신하고 민족의 단

---

4 나폴레옹 전쟁 중 1806년 10월 14일 독일 예나와 아우어슈테트에서 나폴레옹 1세와 프리드리히 빌헬름 3세 간에 벌어진 전투이다. 이 전투 결과 프로이센군은 엄청난 피해를 입었고, 그 후 추격전에서 완전히 괴멸당해 프로이센 모든 영토가 프랑스군에게 제압당했다. 특히 아우어슈테트에 있던 다부 원수가 두 배의 프로이센군을 격파한 것으로도 유명하다. 예나에 입성한 나폴레옹을 본 예나 대학 교수 헤겔은 '세계정신이 말에 올라타 통과하고 있다'고 평했다.

합과 통일을 희구했던 것이다. 독일의 과거에 대한 열광은 작품 해석에도 영향을 미친다. 1807년 베를린 대학의 폰 데어 하겐 교수는 『니벨룽겐의 노래』 개정판 서문에서 "죽음을 불사하는 충성심과 우의, 인간애와 온유함, 임전무퇴의 용기, 영웅심, 불굴의 지조, 초인적인 용맹과 대담성, 명예, 의무, 정의를 위한 자발적인 희생과 같은 덕목들이 조국과 민족에 대한 자부심과 신뢰를 불어넣어주며 마침내 독일의 영광이 되살아나 세계를 지배하리라는 희망으로 충만케 한다"[5]며 작품의 등장인물들을 독일 국민과 동일시하고 조국애를 고취시킨다. 이러한 생각은 소국 난립과 절대군주의 지배, 봉건적 신분제도에 반대하여 시민계급의 이익을 대변함으로써 당시로서는 진보적인 의미를 지녔다. 그러나 시민계급이 무엇보다 경제적인 이유에서 관철하고자 했던 독일 통일은 복고 반동의 시기에 봉건 제후와 귀족의 완강한 저항에 부딪혀 실패하고 만다.

이제 구시대의 신분제도가 더욱 고착화됨에 따라 이 영웅서사시는 이번에는 국민을 왕과 조국에 단단히 매어두려는 목적으로 '복종'을 강요하는 민족교육의 장이자 도구가 된다. 게다가 1848년 이후 민주적 과정을 거쳐 한 황제 아래의 통일된 독일을 만들려고 했던 프랑크푸르트 제국헌법[6]이 실패로 끝나고 독일 시민계급의 정치적 무기력이 입증되었을 때 그 현상은 더욱 심화되었다. 그러한 방향의 대변자가 되어 그 역할을 담당한 자는 소위 교양 시민계급의 대표인 교수와 교사들이었다. 부유한 시민계층은 이들을 통해 국민을 교육하려는 자세를 지니게 되었고, 시민계층의 가치기준과 덕목이 중요시되었다. 상류 시민계층이 소시민, 일용

----

5 허창운 편역, 『니벨룽겐의 노래 상』, 서울대출판부, 2004, 107쪽. 번역은 필자가 일부 수정했음.
6 프랑크푸르트 국민의회는 프랑크푸르트 제국헌법을 승인하고 프로이센의 프리드리히 빌헬름 4세를 독일 황제로 추대하였다. 그러나 그가 '시궁창에서 만들어진 왕관을 줍기를' 거부함으로써 프랑크푸르트 헌법에 의한 새로운 국가의 구성은 사실상 좌절되었다. 이후 1850년 프랑크푸르트 국민의회가 해산되면서 자유주의 혁명은 완전히 실패로 끝난다.

직, 노동자와 같은 제4계급의 위협을 느낄수록 그런 교육방향은 더욱 강화되었다.

그리하여 20세기에 이르기까지 "독일에서는 완고하고 보수적이며 '가치가 인정된' 전통이 변혁이나 정치사회적 진보에 대한 갈망보다 큰 힘을 유지하는 계기가 된다."[7] 자유주의 혁명의 실패로 왕권이 강화되고 하층민의 사회 혁명적 요구가 제거되었으며, 시민계층은 경제적 요구의 성취에만 관심을 기울였다. 19세기 초에는 『니벨룽겐의 노래』 수용의 주역이 민족해방의 투사와 자유주의자, 대학생 학우회 회원이었다면, 이제는 국수주의적 교사가 그 역할을 담당한다. 그들은 학생들에게 신의와 용기, 운명의 감내와 힘, 진실과 심오함, 아량과 숭고한 신념을 주입한다. 그리하여 영웅적인 죽음이 시민계급의 민족주의 이데올로기가 되어 의무이자 은전으로 받아들여진다.

보불전쟁의 결과 1871년 독일 통일이 이루어짐으로써 통일에 대한 동경과 노력의 단계가 지나가자 지크프리트는 이제 강력해진 통일 조국의 소생한 힘과 영광의 상징으로 변모한다. 당시 독일은 정치적으로는 통일되었지만 사회적으로는 아직 통합되지 않은 상태에 있었다. 그래서 지크프리트라는 인물과 독일 국민의 본질을 동일시하는 방향으로 나아간다. 그럼으로써 민족의 위대성과 힘에 대한 의식을 고취시키고 지배자와 민중의 동일시를 통해 모든 사회계층을 국가 이데올로기 속에 흡수하고자 했다. 이러한 노력이 제국시대 동안 적어도 교양 시민계층에게는 성과를 거둔다. 이 시기에 하겐은 독일 민족의 충성심을 대변하는 인물로 그려진다. 자신과 자신이 섬기는 군주와 부르군트 민족 전체의 몰락을 예견하면서도 결연히 출정에 동참하기 때문이다.

---

7 『니벨룽겐의 노래 상』, 같은 책, 427-428쪽.

1909년 제1차 세계대전 전의 정치적 긴장 국면에서 장교와 장군의 훈화나 연설에서 니벨룽겐의 미덕, 특히 니벨룽겐의 충성이 번번이 강조된다. 패전 후 독문학자 폭트는 독일의 분열을 프랑스 민족주의 결과로 돌리고 '독일의 옛 국민서사시의 영웅적 기상'을 상기시키며 '대내외적으로 독일의 영광을 회복할 것'을 호소한다. 루덴부르크 장군은 제1차 세계대전 패배의 원인을 '국제 평화주의적이고 패배주의적 사고방식을 가진 일부 국민'에게 돌리면서 민족의식의 결여를 지적한다. 제1차 세계대전 중에 독일군 원수이고 바이마르 공화국의 초대 대통령인 힌덴부르크 역시 니벨룽겐의 상투적 개념을 원용하여 "하겐의 음험한 투창에 지크프리트가 쓰러졌듯이 독일의 지친 전선 역시 그렇게 무너졌다"[8]고 말한다. 이제는 하겐이 음험한 인물로 묘사된다. 그리하여 1920년대의 학교교육은 다시 민족주의적 방향으로 돌아선다.

그러다가 히틀러의 제3제국에 들어와 게르만적 위대성이 강조되면서 게르만적 충성심과 남자다운 기사도가 찬미된다. 그러면서 독일 민족성의 이념에 이 게르만적 덕목이 첨가된다. 제2차 세계대전 중인 1942년 나우만 교수는 이 서사시에서 나타나는 충성, 신의, 정절을 긍정적으로 보면서도, 니벨룽겐족의 멸망으로 끝나는 이 작품을 부정적으로 평가하기도 한다. 그러나 전황이 수세에 몰리자 영웅적 충성과 용맹만을 주제로 삼기보다는 '영웅다운 죽음의 숙명적 긍정과 죽음에 대한 갈망, 운명의 감내'가 찬양되기에 이른다. 괴링은 불구덩이의 지옥 속에서 최후까지 싸우는 스탈린그라드 전투를 가장 영웅적인 전투 중 하나라고 치켜세우며, '니벨룽겐의 전투'에 비유한다. 그는 '우린 그 엄청난 영웅 노래를 알고 있다'면서 니벨룽겐의 노래를 민족 이념의 도구로 삼으며 악용한다.

----
8 앞의 책, 431쪽.

이처럼 수용사적 조작을 통한 작품의 파행적 수용은 이데올로기적으로 악용될 소지가 다분히 있다. 이때 원작이 품고 있는 과거의 이상이 현재 정치의 이해관계에 맞게 편의적으로 재해석되고 있는 것이다. 중세의 충성심과 현대 민족주의의 충성심을 같은 반열에 놓고 평가하기에는 무리가 있다. 하겐을 비롯한 기사들과 군주들은 독일 국수주의자들에 의해 찬양되지만, 이들은 작품에서 술수와 배반으로 대의를 저버리는 추악하고 이기적인 인간형으로 그려지고 있는 것이 사실이다. 은인과 같은 지크프리트의 살해 모의 장면에서는 군터와 하겐을 비롯한 측근들이 의리 없는 인간들로 묘사될 수 있는 소지가 충분하다. 그런데 국수주의자들은 선동에 적합한 부분만 따로 떼어내 그것만 전체인 것처럼 조작했던 것이다. 하지만 이러한 도구적 이성의 선전이 독일 대중에게 설득력과 마법을 발휘하여 건전한 비판적 이성을 마비시키기 일쑤였다. 그 이유는 스토리가 다양하고 모순되어 여러 가지로 해석될 소지가 있고 작품의 호소력이 큰 감동과 매력을 품고 있기 때문이다. 그러나 작품의 전체적 맥락을 고려할 때 그러한 일면적인 해석의 허구성과 조잡성이 드러나게 된다. 어차피 대중은 열정과 감정에 휘둘리기 쉽기에 "이성이 대중화된다는 것은 바랄 수도 없는 일"[9]일지도 모른다.

영향

게르만 신화가 문화 예술적으로 대중들에게 많이 알려지기 시작한 것은 바그너의 오페라 〈니벨룽겐의 반지〉에 힘입은 바가 크다. 그러다가 게르만 신화가 세계적으로 널리 알려지게 된 것은 20세기에 프리츠 랑 감독

---

9 요한 페터 에커만, 『괴테와의 대화 1』, 장희창 역, 민음사, 2008, 447쪽.

의 영화 〈니벨룽겐의 노래〉, 판타지 소설, 컴퓨터 게임과 같은 대중 매체의 발달을 통한 확산 덕분이었다.

바그너의 〈니벨룽겐의 반지〉를 계기로 20세기에 〈스타워즈〉와 같은 영화가 만들어졌고, 톨킨의 『반지의 제왕』과 같은 판타지 소설이 쓰였다. 이것은 다시 〈지옥의 묵시록〉, 〈마스크〉, 〈반지의 제왕〉, 〈니벨룽겐의 반지〉, 〈토르〉 등의 영화와 〈라그나로크〉, 〈마탐정 로키 라그나로크〉 등의 만화, 애니메이션 그리고 이를 바탕으로 수많은 컴퓨터 게임 등이 만들어졌다.

종전 후에는 나치가 이 노래의 소재를 도구화했기 때문에 처음에는 그 노래가 금기시되었다. 그러다가 톨킨이 『반지의 제왕』에서 반지 모티프를 응용한 것처럼, 판타지 요소가 독일 오락문학에 유입됨으로써 비로소 몇몇 소설에서 그 테마를 상이한 시각으로 다루기 시작한다. 그런 작가의 작품들로 슈테판 그룬디의 『라인 강의 황금』, 유르겐 로데만의 『지크프리트와 크림힐트』, 자비나 트로거의 『크림힐트』, 볼프강 홀바인의 『트론예의 하겐』, 요아힘 페르나우스의 『하겐을 위한 엉겅퀴』, 에릭 구츨러의 『지크프리트의 딸』, 발 뮐러의 『니벨룽겐』 등이 있다.

귀족과 시민계급의 갈등을 다룬 레싱의 시민비극『에밀리아 갈로티』

베르터가 자살하기 전 읽은 작품

"폭풍이 잎을 떨어뜨리기 전에 장미가 꺾인 거예요."[1]

에밀리아 갈로티가 아버지 오도아르도의 칼에 찔리기 직전에 마지막으로 한 말이다. 아버지도 영주 앞에서 딸이 한 말을 반복한다. 에밀리아는 영주의 사랑의 노리개로 전락하기 전에 아버지의 손을 빌려 죽음을 택하면서 아버지를 위로한다. 레싱의『에밀리아 갈로티』는 특히 괴테의『젊은 베르터의 고뇌』에서 베르터가 자살한 뒤 그의 책상 위에 펼쳐져 있던 책으로 잘 알려진 작품이다. 또한 슐링크의『책 읽어주는 남자』에서 고등학생 미하엘 베르크가 여주인공 하나 슈미츠에게 맨 처음 읽어주는 책이기도 하다. 그래서인지 하나 슈미츠는 감옥을 나오기 직전 자살로 생을 마

---

1 G. E. Lessing, *Emilia Galotti*, Reclam, 2004, S. 86. 하인리히 하이네는 풍자시『아타 트롤』(김남주 역, 1991, 121쪽)에서 이 구절을 인용한다.

감하는데, 이처럼 주인공들의 자살과 관련되어 있다는 점에서 『에밀리아 갈로티』는 더욱 흥미를 끄는 작품이기도 하다. 그래서 레싱의 위험성을 간파한 괴테는 "최고의 지성이 아닌 어중간한 능력을 가진 사람들에게 레싱은 위험한 존재"[2]라고 말하면서도, "레싱만큼 현명하고 교양 있는 사람은 많지만, 그와 같은 개성은 참으로 드물기 때문"[3]에 독일에는 레싱 같은 사람이 필요하다고 말한다.

레싱의 『에밀리아 갈로티』는 『젊은 베르터의 고뇌』보다 2년 앞서 발표되었다. 이 비극은 현재에도 널리 읽히고 상연되고 있으며, 18세기 독일 문학 중 가장 많은 논란이 된 작품이다. 논쟁의 핵심은 그것이 단순히 한 가정의 비극을 그린 가정극인가, 아니면 전제군주의 횡포를 비판하는 정치극인가 하는 문제이다. 혹자는 아버지가 딸을 죽이는 비극적 결말이 도덕적 정치적으로 관객을 만족시키지 못한다고 지적하기도 한다. 거기서 신의 섭리도 찾을 수 없고 등장인물 중 어느 누구도 목적을 달성하지 못하지만, 그래서 열린 결말은 자유 의지의 문제, 이성과 감성의 조화, 시민계급의 도덕성 등 여러 문제를 성찰하게 만든다. 레싱의 희곡이 고대인의 그것과 비교해서 뛰어나지 못하다면 그것은 시대가 더 나은 소재를 주지 않은데다, 시대가 그만큼 열악했던 탓이라 할 수 있다. 『에밀리아 갈로티』는 기원전 5세기 로마에서 일어난 사건을 소재로 하고 있다. 아우구스트 황제시대의 역사가 리비우스(B.C. 59-17)는 그 사건을 다음과 같이 기술한다.

---

2 요한 페터 에커만, 『괴테와의 대화 1』, 장희창 역, 민음사, 2008, 196쪽.
3 앞의 책, 228쪽.

아버지에 의한 딸의 살해

로마의 권력자 아피우스 클라우디우스는 평민계급의 순결한 처녀 비르기니아의 미모에 반해 유혹하려 하나 뜻을 이루지 못한다. 아피우스는 비르기니아가 전 호민관 출신인 이칠리우스와 약혼한 사실을 알게 되자 자신의 부하인 마르쿠스 클라우디우스에게 계략을 꾸미게 한다. 그 계략은 비르기니아가 아피우스의 노예가 되는 유죄판결을 받게 하는 것이다. 그 후 소식을 듣고 달려온 아버지 비르기니우스는 아피우스 일당의 흉계임을 알아차리고 딸이 아피우스의 손아귀에서 순결을 빼앗기는 것을 막기 위해 자신의 손으로 딸을 죽인다. 비르기니우스, 그리고 불행하게 희생된 비르기니아의 약혼자 이칠리우스의 종용에 따라 격분한 군인들과 민중은 봉기를 일으켜 아피우스 클라우디우스를 비롯한 권력자들을 내쫓고 민주적인 제도와 법질서를 회복한다.

이 사건은 『에밀리아 갈로티』에서 에밀리아와 아버지 오도아르도의 마지막 대화 장면에서도 언급되고 있다. 역사적 사건에서처럼 극중에서도 에밀리아는 아버지에 의해 죽음을 맞이한다. 『에밀리아 갈로티』의 무대는 독일이 아니라 이탈리아의 소공국 구아스탈라이다. 소공국의 영주가 에밀리아를 욕정의 대상으로 삼기 위해 음모를 꾸미고 부당한 권력을 휘두르자, 아버지가 딸의 순결을 지키기 위해 딸을 칼로 찔러 죽인다. 그러나 레싱은 진짜 폭력이란 '유혹'이 아니라, 치욕을 당하는 것을 막기 위해 딸을 죽이는 아버지의 행위임을 보여주면서 폭력의 의미를 숙고하게 만든다. 나아가 시민적 도덕 교육의 이상이 죽음을 통해서만 유지되는 것으로 그림으로써 그 같은 교육을 비판하고 있다.

아버지에 의한 딸의 살해는 인간에게 자신의 문제를 자율적으로 해결하는 능력을 가르치지 않고, 도덕 지상주의를 고수하기 위해 강제하고 감시함으로써 오히려 부자유와 미성숙을 낳는 시민 교육의 좌절을 그리고 있다. 그러나 레싱은 자신의 부도덕한 욕망을 채우기 위해 모든 불행의 단초를 제공한 영주가 대표하는 절대주의 체제의 권력이 지닌 폭력성에 대한 비판도 동시에 보여준다. 그러면 레싱이 어떠한 사람인지 살펴보기로 하자.

계몽주의의 완성자 레싱

고트홀트 에프라임 레싱(Gotthold Ephraim Lessing, 1729-81)은 독일 계몽주의 시대에 문학평론가, 이론가, 언론인으로서 문화 전반에 걸쳐 뛰어난 성취를 이루고 독일 문학을 세계 문학의 정상권으로 도약하는 발판을 만들어 준 작가이다. 레싱은 루터파 목사의 아들로 태어났고, 부모 집안은 목사와 법률가 출신이었다. 정통 교리주의자로 학식이 높았던 부친은 논쟁적이고 가부장적이었지만 사교적이었다.

1741년 레싱은 성 아프라 김나지움에 입학하여 로마 희극작가 플라우투스와 테렌시우스에 심취한다. 그는 우수한 학생이었지만 이 학교 과정을 비판적으로 평가했다. 그리고 1746년 라이프치히 대학 신학부에 입학하지만 정규 수업은 도외시하고 문학, 철학, 예술 분야의 공부에 몰두하여 보헤미안적인 글쟁이 생활에 빠져들었다. 그는 독일의 몰리에르를 꿈꾸며 파우스트를 소재로 『젊은 학자』라는 미완성 작품을 남긴다. 이 작품의 주인공 파우스트는 신의 은총을 받아 구원을 받는다는 점이 특기할 만하다. 이러한 생각은 "괴테의 파우스트 모티프를 한 세대 앞서 선취한 독창적인 발상"[4]으로 높이 평가받고 있다.

----
4 안삼환, 『괴테, 토마스 만, 그리고 이청준』, 세창출판사, 2014, 77쪽.

1748년 그는 연극 활동을 반대하는 부모 때문에 잠시 고향 카멘츠로 돌아왔으나 의학을 공부하겠다며 부모를 설득해 라이프치히로 되돌아갔다. 하지만 자신도 빚이 많은 터에 노이버 극단 단원들의 빚보증을 섰다가 곤경에 처하게 된다. 1751-52년 비텐베르크에서 의학학위를 취득한 레싱은 1755년 독일 최초의 시민비극 『사라 샘프슨 양』을 발표한다. 1756년 잠시 유럽 순방여

고트홀트 에프라임 레싱

행을 떠난 레싱은 1758년 베를린으로 돌아와 계몽주의 철학자 멘델스존, 출판업자 니콜라이와 함께 문예잡지 〈신문학 비평서간〉을 창간 발행한다. 1759년에는 7년 전쟁 체험을 근거로 한 단막 비극 『필로타스』를 익명으로 발표하기도 한다. 이듬해 그는 폰 타운치엔 장군의 군속비서가 되어 브레슬라우에서 생활하면서『라오콘, 혹은 회화와 시문학의 경계에 대하여』와 『민나 폰 바른헬름』을 출간한다. 1767년에는 함부르크 극장 전속극작가로 일하면서 나름대로 연극이론을 터득하여 『함부르크 극작론』을 발표한다. 1770년 레싱은 볼펜뷔텔 대공 도서관 사서직을 얻어 스피노자 연구에 매달리며 격렬한 신학 논쟁에 뛰어든다.

레싱은 1772년 괴테의 표현대로 '영주들을 향한 창'과도 같은 『에밀리아 갈로티』를 발표한다. 시민계급의 처녀가 비극의 주인공으로 등장한다는 점에서 획기적인 작품이다. 역시 시민계급의 처녀가 비극의 주인공으로 등장하는 괴테의 『파우스트』 초고는 그 2년 후인 1774년에 쓰였다. 그는 오랫동안 교분이 있던 에바 쾨니히와 결혼을 하지만 아내가 출산 중

레싱이 사서로 일한 볼펜뷔텔의 도서관

세상을 뜸으로써 14개월 만에 결혼생활이 끝나게 된다. 이후 레싱은 교조적인 신교신학에 화살을 겨누면서 신학 논쟁에 뛰어들었는데 이런 일을 겪던 중에 『현자 나탄』이 생겨나게 된다. 논쟁 당시 괴체는 레싱에게 '어떤 종교를 진정한 종교로 믿는가?'라고 물었는데, 레싱은 희곡에 '진리는 결코 소유가 아니라 사랑과 관용의 실천 속에서 입증된다'는 주제를 담아 괴체에게 답했다. 그 작품이 바로 『현자 나탄』이다. 함부르크 주임 목사인 괴체와의 신학 논쟁이 있은 후부터 신을 모독한 자라는 소문으로 그는 시달리게 된다. 이 괴체는 괴테의 『젊은 베르터의 고뇌』를 비도덕적인 작품이라 하여 출판 금지시킨 장본인이기도 하다. 그러는 중 레싱은 중병에 걸려 1781년 2월 15일 브라운슈바이크에서 사망하고 만다.

레싱은 계몽주의의 완성자이자 계몽주의의 한계를 뛰어넘어 고전주의의 초석을 마련한 개척자이다. 그는 '독일의 몰리에르'가 되기를 원하면서도 고트세트가 앞장서 받아들인 프랑스류가 아닌 영국풍을 선호했다. 즉 그는 『최근 문학에 관한 서간집』에서 영국의 셰익스피어가 프랑스의 코르네유보다 더 위대한 작품을 썼으며 고대극에 가깝다고 말한다. 그의 작품 표현양식 또한 프랑스풍의 알렉산드리너 조의 운문이 아니라 산문극이었다. 따라서 1755년에 발표되어 '독일 최초의 시민비극'으로 자리매김한 『사라 샘프슨 양』은 영국의 시민비극에서 영향을 받은 것이다. 오늘날에도 그의 3대 대표작인 『사라 샘프슨 양』, 『에밀리아 갈로티』, 『현자 나탄』은 여전히 현재성을 지닌 작품으로 독일 극장에서 자주 상연되고 있다.

에밀리아에게 반한 영주 곤차가

이탈리아 소공국 구아스탈라의 영주 헤토레 곤차가는 시민계급 출신의 아름다운 처녀 에밀리아 갈로티한테 반해 정부 오르시나 백작녀에게 싫증을 느낀다. 그는 에밀리아가 아피아니 백작과 혼인한다는 소식을 듣고 절망감에 사로잡혀 시종장 마리넬리에게 매달린다. 마리넬리가 아피아니를 영주의 결혼 특사로 이웃나라에 보낸 다음 에밀리아를 낚아채자고 제안하자, 영주는 이 말에 동의한다. 영주는 모든 일을 마리넬리에게 맡기고 가만히 있을 수 없어 성당의 새벽 미사를 드리는 에밀리아를 찾아가 치근덕거리며 사랑 고백을 했으나 성과를 거두지 못한다. 마리넬리의 계책은 아피아니의 거절로 무산된다. 그러자 둘 사이에는 심한 언쟁이 오가고 결국 결투를 약속하고 헤어진다. 하지만 마리넬리는 영주의 암묵적인 동의 아래 이미 다른 음모를 준비해 놓았다. 그의 지시를 받은 하수인들이 혼례식장으로 가는 신랑 신부의 마차를 습격한다. 아피아니는 저항하다가 치명상을 입고 죽음을 맞이한다. 그리고 혼비백산한 에밀리아는 마리넬리의 계획에 따라 근처에 있는 영주의 별궁으로 위장 구조된다. 그곳에서 영주가 초조하게 에밀리아를 기다리고 있다.

영주가 그곳에 있는 것을 보고 에밀리아는 당황한다. 그리고 뒤이어 나타난 그녀의 어머니는 곧 전후 사정을 간파한다. 이때 영주의 정부 오르시나와 에밀리아의 아버지 오도아르도가 별궁에 나타난다. 오르시나는 영주의 총애를 잃은 것에 격분해서 복수하고 싶지만, 영주가 만나주지 않아 기회를 잡지 못한다. 그녀는 오도아르도에게 아피아니의 죽음과 그의 딸이 처한 위험을 알리고, 사위와 딸의 복수를 위해 영주를 죽이라는 뜻으로 그에게 단도를 건네준다. 그러나 우유부단한 오도아르도는 영주를 죽이지 못한다. 영주와 마리넬리의 설득 노력은 그의 꿋꿋한 시민적 자존심 때문에 성과를 거두지 못한다. 오도아르도는 딸을 수도원으로 보내려 한다. 그러나 영주는 습격 사건의 진상이 밝혀질 때까지 조사 목적을 위해 에밀리아를 재상 그리말디의 집에 보호할 수밖에 없다는 구실을 내세워 아버지의 뜻을 꺾는다.

오도아르도는 딸과 대화를 나누게 해달라고 부탁하고 에밀리아는 이제야 습격의 전말과 영주의 의도가 무엇인가를 아버지로부터 알게 된다. 그녀는 '뜨거운 피'를 지닌 성적 욕구가 있는 처녀로서 영주의 유혹에 넘어갈 가능성을 완전히 배제하지 못한다. 그것이 두려워 재상 그리말디의 집에 가는 것을 원하지 않는 에밀리아는 아버지에게 자신을 죽여달라고 부탁한다. 아버지는 망설인다. 하지만 그녀가 비르기니우스 이야기를 꺼내면서 딸의 순결을 지키기 위해 자신의 딸을 죽이는 아버지는 이제 없다고 말하자, 그는 순간적인 흥분상태에서 딸을 찔러 죽이고 만다. 뒤늦게 온 영주와 마리넬리는 놀라움을 금치 못하고 아버지 오도아르도는 절규한다. 마리넬리는 놀란 영주에게 에밀리아가 자결했다고 말하나, 오도아르도는 법의, 즉 영주의 심판을 받기 위해 자수한다. 오도아르도는 법정에 서겠다고 말하고, 영주는 자신의 잘못을 인식하나 모든 책임을 하수인 마리넬리에게 전가하고 그를 영원히 자기 나라에서 추방한다.

『함부르크 극작론』

시민비극은 영국, 프랑스, 독일에서 시민계급의 세력이 부상하던 시기에 생겨났다. 레싱이 활동하던 계몽주의 후기(1740-80)는 프로이센 제국이 유럽의 강국으로 부상하던 프리드리히 대제(재위 1740-86) 시대와 대체로 겹치고 있다. 아리스토텔레스의 비극이론에서는 신분조항을 원칙으로 왕이나 귀족 같은 높은 신분의 인물들만 비극의 주인공으로 등장할 수 있었다. 하지만 레싱은 비극의 주인공이 관객과 같은 신분인 시민이어야 관객이 강렬한 연민과 공포를 불러일으킬 수 있다는 자신의 비극이론에 입각하여 시민비극을 창작했다. 그는 관객이 주인공에 대해 경탄해서는 안 되고, 연민을 느끼게 해야 한다고 주장한다. 레싱은 타인에 의해 야기되는 주인공의 불행에만 비극의 초점을 맞추지 않고 주인공 자신의 성격적 결함에서 오는 비극을 그리고 있다. 그래야 관객이 주인공의 성격적 결함으로 빚어지는 비극에 연민을 느낀다는 것이다.

독일 문학사에서 대표적 시민비극인 『에밀리아 갈로티』는 아리스토텔레스의 『시학』을 토대로 한 레싱의 『함부르크 극작론』을 바탕으로 창작된 작품이다. 레싱은 처음에는 주로 연기자의 연기에 관한 평론을 쓰다가 차츰 본격적인 드라마 이론에 관한 글을 썼는데, 이러한 글들을 모아서 발간한 책이 『함부르크 극작론』이다. 레싱은 『함부르크 극작론』에서 규범시학을 비판하고 연극 실무와 관련된 비판적 성찰을 하여 새로운 드라마 평론과 이론의 기초를 확립한다. 레싱은 아리스토텔레스의 『시학』에 나오는 '공포', '연민', '정화'의 이론을 수용하면서, 작품의 무대나 등장인물의 신분을 귀족이나 궁정에만 국한시켰던 종래의 비극에 비판적 입장을 취했다. 그러면서 레싱은 공포의 의미를 타자에게 일어나는 불행을 보고 느끼는 두려움인 공포(Schrecken)로부터, 고통을 당하는 사람의 처지에서 생겨나는 두려움인 공포(Furcht)로 바꾸어놓는다.

당시까지 저속한 오락수단에 불과했던 연극 분야에 18세기 프랑스의 고전적 규범을 도입한 사람은 고트세트였다. 그런데 레싱은 이에 반기를 들고 삼일치의 엄수, 신분조항 준수를 중시하는 고트세트의 드라마 이론을 비판한다. 그리하여 신분조항을 폐기함으로써 시민이 비극의 주인공으로 등장하는 시민비극이 탄생하게 된다. 레싱은 당시 고트세트의 경직된 문법적 규범 이론을 배격하면서, 고트세트가 아리스토텔레스의 이론을 정확히 파악하지 못한 수용상의 오류를 지적하고, 그가 독일 연극을 대체로 개악하여 독일 무대예술을 프랑스적인 틀에 강제로 집어넣으려 했다고 비판한다. 그러나 레싱은 동기부여의 원칙을 주장하면서 고트세트의 사실성 모방과 개연성 문제는 그대로 수용한다. 관객이 연민과 공포를 느끼기 위해서는 무대 위의 사건이 개연성을 가져야 할 뿐 아니라, 그것이 실제라는 환상 속으로 관객이 빠져 들어가야 된다는 것이다. 즉 레싱은 비극이 개연성의 법칙에 따라야 하고, 줄거리가 인과법칙에 저촉되지 않아야 하며, 무대장치, 의상, 소도구 등이 사실적이어야 한다고 주장한다.

그러나 고트세트가 교육 목적을 문학의 본질로 강조하는 데 비해, 레싱은 연극 무대를 유용성과 교육의 장으로 규정하면서도 교육 효과를 지나치게 의식하지 않고 문학의 자연스러운 현상으로 이해했다. 그는 호라티우스의 연극론을 받아들여 오락과 교육의 상호 배제성을 인정하지 않고 "오락 속에 교육이 내포해 있고 교육 그 자체가 오락"[5]이라고 이해한 것이다. 레싱이 연극의 오락성을 교육성과 동일선상에서 해석하는 것은 연극을 사회기능으로 간주하기 때문이다. 레싱은 비극이란 연민을 느끼게 해서 그러한 감정을 우리 마음속에 확산시킬 능력을 의미한다고 했다. 또한

----

5 김종대, 「독일 희곡 이론사」, 문학과지성사, 1986, 80쪽.

무대의 세계가 관객의 도덕적 표상과 일치할 때 감정 자극이 가능하다고 보았다. 이때 레싱은 세상이 무엇인지 보여주는 예술이어서는 안 되고 세상이 어떠해야 하는지를 나타내는 것이 중요하다고 주장했다.

레싱이 논의 대상으로 삼은 중요한 문제점은 아리스토텔레스의 정화이론, 삼일치 문제, 드라마와 역사의 차이점이다.[6] 레싱은 정화를 정열의 정화로 이해한 아리스토텔레스와 달리 정화를 이성에 입각한 계몽주의 개념으로 이해하려 했다. 레싱은 비극의 격렬한 감정 운동(연민, 공포, 감동)에서 도덕적인 개선을 추구할 수 있고, 이성에 의해 의지를 바꿀 수 있으며, 비극이 감수성을 예민하게 함으로써 관객의 심성을 부드럽게 순화시켜 준다고 생각한다. 아리스토텔레스가 카타르시스 개념을 일반적으로 의학적이고 생리적인 진통, 충격의 의미로 설명하고 있는 데 반해, 레싱은 보다 사회 윤리적인 차원에서 도덕적 교훈이나 정신적인 가르침과 연결하고 있다는 점에서 조정이론과 비슷하다.

이처럼 레싱은 프랑스와 고트셰트의 도식적 드라마 이론을 배격하고 '천재는 모든 규칙성을 뛰어넘는다. 규칙은 천재를 억압한다'면서 질풍노도운동의 주장을 선취한다. 레싱은 아리스토텔레스의 삼일치 원칙을 다소 상대화하지만 그의 작품에서 그것을 대체로 잘 지키고 있는 편이다. 하지만 그는 신분조항을 무시하고 관객과 주인공의 사회계층이 동일할 때 공감이 커진다고 본다.

정치적인 함의가 깔린 시민비극

앞에서 말했듯이 레싱이 비르기니아 소재를 근대화해서 시민사회에 옮

---

6 앞의 책, 81쪽.

오페라 〈에밀리아 갈로티〉의 한 장면

겨놓은 작품이 『에밀리아 갈로티』이다. 이 비극의 특징은 당시까지 주로 운문으로 쓰인 드라마와는 달리 산문으로 쓰인 드라마라는 점이다. 레싱이 이 비르기니아 소재에 흥미를 갖기 시작한 시기는 1754년부터이며 스물여덟 살 때인 1757년에 작품화하려고 시도하기도 했다. 그 후 1771년 가을 베를린 여행을 갔다가 돌아와 함부르크에서 다시 작품에 몰두했고 『함부르크 극작론』의 이론적 원칙들을 『에밀리아 갈로티』에 적용하여 1772년 완성했다. 그런 뒤 1772년 3월 13일 브라운슈바이크에서 미망인인 브라운슈바이크 공작부인의 생일날에 초연되었다. 이 작품은 한 가정의 파괴라는 측면에서는 『사라 샘프슨 양』과 동일하지만, 사회 정치적 측면에서는 『사라 샘프슨 양』보다 훨씬 큰 의미를 갖는다고 할 수 있다.

역사가 리비우스가 기술한 비르기니아 전설에서는 정치적 성격이 확연히 드러난다. 로마 권력자의 부도덕한 폭정을 참다못한 민중이 봉기하여 결국에는 권력자의 몰락을 초래하기 때문이다. 반면에 레싱의 『에밀리아 갈로티』에서는 직접적인 정치적 투쟁이 보이지 않는다. 따라서 이 작품에 대한 해석은 정치적인 해석과 비정치적인 해석 두 갈래로 나뉘고 있다. 에밀리아의 죽음에 결정적 원인을 제공하는 영주 또한 그다지 폭군의 모습으로 나타나지 않으며, 시민계급의 덕목인 도덕성을 강조하는 오도아르도에게는 폭군에 저항하는 시민계급의 의식이나 투철함이 결여되어 있다. 이러한 점에서 『에밀리아 갈로티』를 사회 비판적 비극이라기보다는 종교적이고 인간적인 문제를 다룬 시민비극으로 규정짓는 주장이 설득력을 얻기도 한다.

레싱은 작품에서 로마의 역사적 사실을 수용하고 변화시켜 형상화하면서 정치적 요소는 되도록 제거하고 대신 아버지에게 살해당하는 딸의 비극적 운명에 초점을 맞춘다. 그는 사건 장소를 18세기의 독일이 아닌 르네상스 시절의 이탈리아 소공국 구아스탈라로 설정한다. 아마 이 드라마의 주제가 정치적으로 해석될 소지가 있고, 또 그것이 자신의 삶에 부당한 영향을 끼칠 수 있다고 생각해서 배경을 다른 나라로 했을 것으로 추측된다. 그는 낙후된 독일의 현실적 입장을 고려해 작품이 정치극으로 해석되는 것을 극력 피했다고 볼 수 있다.

그러나 이 작품은 첫 공연 때부터 많은 논란의 대상이 되었고, 지금까지도 여전히 논쟁이 계속되고 있다. 가장 중요한 논쟁은 레싱이 이 작품을 통해 당대 정치 현실을 비판하려 한 것이었는가 하는 점이다. 레싱 자신은 집필 당시부터 소재의 정치적 속성보다 에밀리아의 운명의 비극성에 관심을 두었던 것 같다. 작품을 마친 레싱은 동생에게 원고를 보내며 편지에 '이 작품은 다름 아닌 본래의 정치적인 소재에서 벗어난 현대화한 비르기니아이다'라고 쓰고 있고, 브라운슈바이크의 카를 대공에게도 '고대 로마의 비르기니아 이야기를 현대적으로 각색한 것에 지나지 않는다'

고 설명하며 작품의 비정치적 성격을 애써 강조한다.

하지만 그의 말을 액면 그대로 믿을 수는 없으며, 그렇다고 작품의 정치적 성격이 없어지는 것도 아니다. 작가의 의도와는 상관없이 작품의 정치적 잠재성을 지적하는 해석도 많이 있다. 즉 이 작품은 전제 봉건영주의 자의와 횡포에 저항하여 일어서기 시작하는 시민계급의 각성과 자의식을 형상화하고 있는 작품이라는 해석이 바로 그런 입장이다. 곤차가 가문이 지배하는 문예부흥기 이탈리아의 소공국 구아스탈라의 정치 사회적 현실은 18세기 중엽 독일의 그것과 동일한 것이다. 괴테는 에커만과의 대화에서 이 비극을 '전제군주의 자의적 지배에 대항하여 도덕적으로 항거하는 결정적인 발걸음'이라고 규정하고 있다. 청년 독일파 시인인 하이네 역시 레싱을 가리켜 '사람들이 알았던 이상으로 정치적이기도 했다'면서 『에밀리아 갈로티』의 정치적 성격을 강조한다. 하이네는 레싱을 정신적 자유의 승리자로 또 사제의 비관용과 맞서 싸운 투사로만 간주할 것이 아니라 그가 『에밀리아 갈로티』에서 소공국 전제주의의 묘사로 무엇을 의도했는지 알아채야 한다고 말한다.

이런 점에서 작품의 정치성을 완전히 배제하는 것은 문제가 있다고 할 수 있다. 우리는 돈키호테가 거인이라며 풍차를 향해 돌진하고, 군대라며 양떼와 싸우는 것을 미쳤다고 비웃는다. 그가 싸운 괴물의 정체는 당시 스페인의 억압적인 정치와 종교 체제이다. 돈키호테를 미치광이로 설정한 것도 검열이나 법적 구속에서 벗어나기 위한 것이었으며, 웃음은 모든 권위를 해체하기 위한 장치였다고 볼 수 있다. 레싱의 작품도 이와 마찬가지다. 레싱이 작품에서 정치성을 직접 드러내지 않은 것은 절대봉건 체제 하에서 자신의 안위뿐만 아니라 초연마저 어려워질 것이 분명했기 때문이다. 더구나 브라운슈바이크 공작부인의 생일날에 초연되었으니 더욱 그럴 만도 하다. 또한 영주 곤차가의 인물 성격을 절대적 권력을 지닌 인물이 아닌 부도덕한 호색한으로 묘사한 것에도 타락한 귀족계급을 비판하고자 하는 강한 정치성이 내재되어 있다고 볼 수 있다. 그리고 작품에는 시민의식을 고취시켜야 한다는 레싱의 시대적인 의무감도 분명 작용하고 있다. 시민비극 『에밀리아 갈로티』의 탄생에는 이런 복합적인 의도가 깔려 있다고 보는 것이 타당할 것이다.

귀족과 시민계급의 대립

이 작품의 등장인물은 곤차가를 중심으로 하는 지배계급 및 귀족계급과 갈로티 일가로 대변되는 시민계급으로 나뉜다. 레싱은 전형적인 전제군주인 곤차가를 독재자가 아니라 탕아로 그리고 있다. 그가 정사를 처리하는 모습은 막이 오른 직후 잠시 보이는 게 고작이다. 우연한 기회에 에밀리아를 보고 첫눈에 반한 그는 그녀에게 아피아니란 약혼자가 있는 것을 알고서도 그녀를 어떻게든 손에 넣으려고 한다. 절대 권력을 지닌 그는 수단과 방법을 가리지 않는다.

마리넬리는 곤차가의 시종장으로 음모를 꾸미고 수행하는 간교하고 사악한 인물이다. 이름에서부터 마키아벨리를 연상시키기도 한다. 지배계급에 속하는 마지막 인물인 백작녀 오르시나는 곤차가의 정부였다가 에밀리아 때문에 버림받은 여자이다. 이와 같이 작품에서 곤차가를 중심으로 하는 궁정사회의 인물들은 비도덕적이고 문란하며 사악한 인간으로 그려지고 있다.

이에 비해 시민계급을 대표하는 갈로티 일가는 도덕적이고 인간적으로 흠잡을 데 없이 그려진다. 에밀리아는 대표적인 시민, 즉 평민의 모습을 보여준다. 순수하고 착한 그녀는 도덕적인 생활을 하려 하지만 절대군주의 힘에 무참히 무너질 수밖에 없는 나약한 시민을 대표한다. 에밀리아의 아버지 오도아르도는 매우 도덕적이고 이성적인 인물이다. 하지만 오도아르도를 무조건 긍정적인 도덕의 표본으로 해석할 수 있을까? 오도아르도는 도덕과 명예를 중시하지만 감정의 변화가 심하고 햄릿처럼 우유부단하다. 파국을 막을 수 있는데도 그의 이러한 성격적 결함이 오히려 비극을 초래했다고 볼 수 있다. 또한 오도아르도는 폭력 앞에서는 아무런 힘을 쓰지 못할 정도로 나약하고 무능하다. 그래서 딸을 구하고 싶지만 결국 그것이 불가능하게 되자 좌절하고 딸을 자신의 손으로 죽이고 마는 것이다.

그는 속으로는 절대군주의 폭력과 부도덕에 반대하지만 겉으로는 아무 것도 할 수 없다. 그렇기 때문에 그는 딸을 죽임으로써 사건을 끝맺는다. 이처럼 양심적이고 순수한 생활을 하면서도 가장 많은 불이익을 당하고 피해를 보는 쪽은 시민계급이다. 당시의 시민들은 그들의 불만을 제대로 말하지도 못하고 절대군주의 폭력에 저항할 수도 없었던 것이다. 그들이 지배계급에 대항할 수 있었던 힘은 오로지 도덕성뿐이며, 이를 바탕으로 그들은 지배계급에 대해 도덕적인 우위와 정신적 자유를 지켜가고 있었다고 볼 수 있다. 어느 시대나 지배계급과 피지배계급 간의 가치관의 갈등은 이처럼 많은 사회문제를 야기해 왔다.

딸 에밀리아의 비극적 결말

레싱은 타인에 의해 야기되는 주인공의 불행에만 비극의 초점을 맞추지 않고, 주인공 자신의 성격적 결함에서 오는 비극을 시민비극이라고 말한다. 그런 점에서 에밀리아의 죽음에는 외적 요인 말고도 내적 요인이 있다. 외적 요인으로는 미녀를 자기 것으로 취하려는 영주, 마리넬리의 음모, 아버지의 경직된 도덕관을 들 수 있다. 그러나 이 외적 요인만으로 에밀리아가 죽음에 이르게 된다고 보기는 어렵다. 내적 요인으로는 '뜨거운 피'를 지닌 여자로서의 본성과 그로 인한 심적 고통, 그리고 신랑 아피아니 백작의 죽음에 대한 죄의식을 들 수 있다. 곤차가는 소공국의 영주로서 절대적인 권력을 갖고 있지는 않다. 그에게서 왕이나 영웅의 모습은 찾아보기 힘들다. 영주는 자신의 마음을 사로잡은 여인 때문에 잠 못 이루는 평범한 성격의 인물로 나타난다. 영주와 마리넬리가 비극적 상황을 마련하기는 했지만, 그것이 에밀리아를 죽음으로 몰고 가는 유일한 요인이라고 볼 수는 없다.

에밀리아는 성당에서 영주의 유혹의 손길에 가벼운 심적 동요를 느낀다. 물론 그것은 미미한 것으로 종교적 신앙과 도덕적 의지를 위협할 만큼 심각한 정도는 아니다. 그리고 별궁에 위장 납치되었을 때도 그다지 심적 동요가 엿보이지 않는다. 그러나 마지막에 아버지와 대면한 자리에서 영주가 그녀 혼자만 그리말디의 집으로 데리고 갈 것이라는 말을 듣자 가지 않겠다고 애원한다.

에밀리아 전 그리말디 재상 댁을 잘 알고 있어요. 쾌락의 집이지요. 어머님이 지켜보시는 중에 한 시간 동안 그곳에 있었어요. 그런데 제 마음 속에서는 여러 가지 혼란이 일어났어요. 아무리 엄격한 종교 수련을 받았어도 몇 주 내에 진정시킬 수 없는 혼란 말이에요.[7]

쾌락의 집에서 영주의 유혹에 자신이 흔들릴 수도 있다고 생각되자 에밀리아는 결국 죽음을 선택하게 된다. 그 직전까지만 해도 그녀는 도망을 기대하고 있었으나, 이제 탈출구가 막힌 것으로 느낀다. 영주의 폭력은

---

7 G. E. Lessing, *Emilia Galotti*, Reclam, 2004, S. 85.

이겨낼 수 있지만 자신의 내적 본능이 오히려 두려워진 것이다.

> **에밀리아** 그 따위 폭력은 아무것도 아니에요. 유혹이 진짜 폭력이에요. 제
> 게도 피가 흐르고 있어요, 아버지. 한 여자로서 너무나 뜨거운 청춘의 피
> 가 말이에요! 제 감각도 감각이에요.[8]

이처럼 에밀리아는 물리적인 폭력보다 유혹에 빠져 본능에 끌리는 것을 더 고통스럽게 여긴다. 재상 그리말디의 집에서 마주쳤던 영주의 뜨거운 눈빛에, 성당에서 영주의 구애의 속삭임에 끌리는 자신을 더욱 두려워하는 것이다. 이처럼 본능에 흔들리게 됨으로써 시민가정의 엄격한 교육을 받으며 자란 에밀리아의 심적 고통은 더욱 커지고, 그녀는 결국 도덕성을 지키기 위해 비극적 죽음을 택한다.

아버지 오도아르도의 성격적 결함

에밀리아의 비극적 죽음에는 영주의 욕정과 마리넬리의 음모, 오르시나의 질투심 외에 오도아르도의 성격적 결함도 중요한 외적 요인으로 작용한다. 자유와 명예, 순결을 중시하는 오도아르도는 비도덕적인 궁정을 혐오해서 한적한 시골로 내려가 살기를 원한다. 이처럼 오도아르도는 일면 강직하고 정직한 품성의 소유자이지만 곤경에 처하면 쉽게 흥분하는 우유부단한 인물로 묘사된다. 오도아르도는 영주의 정부 오르시나로부터 단검을 건네받은 순간에는 영주에게 복수하기로 마음먹는다. 하지만 오르시나가 나간 뒤 그녀가 질투심 때문에 정신이 나갔다는 마리넬리의 말

---

8 앞의 책, 85쪽.

을 떠올려 격분된 마음을 누그러뜨리며 영주에 대한 복수를 단념하고 에밀리아를 구출하기로 작정한다. 오도아르도는 마리넬리가 사건의 전말을 조사해야 한다는 구실로 딸을 구아스탈라로 데려가 구금시키겠다고 하자 다시 칼이 든 주머니에 손을 넣지만, 진정하라는 영주의 말에 다시 누그러진다.

오도아르도는 영주에게 딸을 만나게 해달라고 사정한다. 에밀리아를 기다리는 동안 오도아르도는 딸이 납치된 것이 아니라 자의로 영주에게 갔을지도 모른다고 판단해 딸을 자기 손으로 죽여야 한다고 생각하기도 하지만, 다음 순간 다시 모든 것을 포기하고 그 자리를 떠나려 한다. 마침 그때 에밀리아가 들어오자 오도아르도는 또다시 '아! 하느님[9]은 내 손을 원하시는구나!'라고 되뇐다. 이처럼 우유부단한 오도아르도의 마음은 걷잡을 수 없이 변화에 변화를 거듭한다. 결국 오도아르도는 영주에게 대항하여 권력의 폭력성에 저항하는 대신 딸을 죽이는 소극적인 태도를 취한다.

> **에밀리아** 예로부터 온갖 그런 행위가 있어 왔어요! 이젠 그런 아버지를 다시는 찾아볼 수 없어요!
>
> **오도아르도** 그렇지 않다, 애야, 그렇지 않다! (단검으로 에밀리아를 찌르면서) 아니, 내가 무슨 짓을 저질렀지![10]

오도아르도 자신이 비극적 상황을 만든 것은 아니지만 딸의 말에 흥분하여 딸을 찌르는 행위는 그의 성격적인 결함으로 볼 수 있다. 오도아르도는 아버지로서의 도덕적 명예심을 자극하는 딸의 항변에 순간 감정이

---

9 가톨릭의 경우 '하느님', 개신교의 경우 '하나님'으로 했다.
10 *Emilia Galotti*, 같은 책, 86쪽.

격해져 딸을 죽이고 만다. 그 행위는 딸의 도덕성이나 명예를 지키고자 하는 것은 아니다. 이런 성격적 결함이 레싱이 말하는 비극적 인물의 특성이다. 하지만 마지막에 딸을 죽인 아버지는 피 묻은 칼을 영주 앞에 던지면서 외친다.

> "내가 이 칼로 당신 가슴을 찌를 걸로 생각하시오? 천만에! 여기! (단검을 영주의 발밑에 던지면서) 내 피 묻은 증거물이 여기 있소. 나는 내 발로 감옥에 들어가겠소. 나는 가서 재판관으로서의 전하를 기다리겠소. 그런 후 저 세상에서 우리 모두를 심판하는 신 앞에서 전하를 기다리겠소!"[11]

이 구절은 비극적인 저항의 최후의 부르짖음이며 탄핵의 외침이다. 따라서 타락의 상징인 영주를 도덕적으로 단죄하는 말이기도 하다.

이처럼 에밀리아의 죽음에는 여러 외적 요인 이외에 내적 요인도 함께 작용하고 있다. 내적 요인으로는 에밀리아 자신의 내적 갈등을 들 수 있다. 순결을 지켜야 한다는 시민사회의 도덕성, '뜨거운 피'를 가진 처녀로서 영주에게 이끌리는 본능에 대한 심적 갈등, 아피아니 백작의 죽음에 대한 죄의식 때문에 그녀는 아버지의 손을 빌려 죽음을 택한다. 그녀의 도피처는 죽음인 것이다. 또한 작품 말미에 원래의 소재와는 달리 정치적인 집단 저항이 일어나지 않고 끝나는 것은 죽음 너머 세계에서의 구원에 대한 희망을 불러일으키려는 의도라기보다는 당시 독일 시민계급의 비정치적인 행동양식에 대한 비판이자 낙후된 독일 현실에 대한 불가피한 타협으로 볼 수 있다.

---

11 앞의 책, 87쪽.

제2부

괴테와 실러

현실 체험을 문학으로 가공한
괴테의『젊은 베르터의 고뇌』

"포도주는 한 잔밖에 마시지 않았습니다. 사면(斜面) 책상 위에는『에밀리아 갈로티』가 펼쳐진 채 놓여 있었습니다."[1]

베르터가 자살한 뒤 그의 책상을 묘사한 장면이다. 이로 미루어 볼 때 그의 자살에는 약간의 포도주와 레싱의 시민비극『에밀리아 갈로티』가 어느 정도 영향을 끼쳤다고 볼 수 있다. 독자들은 베르터를 괴테와 동일시하는 경향이 있었고, 또 베르터를 따라 자살을 하는 젊은이들도 더러 있었지만, 괴테는 자신의 체험을 문학적으로 가공한 것이지 체험을 그대로 반영한 것은 아니었다. 그럼 에커만이 어느 방향에서 보더라도 다른 색을 반사시키는 "다면체의 다이아몬드에 비교해도 좋을 것"[2]이라고 말한 괴테의 삶과 문학세계에 대해 간략히 살펴보기로 하자.

---

1 요한 볼프강 폰 괴테,『젊은 베르터의 고뇌』, 홍성광 역, 펭귄카페, 2014, 205쪽.
2 요한 페터 에커만,『괴테와의 대화 1』, 장희창 역, 민음사, 2008, 9쪽.

부족함이 없는 삶

요한 볼프강 폰 괴테(Johann Wolfgang von Goethe, 1749-1832)는 1749년 독일의 프랑크푸르트 암 마인에서 부유한 시민계급의 아들로, 왕실고문관인 법률가 아버지와 프랑크푸르트 시장의 딸인 어머니 사이에서 태어났다. 그는 북독일계 아버지로부터는 '체격과 근면한 생활 태도'를, 예술을 사랑하는 어머니로부터는 '이야기를 짓는 흥미'를 이어받았다. 괴테는 부족할 것이 없는 도시 명문가에서 천재 교육을 받고 다양한 문화와 예술을 접할 수 있었다. 그는 7년 전쟁 중 그의 고향이 프랑스군에게 점령되었을 때 프랑스 극과 회화에 관심을 기울였으며, 그레첸과의 사랑이 깨어진 후 16세 때 입학한 라이프치히 대학에서 법학을 공부했다. 대학 재학 중 쇤코프와 연애를 했고, 이 체험을 통해 로코코풍의 시나 희곡을 발표하였다. 분방한 생활로 병을 얻은 그는 고향으로 돌아와 요양 중 클레텐베르크와의 교제를 통해 경건한 종교 감정을 키웠으며, 또한 신비과학이나 연금술에 흥미를 기울였다. 병에서 회복된 후 그는 1770년 스트라스부르 대학에서 헤르더를 만나 문학의 본질에 눈뜨고 성서, 민요, 호메로스, 셰익스피어 등에 친숙해졌다. 헤르더의 영향으로 괴테는 셰익스피어의 위대함을 알게 됨으로써 당시 지배적이었던 프랑스 고전주의 미학에 대한 반발이 심해졌다.

괴테는 평생 안락함을 추구하지 않았고, 그의 참다운 행복은 마음속에 시를 떠올리고 창작하는 데 있었다. 그는 자신의 생애에 대해 끊임없이 돌을 밀어 올리려고 애쓰면서 그 돌을 영원히 굴리고 있는 것과 같았다며, "평생 동안 단 한 달만이라도 진정으로 즐겁게 보냈노라고 말할 수 없다"[3]고 회고한다. 독일인들 중 레싱, 빙켈만은 괴테의 청년 시절에, 칸트

---

3 앞의 책, 110쪽.

요한 볼프강 폰 괴테

는 그의 노년 시절에 영향을 준다. 작가로서의 괴테의 삶은 크게 4단계로 구분해서 살펴볼 수 있다.

첫 번째는 바이마르 공국으로 가기 전『젊은 베르터의 고뇌』를 쓴 '질풍노도'운동에 해당하는 시기이며, 두 번째는 1775년부터 바이마르 공국에서 공직에 복무하던 시기, 세 번째는 이탈리아 여행(1786-88) 이후 실러와 함께 '바이마르 고전주의'를 꽃피운 시기, 그리고 마지막 네 번째는 실러가 사망한 1805년 이후 1832년 그가 사망할 때까지이다.

1765년부터 1771년까지 괴테는 라이프치히 대학과 스트라스부르 대학에서 법학을 전공했다. 대학 졸업 후 1772년에 프랑크푸르트 인근 소도시의 법원에서 법률가 시보 생활을 했는데, 그곳에서 약혼자가 있는 샤를로테 부프를 만나 사랑에 빠진다. 이 체험이 바탕이 되어 1774년『젊은 베르터의 고뇌』를 쓴다. 이 소설은 유럽 전역에서 엄청난 화제를 불러일으키는 베스트셀러가 되어 괴테는 스물다섯 살의 나이에 유명 작가가 된다.

1775년 바이마르 공국의 군주 카를 아우구스트 대공의 초청으로 바이마르에 간 괴테는 이듬해 추밀참사관이라는 매우 높은 지위에 오른다. 당시 독일은 수많은 소공국들로 나뉘어 있었는데, 젊은 군주가 즉위한 뒤 문화적 중심지로 발전하려는 야심을 갖고 있던 바이마르 공국은 괴테의 역량을 높이 샀던 것이다. 당시 바이마르는 특히 "천재가 최고의 권력과 그토록 친밀한 관계를 가질 수 있는 행복한 곳"[4]이었다. 1782년 괴테는 독일 신성로마제국의 황제로부터 귀족 작위까지 받게 된다. 그런데 프랑크푸르트 명문가는 자신을 귀족과 동등하게 보았으므로, 괴테는 작위증을 손에 넣었을 때도 오래 전부터 가지고 있던 것을 이제 받았을 뿐이라고 생각했다.

대공 카를 아우구스트는 실제 현실에서 보기 드문 그야말로 이상적인 군주의 전형이었다.

카를 아우구스트

그는 인물을 적재적소에 배치하는 능력이 있었고, 가장 고귀한 선의와 순수한 인간적 사랑으로 가득했으며, 전심전력을 기울여 최선을 다하고자 했다. 또한 나라의 안녕을 우선적으로 생각했고, 측근보다 뛰어났으며, 과묵한 성격이어서 말을 행동으로 옮기는 인물이었다.[5] 대공의 어머니로 스무 살에 청상과부가 된 아나 아말리아(1739-1807)는 소공국 바이마르에서 독일 고전주의 문학과 독일 문화를 꽃피우게 한 장본인이다. 그런데 최근에 괴테가 폰 슈타인 부인이 아닌 아나 아말리아를 사랑했다는 책이 나와 세인의 관심을 끌기도 했다. 괴테는 공직에서 의욕적으로 일을 하는 동시에 창작도 소홀히 하지 않았다. 『초고 파우스트』가 이때 구상되었고, 소설

4　요한 페터 에커만, 『괴테와의 대화 2』, 장희창 역, 민음사, 2008, 29쪽.
5　앞의 책, 265쪽 참조.

요한 티슈바인이 그린 로마 외곽의 캄파냐에서 휴식을 취하는 괴테

『빌헬름 마이스터의 수업시대』의 집필도 시작되었으며, 무엇보다 「마왕」,
「나그네의 밤 노래」와 같은 괴테의 대표적인 시들도 이 시기에 씌어졌다.
또한 식물학과 광물학 등 자연과학 연구에도 관심을 가졌다. 이 시기에
괴테는 일곱 살 연상의 폰 슈타인 부인과 깊은 정신적 사랑을 나누었고,
이는 괴테의 정신적 성숙에 큰 도움을 주었다.

　그러나 궁정생활의 스트레스와 소모적인 업무에 심신이 지친 괴테는
1786년 아우구스트 대공과 함께 슈투트가르트로 사냥을 떠났다가 야밤
에 몰래 이탈리아 여행에 나선다. 질풍노도기에서 벗어나 더 높은 교양을
얻음으로써 자신의 본분을 지킨다는 것은 괴테에게 극히 어려운 일이었
다. 바이마르에서 처음 몇 년간은 시적 재능과 현실과의 갈등이 큰 문제였
고, 무엇보다도 공무에 시달리느라 창작에 몰두할 수 없었던 데 대한 회의
가 컸다. 우울한 나날이 계속되었고, 부친은 초조한 마음으로 궁정생활에

반대했다. 이탈리아 여행은 창작생활로 돌아가기 위한 또 다른 도주였다. "누군가가 자신을 알게 된다면 목적을 이루지 못한다는 이유 때문에"[6] 신분을 감추고 익명으로 시칠리아 섬까지 이르는 이탈리아 전역을 여행하는 동안 괴테는 고대와 르네상스 예술에 깊은 감명을 받는다. 이 여행을 통해 자신이 다시 태어나게 되었다고 스스로 얘기할 정도로 이탈리아 여행은 괴테의 삶에 결정적인 전환점이 된다. 고대 그리스와 로마의 예술을 이상으로 하는 고전주의적 예술관을 확립하게 된 것이다. 심미적 관찰과 자유분방한 생활을 통해 사물에 대한 통찰력이 예리해진 그는 자신의 정체성을 되찾음으로써 작품 창작을 위한 재충전에 성공하였다. 만년에 그는 로마에서만 진정으로 인간이 무엇인지 느끼고 말할 수 있었다고 밝힌다.

한편 1788년 바이마르로 돌아온 직후 괴테는 평민 출신인 스물세 살의 크리스티아네 불피우스와 동거를 시작하고 이듬해에 아들 아우구스트를 얻는다. 정식 결혼은 프랑스 군이 침공한 1806년에야 이루어진다. 괴테는 1792년 아우구스트 공을 따라 제1차 대프랑스 전쟁에 종군하여 발미 전투(1792년 9월)와 마인츠 포위전(1793년 4월-7월)에 참전한다. 그런 뒤 1794년 독일 문학사상 가장 중요한 사건이 일어난다. 그것은 괴테와 실러의 만남이었다. 두 작가가 서로의 문학과 창작에 깊은 영향을 주고받으며 본격적으로 '바이마르 고전주의'가 꽃피게 된다. 괴테는 고전적인 것은 건강한 것이고 낭만적인 것은 병적인 것이라 주장하며 낭만적인 것에 반대한다. 그러나 1805년 실러의 이른 죽음과 더불어 바이마르 고전주의 시기도 막을 내린다.

실러가 마흔여섯 살이라는 이른 나이에 사망하자 정신적 동지를 잃은 괴테는 큰 충격을 받는다. 하지만 그 뒤 괴테의 창작력은 절정에 달해 희

----

6 『괴테와의 대화 1』, 같은 책, 443쪽.

곡 『파우스트』 1부, 소설 『친화력』, 자서전 『시와 진실』, 기행문 『이탈리아 기행』, 『서동시집』, 『빌헬름 마이스터의 편력시대』 등이 모두 이 시기에 집필된다. 그리고 죽기 일 년 전인 1831년에 드디어 『시와 진실』 4부, 『파우스트』 2부를 탈고한다. 괴테는 자신에 대한 세상 사람들의 비난을 의식해 만년에 "나의 몫으로 정해진 분야에서 밤낮으로 쉬지 않고 일하면서, 힘닿는 한 끊임없이 노력하고 연구하고 실행해 왔다"[7]고 자평한다. 그리고 1832년 83세의 나이로 세상을 떠나 바이마르의 한 묘지에서 고전주의의 길을 연 지기였던 실러 곁에 묻힌다. 에커만은 그의 마지막 모습을 이렇게 묘사한다. "그의 숭고하고 고귀한 얼굴에는 깊은 안식과 평온함이 감돌고 있었다. 힘찬 이마는 아직도 생각에 잠겨 있는 것처럼 보였다."[8]

문학세계

괴테는 시를 쓰는 동기와 소재가 현실로부터 나와야 한다고 말하는 점에서 현실주의 작가이다. 그는 위대하고 유익하며 명랑하면서도 우아한 작품을 선호했다. 그는 작가로서 널리 알려져 있지만, 그것 말고도 시와 희곡, 소설을 망라한 문학의 전 장르뿐만 아니라 문학 및 미학 이론, 심지어 자연과학에 이르기까지 방대한 양의 저술을 남겼으며, 오랫동안 공직에서 활동하는 등 다방면에서 뛰어난 재능을 펼친 인물이다. 따라서 그의 대표작도 희곡, 소설, 시, 기행문뿐만 아니라 자연과학 연구서인 『색채론』에 이르기까지 매우 방대하다. 특히 그는 뉴턴의 기계론적 색채이론과 대비되는 생태론적 입장을 취하는 『색채론』을 쓰고 자신의 색채

---

7 『괴테와의 대화 2』, 같은 책, 313쪽.
8 『괴테와의 대화 1』, 같은 책, 738쪽.

론은 독창적이라서 자신의 불멸의 업적이며, 자신만이 이 위대한 자연의 대상에 관하여 "수백만 중에 올바른 것을 알고 있는 유일한 사람"[9]이라며 호언장담까지 한다. 그에 의하면 자연은 언제나 진실하고 진지하고 엄격하고 옳으며, 결함과 오류는 인간의 것일 뿐이라고 한다. 그러기에 그는 순수하고 영원한 자연의 진리를 파당적 견해보다 우월하다고 본다. 그리고 뉴턴의 이론은 순수한 학문의 발전을 위해서는 쳐부수어야 할 '바스티유의 요새'라며 적대 감정을 숨기지 않는 점에서 헤겔을 공격하는 쇼펜하우어의 태도를 보는 듯하다. 괴테의 색채론은 20세기 중반에 들어와 도구적 이성과, 문명의 자기 파괴적인 결과에 대한 비판이 이루어지면서 일부 물리학자들을 비롯한 연구자들에 의해 하나의 대안으로 새롭게 조명되었다.

괴테가 활동했던 18세기 중반에서 19세기 초는 프랑스 혁명과 나폴레옹 전쟁, 산업혁명이 일어난 시기로 자유와 혁신의 분위기에 휩싸였던 시기였다. 괴테는 폭력 혁명에 부정적인 입장이었지만, 민중은 일시적으로 누를 수는 있어도 영원히 억압할 수는 없으며, 하층계급의 혁명적인 봉기는 제후들이 저지른 부당한 행위의 결과라고 인식했다. 유럽 문학사에서 괴테는 낭만주의 시대에 해당하는 것으로 분류되지만, 독일 문학사에서는 세분하여 '질풍노도운동'과 '고전주의', '낭만주의'에까지 걸쳐 있는 것으로 평가한다. 계몽주의 시대의 후기(1740-85)와 겹치는 질풍노도기(1767-85)의 문학사조는 감정의 격정적 표출을 특징으로 한다. 이 운동은 형식적 질서와 규칙을 강요하던 당시 사회와 문학에 반발한 젊은 청년들이 중심이 된 것으로, 개성과 자유, 자유분방한 감정을 강조하였다. 그 대표적 작품이 『젊은 베르터의 고뇌』, 실러의 『도적들』, 『간계와 사랑』이다. 이루어질 수

----

9 『괴테와의 대화 2』, 같은 책, 41쪽.

없는 사랑에 격정적으로 매달리다 권총 자살을 선택하는 베르터의 모습에서 이 '질풍노도 문학'의 특징을 확인할 수 있다. 이는 단순히 짝사랑에 실패한 청년의 충동적인 자살이 아니라 사회적인 자아실현의 기회가 막힌 젊은이들의 저항 의식의 표출이라고 할 수 있다. 질풍노도 문학의 비운의 작가 렌츠는 『젊은 베르터의 고뇌』를 높이 평가하며 '그 공로는 누구나 마음속으로 어렴풋이 느끼지만 뭐라고 딱히 말할 수 없는 격정과 감성을 우리에게 확인시켜 준 데 있다'고 말한다.

그러나 괴테가 이탈리아 여행을 다녀온 뒤 받아들인 고전주의는 질풍노도의 격정 대신 이성과 감정, 주관성과 객관성의 조화와 균형, 절제를 이상으로 한다. 괴테는 특히 같은 지향점을 가졌던 실러와의 교류를 통해 '고전주의'의 이념을 담은 뛰어난 작품들을 창작할 수 있었다. 대표적인 작품이 『빌헬름 마이스터의 수업시대』로서, 이는 한 청년이 공동체를 위해 봉사하고 휴머니즘을 지닌 조화로운 인간으로 발전하는 모습을 보여주는 '교양소설'이다. 괴테는 시문학의 본분이 인생살이의 자잘한 분쟁을 가라앉히고 사람들로 하여금 세상이나 자신의 환경에 만족하도록 만들려는 데 있다고 본다. 그러나 그는 인간이 자기 자신에 대해서는 거의 아무것도 모르기 때문에 우선 자기 자신을 알기 위해 노력해야 한다고 조언한다.

실러의 사망 후 말년의 괴테는 고전주의 이념의 틀을 뛰어넘어 훨씬 자유롭고 풍부한 문학세계를 펼친다. 즉 근대화의 부정적 측면에 대한 비판에 근거하여 자연과 상상력, 무한성을 추구하는 낭만주의의 특징까지 포괄하고 있다. 하지만 그는 "진정한 상상력이란 이 지상의 현실적 토대를 떠나지 않고서, 현실적인 것과 이미 알려진 사실을 척도로 삼아 예감하고 추정할 수 있는 대상을 향해 나아가는 것"[10]이라고 말한다. 그래서 괴테는

----

10 앞의 책, 283쪽.

이념적으로는 슐레겔 형제[11]를 비롯한 당시의 낭만주의자들과 거리를 두고 그들의 문학을 비판했다. 『파우스트』는 괴테가 평생에 걸쳐 쓴 대작인 만큼 '질풍노도기'부터 '고전주의'와 '낭만주의'의 특징을 모두 담고 있는, 따라서 어느 한 가지 사조로 규정할 수 없는 작품이다.

『젊은 베르터의 고뇌』의 생성

괴테는 1772년 5월부터 9월까지 부친의 희망에 따라 법원 도시인 베츨라 소재 제국 고등법원에서 법률가 시보 수습을 했다. 이 소도시에서 친구의 약혼자를 사랑하게 된 괴테는 로테, 즉 샤를로테 부프와 케스트너와의 삼각관계에서 의도적으로 떨어져 나와 귀향한다. 그 뒤 공사관의 서기관 예루잘렘의 자살 소식을 듣고 『젊은 베르터의 고뇌』를 쓴다. 괴테는 이 소설로 일약 유명 작가가 된다.

1772년 6월 9일 당시 스물세 살이었던 괴테는 근처 도시 볼페르츠하우젠에서 열린 무도회에 참석했다가 열아홉 살의 샤를로테 부프(1753-1828)와 알게 된다. 그는 그녀에게 완전히 마음을 빼앗긴다. 영지 주무관의 딸로 열한 명의 자녀 가운데 둘째였던 그녀는 공사관의 서기관 케스트너(1741-1800)와 이미 약혼한 사이였다. 샤를로테는 열다섯 살 때 케스트너를 처음 만났고 1771년 그녀의 어머니가 세상을 떠난 후 그녀가 케스트너의 마음을 받아들이자 주변 사람들은 둘의 약혼을 기정사실로 인정했다. 그래서 샤를로테, 케스트너 그리고 괴테, 이 세 사람 사이에는 기묘한 우정의 관계가 성립되었다.

----

11 괴테는 슐레겔이 몰리에르와 에우리피데스를 깎아내린 것을 비판하고, 슐레겔처럼 제 아무리 박학다식하다 해도 그것이 판단기준이 될 수는 없으며 그의 비평은 편파적이라고 말한다.

케스트너는 처음 베츨라에 온 괴테를 호메로스나 핀다로스 등을 좋아하는 문학청년으로 보았고 괴테도 케스트너를 부지런하고 분별 있는 사람으로 생각했다. 케스트너는 친구에게 보낸 편지에서 괴테를 재능과 상상력이 뛰어난 진정한 천재이자 인격자라고 표현했다. 또한 격한 감정과 고귀한 사고방식의 소유자로 유행을 따르지 않고 마음대로 행동하는 괴짜라고 묘사하기도 했다. 이런 점에서 괴테는 베르터와 어느 정도 비슷한 점이 있다. 케스트너는 괴테에게 상당한 호감을 갖고 있었다고는 하지만 괴테가 로테와 함께 즐거워하는 모습을 보는 것을 달가워하지는 않았다. 그래도 세 사람의 우정에 별다른 마찰은 없었고, 괴테와 로테의 행동에는 절도가 있었기 때문에 두 사람의 우정은 순수했다고 볼 수 있다. 괴테는 로테가 둘 사이에 우정 이상의 것은 기대하지 말라고 했기에 상심하기도 하지만, 자신의 고통과 좌절을 어쩔 수 없는 행복의 일부로 받아들였다. 1772년 9월 10일 저녁 세 사람은 함께 만남을 가졌고, 로테는 저 세상에 대한 것을 주제로 이야기를 이끌었다. 다음 날 아침 괴테는 한마디 말없이 돌연 베츨라를 떠났고 이로써 세 사람의 애매한 관계는 끝나게 되었다.

그런데 여기에 또 다른 사건이 일어났다. 괴테는 베츨라를 떠난 직후 코블렌츠로 가서 문필가 조피 폰 라 로쉬의 집을 방문했고 거기서 조피의 딸 막시밀리아네를 알게 되었다. 그리하여 옛 열정이 채 사라지기도 전에 괴테는 그곳에서 새로운 열정이 불타올랐고 막시밀리아네와 다시 사랑에 빠져들었다. 그러나 2년 후인 1774년 1월 9일 막시밀리아네는 자기보다 스무 살 많은 상인 페터 브렌타노와 결혼함으로써, 괴테는 또다시 실연의 아픔을 맛보았다. 막시밀리아네는 프랑크푸르트에서 결혼생활을 했고, 그래서 괴테와 막시밀리아네, 질투심이 강한 브렌타노가 자주 만나게 되었다. 그러자 베츨라에서와 같은 상황이 재연되었고 괴테는 곤혹스러운 상황에 처해져 막시밀리아네의 집을 드
나들 수 없게 되었다.

그런데 괴테가 베츨라를 떠나고 한 달
반쯤 지난 1772년 10월 29일과 30일 밤
사이에 공사관의 서기관 예루잘렘이 권
총으로 자살하는 사건이 발생했다. 신
학자의 아들로 인문학적 소양을 갖춘 그
는 괴테와 같은 시기에 라이프치히 대학
에서 법학을 전공했고 1770년 괴팅엔에
서 학위를 받았으며, 1771년 9월부터 베

샤를로테 부프

츨라에서 일하고 있었다. 소도시에서 커다란 주목을 끈 이 자살의 동기는
어느 공사관의 서기관의 부인인 엘리자베트 헤르트에 대한 그의 짝사랑
때문이었다. 괴테는 자기보다 두 살 많은 그 금발 청년과 가끔 어울리곤
했고, 당시 그를 안 지 7년쯤 되었을 때였다.

예루잘렘은 영국식 복장을 모방해 파란 연미복과 노란색 조끼, 승마바지
에 갈색 줄이 달린 부츠를 신고 다녔다. 괴테는 하필이면 자신의 연적이었
던 케스트너의 권총을 빌려 자살한 그의 슬픈 운명에 큰 충격을 받았다. 괴
테는 1772년 11월 6일부터 11일까지 베츨라에 머무는 동안 케스트너로부
터 예루잘렘의 자살에 관한 상세한 설명을 듣게 된다. 헤르트의 집에 드나
들지 못하게 된 예루잘렘은 케스트너에게 편지를 보내 권총을 빌려달라고
했고 케스트너는 아무 영문도 모르고 그의 요청을 들어주었다. 예루잘렘은
서류를 정리하고 소소한 빚을 갚은 뒤 산책하면서 오후 시간을 보냈고, 하
인에게는 난로에 불을 지피고 포도주를 한 잔 가져오라고 시켰다고 한다.

이 이야기를 듣는 순간 괴테에게 『젊은 베르터의 고뇌』에 대한 구상이
떠오른다. 그의 자서전 『시와 진실』에 따르면 정확한 사실을 입수한 순간

소설의 전체 구조가 온전히 그의 머리에 떠올랐다고 한다. 그러던 차에 막시밀리아네의 결혼 소식으로 괴테는 몽유병자 같은 무의식적인 확신을 가지고 순식간에 소설을 써내려갔다고 밝힌다. 그리고 1774년 2월과 3월 철저히 고립된 상황에서 『젊은 베르터의 고뇌』 집필에 착수하여 펜에 날개가 달린 듯 4주 만에 완성한다. 만년의 괴테는 당시 자신도 실연의 고통 속에서 자살 충동에 빠지곤 했으며, 침대 밑에 비수를 둔 채 잠자리에 들곤 했다고 고백한다. 이처럼 괴테가 관계 맺은 여러 사람들 때문에 소설의 인물에는 샤를로테 부프, 케스트너, 예루잘렘의 특징뿐만 아니라 막시밀리아네와 브렌타노의 특징도 들어가 있다. 그리고 로테의 모습 역시 샤를로테 부프보다 오히려 막시밀리아네를 더 많이 닮아 있다.

작품의 명성과 개작

1775년 『젊은 베르터의 고뇌』가 라이프치히의 바이간트 출판사에서 출간되자 청년 괴테는 독일을 넘어 프랑스, 영국, 이탈리아 등 유럽 전역에서 명성을 떨치기 시작했다. 그러나 정작 괴테 자신은 베르터 열풍이 부는 동안 자신의 작품을 다시 되돌아보지 않았으며, 베르터의 세계에서 점점 멀어져 간다. 베르터적인 기질은 파멸을 맞이하든가 제정신을 차리든가 해야 하는 양자택일의 소재였기 때문이다. 누구나 베르터처럼 사랑하고 누구나 로테처럼 사랑받고 싶어 하겠지만, 베르터의 뒤를 따르는 것이 작가의 의도는 아니었던 것이다.

1780년 괴테는 다시 소설을 읽으면서 베르터적 인물에 대한 비판적 자세를 보이며 내용을 약간 수정하여 1787년 제2판을 발간한다. 그리하여 제1판의 질풍노도적인 성격이 다소 완화되어, 독자로 하여금 베르터에게 감정이입을 하지 않고 그를 객관적으로 바라보게 한다. 제2판에는 편집자의 비판적 역할이 강화되고, '광인 청년의 이야기'와 '머슴의 일화'가 새로 삽입되어 있다. 이 두 가지 일화는 줄거리의 향방을 거울처럼 되비추는 역할을 한다. 제1판에서 독자는 주로 베르터의 입장에서 사건의 흐름을 보게 되어 있으나, 제2판의 일화는 외부에서 객관적으로 사건을 바라보게 한다. 또한 문체를 매끄럽게 하고 격하고 상스러운 표현을 줄인다. 그리고 제1판에서 다소 소시민적 성격으로 등장했던 알베르트가 제2판에서는 견실하고 관용적인 인물로 등장해 호의적으로 그려진다. 특히 후반부에 가서 편집자가 등장하는 부분에서 많은 변화가 생긴다. 괴테는 편집자를 통해 베르터의 비참한 사고현장을 냉정하게 보고하도록 하여 냉정하고 객관적인 관찰자의 입장을 견지한다. 요컨대 베르터 자신에게는 이 죽음이 절대적인 사랑을 위한 숭고한 희생처럼 보이지만, 괴테에게는 이러한 죽음이 끔찍한 종말에 불과하다는 것이다.

작품의 구성

소설은 1771년 5월 4일에 시작하여 1772년 12월 23일에 끝난다. 소설의 제1부는 5월 4일에서 9월 11일까지 이어지고, 제2부는 10월 20일부터 시작하여 이듬해 12월 23일까지 계속된다. 5월 31일부터 6월 15일까지는 편지가 없는데, 이는 베르터가 로테에게 사랑에 빠져 편지를 쓸 겨를이 없었기 때문으로 보인다. 제1부에서는 마음이 안정되어 있던 베르터가 로테를 만나 사랑에 빠지면서 마음의 동요를 겪는 과정이 다루어진다. 제2부에서는 베르터가 결국 발하임을 떠나 타지를 떠돈 뒤 다시 베츨라를 찾아가 로테 옆에서 행복과 절망을 겪는 과정이 그려진다. 이때 호메로스에서 클롭슈토크, 골드스미스를 거쳐 오시안에 이르는 베르터의 독서 목록이 그의 내면을 충실하게 반영한다. 마지막에는 베르터의 책상에 레싱의 『에밀리아 갈로티』가 펼쳐져 있다. 1772년 12월 6일 이후에는 편집자가 등장하여 베르터의 편지와 편집자의 보충 설명이 뒤따른다. 결국 크리스마스이브에 베르터는 심부름 소년이 로테의 집에서 빌려온 알베르트의 권총으로 자살함으로써 이 세상에서의 고통스러운 삶을 마친다.

『젊은 베르터의 고뇌』의 제1부는 괴테가 베츨라에서 여름날에 보낸 사건을 중심으로 벌어진다. 민감한 젊은이인 베르터는 몇 가지 유산 문제를 정리하기 위해 소도시 발하임으로 온다. 그는 어느 날 무도회에서 영지 주무관의 딸인 로테를 만나 사랑에 빠진다. 로테의 약혼자 알베르트가 여행에서 돌아오자 베르터는 도시를 떠나기로 결심한다. 베르터는 행복감뿐만 아니라 격정 때문에 로테의 약혼자 모습을 보는 것을 더 이상 견딜 수 없었기 때문이다. 그렇지만 괴테와는 달리 베르터는 곧 다시 로테 곁으로 돌아온다. 독자들은 베츨라에서 일어난 일과 소설에서 벌어진 일의 유사성에 관심을 가졌지만, 괴테는 그들이 소설과 자전적 사실에 이처럼 관심을 보이는 것에 곤혹스러워 했다.

그런데 우리는 베르터가 곧 괴테라고 지레 짐작해서는 안 된다. 소설의 제1부에서는 괴테의 경험이 소재가 되었다면, 제2부에서는 괴테가 아닌 예루잘렘의 운명이 다루어진다. 허구적 소설에서 현실을 문학으로 재창조했기 때문에 괴테의 체험은 가공되어 문학으로 녹아들어갔던 것이다. 그러나 괴테가 현실을 문학으로 바꿔놓은 것을 불만스럽게 생각하는 고지식한 독자들도 있었다. 1776년 봄에는 실제로 사람들이 횃불을 들고 예루잘렘의 무덤까지 행진을 했다. 그리고 전 유럽에서 순례자들이 그의 무덤을 찾아오기도 했다. 그 이후 자살 사건이 잇따랐다. 그 때문에 괴테는 중요한 많은 사람들이 『젊은 베르터의 고뇌』를 비난한 부분을 삭제했다면 남아 있을 것이 없을 정도였다고 회고한다.

그렇지만 그 젊은이들이 괴테의 소설 때문에 자살했다고 볼 수 있는 명확한 증거는 없으며 작가 빌란트는 소설의 상상력이 자살을 옹호하는 것과는 거리가 멀다고 밝혔다. 또한 괴테 자신은 오토 황제처럼 정신의 위대성과 자유를 보여주지 못하는 사람은 마음대로 세상을 떠나선 안 된다는 입장이었다. 그런데 당시 사람들은 불쾌감과 권태감에 사로잡혀 힘든 삶을 영위하면서 더 이상 삶을 견딜 수 없게 되면 마음대로 목숨을 버릴 수도 있다는 생각이 만연했다. 그런 탓에『젊은 베르터의 고뇌』가 당시 젊은이들에게 큰 영향을 미칠 수 있었던 것이다. 괴테는 만년에 가서 이 소설을 썼던 젊은 시절을 돌아보며 "각 개인의 삶의 과정에서 각각의 개인은 타고난 자유롭고 자연스런 감정을 가지고서 낡은 세계의 제한된 형식에 순응하는 법을 배워야 한다"[12]고 충고한다.

베르터의 고뇌

조용한 자연에 묻혀 우울증을 치료할 목적으로 베르터라는 청년이 어느 아름다운 산간 마을에 찾아든다. 베르터는 마을 무도회에서 멋진 춤솜씨를 가진 발랄한 소녀 로테를 만나게 되고 그녀의 검은 눈동자를 바라보면서 운명적인 사랑을 예감하게 된다. 춤을 계기로 로테와 친해진 베르터는 그녀에게서 약혼자 알베르트의 이야기를 듣고는 의기소침해진다. 그럼에도 베르터는 로테를 만나고 싶은 일념에 윤리적인 판단과 이성은 잠시 접어둔 채 그녀를 계속해서 방문하게 되고 그들은 어느새 감성이 통하는 다정한 사이로 발전한다.

한편 일 때문에 도시로 나가 있던 알베르트가 돌아오게 되고, 베르터는 깊은 실의에 빠지고 만다. 그러나 그는 감정을 가슴 깊은 곳에 묻어둔 채

12『괴테와의 대화 2』, 같은 책, 49쪽.

로테를 위해 알베르트와 친분 관계를 맺는다. 어느 날 둘은 자살에 관한 찬반양론을 놓고 심한 논쟁을 벌이게 되고, 그 논쟁은 결과와 형식만을 중시하는 알베르트가 로테와는 어울리지 않는다는 안타까움만 베르터에게 안겨준다. 이쯤에 생일을 맞이한 베르터에게 로테가 책과 자신의 리본을 선물하고 베르터는 그것은 사랑의 징표로 생각하고는 열정에 사로잡힌다. 알베르트와 로테 사이에서 괴로워하던 베르터는 여행을 떠날 결심을 하고는 로테와 알베르트에게 작별을 고한다.

여행에서 돌아온 베르터에게 알베르트와 로테가 결혼했다는 절망적인 소식만이 들리고 다시 만난 로테는 왠지 그에게 차갑기만 하다. 그러나 서먹했던 관계도 잠시뿐 그들은 다시 예전처럼 다정한 사이가 되어 시와 음악으로 서로의 감성을 교류한다. 점차 감정의 자제력을 잃어가는 베르터에게 한때 로테를 사랑하다 미쳐버린 청년의 이야기가 전해지며 베르터는 그를 마음으로 동정하는 동시에 자신의 처지에 새삼 한탄한다.

한편 베르터에게 사랑의 고통을 호소하던 한 사나이가 사랑으로 인해 살인을 저지르고, 베르터는 그를 위해 변론할 것을 맹세한다. 그러나 베르터의 변론은 무의미하게 끝나버리고 결국 이 사나이는 사형 선고를 받고 만다. 낙심하여 더 이상 살아갈 희망을 찾지 못하는 그에게 남편의 충고를 들은 로테가 만남을 자제할 것을 요청하게 되어 그를 절망에 빠뜨린다. 마지막으로 로테를 찾아간 베르터는 억제할 수 없는 감정에 그녀에게 사랑을 고백하지만 감정을 억제하는 로테는 작별 인사만을 건넨다. 실의에 빠진 베르터는 여행을 빙자하여 알베르트에게 호신용 권총을 빌려 로테의 손으로 건네진 그 총으로 목숨을 끊고 만다.

작품의 내적 분석

하지만 이러한 줄거리는 소설의 외적 차원을 구성하는 것이고, 은밀한 내적 차원에서는 여동생 코르넬리아(1750-77)의 결혼에 대한 괴테의 트라우마가 담겨 있다고도 볼 수 있다. 둘은 정신적으로 강한 연대의식을 갖고 있었다. 괴테는 1773년 11월 1일 여동생과 결혼한 슐로서를 그리 달가워하지 않았다. 슐로서는 괜찮은 남자였지만 코르넬리아는 남편을 사랑하지 않았고, 그녀의 결혼생활은 행복하지 않았다. 그리고 후에 괴테가 릴리 쇠네만과 결혼하려 할 때는 코르넬리아 역시 양쪽 집안의 격이 맞지 않다며 극구 반대해 혼인이 성사되지 않았다. 괴테는 코르넬리아가 1777년 일찍 사망하자 어머니에게 보낸 편지에서 "나를 이 지상에 잡아두는 억센 뿌리가 내 여동생과 함께 사라지고 말았다"[13]며 애통한 심정을 피력했다. 괴테가 릴리와 결혼하려는 것을 그녀가 결사적으로 반대했듯이, 괴테 또한 "여동생이 결혼하리라고 생각도 해보지 않았고"[14], 괴테는 여동생이 오히려 수녀원장이 되는 것이 제격이라고 여겼다. 이처럼 심층 심리학적으로 본다면 로테의 배후에는 괴테의 여동생이 숨어 있으며, 그렇다면 괴테의 실제 연적은 케스트너나 브렌타노가 아니라 슐로서가 될지도 모른다. 그러므로 『젊은 베르터의 고뇌』의 집필은 괴테에게 임박한 파국의 저지와 여동생과의 내밀한 관계의 가공뿐만 아니라 자기 치유의 목적에 도움이 되었을 걸로 보인다.

괴테는 현실을 문학으로 변화시킴으로써 마음이 홀가분해졌지만 그의 친구들은 그 작품을 읽고 혼란을 일으켰다. 그들은 문학을 현실로 변화시

---

13 김천혜, 『영원히 여성적인 것이 우리를 이끈다』, 문학과지성사, 1996, 32쪽.
14 『괴테와의 대화 1』, 같은 책, 710쪽.

켜 급기야는 권총 자살이라도 해야 한다고 생각하게 되었다. 그리하여 처음에 몇 사람이 자살했고 그 다음 일반 대중들 사이에서도 그런 일이 일어났다. 그 바람에 괴테 자신에게는 유익했던 작품이 대중에게는 유해한 책이 되고 말았다. 따라서 함부르크 주임 목사 괴체를 비롯한 성직자들과 라이프치히 신학대학 교수들이 종교를 조롱하고 자살과 간통이라는 악덕을 미화했다는 이유로『젊은 베르터의 고뇌』의 판매금지를 신청하자 시의회는 이틀 만에 판매금지 명령을 내렸다. 라이프치히 이외에 덴마크에서도 번역본이 판매금지를 당하는 운명을 맞았다. 반면에 밀라노에서 나온 이탈리아 번역판은 얼마 지나지 않아 매진되어 버렸다. 주교가 교구의 사제들로 하여금 모조리 사들이게 했기 때문이다.

사실『시와 진실』에 따르면『젊은 베르터의 고뇌』는 쓰인 직후 바로 파기될 위기를 겪기도 했다. 괴테가 친구 메르크[15]에게 사랑의 편지를 낭독해주었는데 그는 시큰둥한 반응을 보였다. 괴테는 소설의 주제나 음조, 문체 면에서 무슨 문제가 있는 게 아닌가 싶어 만약 옆에 난로가 있었다면 집어넣고 싶은 충동을 느꼈다고 한다. 그러나 메르크는 자기 아내가 다른 남자의 아이를 임신하고 있었기 때문에 괴테의 말이 귀에 들어오지 않았던 것이다. 그 당시 니콜라이라는 작가는 자살을 옹호하는 그 작품에 거부감을 보여『젊은 베르터의 기쁨』이라는 소설을 쓰기도 했다. 작가 렌츠는 주인공이 자살했다고 괴테의 작품을 그런 식으로 해석해서 매도하는 것은 호메로스의『일리아스』가 분노와 불화, 적의를 유발한다고 보는 것과 같다고 말한다.

----

15 괴테는 메피스토의 모델이 메르크라고 밝힌다. 메르크는 생산적이지 않고 부정적 성향을 보였기 때문에 언제나 칭찬보다는 비난을 할 태세를 갖추고 있었다. 메르크는 후에 파산하여 권총 자살로 생을 마감한다.

사랑과 죽음

『젊은 베르터의 고뇌』는 알다시피 사랑의 실패로 주인공이 죽음에 이르는 소설이다. 베르터는 소설의 전반부에 호메로스의 책을 즐겨 읽는다. 그리고 자연의 모든 사물에 창조주의 신성한 입김이 깃들어 있다고 보는 스피노자의 자연관을 수용하고 있다. 그래서 그는 풀줄기 사이의 우글거리는 작은 세계, 조그만 벌레와 하루살이들의 불가사의한 수많은 형태들을 보다 가까이 가슴에 느끼며, 인간을 자신의 형상대로 창조한 전능한 분의 숨결을 느낀다. 그리고 주위의 세계와 하늘마저 '사랑하는 여인의 모습'처럼 그의 영혼에 온전히 깃들 때면, 그는 곧잘 그리움에 젖어 사념에 잠긴다. 베르터는 로테를 알기 전에 미지의 여인에 대한 그리움을 느낀다. 그것은 마음속에 충만하고 뜨겁게 살아있는 것을 표현하려는 그리움이다.

영혼 속에 깃든 이 미지의 여인이 현실에서 로테로 나타난다. 어린 동생들에게 빵을 나누어주는 로테의 애정 어린 모습은 베르터에게 자애로운 모성의 이미지를 떠올려준다. 어머니를 여의고 여덟 명의 어린 동생들을 돌보고 있는 로테의 모습은 "순진무구한 처녀성과 희생적 모성의 전형"[16]으로 보였던 것이다. 베르터는 "사랑하는 사람을 위해 모든 것을 바치는 절대적 사랑을 희구"[17]했으며, 로테에 대한 사랑 역시 그러한 종류의 사랑이다. 그는 일을 하며 남는 시간과 재산에서 필요한 것을 제한 돈을 애인에게 바치는 인간을 속물이라며 경멸한다. 이렇게 볼 때 베르터가 생각하는 이상적인 사랑은 소녀가장이나 다름없는 로테의 모습과 상충된

---

16 『괴테, 토마스 만, 그리고 이청준』, 같은 책, 17쪽.
17 임홍배, 『괴테가 탐사한 근대』, 창비, 2014, 26쪽.

다고 할 수 있다. 게다가 로테에게는 약혼자나 다름없는 건실한 청년 알베르트가 있다. 만약 알베르트라는 존재가 없었다면 베르터가 로테에게 청혼했을까? 베르터는 로테에게서 사랑만 갈구할 뿐 그녀와 결혼할 생각은 하지 않을지도 모른다. 어찌 보면 무책임한 사랑일 수 있다. 괴테가 스트라스부르에서 그토록 사랑했던 프리데리케를 버리고 도망친 것을 보면 그렇게 유추할 수 있다. 또 로테에게는 알베르트가 있기 때문에 결혼할 수도 없는 입장이다. 이처럼 그는 중대한 사랑의 모순을 겪는다. 하지만 그녀 앞에 서면 다른 모든 것은 사라진다고 말하는 것으로 봐서, 로테는 베르터에게 세상 무엇과도 바꿀 수 없는 세상의 전부로 다가온다. 춤을 추면서 베르터는 '클롭슈토크!'[18] 하고 외치는 로테의 말에서 순수한 영혼의 교감을 느낀다. 로테가 이 클롭슈토크의 이름을 말한 것은 당시 인습의 사슬을 끊고 진솔한 감정에 공감하는 자연스러운 두 인간으로 서로 만났음을 암시하는 신호라 할 수 있다. 베르터는 로테의 눈동자에서 시인 클롭슈토크에 대한 숭배의 감정을 읽고 로테에 대한 자신의 감정도 그것과 같다고 느낀다. 그러나 알베르트라는 현실적인 벽을 넘을 수 없기에 나날이 황폐해져가는 내면을 견디다 못해 로테 곁을 떠나기로 작정한다.

그 뒤 베르터는 로테가 사는 시골마을을 떠나 D라는 시에서 궁정의 하급관리로 일한다. 그동안 베르터는 편지에서 로테를 언급하지 않고 나름 열심히 일하며 로테를 잊으려 애쓴다. 그러나 궁정에서 상관인 공사와 갈등을 겪으며 크리스마스이브에 공사를 비난하는 편지를 쓴다. '강 속의 섬'이란 어원을 지닌 이름 베르터에서도 암시되듯이 그는 고립무원의 처지에 있다. 관료사회에서 갑갑함과 소외감을 느끼는 것은 베르터가 남다

---

18 클롭슈토크를 숭배한 괴테는 그의 작품 앞에서 외경심을 가졌으며, 그의 탁월한 점을 그대로 받아들이고는 그 자신의 길을 갔다.

른 감수성을 지녔기 때문일지도 모른다. 베르터는 공사와 불화를 빚고, 그로 인해 공사가 장관에게 진정서를 제출하자 베르터는 징계를 받는다. 위계질서가 철저한 봉건적 관료사회에서 베르터처럼 행동해서는 누구도 버틸 수 없음은 자명하다고 하겠다. 게다가 베르터는 자신을 아껴주고 인간적으로 대해주던 C 백작의 모임에서 수모를 당하고 쫓겨난 뒤 결국 관직을 떠나게 된다. 또한 C 백작의 저택에서 수모를 당하기 직전 로테와 알베르트가 결혼식을 올렸다는 소식을 뒤늦게 접한 것도 충격을 가중시켰다고 볼 수 있다. 한편 이 소설의 애독자로 그 책을 마치 "형사 담당 판사가 사건 서류들을 검토하듯이 연구했던"[19] 나폴레옹은 1808년 괴테와 대담하면서 베르터가 백작 모임에서 수모당한 장면이 베르터의 순수한 사랑과 어울리지 않는 튀는 장면이라고 훈수를 두기도 했다.[20]

베르터는 관직을 사직한 뒤 다시 발하임[21]으로 돌아와 거의 매일 로테의 집을 찾아가 함께 시간을 보낸다. 이로써 베르터와 로테, 알베르트는 기묘한 삼각관계에 놓이게 된다. 베르터는 알베르트에게 감수성이 부족하며, 자신에 비해 책을 읽을 때나 다른 사람의 행위에 대해 자기보다 공감 능력이 떨어진다고 주장한다. 그러면서도 알베르트의 사랑은 진실한 사랑이고 그런 면에서 충분히 보답 받을 자격이 있다고 생각한다. 이러한 딜레마에 처한 상황에서 이루지 못한 사랑 때문에 미쳐버린 청년 하인리히의 일화와 머슴의 일화가 나온다. 그런데 알베르트는 그 하인리히가 사랑한 사람이 바로 로테라고 태연히 이야기해준다. 이 무렵 베르터는 병적일 정도의 격심한 조울증에 시달리며 거의 초주검 상태에 이른다. 그것은

----

19 『괴테와의 대화 1』, 같은 책, 498쪽.
20 『괴테가 탐사한 근대』, 같은 책, 38쪽 참조.
21 'Wahlheim'이란 마을은 괴테가 임의로 지어낸 지명으로 그 단어에는 '자신이 선택한 고향'이라는 뜻이 있다.

심신이 극심한 타격을 받아 기진맥진하게 되어 죽음에 이르는 병이라 할 수 있다.

머슴이 자기가 짝사랑하던 여주인을 살해한 사건이 벌어진 후 알베르트는 베르터에게 너무 자주 찾아오지 말라고 타이르며, 로테도 크리스마스 전까지는 찾아오지 말라고 당부한다. 그녀는 하필이면 다른 남자의 아내가 된 자기를 굳이 원하느냐면서 그의 소망이 그토록 자극받는 것은 자기를 차지할 수 없기 때문이 아닌지 따져 묻는다. 이런 질책을 들은 베르터는 자살을 결심하고 처음으로 로테와 격렬한 포옹을 한다. 이때 베르터가 번역한 오시안의 시가 매개 역할을 한다. 클롭슈토크 시를 통해 서로 영혼의 교감이 이루어졌다면 오시안의 시를 통해 이별과 방랑, 죽음이 암시된다. 오시안의 세계는 '사방에서 세찬 폭풍이 몰아치는 황량한 광야'의 세계이며, '전장에서 고귀하게 죽어간 연인의 이끼 끼고 잡초 무성한 망부석 주위에서 서러워하는 여인들의 비탄'의 세계이다. 로테는 베르터가 무서운 일을 저지를 것 같은 예감을 느낀다. 결국 베르터는 크리스마스이브에 불멸의 사랑을 확인하기 위한 최후의 수단으로 죽음을 선택한다.

시민계급의 한계

우리는 『젊은 베르터의 고뇌』에서 괴테가 전하고자 하는 것에 주목할 필요가 있다. 베르터는 직업 활동을 하면서 시민계급의 제한된 환경에 갑갑해하며 그것을 감옥처럼 느낀다. 그래서 공사와 불화를 겪은 것에 대해 공사관에서 직업 활동을 한 탓으로 돌리기도 한다. 그는 자아와 자연의 상태를 동일시함으로써 모든 규칙을 거부하는 질풍노도기 천재들의 태도를 취한다. 그리고 이성과 합리성을 기반으로 한 계몽주의적 세계관을 무시하고 감정이나 마음, 열정을 중시하는 감상주의적 인간의 입장에서 사회적 활동보다 고독으로 빠져드는 것을 좋아한다. 그에게는 지식의 축적보다 마음이 더 중요하다. 즉 "내가 아는 것은 누구나 알 수 있지만, 내 마음은 오직 나만의 것이다"[22]라는 게 그의 생각이다.

당시 독일에서는 30년 전쟁 이래로 고급관료 자리를 독점한 귀족에 밀려 시민계급은 하급 관직이나 맡을 수 있었고, 그것도 귀족에게 굽실거리고 잘 보여야 기껏 공사나 추밀 참사관 자리까지 올라갈 수 있었다. 베르터는 자신을 가장 화나게 하는 일은 '시민사회의 숙명적인 신분의식'이라고 말한다. 이런 점에서 베르터는 고립된 개인이 아닌 당시 시민계층의 청년이 처한 암울한 시대 상황의 대변자 역할을 맡고 있다고 볼 수 있다. 그러므로 이 소설은 어느 감상적인 청년의 사랑과 죽음 이야기로 국한되는 것이 아니라 청년 괴테가 속했던 당대 시민계급의 한계와 결부되어 있다. 베르터는 상관인 공사에 대해 정신적 우월감을 느낀다. 이런 우월감은 직업세계와 주변 사회에 제대로 편입되지 못하는 좌절감에 대한 보상으로 작용한다.

그러나 베르터는 귀족 모임에서 쫓겨나는 수모를 겪으면서 자신이 시민계급의 테두리에서 벗어나 자유롭게 활동할 수 없다는 사실을 분명히 확인한다. 베르터가 격분하는 것은 귀족 모임에서 쫓겨난 것보다는 사방에서 그 소문이 자자해졌다는 말을 들었기 때문이다. 가는 곳마다 사람들이 그를 측은히 여기고, 게다가 그를 시기하는 자들은 쾌재를 부르며 "별 것 아닌 머리만 믿고 우쭐대며 어떤 상황도 헤쳐 나갈 수 있다고 생각하는 오만불손한 자들이 어떤 꼴을 당하는지 봤지"[23]라고 떠벌린다. 이보다 더한 험담도 그의 귀에 들려온다. 그럴 때 그는 "칼로 가슴을 찌르고 싶은

----

22 『젊은 베르터의 고뇌』, 같은 책, 122쪽.
23 앞의 책, 114쪽.

심정"**24**이 들게 된다. 베르터는 귀족보다 오히려 같은 시민계층한테서 따가운 눈총을 받는 것을 더 견딜 수 없다고 느낀다.

소설의 전반부에서 베르터가 호메로스의 책을 즐겨 읽는 것도 괴테에 비해 일면적이고 주관적인 성격을 띤다. 괴테가 호메로스에게서 표현력뿐만 아니라 행동력도 배웠던 반면, 베르터는 그의 문학에서 사회에서 벗어나 편히 쉴 수 있는 도피처만을 찾고 있다. 결국 두터운 신분의 벽 앞에 좌절한 베르터는 돌파구를 찾지 못하고 독일 시민계급 특유의 내면화의 길로 들어선다. 그리하여 귀족 모임에서 쫓겨난 후 베르터의 편지는 굴욕적인 관료사회로의 편입을 거부하고 무기력에 빠져드는 과정으로 진행된다. 그는 답답한 가슴에 숨통을 틔우려고 수없이 칼을 집어 들기도 한다. 그러나 그는 결국 시민적 한계에 부딪히면서 로테와의 이룰 수 없는 사랑 때문에 좌절하는 것 말고도 이미 사회로부터 병적으로 고립되면서 죽음에 이르는 병을 앓게 된다. 괴테는 후일 『젊은 베르터의 고뇌』에 대해 "펠리칸처럼 내 심장의 피로 먹이를 주어 만든 것"**25**이라며 그 작품을 낳게 한 병적인 상태를 다시 느끼게 될까 봐 두렵다고 말한다. 거기에는 자신의 가슴 속에서 나온 내면적인 것이나, 감정과 상상이 너무 많이 들어 있다는 것이다.

1790년대 영국의 보수주의자들은 현재의 일반적인 관점과는 달리 괴테를 급진주의자로 보기도 했다. 또한 영국의 주교 브리스틀 경은 괴테를 만난 자리에서 그가 젊은이를 자살로 잘못 이끌었다며, 『젊은 베르터의 고뇌』에 대해 "매우 비도덕적이고 저주받을 책"**26**이라는 비난을 퍼붓기도 한다. 하이네 역시 베르터의 비극적 사랑 이야기나 자살의 문제에만 초점

----
24 앞의 책, 115쪽.
25 『괴테와의 대화 2』, 같은 책, 47쪽.
26 앞의 책, 328쪽.

을 맞추는 것을 못마땅해 했다. 그는 이 소설이 1770년대가 아니라 1820년대에 쓰였더라면 베르터가 귀족사회에서 추방되는 사건을 소설의 핵심 부분으로 인식했을 거라고 말했다. 그러나 괴테의 동시대인은 계급문제에 그다지 관심이 없었고, 베르터의 주변 사람들도 귀족사회에 적대감을 표하기보다는 베르터가 상류사회의 모임에 갔다가 험한 꼴을 당했다고 비아냥거리는 정도였다. 사실 베르터 자신도 그 사건이 있기 전에 계급의 차이는 인정하고 있다. 그는 신분차별의 필요성을 인식하고 있으며 그 차별이 자신에게 이득을 가져다주는 것도 알고 있다. 다만 그 차별이 그에게 방해되지 않기만을 바랄 뿐이다. 좌우간 소설 속에 귀족사회와 평범한 시민 간의 깊은 골이 첨예하게 계속 상존하고 있는 것은 틀림없는 사실이다. 괴테의 동시대인들이 간과했던 이런 점을 언급했다는 점에서는 하이네의 지적이 옳다. 괴테의 경우에도 개인과 사회 간의 갈등이 소설 속이나 자신의 마음속에서 끝까지 완전히 해소되지는 않았다고 볼 수 있다.

프리데리케를 둘러싼 괴테와 렌츠의 삼각관계

괴테는 케스트너, 브렌타노 이외에 그 전에 또 다른 삼각관계를 겪는다. 하지만 사랑의 도피가 특기인 그는 도망을 치고 말았다. 괴테는 1770-71년 스트라스부르 대학에 다닐 때 제젠하임의 목사의 딸 프리데리케 브리온과 사귀었다. 이때 괴테가 여행 중이던 헤르더를 만난 것이 자연, 자유, 감정을 모토로 하는 질풍노도 문학이 탄생하는 계기가 된다. 그래서 연애를 지성과 무관하게 생각한 괴테는 릴리 쇠네만과 사귀다가 1775년 약혼까지 하나 헤어졌다. 아름다움, 젊음, 익살과 신뢰감, 성격, 결함, 변덕 그리고 그 밖의 것들 때문에 여성을 사랑한 그는 삶을 살았고 사랑했으며 많은 고통을 받았다. 사실 릴리는 괴테의 마음속에 "깊이 진

프리데리케 브리온

실하게 사랑한 첫 번째 여성이자, 마지막 여성"[27]이었다. 그렇지만 괴테는 반복적인 도주라는 방식으로만 자신을 구할 수 있었고 『시와 진실』 제4부를 1830년이 될 때까지 미룬 것도 그때까지 살아있던 그녀의 입장을 고려한 탓이었다.

그러나 괴테가 결별 선언을 하고 오랫동안 죄책감을 느낀 여자는 바로 프리데리케 브리온이었다. 그녀는 편지를 통한 괴테의 일방적인 결별 선언에 큰 충격을 받고 평생 독신으로 지낸다. 괴테는 훗날 자서전에서 아무 목적 없이 품은 청춘기의 짧은 애정을 '밤에 던져진 폭탄'에 비유한다. 즉 폭탄은 밤하늘에 아름답게 솟아오르지만 결국 그 자리에 떨어져 파멸을 가져온다는 것이다. 그는 영혼의 불안을 느꼈다고 둘러댄다.

괴테가 마지막으로 본 프리데리케와 헤어져 '충동과 혼란' 속에서 말을 타고 드루젠하임으로 가는 도중 다음과 같은 일이 일어났다. "나는 신체의 눈으로가 아닌 정신의 눈으로 내 자신이 같은 길로 말을 타고 다시 나를 마중 오는 것을 보았다. 더구나 내가 한 번도 입지 않은 금색이 약간 섞인 담회색 옷을 입고. 내가 꿈에서 깨어나 이러한 생각을 떨쳐버린 순간 그 형상이 완전히 사라졌다."[28] 이처럼 "육안이 아니라 심안(心眼)으

---

27 앞의 책, 299쪽.
28 카를 야스퍼스, 『정신병리학총론』, 홍성광 외 역, 아카넷, 2014, 211쪽.

로"[29] 자기를 향해 말을 타고 같은 길을 오는 자신을 본 괴테는 "8년 후 우연히 같은 옷을 입고 그 길을 따라 프리데리케를 방문하러 갔다."[30] 야스퍼스는 괴테의 사례를 들어 『정신병리학총론』에서 "본래적인 지각 속에서든, 단순한 상상이나 망상, 신체적 의식 속에서든, 자신의 신체를 외부세계에서 다른 제2의 신체로 지각하는 현상을 분신망상"[31]이라고 칭한다.

그런데 정작 괴테에 앞서 프리데리케와 사귄 사람은 비운의 천재작가 야코프 렌츠(1751-92)였다. 그는 괴테와 나름 경쟁을 벌이다가 비극적인 결과를 맞고 말았다. 렌츠가 젊은 괴테에 버금갈 정도로 뛰어난 재능을 과시한 것이 괴테에게는 모욕이었기 때문이다. 렌츠는 제젠하임의 목사의 아름다운 딸 프리데리케 브리온을 연모했는데, 렌츠가 그녀에게 편지로 이별 통고를 하기 전에 괴테가 열렬히 사랑에 빠진 것이다. 렌츠에게 프리데리케는 놓치고 싶지 않은 연모의 대상이었다. 하지만 가난한데다 외모도 보잘것없는 그는 괴테의 적수가 될 수 없기에 '내가 정말 그녀를 사랑해도 될까?'라며 자신의 속마음을 한 친구에게 털어놓은 것이 고작이었다.

그런데 괴테로서는 렌츠가 자기에 앞서 프리데리케를 사랑한 것을 내심 평생 불쾌하게 생각한 모양이다. 괴테는 후일 제젠하임을 방문했을 때 프리데리케에게 따끔한 쓴 소리를 들었다. 괴테의 연애편지로 자신이 렌츠에게 정숙치 못한 여자 취급을 받았다는 것이다. 괴테는 수십 년이 지난 1813년 『시와 진실』에서 렌츠에 대해 '프리데리케가 그를 알아주지 않자 유치하게도 자살소동까지 벌였고', 그가 괴테를 "상상 속의 가장 걸출한 증오의 대상으로 삼고, 모험적이고 망상적인 추적의 표적으로

---

29 요한 볼프강 폰 괴테, 『시와 진실』, 전영애·최민숙 역, 민음사, 2009, 635쪽.
30 앞의 책, 635쪽.
31 『정신병리학총론』, 같은 책, 211쪽.

현실 체험을 문학으로 가공한 괴테의 『젊은 베르터의 고뇌』

야코프 렌츠

택했다"[32]며 악담을 늘어놓는다. 자살소동에는 괴테에게 피해를 주고 주위의 동정을 끌어내 그를 파멸시키려는 의도가 깔려 있었다는 것이다.

청년 괴테는 한동안 렌츠를 내심 자신의 위험한 경쟁자로 보고 불편하게 생각했는지도 모른다. 실제로 청년 렌츠는 괴테 못지않은 뛰어난 작가였다. 괴테가 세상을 떠난 뒤 1835년 괴테의 『제젠하임 시집』이 발간되었다. 이 중에서 프리데리케에게 보낸 연애시 11편이 모두 괴테가 쓴 것으로 알려졌다. 그러나 그 중 최소한 다섯 편은 렌츠의 시로 확인되었다.[33]

렌츠는 자신의 저서 『연극에 대한 주해』가 괴테의 『괴츠』에 영감을 주었다는 인상을 풍길 수 있는 말을 했다. 당연히 괴테가 불쾌하게 생각할 수 있는 발언이었다. 『연극에 대한 주해』에는 셰익스피어 작품인 『사랑의 헛수고』의 번역과 그의 전반적인 극 이론이 담겨 있는데 거기에는 질풍노도 문학의 다른 작가들과 공유했던 연극에 대한 개념이 요약되어 있다. 렌츠는 그 책에서 프랑스 고전 드라마의 경직된 규범을 버리고, 셰익스피어 드라마로 전환할 것을 주장했는데, 이것이 실현된 작품이 바로 『괴츠』였다.

괴테의 불쾌한 경험은 이것뿐만이 아니었다. 렌츠가 자신의 희비극 『가

----

32 괴테, 『시와 진실』, 같은 책, 783쪽.
33 볼프 슈나이더, 『위대한 패배자』, 박종대 역, 을유문화사, 207쪽.

정교사』를 익명으로 발표하는 바람에 사람들은 『가정교사』에 나타난 언어와 사건 진행을 보고 괴테의 『괴츠』와 매우 유사하다고 생각했다. 그 바람에 심지어 어떤 시인은 '셰익스피어에 버금가는 괴테 박사가 『가정교사』를 발표했다'고 단정 짓기도 했다. 뿐만 아니라 렌츠는 괴테가 가는 곳마다 따라다녔다. 1776년 초 렌츠는 괴테가 있던 바이마르에 찾아와 머물다가 괴테의 표현에 의하면 '미련한 짓'을 저질러 쫓겨났다. 이때 렌츠가 24시간 내에 그곳을 떠나도록 대공의 명령을 받아낸 사람이 바로 괴테였다. 귀족사회에 동화되어 살아야 하는 괴테로서는 자신의 질풍노도기의 모습을 아는 렌츠가 부담스러웠을 것이다.

1776년 바이마르에서 쫓겨난 렌츠는 스위스에서 힘들게 살아가면서 때로 우울증에 시달리기도 했다. 1778년 1월 렌츠는 포게젠 지방의 발더스바흐에서 목회 일을 하던 오벌린의 집을 찾아들어갔다. 훗날 극작가 뷔히너는 천재 작가의 폭발적 광기를 묘사한 소설 『렌츠』를 발표했는데, 거기에서 뷔히너는 렌츠가 정신이상일 때 일어났던 여러 사건들을 삽화 형식으로 묘사했다. 결국 오벌린은 광기에 빠진 렌츠를 더 이상 감당하지 못하고 스트라스부르로 쫓아 보냈다. 그런데 렌츠는 하필이면 괴테의 매제 슐로서의 집에 거처를 구했다. 슐로서 역시 분노와 광기의 화신처럼 행동하는 렌츠를 더 이상 두고 볼 수 없어 집에서 내보내고 말았다. 할 수 없이 1779년 렌츠의 동생 카를이 렌츠를 고향 리가로 데려갔다.

다행히 고향집에서 건강을 회복한 렌츠는 1781년 모스크바로 떠나, 거기서 한 문학회에 가입하여 셰익스피어 작품을 러시아어로 번역했고, 한동안 가정교사로 일하기도 했다. 그러던 1792년 5월 렌츠는 정처 없이 방랑하다가 모스크바 빈민가에서 죽은 채로 발견되었다. 마흔한 살의 나이였다. 렌츠의 문학이 오랫동안 제대로 평가받지 못한 데는 괴테의 『시와 진실』이 상당한 영향을 미쳤다. 당시 문화 권력의 핵심에 있던 괴테의 말 한마디는 곧 진리나 마찬가지였기 때문이다. 그는 제우스와 같은 존재였다.

괴테는 에커만과의 대화에서 그의 재능은 어찌할 수 없으니 인격을 걸고넘어지는 사람들에 대한 불만을 털어놓는다. "내가 거만하다느니 이기적이라느니 젊은 인재들에 대해 질투심이 많다느니 육욕에 빠져 있다느니 기독교를 믿지 않는다는 등 별의별 말을 다하다가 마침내는 나의 조국과, 내가 사랑하는 독일 사람들에 대해 애정이 없다는 말까지 하는 걸세."[34] 하지만 괴테는 시인의 애국을 일반인의 그것과 다르게 본다. 시인이 "평생에 걸쳐 해로운 편견과 맞서 싸우고 편협한 견해를 제거하고 국민정신을 계몽하고 또 국민의 미적 감각을 순화시키고 국민의 지조와 사고방식을 고상하게 만들려고 노력해 왔다면, 그게 애국"[35]이라는 것이다. 또한 괴테는 적대자들로부터 신앙이 없다는 비난을 받았지만 그들의 신앙이 그에게는 너무 편협하기 때문에 그들 식의 신앙을 갖지 않았을 뿐이라고 반박한다.

---

34 『괴테와의 대화 2』, 같은 책, 314쪽.
35 『괴테와의 대화 1』, 같은 책, 736쪽.

제2부 괴테와 실러

격정과 혁명의 작가 실러[1]의
첫 작품 『도적들』[2]

"내가 이곳으로 오는 도중 만났던 가난뱅이가 생각난다. 하루 벌어 근근이 먹고 산다는데 자식이 열한 명이라 하더구나. 큰 도적을 산 채로 잡아오는 자에게 금화 천 냥을 준다고 했으니, 그 사람을 도와줄 수 있겠다."[3]

『도적들』의 마지막 장면이다. 도적 두목 카를은 사법 당국에 자수하는 대신 가난한 자가 현상금을 타도록 그를 위해 목숨을 바치기로 결심한다.

성공적인 초연

1782년 1월 13일 만하임 국민극장에서 〈도적들〉이 처음 공연되었을 때 관객들은 열광의 도가니에 빠졌다. "관객들은 주먹을 쥐고 눈을 부릅뜨

---

1 괴테는 『괴테와의 대화』에서 '실러는 손톱을 깎을 때도 현대의 다른 작가들보다 위대했다'고 격찬한다. 그러나 역사와 철학이 실러의 작품 진행을 방해하는 점이 있다고 말한다.
2 'Räuber'는 '군도', '도적떼' 등으로 번역되고 있으나 이 책에서는 '도적들'로 하기로 한다.
3 프리드리히 폰 실러, 『도적떼』, 김인순 역, 열린책들, 2007, 242쪽. 번역은 필자가 수정했음.

며 환호성을 질러댔고, 생면부지의 사람들끼리 흐느끼며 서로 부둥켜안 았다."[4] 그 작품은 곧 커다란 관심을 불러일으켰으며, 독일 연극사에 획기 적인 이정표가 되었다. 실러 자신도 독일의 가장 뛰어난 배우들의 열연에 흐뭇해했다.

1779년과 1780년 사이에 쓰인 것으로 보이는『도적들』은 1780년 12월 에 완성되었다. 이 작품은 출간 즉시 입소문을 타고 떠들썩한 화제를 불 러일으켰다. 사람들은 작가가 폭력과 방화, 살인을 찬미하고 법질서를 무 시하며, 작품 주인공들은 짐승처럼 양심도 없는 자들이라고 입방아를 찧 어댔다. 그렇게 잔인하고 난폭한 작품을 읽어본 적이 없는 독자들 중 일 부는 작가를 감금해야 한다고 들고 일어나기도 했다. 또한 젊은 작가가 초연을 보러 온다는 소문이 퍼지자, 악명 높은 작가와 그 작품에 대한 호 기심 때문에 연극표가 매진되기도 했다. 결국 연극 공연장 안은 입추의 여지없이 관객들로 가득 찼다.

만하임에서 성공적인 초연을 한 뒤〈도적들〉은 독일 각지에서 무대에 올려졌다. 하지만 그 연극은 엄격한 검열 때문에 대체로 미심쩍게 개작되 거나 형편없이 개악되기도 했다. 1782년 9월에 함부르크와 라이프치히에 서, 1783년 1월에는 베를린에서 공연되었다. 슈투트가르트에서는 1784 년 3월 5일에 처음 무대에 올렸고, 같은 해에 좀 작은 무대이긴 하지만 제 국 도시 빈에서도 작품 공연이 이루어졌다. 1792년에는 파리에서도 공연 되어 대성공을 거둠으로써, 실러는 프랑스 혁명 정부에 의해 프랑스 명예 시민으로 추대되기도 했다. 특히 젊은이들이『도적들』에 열광했으며, 일 부 젊은이들은 작품을 모방하여 직접 도적단을 결성하는 사태가 벌어지 기까지 했다.

----

4 Friedrich Schiller, *Die Räuber*, Reclam, 1976, S. 143.

실러는 슈바르트(Daniel Christian Schubart)의 『인간 마음의 이야기』에서 도적 모티프의 힌트를 얻었다. 이 소설에는 귀족의 배다른 형제가 등장한다. 거기서 도덕적으로 엄격하지만 음흉한 한 아들은 다른 아들이 경박하고 향락적이라고 아버지에게 비방한다. 그리하여 쫓겨난 아들이 나중에 못된 다른 아들의 살해 계획으로부터 아버지를 지켜준다. 이러한 기본 바탕에 실러는 자신의 심리학 교수 아벨에게서 들은 어느 '고상한 범죄자'의 비극적인 모티프를 첨가한다. 셰익스피어의 『리어왕』에 나오는 그로스터 백작의 두 아들 에드가와 에드먼드 형제 이야기도 비슷한 줄거리를 담고 있다. 에드먼드는 적자인 형 에드가가 계승할 권리와 지위를 빼앗으려고 흉계를 꾸며 목적을 이루나 결국 에드가에게 복수를 당하고 만다.

자비 출판

『도적들』은 1781년 여름 자비로 출판되었다. 게다가 실러가 다닌 사관학교에서는 학생이 책을 출판하려면 학교 당국의 허가를 받아야 하기에 돈을 빌려 익명으로 책이 나오게 되었다. 실러는 그 후 출판비와 생활비에다가 그 이자 때문에 오랫동안 큰 어려움을 겪게 된다. 실러는 책의 정식 출판을 위해 출판업자 슈반에게 내용의 일부를 보냈지만, 고상하고 예의바른 독자가 보기에는 부적당하다는 이유로 그에게서 거부당했다. 그러나 슈반은 만하임 국민극장 극장장 헤리베르트 폰 달베르트를 소개하면서 상연에 부적합한 표현을 고치도록 했다. 그리하여 1781년 8월부터 10월 사이에 달베르크와 다른 전문가의 실질적인 제안으로 무대용 대본이 생겨났다. 그러나 달베르크는 이 정도에 만족하지 않았다. 그는 인습적인 연극 취향에 맞추고, 될 수 있는 한 실제 정치 상황과의 비교를 피하기 위해 연극 대본을 다시 대폭 수정했다. 실러는 초연 직전에야 비로소 자기 작품이 많이 고쳐졌음을 알게 되었다.

이리하여 개정된 대본에서는 원작이 지닌 열정적인 반란의 색채가 다소 누그러지게 되었다. 만하임에서는 상연준비가 착착 진행 중에 있었다. 그 소식을 들을 때마다 젊은 실러의 가슴은 뛰었다. 실러는 총연습이나 첫 공연이라도 구경하고 싶었다. 공연 날짜는 1782년 1월 13일로 정해졌다. 당시 하급 군의관이었던 실러는 공연 첫날 저녁, 관객들 앞에 서기 위해 소속 연대장의 허가를 받지 않고 친구 페테르젠과 함께 슈투트가르트에서 국경을 넘어 만하임으로 떠났다. 그들이 극장에 도착했을 때 극장 안은 이미 초만원이었다. 만하임의 시민뿐만 아니라 가까운 다름슈타트나 하이델베르크는 물론 멀리 프랑크푸르트, 마인츠 등지에서도 소문이 자자한 희곡의 상연을 구경하려고 많은 사람들이 모여든 것이다. 1782년 1월 17일 실러는 달베르크 앞으로 '독일이 나를 극작가로 간주할 날이 온다면 그 시기를 지난주부터 잡아야 할 것 같다'는 편지를 썼다.

감옥에 갇힌 실러와 도주

실러는 만하임 여행을 일체 비밀에 부치려고 했으나 차츰 카를 오이겐 대공의 귀에까지 들어가게 되었다. 실러는 대공의 호출을 받았다. 실러는 연대장의 승인을 받았다는 것을 극구 부인했으며, 부친을 파면시키겠다느니 그를 감옥에 넣겠다느니 하면서 위협당했으나 끝내 그 일을 부정했다. 연대장의 승인을 받지 않고 갔다면 실러는 탈영자가 되고, 이러한 상태에서 외국과의 교류는 일종의 반역이 된다. 이후 그는 외국과의 교제와 서신왕래를 금지당하고 2주간의 구류형에 처해졌다. 대공은 자신의 사관학교 졸업생이 유명한 작가가 된 것을 오히려 자랑스럽게 생각했을지도 모른다. 하지만 그 작품이 자기 공국이 아닌 다른 공국에서 초연되어 큰 성공을 거두었다는 것이 대공의 강한 허영심을 상하게 한 모양이다. 실러는 영창 생활을 하면서 『피에스코의 모반』과 『간계와 사랑』에 대한 희곡적 구상을 한다.

석방 후 실러는 달베르크 앞으로 편지를 보내 만하임 극장에 들어가고 싶다고 제의했으나 그는 이웃 공국과 복잡한 상황이 생기는 것을 귀찮게 생각했다. 달베르크한테서는 아무런 답장도 없었다. 이런 심란한 상황에서 외부로부터 사건이 터졌다. 『도적들』의 제2막 3장에 악당 슈피겔베르크가 도적단을 조직하자는 제의를 하는 대목이 나온다. "그라우뷘덴 주에 한번 가보게나. 그곳은 오늘날의 악당들이 모이는 아테네일세."[5] 그 지방 사람들에게 이 대목이 문제가 되어 그것을 취소하라는 자가 생겨났다. 마침내 이 문제가 카를 대공의 귀에도 들어갔다. 대공은 실러를 불러 앞으로 의학 관련 저술 이외에 희극을 쓰면 파면시키겠다고 언명했다. 실러는 더 이상 카를 대공의 나라에 머물러 있을 수 없었다. 이런 상황에서 탈출하기 위해 실러는 1782년 9월 22일 야음을 틈타 친구인 음악 교사 안드레아스 슐라이허와 함께 슈투트가르트에서 몰래 빠져나와서는 그의 첫 희곡을 무대에 올린 극장장 폰 달베르크에게 도움을 청하러 만하임으로 도망쳤다. 그는 걱정하실까 봐 부모에게도 비밀에 부쳤다. 같이 방랑생활을 한 슈트라이허는 후일에 쓴 탈주기 서문에 '페가수스의 도주나 다름 없다. 천마(天馬)는 필사적인 힘으로 거침없이 비행하여 하늘에 오르려 하고 있다'고 적고 있다. 그의 도망은 만하임에서 프랑크푸르트, 오거스하임을 거쳐 뒤링겐의 바우어바흐로 이어졌다. 그곳에서 실러는 후원자 헨리에테 폰 볼초겐의 농장에서 머물렀다. 이후 그는 경제적인 어려움과 질병 등 숱한 역경과 싸우며 파란만장하고 위대한 삶을 헤쳐 나간다.

----

5 『도적떼』, 같은 책, 95쪽. 번역은 필자가 수정했음.

사관학교에 입학한 실러

프리드리히 실러는 1759년 11월 10일 남독일 네카르 강변의 마르바흐에서 태어났다. 아버지는 위생병과 하급 군의관을 거쳐 중위가 되어 당시 북부 프랑켄의 전장에 출동하고 있었다. 아버지가 대공의 군대를 따라다녀야 했기 때문에 가족은 자주 이사를 해야 했다. 실러는 아버지에게서 투사적인 기백을, 여관집 주인의 딸인 어머니에게서는 온유하고 다감한 성격을 물려받았다. 아버지는 군에서 은퇴한 후 원예 일에 몰두했고, 뷔르템베르크 공국의 카를 오이겐 대공(1729-93)의 저택인 루트비히스부르크 성(城)의 원예 감독관으로 임명되었다.

1765년부터 정규 초등교육을 받기 시작한 실러는 1767년부터는 수비대 주둔도시 루트비히스부르크의 라틴어 학교에 다녔다. 주입식과 암기식 수업은 지루했고 벌칙도 엄격했다. 실러는 열세 살이 되던 1772년에 작가가 되기로 결심하고 희곡을 썼지만 지금은 남아 있지 않다. 어려서부터 신심 깊고 기독교적 자선심이 강했던 실러는 카를 오이겐 대공의 명에 따라 1773년 1월 16일 유년사관학교에 진학한다. 처음 군인고아원으로 시작했다가 얼마 후 해산되고 유년사관학교로 재설립된 그 학교는 실러가 입학한 해인 1773년 3월에 개명되어 공국사관학교로 불리다가 1781년 요젭 2세의 허가로 카를 대학(Hohe Carls-Schule)으로 개명된다. 전제군주인 대공이 세운 이 학교는 공국의 장교와 공무원을 양성하고자 엄격한 스파르타식 교육을 했다. 생도들은 부모의 얼굴을 거의 볼 수 없었고, 가발과 제복을 착용했으며, 일요일의 산책도 장교들의 감시 하에서만 할 수 있었다. 가혹하고 비인간적인 이 같은 규율과 무미건조한 학교 공부는 실러에게 지옥 같았고, 예민한 시기에 자유에 대한 갈망을 더욱 고조시켰다. 실러의 부모는 아들이 목사가 되기를 바랐으나, 대공은 그에게 법률 공부를 명령했으며,

나중에는 의학으로 전공을 바꾸는 것을 허락했다. 하지만 의학으로 전과한 후 실러는 전문적인 의학보다는 오히려 철학, 심리학 강의를 즐겨 들었다.

프리드리히 실러

시를 즐겨 읽는 문학 소년인 실러는 사관학교 시절 루터의 성서, 『플루타르크 영웅전』을 애독했고, 베르길리우스, 클롭슈토크의 작품들뿐만 아니라 볼테르, 루소, 괴테 등의 작품을 읽었다. 특히 그는 심리학 교수 아벨의 영향을 많이 받았고, 그의 권유로 셰익스피어의 작품을 접하게 되었다. 그를 매혹시킨 것은 위대함의 이념, 천재 그 자체였다. 그는 위대한 정신은 타고나는 것인지 아니면 교육되는 것인지, 또 그런 사람들의 표식은 어떤 것인지에 관심이 있었다. 생도 시절에 실러는 은밀히 책을 읽고 글을 쓰기 시작했다. 그는 새로 나온 시와 소설, 에세이와 희곡을 열심히 읽었고 희곡 창작 연습을 하기도 했다. 이리하여 대공 오이겐의 눈을 피해 생겨난 희곡이 『도적들』이다. 사관학교에서 생도들은 낮에는 자유가 없고 밤에만 마음대로 일할 수 있었다. 따라서 실러는 상상력이 나래를 펴는 고요한 밤 시간에 글을 쓰는 습관이 생겼다. 사관학교에서는 일정 시간이 되면 소등하게 되어 있었으므로 실러는 부속 병실의 등불을 이용하기 위해 가끔 병 계출(屆出)을 냈다. 가끔 카를 대공이 병실을 순시할 때는 『도적들』의 원고를 책상 밑으로 숨기고 미리 준비해둔 의학책을 보는 척하기도 했다.

실러는 질곡의 생활에서 해방됨과 동시에 이 작품도 세상에 나오기를

마르바흐에 있는 실러의 생가

기대했지만 1781년 5월 6일에 '여러 차례 중단을 거듭하고, 여러 번 개작한 후 마치 익을 대로 익어서 떨어지는 과일'처럼 메츨러 서점에 의해 세상에 나오게 되었다. 그것은 아버지들의 권위적인 세상에 거친 반항과 저항, 비난으로 맞서는 작품이다. 8년 동안 사관학교의 악몽과도 같은 단체 생활을 견뎌내고 1780년 12월 15일 이 학교를 졸업한 실러는 마침내 연대의 하급 군의관이 되어 슈투트가르트로 떠났다. 이제 공식 허가 없이는 그 도시를 떠날 수 없었고 제복도 의무적으로 착용해야 했다.

엄격한 군대 규율 속에서 청년기를 보내며 실러는 자유와 정의, 권력의 이용과 남용이라는 문제와 부딪히게 되었다. 이것은 후에 그의 대부분의 희곡에서 끊임없이 주제로 나타나게 된다. 몇몇 초기 시에서 드러나는 그에 대한 분노는 첫 작품인 『도적들』에 특히 잘 나타나 있다. 숨 막히는 관습과 고위층의 부패에 대한 맹렬한 저항을 그린 이 작품에서 실러는 법질서와 윤리를 옹호한 글을 썼다고 주장했다. 그는 동시에 카를 모어를 '숭고한 범죄자'로 그림으로써 기본적으로 아주 고귀한 성품의 소유자도 전과자로 만드는 사회를 비난, 고발할 수 있었다.

도적이 된 카를

극의 배경은 18세기 중엽 독일이다. 막시밀리안 폰 모어 백작에게는 카를과 프란츠 두 아들이 있다. 큰 아들 카를은 재능 있고 잘생긴데다 행동가이자 모험가이며 마음씨가 착하다. 반면에 동생 프란츠는 못생긴데다 음흉하고 독살스럽다. 동서고금을 막론하고 어디서나 볼 수 있는 형제 갈등이 주된 테마로 다루어진다. 그러나 내적으로는 두 사람 모두 야심을 지녔고, 현존 질서에 반항하며 자신의 자아를 실현하고자 한다. 늙은 백작이 라이프치히에서 공부하는 카를에게서 편지가 오기를 기다리던 어느 날 프란츠는 날조된 편지를 아버지에게 들고 가서 카를이 폭행과 살인으로 범죄자가 되었다고 말한다. 그의 목표는 아버지를 죽이고 형을 제거해서 권력을 차지하는 것이었다. 게다가 형의 약혼녀 아말리아까지도 자신의 여자로 만들려고 한다.

아버지로부터 용서의 편지를 기다리던 카를은 아버지의 용서를 받을 수 없으리란 프란츠의 편지를 받고 절망에 빠진다. 그리하여 그는 슈피겔베르크라는 친구가 꾸민 계획에 가담하기로 마음먹는다. 그는 친구들이 창설한 도적단의 두목 역할을 받아들인다. 한편 프란츠는 사생아 헤르만을 매수하여 모어 백작에게 전쟁터에서 카를의 영웅적인 죽음을 목격했다고 말하도록 시킨다. 프란츠는 아들의 사망 소식을 듣고 충격에 빠진 모어 백작을 성탑의 지하 감방에 넣고 굶어죽도록 가두어버린다. 카를은 도적단의 두목으로 그 사이 많은 악행을 저질러 거액의 현상금까지 걸리게 된다. 그러나 카를이 권력자들과 부정한 자들을 응징하려 한 반면, 단

오페라 〈도적들〉의 한 장면

원들은 상대를 가리지 않고 범죄를 저지른다. 특히 탐욕스런 슈피겔베르크는 늘 새로운 폭력을 저지르며 이를 자랑스레 떠벌리기까지 한다.

카를은 친구 롤러가 붙잡혀 교수형의 위협을 받자 즉각 도시를 습격하여 동료를 구출한다. 그러나 단원들은 이때 아이 엄마와 젖먹이까지 무자비한 대량학살을 저지른다. 카를은 그들의 행동의 책임이 자신에게 있다고 느끼고 마음속으로 도적단과 결별한다. 그러나 그가 막 달아나려는 순간 도적단은 압도적으로 우세한 추적자들에 의해 포위되어 절체절명의 위험한 순간에 빠진다. 그때 한 신부가 도적단에게 다가와 항복을 설득하나 카를은 교회의 위선과 탐욕, 민중학살에 대한 비난을 퍼붓는다. 그러자 신부는 두목을 넘겨주면 모두에게 자유를 주고 용서하겠다고 제안한다. 내심 도적 생활을 끝내려던 카를은 부하 도적들을 위해 희생하겠다고 나선다. 그러나 카를에게 충실한 롤러와 슈바이처는 다른 도적들에게 두목을 구할 것을 선동한다. 다른 도적들도 두 사람의 모범과 의리에 감동

제2부 괴테와 실러

하여 같이 휩쓸린다. 그리하여 백여 명의 도적 떼는 천 명이 넘는 무장병사들이 포진한 적진을 뚫고 탈출에 성공한다. 그러나 이 전투에서 카를의 친구 롤러가 목숨을 잃는다.

한편 권력을 장악한 프란츠는 성에서 아말리아를 압박하며 야욕을 충족시키려 한다. 그러나 희생양이 되고 싶지 않은 아말리아는 칼을 뽑아 공격자를 쫓아버린다. 이때 양심의 가책에 괴로워하던 헤르만이 들어와 카를도 그의 아버지도 죽지 않았다고 고백한다. 모든 것이 프란츠가 꾸며 낸 거짓이었다고 털어놓는다. 이처럼 아말리아의 사랑의 이야기가 새로운 국면을 맞는 동안 카를은 다시 어머니 뱃속에 들어가 때 묻지 않은 아이가 되기를 희구한다. 그는 코진스키라는 젊은이가 찾아와 도적단에 들겠다고 제안할 때 그런 감상적인 기분에서 벗어난다. 그 젊은이 역시 카를과 비슷한 운명을 견뎌냈을 뿐만 아니라 아말리아라는 이름의 신부를 빼앗겼던 것이다. 이에 깊은 감명을 받은 카를은 잃어버렸던 주도권을 다시 쥐고 부하들에게 자신의 고향으로 함께 쳐들어갈 것을 명령한다. 아말리아를 다시 만나 이야기를 나누어야 했던 것이다.

아버지의 성에 도착한 카를은 가명을 쓰며 다른 사람 행세를 한다. 그의 모습이 바뀐 데다 변장도 한몫하여 아말리아는 그를 알아보지 못한다. 게다가 그녀는 그에게 강하게 끌리면서도 그 이유를 알지 못한다. 하지만 프란츠는 형을 금방 알아보고 그를 제거하려 한다. 그는 하인 다니엘에게 정체를 알 수 없는 낯선 자를 살해하라고 시킨다. 그러나 어려서부터 카를을 돌봐주던 다니엘은 부자 관계를 이간질한 장본인이 프란츠라고 그에게 알려준다. 카를은 자신의 복수극이 거짓에 기초한 것임을 깨닫는다. 그는 달아나고 싶었으나 마지막으로 아말리아를 한 번만 더 보기로 마음먹는다. 그녀는 카를이 자신의 정체에 대한 암시를 주었지만 그를 알아보지 못한다. 카를은 자신이 살인자가 되었다는 말을 할 용기가 없어 참담한 심정으로 그녀에게서 도망치듯 달아나버린다.

그동안 도적단은 두목이 사라지자 화가 나서 그를 기다리고 있다. 권력의 공백이 생겨나자 교활한 슈피겔베르크는 이 상황을 이용하여 자신이 도적단의 두목이 되려 한다. 그러나 그의 살인계획은 곧 발각되고 카를의 충직한 동료 슈바이처는 배신자를 칼로 찔러 죽인다. 슈피겔베르크의 죽음은 카를을 더욱 절망의 구렁텅이로 몰아넣는다. 기진맥진한 동료들이 잠을 자는 동안 삶에 대한 근본적인 의심이 그를 괴롭힌다. 나는 어디로 가고 있는가? 신과 내세는 과연 존재하는가? 나에게 다른 길은 주어질 수 없었을까? 그는 혼돈에서 벗어날 길은 자살뿐이라고 생각했다. 그는 권총을 머리에 겨누고 방아쇠를 당기려다 마지막 힘을 다해 고통을 견디고 임무를 끝까지 완수하기로 결심한다. 그리고 권총을 던져버리려는 순간 가까운 숲속 어둠 속에서 한 형상이 눈에 띈다. 모어 백작에게 음식을 가져다주려고 지하 감옥으로 몰래 찾아온 헤르만이다. 그에게서 어두운 비밀 이야기를 듣고 경악한 카를은 즉시 지하 감옥의 문을 부순다. 그러자 늙고 수척해진 늙은 백작이 유령처럼 감방에서 비틀거리며 걸어 나온다. 그는 아들을 알아보지 못하고 프란츠가 자신을 괴롭히고 감옥에 처넣은 이야기를 들려준다. 피의 복수심에 사로잡힌 카를은 슈바이처에게 프란츠를 산 채로 잡아오라고 명령한다.

악몽에서 깨어난 프란츠는 자신에게 위험이 닥쳐옴을 감지한다. 꿈에서 최후의 심판정에 불려간 그는 무시무시한 저주의 목소리를 듣는다. 그날 밤 그는 형을 괴롭혔던 질문에 시달린다. 그는 혼미한 정신으로 모어목사를 불러 신에 대한 자신의 오랜 불신을 되살리려 한다. 그러나 목사와의 논쟁으로 프란츠는 점점 더 불안해지고 깊고 암담한 절망에 빠진다. 엄청난 범죄자가 되고 무자비한 권력자가 되려 한 그의 오만은 이제 사라졌다. 그는 목사를 쫓아버린다. 그때 시끄러운 소리가 들리며 도적단이

성으로 쳐들어온다. 그는 신이 자기를 벌하려고 응징자를 보냈다는 망상에 빠져든다. 도적들이 몰려온 순간 스스로 목을 맨 프란츠가 죽어서 바닥에 쓰러진다. 슈바이처는 산 채로 그를 두목에게 데려가겠다는 약속을 지키지 못하게 되자 권총을 이마에 대고 방아쇠를 당긴다.

그동안 모어 백작과 카를은 프란츠가 잡혀오길 초조하게 기다리고 있다. 도적단이 돌아와 프란츠가 이미 죽어 있었다고 보고하자 또다시 살인을 저지르지 않아도 된 카를은 안도감에 사로잡힌다. 이때 백작과 카를이 어디 있는지 알게 된 아말리아가 들이닥친다. 카를은 자신이 살인자가 된 것을 고백해야 하므로 이 만남을 두려워해 왔다. 카를은 백작을 구한 장본인이 바로 도적이자 살인자인 아들 카를임을 고백한다. 백작은 충격을 이기지 못하고 숨을 거둔다. 이때 아말리아는 달아나려는 카를을 껴안는다. 카를은 순간 범죄와 도적들을 잊고 행복한 상념에 잠긴다. 그러나 도적들은 격분하여 카를에게 그가 맹세로 자기들에게 묶인 몸임을 상기시킨다. 그러자 카를은 도적의 삶에서 결코 벗어날 수 없음을 깨닫는다. 삶으로의 귀환은 존재하지 않으며, 사회로의 복귀도 아말리아와의 행복한 미래도 존재하지 않는 것이다. 그가 돌아서자 절망에 빠진 아말리아는 같이 살 수 없다면 자신을 죽여달라고 애원한다. 다른 도적이 그녀에게 총을 겨누자, 카를이 선수를 쳐서 그녀를 칼로 찌른다.

이제 카를에게는 아무런 희망도 없고, 도적단에 묶여야 할 의무나 이유도 없었기에 도적들과 절연을 선언한다.

"나는 이제 이빨을 떨고 울부짖으며, 나 같은 인간이 둘만 있어도 윤리 세계의 전체 구조가 파멸할 수 있음을 깨닫는다. 하느님, 당신의 권능을 침해하려던 이 철부지에게 자비를 베푸소서……. 응징은 오직 하느님 고유의 권한이다. 하느님은 인간의 도움이 필요하지 않다. 물론 제 힘으로는 더 이상 과거를 되돌릴 수 없다. 이미 망친 것은 되살릴 수 없고, 제가 쓰러뜨린 것은 영원히 다시 일어서지 못한다. 하지만 유린당한 법과 화해하고 짓밟힌 질서를 다시 세울 수 있는 힘은 아직 남아 있다. 그러려면 희생물이 필요하다. 신성불가침한 법질서의 위엄을 만천하에 내보일 제물이 필요하다……. 나 자신이 바로 이러한 제물이다. 법질서를 수호하기 위해선 나 자신이 죽어야 한다."[6]

이때 그의 머릿속에 이곳으로 오는 도중 만났던 열한 명의 자식을 둔 날품팔이 노동자가 떠오른다. 카를은 그가 금화 천 냥을 얻게 하기 위해 심판과 죽음을 향해 나아간다.

질풍노도기의 대표적 작품

실러의 희곡 『도적들』은 괴테의 『젊은 베르터의 고뇌』와 함께 독일의 질풍노도기를 대표하는 작품이다. 질풍노도의 문학은 계몽주의의 이성 중심에 반항하면서 감정의 해방과 개성의 존중을 주장했다. 특히 1765년에서 1785년 사이 괴테와 실러를 비롯한 시민계급 출신의 젊은 작가들은 당시 사회에 대한 문학적 항의를 표출했다. 그들은 감정의 자유로운 발산을 예찬하고, 사회적 한계에 얽매이지 않는 천재성을 찬미하며, 인간의 자유로운 정신을 추구했다. 그런데 같은 고전작가이면서도 괴테와 실러의 문학적 태도는 서로 차이가 있다. 괴테가 사회의 인습과 이성의 질곡에 억눌린 개인적 감정의 자유로운 발산을 주장했다면, 실러는 정치적 억압과 폭정에 대항하여 반란과 혁명의 깃발을 높이 들었다. 『도적들』의 중심 모

---

6 앞의 책, 240-241쪽. 번역은 필자가 수정했음.

티프는 지성과 감정의 충돌이고, 중심 주제는 법과 자유의 관계이다.

Weimar   Goethe-Schiller-Denkmal

괴테와 실러

당시 『도적들』에 대해 못마땅해 하는 자들이 많았다. 심지어 한 후작은 "만약 자기가 신이 되어 세계를 창조하려는 순간 실러가 『도적들』을 쓸 것을 알았더라면 세계를 창조하기를 그만두었을 것"[7]이라고 악평하기도 한다. 반면에 젊은 대학생들은 『도적들』에 대해 전혀 혐오증을 갖지 않았고, 『도적들』이 공연되면 극장은 대학생들로 거의 가득 차곤 했다. 젊은이들은 실러의 질풍노도기 작품에 시대를 초월해 환영하며 열광하고 있다. 세계가 아무리 진보했다 해도 젊은이는 결국 언제나 처음부터 출발하여 개인으로서 세계 문화의 진화 단계를 차례로 겪을 수밖에 없는 것이다. 에커만의 『괴테와의 대화』에서 괴테는 실러에 대해 이렇게 말한다.

> "실러의 모든 작품에는 자유의 이념이 관통하고 있네. 실러가 자신의 교양을 점차 높여가며 이전의 자신과 다르게 변함에 따라 그 이념은 다른 모습

---

7 요한 페터 에커만, 『괴테와의 대화 1』, 장희창 역, 민음사, 2008, 295쪽.

을 띠게 되었다네. 즉 그를 고통스럽게 하고, 시 창작을 하게 한 것이 젊은 시대에는 물리적 자유였고, 만년에는 정신적 자유였네."**8**

이처럼 실러는 『도적들』을 쓰던 젊은 시절 물리적 자유 때문에 큰 고통을 겪었다. 거기에는 그의 예민한 정신적 기질 말고도 사관학교에서 당한 신체적 억압도 한몫했다고 할 수 있다.

공화주의자 카를

『도적들』의 앞머리에 '약이 치유하지 못하는 것은 쇠가 치유하고 쇠가 치유하지 못하는 것은 불이 치유한다'라는 히포크라테스의 문구가 실려 있다. 여기서 약은 계급과 제도의 벽들로 이루어진 시대의 병증(病症)을 치유하는 기능을 하고, 쇠는 도적 떼의 '칼'이며, 불은 프로메테우스의 후예들이 지피는 예술가의 창조적 상상력을 의미한다. 플루타르크에게서 숭고한 범죄자의 모습을 인식하는 카를 모어와 성서의 요셉에 관심이 있는 슈피겔베르크는 상당한 지적 교양을 갖추고 있다. 카를은 『플루타르크 영웅전』을 애독한 영웅 숭배자이다. 그는 어릴 때부터 카이사르나 알렉산드로스 대왕의 이야기나 이교도의 모험담을 즐겨 읽었다. 또 신에 반항하다가 천국에서 쫓겨난 프로메테우스를 동정한다. 그는 위대한 인물에 대해서는 무한한 존경을 하는 대신 잔머리를 쓰는 약삭빠른 자나 소인배에 대해서는 혐오감을 보인다. 그는 루소처럼 허식 없는 자연과 순진무구한 것을 존중하는 자유주의자이자 공화주의자다. 카를은 슈피겔베르크에게 법과 자유, 공화국에 대해 말한다.

----

8 앞의 책, 304쪽.

"법이란 독수리처럼 나는 것을 달팽이처럼 기게 만드는 걸세. 법은 위대한 남자를 길러낸 적이 없지만, 자유는 거대한 인간과 비범한 인간을 만들어낸다네. 그들은 폭군의 뱃가죽 속에 방책을 치고 앉아, 그의 위장의 비위를 맞추고 그의 방귀 냄새에 옴짝달싹 못하지. 아! 헤르만의 정신이 아직 재(灰) 속에서 꺼지지 않고 희미하게 타오르고 있는가! 나와 뜻을 같이하는 사나이들 무리를 지휘할 수 있다면, 독일을 공화국으로 만들어놓을 텐데. 그것에 비하면 로마와 스파르타를 수녀원처럼 보이게 할 공화국으로!"**9**

매력적이고 카리스마 있는 카를 모어는 이상주의적인 반역자다. 그의 과격한 사상과 열정적인 감정은 질풍노도 문학의 전형적인 특징을 반영한다. 동생 프란츠는 날카로운 지성과 음험한 성격의 소유자이다. 그는 냉정하고 비도덕적이며, 이기적인 유물론자이자 허무주의자로 변모해 간다. 아버지 모어 백작은 자비로운 통치자로서 사람을 너무 쉽게 믿어버리는 경향이 있다. 일찍 아내를 잃고 혼자 자식을 키운 그는 연로하여 고집스런 두 아들을 더 이상 통제하지 못하게 된다. 그는 아들들을 제대로 평가하지 못했고 그들에게 도덕적인 안정성을 심어주는 데 실패했다. 모어 백작은 성서 이야기를 듣기 좋아한다. 그는 아말리아에게 아들 요셉을 잃어버린 아버지 야곱의 이야기를 읽어달라고 청한다. 요셉의 옷에 염소피를 묻혀 야곱을 속이는 성서의 구절은 카를이 아직 죽지 않았음을 암시한다. 이처럼 모어 백작이 성서에서 자신의 상황을 되짚어보듯이 다른 등장인물들은 주로 일리아스나 플루타르크 영웅전에서 자신이 처한 상황과 유사한 장면을 발견한다. 아말리아는 카를이 전쟁터에서 죽은 이야기를 듣자 그를 그리스 신화의 영웅 헥토르라고 칭하며 높이 평가하기도 한다.

---

9 『도적떼』, 같은 책, 32-33쪽. 번역은 필자가 수정했음.

도적이 된 지식인 프롤레타리아

『도적들』의 도적단을 이끄는 주도자들은 단순한 도적이나 배우지 못한 무지막지한 자들이 아니라 지적인 프롤레타리아들이다. 이들은 사회와 끈이 끊어진 룸펜이자 어떤 의미에서는 정신적 귀족이라 할 수 있다. 이들의 행위는 지배계층의 승인된 도둑질과 대비되는 의로운 반역의 기능을 한다. 롤러, 슈프텔레, 라츠만이 실제로 원하는 직업은 도적이 아니라 문필가나 목사, 의사이다. 이들은 시대의 증상인 세계고(世界苦)를 행동으로 돌파하고자 한다. 이들은 나름대로 공부를 한 지식인이지만 봉건적 질서 하에서 자신이 원하는 이상적인 직업을 구할 길 없어 도적단을 결성하는 것이다. 카를이 궁정 세계에서 버림받은 몸이듯 대부분 망해버린 장사꾼, 쫓겨난 선생이나 글쟁이들로 구성된 도적들은 관청이나 학교 같은 제도적 질서에 적응하지 못한 주변인들이다. 새로 들어온 도적 코진스키 역시 귀족의 후예이고, '죽음을 겁내지 않는 자가 뭘 겁내겠는가?'라는 세네카의 글도 잘 알고 있다. 그는 약혼녀를 영주의 소실로 뺏긴 분노 때문에 도적단을 찾아온 것이다. 카를은 자신과 같은 처지에 놓인 코진스키의 그런 상황에 동정을 느낀다. 또한 이들의 자의식은 개체성을 존중하는 루터 교파의 반봉건적 부르주아의 정치 사회적 이념과도 연관이 있다.

당시 출판을 통한 비판에 관용적인 계몽군주와 소수 귀족들도 있었으나, 그것은 국가의 존립과 계급질서를 해치지 않는 한도 내에서였다. 군주제의 봉건성에 저항하는 도적들은 나름대로 이상적인 공화국을 꿈꾸며 평등사회를 지향하기도 한다. 이들은 두목 카를에게도 딱히 말을 높이지 않고, 도적단을 찾아온 코진스키에게 곧바로 말을 낮출 것을 제안하기도 한다. 도적들은 서로 평등한 민주적 관계를 맺고 있다. 정략결혼을 하는 귀족에 비해 연애결혼을 하는 시민이 도덕적 우월감을 주장하듯이, 목숨과 자유를 위해 싸우는 그들은 추악한 수당 때문에 삶을 거는 기병들에 대해 도덕적 우월 의식을 지니고 있다. 그러나 자유로운 자아를 실현할 이상적인 공화국은 사실 세상 어디서도 실현 불가능한 이상에 불과할 뿐이다. 결국 어느 사회에서나 지위나 권력, 부를 획득하는 순간 그 사람의 인격은 변질되어 독선과 아집, 부패와 타락이 이상을 대체하는 현상이 허다하기 때문이다. 특히 실제로 그럴 자격이 없는 사람의 경우 그 현상이 더욱 심각하게 나타난다. 인간은 권위에 도전하지만 막상 권력을 얻고 나면 다시 그 권위를 상속하고자 한다. 특히 그것이 권력자의 속성이기도 하다. 그러기에 시대를 막론하고 지식인의 혁명의식은 귀족뿐 아니라 보수적인 일반 대중이나 진보적인 노동자한테서도 환영받지 못하는 경우가 많다.

질풍노도기 작품의 한계

카를은 기병들의 포위망을 뚫고 휴식을 취하면서 어머니 몸속으로 돌아가고 싶어 한다. 그는 현실에 절망하고 유년기의 행복하고 자유로웠던 고향의 추억을 되새긴다. 그는 유년의 황금기에 너무나 행복하고 완전하며 티끌 한 점 없이 맑았다고 회상한다. 그러나 그에게 유년은 다시는 돌아갈 수 없는 상실의 시간이다. 카를이 자유에 대한 이상주의적인 경향을 갖고 있다면, 동생 프란츠 역시 철저히 현실주의적 입장에서 자유를 추구한다. 하지만 그의 자유는 군주의 자의와 시민적 자유의 부정적 측면을 다분히 지니고 있다. 그의 법칙은 힘의 한계를 허물어뜨리는 것이다. 그의 자유는 자신이 주인이자 권력자가 되지 못하도록 가로막는 모든 것을 절멸시키는 자유이다. 그것은 시장 만능의 자본제 질서에서 모든 것을 소유하겠다는 힘 있는 자의 자유와도 같다. 그런 횡포는 슈피겔베르크를 중심으로 한 일단의 도적들의 만행에서도 드러난다. 흉포한 도적들은 수녀원을 습격하여 수녀들을 조롱하고, 갓난아이와 여자들, 할머니와 임산부, 병자들을 마구 살해하기도 한다. 또 어떤 도적은 혼자 남은 아이를 불붙는 방에 던져버리기도 한다. 숭고한 도적 카를이 도적단과 결별하려는 것은 부하들의 그 같은 잔혹한 행태에 절망했기 때문이다.

프란츠가 인위적인 조작으로 형을 내쫓고, 아버지를 탑에 가둠으로써 권력을 찬탈한다면, 카를은 야곱이 아버지 이삭으로부터 형 에서의 축복을 훔치듯이 자신을 알아보지 못하는 아버지로부터 그의 축복을 훔친다. 그러나 아버지의 축복을 훔친 카를은 자신의 약혼녀인 아말리아를 살해함으로써 아말리아로 대변되는 무죄함이나 카를 자신의 유년시절의 세계와 완전히 결별한다. 카를은 궁정 세계로부터 벗어나지만 도적들과도 결별한다. 또한 그는 궁정의 봉건적 질서를 향해 칼을 빼들었지만 결국 자신의 약혼녀를 죽이고 마는 역설적 상황에 처하고 만다. 그는 자신이 부당한 일을 했음을 깨닫고 죽을 수밖에 없다고 생각한다. 마지막으로 그는 헛되이 사법 당국에 자신을 바치는 대신 숭고한 범죄자로서 가난한 자를 위해 목숨을 바치기로 결심한다. 이처럼 이 작품에는 선과 악의 굴레에 매어 좀 더 적극적이고 바람직한 행동을 하지 못하는 실러의 질풍노도기적 한계가 드러난다.

신분을 초월한 사랑의 비극을 그린
실러의 시민비극『간계와 사랑』

귀족과 시민계급 간의 비극적인 사랑

페르디난트 (죽어가며 손을 내민다.)

수상 (재빨리 일어나며) 아들이 나를 용서했어! (다른 사람들한테) 이제 나를 잡아 가라!**[1]**

『간계와 사랑』의 마지막 장면이다. 수상에게는 아이러니하게도 아들의 죽음보다 아들의 용서가 더 중요하다. 이 작품은 귀족과 시민 간의 이루어질 수 없는 사랑을 그린 시민비극이다. 『춘향전』은 신분의 차이를 뛰어넘는 반면 이 비극은 그렇지 못하다. 가히 독일판 로미오와 줄리엣인 셈이다. 더 거슬러 올라가면 『트리스탄과 이졸데』의 비련, 오비디우스의 『변신 이야기』에 나오는 피라모스와 티라베의 사랑 이야기가 그 원형이라 할 수 있다. 『아서 왕』에서 랜슬롯에 대한 일레인의 애절한 순애보도 이

---

1 프리드리히 실러, 『빌헬름 텔·간계와 사랑』, 홍성광 역, 민음사, 2011, 466쪽.

와 비슷한 이야기이다. 실러는 『간계와 사랑』을 쓰기 전에 실제로 셰익스피어의 『로미오와 줄리엣』의 영향을 받기도 했다. 그래서인지 이 극은 로미오와 줄리엣만큼이나 가슴 아픈 사랑 이야기를 다루고 있다. 이 작품은 신분상의 차이와 아들을 정략결혼시키려는 아버지의 노림수에 의해 사랑하는 두 남녀의 비극적인 죽음으로 끝난다.

재벌가와 서민의 자녀 사이의 사랑과 이를 막으려는 부모의 방해는 요즘 TV 드라마에서도 흔히 볼 수 있는 소재이다. 그래서 『간계와 사랑』은 현대를 사는 우리의 현실사회에도 그리 낯설지 않은 이야기이다. 또한 거기에서 볼 수 있는 궁정사회의 모습도 재벌가에 대입시켜 보면 오늘의 현실과 크게 다르다고는 할 수 없다. 권력과 명예, 부에 대한 지나친 집착과 욕망이 빚어내는 비도덕적이고 비열한 탐욕스러운 인간들의 행태는 드라마뿐 아니라 언론이나 방송에서도 흔히 접할 수 있는 내용이다. 이 비극은 그런 현실 속에서 신분의 차이로 인한 이루어질 수 없는 사랑과 그로 인한 파멸을 그리고 있으므로 여전히 음미해볼 가치가 있는 작품이다.

1782년에 쓰기 시작하여 1783년에 집필이 끝난 실러의 『간계와 사랑』은 다음 해인 1784년 4월 13일 프랑크푸르트에서 초연된 후 4월 15일 만하임에서 공연되었다. 이 시민비극은 18세기 중엽 독일 어느 영주의 궁정과 시민계급의 집을 무대로 귀족과 시민계급 사이의 신분을 뛰어넘는 연애를 중심으로 벌어지는 갈등을 다루고 있다. 소재는 레싱의 『에밀리아 갈로티』와 마찬가지로 로마의 역사가 리비우스의 비르기니우스 전설에서 가져왔다. 그러나 영주가 순박한 시민 처녀를 유린하고 파괴하는 과정이 묘사되는 『에밀리아 갈로티』와는 달리, 『간계와 사랑』의 페르디난트는 귀족이지만 시민적인 가치관의 소유자이다. 그는 자신의 계급을 이탈하여 귀족계급을 비판하고 시민계급의 가치관에 따라 살고자 하는 사람이다. 원래 제목이 '루이제 밀러린Luise Millerin'인 이 희곡은 만하임 극장의 배우였던 이플란트의 제안으로 『간계와 사랑』으로 개칭되었다.

만하임에서의 공연이 성공을 거둔 후 이 작품은 곧 독일의 연극 무대를 점령하여 그 해 1784년 베를린에서 한 달 동안 일곱 번이나 상연되었고, 1795년은 영국에서, 1799년에는 프랑스에서 그 번역본이 출간되었다. 우리나라에서는 1989년 11월과 1990년 9월에 서울의 국립극장에서 공연되어 관객들의 좋은 반응을 얻었다.

신분을 뛰어넘는 사랑 이야기

악사의 딸인 루이제는 봉건영주 궁정의 수상 폰 발터의 아들인 소령 페르디난트와 사랑에 빠진다. 루이제는 열여섯 살이고, 페르디난트는 스무 살이다. 한편 루이제를 짝사랑하는 수상의 비서 부름이 이런 사실을 수상에게 일러바친다. 그러나 서로 신분이 다른 페르디난트와 루이제의 사랑은 애초에 이루어질 가망성이 없는 것이다. 그도 그럴 것이 페르디난트의 아버지인 수상은 높은 귀족 신분으로서 원칙에 철저한 사람이며 궁정에서 자신의 권력을 강화하는 데 아들을 도구로 이용하려고 하기 때문이다. 더군다나 그는 아들을 언젠가는 자신의 후계자로 만들려는 야심을 품고 있다. 그는 자기의 아들이 루이제를 일시적인 희롱의 대상으로 삼는 것만 용인할 뿐이다. 아니 오히려 그런 것은 사내다운 짓이라고 은근히 만족해하며 보상금도 지불할 용의가 있다고 말한다. 한편 시민적 자의식이 강한 악사 밀러는 신분상의 차이 때문에 이런 애정관계는 이루어질 수 없다고 단정하며 딸에게 페르디난트를 단념할 것을 권한다.

수상은 두 사람의 결혼을 막기 위해 시종장 폰 칼프에게 페르디난트와 밀포드 부인이 결혼한다는 소문을 퍼뜨려 줄 것을 부탁한다. 그리고 수상은 궁정에서 자신의 권력을 강화하기 위해 아들 페르디난트에게 영주의 애첩인 밀포드 부인과 외견상의 결혼을 하도록 명한다. 페르디난트는 모든 간계를 무너뜨리고 아버지와 의절하더라도 루이제와의 사랑을 지킬 것을 굳게 다짐한다. 이처럼 페르디난트가 반발하자 수상은 역시 루이제를 짝사랑하는 서기 부름과 간계를 짜낸다. 그들은 두 연인 사이를 떼어놓기 위해 페르디난트가 루이제의 사랑을 의심하도록 간계를 꾸민다. 그들은 우선 루이제의 부모인 밀러 부부를 구속하게 하고 그들의 석방을 조건으로 루이제로 하여금 시종장 폰 칼프에게 연애편지를 쓰도록 강요한다. 루이제는 부름이 불러주는 대로 시종장 앞으로 보내는 편지를 쓴다. 서기 부름은 이 일을 발설하지 않겠다는 루이제의 맹서까지 받아 두는 것을 잊지 않는다. 이 편지를 우연히 입수한 페르디난트는 질투심에 불타오른다. 그는 그녀에게 어디론가 도망을 가자고 하지만 그녀는 늙은 아버지를 버릴 수 없다며 거절한다.

절망에 빠진 페르디난트는 루이제를 죽이고 자기도 죽겠다고 결심한다. 한편 페르디난트의 사랑을 얻으려는 밀포드 부인은 루이제를 불러 그녀에게 하녀 자리를 제안하나 거절당한다. 루이제가 아버지에게 이곳을 떠나 멀리 가서 살자고 말하자, 그는 기뻐하면서 우리의 슬픈 운명을 노래하고 문전걸식하며 다니자고 한다. 그때 페르디난트가 나타나 루이제가 시종장에게 보낸 편지를 꺼내며 정말 그녀가 쓴 것이냐고 따진다. 페르디난트는 그렇다는 루이제의 고백에 몹시 괴로워하며 레몬주스 한 잔을 달라고 한다. 페르디난트는 레몬주스에 독약을 타서 그녀와 함께 마신다. 죽음이 임박해 오자 루이제는 맹서를 지킬 의무감에서 해방되어 그 편지는 바로 수상이 강요해서 쓴 가짜 편지라고 고백한 다음 페르디난트를 용서하고 눈을 감는다. 그녀의 죽음에 절망한 페르디난트는 다시 잔을 집어 든다. 페르디난트는 아버지의 발 앞에 잔을 던지며 '살인자'라고 외치고 루이제의 죽음에 대해 절반의 책임을 지라고 말하며 정신을 잃는다. 수상이 부름에게 이 모든 것이 다 그의 계략이니 두 사람의 죽음을 책임지라고 하자, 부름은 어이없다는 듯 수상에게 책임을 전가한다. 수상은 루이제에게 마지막 인사를 하고 죽어가는 아들에게 무릎을 꿇고 "나를 위로하기 위해 한 번만 눈길을 주지 않겠느냐"[2]며 용서를 빈다.

시민비극의 태동

시민비극이라는 부제목이 암시하고 있듯이 이 희곡에서는 시민계급 출신의 여주인공 루이제의 비극적인 사랑이 주제가 된다. 민족적인 통일국가를 이루기 전인 당시 독일은 수많은 군소 공국으로 나뉘어져 있던 절대 봉건영주들의 지배를 받고 있었다. 이때 시민계급이 대두하여 점차로 자의식이 커지자 필연적으로 봉건영주들의 전횡에 의한 전제정치와 충돌하게 된다. 시민비극은 이러한 시대적 배경에서 나타나는 귀족과 시민계급 간의 갈등을 주제로 당시 새로 나타난 연극의 한 갈래였다.

고대 비극 및 그 전통을 이어받는 근대 비극에서는 신분조항에 따라 왕후나 귀족, 또는 기사가 주인공으로 등장했다. 그래서 비극에서 기본적으로 시민은 주인공으로 다루어질 수 없었다. 따라서 어떤 작품에 시민의 비극적 사건이 다루어졌다면 이를 비극이 아닌 희극이라 부르는 습관이 있었다. 그래서 셰익스피어의 『베네치아의 상인』은 비극이 아니라 희극이었다. 당시 시민의 지위는 그만큼 보잘것없었다. 그런데 제3계급인 시민계급이 점차 하나의 계층으로 발전하면서 자아의식을 가지고 그들의 권리를 주장하게 되자 문학도 이 계층의 생활을 반영하기 시작했다. 역사적으로 시민계층은 17세기 말에서 18세기에 걸쳐 영국에서 나타나기 시작

----

2 앞의 책, 466쪽.

군의관 시절의 실러

했다. 따라서 최초의 시민비극으로 일컬어지는 조지 릴로의 『런던의 상인』도 영국에서 나왔으며, 이런 경향이 리처드슨, 루소의 소설들을 통해 프랑스에 전파되어 드니 디드로의 희곡 『사생아』와 『아버지』가 나오게 되었다.

독일 국민문학의 시조인 레싱은 이런 작품들을 독일에 소개하면서 자신도 직접 시민비극 『사라 샘프슨 양』을 썼다. 그리하여 1755년부터 약 20년간에 걸친 독일의 제1기 시민극에서는 사랑의 유혹, 흔들리는 남자의 마음, 여성에 대한 박해가 주된 사건이었다. 반면 1772년 레싱이 발표한 『에밀리아 갈로티』에 자극받아 그 영향 하에 활동한 제2기의 시민극에서는 사회문제를 암시 내지 제시하기에 이르렀다. 그것들에서는 사건의 구도나 묘사에 도덕적·정치적·사회적 문제가 나타나고 작가는 단지 사건의 단순 묘사에 그치지 않고 관객에게 무언가를 호소하고자 했다. 그래서 그들의 작품에는 『에밀리아 갈로티』에서처럼 도덕적 교훈이 강하게 나타나고 권선징악적인 면이 드러나게 되었다.

실러가 『간계와 사랑』을 발표한 시기는 질풍노도기의 막바지에 해당하는 때로 그에게는 경제적으로 무척 힘든 시기였다. 군의관으로 근무하던 실러는 『도적들』이 큰 반향을 불러일으키자 작가로 살고 싶었지만 카를 오이겐 대공이 이를 허용하지 않자 결국 공국 뷔르템베르크에서 탈출을 감행한다. 1783년 만하임 국민극장의 극장장 달베르크는 다행히 실러를 전속 극작가로 받아준다. 마침 『간계와 사랑』이 대대적인 성공을 거두자 실러는 크게 만족했다. 그러나 임금은 형편없었고 1년 계약직이어서 안정된 직장도 아니었다. 1년 계약이 끝난 뒤 극장과의 재계약이 되지 않자 빚을 말끔히 청산하고 경제적으로 안정된 수입을 얻으려던 그의 희망은 수포로 돌아가고 말았다. 그는 또다시 자신을 재정적 곤경에서 구해줄 지인들의 도움이 필요했다. 또한 매력적이지만 불안한 성격의 유부녀 샤를로테 폰 칼프와의 위태로운 관계에서 빠져나오기 위해서도 도움이 절실했다. 이런 상황에서 그는 극작가로서 관객의 사랑을 받고 작품 판매로 수입을 올리는 데 관심을 갖게 되었다.

정치적인 시민비극

독일의 시민비극은 계몽주의 시대와 질풍노도기에 세상에 나오게 되었다. 이 시기의 문학은 영주나 귀족과 시민계급의 대립에서 생기는 여러 현상에 주목했으며, 특히 계급적 편견과 인습적 결혼에 대해 신랄하게 공격했다. 귀족과 시민이 대립하고 그 사이에 연애관계가 끼어들면 대립구도가 악화된다. 그로 인한 종국의 파탄은 대체로 두 가지로 귀결된다. 하나는 귀족이 시민에게 폭력을 가해 시민이 참변을 당하는 경우이고, 또하나는 귀족 자신이 주위의 반대와 음모로 파멸하는 경우이다. 『간계와 사랑』은 귀족과 시민이 같이 죽음을 맞이하는 경우이다. 순수한 성정을 지닌 사람이 비열한 사람들 때문에 파멸하는 타락한 사회에 대한 의분에서 쓰인 이 시민비극에서는 죄악과 간계로 가득 찬 궁정생활과, 교양 면에서는 다소 떨어지나 윤리적으로는 더 우월한 시민계급이 극명한 대조를 이루고 있다.

이 시민비극은 출판되고 초연된 이후 동시대인들의 배척과 찬양이라는 상반된 평가를 받는다. 소설 『안톤 라이저』의 저자인 카를 필립 모리츠는 이 희곡을 '우리 시대의 치욕적인 작품'이라고까지 매도했다. 마찬가지로 슐레겔, 그릴파르처, 브렌타노, 헤벨 등도 이 작품을 혹평했다. 반면 19세기 전반기에는 이 작품을 배척하는 경향이 점차 줄어들면서 찬양하는 쪽으로 기울어졌다. 소설가이자 연극평론가였던 폰타네는 『간계와 사랑』 공연을 스무 번이나 보고 '항상 새롭게 매료된다'며 극찬을 아끼지 않았다. 정념(Pathos)을 배척하는 자연주의 작가들은 처음에는 실러를 적대시했으나, 이 희곡의 사회 비판적 특성 때문에 차츰 그에게 호감을 갖기 시작했다. 그 결과 『간계와 사랑』은 당시 독일 무대에서 가장 인기 있는 작품이 되었다. 이처럼 『간계와 사랑』은 실러의 어떤 작품보다도 커다란 반향을 일으킨 문제작이며 그 해석도 극단적으로 대립되는 양상을 보이고 있다. 작품의 사회 비판적인 경향을 강조하는 측에서는 '사회극' 또는 '정치적 경향극'이라 규정하고 있으나 반대로 이 작품을 순수한 사랑의 비극으로 보고 형이상학적·종교적 측면에서 해석하는 사람들도 있다.

시민계급의 문제성

이 극에는 레싱의 『에밀리아 갈로티』에서와는 달리 당대의 독일 현실에 대한 직접적이고 노골적인 비판이 담겨 있다. 간계에 능한 부름과 수상은 도덕적이고 인간적인 가치와 원칙을 무시하고 오로지 권력과 이익만을 추구하는 모습을 보인다. 수상은 권력 강화를 위해 파렴치하고 낮 뜨거운 일까지 서슴지 않는다. 즉 그는 아들을 영주의 정부 밀포드와 결혼시켜 허수아비 남편으로 만들려 한다. 또한 서기 부름은 루이제를 차지하기 위해 비열하게도 그녀의 순진함과 덕성을 이용한다. 게다가 이들은 궁정의 사치에 드는 비용을 마련하기 위해 인간을 상품처럼 철저히 도구화하기까지 한다. 병사 판매 장면이 이를 말해주고 있다. 이들은 국민을 착취하는 데 그치지 않고 인간의 생명까지 마음대로 거래하는 것이다. 이들은 권력과 사익 추구를 위해 음모와 간계를 서슴없이 꾸며내며 인간을 마음대로 조종하려고 한다.

이로 인해 절대군주를 정점으로 하는 봉건적 질서의 비인간성과 반인륜성이 드러난다. 그렇다고 귀족과 대립하는 시민계급이 긍정적으로 묘사되지도 않는다. 흔히 시민비극에서 귀족과 시민계급이 흑백의 선악논리로 대비되는 것과는 달리 『간계와 사랑』은 시민계급 역시 비판적 시각으로 바라본다. 시민계급 또한 경제적 이해관계에 매몰되어 있다. 악사 밀러는 딸 루이제가 소령과 사귄다는 얘기를 듣고 "이 사업으로 무슨 이득이 있을지"[3] 말해 보라며 아내를 다그친다. 그는 소령이야 질책만 당하면 그만이지만 온갖 수난을 당하는 것은 자신일 것임을 알고 있다. 페르디난트가 보낸 은화와 선물에 감격해하는 밀러 부인의 모습에서 딸의 결혼으로 한몫 잡겠다는 속내가 보인다. 밀러가 딸을 자신의 가슴에 비축해 놓은 재산 개념으로 보자 루이제는 결국 자살할 생각을 접는다. 루이제는 종교도 같은 방식으로 바라본다. 그녀는 아버지에게 큰 빚을 지고 이 세상을 하직하지만 저승에서 영원히 높은 이자로 갚을 거라고 말한다. 만일 저승에서 대가를 얻기 위해 신앙 활동을 한다면 이승에서의 모든 덕목과 희생은 미래를 위한 이해타산적인 투자에 지나지 않을 것이다. 이런 경제적 사고방식은 사실상 권력과 이익만을 추구하는 궁정사회의 가치관과 본질적으로 다를 게 없다. 그것은 시민계급이 내세웠던 보편적인 인간적 덕목과 상충된다.

또한 귀족을 대하는 밀러의 태도에서 당시 독일 시민계급의 무기력한 모습이 드러난다. 밀러는 처음에 수상에게 면담을 신청해서 "아드님이 제 딸에게 눈독을 들이고 있습니다. 제 딸은 각하의 아드님의 부인이 되기에

----

3 앞의 책, 230쪽.

는 너무 부족하지만, 아드님의 노리개가 되기에는 제 딸이 너무 소중합니다. 제 이름은 밀러입니다"[4]라고 하겠다고 아내에게 말하면서도 정작 수상의 면전에서는 '용서해주십시오'를 되풀이하는 등 절대 강자에게 비굴한 모습을 보인다. 딸의 죽음에 직면해서도 수상과 부름에게 비난의 화살을 돌리는 대신 페르디난트 소령에게 "이 독살자야! 빌어먹을 너의 금을 가져라!"[5]라고 외칠 뿐이다. 하지만 당시 시민계급의 입장으로서는 자신의 목숨과 생계를 좌지우지하는 절대 갑에게 대항할 수 없는 것은 어찌보면 당연하다 하겠다. 루이제는 여기서 나아가 기존 질서를 하느님의 뜻으로 간주하고 현세에서의 투쟁 자체를 애초부터 포기하는 수동적인 자세를 드러낸다. 그녀는 현실의 부당성을 절감하면서도 그것을 변경불가능한 질서로 받아들이는 것이다. 그래서 불의에 아무런 저항도 하지 못하고 자신의 열정적인 사랑에 대해 고통스러운 체념의 태도를 취한다. 이처럼 당시의 시대적 환경으로 볼 때 독일 시민계층은 어떤 독자적 행동을 할 만큼 성숙하지 못했다고 볼 수 있다.

간계와 사랑

열여섯 살의 소녀 루이제는 부모 말을 잘 따르는 순진하고 감상적인 소녀이다. 그녀의 교양은 철저하지 못하고 불완전하다. 귀족 청년을 사랑하게 된 그녀는 귀족사회와 시민사회의 차이를 통감하고 시민계급에 속한 자신의 처지를 한탄한다. 하지만 그녀는 극심한 어려움을 겪으면서 마침내 용기 있고 덕성을 갖춘 여성이 되어 죽는다. 그녀의 죽음은 비열한

----
4 앞의 책, 234쪽.
5 앞의 책, 465쪽.

『간계와 사랑』의 한 장면을 묘사한 그림

남자들을 부끄럽게 만든다. 수동적인 루이제에 비하면 페르디난트 소령은 능동적이다. 그의 비극은 자신의 성격적 결함에서 비롯되지만 그에게는 루이제에게서 나타나는 분열은 없다. 그는 루이제를 소유하겠다는 맹목적인 욕망 때문에 부득이 비극으로 치닫게 되는 것이다. 절대적 사랑의 실현을 목표로 하는 페르디난트의 이상주의는 현실을 도외시하고 있다. 루이제는 신분상의 차이 때문에 애당초부터 이 세상에서 사랑의 실현을 체념하므로 자신의 사랑을 순조롭게 발전시켜 나갈 수 없다. 하지만 당시의 관습으로 볼 때 그녀의 생각은 현실적이다. 결국 그들은 주위의 반대와 음모, 그리고 성격적 결함으로 인해 그들의 사랑과 삶을 스스로 파괴해 버린다.

이렇게 궁정세계의 권력과 사익 추구적 성격, 그리고 시민세계의 경제적 사고방식과 무기력함이 겹쳐 두 사람의 사랑은 결국 파국에 이르고 만다. 아직 자유연애의 개념이 희박했던 18세기 중반에 결혼은 가문 간 결합의 성격이 강했고, 결혼 당사자의 의사보다는 부모의 결정이 배우자 선택에 절대적이었다. 이 판단에서 가장 중요한 고려요소는 상대 집안이나 배우자의 경제적 능력과 부였다. 대부분의 경우 사랑은 중요한 요소가 아니었고, 그것은 결혼 후에 생겨날 감정으로 간주되었기에 결혼의 전제조건이 아니었다. 이런 사랑은 열정에 불타는 감정이 아니라 인간으로서 믿고 신뢰하는 감정에 가까웠다. 그런데 귀족의 경우에는 쾌락으로서의 사랑이 어느 정도 묵인되었다. 공작이 애첩을 두는 것도 이 극에서 보듯 사회적으로 공인되었다. 실제로 실러가 태어난 뷔르템베르크의 카를 오이겐 대공은 여배우 야거만을 애첩으로 두기도 했다.

페르디난트와 루이제의 사랑은 흔히 말하는 열정에 불타는 사랑이다. 이런 사랑은 이해타산적인 고려 없이 서로에게 맹목적으로 이끌리는 감정 자체에 의해 촉발되고 유지된다. 그러므로 이런 사랑의 감정은 매우 강렬하고 충동적인 속성을 띤다. 따라서 열정에 불타는 사랑의 당사자는 이 감정에 몰두한 나머지 물불을 가리지 않으며 자신의 사회적 책무와 역할을 망각하기 쉽다. 수상과 악사 밀러는 루이제와 페르디난트의 이 같은 사랑을 당연히 위험하게 여긴다. 그런데 당시 시민계층의 여자가 귀족과 사귀면 그 집은 추문에 휩싸이게 된다. 또한 다른 신분의 사람과 결혼한 경우 귀족은 상속권을 박탈당하게 되므로 둘의 사랑이 이루어질 가능성은 더욱 희박하다. 게다가 수상은 이미 페르디난트와 밀포드의 결혼을 정해놓았으니, 루이제를 어떻게든 아들로부터 떼어놓으려는 노력은 어찌 보면 당연하다고 하겠다. 요즘도 재벌이나 권력자에게서 그런 행태를 심심찮게 볼 수 있다. 그러다가 자식을 죽음으로 몰아넣기도 한다는 점에서는 어디서나 마찬가지이다. 밀러 또한 페르디난트와의 관계를 끝내는 것이 딸의 불행을 막는 길이라 생각한다.

아들이 자신의 뜻을 굽히지 않자 수상은 부름의 제안에 힘입어 비열한 간계를 부리기 시작한다. 루이제가 시종장을 사랑한다는 거짓 편지로 페르디난트의 의심과 질투심을 자극하려는 목적이다. 거짓 편지 하나로 두 사람을 이간질시키는 것은 개연성이 좀 희박해 보이지만 순박한 루이제가 억지 맹세를 지킴으로써 간계가 잠시 성공을 거두는 듯 보인다. 또한 페르디난트가 거짓 편지를 의심 없이 선뜻 믿어버리고 그녀를 죽음으로 몰아가는 데서 그의 성격적 결함이 드러나기도 한다. 그로 인해 두 사람은 결국 뜻하지 않은 파멸과 죽음의 나락으로 떨어지고, 간계의 공모자인 수상과 부름도 마지막에 서로를 탓하며, 수상은 자기를 잡아가라고 외친다.

사회 비판적 성격

실러는 이 작품에서 대단히 절망적인 시대에 살았던 두 젊은이의 아름답고 비극적인 사랑을 보여준다. 그런데 당시 귀족은 사회를 지배하지만 막상 그 사회에 대한 전망을 제시할 능력이 없었다. 루이제와 페르디난트는 둘의 열정적인 사랑에 온 힘과 희망을 걸고 짧은 행복을 맛보지만 절대군주제 하에서 신분 차이라는 결정적인 한계에 봉착한다. 귀족이지만 시민적 가치관을 지닌 페르디난트는 그런 신분의 한계를 무너뜨려 보려 하지만 시민계급인 루이제는 여자로서 이런 주체성을 발휘할 수도 없고 또 그렇게 하려고 하지도 않는다. 출세욕에 사로잡힌 서기 부름은 페르디난트 때문에 루이제에 대한 짝사랑이 이뤄지지 않자 간계를 쓰지만, 결국 자신의 간계에 제 발등을 찍게 된다. 시종장 폰 칼프도 수상의 정치적 야심에 야합하기 위해 둘의 사랑을 방해하는 일에 가담한다. 그리고 페르디난트와 결혼해 영주의 애첩생활을 끝내려고 하는 밀포드 부인은 자신의 사랑과 인간성에 대한 주장을 관철시키기 위해 그녀의 특권을 이용하려

한다. 페르디난트가 결혼을 거부하자 그녀는 루이제를 설득한다. 그러나 루이제가 쉽게 페르디난트를 양보하자 충격과 부끄러움을 느낀 부인은 위선과 부패의 늪에서 탈출한다. 밀포드 부인은 비열한 수상이나 영악한 부름과는 달리 그나마 최소한의 양심은 지닌 것으로 묘사된다. 억지 맹세일망정 끝까지 지키려고 하다가 의연히 죽음을 맞이하는 루이제의 모습도 남자들을 낯 뜨겁게 만든다. 이런 장면은 사실 개연성이 좀 부족해 보이기도 한다. 있을 법한 장면이라기보다는 있어야 하는 장면을 그린다는 점에서 뷔히너는 실러의 드라마를 비판하기도 한다.

한편 두 연인은 서로를 인정하는 사랑을 가꾸어 나가는 데 내적 어려움을 겪고 있다. 페르디난트의 고백은 종종 루이제를 무시하는 반면, 루이제는 저 세상에 가서나 페르디난트와의 사랑을 이루겠다고 한다. 결국 두 사람은 시대의 편협한 한계를 벗어나지 못하고 사랑과 삶의 파멸을 자초한다. 페르디난트는 자신의 행복을 방해하는 아버지에 대항하지만, 그의 항변은 새로운 사회를 위한 구체적인 계획과 능력을 지니고 있지 않다. 이런 점에서 실러의 희곡은 프랑스 대혁명을 몇 년 앞둔 시점에서 이상사회의 건설을 위해 고민하고 그 계획을 수립하는 일이 얼마나 어려우며, 또 얼마나 절실히 필요한지를 역설적으로 보여주고 있다.

이 비극을 본 관객들이 열광적인 반응을 보인 것은 멜로드라마의 성격 때문이기도 했지만, 특히 작품의 노골적인 현실 비판이 관객들에게 큰 반향을 불러일으켰기 때문이다. 당시 시대 비판적인 작품들 대부분이 과거의 시대를 무대로 삼아 검열과 탄압을 피했던 것과는 달리 이 작품은 과감하게도 동시대를 배경으로 하고 있다. 그런 점에서 현실의 영주를 직접 겨냥하고 있는 셈이다. 직접 영주의 탄압을 받은 실러로서는 먼 나라의 이야기가 성에 차지 않았을 것이다. 작품에는 영주의 전횡과 폭압적인 통치, 귀족들의 파렴치하고 부도덕한 행동이 적나라하게 묘사되어 있으며,

특히 병사 판매 이야기는 관객들이 직접 목격한 사건이었다. 그러니 영주와 관청을 의식해야 하는 국민극장 측에서는 공연 시 병사 판매 장면은 삭제하고 공연해야 했다. 또 노골적이고 신랄한 여러 대사들도 부드럽게 표현해달라고 실러에게 요구했다. 그럼에도 관객들은 행간의 의미를 충분히 간파하고 작품의 사회 비판적 성격에 공감해서 열렬한 호응을 보였던 것이다.

자유와 정의의 옹호자
『빌헬름 텔』

베르타 좋습니다!

그럼 나는 이 청년에게 나의 오른손을 내밀겠어요,

자유로운 스위스 여성이 자유로운 남자에게 말이오!

루덴츠 그리고 나의 모든 하인들에게 자유를 선언하겠습니다.[1]

이처럼 고전극 『빌헬름 텔』은 앞에서 본 시민비극들과 달리 마지막에
조화로운 결말을 맺는다. 명사수 빌헬름 텔과 그의 아들 이야기는 일제
강점기부터 우리에게도 잘 알려져 왔다. 특히 우리나라에서는 활을 잘 쏘
는 이성계와 의형제 이지란의 이야기가 예로부터 민중들 사이에 전설처
럼 전승되었다. 그래서인지 이 희곡은 줄거리 상으로는 우리에게 친근한
작품이기도 하다. 그런데도 실러가 우리에게 괴테보다 덜 친숙한 것은 소
설보다 희곡을 잘 읽지 않는 우리의 독서 환경 탓으로 볼 수 있다. 실러의
사망 1년 전인 1804년 완성된 『빌헬름 텔』은 1291년에서 1315년 사이 스

---

1 프리드리히 실러, 『빌헬름 텔·간계와 사랑』, 홍성광 역, 민음사, 2011, 222쪽.

위스 주민이 합스부르크 가의 압제에 항거하여 자유권 수호를 위해 투쟁했을 때의 중심인물 빌헬름 텔의 이야기를 소재로 한 운문극이다.

원래 텔의 이야기는 괴테가 1797년에 쓰려고 계획한 적이 있었다. 그해 그가 스위스의 여러 주와 피어발트슈테트 호수를 찾아갔을 때 아름답고 매력적인 자연에 깊은 감명을 받았던 것이다. 그는 텔을 비롯한 여러 등장인물들과 자연묘사와 같은 소재를 모두 실러에게 이야기해주었다. 그는 다른 할 일도 있고 해서 그의 계획이 자꾸 연기되었기 때문이다. 실러는 작업 중 괴테의 의견을 수용하기도 한다. 갑자기 아이의 머리에 사과를 얹고 활을 쏘아 맞히게 하는 실러의 계획이 합당한 모티프를 중시하는 괴테의 마음에 들지 않았던 것이다. 그래서 실러는 하는 수 없이 괴테의 의견을 받아들여 텔의 아들이 아버지는 백 걸음 떨어진 데서도 나무에 달린 사과를 쏘아 맞힐 수 있다고 텔의 활솜씨를 총독에게 자랑하게 만든다. 1804년 2월 19일 실러는 『빌헬름 텔』의 원고를 괴테에게 보냈고, 괴테의 지도하에 공연 연습이 시작되어 바이마르 초연은 대성공을 거두었다. 그 해 7월 14일에는 명배우 이플란트의 요구로 약간의 수정을 가해 베를린에서 공연되었는데, 이 공연도 대성공이었다.

실러는 성숙기에 도달하여 물리적 자유를 충분히 얻게 되자 정신적 자유의 추구로 넘어간다. 그러나 "그는 이 정신적 이념 때문에 자신의 육체에 대해 힘에 부치는 과도한 요구"[2]를 한다. 카를 아우구스트 대공은 실러에게 매년 1천 탈러의 연금을 주기로 정하고, 병으로 일할 수 없을 때는 그 두 배의 액수를 지급하겠다고 제안했지만, 실러는 자기 재능을 믿고 자립을 선택한다. 하지만 가족이 불어나자 생계를 위해 매년 두 편의 희곡을 쓰면서 몸을 혹사시키는 바람에 건강을 해치고 이른 나이에 죽음을

----

2 요한 페터 에커만, 『괴테와의 대화 1』, 장희창 역, 민음사, 2008, 306쪽.

『빌헬름 텔』의 한 장면을 묘사한 그림

맞이하게 되었다. 이상의 추구라는 정언적 명령은 훌륭하지만 그 정신적
자유가 결국 좋은 결실을 낳지는 못한 것이다.

전설과 역사적 사실

어떤 명사수가 아들의 머리 위에 놓인 사과를 활을 쏘아 맞히라는 명령
을 받자 사과를 명중시키고 나중에 그 압제자를 활을 쏘아 죽였다는 이야
기는 서양뿐만 아니라 멀리 동방에까지 알려져 있었다. 또한 게르만 전설
에서 에길은 활솜씨가 뛰어난 사람으로 니둥은 자신의 궁에 온 에길의 실
력을 시험하기 위해 그의 아들의 머리 위에 사과를 얹어 놓고 활을 쏠 것을
명령한다. 그러나 빌헬름 텔과 가장 비슷한 이야기는 덴마크의 역사가 삭
소 그라마티쿠스의 역사책에 나온다. 북유럽의 이 전설은 민족의식이 생
겨나기 시작하는 15세기부터 오늘날의 스위스 지역에 알려져 있었다.

텔이 등장하는 역사책 가운데 하나인 『동맹의 노래』에서는 명사수인 빌헬름 텔이 발트슈테테 지역의 독립투쟁을 돕는 이야기를 다루고 있지만, 자르넨의 『백서』에서는 텔을 동맹의 창시자로 보지 않고 그저 하나의 에피소드로 다룬다. 그러나 여기서는 지명도 나오고 텔의 노래에서는 익명이었던 태수가 '게슬러'로 나온다. 이 소재가 처음으로 극화된 것은 『우리 주의 텔 놀이』이다. 이 작품에서는 역사책에서와는 달리 텔이 멜히탈, 슈타우파허와 함께 동맹의 창시자로 나온다. 실러가 이 작품을 알고 있었는지는 불분명하지만, 독일 문학 사상 최초의 정치적 연극이었다는 점에서 이 작품의 문학사적 의미가 있다. 실러는 작품을 집필하면서 여러 역사서를 참고했으나, 이를 그대로 수용한 것은 아니다. 그는 스위스 독립 투쟁사와 관련된 역사적인 사건을 희곡 기법상 축소 혹은 확대하면서 빌헬름 텔의 운명을 좀 더 부각시켰다.

새로운 이념이 잘 구현된 책은 스위스의 역사가 요하네스 폰 뮐러의 『스위스 연방사』이다. 이것은 역사가 추디의 『스위스 연대기』와 함께 실러가 『빌헬름 텔』을 집필하는 데 이용한 가장 중요한 원전 중의 하나이다. 실러의 부인 샤를로테 폰 렝게펠트는 1789년 이미 실러에게 뮐러의 책을 읽어보라고 권고하기도 했다. 뮐러는 자기 시대의 눈으로 검증한 스위스 역사에 대한 새로운 세부 사항을 말하고 있는데, 그것은 스위스에 가본 적이 없는 실러에게는 무척 소중한 것이었다. 또한 스위스의 지방 풍경은 모두 괴테가 실러에게 이야기해준 내용이다.

주민을 학정에서 해방시킨 빌헬름 텔

13세기 말엽, 스위스 발트슈테테의 세 주인 우리(Uri), 슈비츠(Schwyz), 그리고 운터발덴(Unterwalden)은 오스트리아 황제의 지배를 받고 있었다. 그러나 합스부르크 왕가의 탐욕스럽고 잔혹한 알브레히트 대공이 독일 황제로 선출되면서 사태가 악화되기 시작했다. 오스트리아의 알브레히트 대공은 1304년 자신의 임무를 수행하도록 두 명의 태수, 즉 게슬러와 란덴부르거를 임지로 보낸다. 게슬러는 우리 주와 슈비츠 주를, 란덴부르거는 운터발덴 주를 통치한다. 게슬러는 슈비츠의 퀴스나흐트와 우리 주의 알트도르프에 성채를 짓도록 하고, 란덴부르거는 자르넨에 거주하면서 자신의 대리인인 볼펜쉬센을 로스부르크에 파견하여 근무하게 한다.

1306년 가을, 바움가르텐은 자기 아내를 겁탈하려 한 태수 대리인 볼펜쉬센을 때려죽이고 빌헬름 텔의 도움을 받아 슈비츠 주의 슈타우파허 집에 피신한다. 한편 우리 주에서는 새로운 성을 짓기 위한 태수의 부역과 착취가 더욱 심해진다. 운터발덴의 태수 란덴부르거는 멜히탈이 하찮은 잘못을 저질렀다 해서 황소 두 마리를 내놓으라고 명령한다. 멜히탈이 태수가 보낸 심부름꾼의 손가락을 부러뜨리고 그를 두들겨 팬 후 도망쳐버리자, 태수는 그의 늙은 아버지의 두 눈을 파내고 전 재산을 몰수하도록 한다. 슈타우파허에게서 그런 사실을 전해들은 멜히탈은 주의 해방과 태수의 만행에 대한 복수를 다짐한다. 조국의 독립을 위해 투쟁할 것을 결심한 슈비츠 주의 대표 슈타우파허는 텔에게도 동참을 권하나, 텔은 필요할 때 부르면 언제든지 참여하겠다고만 말한다.

한편 게슬러는 신망이 높고 재산이 있는 사람을 무너뜨리려고 기회를 엿보면서 특히 슈타우파허를 주목한다. 그의 현명한 아내 게르트루트가 남편을 설득해서 동지를 규합하고 태수에게 대항할 동맹을 조직하도록 권유하자, 슈타우파허는 우리 주의 퓌르스트를 찾아가 멜히탈과 함께 3주의 공수 동맹을 맺는다. 그들은 각자 자기 주에서 동지들을 규합한 후, 1307년 11월 6일 밤 뤼틀리에 모여 맹약을 맺은 후 이듬해 정초에 일제히 거사를 결행하기로 한다.

한편 스위스의 귀족 아팅하우젠 남작은 게슬러의 부하가 되어 오스트리아에 충성을 바치는 조카 루덴츠에게 조국을 위해 일하라고 충고하지만 루덴츠는 오스트리아를 주인으로 섬기는 것이 스위스가 살아남을 수 있는 대안이라고 주장한다. 그러자 아팅하우젠은 오스트리아의 귀족 베르타와 결혼하기 위해 그러는 게 아니냐고 루덴츠를 꾸짖는다.

텔의 아내 헤트비히는 남편에게 자신과 가족을 챙기고, 알트도르프에도 가지 말라며 남편을 말리지만 텔은 아들 발터를 데리고 집을 나선다. 한편 루덴츠는 베르타에게 사랑을 고백하지만 베르타는 오스트리아에 충성하는 것이 조국을 위함이 아니라, 조국의 자유를 빼앗는 배신행위임을 그에게 일깨워준다. 베르타의 진심과 사랑을 확인한 루덴츠는 자신의 잘못된 생각을 뉘우치고 조국을 위해 일할 것을 다짐한다.

태수 게슬러는 풀밭 광장의 장대에 모자를 걸어 놓고 주민들에게 경의를 표하게 한다. 어느 날 활의 명사수인 텔이 아들과 함께 이곳을 그냥 지나다가 파수병에게 잡힌다. 포악한 태수는 텔을 없앨 좋은 기회라 생각하고 아들의 머리 위에 놓인 사과를 활을 쏘아 떨어뜨릴 것을 텔에게 명한다. 텔과 주위의 모든 사람들이 태수에게 용서를 빌었으나 그가 물러서지 않자 텔은 활을 쏘아 사과를 맞힌다. 그러나 태수는 텔이 가지고 있던 다른 화살을 핑계로 텔을 붙잡아 간다. 텔은 첫 번째 화살이 빗맞았으면 두 번째 화살로 태수를 쏘려 했다고 정직하게 말했기 때문이다. 게슬러는 텔을 포박한 채 배를 타고 호수를 건너 퀴스나흐트로 가서 종신 감옥에 가두어 둘 예정이다.

텔을 태우고 퀴스나흐트로 가던 배가 큰 폭풍우를 만나게 되어 키잡이들이 공포에 질리자 게슬러는 텔의 포박을 풀어주고 배를 젓게 한다. 텔은 꾀를 내어 배를 바위 쪽으로 몬 다음 뛰어내려 도망친다. 스위스의 독립을 꾀하던 아팅하우젠 남작이 죽고 조카인 루덴츠는 그 자리에서 주민들과 화해한다. 남작의 뒤를 이은 루덴츠가 봉기를 서두르자고 주장하자, 모두 이에 동의한다. 텔은 퀴스나흐트로 가는 길목에 숨어 있다가 구사일 생으로 호수에서 살아남은 게슬러에게 활을 쏘아 죽인다.

섣달 그믐날 밤 뤼틀리의 맹약은 결행되었다. 멜히탈과 바움가르텐이 츠빙 우리 요새를 공격하는 발터 퓌르스트에게 와서 다른 주에서의 봉기 가 성공했음을 알린다. 이어 츠빙 우리 요새도 함락되고, 로스부르크, 자 르넨, 알트도르프의 성채도 파괴된다. 이제 발트슈테 각 주는 유혈 참 사 없이 합스부르크 왕가의 전제정치에서 완전히 해방된다. 알브레히트 황제가 슈바벤의 공작인 조카 요하네스 파리치다의 손에 암살되고 룩셈 부르크의 하인리히 7세가 새 황제로 즉위한다. 그는 스위스의 가장 오래 된 3주의 자유를 허락한다. 수도승의 모습으로 텔을 찾아온 황제의 암살 자 파리치다는 텔의 권유로 이탈리아의 로마로 떠난다.

주민들이 기뻐하는 가운데 베르타는 스위스 국민이 되어 루덴츠와 결 혼하겠노라 하고 루덴츠는 하인들을 해방시킨다. 텔의 집 앞에 농부들이 모여 섰다가 텔이 나타나자 일제히 명사수이자 구원자인 텔 만세를 외친 다. 폭풍이 사라진 스위스의 마을에는 평화로운 태양이 아름답게 빛난다.

자유를 위한 투쟁

실러는 이 작품에서 빌헬름 텔을 선두로 스위스의 자유민들이 냉혹한 세 총독의 학정에 맞서 어떤 희생을 치르며 어떻게 오스트리아의 압제에 대항하는가를 잘 보여주고 있다. 즉 실러는 자신이 생각하는 최고의 개념 인 '자유'를 위한 인간적 투쟁을 이 작품에서 미적 차원으로 승화시켜 나 간다. 그는 작품의 첫 장면부터 극적 효과를 살리기 위해 관객과 독자를 목가적인 전원 속으로 끌어들인다. 소 떼와 양 떼의 방울 소리가 조화를 이루며 들려오고, 호수를 노래하는 고기잡이 소년. 그리고 자연의 운행을 읊는 목부의 소리가 울려온다. 그러나 갑자기 날씨가 급변하면서 아름답던 전원의 풍경이 순식간에 먹구름으로 뒤덮이며 구름의 그림자는 죽음의 위험을 비유적으로 암시해준다.

빌헬름 텔은 힘이 세고 스스로 만족할 줄 알며 어린아이처럼 순진한 영웅적 인물이다. 그는 자신의 생업을 묵묵히 영위하면서 처자식을 부양하고 또 상대가 왕이든 노예든 개의치 않는다. 반면에 게슬러는 폭군이기는 하지만 성격은 다소 느긋한 편이라 가끔 마음이 내킬 때마다 좋은 일도 하고, 또 구미가 당기면 나쁜 일도 하면서, 백성과 그들의 복지와 고통 같은 문제는 아예 존재하지도 않는 것처럼 행동하는 위인이다.

반면 폭풍우로 날뛰는 호수를 건네주어 바움가르텐의 위태로운 목숨을 구해준 텔은 실러의 철학과 연결되는 '미적 총체성'으로 설명될 수 있다. 그는 자신이 가진 힘을 의지대로 마음껏 발휘하는 '완전한 인간의 구속되지 않는 행동성' 그 자체를 의미한다. 그러므로 텔은 실러가 '인간의 미적 교육에 대해서'에서 기획한 이상적인 인물로 부각된다. 하지만 텔 자신은 반란을 일으키려는 슈타우파허에게 '참고 침묵하라'는 충고를 한다. 그는 오스트리아의 폭정을 일시적 자연 현상에 비유하며 가만히 물러서 있으면 폭정은 스스로 흔적도 없이 사라질 거라고 말한다. 그렇지만 모든 것을 자연 현상에 기초한 텔의 사고로는 그 '역사적인 시간'이 언제인지 알 수 없다. 텔의 이러한 소박하고 목가적인 존재양식은 그의 이상적인 행동력에서 뿐만 아니라 자연과 결부된 비역사적인 사고에서도 잘 나타난다. 고귀하고 선한 특성은 발터 퓌르스트, 슈타우파허나 멜히탈과 그 밖의 인물들이 지니고 있다. 이들이야말로 본래의 주인공이며 높은 뜻에 따라 행동하는 고차원적인 힘인 반면에, 텔과 게슬러는 때로는 행동하긴 하지만 대체로 수동적인 성격의 인물이다.

이 극은 겉으로 보기에는 긴장과 이완이 조화를 이루면서 진행되지만 내용상으로는 긴장감으로 가득 차 있다. 3주의 동맹자들이 홀로 고립된 텔과는 달리 행동하기 때문이다. 슈타우파허는 부인 게르트루트의 설득으로 우리 주의 주민 발터 퓌르스트, 도망자 멜히탈과 뤼틀리 동맹을 맺어 폭정을 무너뜨릴 단초를 마련한다. 사과에 화살을 명중시켜 다행히 아들을 살리게 된 텔은 게슬러의 술책으로 두 번째 화살의 의도를 노출시킴으로써 다시 체포된다. 이어 폭풍우가 몰아치는 호수를 건너면서 일행이 곤경에 처하자 텔은 꾀를 내어 게슬러의 속박에서 벗어난다. 그리고 인간에 대한 소박하고 목가적인 믿음을 송두리째 빼앗긴 텔은 마침내 게슬러를 살해할 결심을 한다. 살인을 결심한 텔은 독백 형식으로 자신의 행위를 계속 검토하고 숙고해본다. 이는 신중한 행동력을 가진 외고집의 사나이가 사색과 숙고를 통해 자신의 원래의 자발성을 보완하려는 것이다. 그는 게슬러의 살해 계획에 폭정에 대한 응징과 가족의 보호라는 정당성을 부여하고 자신의 개인적인 살인을 스위스 민중을 위한 보편적인 행위로 이해한다. 이런 점은 행동 후에 늘 죄의식에 사로잡혀 변증법적 독백을 하는 실러의 다른 비극적인 주인공들과 대조를 이룬다.

이 극의 마지막 장에서 텔과 스위스 사람들은 역사의 소용돌이에서 벗어나 다시 본래의 소박하고 목가적인 삶으로 돌아간다. 실러는 이러한 삶을 미적인 삶이라고도 했다. 여기서 개개인은 자신들의 행동을 일반화시키는 동시에 자신들의 고유성을 추구함으로써 보편성과 개별성이 생산적으로 관철된다. 헤겔은 바로 이러한 실러의 진보적인 시민적 휴머니즘의 이념을 그의 철학의 동력으로 고양시켰다.

자연권과 시민혁명

자연권은 인간이 태어날 때부터 자연적으로 가지는 천부의 권리를 가리킨다. 실정법론에서는 권리란 법률로 인정되는 경우에만 성립된다고 하나, 자연법론에서는 인간의 자연권은 법률 이전의 천부의 권리라고 하며, 국가가 법률로도 이를 제한하거나 침해할 수 없다고 주장한다. 그런데 인간의 성악설을 전제로 보는 홉스는 자연 상태를 전쟁 상태와 동일시하므로 국민의 자연권인 자유를 제한하는 강력한 전제군주제를 이상적인 국가 형태로 보는 반면, 로크는 홉스의 입장에 반대하여 자연 상태가 안정적인 평화 상태와는 거리가 있지만 그래도 전쟁 상태는 아니라고 보고 재산권과 저항권을 인정한다. 루소는 한 걸음 더 나아가 자연 상태를 인간이 아무런 외적 방해도 받지 않는 상태로 생각한다. 로크와 루소의 이러한 자연권 사상은 프랑스에서 시민혁명의 사상적 지도이념이 되었으며, 영국의 권리장전, 미국의 독립선언서, 1789년 프랑스의 인권선언에도 막대한 영향을 미쳤다.

실러 시대에 자연권 논쟁을 촉발시킨 사람은 법과 통치권의 절대적 보호를 옹호하는 칸트였다. 그는 1793년에 발표한 「'이론으로는 맞을지 모르지만 실제로는 맞지 않다'는 상투어에 대하여」라는 논문에서 정부에 대한 국민의 저항을 기본적으로 인정하지 않고, 최고 권력에 대한 모든 정치적 저항 행위를 범죄로 간주한다. 프랑스 혁명 전에는 자연권을 인정하던 칸트가 생각을 바꾼 것은 폭동을 야기하는 봉기가 공동체의 기본 토대를 파괴한다고 보았기 때문이다. 반면 실러는 홉스나 칸트의 사상에 반대하고 특정한 경우 정치적 저항권을 인정하는 입장을 취한다.

그렇지만 『빌헬름 텔』은 폭력 혁명을 통해 문제를 해결하려는 방법과는 다소 거리가 있다. 뤼틀리 동맹자들은 무력 행위를 통한 사회변혁을 추구하는 것이 아니라 평화롭던 원래 모습으로 돌아가기를 희구한다. 그들은 황제와의 계약을 파기함으로써 전제적 폭정에 의해 훼손된 선조들의 법질서를 회복해서 자유롭고 평화로운 목가적 상태로 되돌아가고자 한다. 극의 처음에 자신을 돌보지 않고 의로운 행위를 함으로써 구원자로 등장하는 텔도 성찰하는 인물이 아니라 소박함을 체현하는 자연인이다. 그는 자연의 거대한 힘에 순응하며 자연과 합일하면서 살아가고자 한다. 홀로 사냥을 하러 돌아다니는 그는 단독자이며 개인으로서 어려운 사람을 도울 수는 있지만 공적인 영역에는 나설 뜻이 없다.

그러나 텔은 아내와 자식을 폭군의 폭행으로부터 보호하기 위해 살인을 저지르고 그것을 자연권 행사로 정당화한다. 이는 무뢰와 명예욕으로 가증스런 살인을 저지른 슈바벤 공작의 황제 살해와는 대비된다. 그러나 빌헬름 텔이 자신의 행위에 대해서는 자랑을 늘어놓지만 슈바벤 공작한테는 가혹한 심판을 내리는 것은 명백한 잘못이고 스스로의 품위를 떨어뜨리는 일이다. 자신에 대한 이러한 정당성에도 불구하고 빌헬름 텔은 살인이라는 죄를 범했기 때문에 내적으로 고뇌하는 자로 남는다. 실러는 민중의 저항이 비폭력적으로 끝나기를 바라는 마음에서 텔과 슈바벤 공작을 살인자로 만드는데, 두 사람의 범죄 행위가 없었다면 스위스 사람들의 봉기는 무혈의 순수한 승리로 끝나지 않았을 것이다. 이처럼 이 작품에는 민중의 저항권을 인정하면서도 과도한 폭력과 사회질서의 와해를 피하고자 하는 실러의 치열한 고민이 담겨 있다. 인간의 자연적 본성을 이성적이라고 보지 않는 실러는 폭력을 통한 혁명이 그 과정에서 폭력을 일삼음으로써 세상을 다시 폭력의 상태로 되돌려 놓는 것을 바람직하게 여기지 않았던 것이다.

실러 작품의 수용과 평가

실러의 작품은 그의 조국인 독일뿐만 아니라 유럽의 다른 나라, 특히나 폭정에 시달리던 이탈리아와 차르 치하에 있던 러시아에서도 열광적으로 받아들여졌다. 게다가 실러는 한편으로는 자유의 시인으로, 다른 한편으로 시민적 미풍양속의 옹호자로 간주되었다. 그리하여 명료한 그의 시구와 날카로운 희곡의 대사들을 일반 사람들이 자주 인용하게 되었다. 1859년에는 전 유럽이 그의 탄생 100주년을 기념하고 축하했으며 1867년까지 코타 출판사에서 판매한 그의 작품들이 240만 부나 되었다.

프랑스의 나폴레옹에 대항한 독일의 해방전쟁(1813-15) 이후 실러는 자유 사상의 전파자로 칭송되었다. 특히 당시의 정치적 운동에 가담한 독일의 대학생 학우회는 『빌헬름 텔』, 『피에스코』, 『돈 카를로스』에 나오는 명대사들을 그들의 구호로 즐겨 인용하곤 했다. 그리하여 1859년에 거행된 실러 탄생 100주년 행사는 실러가 독일의 민족 시인이 되었음을 여실히 보여주었으며, 특히 『빌헬름 텔』은 실러 찬양을 북돋아주는 데 적합한 작품으로 지목되었다.

독일의 시민계층은 19세기와 20세기 초에도 실러의 작품에 많은 관심을 보였고, 노동 운동계에서도 그는 자유의 시인으로 높은 평가를 받았다. 특히나 『빌헬름 텔』은 19세기 후반부터 점차 학교 교재로 채택되면서 독일어권의 교양과 문화에 없어서는 안 될 확고한 자리를 차지하게 되었다. 심지어 이 작품은 나치 초창기에 선전상 괴벨스의 지시에 의해 '영도자의 드라마'로 칭송받으며 자주 공연되기도 했는데, 독재자 살해를 정당화하는 작품의 모티프가 문제가 되었고 몇 차례의 히틀러 살해 음모가 발각되자, 1941년 히틀러의 명령에 의해 교재에서 빠지게 되었다. 또한 실러는 구동독에서 공산주의를 준비한 진보적 시인으로 간주되어 높이 평가받고, 1959년에는 탄생 200주년을 기념하여 그를 기리는 성대한 행사가 벌어졌지만, 그의 모든 작품이 동독 정권의 마음에 든 것은 아니었다. 특히 사상의 자유를 외치는 『돈 카를로스』 같은 작품은 제3제국 때와 마찬가지로 동독에서 나중에는 더 이상 상연되지 않았다. 한편 토마스 만은 죽기 직전인 1955년 실러 사망 150주년에 즈음하여 「실러에 대한 시론(試論)」이라는 연설을 하면서 더 낫고 더 인간적인 독일을 호소했다.

1970년대부터 실러의 작품들은 질풍노도기에서 빈 의회에 이르는 시기의 다른 위대한 작가들의 작품들과 함께 독일의 시민적 교양 전범에서 사라졌다. 그리고 68운동의 여파로 훔볼트적인 고전적 김나지움이 필요 없게 되자, 학교에서는 더 이상 실러의 작품을 가르치지 않게 되었다. 그래서 학생들은 토마스 만, 하우프트만, 폰타네, 하이네까지만 관심을 기울였고, 그 이전 세대의 작가들에는 관심을 보이지 않았다. 그러다가 실러 사망 200주년이 되던 2005년 그의 작품들이 통일 독일에서 다시 높은 평가를 받게 되어, 실러의 작품은 물론 이와 관련된 문예학이 새로운 붐을 맞이하게 되었다.

실러의 초기 비극들은 전제군주의 정치적 억압과 전제적 사회 관습을 타파하는 것이었으나, 후기 희곡들은 인간이 육신의 허약함을 초월하는 것이나 물리적인 외부조건들을 극복하는 영혼의 내적 자유에 관한 내용이 주류를 이룬다. 이 작품들은 현세가 우리에게 바라는 것과 영원한 도덕적 질서 사이에서 괴로워하는 주인공이 이러한 갈등 속에서도 성실성을 지키고자 분투하는 모습을 보여준다. 또한 실러는 그의 성찰 시와 논문들을 통해 예술이 내적 조화를 얻을 수 있는 방법과 시민 각자의 '미적 교육'을 통해 보다 행복하고 인간적인 사회질서를 계발할 수 있는 방법들을 보여준다. 이와 같이 그의 미학에 대한 성찰의 글은 정치적·역사적 사상과 연계되어 있다. 특히나 실러의 모든 저작이 지닌 가장 두드러진 특징 가운데 하나로 현대성을 들 수 있는데, 이것은 놀랄 만치 20세기의 생활과 연관성을 지니고 있다. 한동안은 여러 가지 이유로 실러의 작품들이 독일 지식인들의 호평을 받지 못했지만 그의 역작들이 지닌 항구적인 가치는 어떤 비평의 시류에도 퇴색하지 않고 영원할 것이다.

실러의 『도적들』, 『간계와 사랑』과 『빌헬름 텔』은 비록 200년 전의 작품이지만 지금도 현실성과 현대성을 지니고 있다. 실러는 시대를 앞서 여성의 실제적 가치를 보여주며 여성이 지닌 덕목을 높이 평가하고 있다. 루이제는 죽으면서 자기를 죽음에 몰아넣은 페르디난트를 용서하는 숭고한 모습을 보이지만, 수상과 서기는 서로에게 책임을 전가하며 치졸한 모습을 보인다. 『빌헬름 텔』에서 태수들의 폭정과 탄압에 맞서 봉기에 나서라고 슈타우파허의 결단을 촉구하는 사람은 그의 아내 게르트루트이다. 그리고 스위스 국민을 배반하고 오스트리아 편에 선 루덴츠를 정신 차리게 하는 것도 그가 연모하는 베르타이다. 한편 권력자 게슬러는 텔을 두려워하고 그에게 열등감을 느껴 감옥에 가두기로 하는 점에서 강자가 아니라 약자라 할 수 있다. 또한 현대 사회의 소통 부재, 정치적 탄압, 경제적 불평등에 의해 야기된 여러 시위나 사회 변혁 운동, 재스민 혁명과 같은 시민혁명을 보면, 실러의 작품에 등장하는 핵심 문제가 모습만 약간 바뀌었을 뿐 현재에도 여전히 해결되지 않고 계속 진행 중에 있음을 알 수 있다.

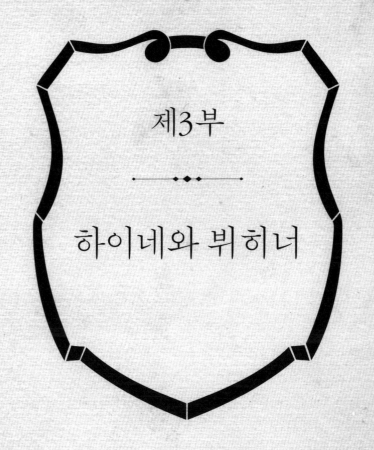

제3부

하이네와 뷔히너

하이네의 혁명적인 운문서사시
『독일. 어느 겨울동화』

"붉은 수염아, 넌 케케묵은 우화적 존재야, 가서 잠이나 자렴, 우린 너 없이도 구원받을 거야."[1]

화자가 바르바로사 황제에게 하는 이 말은 구동독에서 흔히 사회주의의 실현을 예언한 장면으로 견강부회되어 인용되곤 했다. 하이네가 볼 때 1840년대 독일의 정치 상황은 '꿈으로 가득 찬 훈훈한 여름밤이 아니라 차디차고 서글픈 겨울밤의 동화'처럼 암담했다. '겨울동화'라는 제목은 셰익스피어의 『한여름 밤의 꿈』과 대비되는 엄혹한 정치적 현실을 비유적으로 표현하고 있다.

운문서사시 『독일. 어느 겨울동화』를 쓴 하인리히 하이네(Heinrich Heine, 1797-1856)는 독일 라인 강변의 뒤셀도르프에서 유대인 상인의 장남으로 태어났다. 그는 함부르크의 은행가인 숙부의 은행에서 견습생이 되기도 했

----

1 하인리히 하이네, 카를 마르크스·프리드리히 엥겔스, 「독일. 어느 겨울동화·공산당 선언」, 홍성광 역, 연암서가, 2014, 133쪽.

고, 숙부의 도움으로 직물 도매 상을 차리기도 했으나 사촌 여동 생에 대한 첫사랑과 아울러 실패 로 끝나고 말았다. 이후 본, 괴팅 엔, 베를린 대학에서 법학을 전 공했지만, 오히려 낭만파 이론가 슐레겔의 문학 강의나 헤겔의 철 학 강의에 심취했다. 그는 괴팅 엔 대학에서 박사학위를 받고 신

하인리히 하이네

교로 개종한 뒤 안정된 직장을 얻으려 했지만 반유대 정서와 보수주의자 들의 반대로 실패했다. 이후 본격적으로 작가의 길에 들어서 이 무렵 『노 래의 책』, 『여행화첩』 등을 발표했다.

그는 1831년 귀족계급을 공격하는 글을 써 물의를 일으킨 데다 법률고 문자리를 얻으려다 실패하자 프랑스 파리로 이주했다. 이곳에서 아우크 스부르크의 〈알게마이네 차이퉁〉지의 통신원으로 일하면서 프랑스의 앞 선 상태를 독일에 소개했다. 1835년 독일연방의회가 청년 독일파의 작 품을 판매금지하면서 하이네를 그 대표적 작가로 지목했다. 1843년과 1844년 마르크스 부부와 친교를 맺었고, 이 무렵 『신시집』, 『아타트롤』, 『독일. 어느 겨울 동화』가 출간되었다. 그는 혁명의 필요성은 인정했지만 공산주의와 프롤레타리아 혁명, 사유재산 철폐에 대해서는 부정적이었 다. 1848년 하이네는 루브르 박물관을 구경 갔다가 쓰러져 이후 8년 동 안 척수결핵으로 병상생활을 하게 되었다. 하지만 침대에 누워 생활을 하 는 중에도 창작은 멈추지 않아 설화시 『로만체로』를 발간했다. 하이네는 1856년 2월 17일 파리의 마티뇽 가 3번지에서 사망하여 몽마르트 공동 묘지에 안장되었다.

낙후된 봉건 독일 이야기

『겨울동화』는 하이네가 1843년 가을(1843. 10. 29-12. 27) 파리를 떠나 독일 함부르크로 갔다가 돌아온 여행기를 기록한 것이다. 그는 브뤼셀과 암스테르담을 거쳐 어머니가 계시는 함부르크로 귀향했다가 돌아올 때는 하노버와 뷔케부르크, 쾰른, 아헨을 거쳐 파리로 돌아왔다. 그러나 기행문에서는 실제 여행한 경로와는 달리 역순으로 독일 국경선을 넘어 아헨, 쾰른, 하겐, 우나, 토이토부르크 숲, 민덴, 하노버를 거쳐 함부르크로 귀향하는 순서로 서술하고 있다. 이 여행기는 1844년 1월 파리로 돌아온 직후 집필되었다. 그러면 간단한 줄거리를 먼저 살펴보기로 하자.

화자는 제1장에서 고국 독일을 떠나온 지 13년 만에 기쁜 마음과 아픈 마음을 안고 파리에서 독일로 떠난다. 국경선에서 그는 하프 켜는 소녀가 부르는 체념의 노래를 듣는다. 그녀는 저 세상에서의 다시 만남을 노래하고 현세의 삶은 체념할 것을 노래하지만, 화자는 지상에서 하늘나라를 건설하고자 하며 유럽과 자유의 정신의 결혼을 축하하는 결혼 축가를 노래한다. 화자는 국경 초소에서 짐을 조사받는다. 그렇지만 화자의 금수품은 짐 속이 아닌 머릿속에 있다. 제3장에서 화자는 중세적인 황제도시 아헨에 도착해 프로이센 군대의 구식 모습에서 중세를 떠올린다. 그리고 아헨의 우체국 간판 위에 있는 프로이센의 독수리를 보고 증오의 감정을 표출한다.

그 뒤 화자는 성스러운 도시 쾰른에 도착해 쾰른 성당을 바스티유 감옥에 비유하며 그것이 마구간으로 쓰일 거라고 말한다. 그러면서 그 속에 머물고 있는 성삼왕을 정치적 관점에서 바라본다. 그리고 나서 라인 강에 도착해 아버지 라인과 대화를 나누며 라인 강의 낭만성과 독일과 프랑스 간의 긴장관계를 얘기한다. 제6장과 제7장에서는 사고와 행동의 관계가 다루어지는데 여기서 사고는 작가를 말하며 행동은 정치적 실현을 의미한다. 여기서 정치적 행동은 분신으로 의인화되는데 그 분신은 작가가 생각한 것을 파괴적으로 실천하는 행위를 담당한다. 화자는 꿈을 꾸면서 성삼왕에게 몽둥이로 후려 팰 거라고 말하자 동행인 분신이 도끼로 그들을 깨부숴버린다.

화자는 쾰른에서 하겐으로 가는 도중 13년 전에 조국을 떠나던 때를 회상하며 나폴레옹의 신화를 떠올린다. 제9장에서는 주인공이 하겐에 도착해 점심식사를 하며 조국의 요리에서 감상적인 애국주의를 느낀다. 하겐을 떠난 후 베스트팔렌 지방인 우나에 당도해 화자는 이곳 사람들의 성격과 습성을 비판적으로 묘사한다. 그런 후 토이토부르크 숲을 지나며 민족영웅을 기려 데트몰트에 세운 헤르만 기념비를 구경한다. 헤르만은 로마의 침공에 맞서 싸워 승리를 거둔 전쟁 영웅으로 그가 없었더라면 독일은 로마의 지배하에 들어갔을 것이다.

밤에 늑대들이 우글거리는 숲을 달리다가 마차가 고장 나 혼자 숲 속에 남게 된 화자는 경향파 문인을 지칭하는 늑대들에게 일장 연설을 한다. 그는 경향파 작가들과 정치적 신조는 같이 하지만 문학적으로 형상화하는 방법은 달리한다. 그도 실은 늑대지만 잠시 양가죽을 걸친 것에 불과하며 그렇다고 양의 편으로 넘어간 것은 아니라고 주장한다. 그는 늑대와 연대성은 유지하지만 독자적으로 행동하겠다는 것이다. 제13장에서 화자는 파더보른 부근에 도착해 십자가에 못 박힌 예수의 상을 정치화하면서 검열 규정을 반어적으로 칭찬한다.

제14장과 제17장에서는 독일의 제국이데올로기와 바르바로사 전설이 다루어진다. 화자는 옛날 유모가 들려준 동화, 민요, 공주 이야기를 회상한다. 늙은 유모는 붉은수염 황제가 키프호이저 산속에 숨어서 아직 살고 있다고 했다. 그는 때가 오면 분연히 떨치고 일어나 전장에 나가며 또한

게르마니아를 암살한 살인자를 처벌한다는 것이다. 화자는 민덴으로 가는 도중 붉은수염 대왕의 꿈을 꾼다. 그는 화자에게 그리 존귀해 보이지 않는다. 그는 키프호이저 내부를 뒤뚱뒤뚱 돌아다니며 이것저것을 보여주며 때가 오면 나가 싸워 조국을 해방시킬 거라고 말한다. 화자는 동굴에 갇혀 아무것도 모르는 황제에게 세상 소식을 들려준다. 화자가 대왕에게 불손하게 말하자 그는 화가 나서 호통을 친다. 그러자 화자는 마음속에 묻어둔 은밀한 생각들을 말한다. 그러나 이러한 다툼은 어디까지나 꿈속에서의 일이고 잠이 깬 상태에서는 독일인은 영주들과 싸우지 않는다고 화자는 자조적으로 말한다.

드디어 화자는 튼튼한 성채 민덴에 도착해 자신을 오디세우스의 운명과 동일시한다. 여관에서 그는 잠을 자면서 체포당할까 봐 불안에 떤다. 그는 프로이센으로부터 독립을 유지하고 있는 뷔케부르크에 들어가면서 비로소 안도의 한숨을 쉰다. 그리고 하노버에 도착해 깨끗한 거리며 으리으리한 건물이며 왕이 사는 궁전을 구경한다.

제20장에서 제22장까지 화자는 함부르크에서 어머니와 대화를 나누고 사람들한테서 함부르크에서 몇 년 전에 일어난 대화재 이야기를 듣는다. 그 사건으로 사람들은 절망에 빠져 공포에 떨고 있다. 화자는 이제 늙어 풀이 죽어 있는 자신의 옛 검열관도 만나보았는데 그는 화자를 보자 반가워 눈물을 글썽거리기까지 한다. 화자는 출판인 율리우스 캄페를 만나 같이 저녁식사를 한다. 사실 그와 마찰이 없는 것은 아니었지만 화자는 결코 그를 떠나지 않을 거라고 다짐한다. 그 후 화자가 환락가를 거니는데 하모니아의 여신이 말을 걸며 자신의 숙소로 가자고 유혹한다. 화자는 하모니아의 방에 가서 자신이 독일에 오게 된 이유를 말한다. 오랫동안 파리에서 살면서 향수병을 앓은 화자는 조국에 대해 감상적인 유대감을 느끼고 있다.

여신 하모니아는 시인에게 풍기가 문란한 파리에 돌아가지 말고 독일에 남으라고 부탁한다. 여신은 독일의 좋은 점을 말하지만 거기에서 반어적인 울림이 느껴진다. 그러면서 독일의 미래의 모습을 보여줄 테니 비밀을 지켜달라고 부탁한다. 냄비 뚜껑을 열고 화자가 구멍에서 나는 독일의 미래 냄새를 맡아 보니 지독하기 짝이 없는 악취가 났다.

마지막 장인 제27장에서 화자는 분식(粉飾)과 죄악이 없는, 자유로운 사상과 욕구를 지닌 새 세대가 자라나고 있음을 고지한다. 이를 위해 화자는 아리스토파네스와 단테를 원용한다. 그러면서 화자는 왕에게 예언하고 경고하고 벌주는 시인의 무서움을 깨닫게 한다.

낭만주의 비판과 프로이센의 이데올로기 비판

하이네는 『겨울동화』를 그의 독일 여행에 대한 사적인 회상으로 작성하지 않고 오히려 독서 대중을 의식하고 텍스트를 작성한다. 그에게 대중에 대한 작가의 관계는 이중적인 방향으로 일어난다. 한편으로 작가는 대중의 잠복적인 혹은 공공연한 소망을 충족시키려 하며 다른 한편으로는 독자의 기대를 무시하고 의식적으로 반대 행동을 취한다. 독자와의 관계에서 그런 양면감정이 『겨울동화』에서 뚜렷이 드러난다.

『겨울동화』의 기본 주제는 낭만주의로 분장된 프로이센의 이데올로기에 대한 비판이다. 여기서 화자는 하이네와 거의 일치한다고 볼 수 있다. 화자는 독일을 여행하면서 만난 복고의 상징들에 대해 가차 없는 비판을 가한다. 이러한 비판 수단으로 쓰인 것이 하이네가 초기 시 이래로 발전시켜온 아이러니이다. 하이네는 낭만주의자들과는 달리 가볍고도 매끈하게 제시된 정다운 무리를 마지막에는 가상으로 폭로한다. 그럼으로써 즐겨 감동에서 냉엄한 현실로 회귀한다. 즉 그의 시의 낭만적 정취는 흔히 환상적 분위기를 파괴하는 반전과 돌연한 극적 아이러니로 나타난다. 하이네는 낭만주의자들을 공격하기 위하여 바로 낭만주의의 아이러니를 역이용한다.

> 저 멀리 호른과 바이올린 같은
> 소리가 들리지 않니?
> 거기엔 아마 아름다운 소녀들이
> 날개를 단 듯 경쾌한 윤무를 추고 있을 거야.

> "에이, 이 친구야, 착각이야 착각."
> 바이올린 소리가 아니야.
> 돼지새끼 꽥꽥거리는 소리야.
> 꿀꿀 돼지 소리밖에 들리지 않아.[2]

여기서 화자는 낭만적 동경의 실체를 극적 아이러니의 형식을 통해 극명하게 환멸적으로 드러내준다. 매혹에 굴복하지 않고 그 실체를 폭로하는 것이다.

> 일요일의 나들이옷을 입은
> 속물들 숲과 들로 산책한다.
> 환호하며 어린 숫양처럼 깡충거리며
> 아름다운 자연에 인사한다.[3]

---

2 H. Heine, *Sämtliche Schriften*, Bd 1, S. 62.
3 앞의 책, 89쪽.

얼핏 보아 매끄럽고 경쾌하며 아름다운 모습을 하고 있는 이들은 낭만주의적 속물이라고 볼 수 있다. 사실 속물에 대한 공격은 낭만주의자들이 즐겨하는 것으로, 그들에게 속물은 직업근성에 젖은 비예술적이고 고리타분한 비교양인을 뜻한다. 하지만 하이네는 속물공격을 하는 낭만주의자들을 오히려 속물로 역공격한다. 절대적 주관성에 대한 그들의 세련된 철학적·미학적 문제가 사회적·인간적 차원에서 볼 때 얼마나 속물적인가 하는 점을 그들의 자의식에 찬 유희적 아이러니로는 의식할 수 없었던 것이다.

『겨울동화』의 화자는 1840년에 빌헬름 3세가 죽은 후 왕위에 오른 빌헬름 4세가 1842년 직접 창안했다고 알려져 있는 중세식의 기병 복장을 보고 낭만주의와 중세를 동시에 떠올린다. 즉 화자는 이러한 연상 작용을 통해 낭만주의와 프로이센 체제 간의 이데올로기적인 공통성을 드러내 보인다. 화자는 쾰른에 도착해 루터의 종교개혁 이래로 건축이 중단된 채로 있던 쾰른 대성당을 본다. 그런데 민족해방전쟁이 끝난 후 복고주의자들은 성당건설을 재개하자고 주장해 왔다. 그래서 1842년에는 빌헬름 4세와 메테르니히를 비롯해 반동체제의 주역들이 모인 가운데 성당건설 재개를 축하하는 축제가 열렸다. 화자는 이러한 행위가 바로 그들의 낭만주의적 복고 노선에 부합되는 것으로 보고 쾰른 성당이 곧 '우리의 적의 가장 무시무시한 아성'이자 '정신의 바스티유 감옥'이 될 것이라고 생각한다.

『겨울동화』에서 화자의 낭만주의 이데올로기 비판은 바르바로사 장에서 절정에 달한다. 붉은수염 대왕이라고 불리기도 하는 바르바로사 대왕은 독일 민족의 영웅으로 손꼽히는 12세기의 프리드리히 1세를 지칭한다. 독일에는 언제부터인가 이 대왕이 죽지 않고 키프호이저 산속에 살고 있다는 전설이 내려오고 있었다. 이러한 전설은 낭만주의 시대에 와서 넓게 퍼지기 시작해 민족해방전쟁 때는 대왕이 부활해 독일을 해방하고 통일시킬 거라는 믿음으로까지 발전했다. 복고세력은 민중의 이러한 소박한 소망을 이용해 중세의 복구를 통해 독일이 해방된다면서 심지어는 빌헬름 4세가 바로 부활한 바르바로사 대왕이라고 주장하기까지 했다. 또한 플라텐과 같은 후기 낭만주의 작가는 이 추세에 편승해 대왕의 전설을 시의 소재로 삼기도 했다.

개인적으로 이 전설을 아주 소중하게 생각한 하이네는 그것이 보수 지배계급의 통치 이데올로기로 사용되는 데에 말할 수 없는 혐오감을 느꼈다. 화자는 그렇다고 해서 대왕의 봉건적 사고방식에도 동의하지 않으며 독일을 해방시키겠다는 그의 말도 신뢰하지 않는다. 하이네에게 중요한 것은 전통의 올바른 보존 및 지양인 것이다.

아이러니와 대중성

하이네는 문학의 자율성을 주장하면서도 동시대의 정치적 과제에 문학적으로 동참하는 것을 문필가의 기능으로 보았다. 하이네는 그의 텍스트의 발생이나 창작 과정에 독서 대중이 결정적으로 중요하다는 것을 고백한 바 있다. 광범위한 독서 대중에게 말을 걸기 위해 일반적으로 이해되고 재미있는 서술 방법을 선택하면서 소기의 정치적 영향력을 잃지 않는 것이 그에게는 중요했다. 그 때문에 그는 독자가 손쉽게 파악하지 못하게 뚜렷한 거리를 갖게 하는 장벽을 텍스트 속에 장치한다.

그리하여 실제로 표현된 내용은 단어 그대로 받아들여지는 것이 아니라 배후의 의미를 숨기고 있다. 이 수단을 통해 하이네는 그것 말고도 정치적 검열을 피하는 데 성공하게 된다. 텍스트에 공식적으로 표현할 수 없지만 독자에게 간접적으로 아이러니한 표현을 통해 그는 정치적으로 중요한 사건을 비판할 수 있게 된다. 이러한 대결 관계에서 나오는 아이러니와 대중성이 하이네 전체 작품의 특징이다.

『겨울동화』제1장은 독일의 현재 모습을 더 나은 미래의 입장에서 전망하는 기능을 한다. 그것은 체념의 노래와 새로운 노래라는 반대명제를 통해 제시된다. 반복되는 노래의 형식에서 체념의 노래는 진짜 노래가 아니라 인용이며, 엄밀히 말하면 노래에 대한 노래이자 하나의 몽타주이다. 체념은 한편으로 민중의 현실적 고통의 표현이며, 다른 한편으로 더 나은 생존에 대한 동경의 표현이다. 또 비록 무의식적인 것이라 할지라도 독일 민족에게 유보된 것을 누리고 있는 작가 자신에 대한 항의의 표현이기도 하다.

시의 서두에 '나[Ich]'가 반복 등장하는 것은 그것으로 독자에게 직접 호소함과 아울러 체념의 노래를 잘못된 것으로 의식시키고 동시에 더 나은 새 노래를 부르는 기능을 지니고 있다. 그것에는 다시 모든 생활영역을 포괄하는 해방이 문제가 되고 있다. 모든 사람이 지상의 재화를 충분하게 이용하는 것이 중요할 뿐 아니라 모든 억압으로부터 자유로운 감각적인 즐거움도 중요하다. 하이네는 처녀 유럽과 자유의 정신을 결합시킴으로써 모든 정치적 종교적 부자유와 억압의 타파를 노래한다.

제1장의 목가적인 혼인은 애당초부터 작가와 속물 시민 하모니아 간의 결혼식의 반대 모습으로 계획되고 있다. 여행자는 마지막에 가서 오디세우스와 달리 마녀의 섬에서 빠져 나오는 것이 아니라 초개인적인 배경을 지닌 미심쩍은 여자의 품속에 빠지게 된다. 운문서사시의 마지막에 가서 가정적인 목가시를 기대했던 비더마이어적인 독자의 소망은 깨어지고 만다. 그녀는 자기가 결코 창녀가 아니라 함부르크의 상징이라고 다짐해서 말하지만 그녀의 미심쩍은 성격이 완화되지는 않는다. 처녀 유럽과 자유의 정신의 결합은 많은 결실을 낳았던 반면 하이네와 하모니아 간의 결합은 아무 결실을 낳지 못한다. 작가는 혼인식이 채 끝나기도 전에 가위 든

검열관에 의해 생산력을 박탈당한다. 작가의 정신이 게르마니아와 결합하지 못하는 것은 3월 혁명 전기의 정치적 상황 때문이다.

『겨울동화』에서 전체 구조에 특징적인 것은 실제적인 여행 체험과 허구적인 내용이 교대로 반복된다는 점이다. 성삼왕에 대한 꿈, 바르바로사 대왕과의 꿈의 대화, 함부르크의 수호신과의 만남이 문학적인 허구 속에서 또다시 허구를 서술하고 있다. 그러나 개인적인 여행 체험, 풍자적 공격, 꿈, 근본적 숙고와 정치적인 판단, 지속적인 탈선과 목적 지향적인 진보를 교묘하게 배치함으로써 상황이나 개인적 인상의 차원을 넘어서 하나의 총체성이 눈에 드러난다. 하이네에게는 그러한 총체성을 인식하고 전달하는 것이 본질적으로 중요한 문제였다.

배타적인 독일 민족주의 비판

화자는 새로운 노래를 통해 부푼 가슴을 안고 국경선을 지난다.

극히 신성한 별들이
내 영혼에 떠오른다.

감격한 별들, 거칠게 타오르며,
화염의 시내에 녹아내린다.
놀랍게도 새로 힘이 나서
참나무도 꺾을 것 같구나![4]

----
4 『독일. 어느 겨울동화·공산당 선언』, 같은 책, 50쪽.

새로운 노래는 그의 시적 기능을 통해 정치적 성격을 띠게 된다. 여기에서 참나무는 배타적이고 편협한 독일 민족주의의 비유이다. 이러한 지평에서 1844년의 독일은 발전이 없는 암담하고 경직된 겨울로 나타난다. 하이네는 정치적인 시를 통해 현실세계뿐 아니라 이상세계에서도 화해와 조화를 유포하지 않는다. 거기에는 조화롭게 완결되는 세계상이 존재하는 것이 아니라 이상과 현실 상호 간의 모순이 그대로 드러난다.

하이네는 쾰른 성당 건축, 바르바로사 전설이나 헤르만 기념비를 소개하면서 독일의 민족의식을 비판적으로 서술한다. 그는 키프호이저를 지나가지 않았지만 제국 이데올로기를 간과할 수 없었기에 바르바로사 전설을 꿈속에서 진행시킨다. 쾰른 성당 건축, 바르바로사 전설, 검열과 언론의 자유가 문제되는 모든 곳에서 독일에 대한 비판이 행해진다. 게다가 국가나 제도적 교회의 압박으로부터 윤리적 해방이 문제된다. 동시에 하이네의 종교 비판이 계몽적인 목표 설정을 하고 있음은 분명한 사실이다. 유모가 들려주는 키프호이저와 황제 이야기는 처음에는 매혹적이지만 곧 은밀한 기만으로 드러난다.

늙은 유모가 들려준 옛 이야기는
어쩌면 이토록 사랑스럽고 달콤하게 들리는가![5]

하이네가 여기서도 시대사적인 암시를 하고 있는 것은 그의 문학 서술 방식으로 볼 때 자명한 사실이다. 이러한 방식으로 그는 현재화된 단순한 역사적 사건만을 소재로 삼는 것이 아니다. 그의 서술로 황제가 조국 독일을 구할 수 있다는 희망은 환멸과 기만적인 것으로 증명된다. 하이네는

---

5 앞의 책, 121쪽.

중세적 상황이 군국주의적 프로이센보다 차라리 더 낫다는 것을 바르바로사 전설로 강조한다.

하이네의 애국주의가 프로이센의 국수주의와 뚜렷이 구별되는 반면 마르크스와의 교유를 통해 공산주의적 국제주의와의 그의 평행선이 드러난다. 『겨울동화』에서 그는 공산주의적 강령을 이미 암시하고 있다.

> 우린 지상에서 행복하게 살아가려 하며,
> 더 이상 궁핍을 원치 않는다.
> 부지런한 손이 번 것을
> 게으른 위가 탕진해서는 안 된다.[6]

> 이 지상에는 모든 사람들을 위한
> 충분한 빵이 자라고 있어,
> 장미와 도금양[7]도, 미와 즐거움도
> 또 완두콩도 적지 않아.[8]

공산주의 선언의 시적 선취로서 자주 인용되는 이 유명한 구절에서 하이네는 그의 시대 이념을 구현하고 있다. 하지만 1843-1844년에는 마르크스주의가 아직 주도적인 것이 아니었다. 이러한 강령적인 내용은 다음 장에서 아이러니하게 굴절되고 상대화되긴 하지만 양자택일적인 목표설정이라는 기능을 지니고 있다. 하이네의 유토피아적이고 사회주의적인

---

6 배는 왕과 귀족, 손은 농민과 수공업자에 대한 비유이다. 하이네는 로마의 역사가 티투스 리비우스의 위(胃)와 위에 혁명을 일으키는 사지(四肢)에 대한 비유를 다르게 표현하고 있다.
7 장미와 도금양은 아름다움과 쾌락을 상징한다.
8 『독일. 어느 겨울동화·공산당 선언』, 같은 책, 47-48쪽.

강령은 분명히 프로이센의 현실과는 대치된다. 여기서 하이네가 마르크스적인 사상을 가공한 것인가 생시몽적인 사상을 원용한 것인가의 문제는 부차적인 것이다. 하이네는 강령적 논문을 쓴 것도 아니고 정치적 선언을 쓴 것도 아니다. 그는 정치적 사상을 시적으로 표현한 것이 아니라 노래를 짓겠다는 명시적인 요구를 가지고 등장한다. 즉 하이네에게는 정치 사회적 미래상이 애당초부터 시적 차원과 특질을 지니고 있는 것이다.

선(先) 공산주의적 선언으로서만 이 작품을 해석하는 모든 연구는 이러한 예술적 성격을 소홀히 하고 있음에 틀림없다. 하이네가 여기서 혁명적 실천에 복무하느냐 아니면 거기에서 이반하고 있느냐 하는 모든 논의는 작가 하이네를 오해하고 있다. '장미와 도금양, 미와 즐거움'이라는 시적 차원으로 제시된 미래상은 사회적인 제도화만으로는 이룩될 수 없는 것이다.

또한 하이네는 기독교로 말미암아 초래된 정신과 물질, 유심론과 감각론, 향락과 금욕 간의 균열을 근대철학에 대한 도전으로 간주한다. 그는 정신과 물질 사이의 조화를 다시 회복하려는 시도를 로크의 경험론, 칸트의 비판론, 스피노자주의 즉 괴테와 헤겔의 범신론에서 보고 있다. 하이네 자신은 정신과 물질, 사고와 행동 사이의 충돌을 일으키는 일종의 이원론을 찾고 있다.

화자와 분신

그런데 사고를 행동으로 실천하는 경우 정신적 개념을 폭력화함에 있어 로베스피에르적인 문제점이 드러난다. 혁명에 대한 그의 긍정은 테러적이고 퓨리턴적인 예술 적대적인 사회제도에 대한 비전 때문에 굴절된다. 『독일. 어느 겨울동화』에서 이러한 문제점은 분신을 통해 알레고리화된다. 하지만 하이네가 받아들이는 것은 낭만적인 분신의 모티프가 아니다. 왜냐하면 이 시에서는 주체의 혼란이나 예민하고 반성적인 자아가 문제되는 것이 아니라 사고와 행위 사이의 진정한 양심의 알레고리화된 갈등이 문제되기 때문이다. 그것은 정신적 계획과 실제적 실현 간의 분열과 괴리로서 하이네가 뵈르네와 대결한 이후 그에게 지속적으로 나타나는 문제성이다.

밤거리의 쾰른 성당을 계속 따라오다가 마침내 성삼왕의 다리를 부숴 버리는 말없는 동행은 모티프로서 하이네의 작품에 자주 등장한다. 『겨울동화』에서는 권력의 상징이자 동시에 위협적인 집행의 상징으로 등장하는 분신의 면모를 지닌 인격화된 행위가 항시 화자의 배후에 있다.

> 나는 실천적 본성을 지니고 있고
> 늘 말없이 조용하지요.
> 하지만 알아 두시오. 난 그대가 머릿속에서
> 생각한 것을 실행합니다. 난 그 일을 합니다.[9]

이 음울한 분신은 상관인 자아의 명령을 그대로 따르고 집행한다. 정신과 행위의 갈등이기도 한 하이네와 실행하는 분신 간의 이 갈등은 작가가 완전히 의식하는 가운데 표면에 드러난다. 사고는 세계를 변화시키는 행위를 촉발시키지만 그 행위의 질적 양적인 영향은 사고에 의해 통제되지 않으며 실제로 취소될 수도 없다. 이러한 중심 문제가 하이네의 본질적인 철학적 정치적 사회적인 견해들과 『겨울동화』의 근본 개념을 규정짓는다.

『겨울동화』에서 분신과 나누는 이 대화는 자아와 자아 간이 아닌 이념과 행위 간의 변증법적인 상호 관계를 의미하고 있다. 실천의 알레고리로

---

9 앞의 책, 79쪽.

서의 형리는 정신의 종이 된다. 그로써 이상주의적인 철학에 대한 하이네의 알레고리적인 해석이 인식된다. 그는 철학의 한계를 인식하며 철학, 혁명과 사회적 관계 간의 변증법적인 조건을 인식하지 못한다. 그 때문에 그에게는 아무 영향을 끼치지 못하는 철학은 다만 프랑스 혁명에서나 실현될 수 있었던 하나의 아름다운 꿈처럼 여겨진다. '가서 누워 잠이나 자렴, 우린 그대 없이도 구원받을 거야'라는 말에서 해방은 더 이상 신비화되지 않고 혁명적인 행위로 간주된다. 그러므로 경직화를 막기 위해서는 과격한 행위와 반동의 파괴가 요구된다. 그러나 다른 한편으로 이러한 강제적인 해방이 하이네에게는 악몽으로 비쳐지기도 한다. 일견 모순적인 그의 태도는 시대 모순의 반영이며 안락함을 거부하는 증거가 된다.

이렇게 말하고, 난 몸을 돌렸다.
그때 말없는 동행의 무시무시한 도끼가
끔찍하게 번득이는 게 보였다.
내 눈짓을 알아차린 것이다.

그는 다가와서, 도끼로
미신의 가련한 해골들을
깨뜨려 부쉈다. 인정사정없이
그는 그들을 마구 내리 찍었다.

깨부수는 소리가 둥근 천장 곳곳에
끔찍하게 울려 퍼졌고,
내 가슴에서는 피가 터져 나왔다.
그리고 나는 갑자기 잠에서 깨어났다.[10]

바르바로사 왕의 실체

바르바로사 장은 『겨울동화』라는 제목을 뒷받침해주기 때문에 중심이 되는 장으로 인식된다. 바르바로사의 겨울잠은 독일과 이상주의적 철학의 잠든 상태를 상징한다. 바르바로사 전설은 옛 민중 설화와 유모의 동화에 대한 기억을 되살리면서 나타난다. 붉은수염 황제는 여기서 민중의 대리자, 귀족과 게르마니아의 암살자에 대한 복수자와 판결자로서 등장한다. 그러므로 하이네는 원래적인 민중 전설에서 이미 체념의 노래에서와 유사하게 전적으로 긍정적인 유토피아적이고 혁명적인 핵심을 보았던 것이다. 현실에 참가하는 작가는 미신과 시적인 변용 속에 매몰되어 있던 민중의 그러한 희망들에 관심을 보인다. 하지만 꿈속에서 바르바로사는 환멸적인 모습으로 드러난다.

> 그는 흔히 착각하는 것처럼
> 그다지 존경스럽게 보이지도 않았다.
>
> 황제는 나와 흉허물 없는 잡담을 나누며,
> 뒤뚱뒤뚱 홀들을 돌아다녔다.
> 그는 골동품상처럼 내게
> 진기한 물건과 보물들을 보여주었다. [11]

키프호이저의 내부는 다름 아닌 먼지 덮인 유물실이며, 떨치고 나갈 날

----
10 앞의 책, 87-88쪽.
11 앞의 책, 123쪽.

을 기다리는 황제는 역사박물관의 관리인이다. 그리하여 이러한 낡아빠진 과거와 미래지향적인 현재 사이에 충돌이 일어난다. 황제는 지식과 세계관에 있어 7년 전쟁(1756-63)에 머물러 있는 것으로 증명된다. 루이 16세의 기요틴 처형을 근대의 시작으로 보고 있는 하이네는 그것에 대해 황제에게 가르치지만 황제는 그러한 근대의 시작을 전혀 감지하지 못한다. 에티켓과 존경을 촉구하는 그는 하이네에 의해 나귀나 낡은 우화로 치부된다. 중세적 제국 이념은 여기에서 근대 혁명과 충돌한다. 황제를 통한 구원의 희망 대신에 민중의 자기구원의 이념이 등장한다.

다음 장에서는 얼핏 보아 '그대 없이도 구원받을 거야'라는 주장이 철회되는 듯이 보인다. 그것은 오히려 비판의 원래적 목적을 표현하는 데 기여한다. 중세도 황제전설도 그 자체로는 반동적인 것이 아니다. 공격의 목표는 최종적으로 동시대적인 프로이센의 잡종인 각반 기사제도이다. 근대를 패러디하고 역사의 진행 과정에 역행하는 삼색기의 프로이센에 비하면 진짜 중세는 오히려 거의 진보로 비쳐진다.

봉건 세력과 마찬가지로 속물적인 시민계층은 자신의 알레고리 유형을 함부르크의 수호신인 하모니아에서 발견하고 있다. 결과적으로 기존의 것을 보존하고 정당화하는 데만 급급한 혁명 이전의 독일 소시민계층은 그녀 속에서 조소된다. 그리하여 하모니아는 검열과 직업 금지조차도 당국의 질서유지 조치로 칭찬할 수 있게 된다.

> 국민은 사상의 자유를 누렸지요,
> 대부분의 국민은 그랬지요.
> 소수의 사람들만이
> 자유를 속박 당했어요.

무법적인 횡포는 결코 만연하지 않았어요.

아무리 불순한 선동가라 할지라도

판결 받지 않으면

결코 공민권을 박탈당하지 않았어요.[12]

독일의 악취 나는 미래상

마침내 하모니아는 여기서 자전적 요소를 강하게 띠고 있는 서술자에게 오랫동안 작품의 스캔들로 여겨졌던 독일의 악취 나는 미래상을 보여준다. 이러한 미래의 비전은 한편으로는 소국으로 분열된 독일의 추악한 모습을 보여줄 뿐만 아니라 다른 한편으로는 분명 혁명의 필연성에 대한 암시를 담고 있다.

나는 생쥐스트가 전에 공안위원회에서

한 말을 알고 있다.

그는 장미유와 사향으로는 이 중병을

치유할 수 없다고 했다.

하지만 독일의 이 미래 냄새는

여태껏 내 코가 맡은

모든 것을 능가했다.

나는 그 냄새를 더 이상 견딜 수 없었다.[13]

----
12 앞의 책, 182쪽.
13 앞의 책, 189-190쪽.

그런데 하모니아는 현재의 안락 속에서 이러한 것을 잊고 작가에게 결혼을 제안한다. 작가와 전망 없이 현재에 만족하는 시민계층과의 결합은 검열관에 의한 거세를 유발한다. 하모니아와의 결혼식은 처음의 혼인을 돌아보게 한다. 그것은 제1장에서의 축복받는 혼인에 대한 패러디와 조소이다. 작가의 동시대 시민계층과의 결실 없는 결합은 하모니아로 대변되는 독일의 현실 속에서 자유의 정신과 유럽과의 이상적인 결합에 상응한다. 그것은 독일의 현재적 관점에서 특수한 방식으로 제1장에서 구상된 미래상을 지양하지 않고 상대화한다.

또한 자신의 개성과 정치적 그룹의 공통적인 목표 간의 관심의 충돌이 일어나고 있다. 즉 정치적 투쟁 동지인 늑대들은 그가 바라는 상황을 가져다준다. 그러면서 오로지 슬로건과 상투어로만 조합이 된 감사의 말은 한편으로 또 한 번 이러한 정치적 문학의 형식을 내용 없는 거동으로 폭로시키고, 다른 한편으로 그렇게 선언되고 확보된 연대성을 상대화시킨다. 또한 늑대들의 목표가 결코 지양되는 것은 아니라 할지라도 공통의 관심과 그룹의 소속감은 중의적(重意的)으로 나타난다.

그리고 유보 없는 전면적 참가는 언어적 이해에서 보면 의심스러운 것으로 나타난다. 작가는 어머니의 직접적인 질문에 답변을 회피하고 있다.

"얘야! 지금 네 생각은 어떠니?
아직도 마음이 내켜서 정치 활동을 하니?
신념을 갖고 속해 있는
당파는 어디니?"

"어머니, 오렌지 맛이 좋아요.
정말 기꺼이

달콤한 즙을 꿀꺽 삼켜요.

그런데 껍질은 남겨 놓았어요."**14**

유토피아적인 계획은 결코 분명한 정치적 편듦이 아니며 정치적 사상을 실현시키는 것은 결코 직선적인 것이 아니다. 암울하고 우둔한 지구를 계몽하려다가 번번이 실패하고 마는 시시포스의 비유와 아울러 게다가 인간적 진보의 가능성이 의문시된다. 그러한 의심, 심지어 세계를 변혁시키려는 실천을 근본적으로 의문시하는 태도가 존재한다.

그릇된 고향 감정과 지방 애국주의에 대한 아이러니한 특색을 띠는 알레고리로서의 하모니아는 먼저 옛 독일에 대한 화자의 마음을 얻으려고 한다.

돌아가지 말고 우리 곁에 남아 있어요.

이곳엔 아직 기율과 도덕이 지배하고 있고,

이곳, 우리들 사이에서도

잔잔한 즐거움이 꽃피어난답니다.**15**

하이네가 그에게 제공하는 독일은 악취 나는 낡은 독일이다. 그 때문에 36개의 독일 국가를 의미하는 36개의 구덩이에서 나는 악취가 그의 의식을 빼앗아가 버린다. 그는 다음 장에서 두개의 양자택일적인 독일 상을 뚜렷이 보여주기 위해 옛 세대와 새 세대를 대비시키고 있다.

----
14 앞의 책, 151쪽.
15 앞의 책, 180쪽.

위선의 옛 세대는

오늘날 다행히도 사라져가고 있다.

그 세대는 점점 무덤 속에 가라앉아

거짓말하는 병에 걸려 죽어가고 있다.

허식과 죄악이 전혀 없고

자유로운 사상과 거리낌 없는 쾌락을 추구하는

새 세대가 자라고 있다.

나는 그 세대에게 모든 것을 분명히 말해주리라.[16]

하이네는 자신이 세대 문제로 보는 변화를 희망한다. 변화는 시인을 통해 촉진되어 미래의 세대를 통해서 비로소 실현될 수 있다. 문학의 영향에 관한 하이네의 견해는 여기서 벌써 암시된다.

작가의 기능

마지막에 가서는 회의적 사상이나 혁명적 행동도 존재하지 않으며 작품은 교체의 원칙에 따라 새로운 비약을 한다. 하이네는 제1장에서 그려지는 미래의 비전과 관련시켜 새로운 세대가 도래하는 것을 본다. 그는 고전적인 모범이 되는 아리스토파네스의 희곡 『새들』을 원용하여 작가와 하모니아 간의 악몽적인 결합이 우둔함과 힘의 결합으로 나타나게 한다. 새롭고 더 자유로운 대중과의 더 나은 미래를 기약하는 시적인 소통의 가능성이라는 이름으로 하이네는 타협적이고 속물적인 현재의 향락에서 이

----
16 앞의 책, 194쪽.

반함과 아울러 그 결과로서 단테를 원용하여 빌헬름 4세에 대한 투쟁 선언을 하게 된다.

하이네는 끝에 가서 정치적 발전의 방향을 제시하는 작가의 입장을 결코 떠나지 않는다. 그러나 여기에서도 노래하는 그의 불꽃들은 선동적인 행동 지시의 기능을 갖는 것이 아니고, 작가와 문학은 계속 상기시킴으로써 벌하고 경고하는 것을 잊지 않는 인류의 양심으로서 기능한다. 그리하여 사상과 행동 간의 관계는 최종적으로 해결되지 못하고 있다. 사상이 직접적인 실천을 회피하면서 그에게는 그의 기질에 내재해 있는 행동과는 반대의 태도를 취할 가능성이 남게 된다. 작가의 사상은 형리의 정치적인 행동으로 화하지 못하며 그것은 일종의 영원한 비판가로서 이러한 행동을 따라다닌다. 또한 그걸 넘어서 모든 때 이른 확언, 새로운 억압을 낳는 현실과 이상 간의 강압적인 화해나 추상적 보편적인 인류의 행복과 개인적인 이해관계의 화해에 대해 비판적으로 머무른다.

독일의 스캔들

하이네의 문학은 그가 살아있을 때부터 오늘에 이르기까지 독문학에 있어서 열띤 쟁점이 되고 있다. 그는 괴테와 더불어 세계적인 문학적 명성을 얻은 몇 안 되는 독일의 작가인 동시에 많은 독일인들에게 '독일의 스캔들'이기도 하다. 19세기 중반 딜타이가 하이네의 평가절하에 결정적인 역할을 했다. 그는 보수적인 독일 제국의 정당성을 확보하기 위해 괴테의 고전주의와 낭만주의 문학 전통을 옹호하고 나섬으로써 하이네 격하에 박차를 가하였다. 프로이센적인 독일을 괴테의 바이마르 고전주의와 연결시킴으로써 제2제국을 정당화하려고 한 딜타이는 봉건적 전제적 정치의 철폐를 주장한 하이네를 독일의 문학사에서 영원히 제거하려고 했다.

그에 이어 트라이취케가 19세기에 하이네에 대한 가장 영향력 있는 적대자들 중의 한 사람이 되었다. 그는 '국수적인 독일 작가와 세계시민적 꿈을 좇는 국제적 유대주의 사이의 대립'을 하이네에게서 보았다. 하이네의 세계시민 정신, 기독교 증오, 조국의 위대성에 대한 무관심과 경멸을 그는 인종 편견적인 유대주의에서 파악했다. 그는 어쩔 수 없이 하이네의 『겨울동화』를 재기발랄한 근원적인 작품이라고 칭하면서도 그것을 단순히 모방의 범주로 격하시키려고 했다. 1900년대 초에는 하이네의 기념비 건설을 둘러싸고 논란이 벌어졌는데 트라이취케의 견해를 받아들인 바르텔이 그 대표적인 반대자였다. 그는 하이네의 기념비를 세우는 것을 극력 반대하면서 하이네는 독일 시인이 아니라 '독일어로 시작(詩作)하는 유대인에 불과하다'는 인종적 편견을 드러냈다.

또한 자신도 하이네처럼 유대인이자 저널리스트이며 시대 비평가인 카를 크라우스도 처음에는 하이네를 옹호하다가 나중에는 그를 전면적으로 거부하는 방향으로 돌아섰다. 즉 하이네 시의 작위성이 그의 신랄한 비판 대상이 되고 이런 경향은 종전(終戰) 이후의 슈타이거류(類)의 작품 내재적 비평에서 계속되었다. 이미 생존 시(1831년 파리 망명 이후)부터 시작된 하이네 비판의 기본 특성은 정치 도덕적 견해를 지닌 인간 하이네를 예술적 재능을 지닌 작가 하이네로부터 왜곡되게 격리시키는 것이었다. 그 때문에 마르크스와 엥겔스가 일반적인 유럽의 평가에 따라 하이네를 괴테 이후 가장 훌륭한 독일 작가라고 부르는 것은 누구도 생각지 않았던 일이다. 그러다가 19세기 말 이래 자유주의 및 사회 민주주의 진영에서 나중에는 사회주의 진영에서도 하이네의 옹호자들이 등장하고, 또한 바이마르 공화국 시대에 그리고 독일 망명 작가들 사이에서 그가 수용되었지만 사실상 그의 작품들은 독일어 수업에서는 전면 제외 당했다.

20세기 초에 와서 메링(Franz Mehring)은 국수적이고 반유대적인 경향뿐만 아니라 시민적이고 자유주의적인 하이네 옹호자들의 견해에 반대해서 그에 대한 기존의 왜곡된 선입견을 제거하려고 했다. 그에 의하면 하이네의 중요성은 '시대의 깊은 문제점을 인식하고 형상화한 데 있다'는 것이다. 이러한 견해를 루카치와 카우프만이 나중에 더욱 발전시키고 있다. 토마스 만도 하이네 기념비가 건설된 다음 해인 1927년 하이네를 가리켜 '독일이 배출한 가장 우아하고, 자유롭고, 대담한 예술적 정신을 지닌 사람 중의 하나'라고 극찬하고 있다. 하지만 이로부터 40여년이 지나 1960년대 중반에 가서야 비로소 사정이 개선되어 하이네는 새로이 주목받기 시작한다. 그나마 그것도 일반 대중에게서가 아니라 학계에서였다. 하지만 서독에서는 동독에서와 같은 사회주의적인 하이네 모습에 반대하면서 그가 미학적으로 근대적이고 정치적으로 초당파적인 작가임을 부각시켰다. 오랫동안 부당하게 매장되어 온 하이네가 1960년대 후반 학생 운동의 부산물로 재평가된 것이다. 그와 아울러 딜타이 유의 전통적이고 고식적인 규범을 무너뜨리고 새로운 것을 건설하려는 노력의 일환으로 그는 독일의 자코뱅 파, 3월 혁명 전기, 19세기 프롤레타리아 문학 등과 아울러 재발견되고 있다.

『독일. 어느 겨울동화』는 이처럼 격렬한 논쟁과 상이한 평가의 대상이 되어 왔을 뿐 아니라 매우 독특한 수용사를 지니고 있다. 독일의 국수주의자나 보수주의자에게 이 『겨울동화』는 처음부터 순전히 넝마조각에 지나지 않았다. 하지만 루카치나 카우프만과 같은 사람은 『겨울동화』를 '단테의 『신곡』이나 괴테의 『파우스트』에 버금가는 인류의 걸작'이라고 극찬한다. 이 작품이 출판된 이래 많은 사람이 이와 비슷한 제목의 비판적 시를 써왔다. 즉 1846년에 라인하르트는 『슈베린. 어느 여름동화』라는 시를 쓴 바 있으며 현대에는 구동독에서 망명한 볼프 비어만이 『독일. 어느 겨울동화』라는 동명의 시를 쓰고 있는 것을 보더라도 이 작품의 영향을 미루어 짐작할 수 있다.

리얼리즘 극의 모범이 된
뷔히너의『보이체크』

대위 보이체크, 자넨 착한 사람이야.

하지만 (위엄 있게) 자네에겐 도덕이 없어. 도덕이란 도덕을 지킬 때 쓰는 말이지.

알겠나? 그건 좋은 말이야. 우리 군목한테 들었는데

자네에겐 교회의 축복을 받지 않은 자식이 있다지?

교회의 축복을 받지 않은 아이 말이야. 그건 내 말이 아니야.

보이체크 대위님, 하나님은 아이가 태어날 때 교회의 축복을 받았는지 따지지 않습니다. 주님께서 '어린 것들아, 다 내게로 오라'고 말씀하셨습니다.[1]

그러고 나서 보이체크는 이렇게 말한다.

보이체크 우리 같은 가난한 사람들은 말입니다. 대위님! 돈, 돈입니다!

----
1 게오르그 뷔히너, 『보이체크·당통의 죽음』, 홍성광 역, 민음사, 2013, 26쪽.

돈이 없는 자는 그런 식의 도덕밖에 없단 말입니다!

하지만 그런 자에게도 피와 살은 있습니다.

우리 같은 것은 이 세상에서나 저 세상에서나 불행하기는 마찬가지지요.

하늘에 간다 해도 천둥치는 일이나 돕겠죠.[2]

대위가 속한 계층에서 보이체크와 같은 삶을 산다면 그것은 부도덕한 일이 된다. 그러나 그 외에 다른 방법이 없는 보이체크에게는 그런 삶의 방식은 불가피하다. 여기에서 도덕은 지배계층의 이데올로기임이 드러난다. 니체가 『도덕의 계보학』에서 도덕의 절대성을 부정하는 것도 같은 이유 때문이다. 뷔히너가 죽은 지 4년 후인 1841년 당시 유명한 서정시인 헤어베그는 뷔히너를 다룬 시를 지었다. '그는 우리를 이끄는 별이 되어야 했으리라. 반쯤 길을 잃은 이 시대에.' 하지만 1848년 후의 시대 상황을 보건대 그가 일찍 죽음을 맞이하고 뒤늦게 재발견되었기에 오늘날 큰 영향을 끼치고 있을지도 모른다.

격동의 짧은 삶을 산 뷔히너

게오르크 뷔히너(Georg Büchner)는 1813년 당시 헤센 공국에 속한 다름슈타트 근교 고데라우에서 태어났다. 그는 근대 희곡의 선구자이자 자연과학자이며 혁명가이다. 그는 1830년 7월의 파리 봉기에 영향을 받아 시작된 혁명운동에 뛰어들어 1834년 경제·정치의 혁명을 촉구하는 소책자를 발간했으며, 급진 단체를 조직하기도 했다. 그러나 검거의 손길을 피해 취리히로 가서 1836년 취리히 대학 자연과학 강사가 되었다가, 첫 학기를

---

2 앞의 책, 27쪽.

채 끝내지도 못하고 1837년 2월 19일 24세의 젊은 나이에 티푸스로 목숨을 잃었다.

게오르크 뷔히너

의사였던 부친은 프랑스 혁명과 문화에 관심이 많은 냉정하고 엄격한 현실론자였던 반면, 모친은 독일 음악에 관심이 많은 부드럽고 다감한 성품이었다. 장녀 마틸데를 제외하고는 그의 동생들은 당대의 유능한 학자, 정치가, 작가들이었다. 루이제 뷔히너는 문필가이자 여성 인권운동가였고, 루트비히 뷔히너는 철학자이자 의사로 『힘과 물질』을 쓴 문필가였으며, 알렉산더 뷔히너는 문학사 교수였다. 특히 루트비히 뷔히너는 우주를 유물론적으로 해석함으로써 신·창조·종교·자유 의지를 모두 부인하고 인간의 정신과 의식도 물질의 운동에 의해 산출된 두뇌의 물리적 현상이라고 설명했기 때문에 의학 강사 자리에서 물러나는 등 큰 파문을 불러일으키기도 했다.

1816년 가족은 다름슈타트로 이주해서 거기서 그의 아버지는 의사로 일했다. 1821년 뷔히너는 어머니한테서 초등교육 과정을 배웠다. 어머니는 아들에게 읽기, 쓰기, 셈하기, 성서를 가르쳤으며, 훗날 그의 작품에 중요한 역할을 한 수많은 민요들을 가르쳤다. 또한 어머니한테서 뷔히너는 실러의 작품도 알게 되어, 작품을 창작하는 동안 그의 세계상과 비판적으로 대결했다. 반면에 뷔히너는 군주주의자이자 나폴레옹 숭배자인 아버지를 평생 어렵게 생각했다. 그는 자신의 능력으로만 공의(公醫) 직위를 얻었으므로 자식들에게 매우 엄격하게 대했다.

뷔히너는 김나지움에 다닐 때 라틴어와 그리스어 성적이 무척 좋았으나 특별히 고대 언어에 관심이 있지는 않았다. 그는 수학에는 별로 재능이 없었지만 학교에서 무시하는 자연과학은 무척 높이 평가했다. 그는 노트에 "살아있는 것! 죽은 잡동사니가 무슨 소용이 있단 말인가?"라는 글을 적어놓기도 했다. 그는 역사에, 특히 프랑스 혁명사에 가장 관심이 많았다. 뷔히너는 김나지움에서 호메로스, 셰익스피어, 괴테, 장 파울, 민속문학 및 고전시와 낭만시를 읽었다. 또한 철학자 피히테에 관심을 갖고 자유주의적이고 민주주의적인 참여의식을 다지게 된다.

뷔히너는 어렸을 때부터 글쓰기에 남다른 재주를 가졌다. 1823년 학교의 축제일을 맞이하여 "과일을 먹을 때 주의하세요!"라는 라틴어로 된 글을 처음으로 공식석상에서 낭독한 이래, 1827년과 1828년의 크리스마스에는 부모에게 헌시를 바쳤다. 1830년에는 자신이 다니던 김나지움의 어느 공식 축제를 맞이하여 '우티카의 카토를 옹호하는 연설'을 하기도 했다. 뷔히너는 카이사르가 통치하는 한 민중은 노예로 살아갈 것이므로 자유에 대한 사랑 때문에 카토가 전투에 패한 후 자살을 했다고 보았다. 이것은 프랑스의 7월 혁명을 맞아 뷔히너가 민중의 자유를 위해 처음으로 자신의 의견을 피력한 공식적인 정치적 행동이었다. 1831년에는 김나지움 졸업식을 맞아 '메네니우스 아그리파의 이름으로 산상에 모인 민중들이 로마로 돌아갈 것을 라틴어로' 권유하는 글을 발표했다. 이 무렵 독일에서는 프랑스의 부르봉 왕조를 최종적으로 몰락시킨 '7월 혁명'의 영향으로 절대왕권에 반대하는 지식인들의 정치적 저항운동이 거세게 일어나기 시작하여, 1833년 4월에는 프랑크푸르트에서 민중 봉기가 일어나기도 했다.

의학과 자연사 공부

다름슈타트에서 김나지움을 마친 뷔히너는 1831년부터 스트라스부르 대학의 의학부에서 의학과 자연과학 공부를 시작했다. 이 시절에 그는 자신이 세 들어 살던 집 주인인 예글레 목사의 딸 예글레(Wilhelmine Jaeglé)와 알게 되어 1832년에 그녀와 비밀리에 약혼을 했다. 이 시기에 정치적 자유에 대한 관심이 더욱 커진 그는 1832년 5월 24일 대학생연맹 앞에서 독일의 정치 상황에 대한 연설을 하기도 했다. 나중에 뷔히너는 당시 프랑스에 속해 정치적 분위기가 다름슈타트보다 훨씬 개방적이었던 스트라스부르에서 있을 때가 가장 행복했다고 말했다.

그는 스트라스부르에서 2년간의 공부를 마치고 1833년에는 다시 독일로 돌아와 기센 대학에서 의학 공부를 계속했는데, 그때는 헤센 공국의 바깥에서 최대 2년 이상 공부할 수 없었기 때문이다. 그는 여기서 당국의 횡포와 국가의 전횡을 직접 체험하게 되었다. 이제부터 그는 사건들을 더이상 냉정하게 거리를 두고 관찰할 수 없었다. 이 시기부터 뷔히너는 건강상의 문제에 시달렸고, 약혼녀와 헤어져 있는 게 그의 마음을 짓눌렀을 뿐만 아니라 전체 상황이 그의 마음에 들지 않았다. 스트라스부르와 비교할 때 기센의 교수들도 눈에 차지 않았다. 사실 기센에서 유스투스 리비히가 화학을 가르치고 있었지만, 그의 관심은 철학과 의학에만 있었다. 나중에 기센 대학 강사들 중 한 명은 『보이체크』에서 말할 수 없이 우둔하고 잔인한 의사의 모델이 되었다.

그에게는 대학생들도 불만족스러웠다. 사실 당국에 대한 반대의 움직임이 있기는 했지만 그가 볼 때 충분히 과격하지 않았다. 대학생들이 자기들끼리만 행동하려는 것을 비판한 뷔히너는 반면에 다른 시민들과도 연대하려고 했다. 그 때문에 그는 1834년 기센 대학에서 공부하고 있던 다름슈타트 시절의 학우들, 몇몇의 대학생들 및 수공업자들과 함께 '인권협회'란 비밀 조직을 창설하여, 헤센 공국의 반동적 정치적 상황에 저항하기도 했다. 특히 1834년에는 독일에서 관세동맹이 맺어짐으로써 18개 군주국이 하나의 강력한 경제권으로 통합되어 독일의 산업화를 위한 결정적인 계기가 마련되었다.

오두막에 평화를, 궁전에 전쟁을!

1834년 초에 뷔히너는 헤센 공국의 지도적인 반체제 인사들 중 한 명인 프리드리히 루트비히 바이디히에게 소개되었다. 그러나 둘은 번번이 의견 차이를 보였다. 바이디히는 부유한 자유주의자, 상공인들과의 연대를 주장한 반면, 뷔히너는 물질적 불평등과 농민들의 가난을 근본 문제라고 보았기 때문에 유산계급과의 동맹에 반대했다. 1834년 7월 뷔히너는 바이디히에 의해 자신의 뜻과는 상당히 다르게 수정되어 인쇄된 『헤센 급사』라는 독일 최초의 사회주의 성향의 전단을 작성하여 농민들에게 살포했다. 이 전단은 '오두막에 평화를, 궁전에 전쟁을!', '우리 시대에 도움을 줄 수 있는 것이 있다면 폭력이 바로 그것이다'라는 구호로 헤센의 농민들에게 억압에 반대해 농민 봉기에 동참할 것을 호소했다. 바이디히는 자유주의적인 동맹 파트너들의 견해와 분명히 상충하는 부분을 삭제했다. 그 때문에 뷔히너는 바이디히가 전단의 근본 성향을 앗아갔다고 생각했다. 전단의 논조가 상당히 약화되었음에도 상공업에 종사하는 자유주의적인 많은 반체제 인사들은 그것을 강하게 비판했다. 그러나 농민들은 그것에 어느 정도 호응하여 두 번째로 전단이 인쇄되었다. 뷔히너는 통계 조사를 활용하여 영주들에게 과도한 세금을 내고 있음을 농민들의 눈앞에 보여주었던 것이다. 8월에 모반자의 한 명인 미니거로데(Karl Minnigerode)가 150

부의 전단을 가지고 있다가 체포되었다. 8월 4일 대학 학생감 게오르기(Konrad Georgi)가 뷔히너의 빈 방을 수색하게 했고, 다음 날 뷔히너는 그의 심문을 받았지만 체포되지는 않았다.

이렇게 전단 살포작업은 중단되고, 뷔히너는 경찰에게 쫓기는 몸이 되자, 기센을 떠나 다름슈타트에 있는 부모의 집에서 은둔생활을 하면서 체포된 동료의 구출작업에 힘을 쏟았다. 1835년 1월말에 그는 첫 번째 희곡인 『당통의 죽음』의 집필 작업을 시작하여 약 한달 후인 2월 말에 집필을 끝마쳤다. 그리고 원고를 청년 독일파 작가이자 편집인인 카를 쿠츠코에게 보내며 빠른 시일 내에 출판해달라고 부탁했다. 자신의 전략적인 실수로 좌절하고 마는 역사적인 당통과는 달리 문학 작품 속의 당통은 애당초부터 자신이 하는 일의 무의미함을 깨닫고 있다. 이런 점에서 뷔히너는 자신의 결정론적인 기본 견해를 드러내고 있다.

지명수배를 당하는 뷔히너

그러나 1835년 3월에 예심 판사의 소환장에 응하지 않자 그는 지명수배를 받게 되었다. 3월 9일 그는 더 이상 독일 땅에 있지 못하고 바이센부르크를 거쳐 스트라스부르로 피신했다. 아직 『당통의 죽음』의 원고료를 받지 못한 상태라서 그는 하는 수 없이 어머니에게 도움을 청했다. 뷔히너가 도주한 후에 그의 아버지는 일체의 접촉을 끊었으나 어머니가 뷔히너에게 계속 돈을 보내는 것은 허용했다. 그 후 1834년 6월 13일에는 자신에 대한 지명수배장이 나붙게 됨으로써 그는 더 이상 고국 땅을 밟을 수 없는 운명을 맞게 된다. 하지만 같은 해 7월 말 쿠츠코의 도움으로 『당통의 죽음』은 프랑크푸르트에서 출판된다. 그 해 5월에 그는 작가인 렌츠의 정신적 고뇌를 다룬 중편소설 『렌츠』의 구상에 들어가며, 10월에는 위고의 드라마 『루크레스』와 『마리 투도르』를 번역한다. 그 해 가을에 『렌츠』를 탈고하고 가을과 겨울 사이에 데카르트와 스피노자에 관한 연구에 몰두한 그는 한편 돌잉어의 신경조직에 관한 연구를 시작하여, 그 다음 해에 이 연구논문을 취리히 대학의 철학부에 박사학위 청구 논문으로 제출한다.

1836년에 들어 뷔히너는 세 차례에 걸쳐(4월 13일, 4월 20일, 5월 4일) 스트라스부르의 자연역사협회에서 물고기의 신경조직에 관한 연구결과를 발표한다. 연초에는 희극 『레옹스와 레나』를 완성해 코타 출판사의 현상 작품에 응모하려고 했으나, 발송 마감을 놓치는 바람에 원고가 되돌아오고 말았다. 다른 작품들과 성격이 판이한 이 희극은 유물론적 사실주의를 대변하는 게 아니라 오히려 낭만주의적 성격을 띠고 있다.

같은 해 9월에 그는 이미 제출한 학위논문과 그에 이은 시범 강의를 토대로 취리히 대학에서 박사학위를 받았다. 그리고 1836년 10월 18일에는 거처를 취리히로 옮기고, 11월 초에 '두개골 신경에 관하여'라는 테마로 취리히 대학에서 시범 강의를 한 뒤 '해부학 실습'이라는 과목의 강사 자리를 얻는다. 그는 자신이 만든 표본을 가지고 어류와 양서류의 해부학 강의를 맡았다. 그 강의를 들은 제자들 중의 한 명인 아우구스트 뤼닝은 40년 후에 그때의 일을 감격스럽게 기억에 떠올렸다. 취리히로 가기 전 스트라스부르에서 이미 시작한 『보이체크』를 겨울에 계속 집필했지만 결국 병과 죽음 때문에 미완성으로 끝나고 말았다.

티푸스 감염과 작품들

뷔히너는 다음 학기에 강좌를 하나 더 맡을 생각이었지만 결국 실현되지 않았다. 1월말에 그는 중병에 걸려 강의를 중단하게 되고, 2월부터는 티푸스 증세로 병석에 눕게 되었다. 아마 해부학 표본을 만들면서 병에 감염된 것으로 추정된다. 그 후 일주일이 지나면서부터 그의 의식은 혼미 상태에 빠져들며, 옆에 살던 독일인인 카롤리네와 빌헬름 슐츠가 그를 간호했고, 약혼녀 예글레에게 연락해 이들이 지켜보는 중에 2월 19일 뷔히너는 더 이상 깨어나지 못하고 영면하고 만다. 눈을 감은 지 이틀 만에 그는 취리히의 공동묘지에 묻힌다.

뷔히너의 3편의 희곡은 그 문체를 셰익스피어와 독일 낭만주의 운동으로부터 영향 받았음을 분명히 보여준다. 내용과 형식은 시대를 훨씬 앞서 있으며, 짧은 장면들과 갑작스런 장면전환은 극단적인 자연주의와 상상력을 결합시킨 것이었다. 첫 번째 희곡 『당통의 죽음』은 짙은 염세주의로 가득 찬 프랑스 혁명에 관한 드라마이다. 주인공인 혁명전사 당통은 자기가 선동하여 일으킨 1792년의 9월 학살 때문에 심한 정신적 고통에 시달리는 인물로 그려져 있다. 낭만주의 사상의 불분명한 성격을 풍자한 『레옹스와 레나』는 알프레드 드 뮈세와 클레멘스 브렌타노에게서 영향을 받은 작품이다. 미완성에 그친 마지막 작품 『보이체크』는 가난하고 억압받는 자들에 대한 동정심을 나타냄으로써 1890년대에 등장하게 될 사회극의 시작을 알렸다. 1880년대에 자연주의 작가들이 뷔히너를 재발견했을 때 그들은 그를 이끄는 별이 아닌 번개나 혜성으로 이해했다.

1902년에 가서야 무대에 올려진 『당통의 죽음』과 단편(斷片)으로 그친 소설 『렌츠』를 제외하고는 그의 작품들은 그의 사후에야 출판되었다. 『보이체크』는 1879년에 와서야 상연되었는데, 이 작품은 후에 알반 베르크의 오페라 『보체크』의 대본으로도 쓰였다. 『보체크』는 베르크가 오페라 형식으로 사회문제를 최초로 다룬 것으로, 그는 이 오페라에서 단순히 주인공의 비극적 운명을 묘사하는 것 이상을 겨냥하여, 주인공을 인간 실존의 상징으로 다루고자 한다.

열린 형식의 연극

지금으로부터 180년 전에 이미 뷔히너는 '열린 형식의 연극'으로 작품을 썼다. 지금은 열린 형식, 곧 결말을 맺지 않은 양식의 연극을 개방 형식의 연극이라 부르고, 고전주의나 자연주의 양식에 의해 3막, 5막 등 완결을 보는 연극은 폐쇄 형식의 연극이라 하는데, 19세기에 이미 열린 형식의 희곡을 남긴 뷔히너는 탁월한 작가임이 확실하다. 전통적 폐쇄 형식은 하나의 사건이 인과율에 따른 기승전결의 구조로 발생하고 종결되지만, 개방 형식은 직접적 인과관계가 없는 여러 개의 개별 장면을 보여줌으로써 한 인간을 입체적으로 조망한다.

뷔히너의 희곡은 세 편뿐이지만 이 작품들은 독일의 후대 작가들에게 큰 영향을 주어, 뷔히너는 독일 현대 연극의 아버지로 불리기도 한다. 자연주의 작가이자 노벨상 수상자인 하우프트만, 예술가와 지식인의 환멸을 표현한 독일 표현주의 작가들, 서사극의 작가 브레히트 등이 뷔히너의 영향을 받았다. 그는 독일 연극사에서 가장 뛰어난 작가 중의 한 사람으로 평가받는다.

뷔히너가 죽은 지 15년 후 동생 루트비히가 1850년에 유고집을 발간했는데, 『보이체크』는 무척 희미해지고 읽을 수 없어 거기에 수록되지 않았다. 오스트리아의 문필가 카를 에밀 프란초스가 1879년 뷔히너 전집을 발간할 때 『보이체크』는 상당히 손질을 본 형태로 발간되었다. 이때 뷔히너의 약혼녀 예글레와 뷔히너의 형제들 간에 다툼이 있었다. 약혼녀는 작품의 무신론적 경향 때문에 『피에트로 아레티노』를 폐기했을지도 모른다. 그녀의 말에 의하면 자신만이 뷔히너와 교환한 개인적 서류를 갖고 있다고 했기 때문이다.

보이체크의 실제 모델

1836년 6월에서 9월 사이에 쓰기 시작한 것으로 추정되는 『보이체크』
는 뷔히너가 1837년 초에 요절하는 바람에 미완성 작품으로 초고 단계
의 상태로 남게 되었다. 뷔히너의 작품은 독일 희곡 중에서 가장 많이 공
연되고 가장 영향력이 큰 드라마들 중의 하나이다. 그것은 수많은 언어로
번역되었고, 새로 해석되어 수많은 예술가들의 작품에 커다란 영감을 주
었다.

뷔히너의 보이체크에 대한 역사적인 실제 모델은 1780년 가발 제조자
의 아들로 태어난 요한 크리스찬 보이체크이다. 그는 1821년 6월 2일 우
스트라는 한 과부를 질투심 때문에 칼로 찔러 살해했다. 재판 과정에서
그는 의대 교수 아우구스트 클라루스에 의해 두 차례 정신감정을 받았다.
오랜 재판 과정을 거친 후 그는 1824년 8월 27일 라이프치히 시청 앞 광
장에서 공개 처형되었다.

보이체크는 자기보다 다섯 살 많은 과부인 우스트와 오랫동안 교제하
면서 결혼까지 하려고 했지만, 그녀는 그가 가난하다고 비웃으며 군인들
에게 추파를 던지곤 했다. 이에 대한 분노와 질투심으로 보이체크가 그
여자를 살해한 것으로 추정되었다. 일찍이 어머니를 잃은 보이체크는 어
린 시절 가발 만드는 일을 잠시 배우기도 했으나, 아버지마저 죽자 여러
도시를 떠돌아다니며 어렵게 살아갔다. 스물여섯이 되던 1806년에 그는
네덜란드의 용병으로 지원하여 이후 12년 동안 북독일, 스웨덴, 핀란드,
러시아 등을 군인으로 전전하다 라이프치히로 되돌아왔다. 그러나 제대
후 다시 일정한 직업도 거처도 없이 어렵게 살아가다가 라이프치히 민병
대에 입대하려고 했으나 그것마저 뜻을 이루지 못했다. 이 무렵 그는 정
신이상 증세까지 보이기도 했다.

보이체크에 대한 사형집행은 학계에 물의를 일으켜 그 당위성에 관한 논쟁이 분분하였다. 보이체크가 정신이상자라는 주변의 이야기가 있어 클라루스 교수의 정신감정을 받았는데, 그의 감정서가 실린 전문 잡지를 뷔히너의 아버지가 구독하고 있어서 뷔히너가 이를 읽었을 것으로 추정된다. 이것 말고도 이 잡지에는 다른 여러 가지 살인 사건이 실려 있어서 이것들도 뷔히너가 읽었을 것으로 추정된다. 뷔히너의 『보이체크』는 이 살인 사건을 소재로 한 작품이다. 뷔히너의 『보이체크』는 클라루스 교수의 감정서에 기록된 사실과 줄거리는 같으나 관점은 다르다. 클라루스 교수는 시민계급의 관점에서 인간의 자유 의지를 믿는 이상주의적 입장을 취한다. 그는 인간의 책임능력에 대한 질문을 제기한 후 보이체크의 살인 이유를 설명하려 한다. 그러나 뷔히너의 『보이체크』에서는 개인행동에 대한 법적 심판은 중요하지 않고, 사회제도 속에서 살아가는 인간을 조명한다. 뷔히너가 기센에서 약혼녀에게 보낸 편지에서 언급한 '우리 내면에서 거짓말하고 도둑질하며 살인하는 이유는 무엇인가?'라는 질문이 『보이체크』에서 문학적으로 형상화된 것으로 볼 수 있다. 『보이체크』의 줄거리는 다음과 같다.

이발사이자 실험용 모르모트인 보이체크

보이체크는 대위의 이발사로 일하고, 또 의사에겐 실험대상으로 하루에 2그로센씩 받는다. 그는 완두콩만 3개월 이상 먹고 있고, 소변의 성분을 의사에게 일일이 체크 당한다. 의사는 이런 실험을 통해 보이체크를 인간에서 당나귀로 변화시킬 계획을 세우고, 자신의 이런 실험이 성공할 수 있다고 생각한다. 이렇게 지내던 보이체크는 들판에서 안드레스와 함께 나뭇가지를 자르던 중 덤불숲에서 프리메이슨 단원이 움직인다고 착각한다. 이때부터 서서히 그에게는 헛것이 보이고, 귀에는 나팔소리가 들리는 등 환청에 시달린다.

마리는 아이를 안고 서서 달래던 중 지나가던 군인 대열에서 군악대장의 사내다운 모습에 반하고 그와 얘기를 주고받으면서 눈이 맞는다. 남편 보이체크가 집에 들어와서 넋이 빠진 채 마리에게 헛소리를 지껄인다. 마리도 앞날의 불운을 예감하는 듯 어두움과 전율에 휩싸인다. 다음 장면에서 노인은 돈을 벌기 위해 노래를 하고, 아이는 춤을 춘다. 호객꾼은 말과 새를 가지고 재주를 피우면서 공연을 알린다. 그는 문명의 발달이라는 허황된 말로 말, 원숭이, 카나리아가 진보하고, 원숭이가 군인으로 바뀌었다고 떠벌린다. 하사관과 얘기를 나누던 중 마리를 본 군악대장은 마리를 탐내면서 그녀를 소유할 속셈을 드러낸다.

마리는 군악대장에게서 받은 귀고리를 길에서 주웠다고 거짓말을 하고, 보이체크는 얼마 안 되는 급료를 몽땅 마리에게 준다. 보이체크는 대위의 수염을 면도해준다. 대위는 돈이 없어 교회에서 결혼식을 올리지 못한 보이체크를 비난하면서 그에게 도덕심이 없다고 공격한다.

보이체크는 돈이 있어야만 예의도 차릴 수 있고 도덕을 지닐 수 있지만, 돈이 없을 경우 본능만이 지배한다고 주장한다. 대위는 보이체크의 말에 아랑곳하지 않고, 자신은 도덕을 지닌 인간으로서 사랑의 감정까지도 도덕으로 억제할 수 있다고 자랑한다. 보이체크는 아내가 다른 남자와 정을 통했음을 알고 아내를 추궁하지만, 마리는 오히려 뻔뻔하게 자신의 죄를 뉘우치지 않고 남편에게 대든다.

의사의 집에서 의사는 자신의 실험대상인 보이체크가 길거리에서 소변을 봤다고 비난하고, 보이체크는 생리 현상을 억제할 수 없으므로 장소를 불문하고 볼일을 봐야 한다고 하소연한다. 의사는 보이체크에게 본능을 조절할 수 있다면서 소변을 조절하고, 매일 완두콩을 먹으라고 다그친다.

보이체크는 자기에게 나타나는 환영들에 대해 의사에게 얘기하지만 의사는 그의 말을 국소적 착란증세라고 일축한다. 대위는 보이체크에게 그의 아내가 군악대장과 부정을 저질렀음을 얘기해준다. 보이체크는 농담이라고 하지만 이때 의사는 충격적인 말을 들은 보이체크의 맥박을 재보고, 매순간 보이체크의 얼굴 근육과 몸의 긴장을 찾아내는 등 그를 완전히 실험대상으로 취급한다.

부정을 저지른 마리 때문에 보이체크는 마음을 가라앉히지 못하고 거의 미칠 지경이 된다. 그는 마리와 군악대장이 춤을 추면서 음탕한 짓거리를 하는 것을 주시한다. 충격을 받은 보이체크의 귀에 아내를 찔러 죽이라는 소리가 계속해서 들린다. 눈만 감으면 온 세상이 혼돈 속에 빙글빙글 돌아가고 벽에서도 소리가 들리며, 찔러 죽이라는 소리와 함께 그의 눈앞에는 심지어 비수가 보이기도 한다. 주점에서 사내다움을 자랑하는 군악대장이 보이체크에게 화주를 마시라고 권한다. 휘파람만 불던 보이체크와 군악대장이 엉겨 붙어 싸움을 하고 보이체크는 피를 흘린다. 군악대장과의 몸싸움에서 진 보이체크가 유대인의 상점에서 칼을 산다. 부정을 범한 마리가 성경책을 읽다가 아이를 백치에게 건넨다. 마리는 죽음을 예견하고, 보이체크는 신변정리를 한다.

의사의 집 마당에 고양이를 귀여워하는 보이체크가 고양이를 안고 나타나고, 의사는 3개월 전부터 완두콩만 먹인 실험대상인 보이체크의 맥박과 눈을 살펴보라고 학생들에게 얘기한다. 의사는 눈이 안 보인다는 보이체크에게 두 개의 근육만 활동하는 자신을 자세히 관찰하라고 말하며, 이제 보이체크가 인간에서 당나귀로 변화하는 중간단계에 진입했다고 한다. 보이체크는 마리를 시내에서 떨어진 연못가 숲으로 데리고 가서 칼로 찔러 죽인다.

사람들이 몰려오자 보이체크는 도망가고, 주점에서 그는 노래를 부르

제3부 하이네와 뷔히너

다가 캐테한테 춤을 추라고 한다. 캐테가 보이체크의 손과 팔꿈치에서 마리를 죽일 때 묻었던 피를 발견한다. 보이체크는 자신이 범인임을 숨기려고 마리를 찌른 칼을 찾아내려고 하다가 마리의 시체를 발견하고, 이내 칼을 찾아내 때마침 사람들이 몰려오자 도망간다. 연못가에서 보이체크는 칼을 연못 속으로 깊이 던지고 자신의 몸에 묻은 핏자국을 지운다. 아이들은 시체가 발견되었다고 얘기하며 연못 쪽으로 간다. 법원 직원이 아름다운 살인이라며 마리 살해사건을 미화한다. 보이체크의 아기를 안고 있던 백치 카를과 대화를 하던 중에 보이체크는 완전히 정신을 잃고 미쳐 버린다.

등장인물들의 성격

『보이체크』의 등장인물들은 대위, 박사처럼 직위만을 가진 부류와 보이체크, 마리, 안드레스 등 이름으로 표시되는 그룹으로 이루어져 있다. 직위로만 불리는 인물은 개성을 상실하고 직업의 상징으로서만 존재하므로 대위와 박사는 인간적 개성을 지닌 인물이 아니라 신분적 성격의 가면을 쓴 인물들이라는 점이 암시된다. 그들은 사회적 배경 역할을 하므로 개인적인 이름 없이 박사, 대위라고만 불리며, 나머지 인물들은 보이체크와 같은 하층계급에 속한다.

뷔히너는 당대의 사회를 '노쇠한 현대 사회'와 '민중', 또는 '제후들, 자유주의자들'과 '가난한 민중'과 같은 사회계층으로 구분하였다. 노쇠한 현대 사회의 몰락을 바라는 뷔히너는 1833년 친구 슈퇴버에게 보낸 편지에서 "정치적 상황이 나를 광분하게 만들지도 몰라. 불쌍한 민중은 참을성 있게 수레를 끄는데, 제후와 자유주의자들은 그 위에서 서툴고 우스꽝스러운 짓거리를 하고 있으니 말이야"라고 썼다. 『보이체크』에서 대위와 의

사는 '노쇠한 현대 사회'에, 보이체크와 마리는 하층민에 속한다. 여기서 대위는 봉건사회의 귀족을, 의사는 시민계급을 대표한다.

『당통의 죽음』에서 어느 시민은 '우린 평생 동안 죽도록 일만 하지. 60 년 동안 밧줄에 매달려 버둥거린단 말이야'라고 말한다. 이 말은 보이체크에게도 해당된다. 그는 생계를 위해 끊임없이 온갖 궂은일을 해야만 한다. 보이체크는 하급군인이자 벌목 노동자이며 실험용 모르모트다. 그는 대위의 면도사로 그에게 포도주를 날라다 준다. 또한 친구 안드레스와 함께 도시 밖의 숲에서 나무들을 자른다. 급기야는 의사의 실험 대상으로 고용되어, 90일간 완두콩을 먹은 뒤의 노이로제 같은 증상을 의사의 강의 시간에 학생들 앞에서 시범으로 보여주어야 한다. 그가 구입한 칼 값은 자신의 실험을 위해 몸을 판 하루 일당과 같은 2그로셴이다. 그는 본능에 이끌리는 노예 같은 생활을 하며 늘 시간에 쫓긴다.

보이체크는 자신의 의사나 입장을 조리 있게 전달할 능력이 없으며, 그의 입장은 대위나 의사를 통해 왜곡되어 전달될 뿐이다. 따라서 보이체크를 이해하는 데는 본인 혹은 타인의 진술보다 장면묘사가 더 중요한 의미를 갖는다. 그러나 보이체크가 세상을 바라보는 눈은 누구보다도 예리하다. 그는 장터에서 손풍금을 켜며 노래하는 노인과 그에 맞춰 춤추는 아이를 바라보며 마리에게 "불쌍한 사람! 나이 든 늙은이! 불쌍한 아이! 어린 꼬마! 애처로운 축제군!"이라고 말한다. 그는 축제 분위기뿐만 아니라 하층민의 고달픈 삶도 함께 보는 예리한 눈과 건강한 사고를 가지고 있다. 한편 '이 세상 모든 건 뜬구름 같은 것, 우린 모두 죽어야 할 몸'이라는 가사를 지닌 노인의 노래 역시 세상사를 달관하고 관조하는 동양적인 사고를 담고 있다.

대위는 흔히 시민계층에 편입되고 있지만 삶을 위해 많은 일을 할 필요가 없다는 점에서 귀족 신분이라 볼 수 있다. 그는 종교적 도덕가로서 시대착오적 앙시앵 레짐의 기독교적 노선을 지향하는 봉건주의를 대변한다. 그의 도덕비판은 공허하다. 그에게는 레옹스 왕자에게서처럼 무위와 권태, 우울의 모습이 보인다. 그는 '지구가 하루에 한 바퀴 도는 것이 소름끼친다고 하고, 물레방아 도는 것을 보고 우울하다'고 말한다. 그는 봉건사회의 지배 이데올로기인 도덕과 종교를 근거로 보이체크를 부도덕하다고 비난하고, 마리의 부정을 암시하며 보이체크를 기만당한 남자라고 조롱한다. 보이체크의 도덕이 내면화된 도덕이라면 대위의 도덕은 사이비 도덕이다. 보이체크에 의하면 도덕은 절대적인 개념이 아니라 경제상황과 밀접한 관계가 있다.

의사는 진보를 신봉하고 실험적 태도를 가지고 있으며, 계약을 체결하는 과학자로서 현대의 합리주의적 시민계급을 대표한다. 그는 열심히 일해 경쟁사회에서 살아남고 자신의 입지를 구축하고자 한다. 의사에게 보이체크는 단지 자신의 학문적 업적을 위한 수단일 뿐이다. 의사가 보이체크에 대해 우월한 위치를 차지하는 것은 계급에 의해서가 아니라 계약 때문이다. 시민사회에서는 부와 지식이 힘의 근거이며, 합리성과 경쟁, 그리고 자유 이념을 중요시한다. 부와 지식을 가진 의사는 보이체크와 계약을 맺어 실험도구로 삼는다. 그가 보이체크의 생리적 욕구까지 규제하고 자유 의지를 내세워 그를 비난하는 데서 시민계급의 비인간적인 모습이 보인다. 그러나 대위의 도덕과 마찬가지로 본능 억제수단으로서의 인간의 자유 의지의 개념 역시 보이체크에게는 비현실적이다.

보이체크는 자신과 같은 하층민과의 관계에서도 이해와 공감을 받지 못한다. 그는 같은 계층의 동료들과도 의사소통이 이루어지거나 어떤 유대감으로 연결되지 못한다. 보이체크는 사실혼 관계인 마리가 다른 남자와 정을 통했음을 알고 아내를 추궁하지만, 마리가 오히려 뻔뻔하게 자신의 죄를 뉘우치지 않고 대들자 그녀를 살해한다. 이런 점에서 보이체크는 개인적 · 사회적 환경의 희생자인 동시에 동거녀를 살해한 가해자이기도 하다. 수공업 도제는 그를 학대하고, 유대인 상인은 그를 멸시하며, 군악 대장은 자신의 건장한 외모와 힘으로 마리를 빼앗고 육체적으로 쇠약한 보이체크를 때려눕힌다.

특히 안드레스는 보이체크의 유일한 동료이며 가까운 친구지만, 보이체크의 기분이나 상태를 잘 알지 못한다. 그는 보이체크와 나무를 베는 첫 장면에서 보이체크가 자신의 불안한 상태를 이야기하자 무심하게 노래를 불러 보이체크의 말을 중단시킨다. 그들의 대화에서는 의사소통이나 감정이입이 전혀 이루어지지 않는다. 안드레스는 환각과 환청에 시달리는 보이체크에게 아무런 관심을 보이지 않는다. 보이체크가 죽음을 염두에 두고 소지품들을 정리하면서 자신을 돌아보는 말을 할 때도 열이 나서 헛소리하는 줄 알고 엉뚱하게 약을 먹으라고 권한다. 안드레스는 마리의 부정을 알지 못하고, 보이체크의 소외감과 낙담을 알지 못하며 알려고 하지도 않는다. 이처럼 두 사람은 친구이지만 서로 간에 공감대가 없다. 뷔히너는 하층민끼리의 이상적인 아름다운 유대감을 그리지 않는다. 이처럼 『보이체크』는 하층민이 처음으로 비극의 주인공으로 등장하고, 노동 문제를 본격적으로 다루며, 주인공의 가난을 비극의 원인으로 삼는 점에서 획기적인 작품이다.

보이체크의 비극

뷔히너는 자신의 의도를 암시하기 위해 민요, 동화, 성경을 인용하며 일찍이 몽타주 기법을 도입한다. 민요는 '애비 없는 어린 자식을 둔 처녀'를 노래하고, 할머니는 '옛날 옛적 모든 게 죽고 세상에 혼자 남은, 엄마도 아빠도 없는 불쌍한 아이' 이야기를 들려준다. 희곡의 처음에 '뒤돌아보면 안 돼!'라는 롯의 아내 이야기와 '난로 연기 같은 것이 막 땅에서 솟아오르잖아?'라는 소돔과 고모라 이야기는 앞으로 전개될 이야기가 심상치 않을 것임을 예고해준다. 보이체크는 마리가 군악대장과 춤을 추는 광경을 목격하는 순간, 신이 이 세상을 단죄해주기 바란다. "하나님은 왜 태양을 꺼버리지 않으실까?"[3]라는 그의 탄식은 지구의 종말을 알리는 요한계시록[4]을 상기시킨다. 마리는 성경책을 뒤지며 자신의 죄와 관련된 구절을 읽으며 두려움에 떤다. "그런데 바리새인들이 간통한 여인을 데려와 주님 앞에 세웠다. 예수께서 가라사대 '나도 네 죄를 묻지 않겠다. 돌아가서 다시는 죄를 묻지 마라.'"[5]

『보이체크』는 인과율에 따른 기승전결의 구조로 발생하고 종결되는 전통적 희곡의 서술 방식을 따르지 않는다. 이미 복잡한 산업사회로 변한 19세기의 유럽은 한 개인에 의해 사회 전체의 질서가 파괴되고 회복되는 단순한 사회가 아닌 것이다. 이 작품은 어떤 이념적인 핵심을 논증하기 위해 제반 모순을 해결하는 식의 '폐쇄 희곡' 형식을 취하지 않고, 막이나 장의 구분이 없는 '개방 희곡' 형식을 통해, 모순을 공개적으로 드러내고 엄격한 줄거리의 진행을 거부하는 극작법을 보여준다.

개방 희곡 형식을 지닌 이 작품에서 주인공 보이체크가 광란 상태에서 저지르는 살인은 한 사회에 의해 경제적·정신적으로 착취당하는 한 인간이 어쩔 수 없이 부딪히게 되는 상황을 잘 보여주고 있다. 만약 경제적인 형편이 좋았다면 보이체크는 정식 결혼을 올릴 수 있었을 것이다. 보병 군인과 대위의 이발사로 벌어들이는 얼마 안 되는 봉급으로는 가족을 먹

----

3 앞의 책, 44쪽.
4 8장 12절. 넷째 천사가 나팔을 부니 해 삼분의 일과 달 삼분의 일과 별들의 삼분의 일이 타격을 받아 그 삼분의 일이 어두워지니.
5 『보이체크·당통의 죽음』, 같은 책, 55쪽.

여 살릴 수 없다. 그래서 그는 노예처럼 의사의 생체 실험대상이 되고, 이러한 막막한 환경에서 살인을 저지르게 된다.

보이체크가 사랑하는 아내를 죽이는 행동은 그가 처한 사회적 상황과 거기서 야기된 모든 산물에 그 근거를 두고 있다. 보이체크의 살인의 궁극적인 동기를 그의 광증이나 마리에 대한 질투에서만 찾는 것은 온당치 못하다. 그의 살인에 대한 책임은 그를 노리개로 삼고 짐승으로 격하시킨, 그리하여 그를 벼랑 끝으로 몰아간 사회, 즉 대위와 의사에게 먼저 물어야 할 것이다. 특히 가난하고 배운 것이 없는 보이체크란 인물에서 뷔히너는 민중의 모습, 즉 자연인을 보여준다. 그리고 대위와 의사를 통해 교육받지 못하고, 헐벗은 민중을 착취하면서도 겉으로는 도덕과 이상주의적 자유 의지로 포장한 귀족과 시민계급의 전형적인 모델을 우리에게 보여준다. 『보이체크』는 대위에 의해 정신적으로 착취당하고, 의사에 의해선 실험대상으로 이용당한 인간이 결국 자신의 정체성마저 상실하고 만다는 것을 여실히 보여준다. 보이체크의 비극은 오늘날 그 혼자만의 비극이 아니라 그와 같은 계층의 비극이다. 왜냐하면 오늘날 우리 사회에도 대위와 의사와 같은 자들이 그들의 지배 이데올로기를 절대 진리이자 도덕인양 확산시키고 있기 때문이다.

리얼리즘 극의 모범 『보이체크』

독일 문학에서 보이체크와 같은 하층민이 비극의 주인공으로 등장하는 경우는 『보이체크』가 처음이다. 뷔히너는 실제 민중을 위해 혁명운동을 했던 자신의 삶과, '이러이러해야 한다는 당위와 미추(美醜)를 떠나 있는 그대로의 인간의 삶을 사실적으로 묘사해야 한다'는 그의 미학 원칙을 작품에 반영하고 있다. 뷔히너 작품의 주인공들은 주체적인 인물이 아닌 수동적인 인물로, 어떤 이상을 구현하며 사건을 진행시키거나 상황을 변화시키지 못한다. 오히려 그들은 역사의 흐름과 사회와의 관계에서 고통당하며, 시대의 사회 경제적 관계 속에서 살아가는 구체적 인간이다. 뷔히너는 주인공 보이체크의 비극을 그의 개인적인 원인에만 돌리지 않고, 인간이 처한 상황이 인간의 존재를 좌지우지한다는 것을 보여준다. 보이체크는 '땅 속에서도 무슨 소리가 들리고', '눈을 감으면 계속 눈앞이 빙빙 돌고', '바이올린 소리가 자꾸 들리고. 벽에서도 무슨 소리가 들리는' 환각과 환청 현상을 겪는 것을 보면 정신적 육체적으로 건강한 사람이 아니다. 하긴 당시에 가난과 억압에 시달리던 대다수의 하층민이 이러한 비정상적이고 극한적인 상황에 처해 있었을지도 모른다.

아름답고 육감적인 아내 마리는 가난한 남편을 무시하고 상류사회를 부러워하며 자유분방한 생활을 한다. 돈과 남성적 힘, 욕정 해소가 중요한 그녀 역시 사회구조의 희생자로 볼 수 있다. 보이체크는 아내의 불륜에 크게 좌절하고 질투와 분노를 느꼈을 것이다. 군대에서 그는 상관인 대위로부터 늘 조롱 받으며, 돈 몇 푼 더 벌자고 의사의 실험 도구가 되어 완두콩만 먹으며 인간 이하의 대접을 받고 있다. 대위와 의사는 이성을 도구로 보이체크를 정신적·육체적으로 철저히 이용하며, 그로 하여금 공공연히 굴욕감을 느끼게 한다. 이 점에서 뷔히너는 계몽된 이성의 문제점을 지적하고 계몽적인 이성과 학문 개념을 비판하고 있다. 이 희곡은 계몽주의가 어떻게 신화로 변하는가를 미학적으로 형상화시켜 주고 있는 것이다. 이 미학 원리에 따르면 자연인 보이체크는 계몽된 이성의 희생자이기도 하다. 마리는 군악대장과 관계를 갖는 것에서 시작하여 주점에서 다른 연적과 춤을 추다가 보이체크에게 적발된다. 이처럼 보이체크는 친구 안드레스를 제외하면 가정에서도 사회에서도 소통이 없는 철저히 소외된 인물이다.

이처럼 뷔히너는 『보이체크』에서 사회의 하층계급을 소재로 다루고 이들을 대변하며, 보이체크가 겪는 비극의 원인을 개인적 실수나 성격의 결함에 두지 않고, 사회의 구조적 모순에 둠으로써 리얼리즘 연극의 모범이 되는 작품을 썼다. 주요 등장인물들인 대위, 군악대장, 의사 등은 이름을 가지고 등장하는 것이 아니라 신분만 나타내서 이들은 당시 사회계층의 전형을 보여주는 인물로 기능하고 있다. 이들이 사용하는 언어는 간결한 생활언어이면서 상징성을 지니며, 행동도 양식화되어 있다. 이 모든 것은 그 시대의 일반적인 연극 조류에 비추어 대단히 파격적이고 전위적이라 할 수 있다.

처형당한 혁명가를 그린
뷔히너의 『당통의 죽음』

당통 이 세상은 혼돈이야. 무(無)야말로 새로 태어날 세계의 신인 셈이지.[1]

당통이 단두대의 이슬로 사라지기 전 죽음에 직면해 담담하게 하는 말이다. 당통은 친구 파브르에게 '단두대가 최고의 의사가 되어 줄' 거라면서 자신을 뒤로 밀치는 사형집행인에게 마지막으로 이렇게 항변한다. "자넨 죽음보다 더 잔혹하게 굴 셈인가? 자넨 우리 머리가 저 바구니가 있는 바닥에서 서로 입 맞추는 것까지 막을 수 있단 말인가?"[2]

프랑스 시민혁명

『당통의 죽음』을 이해하려면 프랑스 대혁명(1789년 7월 14일-1794년 7월 28일)에 대한 이해가 필요하다. 시민혁명인 프랑스 대혁명은 근대사회로 변모

---

1 게오르그 뷔히너, 『보이체크·당통의 죽음』, 홍성광 역, 민음사, 2013, 210쪽.
2 앞의 책, 214쪽.

해 가는 당시 상황에서 이미 낡은 제도, 즉 봉건적 신분제도인 앙시앵 레짐(Ancien Régime)의 모순으로 일어났다. 프랑스 대혁명 당시 프랑스 인구 2천 7백만 명 중 제1신분인 성직자는 10만 명이었고, 제2신분인 귀족은 40만 명 정도였는데, 이들이 각기 전 국토의 10분의 1과 5분의 1을 소유하고 있었다.

이 소수의 특권층을 제외한 전 인구의 96%는 제3신분에 속하였고, 이들 중에서 농노 신분에서 해방된 농민은 총인구의 4분의 3을 차지하고 있었다. 프랑스의 농민들은 토지를 소유하고 있었으나, 규모가 작아 지주에게 소작을 얻어야 했고, 세금이 많아 수입의 절반을 착취당했으며, 노동력도 수시로 징발 당했다. 제3신분 중 가장 중요한 계층으로 떠오른 시민계급은 평민이라는 신분적 제약으로 특권귀족의 아래에 있었고, 정치권력으로부터 배제되어 있었으며, 경제면에서도 봉건적 잔재 때문에 활동에 제약을 받았다. 소상인과 수공업자를 포함하는 소시민층은 자본주의의 발달로 일용직 노동자로 전락할 위험에 처하게 되었고, 파리 노동 인구의 50%가 실업 상태에 있었다. 이 상황에 불만을 품은 제3신분은 구제도의 모순을 타파하고 자신들에게 적합한 새로운 사회를 건설하려 했다.

혁명의 직접적 발단이 된 것은 왕실 재정의 고갈 때문이었다. 루이 14세 이후 악화된 재정은 루이 15세부터 더욱 심해져서, 루이 16세는 1774년 중농주의 정책을 펼치려 했으나 실패하였고, 설상가상 미국 독립전쟁에 참여한 프랑스는 약 20억 루블이라는 전쟁비용을 쓰면서 대혁명 당시 45억 루블 정도의 빚을 지게 되었다.

프랑스 대혁명 당시 프랑스인들은 계몽사상의 영향을 받아 비판과 분석의 정신을 발전시키고, 관습과 전통을 맹목적으로 답습하지 않고 이를 비판적인 눈으로 보게 되었다. 인류의 진보를 위해서는 계몽을 통해 무지와 미신을 타파하고 이성에 어긋나는 구습과 낡고 모순된 제도를 과감히

외젠 들라크루아가 그린 프랑스 대혁명을 상징하는 명화로 알려진 '민중을 이끄는 자유의 여신'

시정해 개혁해야 한다는 주장이 시민계급을 중심으로 퍼져나갔다. 이들은 자신들의 교육, 야망, 재능에 어울리는 사회적 대우를 요구하며, 봉건적 요소와 전제 정치를 타파하려고 하였다. 이렇듯 구제도의 모순, 국가 재정의 위기, 계몽사상의 영향과 미국 독립혁명의 성공으로 프랑스 시민은 혁명을 꿈꾸게 되었다.

1789년 5월 베르사유에 소집된 삼부회에서는 제3신분 대표들이 신분별 회의를 지양하고 국민의회를 선포하였다. 귀족들은 이를 거부하였으나 하위 성직자들이 이에 호응하였다. 평민대표는 그들의 회의장소가 폐쇄되자 실내 테니스코트에 모여 새 헌법이 제정될 때까지 해산하지 않을 것을 서약하였다. 국왕은 귀족과 성직자 대표에게 국민의회에 참가할 것을 지시하였고, 삼부회는 사라지고 국민의회가 등장하였다. 국왕은 베르사유에 군대를 집결시켰고, 파리 시민들은 무력탄압으로부터 국민의회를 지켜야 한다는 생각에서 7월 14일 바스티유 감옥을 습격하여 점령하였다.

국민의회는 봉건제 폐지를 선언하고, 앙시앵 레짐의 모순과 부조리의 타파를 갈구하면서 1789년 8월 26일 '인간과 시민의 권리선언'을 채택한다. 같은 해 10월 초 서민계층의 여성들이 빵을 요구하면서 베르사유로 행진하였고, 이들의 압력에 못 이겨 루이 16세는 국민의회와 더불어 파리로 거처를 옮긴다. 국민의회는 교회재산을 몰수하여 매각하고, 길드도 폐지하여 자유주의 경제정책을 추진하였고, 수도원을 해체하고, 모든 성직자를 선출제로 하여 국가가 봉급을 지불하도록 했다.

1791년 6월 루이 16세와 왕비 앙투아네트가 국외로 탈출하려다 실패하는 사건이 발생한다. 그 해 9월 14일 국민의회는 국왕의 권한을 제한하는 입헌군주제를 규정하는 새 헌법을 제정한다. 오스트리아, 프로이센의 간섭으로 혁명전쟁이 시작되자 같은 해 8월 파리 민중이 왕국을 습격 방화하며, 입법의회는 왕권을 정지시키고 보통선거에 의한 국민공회 소집을 결의한다.

국민공회는 공화정을 선포하고 1792년 1월 루이 16세를 처형시킨다. 전쟁에 대한 위기감이 고조되고 지방의 반란이 빈번한 가운데 1793년 5월 31일 자코뱅파는 지롱드파를 체포하고 10월 30일 처형한다. 자코뱅당은 모든 시민에게 선거권을 부여하는 민주적인 헌법을 제정하였으나 국내외의 사정으로 그 실시는 보류된다. 공안위원회는 혁명정부의 실제적 행정부로서 혁명재판소를 설치하여 반대파를 단두대에서 처형하는 공포정치를 실시하였다. 혁명정부는 최고 가격제 실시, 봉건적 공납폐지, 혁명력의 제정 등 개혁정치를 실시한다.

1794년 3월 24일 초과격파인 에베르파가 처형되고, 4월 5일에는 온건파인 당통파가 처형된다. 하지만 강압적인 공포정치에 지친 민중들의 불만이 고조되면서 1794년 7월 공포정치를 이끌던 로베스피에르는 국민공회 내의 반대파에 의해 단두대에서 처형된다. 로베스피에르 타도 이후 혁명재판소는 해산되고 공안위원회의 권한도 대폭 축소되며, 최고가격제 실시로 인한 통제경제도 무산된다. 1795년 새로운 헌법이 제정되고, 유산계급을 중심으로 한 5명의 총재가 주도하는 총재정부를 규정한다. 이 정부는 대외전쟁으로 인한 경제난과 정치적 불안정에 시달리며 흔들리는 가운데, 나폴레옹의 쿠데타로 총재정부는 쓰러지고 나폴레옹의 독재정치가 시작된다.

죽음을 맞이하는 혁명가 당통

뷔히너의 『당통의 죽음』은 이처럼 에베르파가 처형된 후 당통마저 처형될 때까지의 긴박한 상황을 배경으로 벌어진다. 제1막에서 당통, 데물랭, 다른 사람들은 로베스피에르가 내세운 공화정 이념에 휘둘리지 않으려고 한다. 민중 사이에서는 혁명 이후에도 여전히 가난한 생활이 계속되자 불만이 팽배해진다. 한 시민은 자신의 딸이 몸을 팔아 식구들을 먹여 살려야 한다고 탄식한다. 당통파가 혁명의 성과를 위협한다며 로베스피에르는 국민공회에서 당통파를 숙청할 계획을 말한다. 당통은 노름과 창녀들에게 빠져 앞날에 대한 어떠한 희망도 품지 못한 채 자신에 대해 구역질을 한다. 당통은 자신의 동료들이 로베스피에르와 회동을 가지자는 주장에 동의하지만 결과는 아무 성과 없이 끝난다. 로베스피에르는 당통의 처형을 결정하지만 이로 인해 가책을 받고 괴로워한다.

제2막에서 당통파는 당통이 로베스피에르에 맞서서 어떤 행동을 취하든지 최소한 도망이라도 가기를 권한다. 하지만 당통은 그런 것에서 어떤 의미도 찾을 수 없으며, 국민공회가 감히 자신을 어떻게 하지 못할 거라고 생각한다. 당통은 자신이 명령한 9월 살인으로 인한 양심의 고통을 아내 쥘리에게 하소연한다. 당통은 체포되고, 국민공회에서는 당통파의 처리문제를 둘러싸고 의견이 여러 갈래로 나뉜다. 하지만 로베스피에르와 생쥐스트는 민중을 선동하는 발언을 하면서 당통파를 처단할 것임을 분명히 밝힌다.

제3막에서 죄수들은 룩셈부르크 감옥에서 신의 존재와 인생에 대해 철학적인 담론을 나눈다. 당통과 그의 동료들이 이 감옥으로 끌려 들어온다. 혁명재판소의 의장은 배심원이 공정한 인물로 배석되기를 결의한다. 당통은 혁명재판소 법정 앞으로 제 발로 걸어 나간다. 청중들이 당통에게 동조하는 기미를 보이자 당통을 비롯한 다른 죄수들이 퇴정 당한다. 공안위원회는 이 재판을 계속 진행할 것인지를 검토한다. 당통이 혁명재판소에 두 번째로 등장했을 때 민중들의 분위기는 로베스피에르에게 호의적으로 되는 반면, 당통은 호의호식하며 쾌락을 탐하는 인물로 몰아가며 결국 처단하려는 쪽으로 기운다.

제4막에서 당통과 그 일파는 사형선고를 받는다. 당통, 카미유, 데물랭은 삶과 죽음에 대한 생각을 주고받는다. 죽은 후에라도 당통과 함께 하고 싶었던 그의 아내 쥘리는 자신의 집에서 독약을 마시고 죽는다. 당통과 그 일당을 처형하라는 판결이 내려지고, 민중은 호기심에 차서 그를 조롱한다. 뤼실르는 남편 카미유와 떨어지는 것을 견딜 수 없어 하다가 마침내 미쳐버린다. 마지막 장면에서 그녀는 "국왕 폐하 만세!"라고 소리치다가 체포되어 연행된다.

4막 31장으로 구성된 『당통의 죽음』은 과격한 에베르파가 체포되어 처형된 1794년 3월 16일부터 온건한 당통이 처형된 4월 5일까지의 상황을 다루고 있다. 이 작품은 1902년 베를린 자유 민중무대(Freie Volksbühne)에서 초연되었다. 이 시기는 프랑스 혁명 과정에서 파국을 향해 치달으며 마지막 정점을 이루는 때이기도 하다. 당통은 군주제를 무너뜨리고 프랑스 제1공화국(1792)을 세우는 데 주도적 역할을 한다. 그는 결국 공안위원회의 초대 위원장이 되었으나 점차 온건해지며 공포정치를 반대하다가 결국 단두대에서 죽음을 맞는다. 당통이 처형당한 석 달 후에 그의 처형을 주도한 로베스피에르마저 처형당하고 만다.

쾌락주의자 당통

이 이야기는 당통을 중심으로 진행되지만, 혁명기간 중 당통이 에베르파를 숙청할 때까지의 혁명지도자 당통이 아니라, 로베스피에르에 의해 단두대에서 처형당하는 당통의 죽음을 주제로 삼고 있다. 자신이 그토록 열렬히 추진해 온 혁명에 의해 희생당하는 당통이 이 작품의 중심인물로 자리 잡고 있으며, 또한 당통의 처형을 계획하고 추진해가는 로베스피에르와 생쥐스트도 중점적으로 묘사되어 있다. 이 작품에서는 혁명을 추진한 당통의 강력한 면모가 보이지 않고 오히려 좌절한 당통의 모습만 부각된다. 당통은 혁명의 무의미함을 누차 강조하며, 남을 단두대로 보내기보다는 차라리 자신이 처형되겠다고 한다. 당통이 계획하고 추진해 온 혁명의 결과 민중의 삶은 혁명전이나 후에도 그다지 변화되지 않는다. 민중은 여전히 가난 때문에 몸을 팔아야 하는 상황에서 벗어나지 못하고 있다.

작품에서 당통이 부인들과 카드놀이를 즐기고 창녀와 놀아나는 쾌락주의자로 등장하는 반면, 로베스피에르는 처음부터 철두철미한 혁명가의 모습을 보인다. 로베스피에르는 당통을 제거하는 역할을 맡았고, 혁명 이후 민중의 고단한 삶에 대한 그의 견해엔 동의하면서도 혁명의 수행을 분명히 한다. 그는 공화정과 혁명을 이념으로 삼고, 그에 대해 조금도 회의하지 않는다. 에베르파는 혁명을 지나치게 극단화시켜서 혼돈으로 몰아가다 숙청되었고, 로베스피에르가 볼 때 당통파는 공화정의 힘을 나약하게 만드는 자들이다. 로베스피에르는 혁명과 공화정의 이념을 토대로 당통파를 볼 뿐이며, 그가 꿈꾸는 공화정은 덕에 의해 지배되고, 이 덕은 공포에 의해 지배되어야 한다고 주장한다. 그가 내세운 공화정 이념은 모든 개인의 사생활까지 확대되어 적용되며, 개인의 악덕 역시 정치적 범죄로 규정한다.

당통과 로베스피에르의 반목

당통은 혁명의 결과가 그 주체세력인 당통파나 로베스피에르파의 뜻대로 되지 않는다는 것을 일찌감치 간파한다. 이런 통찰력을 지녔음에도 그는 그런 사실을 다른 사람에게 이해시키지 못한다. 또한 로베스피에르와의 의사소통도 이루어지지 않고, 오히려 서로 간에 갈등만 쌓일 뿐이다. 혁명의 방향을 상실한 당통은 정체 상태에서 비틀거리지 않기 위해 욕망에 매달리려고 한다. 어둡고 불확실한 권태 속에서 그는 자신에게 방향을 제시해줄 신을 찾지 않는다. 무(無) 속에서 평온을 유지하려고 하고, 나중에는 죽음에 기대를 걸어보기도 한다. 당통은 로베스피에르가 주장하는 덕을 위선이라고 공박하면서, 로베스피에르의 도덕적 태도는 순전히 다른 사람을 자신보다 못한 존재로 보고 싶어 하는 비참한 만족감에서 비롯한다고 주장한다.

반면에 로베스피에르가 주장하는 혁명의 이념은 덕에 의한 지배에 근거한다. 그는 덕을 자신을 포함한 모두에게 적용하려고 하기에 악한 자를 자유의 적으로 규정하며 단호히 처단하려고 한다. 로베스피에르에 의해 계획되고 실행되는 당통의 죽음은 사실상 혁명가 한 개인의 죽음을 묘사하는 것이 아니라 전체 혁명의 좌절을 표현하고 있다. 당통은 민중이 혁명을 만들어낸 것이 아니라 혁명이 민중을 만든 것이라고 인식한다. 또한 역사라는 철사 줄에 묶인 채 알지 못하는 힘에 의해 조종되는 꼭두각시인 민중의 실태를 파악한다. 그 때문에 당통은 괴로워하면서 정신적으로 거의 파탄지경에 이른다. 스스로 자신을 통제할 수 없게 된 당통은 권태와 피곤함에 빠져든다. 이런 상태에서 그가 하는 일이란 쾌락을 추구하는 것뿐이다. 로베스피에르 측은 당통이 추구하는 쾌락을 부도덕하고 타락한 혁명가, 죽어야 할 인물의 증거로 내세운다.

혁명지도자 당통

1789년 7월 혁명이 일어나자 코르들리에 지구 시민군에 가담한 당통은 코르들리에 클럽과 자코뱅 클럽에서 두각을 나타낸다. 그는 1791년 6월 루이 16세의 프랑스 탈출기도 사건으로 야기된 위기 속에서 혁명운동의 중심인물로 부각된다. 1792년 봄 프랑스가 오스트리아와 프로이센에 선전포고를 하면서 위기에 빠지자 당통은 국민의 권리 옹호자 역할을 한다. 그리고 장군이자 왕의 고문인 라파예트 후작이 자신의 지위를 이용해 정치놀음을 하고 있다고 공격한다. 당통은 8월 10일 폭동을 일으킨 후 입법의회에서 법무장관으로 선출된다. 8월 25일 유럽 동맹군이 프랑스를 침입하여 롱위가 점령되고, 9월 2일 베르됭이 포위되었을 때 당통은 입법의회에서 "조국의 적들을 물리치기 위해 우리에게는 용기가 필요하다. 더 많은 용기가, 언제나 적과 맞서 싸울 그런 용기가 필요하다. 그래야만 프랑스는 살아남을 수 있다"는 연설을 하고 있었다.

당통이 이 연설을 하는 동안 9월 학살이 일어났기 때문에 온건파 혁명 세력인 지롱드파는 이 학살의 책임을 당통에게 돌렸다. 9월 6일 당통은 파리를 대표해 국민공회 의원이 되었고, 여러 혁명세력들 사이의 싸움을

끝내기 위해 온갖 노력을 다했지만, 법무장관에서 물러날 때 지롱드파가 결산보고서를 제출하라고 요구함으로써 결실을 맺지 못했다. 루이 16세의 재판 때 그는 왕을 살려줄 생각으로 뒤무리에 장군과 공모해 영국 정부의 개입을 유도하려 했지만 이 계획이 실패하자 왕의 사형집행에 찬성할 수밖에 없었다.

조르주 당통

1793년 4월 7일 당통은 공안위원회 위원이 되었다가 7월 10일 임기가 끝나 물러난 후 점차 온건한 입장으로 바뀐다. 그는 에베르와 그의 코르들리에 클럽 동료들이 국민의 지지를 받으며 주도하고 있던 급진주의적 계획, 즉 극단적인 테러와 계속적인 전쟁에 반대한다. 그는 1793년 12월 1일 급진주의자들에게 그들의 역할은 끝났다고 말함으로써 온건노선을 뚜렷이 한다. 이때부터 그는 사람들 눈에 온건파의 지도자로 비쳐진다.

로베스피에르의 공포정치

1793년 겨울이 끝나가면서 식량위기가 닥치자 경제 통제 강화를 요구하는 코르들리에 클럽의 선전활동은 민중의 열렬한 지지를 받고, 에베르파는 식량위기를 빌미로 민중폭동을 부추기며 공안위원회를 자극한다. 로베스피에르가 이끄는 혁명정부는 온건한 당통파와 과격한 에베르파 사이에서 중도적 입장을 유지하려고 노력하지만, 당통파의 정책은 에베르파 극단적인 공포정치, 최고가격제의 강화, 철저한 주전론과 상반되었다.

또한 당통이 주도하는 온건파는 카미유 데물랭을 대변인으로 내세워 기관지 〈르 비외 코르델리에〉를 통해 에베르파의 비기독교화 운동을 격렬하게 비난한다.

반면 공포정치의 조속한 시행을 요구하는 에베르와 모모르를 중심으로 한 코르델리에 클럽은 기관지 〈르 페르 뒤센〉을 통해 당통파의 온건한 정책을 비판하고 이들의 제거를 요구한다. 결국 심각한 위험을 느낀 혁명정부는 지금까지의 모호한 태도를 버리고 1794년 에베르를 비롯한 초과격파를 숙청한다. 이처럼 공안위원회가 에베르파를 제거하자 당통파는 한동안 자신들의 시기가 왔다고 생각해 공안위원회의 정책을 비난하면서 공포정치로 불안해하던 세력들을 관용파로 끌어들이려고 한다. 이들은 로베스피에르의 공포정치와 혁명정부의 모든 정책에 도전하면서 체제 반대 세력들에게 희망을 준다. 로베스피에르의 혁명정부는 온갖 수단을 써서 온건파의 압력을 견뎌내려고 하면서 관용파에게 압도당하지 않으려고 노력한다.

이처럼 당통의 관용파는 혁명정부에 대한 압력을 강화하지만, 정부는 온건 우파에게도 자리를 내줄 생각이 없다. 당통은 여러 차례 생명의 위협을 받았지만 '나한테 감히 그런 짓을 못할 것이다'라며 두려워하지 않는다. 하지만 그는 1794년 3월 29일과 30일 사이 한밤중에 동료들과 함께 체포당하고 만다. 혁명재판소 앞에 나아가 '더 이상 나 자신을 변호하지 않겠다. 나에게 죽음을 내려라. 그러면 영광스럽게 잠들겠다'고 외친 당통은 1794년 4월 5일 동료들과 함께 단두대에서 처형당한다. 처형장에서 그는 사형집행인에게 '내 머리를 시민들에게 보여주시오. 내 죽음은 그만한 가치가 있으니까'라고 외친다.

당통은 19세기 전반기까지 비난을 받지만 제2제정에 들어와 복권되고 제3공화국 때는 영웅으로 추앙받는다. 그에 대한 가장 중요한 논란은 그가 부자였다는 사실로 미루어 매수당하지 않았나 하는 점이다. 증빙서류가 없어서 그가 살아있을 때에는 밝혀지지 않았으나 당시 사람들은 그가 매수당한 것이 확실하다고 믿었다. 20세기 학자들의 견해는 크게 두 가지로 대별된다. 하나는 당통이야말로 진정한 민주주의자이자 참된 애국자였다는 것이며, 다른 하나는 혁명을 배반하고 궁정에 자신을 팔아넘긴 양심 없는 정치인이었다는 것이다. 오늘날은 그가 궁정의 정보 제공자였으며 그 대가로 왕실 유지비에서 돈을 받아 썼다는 주장이 대체로 인정되고 있다.

당통은 하층계급의 지도자였다. 다른 혁명지도자들과는 달리 그는 혁명적 무산대중으로 과격공화파인 상퀼로트와 교분을 맺었고, 그들의 정서를 함께 나눴으며, 관대함과 관용, 힘찬 기백 등으로 사람들을 기쁘게 했다. 이 모든 것을 통해 그는 대중들의 공감을 얻었고, 1792년 여름의 위기 때 혁명을 잘 이끌 수 있었다. 그런데 민중이 당국에 시달리는 상황에서 볼 때 당통파의 사치스럽고 낭비적인 생활방식에 대한 비판은 타당하고 민중에게도 설득력 있게 다가온다. 하지만 로베스피에르는 공포정치를 제외한 어떤 현실적이고 구체적인 대안을 제시하지 못한다. 따라서 그는 민중의 궁핍을 해결할 수 없는 자신의 무력감을 은폐하기 위해 혁명, 자유, 공화국의 권위를 빌려 자신을 그 권위와 동일시함으로써 다른 사람들이 대안을 진술하지 못하게 한다.

죽음에서 안식을 찾는 당통

죽음은 당통을 불안하게 하고, 불안을 떨치지 못하는 상태를 없애주는 대상이 된다. 당통은 이제 빠른 속도로 아무런 고통 없이 자신을 완전히 이 세상으로부터 사라지게 하는 '무(無)'에 이르고자 한다. 이전에는 당통은 죽음에서 안식을 찾으려고 했는데, 이젠 '무'에서 피난처를 가질 것을 희망한다. 그래서 그는 자신에게 '무(無)는 나의 피난처가 될 것이다'라고 말한다. 왜냐하면 '삶은 그에게 있어 짐이 되고 있어, 누군가가 이 짐을 가져갔으면 하고, 또 그 자신은 삶을 훌훌 내던지기를 갈망하기' 때문이다. 그러나 한번 존재했던 자아의 존재는 결코 '무'가 될 수 없다는 사실을 인정해야만 하기 때문에 당통의 생각은 딜레마에 빠지게 된다.

이처럼 살과 피를 지닌 인간 개체의 본성을 내세우는 당통과는 달리 로베스피에르는 자신의 혁명적 이념의 이상인 미덕을 앞세움으로써 인간의 자연적 본성을 멀리한다. 그렇지만 뷔히너는 제1막 6장에서 로베스피에르가 잠시나마 솔직히 자기 성찰을 하는 모습을 보여준다. 그 순간은 권력에 굶주린 독재자의 모습이 아닌 '살과 피'가 있는 인간적인 면모를 보여주는 동시에, 자신의 폐쇄적인 이데올로기에 대한 자기비판을 허용하고 있다. 그런 점에서 뷔히너는 그를 단순히 부정적인 인물로만 그리지는 않고 있다. 반면에 그를 다시 이데올로기 속으로 몰아넣으며 결단을 강요하는 생쥐스트야말로 이데올로기가 그대로 육화(肉化)되어 처형도구가 된 인물로 그려진다.

결국 로베스피에르, 생쥐스트 모두 민중의 궁핍 해소에는 관심이 없고, 오직 테러를 수단으로 사회의 변혁을 목표로 한다. 또한 그들에게 중요한 것은 공화국에서의 시민의 자유가 아니라 죄지은 인류를 쇄신하기 위해 무제한의 폭력을 사용할 수 있는 자신들만의 독점적인 자유이다. 그러나 로베스피에르가 미덕을 통해 테러를 정당화하기 위해 자연, 즉 본성을 억압하는 것과는 달리, 생쥐스트는 악마적이고 파괴적인 자연의 폭력을 찬미하며, 혁명의 근본원칙을 자연과학적 토대 위에서 전개한다. 그는 스스로 이러한 파괴적 자연의 대변자임을 자처한다. 그러고서 자신의 폭력을 자연의 폭력과 동렬에 놓고 공포정치를 정당화하며 이에 복종할 것을 강요하고 협박한다.

처형 도구 생쥐스트

실제 역사상의 생쥐스트는 1794년 3월의 제 법령을 제정함으로써 반혁명 혐의로 투옥된 인사들의 재산을 몰수하여 극빈한 애국자들에게 보상하려는 획기적인 경제조치를 추진했다. 이런 조치는 민중의 요구에 부합되고 환영받을 일이기는 했다 그러나 실제로 그 효과가 나타나려면 장시간이 흘러야 했던 만큼 시간을 다투는 긴박한 요구에는 적절하지 못했다. 또한 그것이 제대로 시행이 되지 않았기에 생쥐스트의 원래 의도와는 달리 당시의 극심한 식량위기를 해결하지는 못했다. 이와 달리 뷔히너의 드라마 『당통의 죽음』에 등장하는 생쥐스트는 혁명의 최우선 과제인 민중의 궁핍 해소에 대해선 아무런 해결책을 제시하지 않고, 다만 혁명의 적에 대한 무차별적인 숙청만을 공표하는 철저한 혁명 이데올로기의 화신이자 냉혹한 권력 추구자로 묘사된다.

로베스피에르는 도덕적으로, 생쥐스트는 자연과학적으로 논증한다. 로베스피에르는 제1막 6장에서 순간적으로나마 '사형집행인의 고통'을 느끼긴 하지만, 생쥐스트는 살인을 자연의 법칙을 따르는 인류 발전의 위대한 사건으로 정당화한다. 추상적 이데올로기의 냉혹한 구현 도구인 그는 당통과 로베스피에르와는 달리 인간의 내면, 즉 양심이 없다. 그는 집단 학살을 자연과 역사의 자연스러운 과정으로 보기에 개인적인 괴로움이나 갈등을 느낄 필요가 없다. 그는 학살에 대한 모든 책임을 외부적 필연성, 즉 자연법칙과 역사의 법칙으로 돌림으로써 개인적 책임을 면제받으려고 한다. 그의 이러한 행동은 철저히 비인간적이다. 그는 생명이 없는 자연과 동일시함으로써 인간을 사물화한다. 그에게 괴로움, 양심의 가책, 죄책감, 책임의식과 같은 인간적인 범주는 존재하지 않는다. 로베스피에르는 혁명 강령의 원칙만 고지하고, 공안위원회 위원들에게 구체적인 실행을 위임한다. 반면에 생쥐스트는 스스로 혁명이념을 고지하는 동시에 몸소 실행함으로써 드라마에서 실질적으로 공포정치를 실현하는 주체적인 역할을 수행한다. 그런데 생쥐스트는 민중이 당통과 터놓고 말을 주고받으며 친근한 유대를 맺는 상황을 목격한 뒤 민중이 그를 지지할까 봐 겁내며 공포를 느낀다.

뷔히너 역시 생쥐스트처럼 폭력을 통한 혁명의 필연성에 공감하는 혁명가였다. 하지만 그는 민중의 궁핍 해결을 혁명이 해결해야 할 가장 시급한 문제로 본다. 그러므로 그는 『당통의 죽음』에서 이런 문제를 외면하고 정적제거와 권력유지를 위해 무차별적인 대량살상을 자행하는 생쥐스트의 독선적 태도를 비판한다. 폐쇄적이고 일방적인 이데올로기가 지배하는 사회는 항상 인간해방의 가능성과 열려 있는 대화의 가능성을 방해하고 억압하기 때문이다.

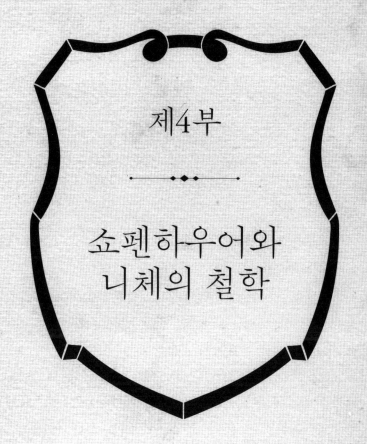

제4부

───── ◆ ◆ ◆ ─────

쇼펜하우어와
니체의 철학

19세기와 20세기를 뒤흔든 쇼펜하우어의 사상과 『의지와 표상으로서의 세계』

"세계는 나의 표상이다."[1]

『의지와 표상으로서의 세계』의 맨 처음에 나오는 문장이다. 아르투어 쇼펜하우어(1788-1860)는 이 말에 대해 삶을 살면서 인식하는 모든 존재자에게 적용되는 진리라고 말한다. 인정하기 싫은 사실이지만 우리가 보고 있는 것들이 실은 보이는 대로 생기지 않았다는 것이다. 우리 눈에 보이는 세상은 뇌가 계산해낸 결과물이다. 이런 전제에서 쇼펜하우어 철학은 현대 뇌 과학과도 연결된다. 고양이는 색깔을 보지 못하므로 흑백으로 세상을 보고, 박쥐는 세상을 초음파로 감지한다. 세계는 인식론적 측면에서 보면 표상의 세계인데, 존재론적 측면에서 보면 의지의 세계이다. 마지막 문장은 이렇다.

"이와 반대로 의지가 방향을 돌려 스스로를 부정한 사람들에게도, 우리의

----
1 아르투어 쇼펜하우어, 『의지와 표상으로서의 세계』, 홍성광 역, 을유문화사, 2015, 41쪽.

그토록 실재적인 이 세계는 모든 태양이나 은하수와 더불어―무(無)인 것이다."**2**

쇼펜하우어에게는 이 무가 바로 불교도의 반야바라밀**3**이며, '모든 인식의 저편', 즉 주관과 객관의 경계가 사라지는 지점이다. 허무주의적인 결론으로 읽히기도 하는 구절이지만 현실주의자 괴테 역시 "사람이란 결국 무로 돌아가는 것"**4**이라고 말하기도 했다. 이 책을 읽고 마음을 송두리째 빼앗긴 키르케고르는 1854년 '문학 잡담꾼이나 기자와 작가들이 쇼펜하우어 때문에 바빠졌다'고 썼다. 1856년에는 쇼펜하우어 철학이 프랑스를, 1858년에는 이탈리아를 정신적으로 침공하는 데 성공한다. 이처럼 쇼펜하우어 철학이 마침내 19세기 중반부터 유럽을 석권하게 되었고, 특히 오스트리아―헝가리 제국의 수도였던 빈이 그 중심지였다.

독일 시민혁명의 좌절

1848년 3월 혁명이 좌절됨으로써 자유 쟁취와 독일 민족통일의 꿈은 무산되고 말았다. 입헌군주제라는 이름으로 절대왕정이 복구되며 시민계급은 정치 참여에서 여전히 근본적으로 배제되었다. 보불 전쟁에서 승리한 프로이센은 폰 비스마르크의 주도 하에 1871년 베르사유 궁전에서 독일제국을 선포했으며 빌헬름 1세가 황제로 등극했다.

창업시대라 불리는 1871년부터 1873년까지 급속한 경제적 붐이 있었다. 경제적 통일에 이어 정치적 통일로 독일은 급속히 공업화의 길을 걸

---

2 앞의 책, 651쪽.
3 열반의 피안에 이르기 위하여 보살이 수행을 하는 중 진리를 인식하는 깨달음의 지혜를 얻는 것.
4 요한 페터 에커만, 『괴테와의 대화 2』, 장희창 역, 민음사, 2008, 241쪽.

었으며, 세기 말에는 미국 다음의 경제 대국이 되었다. 1873년까지 들어온 전쟁보상금 50억 프랑도 경제적인 붐에 일조했다. 물론 과열된 투기로 인한 일시적인 거품 경제는 곧 회사와 개인 파산으로 이어졌다. 공업화로 인구의 도시 집중, 노동자 계급의 형성, 부녀자와 아동 노동 및 노동착취가 행해졌다. 이로 인해 사회주의 정당이 태동하고 노동운동이 일어나기 시작했다. 대기업의 중간 관리직 직원은 새로운 시민 중산층을 형성했고, 임금과 노동조건 개선으로 일부 노동자 계층은 소시민적인 생활 형태를 향유하게 된다.

시민혁명의 좌절을 겪은 후 시민계층은 귀족과 타협하여 부의 소유와 교양에 전념하게 된다. 이들은 학문과 예술에서 민족 정체성을 찾으려 했다. 철학적으로는 이상주의 시대에 이어 유물론이 대두되었다. 이런 시대적 배경 하에서 쇼펜하우어의 철학적 주저는 1850년대부터 본격적으로 수용되기 시작한다. 고대 인도의 베단타 철학의 영향을 받은 쇼펜하우어의 비관적 세계관은 혁명의 좌절을 경험한 독일 정신계에 열렬히 수용되었다. 이로써 헤겔 철학의 낙관주의 시대는 끝나고 비관주의의 물결이 유럽을 휩쓸었다. 쇼펜하우어는 르네상스 이후 유럽 사상의 근간을 이룬 낙관주의에서 비관주의로의 전환을 이룩했다.

사람들은 1818년에 나온 쇼펜하우어의 주저 『의지와 표상으로서의 세계』를 오랜 기간 거들떠보지도 않았다. 그래서 그 후 26년이 지난 1844년에야 제2판이 나왔다. 애당초 쇼펜하우어는 자신의 책에 대한 자부심이 대단하여 그 책으로 자신이 곧 철학계의 기린아로 등장할 것이라고 생각했다. 하지만 그의 책은 몇 년 동안 거의 팔리지 않아 1835년 브로크하우스 출판사에서는 하는 수 없이 50여 권만 남기고 나머지는 전량 폐기처분하고 말았다. 당시에는 헤겔이 독일 철학계를 장악하고 있었던 것이다. 쇼펜하우어는 1820년 베를린 대학에서 강사 임용을 받고 헤겔과 같은 시간대에 강의를 개설했지만 그에게 참담한 패배를 당하고 말았다. 쇼펜하우어가 요양을 마치고 베를린으로 다시 돌아온 1825년 무렵에도 작가 장 파울 말고는 그의 책에 관심을 보이는 사람은 아무도 없었다.

아르투어 쇼펜하우어

1831년에는 베를린에 콜레라가 창궐했다. 헤겔은 이때 역병을 피하지 않고 베를린에 있다가 죽음을 맞이했지만 쇼펜하우어는 프랑크푸르트로 재빨리 몸을 피해 목숨을 부지할 수 있었다. 소위 낙관주의 철학자 헤겔은 죽음을 겁내지 않고 의연히 견디다가 죽음을 맞았는데, 이에 대해 사람들은 비관주의 철학자 쇼펜하우어가 죽음을 겁내 도망쳤다며 조롱하기도 한다. 하지만 이러한 견해도 그의 철학과 그를 잘못 이해한 때문이다. 쇼펜하우어 역시 다른 모든 사람처럼 불행을 이기고 건강과 행복을 바라는 사람이다. 그는 토마스 만의 『베네치아에서의 죽음』의 주인공 아셴바흐처럼 콜레라가 창궐한 베네치아를 떠나지 않다가 죽음을 맞이하는 부류의 사람이 아닌 것이다. 그는 세상의 형이상학적 본질이 허망하고 무가치하다고 보았지 자신의 개인적 삶의 불행을 원한 것은 아니었다. 그것은 다른 문제인 것이다. 사실 그는 비관론자가 아니라 오히려 인생을 즐기는 현실론자라고 할 수 있다.

1844년에 나온 주저의 제2판 머리말에서 쇼펜하우어는 피히테, 셸링, 헤겔을 사기꾼, 협잡꾼이라며 맹비난한다. 강단 철학으로 밥벌이를 하며 무슨 말인지 알기 어려운 용어로 대중을 현혹시킨다는 것이다. 헤겔 철학을 이해하지 못하겠다는 점에서는 괴테도 마찬가지였다. 괴테는 에커만의 『괴테와의 대화』에서 헤겔파 철학자인 힌리히스의 글에 대해 "우리 독일 철학자들의 이런 말을 영국인이나 프랑스인들이 어떻게 생각하겠나. 우리 독일인들 자신도 이해하지 못하는 마당에 말이야"[5]라고 말하며, "편견 없는 자연스러운 직관과 사고"[6]를 잃지 말 것을 주문한다. 그리고 젊은 시절 진보적인 혁명 사상을 지녔던 바그너 역시 헤겔의 『정신현상학』을 몇 페이지 읽다가 도무지 무슨 말인지 알 수 없어 책을 덮어버렸다는 것을 보면 헤겔 철학은 난해주의라는 비난을 들을 만하다고 할 수 있겠다.

주저의 제2판 머리말에서 쇼펜하우어는 '철학, 너는 헐벗은 채 다닌다'라는 페트라르카의 글을 인용하며, 두둑한 급료를 받는 강단 철학자를 공격하고 있다. 그런데 1854년 무렵부터 세상에 이름이 알려지기 시작한 쇼펜하우어는 1858년 제3판이 나왔을 때는 머리말에서 '온종일 달린 자가 저녁이 되어 목적지에 이르면 그것으로 충분하지 않은가'라는 페트라르카의 글귀를 인용하며 나름 위안을 받는다. 그는 뒤늦게 자신의 책의 효력이 나타나기 시작하는 것에 만족을 느끼며, 그런 만큼 그런 현상이 오래 지속되리란 희망을 품는다. 쇼펜하우어의 명성이 세기를 두 번 넘어 지속되는 것을 보면 그의 희망이 그런대로 실현된 것으로 볼 수 있다.

뒤늦은 성공과 지속적인 명성

그러다가 주저의 부록에 불과한 『소품과 부록Parerga und Paralipomena』이 세속적 성공을 거두면서 쇼펜하우어의 명성이 점차 높아져 갔다. 그러니까 『소품과 부록』이 나온 것은 『의지와 표상으로서의 세계』 제2판이 나왔기

---

5 앞의 책, 128쪽.
6 앞의 책, 127쪽.

때문이고, 그 제2판이 나온 것은 다행히도 제1판이 대부분 폐기처분되었기 때문이다. 그러나 제2판도 일 년에 겨우 40~50권밖에 판매되지 않았다. 그래도 쇼펜하우어는 좌절하지 않고 세상의 무시를 받은 덕분에 남의 방해를 받지 않고 살 수 있었다며 의연한 태도를 취한다. 그런데 1840년대부터 열렬한 추종자 프라우엔슈테테를 필두로 그의 철학에 관심을 갖는 사람들이 하나둘 생겨나기 시작했다. 그들은 철학자가 아니라 주로 철학을 애호하는 법률가들이었다.

그러자 사람들은 이제 뒤늦게 쇼펜하우어의 주저에 관심을 갖게 되었다. 마치 눈사태가 난 것처럼 사람들은 쇼펜하우어에 새삼 열광했다. 그전에 36년 동안 극단적인 냉대를 당하던 것과는 정반대 현상이 벌어진 것이다. 그리하여 쇼펜하우어는 평생을 무시당하다가 일흔두 살의 나이로 죽기 육칠 년 전부터 일약 국제적인 유명인사가 되었다. 혁명적인 작곡가 바그너도 쇼펜하우어에 열광하게 되었다. 그 후 쇼펜하우어를 향한 바그너의 일편단심은 평생 변하지 않았다. 쇼펜하우어 철학을 토대로 한 바그너의 후기 음악이 비록 그의 인정을 받지는 못했지만 바그너는 '나는 쇼펜하우어에게 얼마나 감사해야 하는지 모른다'고 쓰고 있다.

쇼펜하우어가 유명세를 타기 시작한 1854년은 공교롭게도 쇼펜하우어가 하찮게 평가하고 싫어한 철학자 셸링이 세상을 떠난 해이기도 하다. 톨스토이는 친구 페트 센신에게 '쇼펜하우어가 인류 중에서 가장 천재적인 인물'이라며 그를 극찬하는 편지를 쓴다. 톨스토이의 서재에는 실제로 쇼펜하우어의 초상화만 걸려 있었다고 한다. 니체는 장차 쇼펜하우어가 헤겔보다 더 유명해질 것이라고 말하기도 했다. 또한 일찍부터 쇼펜하우어 철학을 정확히 이해한 아인슈타인은 그의 책에 영감을 얻어 상대성 이론을 구상했다고 한다. 또한 작가 보르헤스는 자서전에서 '오늘날 내가 단 하나의 철학자만을 선택해야 한다면, 쇼펜하우어를 택할 것이다'라고 말하기도 했다.

칸트를 넘어서, 그를 비판하다

쇼펜하우어는 『의지와 표상으로서의 세계』의 머리말에서 독자에게 칸트 철학을 먼저 읽을 것을 주문한다. 그러므로 플라톤과 칸트 철학에 대해 먼저 간략히 설명하는 게 필요하겠다. 플라톤의 이원론은 칸트에게 와서 현상과 사물 자체 간의 차이로 반복된다. 칸트의 인식론에 따르면 현실에 대한 직관, 경험과 인식은 사고력으로 주장되는 초월적인 질서형식 속에서만 가능하다. 모든 사유는 초월적인 종합이며 사유의 질서 원칙을 통한 경험적 소재의 질서이다. 플라톤의 이데아 학설에 의하면 경험적 현실세계는 비본래적이고 비본질적인 존재로 이해되며 그 배후에 본래적인 본질적인 존재가 숨어 있다. 경험적 사물들은 변화하며 무상한 반면 그 개념들인 이념은 불변하며 영원하다. 감각적으로 지각할 수 있는 경험적 사물세계의 존재는 다만 가상에 지나지 않고, 본래적인 본질적인 존재는 이데아의 존재이다. 이데아 그 자체는 영원한 것이며 모든 존재의 진리인 반면 사물의 현상들은 다만 가상에 지나지 않으며 영원한 이데아가 일시적으로 구현된 것에 지나지 않는다.

쇼펜하우어는 1810년 괴팅엔 대학에서 한 학기 동안 의학을 공부하다가 방향을 바꾸어 플라톤과 칸트 철학을 배운다. 플라톤을 통해 그는 진정한 진리를 알기 위해서는 우리가 보고 접하는 세계를 넘어서 세상의 본질을 추구해야 함을 배운다. 그리고 인간의 인식 능력의 중요성을 강조하는 칸트에게서, 우리의 지식과 삶에 대한 태도는 외부세계로부터 주어지거나 결정되는 것이 아니라 인식 주체인 인간의 의식과 태도에 따라 달라짐을 알게 된다. 칸트의 불가지론에 의하면 우리는 신이나 영혼이 존재하는지 확실히 알 수 없다. 그것들이 존재하더라도 그것을 직접 인식하거나 결정적인 지식을 가질 방법은 없다. 그는 인간 경험의 영역을 벗어난 어떤 것을 실제적으로 알 수 있다는 주장을 뒤엎어버린 것이다. 괴테 역시 칸트의 유익한 점은 "그가 인간이 도달할 수 있는 경계를 확인하고 해결 불가능한 문제들을 그대로 내버려두었다는 데 있다"[7]고 말한다. 쇼펜하우어는 주저 『의지와 표상으로서의 세계』에서 칸트 철학을 통한 깨우침을 백내장을 앓던 자가 수술로 눈을 뜨는 경험에 비유한다. 쇼펜하우어에게 칸트 철학은 코페르니쿠스적인 전환이었다. 칸트는 니체에 앞서 망치를 들고 기존의 체계를 부수어버렸다. 쇼펜하우어는 1820년 베를린 대학에서 가르치던 시절 칸트를 기리며 「칸트에게」라는 미완성 시를 남긴다.

> 나는 그대가 있는 푸른 하늘을 쳐다보지만
> 그대는 푸른 하늘 저편으로 사라져 갔네.
> 나 홀로 여기 평범한 인간들 틈에 남아 있지만,
> 그대의 말, 그대의 책만이 오직 나의 위안이네.
> 그대 말에 담긴 정신으로 가득 찬 울림으로
> 황량한 마음에 생명을 불어넣으려 했지.
> 내 주위엔 온통 낯선 사람들뿐
> 세상은 황량하고 삶은 길다.[8]

그런데 쇼펜하우어는 이처럼 칸트 철학을 높이 평가하면서도 칸트에 비판적인 술체의 입장을 받아들이고, 자신을 칸트 철학을 수정하고 완성하

---

7 요한 페터 에커만, 『괴테와의 대화 1』, 장희창 역, 민음사, 2008, 532쪽. 『괴테와의 대화 2』, 같은 책, 338쪽.
8 아르투어 쇼펜하우어, 『쇼펜하우어의 행복론과 인생론』, 홍성광 역, 을유문화사, 2013, 471쪽.

는 존재로 보았다. 칸트의 현상계는 '표상으로서의 세계'에 해당되며, 사물 자체의 세계는 '의지로서의 세계'에 해당된다. 의지의 세계가 심층이자 알맹이라면, 표상은 그것의 표층이자 껍데기인 셈이다. 칸트는 우리가 이해하거나 경험할 수 있는 내용은 이해되거나 경험되어야 하는 대상뿐만 아니라 우리가 가진 이해하고 경험하는 기관에도 의존해야 한다는 사실을 간파했다. 즉 두뇌가 없으면 사고할 수 없고, 위가 없으면 소화할 수 없다. 그렇지만 우리 경험의 바깥에는 아무것도 없다고 주장할 수 있는가?

칸트는 우리가 경험할 수 있는 부분의 현실, 즉 실질적이고 가능한 현상의 세계를 현상이라 하고, 경험할 수 없는 부분을 실재라고 했다. 그러므로 실재는 정신의 산물이 아니며, 우리의 경험과는 무관하게 존재하는 것이다. 정말로 존재하지만 경험으로 포착되지 않는 실재의 영역이 있으며, 거기서는 인과율이 성립되지 않고 거기에는 물질적 대상이나 시간이나 공간도 없다. 우리는 그러한 실재가 존재한다는 데 대해서는 거의 확신하지만 그것을 이해할 수는 없다. 다시 말해 우리는 그것이 존재한다는 사실은 알지만 그것을 절대로 알 수도 인식할 수도 없고, 직접 인지할 수 없으며, 어떤 종류의 이미지도 만들 수 없다는 것이다.

쇼펜하우어는 우리 경험의 진정한 본성에 대해 깨우쳐준 칸트를 어느 누구보다 존경했지만, 우선 경험 세계의 바깥에 다수의 사물이 있을 수 있다고 추정한 점에서 잘못했다고 생각했다. 왜냐하면 그는 시간이나 공간 속에 있을 때만 어떤 것이 다른 것과 다를 수 있다고 생각했기 때문이다. 따라서 그는 시간과 공간의 바깥에서 모든 것은 단일하고 차별이 없다고 주장했다. 따로 구별되는 사물이 존재할 수 있는 곳은 경험 세계뿐이다. 칸트는 실재와 현상 사이에 인과관계가 있다고 생각했지만, 쇼펜하우어는 그럴 수 없다고 주장했고, 이 점에서는 칸트 이후의 다른 모든 철학자들이 마찬가지였다. 칸트의 말에 따를 때 인과법칙이란 오로지 현상

영역 안에서만 유효하기 때문이다. 현상계를 벗어나면 어떤 것도 다른 것의 원인이 될 수 없으므로, 쇼펜하우어는 초월계와 현상계란 다른 두 가지 방식으로 이해되는 동일한 실재라고 본다. 이에 따라 쇼펜하우어는 독특한 윤리적 입장을 지니게 된다. 궁극적인 의미에서는 가해자와 피해자, 고문자와 희생자, 사냥꾼과 도망자가 결국 동일한 존재로 드러나면서 자비와 연민이 생기는데, 쇼펜하우어는 바로 이것이 도덕과 윤리의 기초라고 주장한다. 이렇게 주장하면서 쇼펜하우어는 인간을 통합하는 주된 열쇠가 이성이며, 윤리의 기초는 합리성이라는 칸트의 견해를 반박한다. 존재하는 모든 것은 합리적이든 아니든 존재의 궁극적인 단일성에 참여하고 있다는 것이다.

쇼펜하우어는 칸트의 방법과 자신이 따르는 방법 사이의 본질적인 차이는 칸트가 간접적이고 반성된 인식으로부터 출발하는 반면 자기는 직접적이고 직각적인 인식으로부터 출발하는 데 있다고 말한다. 쇼펜하우어는 칸트는 탑의 높이를 그 그림자로 재는 사람에, 그러나 자신은 탑 자체에 직접 자를 갖다 대는 사람에 비유한다. 따라서 칸트에게는 철학이 개념으로 이루어진 학문이고, 자신에게는 철학이 개념 속의 학문, 모든 명증의 유일한 원천인 직관적 인식으로 끄집어낸, 그리고 보편적 개념으로 파악되고 고정된 학문이라고 말한다.

쇼펜하우어 철학과 불교

쇼펜하우어는 자신이 생각해낸 이러한 이념들이 인도의 힌두교와 불교의 중심 이념임을 발견한다. 힌두교에서는 영속적인 실재는 비물질적이고 공간도 시간도 없는 초월적인 단일자라고 가르치며, 비개인적이고 인식할 수 없으며 설명이 불가능한 것인데 비해, 우리의 신체 감각을 통해 알려지는 세계는 일시적인 현상의 스쳐가는 쇼나 그림자놀이 같은 것, 환각의 베일이라고 말한다. 힌두교에서 발전해 나온 불교는 무시간적인 실재에서는 별개의 자아가 없고 모든 존재가 통합되어 있으며, 각 개인의 고통처럼 보이는 것은 실은 모두의 고통이며 잘못된 행동은 그 행위자에게 고통을 입힌다고 가르친다.

쇼펜하우어의 세계관도 불교와 유사한 면모를 지닌다. 불교 경전은 이 세상에서의 삶은 본질적으로 무거운 짐이며, 쾌락과 만족보다 훨씬 더 많은 고통과 고뇌가 있다고 말한다. 모든 것이 덧없고 파괴될 운명에 처해 있는 세계에서 실제로는 영원한 만족이란 없는 것이다. 이처럼 불교와 쇼펜하우어의 가까운 점은 삶이 끝없는 의지, 노력, 희망, 추구, 집착, 갈망으로 이루어진다는 생각이다. 우리는 갓난아이일 때부터 항상 무언가를 원하고 무언가를 가지려고 손을 뻗어 왔다. 그렇지만 한 가지 소원이 충족되면 또 다른 소원이 그 자리를 차지하므로 이 끝없는 의지는 본질적으로 충족될 수 없는 것이다.

일반적으로 종교적 인물들은 이 세계를 눈물의 골짜기로 보지만, 시공간의 저편에 존재하는 어떤 것에 대해서는 도덕적으로 긍정적인 견해를 취하고, 그것이 자비로운 것이라 말한다. 하지만 쇼펜하우어의 철학에 따르면 초월계와 현상계가 다른 방식으로 보이는 동일한 실재이므로 초월계도 무언가 끔찍한 세계라는 결론이 나온다. 그는 초월계를 맹목적이고 목적도 없고 비개인적이며 도덕과는 무관한 힘이나 충동, 삶이나 생물에 대해 전혀 관심이 없는 어떤 것으로 보았다. 이 알려질 수도 이해될 수도 없는 초월적 존재를 쇼펜하우어는 의지라고 불렀다. 우리가 삶과 세계에서 완전히 해방되려면 이 삶에의 의지, 존재하려는 의지를 극복해야 하는데, 그러기 위해서는 의지를 놓아버리는 것이 필요하다. 이런 점에서 그는 에크하르트 신비주의의 맥을 잇고 있다. 그런데 자살은 오히려 적극적이고 격렬한 의지의 표명이므로 쇼펜하우어는 흔히 생각하는 것과는 달리 결코 자살을 옹호하지 않았다. 쇼펜하우어에 의하면 유일한 구원은 집착을 끊고 개입과 참여를 하지 않으며 맹목적인 삶에의 의지, 즉 욕망을 부정하는 것이다.

하지만 쇼펜하우어는 결코 자살에 대해 옹호하지도 자살을 촉구하지도 않는다. 뿐만 아니라 세계의 비극과 타인의 고통의 양을 줄여야 하는 상황에서 자살은 오히려 그것을 늘리는 행위이기도 하다. 쇼펜하우어가 자살에 반대하는 근거는 자살이란 비참한 이 세상에서 실제적인 구원을 받는 것이 아니라 단지 엉터리 구원을 받는 것에 지나지 않으므로, 최고의 도덕적 목표에 도달하는 것에 배치되기 때문이다. 이처럼 그가 자살을 도덕적 견지에서의 잘못이라고 반대하는 것과 기독교 사제가 그것을 부정하는 것 사이에는 큰 차이가 있다. 사제는 자살을 '모든 것이 보기 좋았노라'라고 말한 신의 비위에 거슬리는 행위로 본다. 또한 사제가 자살을 범죄라고 낙인찍는 것은 고난(십자가)이 바로 삶의 본래적인 목적인데, 자살은 그런 진리에 반하기 때문이다. 그러나 쇼펜하우어는 괴테처럼 기독교와 달리 누구든 자신의 몸이나 목숨에 대해 확실한 권리를 갖고 있다는 것은 인정한다.

충분근거율의 전사(前史)와 종류

쇼펜하우어는 『의지와 표상으로서의 세계』의 머리말에서 독자가 칸트 철학뿐만 아니라 자신의 박사논문 『충분근거율의 네 겹의 뿌리에 대하여』를 먼저 읽을 것을 요구한다. 쇼펜하우어는 학위논문에서 플라톤에서부터 칸트에 이르기까지 '원인의 인식'과 '인식의 근거'(표상의 근거)가 서로 구분되지 않고 혼동되어 왔음을 지적하며, '우리가 인식할 수 있는 객관세계는 주관의 표상 또는 현상이라는 것, 그리고 표상을 결합하는 인식능력의 법칙에 의해서만 우리의 인식이 성립한다는 것, 또한 그러한 법칙의 공통된 표현이 곧 충분근거율'임을 밝히고 있다. 여기서 충분근거율은 선험적인 특성을 지니는데, 이는 그것이 경험에 전혀 의존하지 않고 오히려 경험을 가능하게 하는 근거로서 전제되기 때문이다.

2천 년 이상 서구 유럽 사유의 바탕을 이루는 원리로 작용해 온 근거율을 처음 명시적으로 인식하고 '충분근거율'이라 이름붙인 철학자는 라이프니츠였다. 그는 '모나드론'에서 우리의 이성적 추론이 뿌리박고 있는 두 가지 근본원리로 모순율과 충분근거율을 제시하였다. 우리가 행하는 이성적 추론은 두 가지 근본적인 '원리', 즉 '모순율'과 '충분근거율'에 근거하고 있다. 라이프니츠에게서 모순율이 논리적 차원에서 성립하는 진위판별의 원리라면, 근거율은 어떤 것을 그 근거로부터 정당화하는 원리이다. 라이프니츠 사후 볼프는 라이프니츠의 단초를 이어받아 모순율과 근거율을 철학의 제일원리로 정립하고 이로부터 다른 하위의 원리들을 체계화한다. 독자적인 라이프니츠 학도였던 크루지우스는 인식과 존재, 실존을 일치시키려는 주지주의 전통에 선 볼프의 근거율 해석에 반대하여 주의주의의 편에 서서 인식과 실존의 다른 성격을 주장하며, 이에 따라 인식근거와 실존근거를 서로 구분해야 하며, 근거율 역시 구분해야 한다고 주장한다.

칸트는 청년기에 볼프와 크루지우스의 주장을 종합하려 한다. 칸트는 기본적으로 볼프의 존재론 전통에서, 즉 우리의 인식이 존재와 일치한다는 관점에서 문제를 다루지만, 그럼에도 '존재를 인식하는 근거'와 '실존을 인식하는 근거'가 서로 다르다고 보는 점에서는 크루지우스에 동의한다. 하지만 훗날 칸트는 존재론 전통과 결별하고, 우리는 인식에 주어진 '현상'만을 인식할 수 있을 뿐 '사물 자체'는 알 수 없다고 확언하기에 이른다. 이에 따라 근거율 역시 현상에서 성립하는 것으로 축소된다. 이제 '형이상학의 파괴자' 칸트의 이성 비판에 의해 근거율에 대한 볼프와 크루지우스의 입장차와 의견 대립은 모두 부질없는 것이 되고 말았다. 칸트 이후 헤겔과 쇼펜하우어가 어떤 의미에서는 볼프와 크루지우스의 후계자이기도 하다. 헤겔이 볼프적 전통에서 인식과 존재의 동일성에 치중하여 근거의 문제를 다룬다면, 쇼펜하우어는 근거율에 대한 독일 관념론의 변증법적 해석에 반대하여 주의주의의 편에 서서 인식과 실존의 이질성을 바탕으로 근거율을 다루는 것이다.

쇼펜하우어는 표상들이 결합하는 다양한 방식에 따라서 근거율을 네가지 형태들, 즉 네 가지 범주로 나눈다. 이것은『의지와 표상으로서의 세계』에서 경험과 학문의 대상으로서의 주관에 의한 표상으로서의 세계를 이해하기 위한 선험적 원리인 것이다. 쇼펜하우어에 의하면 이러한 네 가지의 충분근거율은 생성, 존재, 인식, 행위의 충분근거율이다. 그 네 가지 범주는 다음과 같다.

1) 첫 번째 범주: 생성에 대한 근거율이며, 지성에 의해 선험적으로 규정된다.

2) 두 번째 범주: 존재에 대한 근거율이며, 이것은 내감과 외감이라는 감성에 의한 선험적인 직관의 형식이다.

3) 세 번째 범주: 인식에 대한 근거율이며, 이성에 의한 개념과의 관계에 대한 법칙이다.

4) 네 번째 범주: 행위의 동기에 대한 근거율이며, 의욕의 필연적 법칙이다.

이처럼 우리의 세계 경험은 세계 자체의 경험이 아니라 충분근거율에 의한 파악인 것이다. 이것이 바로 세계의 경험적 실재성이다. 그러나 다른 한편 객관 세계 전체는 어디까지나 주관의 제약을 받고 있으며, 따라서 그것은 동시에 초월적 관념성을 지니고 있다. 그러나 이는 세계가 허위나 가상이라는 것을 뜻하지 않는다. 세계는 있는 그대로의 것이며, 충분근거율을 공통적인 유대로 가지고 있는 표상인 것이다.

『의지와 표상으로서의 세계』

앞에서 서술된 충분근거율의 네 가지 형태는 쇼펜하우어의 『의지와 표상으로서의 세계』 제1부에서 시간, 공간, 인과성이란 선험적인 경험의 형식으로 압축된다. 여기서 시간, 공간, 인과성이라는 선험적 형식은 근거율의 일반적 원리의 형태들이며, 항상 경험의 개별적인 경우에 적용된다. 따라서 『의지와 표상으로서의 세계』 제1권에서 주관에 의해 선험적으로 주어진 근거율에 의해 학문적 인식이 가능한 세계가 바로 현상(표상)의 세계라는 점에서 쇼펜하우어의 표상 이론은 사물 자체가 아닌 현상의 세계에 대한 선험적인 인식 조건을 다룬 칸트의 인식 이론과 일치한다.

쇼펜하우어는 그의 주저 초판 머리말에서 자신의 철학 사상의 원천이 플라톤, 칸트, 우파니샤드임을 밝히고 있다. 사실 그는 이 세 가지 사상을 바탕으로 철학체계를 세웠으며, 나아가서 자신의 독창적인 철학적 해석을 통해 이것들을 완전히 자신의 철학으로 체계화하였다. 철학사에는 주체와 객체의 관계에 대한 여러 주장들이 있는데, 주로 객체를 강조하는 입장(실재론)과 주체를 강조하는 입장(관념론)으로 구분된다. 이에 대하여 쇼펜하우어는 주체나 객체 중 어느 하나를 강조하는 것이 아니라 동시적으로만 존재할 수 있다고 말한다.

제1권은 쇼펜하우어의 학문 이론으로서 그의 박사학위 논문인 「충분근거율의 네 겹의 뿌리에 대하여」에서 전개된 인식론을 기반으로 하여 '세계는 나의 표상이다'는 명제로부터 출발한다. 이 책의 골자는 인간 인식의 조건상 주관과 객관이 구분될 수밖에 없기 때문에 인간은 표상으로서의 세계만을 인식하지만, 이 표상으로서의 세계를 움직이는 것은 의지라는 것이다. 이 명제는 삶을 살면서 인식하고 있는 모든 존재자에 해당되는 진리이다. 하지만 이 진리를 반성적, 추상적으로 의식할 수 있는 것은 오직 인간뿐이다. 이 세계에 속하는 것과 속할 수 있는 모든 것은 주관에 의해 필연적으로 조건 지어져 있으며, 그래서 주관에 의해서만 존재하는 것이다. 세계는 나의 표상이란 진리는 시간, 공간, 인과성과 같은 다른 모든 형식보다 한층 더 보편적인 형식, 즉 생각 가능한 모든 경험의 형식을 표현한 것이기 때문에 선험적이라 할 수 있다. 표상의 세계는 경험과 과학적 지식의 대상으로서 주관의 인식 능력에 의한 '충분근거율'이라는 법칙 하에서 인식이 가능하다.

모든 것을 인식하면서도 어떤 것에 의해서도 인식되지 않는 것이 주관이다. 따라서 주관은 세계의 담당자이며, 모든 현상과 모든 객관을 관통하며 언제나 그것의 전제조건이 된다. 존재하는 모든 것은 주관에 의해서만 존재하기 때문이다. 표상으로서의 세계는 본질적이고 필연적이며 불가분한 두 측면, 즉 객관과 주관을 가지고 있다. 객관의 형식은 시간과 공간이며, 이것들에 의해 다수성이 생긴다. 그런데 다른 측면인 주관은 시공간 속에 존재하지 않는다. 주관은 표상 작용을 하는 모든 존재 속에 전체로서 분리되지 않은 채 존재하고 있기 때문이다. 객관은 주관에 대해서만 의미와 존재를 지니며, 그것과 생멸을 같이 한다. 그리고 모든 가능한 객관은 충분근거율의 지배를 받는다.

쇼펜하우어는 이 표상을 직관적인 것과 추상적인 것으로 구별한다. 직관적 표상은 가시적인 세계 전체, 즉 경험 전체와 경험의 가능성의 조건을 지배하는 직관 형식으로 시간과 공간, 인과성이다. 여기서 칸트와의 중대한 차이가 드러난다. 칸트가 인과성을 지성의 순수 개념, 곧 판단 형식 중 하나로 간주한 반면, 쇼펜하우어는 지성을 직접적인 직관력으로 여긴다. 세계는 시간, 공간, 인과성 같은 지성의 구성물의 도움을 받아야만 이해할 수 있다. 그러나 이 구성물들은 이 세계를 현상으로, 즉 시간, 공간 면에서 병렬 연속된 다수의 사물로만 보여줄 뿐 칸트가 알 수 없는 것이라고 생각했던 사물 자체로 보여주지는 않는다. 쇼펜하우어는 모든 것을 표상으로, 주관에 대한 객관으로 고찰하고, 각 개인에게 세계에 대한 출발점이 되는 자신의 신체까지도 다른 모든 실재하는 객관처럼 인식할 수 있다고 하는 측면에서만 본다.

제2권에서는 표상된 개념들의 본질을 고찰하는 것으로 나아간다. 인간은 외적으로 몸 또는 현상으로서의 자신을 알고 있고 내적으로는 만물의 첫째가는 본질의 일부, 즉 의지가 바로 자신임을 알고 있다. 의지는 단일하고 헤아릴 수 없으며 변화할 수 없고, 시간과 공간을 넘어서 있으며 원인도 목적도 없다. 현상의 세계에서 그 의지는 현실화의 상승 계열 속에 반영되어 있다. 무기적 자연의 힘 속에 있는 맹목적인 충동에서 시작해서 유기적 자연(식물과 동물)을 거쳐 합리성에 따르는 인간 행동에 이르기까지 끊임없는 욕망, 의욕, 충돌의 거대한 사슬이 펼쳐져 있다. 이러한 사슬은 높은 형태가 낮은 형태를 상대로 벌이는 계속적인 싸움, 목표도 없이 줄기차게 이어지는 영원한 열망, 참상 및 불행과 분리할 수 없이 결합되어 있다.

이러한 개별적 대상의 생성과 변화에 대한 인식은 오로지 주관에 의한 인과 법칙 하에서 가능하다. 하나의 통일적인 의지가 표현되는 가시성과 판명성의 정도에 따라서 가장 적합하게 의지가 객관화되는 다양한 단계가 있으며, 그 단계는 다시 개체화의 원리에 따라 무수한 개별자 속에서 표현된다. 의지가 객관화되는 단계는 낮은 단계의 돌이나 식물로부터 높은 단계의 동물이나 인간에 이르기까지 무한한 등급을 지닌다. 의지가 객관화되는 각 단계마다 사물의 영원한 형식들이 있으며, 이러한 사물의 영원한 형식은 시간과 공간이라는 개체화의 원리와 인과율에 종속되어 있지 않다. 이데아들은 의지가 객관화되는 단계로서 플라톤적인 의미에서의 원상들이며, 개별자들은 이러한 원상들에 대한 일종의 모상들인 것이다.

의지가 객관화된 가장 낮은 단계는 합법칙적으로 표현되는 자연의 보편적인 근원적 힘들로서 이념이다. 우리가 자연 법칙이라고 하는 것은 이러한 자연력이 시간과 공간의 물질 속에서 출현하는 자연 현상의 변화에 대한 인과법칙을 의미한다. 자연의 보편적인 여러 힘은 마치 중력, 불가입성처럼 모든 물질에 예외 없이 혹은 응집력, 유동성, 전기, 수축성, 자성처럼 특정한 물질의 특성에 원인과 결과라는 인과법칙에 따라 출현한다. 이러한 자연의 물질세계라는 가장 낮은 의지의 객관화의 단계에서 의지는 맹목적이고 불분명하며 인식 없는 충동으로 표현되고 미약하며 단순하다.

식물의 영역에서 의지는 무기물에서보다 좀 더 분명하게 객관화된다. 거기서 자극은 의지의 현상에 대한 인과 형식이며, 의지는 어둡게 충동하는 힘으로 작용하면서 결국 동물적인 현상에서 양분을 섭취하는 부분으로 발현한다. 무기체와 식물의 영역에서 의지는 확실성과 합법칙성을 가지고 현상하지만, 자신의 현상에 대한 표상을 지니지 못하며 순진하다. 그러나 동물과 인간이라는 의지의 객관화의 가장 높은 단계에서는 자신에 대한 표상과 개별자의 종족 보존을 위해 인식은 필연적이다.

동물들은 단순히 지각의 활동이라는 지성의 작용에 속한 현재와 관련된 직관적 표상을 지닌다. 의지의 객관화의 최고 단계에 있는 인간은 이중적인 인식을 지니는데, 직관적 인식과 좀 더 높은 성찰 능력을 지닌다. 거기서 인간은 이성과 추상적 능력에 의해 신중하게 미래를 예측하고 과거를 되돌아보며, 자신의 고유한 의지 현상을 분명하게 의식한다. 이성의 출현으로 모든 의지의 발현은 솔직성은 잃게 되지만, 이와 반대로 비유기적인 자연에서는 아주 엄격하게 합법칙적으로 개체성을 띠지 않은 채 나타난다.

의지 그 자체는 맹목적이며 그 현상의 대부분이 무의식적으로 나타난다. 의지가 뇌를 산출하자마자 뇌 속에서 고유한 자아에 대한 의식, 즉 인식하는 자아와 의욕 하는 자아와의 일치가 이루어진다. 단순한 의지는 뇌를 통해 인식 의욕으로서 객관화된다. 의지의 객관화는 신체에 의해, 신체는 뇌를 통하여 조건 지어진다. 지성은 상승된 욕구로부터 출현하는 의지의 우연적인 속성에 지나지 않으며, 갈망, 욕구, 의욕, 거부감, 회피 등이 오히려 의지에 본질적인 것이며 모든 의식의 기반이다. 고유한 인간의 본질은 인식하는 의식 속에 존재하는 것이 아니라 근본적으로 의지 그 자체에 있으며, 인간의 성찰하는 추상 능력도 오로지 의지의 도구일 뿐이다.

『의지와 표상으로서의 세계』 제1·2권이 의지를 긍정적인 방식으로 다루는 반면, 미학과 윤리학을 다루는 제3·4권은 의지의 부정이 해방 가능성임을 지적함으로써 앞의 1·2권을 넘어선다. 이 같은 부정을 보여주는 천재와 성인을 이 책의 주인공으로 불러옴으로써 이 책은 비존재가 존재보다 더 높은 가치를 갖는다는 '비관주의적' 세계관을 표방한다. 예술은 인간에게 열정이 더 이상 아무런 역할도 하지 않는 의지 없는 사물관을 요구한다. 여러 수준의 예술은 의지 실현의 수준과 대응한다. 가장 낮은 수준의 예술은 건축학이고, 그 다음은 시문학 예술이며, 가장 높은 수준의 예술은 음악이다. 그러나 인간은 예술을 통해서는 단지 순간적으로만 의지의 봉사로부터 해방될 수 있다. 진정한 해방은 오직 자아에 의해 부과된 개체성의 경계를 무너뜨림으로써만 달성될 수 있다. 동정적이고 비이기적이며 친절한 행동에 공감하는 사람, 남의 고통을 자신의 고통으로 느끼는 사람은 누구나 모든 민족과 모든 시대의 성인들이 금욕주의를 통해 달성한 것, 즉 삶에의 의지의 포기에 가깝게 다가가 있다. 쇼펜하우어의 인간학과 사회학은 헤겔과는 달리 국가나 공동체에서 출발하지 않고 홀로 고통 받는 인간에 초점을 맞추어, 그들에게 자신의 입장을 지키면서 남과 더불어 살 가능성을 보여준다.

제3권에서 쇼펜하우어는 예술 철학에 대해 설명하고 있다. 제1·2권은 난해하고, 제4권의 결론은 받아들이기 어려운 데 비해 제3권은 지금도 충분히 수긍할 만한 내용으로 되어 있다. 쇼펜하우어는 예술을 '충분근거율과 무관하게 사물을 바라보는 방식'이라고 정의하고 있다. 모든 사건에는 원인이 있고, 모든 행위에는 동기가 있다. 아무 이유 없이 거기 존재하고 있는 것은 아무것도 없다. 현실 세계의 모든 현상은 많은 점에서 다른 현상과 맞물려 있어서, 이 세상의 사물은 서로 안에 그것의 존재 근거를 가지고 있는 것이다.

쇼펜하우어는 현상 영역을 둘로 구분했다. 한 영역은 세계를 상호작용하는 사물들의 짜임새로 체험하는 습관적 고찰 방식이다. 또 하나의 영역은 '순수 객관성'의 차원으로, 현상하는 사물을 시간, 공간, 인과율이라는 표상 작용의 고유 형식과 무관하게 관조하여 이념만 남을 때 도달할 수 있다. 사물에 대한 이런 관조 방식이 미학적 관조 방식인데, 그것은 근거율과도 무관하다.

예술의 과제는 사물의 내적 본질로 향한 인식의 순간을 보존하여 순간의 무상성을 뛰어넘는 것이다. 예술은 세계의 모든 현상들의 불변적 본질을 묘사해야 한다. 건축은 물질의 중력, 인력, 견고함 등을 묘사하고, 동물 그림은 동물의 이념을 묘사하고, 역사 그림이나 시는 인간의 이념을 묘사한다. 쇼펜하우어에 의하면 예술 작품은 인간들 중에서도 가장 객관적으로 사유하는 천재의 산물이고, 그 천재의 활동은 전적으로 지성 속에 집중되어 나타나며, 창작된 작품 속에서 세계를 순수하게 객관적으로 포착한다. 천재란 표상들의 원형이 되는 이념을 직시할 수 있는 성찰의 힘을 갖고 있는 사람을 말한다. 천재의 삶은 표상의 세계를 넘어서 있다. 표상에 연연하면 이념을 직시할 수 없다. 천재는 천재가 아닌 사람들도 이념에 대한 직관을 할 수 있도록 하는 매개 역할을 한다. 쇼펜하우어에 의하면 천재[9]의 본질은 바로 그 같은 월등한 관조 능력에 있다.

> "천재성이란 다름 아닌 가장 완전한 객관성, 즉 자기 자신 곧 의지로 향하는 주관적 방향과는 달리 정신의 객관적 방향이다. 그에 따라 천재성이란 순전히 직관적으로 행동하고 직관에 몰입할 수 있는 능력이고, 원래 의지에만 봉사하기 위해 존재하는 인식을 이 봉사로부터 떼어놓는 능력, 즉 자신의 관심, 의욕, 목적은 전혀 안중에 두지 않고, 그에 따라 한 순간 자기 자신을 완전히 포기하고 순수한 인식 주관으로서 세계의 명백한 눈으로 남는 능력이다."[10]

쇼펜하우어에 의하면 칸트는 직관적이며 직접적인 아름다움 그 자체로부터 출발하는 것이 아니라 미에 대한 판단, 이른바 매우 흉측한 취미 판단이라고 일컫는 것으로부터 시작한다. 칸트는 미적 판단이란 주관의 마음속에서 일어나는 과정에 대한 발언이며, 마치 사물의 특성에 대한 판단처럼 보편타당한 전달이 가능하다고 말한다. 쇼펜하우어는 이러한 칸트의 미에 대한 판단론을 마치 색을 보지도 않고 색에 대한 발언을 듣고 색에 대한 이론을 구성하는 최고로 이해력이 높은 장님이 만든 이론에 불과

---

9 서른 살의 니체는 1874년의 글에서 "철학적인 천재는 현존재의 가치를 새롭게 정의하고 척도와 가치, 그리고 사물의 중요성을 위한 법을 제정하는 사상가이다"라면서 쇼펜하우어를 천재라고 치켜세운다.
10 『의지와 표상으로서의 세계』, 같은 책, 310쪽.

하다고 비판한다.

이러한 칸트의 미적 판단론은 쇼펜하우어 미학에서의 순수 주관의 미적인 관조 상태에 영향을 미친다. 대상에 몰입하여 이념을 직관하는 순수 인식의 주관은 스스로 표상의 세계를 인식하는 개별자임을 잊고 의지로부터 해방된 무욕의 순간을 체험한다. 미적인 관조의 순간은 표상의 세계 속에서 지성에 의한 인식이 의지의 수단이 되는 것을 포기하고 오로지 이데아에 대한 순수한 직관의 상태에

이마누엘 칸트

서 획득되는 미적 만족감이다. 이 순간이야말로 의지와 인식과의 자기 분열로부터 초래하는 욕구, 고통으로부터 해방된 순간인 것이다.

칸트에게서 예술은 자연미를 표본으로 하여 미적 이념을 표현하는 천재의 능력을 통해 전개된다. 그러나 쇼펜하우어에게서 자연 혹은 현실 세계에서 발견되는 이념에 대한 인식으로서의 아름다움은 우연적이고 순간적이며, 다시 시간과 공간, 인과성에 놓인 표상의 세계 속으로 금방 사라진다. 그러나 예술은 자연 속에서 발견한 이념을 예술 작품 속에 반복하여 변하지 않는 영원한 것으로 보관한다. 따라서 쇼펜하우어에게 예술은 영원히 변하지 않는 미의 형식을 지니고 있기 때문에 자연미보다 우위에 있다.

칸트는 숭고미의 체험을 자연의 영역에 국한시켜 설명하지만, 쇼펜하우어는 예술 작품의 영역에까지 확대시킨다. 칸트에게서 숭고미는 현상으로서의 감성계에 속한 인간의 실존에 대한 한계의 인식을 통해 도덕적 주체자가 자신의 내면의 도덕적 이념을 일깨워서 일어나는 정신적 감정

이다. 쇼펜하우어에게 숭고미는 표상의 세계에서의 개별자가 의지의 싸움을 거쳐 세계의 본질을 직관하는 순수 인식의 상태에서 일어나는 자기고양 감정이다.

이처럼 쇼펜하우어는 칸트의 철학 사상에 대한 수용 과정을 거쳐 독자적인 의지의 형이상학이라는 체계 속에서 자신의 미학 사상을 전개해 간다. 그의 미학은 니체의 미학 사상으로 넘어가는 매우 중요한 교량 역할을 담당하고 있다. 한편 쇼펜하우어는 철학자가 성에 대해 너무 무관심한 것을 불만스럽게 생각한다. 그는 성 문제에 관심을 기울여 프로이트보다 수십 년 앞서 성이 인간성 전체를 변질시키는 것이라고 보았고, 인간의 행동에는 성적 동기라는 요소가 항상 존재한다는 것을 간파했다. 그런데 철학자들은 죽음에 대해서는 끝없이 생각하며 글을 쓰면서도 정작 수태에 대해서는 아무런 배려도 하지 않았다. 그는 성적인 황홀감이야말로 궁극적인 경험일뿐더러 우리의 삶을 신비의 핵심으로 데려다주는 신비적 경험이기도 하다고 말했다.

이것 말고도 예술을 맛보는 경험을 통해서도 인간은 자기를 벗어나 밖으로 나갈 수 있다. 예술 작품에 몰입해 있을 때 우리는 시간이 멈춘 것처럼 자신의 자아를 완전히 잊어버린다. 쇼펜하우어는 이때가 사물을 시공간에서 인식하고 있지 않은 경우라고 말한다. 즉 예술 작품을 접하면서 우리는 시공간에 있지 않은 어떤 것과 접하게 되고, 그것에 몰입해 있는 한 우리의 경험하는 자아도 시공간에 있지 않게 된다. 쇼펜하우어에 의하면 음악만이 애당초 묘사될 수 없는 것, 즉 초월계 자체의 묘사이고, 형이상학적 의지의 음성이다. 음악이 언어로 도저히 분석될 수 없고, 지성으로 이해되지 않는 어떤 것이면서, 가장 궁극적으로 깊은 곳에서부터, 다른 예술보다 훨씬 깊은 곳에서 우리에게 말을 거는 것처럼 보이는 것도 이 때문이다. 물론 예술은 인간이 개별성의 굴레로부터 잠시 동안이나마 벗어나게 해주므로 짧은 행복만을 줄 수 있을 뿐 우리를 이 세계로부터 영원히 구제할 수는 없다.

제4권에서 쇼펜하우어는 맹목적인 의지의 단념에 대해 상세히 고찰한다. 여기서 쇼펜하우어는 부정과 단념에 관한 동양의 종교적·철학적 견해를 강조하고 있다. 쇼펜하우어는 생식 행위가 삶에의 의지의 단적인 표현이라는 이론을 전개한다. 그의 이론은 리비도(Libido)가 인간의 보편적 충동이라고 설명하는 프로이트를 연상시킨다. 현상계 안에서 자신의 의지를 지각하는 개별자들은 스스로를 위해 모든 것을 욕구하는데, 쇼펜하우어는 이러한 방식으로 이기심이 발생한다고 설명한다.

그런데 세계의 원인이 되는 맹목적인 삶에 대한 의지에서 출발하여 인과적 연쇄에 사로잡히지 않고 벗어날 수 있는가라는 문제가 남는다. 그러나 삶은 끊임없는 욕구의 연속이며, 따라서 삶은 고통일 수밖에 없으므로, 이로부터 구원받기 위해서는 무욕구의 상태, 즉 이 의지가 부정되고 세계가 무로 돌아가는 것으로서만 가능하다. 이렇게 하여 엄격한 금욕을 바탕으로 인도 철학에서 말하는 해탈과 정적의 획득을 궁극적인 이상의 경지로 제시하는 쇼펜하우어는 자아의 고통에서 벗어나면서부터 시작되는 타인의 고통에 대한 연민을 최고의 덕이자 근본 윤리로 본다. '세계는 나의 표상'이라는 첫 문장은 '이 세계는 무인 것이다'라는 마지막 문장과 대응되고 있다. 쇼펜하우어는 자신이 말하는 의지의 부정이 허무나 공허함에 지나지 않는 무(無)로 보일 것임을 알고 있다.

쇼펜하우어의 '의지 철학'의 정신사적 의미

서구의 전통에서 철학자들은 인간을 영혼(정신)과 신체로 나누어, 영혼에는 불멸성과 완전성의 지위를, 신체에는 유한성과 불완전성의 지위를 부여했다. 그리하여 신체는 영혼이나 정신보다 열등하고 항상 오류와 죄를 이끄는 것으로 간주되었다. 하지만 일찍이 스피노자는 이러한 생각에 반대하여 『에티카』에서 "사람들은 많은 것이 정신의 결단에 담겨 있다고 말하지만, 반대로 경험은 신체가 활발하지 못할 때 정신이 적합한 사유를 하지 못하는 것을 보여주지 않는가?"라고 말하면서 사람들의 무지를 비판하고 있다. 플라톤의 『파이드로스』에 나오는 '마부와 그의 마차를 끄는 두 마리의 말'에서, 한 마리는 마부에게 순응하는 아름답고 기품 있는 말이고, 다른 한 마리는 성격이 사나워 다루기가 쉽지 않은 말이다. 한 마리는 이성의 세계를 구현하고, 다른 한 마리는 욕망과 충동의 세계를 구현하고 있다.

근대 철학자 데카르트는 이에서 한 걸음 더 나아가 이전 철학자들보다 더 분명하게 영혼과 신체를 분리해냈다. 그에게 정신은 지적 능력을 나타내는 말인 반면, 신체는 하나의 기계에 불과했다. 정신과 신체를 철저히 나누고 앎의 문제를 정신에만 한정함으로써 데카르트는 나중에 감각으로부터 분리된 순수한 인식을 얻고자 한 많은 철학자들에게 영향을 미쳤다. 기독교의 성직자들 역시 몸을 경멸하는 자들에 속한다. 성경은 신이 인간을 흙으로 빚고 나서 자신의 숨결을 불어넣었다고 말한다. 영혼은 신한테서 직접 나온 것이므로 그 자체로 영원불멸할 것이다. 프로테스탄트들도 신체 속에서 일어나는 자연스러운 욕망이나 충동을 사악한 것으로 규정하여 금욕주의를 생활수칙으로 삼고 있다.

쇼펜하우어가 주된 관심을 가지는 의지의 세계는 살아있는 자연의 세계이다. 생물이 태어나고 자라며 번식하는 생명 현상의 본질을 그는 의지로 파악하였다. 우리는 이러한 자연의 의지를 우리 자신의 자연인 몸을 통해 직접 경험한다. 우리가 몸 안에서 느끼는 온갖 충동과 본능, 욕망, 정동 및 성 욕동 등은 바로 몸이라는 인간적 자연의 의지에서 비롯되는 것으로 인간 생명의 본질을 이루는 적나라한 요소들이다. "그러므로 신체의 각 부분은 의지를 발현시키는 주된 욕구와 완전히 상응해야 하며, 그러한 욕구의 가시적인 표현이어야 한다. 즉 치아, 목구멍, 장기는 객관화된 배고픔이고, 생식기는 객관화된 성 욕동"[11]이다. 따라서 삶에 대한 의지란 성을 매개로 특정한 개체 속에 자신을 객관화하고자 하는 개체화의 의지다.

이처럼 신체와 성에 주목하고 있는 쇼펜하우어의 의지 철학은 당대 생물학 연구의 성과를 철학적으로 반영하고 있는 것이다. 쇼펜하우어의 형이상학은 당대의 자연과학적 발전에 대한 철학적 응답이었고, 자연과학 및 실증주의 시대의 형이상학이었다. 그리고 그의 의지 철학은 서구 철학의 역사에서 그동안 주목을 받지 못했던 신체와 성이 본격적인 철학적 담론의 주제로 떠오르게 되는 계기를 제공하게 되며, 이후 니체와 삶 철학을 거쳐 하이데거, 가다머로 이어지는 반합리주의 노선의 출발점이 된다. 또한 쇼펜하우어의 의지 개념은 현대의 문화적·예술적 담론에서 주요 범주로 다루어지는 욕망의 범주에도 직접적으로 연결된다.

이리하여 신체와 성을 자연적 본질로 하는 쇼펜하우어의 인간은 본질적으로 이성에 따라 합리적으로 행동하는 정신적인 존재이기에 앞서 감성에 따라 충동적으로 살아가는 육체적 존재로 이해된다. 그동안 인간의 이성과 인간 정신의 자유 의지가 인간의 행동과 삶을 지배하는 것으로 이해되어 왔으나 이제 그것이 착각이자 허구임이 폭로되면서, 신체의 의지가 지배하는 욕망의 현실이 인간적 삶의 본질적 모습임이 입증된다. 의지 그 자체는 궁극적으로 자기 충족이라는 자기 목적 이외에 다른 어떤 목적도 지향하지 않으며 아무런 근거나 이유도 없이 맹목적으로 움직이는 자생적인 힘인 것이다. 일시적 충족은 가능하나 영원한 충족은 있을 수 없

---

11 앞의 책, 198쪽.

다. 따라서 이러한 맹목적 의지에 따라 살아가는 삶이란 필연적으로 고통과 고뇌의 연속일 뿐이라는 것이다.

쇼펜하우어의 의지 철학은 성에 대한 관심이 고조되던 세기 전환기에 이르러 열광적으로 수용된다. 당시의 논의에 그의 철학이 강력한 이론적 근거를 제공해줄 수 있었기 때문이다. 쇼펜하우어의 의지 철학에 영향을 받은 니체의 차라투스트라는 오히려 영혼이야말로 신체 속에 들어 있는 그 어떤 것에 불과하다고 말한다. 차라투스트라에게 신체는 영혼이나 정신보다 큰 개념이다. 이러한 신체를 그는 자아와 구별하여 자기(Selbst)라고 부른다. 니체는 정신이나 영혼, 주체에 대한 비판을 통해 신체의 중요성을 복원하고 있다. 하지만 그가 말하는 신체는 정신의 상대물인 육신이 아니라 정신이나 육신보다 높은 차원의 것이다.

토마스 만은 에세이 「프로이트와 미래」에서 '수천 년간의 믿음을 뒤엎고 정신과 이성에 대한 자연적 본능의 우월권'을 관철시킨 '어두운 혁명'의 공로자로 프로이트에 앞서 쇼펜하우어를 지목한다. 그는 프로이트의 정신분석은 쇼펜하우어의 의지 철학이 이루어놓은 혁명을 계승한 것임을 분명히 언급한다. 쇼펜하우어가 무의식을 뚜렷한 개념어로 사용하지는 않았지만, 그의 의지 개념이 무의식 개념을 함축하고 있는 것은 명백하다. 이로써 무의식 세계인 의지의 세계가 의식 세계인 표상의 세계를 지배한다는 쇼펜하우어의 의지 철학은 프로이트의 정신분석 이론을 철학적으로 선취하고 있는 셈이다. 다만 프로이트의 무의식이 주로 인간에게만 한정되어 인간의 의식적 삶을 결정짓는 심리학적 개념이라면 쇼펜하우어의 의지는 인간뿐만 아니라 세계 전체의 내적 본질을 일컫는 형이상학적 개념이다.

쇼펜하우어 철학의 광범위한 수용

독일의 근대 철학자 중에서 사후에 쇼펜하우어만큼 광범위한 독자층과 명성을 얻은 사람은 없다고 할 수 있다. 그의 사상은 정신과 이성이 아니라 직관력, 창조력, 비합리적인 것에 주목함으로써 부분적으로 니체를 거쳐 생기론, 생철학, 실존철학, 인간학 등에 영향을 끼쳤다. 제자 율리우스 반젠과 에두아르트 폰 하르트만의 무의식의 철학을 매개로 할 경우 쇼펜하우어는 현대 심리학과 프로이트, 융 및 그 학파와도 연결될 수 있다. 스위스 문화사학자 야코프 부르크하르트의 역사 철학 역시 쇼펜하우어에서 비롯된 것이다. 그는 키르케고르, 바그너, 톨스토이, 베케트, 아인슈타인, 하우프트만, 토마스 만, 카프카, 헤세 및 다른 수많은 사람들의 숭배를 받았다. 괴테와 함께 문어체 독일어를 개혁한 사람이기도 한 그가 현대 독일 문학에 끼친 영향은 이루 말할 수 없을 정도이다. 쇼펜하우어의 영향력은 20세기에도 계속되어 체호프, 버나드 쇼, 릴케, 엘리엇, 베케트에 이르기까지 나라와 시대를 불문한다. 니체는 쇼펜하우어를 읽었기 때문에 철학자가 될 결심을 했고, 비트겐슈타인은 쇼펜하우어의 철학을 바탕으로 독자적인 철학을 시작하였다.

바그너는 자신의 음악극 〈니벨룽겐의 반지〉에 '존경과 감사의 마음을 담아' 쇼펜하우어에게 자필 헌사를 보냈다. 또한 쇼펜하우어에게서 큰 감명을 받은 키르케고르의 일기 속에는 쇼펜하우어의 사상에 대한 감동과 공감을 보이는 다양한 글들이 여기저기 눈에 띈다. 그가 간행한 소책자에도 쇼펜하우어의 영향을 받은 흔적이 여기저기 드러나 있다. 그리고 톨스토이의 『안나 카레니나』와 하디의 『테스』에서는 쇼펜하우어의 이름이 직접 등장하기도 한다.

또한 독일에 불교가 전파된 것은 그의 영향으로 볼 수 있다. 그는 불교를 서양의 형이상학에 대응하는 복안으로 보았고, 불교의 인식 노력을 개체의 정신적 고립을 돌파하기 위한 수단으로 해석했으며, 자신의 철학과 불교의 가르침이 서로 연결되는 것을 발견했다. 그의 저서로 인해 당시의 지식인들이 인도에 열광하게 되었고 아시아의 작품들이 처음으로 번역되기도 했다. 쇼펜하우어는 학문적인 생의 철학의 효시로 간주될 수 있으며 실용주의와 베르그송의 선구자로 볼 수 있다. 사회학에서는『공동사회와 이익사회』의 저자인 페르디난트 퇴니스의 의지 이론이 쇼펜하우어의 영향을 받고 있다. 반면 에두하르트 폰 하르트만은 일찍부터 세계를 부정하는 쇼펜하우어의 철학을 비겁한 개인적 체험이라고 비판했다.

쇼펜하우어의 의지 이론은 특히 현대 심리학에 큰 영향을 끼쳤다. 이성과 합리적인 판단 능력을 갖고 질서정연한 삶을 살아가는 것이 인간 존재라는 전제를 정면으로 거부하고, 인간을 움직이는 실제적인 동력이 삶을 보존하려는 맹목적이고도 무의식적인 삶의 의지라고 주장한 쇼펜하우어의 견해는 근대 정신분석학의 기본 명제와 상통하는 바가 많다. 이러한 점들을 근대적인 학문 차원으로 본격화시킨 이가 프로이트이다. 그는 맹목적인 쾌락과 욕망 충족적 성격을 지닌 '또 다른 나'의 존재를 무의식이라고 명명하였다. 프로이트는 심리분석의 기초라고 할 수 있는 억압 메커니즘을 자기보다 쇼펜하우어가 먼저 설명했다고 했다. 프로이트의 제자로서 그의 이론을 비판, 수정하면서 집단무의식 이론을 주창한 융, 역시 그의 제자로 자아 심리학을 제창한 아들러, 구조주의적 정신분석학자인 라캉 등도 쇼펜하우어의 영향을 받았다. 이렇게 쇼펜하우어의 영향이 여러 분야에 걸쳐 있는 까닭은 무엇보다 쇼펜하우어가 인간이 처한 상황을 깊이 들여다보는 보기 드문 통찰력과 문필가로서의 뛰어난 재능을 겸비하고 있었기 때문이다.

쇼펜하우어는 때로 과격한 사회적 주장을 펴기도 한다. 그는 노예는 폭력 때문에 생기고 가난한 자들은 간계 때문에 생긴다며 사회주의와 유사한 주장을 하기도 했고, 학자, 성직자, 철학자, 변호사 등이 모두 자본의 지배를 받아 돈벌이에 혈안이 되었다며 마르크스·엥겔스의 『공산당 선언』과 비슷한 발언을 하기도 한다. 또한 니체의 천민 비판을 그에 앞서 행하고 있다. 그런데 니체가 말하는 천민이란 신분적 의미에서의 천민이 아니라 스스로 가치 창조를 못하는 인간, 즉 권력, 명예, 돈, 쾌락을 좇는 노예가 된 현대인을 말한다.

현재의 관점에서 보면 쇼펜하우어의 예술관은 음미해볼 만하지만, 정치관은 우스꽝스럽다. 그는 공화제를 부정적으로 보면서 굳이 공화제를 하겠다면 현자와 군자가 정치를 하는 플라톤적 국가를 유토피아로 본다. 이는 그가 철학과 문학과 같은 인문학과 의학, 생물학, 물리학과 같은 자연과학에는 조예가 깊었지만 역사와 사회과학에 둔감하고 무지했던 까닭이다. 또한 쇼펜하우어는 진보에 대해 부정적으로 평가하고, 민주주의나 혁명에 대해서는 더욱 나쁘게 말했다. 특히 1848년의 독일 혁명에 대한 그의 태도는 인색하고 우스꽝스러웠다.

토마스 만은 쇼펜하우어의 이런 정치적 태도, 반동적 열정을 비판한다. 그는 친근한 기분이 드는 독일의 정신적 시민성의 분위기가 그의 주위에 감돌고 있다면서, 그것의 내면성, 보수성, 민주적 실용주의에 대한 생소함, 깊은 비정치성이 독일에 나치와 같은 정치적 위험을 초래했다고 말한다. '독일적 문화 개념의 정치적 무의지성과 민주주의의 결핍이 끔찍한 보복을 당했다'는 것이다.

이처럼 쇼펜하우어는 헤겔로 대표되는 이성 철학을 거부하고 세계를 이성이 아닌 의지에 의해 파악하려고 한다. 쇼펜하우어에 따르면 이성은 두뇌현상일 뿐이고 의지의 제약을 받으며, 의지의 부산물에 불과하다. 쇼펜하우어가 말하는 의지는 사물들을 통해 다양하게 객관화되는데, 이렇게 의지가 객관화된 세계를 쇼펜하우어는 표상의 세계라고 규정한다. 시간과 공간, 인과율의 제약을 받지 않는 의지의 세계의 존재를 우리는 신체를 통해 확인할 수 있다.

차라투스트라는 누구인가?

"나는 그대들에게 정신의 세 단계 변화를 설명하겠다. 정신이 어떻게 낙타가 되고, 낙타가 어떻게 사자가 되고, 마지막으로 사자가 어떻게 아이가 되는지를"[1]

차라투스트라가 가르치는 정신의 세 단계 변화는 정신의 자기극복이다. 정신이 낙타에서 사자가 되고 마지막에 아이가 되는 변화이다. 아이의 상태가 되어야 위버멘쉬의 상태가 될 수 있다. 마태복음 12장 28절에 "수고하고 무거운 짐진 자들아, 다 내게로 오라, 내가 너희를 쉬게 하리라"라고 쓰여 있다. 성서에서는 고통 속에서 번민하며 살아가는 인간을 무거운 짐을 지고 사막을 건너가는 낙타의 신세로 본다. 우리의 정신은 낙타처럼 무거운 짐을 지고 힘들게 사막을 걷고 있다. 일찍이 사제의 지배하에 무거운 짐을 짊어진 '낙타'였던 정신은, 먼저 '신의 죽음'을 확인하고 사막의 '사자'가 된다. 그러나 이제까지 인간 존재에 의미와 가치를 부

---

1 프리드리히 니체, 『차라투스트라는 이렇게 말했다』, 홍성광 역, 펭귄클래식, 2009, 75쪽.

여해 온 그 신의 죽음은 인간 존재의 무의미, 무가치를 의미하게 된다. 거기에서 낙타는 의무와 금욕을 의미하며, 존경할 만한 것에 복종하고 적극적으로 배우는 정신이다. 사자는 비판하고 투쟁하며 자유를 쟁취하고 고독에 견디며, 스스로 주인이 되려 한다. 그러나 사자는 자유를 획득했지만 새로운 모든 가치의 창조를 할 수 있는 것은 어린아이이다. 그럼 니체는 결국 어린아이가 되었는가?

꼬마 목사 니체

프리드리히 빌헬름 니체는 1844년 독일의 작센 주 뢰켄에서 태어났다. 1840년대는 독일에서 산업화가 막 시작되던 시대이다. 할아버지와 아버지, 외할아버지도 루터교 목사였다. 그런데 니체가 여섯 살 때 아버지가 사망하는 바람에 니체는 할머니, 어머니, 여동생 등 순전히 여자들 틈에서 자라게 되었다. 아버지는 온화한 성품으로 음악을 좋아했고, 어머니는 신앙심이 깊은 여자였다. 이처럼 니체의 귀족적 성향, 도덕적 엄격성, 명예심, 질서를 존중하는 마음 등에 대한 의식이 부모의 집에 완전히 자리 잡고 있었다.

아버지가 사망하자 가족은 잘레 강변의 나움부르크로 이주했다. 그곳에서 지적 정열이 왕성한 니체는 고전학에 국한되지 않고, 문학, 철학, 음악, 종교 등 다방면으로 관심 영역을 넓혀갔다. 자신의 말마따나 '병적 욕망'이었다. 이때 『나의 생애』를 쓰기도 했고, 셰익스피어, 횔덜린, 실러 등의 작품을 애독하며 글 읽기와 글쓰기에 관심을 가졌다. 그런데 이때부터 그는 평생토록 편두통에 시달리게 되었다.

어린 시절 니체는 아주 얌전하고 예의 바르며 종교적 열성을 보이는 모범 소년으로 '꼬마 목사'라는 별명을 얻게 되었다. 심지어 소나기가 쏟아

지는데도 의젓하고 품위 있게 학교
에서 집으로 돌아가는 모습이 목격
되기도 했다. 니체는 음악에서 안
식처를 찾아 낭만파 음악가 슈베르
트나 슈만의 영향이 두드러진 곡을
작곡한 작곡가이기도 하다. 또한
니체는 신학에도 마음이 끌려 본
대학에서 신학과 고전 어문학을 공
부하다가 1865년 은사 리츨을 따
라 라이프치히 대학으로 옮겨갔다.

프리드리히 니체

라이프치히에서 니체의 생애에
커다란 영향을 끼친 사건이 일어난다. 니체는 1865년 10월 헌책방에서
쇼펜하우어의 주저 『의지와 표상으로서의 세계』를 우연히 집어 들게 된
것이다. 즉각 그 책에 빠져든 니체는 1866년에서 1868년 초까지 종교적
귀의라고 할 정도로 쇼펜하우어 철학에 몰두하게 된다. 앞으로 쇼펜하우
어 철학은 니체의 사고에 기본 틀을 형성하게 된다.

이즈음 니체에게 또 다른 매우 중요한 일이 일어난다. 1865년 스물한
살의 니체는 쾰른으로 여행을 떠난 것이다. 그는 관광 안내인에게 좋은
음식점을 소개해달라고 했는데 그 악마 같은 녀석이 니체를 유곽으로 데
리고 간 것이다. 그곳에서 도망을 친 니체는 트라우마라고 부를 수 있는
일종의 정신적 충격을 받는다. 그런데 일 년 후 그는 안내인 없이 혼자 다
시 그곳을 찾아간다. 아마 그때 니체가 몹쓸 병에 걸리지 않았나 생각된
다. 그리고 24년이 지난 후 니체는 뇌연화증으로 쓰러져 11년간 어둠의
세계에서 살았다.

쇼펜하우어의 책을 만난 지 3년 후인 1868년 11월에 스물네 살의 니체

는 바그너와 그의 부인 코지마를 처음으로 알게 된다. 바그너는 니체보다 서른한 살 연상이었다. 감격적인 첫 만남을 가진 이래 두 사람은 10년 동안 이른바 '별의 우정'을 맺게 된다. 다음 해 2월 니체는 리츨의 추천으로 바젤 대학 고전 어문학 원외교수로 초빙된다. 흔히 문헌학 교수라고 하지만 실은 고전 어문학 교수이다. 고전어와 고전문학을 가르쳤기 때문이다.

1869년에 정교수가 된 니체는 트립셴에 있는 바그너 집을 방문해 그의 가장 열렬한 이해자이자 귀의자가 된다. 그는 친구 로데에게 '바그너가 쇼펜하우어에게 얼마나 큰 도움을 받았는지, 또 쇼펜하우어야말로 유일하게 음악의 본질을 인식한 철학자라고 이야기하는 것을 들었을 때 얼마나 기뻤던지'라고 털어놓는다. 그 영향으로 1872년 『비극의 탄생』이 나오게 된다. 거기에는 디오니소스적 긍정과 운명애의 싹이 보인다. 니체는 소크라테스의 합리주의와 낙천주의가 그리스 비극을 죽였다고 주장한다. 바그너 부부는 『비극의 탄생』에 갈채를 보냈지만, 은사인 리츨 교수는 바그너에게 흠뻑 빠진 애제자를 냉정하게 대한다. 그런데 바그너와 니체의 우정은 오래 가지 못한다. 바그너의 바이로이트 극장 낙성을 기념하는 축제극에 참석한 니체는 거기서 성공에 취한 그의 오만과 속물근성, 배우와 같은 거장의 몸짓만 보았을 뿐이기 때문이다.

니체는 보불전쟁 이후 편두통과 안질환을 비롯한 각종 질병에 시달렸다. 이런 건강상의 문제로 1879년 10여 년 동안의 교수생활을 접고 강연활동도 중단한 채 이후 저술에 매달리게 된다. 1882년 집필한 『즐거운 학문』에서 니체는 처음으로 기독교적 신의 권위를 부정하고 '신의 죽음'이라는 말을 쓴다. 이즈음 서른일곱 살의 니체는 스물한 살의 루 살로메를 만나 사랑에 빠진다. 하지만 분방한 생활을 사랑하는 정신의 소유자 루 살로메는 니체를 매몰차게 거절해버렸다. 철저히 고립된 생활을 하는 니체에게서 살로메는 존경과 호기심, 그리고 반발을 느꼈을 뿐이었다.

니체의 가장 중요한 책인 『차라투스트라는 이렇게 말했다』 제1부는 1883년 2월에 집필되었다. 마침 1부를 집필하는 중에 바그너가 사망했다. 아이러니하게도 니체가 과거에 숭배하던 스승이 죽던 날 니체의 '위버멘쉬'가 탄생한 것이다. 그러나 아무도 그 책을 거들떠보지 않았다. 세상의 몰이해를 조용히 견디며 『선과 악의 저편』을 썼으나 그것도 혹평을 받았다. 그것의 속편으로 쓴 『도덕의 계보학』에서 니체는 기독교의 도덕을 노예의 도덕, 약자의 도덕이라고 비난한다. 『우상의 황혼』에서 소크라테스는 퇴폐의 전형으로서 부정되고, 이성과 도덕도 뒤집어진다. 기독교는 천민의 도덕이라는 낙인이 찍힌다. 그런데 『안티그리스도』에서는 역사적인 기독교를 격렬히 비판하면서도 예수라는 인간 자체는 부정하지 않는다.

1888년 말부터 매독 감염의 증상으로 보이는 정신착란의 징후가 니체에게 나타나기 시작했다. 니체는 1889년 1월 초 이탈리아의 토리노 광장에서 매 맞는 말을 얼싸안다가 쓰러졌다. 이틀 밤낮을 혼수상태로 있다 눈을 떴을 때 니체는 이미 예전의 그가 아니었다. 니체의 이상한 편지를 받고 달려온 친구 오버베크가 그를 바젤의 정신병원에 입원시킨다. 그 후 니체는 어머니가 살았던 나움부르크에서 8년, 어머니의 사후에는 바이마르에 살던 누이동생 엘리자베트 곁에서 2년을 지내다가 쉰여섯 살의 나이로 1900년 8월 25일 영면에 든다.

망치를 든 철학자 니체-신은 죽어 있는가?

우리가 자명하게 여기는 도덕이나 진리는 니체가 보기에는 결코 자명한 것이 아니었다. 도덕이나 진리를 만들어내는 이성 자체가 자명한 것과는 거리가 멀다는 것이다. 서양의 근대 철학은 데카르트의 명제 '나는 생각한다. 고로 나는 존재한다'에 의해 시작되었다. 데카르트에게는 모든 것이 의심스러웠다. 그런데 의심에 의심을 거듭한 끝에 최후로 남은 것, 즉 의심하는 나 자신만은 의심할 여지없이 확실했다. 그래서 데카르트는 의심하는 나를 인식 주체로 확립함으로써 근대 철학이 성립할 수 있었다.

니체 이전의 철학자는 '나'의 동일성을 신봉하고 그 점을 의심하지 않았다. 그러나 니체는 다르게 생각했다. '나'라는 주어 없이는 '생각한다'는 술어 자체가 있을 수 없다는 것이다. 그러므로 '나'는 당연히 존재하는 것이고, 데카르트의 명제는 동어반복에 불과하다는 것이다. 이처럼 니체에게는 근대 철학의 출발점 자체가 의문 덩어리였다. 그리하여 니체는 '망치'를 들고 근대 철학을 해체하게 된다. 그래서 니체는 '망치를 든 철학자'라는 별명을 얻게 되었다.

사실 프로이트의 무의식 이론에 의하면 나의 의식 안에 무의식이 있으므로 나란 존재가 동일한 나가 아니다. 이러한 생각도 니체와 프로이트 이전에 이미 쇼펜하우어가 했던 것이다. 쇼펜하우어의 의지가 바로 무의식에 해당되기 때문이다. 쇼펜하우어의 의지는 삶에 대한 맹목적 충동으로 소위 니체가 말하는 힘에의 의지에 해당한다. 니체는 진리란 것은 없으며, 있다면 진리 의지뿐이라고 말한다. 말하자면 진리라는 고정된 실체가 존재하는 것이 아니라 진리를 추구하는 힘만이 있다는 것이다.

이처럼 니체는 기존의 가치를 전복하고 새로운 가치를 창조하려고 하였다. 니체는 서양의 이성 중심주의를 해체함으로써 새로운 이성이 발견될 수 있는 영토를 개척하였다. 포스트모더니즘의 거품이 꺼지고 난 뒤에도 니체의 이름이 여전히 빛나는 것은 그의 작업이 근본적으로 '모든 가치의 뒤집기'이기 때문이다. 또한 니체는 삶과 사상이 구별되지 않는 사상가이다. 니체는 자신이 살고 있는 그대로 사유하고 동시에 사유한 것을 살아가는 사상가인 것이다.

철학자의 운명이란 칸트적이거나 니체적이다. 칸트는 대학을 고집했고, 정부에 복종했고, 종교적 신앙을 가장했으며, 동료와 학생 사이에서 고통을 참았다. 인간의 운명은 스피노자, 쇼펜하우어를 거쳐 니체와 데리다, 푸코, 들뢰즈로 이어지는 니체적인 운명과, 칸트를 거쳐 헤겔, 후설, 하이데거, 샤르트르 등으로 이어지는 칸트적인 운명으로 나눌 수 있다. 니체적인 인물은 철학과 삶을 일치시키는 반시대적인 사람이다. 대부분의 사람들은 철학과 삶을 분리시키는 칸트적인 인물이라 할 수 있다.

니체는 유럽 역사에서 기독교가 하나의 환상이었음을 확신한다. 그래서 니체는 '신은 죽었다'고 선언한다. 물론 그 전에 니체의 스승인 쇼펜하우어도 신을 부정했고 칸트도 마찬가지였다. 그리고 프랑스 계몽주의 철학자인 디드로도 신을 부정했었다. 르네상스 이후 인본주의가 주창된 이래로 신은 이미 죽어 있었던 것이다. 칸트는 그런 사실을 알고 증명했으면서도 그냥 눈감았고, 쇼펜하우어는 자신의 글에서 분명히 주장했다. 그런데 니체는 차라투스트라를 대리인으로 내세워 큰 소리로 세상에 외쳤을 뿐이다.

나아가서 니체는 신과 진리뿐만 아니라, 그에 기초한 모든 가치와 의미를 부정했다. 신의 죽음은 진선미를 판단하게 해주는 절대적 가치 기준이 무너졌음을 의미한다. 말하자면 이 세계를 무시하는 기준이 되는 저편의 세계가 존재하지 않음을 선포한 것이다. 이때 신은 기독교의 신만을 의미하는 것이 아니다. 니체는 기독교든 불교든 죽은 신의 그림자도 정복해야 한다고 말한다. 신은 죽었지만 인간의 마음속에 신앙이 살아있다는 것이다. 죽지 않고 살아있는 신앙은 남아 숭배할 대상을 계속 찾기 때문이다. 『차라투스트라는 이렇게 말했다』에서 보다 높은 인간들이 벌이는 나귀 축제가 그것을 보여준다. 즉 그들은 신이 죽은 것을 알고 있지만 신에 대한 신앙만은 버리지 못하는 것이다.

이처럼 니체는 신을 부정할 뿐만 아니라 한때의 숭배자인 바그너와 쇼펜하우어도 부정한다. 바그너와는 완전한 결별이었지만, 그래도 쇼펜하우어에 대해서는 그 정도는 아니었다. 니체의 기본 생각은 쇼펜하우어에서 가져온 것이 많기 때문이다. 니체는 1868년부터 음악가 바그너와 만나기 시작하면서, 바그너 부부에게 매우 감탄하곤 했다. 니체는 바그너의 뛰어난 제자의 한 사람으로도 인정받았다. 하지만 니체는 1876년 바이로이트 축제에서 진부한 공연과 대중의 천박함에 혐오감을 느끼고 실망했기 때문에, 결국 바그너와 거리를 두게 되었다. 니체는 기독교를 부정하는 데 반해 바그너는 점차 기독교화되고 기독교적 구원의 치기에 빠졌다. 바그너가 『파르지팔』에서 기독교적인 도덕주의 모티프를 이용하고, 국수주의와 반유대주의에 빠지자, 니체는 그와 결별하고 말았다.

바그너는 니체가 보낸 『인간적인 것, 너무나 인간적인 것』을 받은 후 니체에 대한 공격문을 보내왔다. 부인 코지마도 '천박함과 어린아이 같은 궤변'이라고 니체의 글을 공박했다. 니체에 의하면, 기독교적인 구원, 저편의 세계를 동경하는 것은 무엇보다도 퇴폐의 징후이며, 그런 의미에서 바그너는 데카당의 전형인 것이다. 일찍이 위대한 천재라 믿고 존경하던 상대는 '너무나 인간적'이고 금욕적 이상과 노예도덕을 추구하는 약자였던 것이다. 그 후 『차라투스트라는 이렇게 말했다』 등에서 바그너는 가짜 위대함을 나타내는 자로, '광대', '배우', '마술사'로 희화화된다.

니체는 쇼펜하우어의 주저에서 이성으로 이해되거나 혹은 역사적 의미에 의해서나, 도덕적으로 이해되는 세계는 진정한 세계가 아니라는 것을 읽는다. 니체는 그를 자신의 진정한 교육자, 해방자이자 계몽자라고 밝히며, 1874년에는 '가슴속에 의문을 품고는 지낼 수 없는 용기를 지닌' 쇼펜하우어를 천재라고 지칭하기도 한다.

쇼펜하우어는 도덕이 연민에서 성립한다고 본다. 그런데 니체는 쇼펜하우어가 연민 본능에서 자기 부정 본능의 가치를 보고, 그 때문에 그가 삶에의 의지의 부정을 말했다고 생각한다. 그래서 니체는 『차라투스트라

제4부 쇼펜하우어와 니체의 철학

는 이렇게 말했다』에서 그를 우울한 예언가라고 칭한다. 하지만 쇼펜하우어가 말하는 삶에의 의지의 부정은 삶의 포기, 즉 자살을 뜻하는 것이 아니라 삶에 대한 맹목적인 의지의 부정을 말하는 것으로, 즉 탐욕과 욕망을 줄이라는 의미이다.

위버멘쉬[2]는 누구인가?

우리가 흔히 초인이라 칭하는 위버멘쉬란 누구일까? 초인이란 번역어에는 오해의 소지가 있을 수 있다. 신의 자리를 대신할 절대적이고 초월적인 인격을 의미하거나 슈퍼맨을 의미할 수도 있기 때문이다. 독일어에서 위버멘쉬(Übermensch)란 '건너가는 자, 넘어가는 자'의 의미를 지니고 있다. 위버멘쉬는 매 순간 자신의 삶을 부단히 극복하고 한계를 뛰어넘기 위해 노력하는 인간 유형으로 볼 수 있다.

위버멘쉬의 반대 유형은 최후의 인간인 말인(末人)이다. 그들은 모든 것을 다 귀찮아하고, 모든 것은 쓸데없으며 부질없다고 하는 허무주의자들이다. 그들은 모든 진리와 도덕의 기준을 저 세계에 두고, 저 세계의 시각에서 이 세계를 비난하는 자들이다. 그러다가 그들은 저 세계 자체를 의심하기 시작하며, 마지막에는 가치 평가 자체를 무의미하게 보고 포기하게 된다.

최후의 인간은 니체가 말하는 천민과도 통한다. 즉 천민이란 신분적 의미에서의 천민이 아니라 스스로 가치 창조를 못하는 인간, 즉 권력, 명예,

---

2 니체의 '위버멘쉬'는 보통 '초인'으로 번역되어 왔는데, 초인이 신의 자리를 대신할 절대 권력을 지닌 인격, 또는 초능력을 지닌 인격으로 읽힐 수 있으므로 여기서는 원어를 그대로 사용하기로 한다. 위버멘쉬는 매 순간 자기 자신의 삶을 부단히 극복하고 자신만의 새로운 가치를 창출하기 위해 결단을 내리는 존재라 할 수 있다.

돈, 쾌락을 좇는 노예가 된 현대인을 말한다. 따라서 니체가 말하는 강자나 높은 자는 스스로 사물과 행동에 가치를 부여할 줄 아는 인간을 말하는 것이지 신분적인 의미에서의 귀족이나 단순히 물리적인 힘이 센 자를 말하는 것이 아니다.

위버멘쉬는 니체의 핵심사상인 자기극복, 영원회귀, 힘에의 의지와 서로 긴밀히 얽혀 있다. 스스로 주체적인 입장에서 새로운 가치를 창조하여 같지만 조금씩 바뀐 모습으로 힘차게 자꾸 되돌아오는, 자유정신을 가진 인간이 바로 위버멘쉬인 것이다.

니체의 철학은 자기극복에서 출발한다. 니체의 저서에 모순되는 말이 많은 것처럼 보이는 것은 이처럼 이전의 자신을 부정하여 자꾸 자기극복을 하기 때문이다. 결국 그는 계속 다른 사람이 되어 갔지만 결국 조금씩 변한 동일한 사람이라 할 수 있다. 니체의 작품도 자기극복에 의해 세 번 변화를 겪는다. 『비극의 탄생』을 쓰던 낭만적 시기는 천재 숭배의 시기이다. 니체는 바그너에 열광한다. 그러나 『반시대적 고찰』을 쓰면서 천재를 부정하고 투쟁에 나선다. 『인간적인 것, 너무나 인간적인 것』에는 잠언 형식의 지혜가 많이 들어 있다. 『아침놀』에서는 긍정의 싹이 보이고, 『즐거운 죽음』에서는 신의 죽음을 알린다. 『차라투스트라는 이렇게 말했다』 이후부터는 가장 창조적인 시기이다. 그리하여 『선악의 저편』, 『도덕의 계보학』, 『우상의 황혼』 등이 잇달아 나온다.

앞에서 말했듯이 우리의 정신은 낙타에 머물러서도 안 되고 사자의 정신으로 변화해야 한다. 사자의 정신은 자유의 쟁취와 가치의 창조를 꿈꾼다. 그러나 사자에 머물러서는 안 된다. 사자처럼 으르렁거리지 않고 곧잘 웃는 아이가 되어야 한다. 천진난만한 어린아이는 도덕을 필요로 하지 않는 비도덕적 존재이다. 사자의 힘든 싸움이 어린아이에게는 재미있는 놀이인 것이다. 니체는 『차라투스트라는 이렇게 말했다』를 쓰면서 어린아이의 정신이 되어 천재적인 능력을 발휘한다. 제1부를 쓰는 데 열흘 밖에 걸리지 않았다니 도저히 믿을 수 없는 일이다. 어떤 알 수 없는 힘에 의해 정신이 고양되었는지도 모른다.

차라투스트라는 10년 수련을 쌓은 후 하산한다. 차라투스트라는 기원전 6세기 고대 페르시아에서 생겨난 태양 숭배 종교인 조로아스터(Zoroaster)교 교조의 이름을 딴 것이다. 그러나 선과 악, 신과 악마라는 이원론을 주창한 조로아스터와는 달리 차라투스트라는 일원론의 주창자이다. 즉 니체가 쇼펜하우어와 바그너를 극복했듯이 차라투스트라는 조로아스터를 자기극복해 새롭게 변화한 존재인 것이다.

차라투스트라가 하산해 시장에 간 이유는 이런 위버멘쉬를 가르치기 위해서이다. 그에 의하면 인간은 극복되어야 하는 존재이다. 인간이 보기에 원숭이는 웃음거리이거나 고통스런 수치이다. 그런데 위버멘쉬가 보기에 인간도 웃음거리이거나 고통스런 수치에 불과하다. 위버멘쉬는 하늘의 뜻이 아니라 땅, 대지의 뜻이다.

차라투스트라는 신의 죽음 이후 새로운 우상이 나타났다고 말한다. 그것이 곧 국가, 민족이다. 그러니 니체를 히틀러적인 국가주의자라고 말하는 것은 어불성설이다. 그는 국가 지상주의에 반대한다. 차라투스트라는 민족의 죽음과 국가의 소멸을 말한다. 그에 의하면 국가란 냉혹한 괴물 중에서 가장 냉혹한 것이다.

그러면 역사적으로 볼 때 니체는 누구를 위버멘쉬로 보았을까? 니체는 카이사르, 알렉산드로스 대왕, 나폴레옹, 괴테에게서 그런 인물 유형을 보았다. 이들은 틀에 갇힌 기존의 인간을 넘어서는 새로운 인간형이다. 이들은 노예도덕의 소유자가 아닌 주인도덕의 소유자들이다. 위버멘쉬는 중력의 영에 짓눌리지 않는 사람이다. 중력의 영은 우리가 새털처럼 가벼워져서 춤추고 노래하는 것을 막는다. 그것은 제도와 관습, 법규와 도덕을 말하는 것이다. 이것은 프로이트에게는 초자아에 해당한다. 밀란 쿤데라는『참을 수 없는 존재의 가벼움』에서 이러한 중력의 영을 떨쳐버리려고 한다.

그러면 우리는 이러한 위버멘쉬를 따르고 추종하면 될까? 그런 것으로 착각하기 쉽다. 우리 모두가 위버멘쉬의 모범을 따라 스스로 가치 창조의 주인이 되어 각기 나름대로 위버멘쉬가 되는 것이 필요하다. 니체가 민주주의에 반대하는 것은 현대 사회가 노예도덕의 소유자인 천민으로 온통 이루어져 있기 때문일지도 모른다.

노예도덕과 주인도덕

니체의『차라투스트라는 이렇게 말했다』는 대중의 관심을 얻지 못했다. 니체는 세상의 몰이해를 조용히 견디며, 자연과학이나 법학 방면의 책, 특히 마키아벨리를 열심히 읽어, 정치와 도덕의 근저에 대한 생각을 단련했다. 그러나 잠언과 경구들을 적절히 사용한『선악의 저편』마저 혹평을 받자 그는 그 속편으로『도덕의 계보학』을 쓰면서 치밀한 논리적 표현을 전개한다. 거기서 그는 사람들이 이제까지 신봉해 온 도덕적 가치 판단이란, 고대 전사나 귀족의 고귀한 도덕에 대한 기독교적 노예들의 원한 감정, 후자의 전자에 대한 커다란 반란에 지나지 않는다고 설명한다. 또한 양심을 인간의 내부로 향하는 잔인한 본능으로 보고, 그것의 이상을 열렬히 갈구하는 것은 데카당스의 현상이라고 단정한다. 그런데 니체의 비판은 도덕 비판이지 윤리 비판이 아니다. 도덕이 집단, 공동체, 국가의 덕목이라면 윤리는 보편적인 덕목이다. 그러니까 도덕은 시대나 나라에 따라 다를 수 있지만 윤리는 시대와 나라를 초월하는 가치이다. 그런 점에서 니체의 도덕 비판은 윤리 비판과 혼동될 수 있다는 점에서 위험성을 내포하고 있다.

이렇게 니체는 『도덕의 계보학』에서 『인간적인 것, 너무나 인간적인 것』을 거쳐 신의 죽음을 선언한 『즐거운 학문』에 이르기까지 자신이 전개한 도덕 개념의 종류와 기원을 철저하게 종합적으로 비판하면서 힘에의 의지 철학 체계를 완성하고 있다. 『우상의 황혼』은 말할 나위도 없이 바그너의 악극 〈신들의 황혼〉을 비꼰 제목이다. 망치가 이제까지 진리라 불리던 우상을 산산조각 깨뜨려 간다는 것이다. 거기에서 소크라테스는 퇴폐의 전형으로서 부정되고, 이성과 도덕도 뒤집어진다. 기독교는 천민의 도덕이라는 낙인이 찍히고, 괴테나 빙켈만 식의 그리스 상은 디오니소스적인 것에 의해서 흔들린다. 그런데 특이하게도 니체는 『안티그리스도』에서 역사적 기독교를 격렬히 비판하면서도 예수라는 인간 자체를 부정하지 않는다. '진정한 기독교인은 단 한 사람밖에 없었다. 그리고 그 사람은 십자가에 매달려 죽었다'고 하면서, 니체는 순수한 기독교인, 즉 예수를 깊이 이해하는 모습을 보인다.

이처럼 니체는 기독교와 이상주의의 도덕을 '약자도덕', '노예도덕', '데카당스'라고 배격하고, '위버멘쉬', '영원회귀'의 사상을 중심으로 일종의 형이상학을 수립하여 훗날 생의 철학이나 실존 철학에 큰 영향을 주었다. 그는 소크라테스, 플라톤 철학과 사제의 금욕적 이상주의, 기독교적 도덕주의를 뒤집었고, 기독교를 비판하여 유럽을 비판했으며, 키르케고르와 더불어 실존주의의 선구적인 역할을 하고 계몽주의라는 세속주의의 승리가 가져온 결과도 부정적으로 평가했다.

니체의 한때의 스승 쇼펜하우어에 의하면 도덕은 연민에서 성립한다. 연민은 자기를 버리고 타인의 고통을 자신의 고통으로 동감하는 동고(同苦)를 의미한다. 그런데 니체는 그의 위대한 스승 쇼펜하우어가 미화하고 신성시한 비이기적 가치인 연민의 본능과 대결하면서 근본적인 의구심과 회의를 느낀다. 니체는 쇼펜하우어가 연민 본능에서 자기 부정 본능, 자기희생 본능의 가치를 보고, 그 때문에 그가 삶의 의지의 부정을 말했다고 생각한다. 니체는 삶의 무가치함과 삶에의 의지의 부정을 말하는 쇼펜하우어가 삶을 사랑하지 않는다고 보았다. 니체는 소크라테스와 같은 철학자든 과학자든 진정으로 삶을 사랑하지 않는다고 본다. 쇼펜하우어를 절대적으로 숭배한 바그너는 그의 철학을 죽음과의 공감으로 받아들여 그를 자살을 옹호하는 철학자로 왜곡시킨다.

니체는 『도덕의 계보학』에서 가치의 문제를 다루며, 전통 철학의 관점, 특히 가치관을 전환하고자 시도한다. 그리하여 그는 책의 머리말에서 소외된 인간을 극복하여 본래적인 인간상을 회복하려는 의도를 기술한다. 그는 책의 제1논문에서 '선과 악', '좋음과 나쁨'을 다루고, 제2논문에서 '죄'와 '양심의 가책', 그리고 이것과 유사한 것을 다룬 다음, 제3논문에서 사제의 금욕적 이상의 문제점을 다룬다. 니체는 인간의 소외, 곧 허무주의를 소크라테스의 합리주의와 더불어 기독교 도덕에서 찾고 있다. 니체는 『도덕의 계보학』에서 도덕의 기원과 전개과정을 상세히 고찰하면서, 기독교 도덕에서 발생한 선과 악을 결국 극복해야 하는 대상으로 제시한다.

또한 니체의 주장에 의하면 그리스 시대에는 '좋음'과 '나쁨'의 개념만 있었지 '선과 악'의 개념은 없었다고 한다. 가치 문제를 고찰할 때 또 다른 중요한 주제는 양심과 원한인데, 니체는 그 두 가지에서 도덕의 기원을 찾고 있다. 여기서 원한을 낳는 것은 무능이고, 원한에서 신이라는 개념이 도출된다는 것이다. 강한 생명력과 용기를 지닌 고대 전사의 자리를 대신한 사제의 삶은 생명력이 결여되어 있으며, 특히 전쟁과 같은 상황에서 사제는 무력하기 짝이 없다. 그러므로 힘에 대한 증오심을 키우는 사제의 도덕은 무력한 자의 도덕이므로 노예도덕일 수밖에 없다. 그런데 현실에서 막강한 권력을 지니고 있는 사제가 무력하다는 니체의 주장은 정신분석학적인 관점에서 고찰해야 제대로 이해할 수 있다. 사제의 무력함이 원한을 낳고 원한은 결국 온갖 가치를 날조한다는 니체의 입장은 인간의 심층심리를 잘 꿰뚫고 있는 것이다. 또한 니체가 보기에 청빈, 겸손, 순결과 같은 금욕적 이상 밑에서 지금까지의 철학이 명맥을 이어 왔는데, 그런 금욕적 이상을 유지하는 삶은 자기모순이라는 것이다. 왜냐하면 가장 본래적이어야 할 인간의 삶이 가장 비본래적인 금욕적 이상을 견지하면서 그것을 절대적인 목표 내지는 근거로 삼기 때문이다.

니체가 말하는 주인은 스스로 가치를 부여할 줄 아는 자이고, 반면에 노예나 천민은 타인이 평가하는 대로 존재하는 인간 유형을 말한다. 따라서 강자와 약자, 또는 귀족과 노예는 양적인 구분이 아니라 질적인 구분인 것이다. 사람들은 위대한 '가치 창조' 행위에 대해서는 이해하지 못하고 여전히 기존의 가치 기준에 대한 복종만을 훈련받는다. 차라투스트라가 '신의 죽음'을 전하러 왔을 때 사람들은 목자의 꾐에 빠져 한 무리의 양떼가 되어 있었으며, 이미 무언가를 판단하는 일에 무척 피로감을 느끼고 있었다.

니체는 금욕주의를 해로운 이상, 종말에의 의지, 데카당스에의 의지라고 규정하면서도 왜 금욕주의가 사람들을 지배해 왔는지를 해명한다. 니체에 의하면 기독교에는 청빈, 겸손, 순결이라는 세 가지의 금욕적 이상이 있는데, 그는 금욕적 이상이 철학자의 덕과 대응된다고 본다. 역사적으로 보면 금욕적 사제들이 날조한 금욕적 이상 밑에서 철학이 지금까지 명맥을 유지해 왔다는 것이다. 니체의 주장에 의하면 문명이 번성하고 인간의 순응이 이루어진 곳에서는 어디서나 인간을 지배하고 인간 위에 군림하기 위해 금욕적 이상이 만들어졌다는 것이다. 현대적 관점에서 보면 금욕적 이상은 일종의 이데올로기에 해당한다고 할 수 있다. 니체에게 사물들의 핵심은 힘에의 의지이다. 그러나 사람들에게는 금욕주의 외에는 의지할 만한 다른 어떤 것도 없었다. 경쟁자가 없었기 때문에 금욕주의는 승리하게 된다.

니체는 현대의 학문도 금욕적 이상의 반대가 아니라 오히려 그것의 가장 새롭고 가장 고귀한 형태 자체라고 주장한다. 그가 볼 때 학문은 자기마비의 수단으로서 이상을 상실한 자체의 불안이고, 커다란 사랑의 부족에 시달리는 것이며, 본의 아니게 분수를 아는 것에 대한 불만이다. 특히 학자를 평하는 니체의 다음과 같은 말에서 그의 심층 심리분석가로서의 탁월한 면모가 엿보인다.

> "학자들과 교제해본 사람은 누구나 아는 사실이지만, 그들은 때때로 아무 악의 없는 한마디 말로 뼛속까지 상처를 받는다. 사람들은 그들에게 경의를 표하려는 순간 학식 있는 그 친구들을 노하게 만든다."**3**

학자뿐만 아니라 사회적으로 높은 지위에 있지만 내심 그 지위가 자신의 능력에 걸맞지 않다고 느끼는 사람이나, 남이 자신의 능력을 제대로 인정해주지 않아서 정신적 불안 증세에 시달리는 사람은 칭찬의 말도 왜곡해서 받아들임으로써 때에 따라 고깝고 서운하게 들릴 수 있다. 이런 사람일수록 치사하고 비겁하며, 자신의 이익에 따라서만 움직이고, 지위가 없는 사람을 깔아뭉개며 해코지하는 경우가 많다. 그런 사람이야말로 니체가 말하는 대표적인 노예도덕의 소유자이자 말인이라 할 수 있다.

금욕적 이상에 의해 방향을 얻은 의욕은 무(無)에의 의지, 삶에 대한 반감, 삶의 가장 근본적인 전제에 대한 반항을 의미한다. 그러나 그것은 하나의 의지이며 하나의 의지로 남아 있는 것이므로, 인간은 의욕하지 않는

---

3 프리드리히 니체, 『도덕의 계보학』, 홍성광 역, 연암서가, 2011, 209~210쪽.

것보다는 차라리 무를 의욕하려고 한다. 이제 니체는 저편 세계가 아닌 이편 세계에 주안점을 두는 사유를 전개하려 한다. 모든 가치들의 전환과 새로운 가치들의 창조, 여기에 니체 사유의 핵심이 있다. 많은 사람들은 니체가 기독교 도덕뿐만 아니라 도덕 전체를 부정하고 파괴한 것으로 생각하기 쉽지만, 새로운 가치를 창조하려 했다는 점에서 볼 때 그가 도덕 그 자체를 부정했다기보다는 도덕의 일방적 해석에 저항한 도덕의 혁명가라고 볼 수 있다. 이처럼 니체는 도덕 투쟁을 통해 위버멘쉬의 도덕을 주창한다. 즉 그는 자신의 극복과 자신의 발전을 위해 인간 자신의 내부에서 발생하는 힘에 의한 도덕, 이 힘의 지속적인 활동을 위한 도덕, 즉 인간에 내재하며 항상 활동하는 힘에의 의지를 위한 도덕을 주창하는 것이다. 이때 니체가 우리에게 자신만의 가치를 추구할 것을 촉구하는 것은 바로 도덕 비판이 비판을 넘어 새로운 가치 창조의 원리가 됨을 암시한다.

니체의 글에는 마치 그가 전쟁을 옹호하는 듯한 내용이 보이기도 한다. 그의 말은 액면 그대로 보면 예컨대 히틀러의 전쟁, 부시의 이라크 공격을 정당화하는 글로 읽힐 수 있다. 그러면 부시의 이라크 전쟁은 강자의 도덕에서 비롯된 것인가? 부시는 전쟁의 정당화를 자기 자신에게서 끄집어내는 것이 아니라 후세인의 이라크를 악의 축이라 지칭하면서 침공을 정당화하기 때문에 니체의 말에 따르면 부시의 도덕은 강자의 도덕, 주인의 도덕이 아니라 노예의 도덕, 약자의 도덕인 것이다.

니체가 말하는 전쟁은 정신적인 차원에서 기존의 도덕규범, 노예도덕과의 싸움을 말하는 것이지 실제적인 폭력, 파괴, 살상을 뜻하는 것은 아니었다. 또한 니체의 누이 엘리자베트는 니체가 역설하는 차라투스트라의 위버멘쉬를 승리만을 목표로 하는 전쟁 영웅으로 잘못 소개하였고, 히틀러와 같은 군국주의자들은 문장 그대로 해석해 그녀의 왜곡된 표현을 그대로 받아들였다. 이처럼 니체의 문장을 비유적인 표현으로 이해하지 않고 문장 자체의 표현대로 이해하면 잘못을 범하기 쉽다. 여기서 니체가 말하는 '전쟁'은 군국주의자들이 좋아하는 살육의 전쟁놀이가 아니라, 주인도덕으로 독자적인 삶의 가치를 만들어내기 위한 자신만의 치열한 싸움을 표현한 것이다.

이처럼 니체는 도덕의 계보학을 분석하여 허무주의를 낳는 소크라테스의 합리주의와 기독교적 가치관을 비판하면서, 분출하는 본능과 역동적인 힘에 의해 인간을 스스로 가치를 창출하는 강력한 동물로 회복시키려 한다. 그가 말하는 가치의 전도는 삶에 부정적인 가치체계로부터 삶에 긍정적인 가치체계로의 전도이다. 그는 여기서 더 나아가 인간의 정신이 주인도덕을 지닌 '차라투스트라'처럼 자신을 극복하는 위대한 모습으로 삶을 긍정하고 운명을 사랑하는 쪽으로 변화할 것을 촉구한다. 그는 이러한 주장을 통해 정신의 약자들의 원한이 만들어내는 독소의 위험성을 특히 강조하면서, '위버멘쉬'란 슈퍼맨 같은 초인적 능력을 지닌 인물이나 독재적 영웅이 아니라 기존의 노예도덕을 부정하고 스스로 가치를 부여하는 자유롭고 창조적인 인간임을 강조하고 있다.

위험한 철학자 니체-영향과 오해

니체는 오랫동안 금기시된 위험한 철학자였다. 독일에서는 1980년대 이후부터 그에 대한 오해가 차츰 풀리기 시작했다. 그의 선진성은 광기로 폄하되기도 했고, 나치즘을 예비한 철학자라는 오해를 받기도 했다. 히틀러는 주인도덕을 군주도덕으로 왜곡해 니체의 위버멘쉬가 자신이라고 주장했다. 우리나라에서도 주인도덕을 군주도덕으로 잘못 해석해 왔다. 주인도덕이란 단어인 독일어 '헤렌모랄Herrenmoral'에서 '헤어Herr'에는 '주인'이라는 뜻 말고도 '군주'라는 뜻도 있기 때문이다. 주인도덕의 소유자는 히틀러 같은 독재자를 맹목적으로 따르는 사람이 아닌 것이다. 오히려 노예 도덕의 소유자들이 독재자를 맹목적으로 추종한다고 하겠다.

니체가 되살아나기 시작한 것은 1960년대 하이데거와 프랑스 현대 철학자들에 의해서였다. 고전적인 니체 해석자인 하이데거는 니체를 근대 서양의 형이상학적 담론의 완성자로 보았다. 들뢰즈, 데리다, 푸코 등은 니체를 탈근대주의의 기반을 놓은 현대 철학자로 재평가했다. 반형이상학적 니체 해석자인 카우프만은 심리학적, 정신분석학적으로 니체를 해석한다. 또한 루카치, 메링과 같은 마르크스주의적인 니체 해석자들은 니체를 파시즘과 국가 사회주의 대변자로 평가하고 있다. 그 외에 니체가 형이상학을 파괴하지만 극복과정에 있다고 보는 사람도 있다. 토마스 만, 아도르노, 카뮈, 야스퍼스, 하이데거, 뢰비트는 탈정치적, 실존주의적 관점에서 니체를 해석한다. 그리고 탈근대적 니체 읽기의 대변자들인 푸코, 데리다, 들뢰즈는 포스트모던적 관점에서 니체를 재평가하고 있다.

니체에 대해 널리 알려진 오해는 니힐리스트로서의 면모일 것이다. 니체가 극복하려는 것의 하나가 바로 이상주의이며 니체 스스로도 자신을 다른 종류의 니힐리스트라고 한 구절이 있으므로 이러한 오해의 근거가 없지는 않다. 그러나 한편으로 니체는 허무주의에 대한 진정한 반대자이며, 그가 주장하는 긍정의 정신 또한 허무주의의 반대편 극단에 놓여 있다. 니체가 보는 허무주의의 하나의 극단적인 유형은 기독교였다. 불교도 마찬가지지만 기독교보다는 긍정적으로 평가했다. 내세를 위해 현세를 무시하는 기독교는 삶에 대한 부정이므로 약자의 종교라는 것이다. 기독교에 대한 니체의 태도 때문에 사람들은 니체에게 크게 반발했다.

니체의 전쟁 찬양도 많은 오해를 불러일으켰다. 제1차 세계대전이 발발하자 독일의 젊은 표현주의 화가들은 카타르시스를 느끼고 전쟁에 입대했다. 그러나 그들의 낭만은 곧 배반당했다. 다수가 전사하고 갖가지 참상을 피부로 겪으면서 이들은 오히려 군국주의의 폐해에 눈을 돌리기 시작했던 것이다. 프랑스의 야수파 화가들도 니체에 깊이 빠져들었으며, 전쟁을 '세계 유일의 위생대책'이라고 찬미한 이탈리아 미래파도 니체를 오해했다.

이들 중에 '니체 지향성'이 제일 강했던 분파가 독일 표현주의를 주도한 다리파였다. '인간이란 목적이 아니라 다리'라는 『차라투스트라는 이렇게 말했다』의 글귀에서 이름을 딴 것으로 전해지는 다리파의 회원들 사이에서는 니체 읽기가 필수였다. 이들은 니체를 통해 '반 문명'의 성향을 더욱 강하게 띠게 됐으며, 그 결과 '원시 지향'을 그 창작방법론상의 중심에 놓았다. 이들의 '원시 지향'은 때 묻지 않은 자연 속의 인간 혹은 생생한 나체를 그리는 것으로 나타났다.

나치가 니체의 철학을 국가 사회주의를 고양하는 데 이용한 것처럼 사실 이런 미적 시도는 자칫 파시즘 정서를 자극하는 수단으로 전락할 우려가 있었다. 하지만 예술적으로 니체의 의의는 그보다 생과 개인주의의 고양을 통해 철저히 자유로운 예술적 표현을 가능하게 했다는 데 있을 것이다. 미셸 푸코가 '탈근대적 에피스테메, 즉 과학적·기술적·전문적 지식 등의 학문적 지식의 총체를 열어젖힌 사람'이라고 니체를 평가한 것처럼, 이들 표현주의자들은 그에게서 탈근대의 막강한 추동력을 발견했던 것이다.

니체가 죽은 후 그의 이름이 히틀러나 파시즘과 연결된 것은 주로 그의 누이동생 엘리자베트 때문이었다. 엘리자베트는 대표적인 국수주의자이자 반유대주의자인 푀르스터와 결혼했는데, 1889년 푀르스터가 자살한 뒤 그녀는 니체를 남편의 이미지로 개조했다. 그녀는 니체의 작품과 편지들에 마구 손을 댔고, 개인적 탐욕과 공명심에 사로잡혀 니체의 버려진 글들을 모아 1901년 『힘에의 의지』 등을 출판했다. 인종주의자인 그녀가 히틀러를 열렬히 지지했기 때문에 일반 대중은 니체를 독재자 히틀러와 연결 지어 생각하게 되었다. 엘리자베트는 정신이상인 니체에게 흰 사제복을 입혀 전시하기도 했는데, 게다가 그녀는 1930년대 초 히틀러에게 '니체의 위버멘쉬란 당신을 염두에 둔 것'이라는 말도 서슴지 않았던 것이다.

그런데 본능보다 이성이 강하다고 보고, 본능을 통해 이성을 극복해야 한다는 니체의 견해는 문제가 있다. 니체는 이성과 본능이 처한 실제적인 힘의 관계를 잘못 본 것이다. '이성의 대중화가 필요하다'고 한 괴테의 말을 듣지 않더라도 대부분의 사람들에게는 맹목적인 의지나 본능이 이성이나 도덕률을 지배하는 경우가 허다하기 때문이다. 그리고 니체가 삶과 도덕을 상호 대립적으로 파악한 것도 문제라 할 수 있다. 사회 속에서 삶과 도덕은 공존하는 것이고, 윤리란 삶의 버팀목이며 도덕적 인간은 정의로운 삶을 살아가는 인간이기 때문이다. 도덕이나 양심의 가책 없이 예술가적인 의미에서 힘에의 의지를 극단적으로 밀고 갈 때는 토마스 만의 장편소설 『파우스트 박사』의 주인공 아드리안 레버퀸과 같은 오만하고 극히 위험한 인간 유형이 생기게 된다.

제5부

토마스 만

어느 부르주아 가문의 몰락을 다룬
『부덴브로크 가의 사람들』

"모든 인간이 다 실수로 잘못 태어난 것은 아니었을까? 모두 태어나자마자 고통스러운 감금 상태에 들어간 것은 아니었을까? 감옥이다! 감옥이다! 도처에 한계와 굴레가 있지 않은가! 인간은 죽음이 와서 그를 고향으로 데려가고 굴레에서 벗어나게 해줄 때까지 개성이라는 격자 창살을 통해 아무런 희망도 없이 외부 상태라는 성벽을 응시하면서 살아간다……."[1]

토마스 부덴브로크가 쇼펜하우어 철학을 읽고 죽음에 대해 깊이 생각하는 장면이다. 흔히 쇼펜하우어 철학 때문에 토마스가 삶에 의욕을 잃고 죽음에 이른다고 생각하기 쉽다. 하지만 그의 죽음은 소설의 구조에 통합되어 있을 뿐 흔히 알고 있듯이 쇼펜하우어 철학 때문은 아니라고 볼 수 있다. 『부덴브로크 가의 사람들』보다 2년 뒤에 나온 「트리스탄」에서 작가 슈피넬은 가브리엘레 부인에게 자신에 대해 "실제적이고 시민적이며 무미건조한 전통을 지닌 어느 가문이 그 명이 다할 즈음에 예술로 또 한 번

---

1 토마스 만, 『부덴브로크 가의 사람들 2』, 홍성광 역, 민음사, 2001, 350-351쪽.

빛을 발하는 경우"[2]라고 말하는데, 이는 토마스 만이 슈피넬의 입을 빌려 자신에 대해 이야기하는 것이라 할 수 있다.

위대한 소설가이자 문명비판가

토마스 만[3]은 20세기의 위대한 고전작가이자 문명비판가이다. 그는 건 전한 삶의 세계를 동경하는 시민적 기질과 미와 정신세계를 희구하는 예 술가적 기질의 대립 갈등, 조화를 문학적 과제로 삼고 근 반생 동안 그것 을 추구하였다. 뿐만 아니라 독일의 시민문화 전체의 비극적 운명을 소설 에서 축소하여 보여주었다. 그리고 제1차 세계대전 전까지 비정치적 인물 로 자처하던 그는 정치적 국면에 맞닥뜨리자 시대와 대결하는 자세를 보 이면서 많은 글과 강연, 방송을 통해 시대의 정치와 문명을 신랄하게 비 판하였다.

토마스 만은 괴테와 마찬가지로 도시 명문가(Patrizier) 출신이다. 그러나 열여섯 살 때 아버지의 사망으로 근 100년간 이어 왔던 만(Mann) 상회가 파산하자 어머니는 뮌헨으로 이주했다. 토마스 만의 어머니는 뮌헨으로 이주한 후 회사를 청산한 재산의 이자로 생활을 꾸려가며 자식들에게 매 달 160~180마르크씩 보내줌으로써 만 형제는 사회적 직업을 갖지 않고 살아갈 수 있게 된다. 이러한 사회적 경제적 자유가 바로 토마스 만의 예 술적 발전에 중요한 전제조건이 되며 그의 미학에서 아이러니로서 관심

---

2 토마스 만, 『베네치아에서의 죽음 외』, 홍성광 역, 열린책들, 2006, 48쪽.

3 토마스 만(Thomas Mann, 1875-1955)은 북독일의 한자 동맹도시 뤼베크에서 부유한 곡물상의 둘 째아들로 태어났다. 형 하인리히 만은 저명한 참여 소설가이자 문명작가이다. 아버지는 시의원 을 지내다가 부시장이 된 인물이었고, 어머니는 포르투갈 계 남미 출신의 미인으로 음악적 재 능이 뛰어났다. 아버지에게서 엄격하고 철두철미한 시민적 기질을, 어머니에게서 예술가적 기 질을 이어받은 그는 19세기 말의 군국주의적이고 강압적인 학교를 싫어했다.

토마스 만

의 자유가 중요한 역할을 하게 된다. 토마스 만은 뮌헨에서 화재보험회사 견습사원으로 일하면서 틈틈이 하이네를 모방한 시와 소설을 쓰기 시작한다. 저널리스트를 지망하던 그는 회사를 그만두고 뮌헨 공과대학의 청강생이 된다. 그 후 로마에 체재하던 형의 권유로 이탈리아의 팔레스트리나로 가서 그곳에서 1년 동안 생활한다.

토마스 만은 뮌헨 공과대학 청강생으로 있으면서 미학, 예술, 문학, 경제나 역사 강의를 들었다. 하지만 초기의 독서체험이 그에게는 더 중요했다. 벌써 고등학교 때부터 그를 사로잡았던 하이네나 슈토름에서 시작하여 함순, 헤르만 바르, 파울 부르제, 입센, 그리고 1895년 이후엔 니체가 그에게 중요한 영향을 끼쳤다. 토마스 만은 『부덴브로크 가의 사람들』을 삼분의 일 정도 마친 1899년 가을에야 그에게 근본적인 영향을 끼친 쇼펜하우어의 주저 『의지와 표상으로서의 세계』를 읽기 시작한다.

1899년 뮌헨으로 돌아와 잠시 동안 풍자 잡지 〈침플리치스무스〉의 편집을 담당한 그는 1900년에는 장편소설 『부덴브로크 가의 사람들』[4]을 완성하여 이듬해에 출간했다. 1905년 뮌헨 대학의 부유한 유대계 수학교수의 딸 카트야와 결혼한 그는 이후 자유 문필가로 살아간다. 결혼과 함께 그의 보헤미안 시절은 끝나고 표면적으로는 시민세계로 다시 편입하게 된다. 이 무렵 자전적 색채가 강한 중편 『토니오 크뢰거』, 자신의 행복한 결혼생활의 부산물인 『대공 전하』, 『베네치아에서의 죽음』 등이 발표되었다.

1912년 부인이 폐병 증세를 보여 스위스의 다보스 요양원에 들어갔을 때 그는 동반자로 따라가 거기서 한 달 동안 머물렀다. 그때의 자신과 부인의 체험을 토대로 쓴 글이 장편 『마의 산』이다. 제1차 세계대전이 발발하자 그는 잠시 창작을 중단하고 평론 「어느 비정치적 인간의 고찰」을 발표하여 자신의 정치적 입장을 밝힘과 동시에 시민적 자유를 옹호하였다. 「어느 비정치적 인간의 고찰」에서 서구의 문명과 정치를 비판하고 독일적인 문화와 보수주의를 변호하는 논쟁적인 글을 쓴 그는 종전 후 「독일적 공화국에 관하여」에서 이러한 보수적 견해를 버리고 민주주의적 입장을 밝혀 늦게나마 시대의 추세에 보조를 맞추었다. 『마의 산』의 집필을 끝낸 2년 뒤 토마스 만은 요셉의 일대기에 관심을 갖고 연구하기 시작했다. 『요셉과 그의 형제들』은 1933년부터 쓰기 시작해 10년 뒤인 1943년에 완성된 작품이다. 여기에서 그는 플라톤 이후 서양 문화의 중심 문제였던 정신과 육체의 이중성의 조화를 모색한다.

1929년에 노벨 문학상을 받은 그는 나치의 위협을 감지하고 나치를 희화화한 『마리오와 마술사』를 발표하였고, 이어 강연을 통해 나치의 위협

---

4 이것은 4대에 걸친 한 가문의 몰락의 역사를 그린 자전적 성격이 짙은 작품이다. 토마스 만은 이 장편소설로 젊은 나이에 대대적인 성공을 거두고, 1929년의 노벨 문학상도 이 작품으로 받았다.

성을 경고하였다. 1933년 히틀러가 정권을 장악하자 「바그너의 고뇌와 위대함」이라는 강연으로 히틀러의 바그너 우상화를 공격한 그는 그 다음 날 외국으로 강연 여행을 떠난 뒤 독일로 돌아오지 않고 망명생활에 들어 가 프랑스, 스위스에서 머물렀다. 그동안 나치로부터 귀국 종용을 받았지 만 응하지 않았기에 독일 시민권과 본 대학에서 받은 명예박사학위도 박 탈당했다. 1938년 미국 캘리포니아로 이주한 그는 프린스턴 대학의 객원 교수가 되어 강연이나 라디오 방송을 통해 반국가주의 입장을 취하며 인 류의 적 나치스의 타도를 부르짖는다.

괴테와 토마스 만의 관계가 가장 방대한 작품으로 나타난 것이 1947년 에 나온 『파우스트 박사』이다. 이 작품의 주제는 26년 동안이나 토마스 만 의 머릿속에 맴돌기만 한 채 작품으로 형상화되지 못하다가 괴테의 『파우 스트』를 통해 내면에서 구상되었다. 1943년 5월 23일 토마스 만은 『파우 스트 박사』를 쓰기 시작한다. 토마스 만은 가장 독일적인 인물이 음악가 라고 생각해서 모차르트, 베토벤을 주인공으로 생각하기도 했지만 결국 철학자 니체를 음악가로 그린다.

종전 후 1948년 1월에 쓰기 시작해 1950년 10월에 끝마친 작품이 『선 택받은 남자』이다. 이 작품은 부친 살해와 모자상간을 다룬 『오이디푸스 왕』처럼 남매상간과 모자상간을 범하는 이중의 근친상간을 소재로 하고 있다. 『파우스트 박사』의 후속극에 해당하는 이 소설에서 토마스 만은 속 죄와 은총의 문제를 다루고 있다. 전후에 그는 점증하는 동서 대립을 유 화시키기 위해 동서 평화회의에 참석하기도 했다. 미국이 반공정책을 취 하면서 매카시 선풍을 일으키자 이에 절망한 만은 1952년 유럽으로 되돌 아왔다. 그러나 최인훈의 소설 『광장』의 주인공처럼 동서독으로 분단된 조국 독일로 돌아오지 않고 스위스에 살면서 세계 평화와 동서독의 통일 을 위해 강연 등으로 많은 활동을 하다가 1955년 80세를 일기로 눈을 감았다.

그런데 토마스 만의 사후 20년이 되던 1975년 그의 일기가 개봉되어 1977년부터 1995년까지 총 열 권으로 출간되었다. 그로 인해 토마스 만 독서에 새로운 전기가 마련되었다. 토마스 만은 평생 동안 일기를 썼지만 불행히도 모두 보존되어 있는 것은 아니고 1918년에서 1921년까지의 일기와 1933년에서 1955년까지의 일기만 읽을 수 있다. 토마스 만은 이미 1896년 뮌헨에서 그때까지 쓴 일기를 불태웠는데 이는 자신의 동성애를 감추기 위한 것으로도 추측된다. 그 글이 자신에게 '고통스럽고 불편하게' 여겨졌기 때문이다. 그리고 1945년에 1933년 이전의 일기를 또 불태웠는데, 예외적으로 1918년에서 1921년까지의 일기는 『파우스트 박사』의 참고 자료로 쓰기 위해 남겨두었다.

자신의 은밀한 비밀을 감추기 위한 것이라면 일기를 다 불태워야 할 텐데 일부는 남겨둔 것을 보면 세상 사람들이 그의 사후에 자신의 은밀한 과거에 대해 알기를 원한 것으로도 볼 수 있다. 그 때문에 만의 일기는 일반 독자들에게 큰 관심과 반향을 불러일으켰다. 그래서 그는 다시 대중의 이목을 끌게 된다. 1990년대 중반에 들어 그의 전기가 여러 권 나옴으로써 토마스 만은 신화적인 껍질을 벗고 속화되었으며 남다른 성적 취향과 함께 인간적인 면모가 부각되었다. 아셴바흐 같은 근엄한 고전작가의 모습이 사라지고 쉽게 상처받고 성적 이중성에 고통 받으며 희망 없는 짝사랑에 시달리는 나약한 인간이 우리 눈앞에 나타났다. 그로써 그는 위엄과 장엄함은 잃었지만 대신 진실성과 인간적인 면모를 얻게 되었다. 이처럼 인어 아가씨의 말 못할 고통을 지닌 그는 감쪽같이 위장을 잘했기에 안데르센과 그의 동화처럼 미운 오리새끼가 되지 않고 평생 위엄과 영광을 누릴 수 있었다. 그렇다고 내면의 죄의식과 수치감까지 떨쳐버릴 수는 없었다.

그의 작품 해석도 이제 이전과 완전히 달라졌다. 고백과 위장 사이의 진실이 파헤쳐졌고, 그의 삶과 작품에서 은밀한 동성애가 중심적 위치를 차지한다는 것이 밝혀졌다. 그는 평생 동안 동성애에 대한 저항과 타협, 거리와 매혹 사이에서 끝없는 진자운동을 한 셈이다. 일기는 그의 삶과 작품 해석을 위한 새로운 열쇠가 되어 그의 소설들의 심층 분석이 가능해짐으로써 토마스 만이 모더니스트로 재탄생하는 계기를 마련해주었다.

20세기 초 최고의 베스트셀러

북독일 뤼베크의 4대에 걸친 어느 부유한 사업가 가족을 그린 『부덴브로크 가의 사람들』에서 토마스 만은 가족의 출생, 세례, 결혼, 이혼, 죽음, 상업적 성공 및 실패를 완벽한 묘사로 재현하고 있다. 이 평범한 사건들은 본질적으로 똑같은 것들이지만 그것이 여러 세대에 걸쳐 일어나는 가운데 점차 다른 모습을 띠게 된다. 『부덴브로크 가의 사람들』은 한 시대사 전체를 다루어 사회적 발전사를 총체적으로 형상화하는 데 성공한 작품으로 한국 사회의 발전사를 총체적으로 형상화한 박경리의 『토지』와 비교해 볼 수 있다. 하노가 예술에 기움으로써 가문의 기대를 저버리는 점에서 이청준의 단편 『눈길』이나 『귀향』과 관련지을 수도 있다. 부덴브로크 일가는 그들의 위대성을 지켜준 본능이나 현실에 충실할 때는 번성한다. 그들의 전통이 다양한 변화를 겪으며 근본적으로 현대적인 영향에 침해받는 순간 그들의 몰락은 자명한 것이 된다. 광범위한 범위를 다루며 충실한 세부 묘사, 풍부한 휴머니즘으로 가득 찬 『부덴브로크 가의 사람들』은 현대의 다른 모든 가족소설의 수준을 뛰어넘고 있다. 실로 그것은 그런 유의 다른 대부분의 소설들의 모델이 되었다. 여기에는 시적 사실주의, 자연주의 및 인상주의의 요소가 섞여 있지만 이 소설은 어느 사조에도 확고히 속하지는 않는다.

현대 독일 문학에서 가장 많이 읽히고 가장 잘 알려진 작품 중 하나인 『부덴브로크 가의 사람들』은 현대 문학의 위대한 고전이 되었다. 이 작품은 거의 모든 나라에서 번역되어 작가에게 일찍부터 세계적인 명성을 가져다주었다. 일찍이 문학에 뜻을 둔 나머지 가업을 계승하지 못한 문학도인 토마스 만은 단음절로 무미건조하게 끝나는 자신의 성(姓)인 '만' 대신 보다 북부 독일적으로 들리면서도 어딘가 유서 깊고 진지한 여운을 남기는 성(姓) 하나를 찾기 시작했는데, 그것이 폰타네의 소설 『에피 브리스트』에 등장하는 부덴브록(Buddenbrock)을 약간 변형한 부덴브로크(Buddenbrook)였다.

토마스 만은 헤세처럼 어릴 때부터 엄청난 독서를 해왔다. 노르웨이 소설뿐만 아니라 콩쿠르 형제나 플로베르 같은 프랑스 작가, 러시아의 톨스토이, 도스토옙스키, 투르게네프의 소설 역시 『부덴브로크 가의 사람들』에 영향을 주었다. 그는 발자크와 스탕달을 알고 있었으며 모파상으로부터는 고독의 테마를 차용한다. 또한 페테스부르크에서 일어난 대홍수 이야기는 괴테와 에커만의 1824년 12월 9일자 대화에서 따온 것이다. 나폴레옹에 대한 목사 분더리히의 견해는 거의 글자 그대로 에커만과의 대화에서 가져왔다. 그 외에 실러, 슈토름, 하이네가 소설에 다양한 영향을 미치고 있다. 니체의 영향은 쇼펜하우어의 영향에 비해 덜 직접적으로 보이지만 그만큼 폭넓고 지속적이다. 니체가 말하는 정신으로서의 삶은 소설의 결말에 묘사된 것처럼 인식과 비판, 아이러니로서의 삶이다. 또한 토마스 만은 소설에서 바그너의 체험을 여러 가지로 변형시키고 있다. 도취적 삶의 실현은 바그너적이다. 특히 토마스 만은 바그너의 오페라 〈니벨룽겐의 반지〉를 『부덴브로크 가의 사람들』의 전범으로 삼고 있다. 멩 가의 집은 보탄의 '신들의 성'에 해당하고, 제몫을 지불받기를 요구하는 고트홀트는 바그너의 작품에서 자신의 보수를 바라는 거인에 상응한다. 토

헤르만 헤세와 토마스 만

마스와 토니가 나누는 대화는 보탄과 브륀힐트 간의 대화와 비슷하다. 신들의 몰락은 부르주아 가문의 몰락이 된다. 이처럼 줄거리에서도 바그너 영향의 자취를 찾아볼 수 있다.

　이 작품에는 한 가문의 몰락이라는 부제가 붙어 있는데, 여기서는 정치적·경제적·사회적 파멸뿐만 아니라 가문의 형이상학적인 정신적인 고양이 그려져 있다. 가문이나 기업이 정점에 있을 때는 그 몰락의 징표도 아울러 지니고 있는 것이다. 토마스는 그 현상이 "저 하늘의 별이 가장 밝게 빛날 때는 그게 벌써 꺼지기 시작하는지 아니면 벌써 꺼졌는지 알 수 없는 것과 마찬가지"[5]로 하늘 위의 별빛과 같다고 말한다. 요한 부덴브로크 1세는 유능한 상인으로 정신적인 세계에 대해서는 그다지 이해력이 없으나 자신의 현 위치에 만족하고 더 나은 내일을 위해 부단히 애쓴다. 그의 아들인 영사 부덴브로크 2세는 종교적인 인물이나 사업적 성공을 위해서

5　토마스 만, 『부덴브로크 가의 사람들 1』, 홍성광 역, 민음사, 2001, 55쪽.

는 비정한 일면이 있다. 비일상적이고 비시민적이며 철학적인 토마스 부덴브로크 시의원을 거쳐 하노에 이르면 하노는 냉혹한 현실로부터 몸을 숨기고 음악의 환상 세계에 파묻혀 살다가 어린 나이에 죽고 만다.

어느 부르주아 가문의 몰락

1835년 뤼베크의 요한 부덴브로크의 회사와 가문은 번창일로를 달리고 있다. 강건하고 낙천적인 요한 부덴브로크(1세)는 몇몇 가족, 친지와 함께 새로 취득한 멩 가의 으리으리한 집에서 파티를 연다. 가족 중에는 아들인 요한 부덴브로크 영사(2세), 그의 아름답고 우아한 아내 엘리자베트 영사 부인, 그들의 세 자식들인 토마스, 크리스찬, 토니, 빈곤한 방계 친척인 클로틸데가 그 자리에 참석한다. 한편 요한 부덴브로크의 첫째 부인한테서 태어난 장남 고트홀트는 그의 신분에 걸맞지 않는 결혼을 해서 함부르크에 살고 있다. 그리고 1838년에 영사의 막내딸 클라라가 태어난다.

안토아네트 노부인이 사망하자 요한 부덴브로크는 급격히 몸이 쇠약해져 사업에서 손을 뗀 후 1842년에 사망한다. 그러자 고트홀트는 뤼베크로 이주한다. 그다지 예쁘지 않은 그의 세 딸은 그때부터 멩 가에 무슨 모임만 있으면 참석해 질투심을 드러내 보이고 증오 섞인 말을 한다. 영사는 아버지가 사망한 직후 현명하고 활동적인 장남 토마스를 회사 일에 참여시킨다. 그는 몸은 건강하지만 약간 섬세하고 예술적인 면이 있다. 반면에 끈질기지 못하고 경솔한 성격의 크리스찬과 사치욕에 고상한 경향을 지닌 토니는 부모에게 여러 가지 걱정을 끼친다. 그래서 영사 부부는 토니를 일 년 동안 바이히브로트의 기숙사에 보낸다. 막내딸인 클라라는 진지하고 조용하며 착실하다.

토니가 기숙사에서 돌아온 직후 함부르크 출신의 그륀리히가 부덴브로크 가에 나타난다. 멋쟁이에다 알랑거리는 말을 잘 하는 그는 즉각 영사 부부의 호감을 산다. 그의 사업이 번창하고 있고 이미 부덴브로크 가는 기울기 시작하는 관계로 그륀리히가 토니한테 구혼하자 영사는 그와 혼 인을 맺는 게 득이 될 것 같아 그것을 좋은 기회라고 생각한다. 하지만 토 니는 결정을 못 내리며 망설인다. 그녀는 일단 마음을 가라앉히려고 트라 베뮌데의 슈바르츠코프 댁에서 머물다가 처음으로 진정한 사랑을 체험하 며 달콤한 몇 주를 보낸다. 그녀가 사랑한 남자는 충직한 수로 안내인의 아들로 혁명에 열광하고 구제도의 타파를 역설하는 진보적인 의과대학생 모르텐이다. 하지만 그 소식을 들은 그륀리히가 찾아와 훼방을 놓는 바람 에 둘의 사랑은 깨지고 만다. 토니는 한편으로는 절망해서, 다른 한편으 로는 강력한 가문 의식 때문에 결국 구혼을 받아들이기로 결정을 내린다. 거기에는 그륀리히와 결혼함으로써 고상한 생활을 할 수 있으리라는 그 녀의 기대감이 내재해 있다. 약혼식과 결혼식은 아주 성대하게 치러진다. 결혼한 지 일 년 후 함부르크에서 딸 에리카가 태어난다. 하지만 그륀리 히는 곧 엉터리없는 사기꾼임이 드러난다. 그가 완전히 파산하자 영사는 딸 토니와 손녀 에리카를 데리고 집으로 돌아오고 둘의 결혼생활은 종지 부를 찍는다. 토니는 이 모든 일을 겪으며 슬픔을 느낌과 동시에 자신의 가문에 대해 자부심을 느낀다. 이혼 후에 그녀와 아버지와의 관계는 점점 더 긴밀해진다. 지나친 긴장으로 몸이 쉬 늙고 병약해진 영사는 1855년 한 번의 발작으로 쓰러져 죽고 만다.

그의 아들 토마스가 회사를 떠맡으면서 분위기가 쇄신된다. 무척 부지 런한 그는 매사에 정확하고 빈틈이 없다. 반면에 그의 동생 크리스찬은 점점 더 우울증과 불안에 시달리며 경거망동한다. 그는 잠시 회사 일을 보다가 토마스에 의해 곧 다시 쫓겨나고 만다. 그러는 사이에 진지하고 신심이 깊은 소녀로 자란 클라라는 목사 티부르티우스와 결혼한다. 결혼생활에서 아이를 얻지 못하고 클라라는 몇 년 뒤 뇌막염으로 죽고 만다.

토마스는 신경질적이며 예술가적인 천성을 지닌 우아한 게르다 아놀트선과 결혼한다. 토니도 꾸밈없는 소박한 뮌헨 남자 페르마네더와 다시 결혼한다. 하지만 그는 일을 하려는 생각은 없이 빈둥빈둥 놀면서 집세로 하루하루를 살아가려는 게으른 인물임이 밝혀진다. 이 결혼도 실패

부덴브로크 하우스

로 끝나 토니는 에리카를 데리고 두 번째로 친정으로 되돌아온다. 에리카와 화재보험회사 사장 바인셴크와의 결혼도 불행하게 끝난다. 바인셴크는 횡령죄로 몇 년 동안 수감생활을 하다가 풀려나서는 어디론가 흔적도 없이 사라져버린다.

토마스와 게르다 사이에는 섬세하고 병약한 기질의 요한(하노)이 태어난다. 그러는 사이에 토마스는 시의원이 되어 어부 골목에 호화스런 새 집을 건축하고 창사 100주년을 축하한다. 하지만 지나친 긴장과 부담감으로 그는 몸이 망가져 일찍 늙는다. 그는 자기 자신과 성공에 대한 회의에 사로잡혀 사업에서 많은 손실을 겪는다. 그의 아들 하노도 육체적으로뿐만 아니라 정신적으로도 극도로 섬약하고 민감해서 그를 실망시킨다.

토마스의 어머니 엘리자베트는 죽음과 사투를 벌이며 힘들게 죽음을 맞이한다. 멩 가의 집은 신흥가문으로 부상한 유능하고 자유주의적인 외지인 하겐슈트룀한테 넘어간다. 반면에 크리스챤은 점점 더 내적인 문제

에 깊이 빠져들다가 사업을 망치고 빚만 잔뜩 진다. 그는 어머니의 사망 후 가족의 반대를 무릅쓰고 알리네 푸보겔과 결혼을 하나 곧 정신질환이 악화되어 정신병원에 들어가고 만다. 이 모든 일로 극도의 부담감과 긴장에 시달린 토마스는 1875년 이를 뺀 후 집으로 가던 대로상에서 쓰러져 인생을 마감한다. 그의 유언에 따라 회사는 청산 절차를 밟는다. 미망인 게르다는 멩 가의 큰 집에서 살지 않고 좀 더 아담한 집으로 이사해 하노와 함께 살아간다. 하지만 하노는 1877년 열네 살의 나이에 티푸스로 죽고 그와 함께 부덴브로크 가의 남자는 모두 사라지게 된다. 그런 후 게르다는 아버지가 사는 암스테르담으로 쓸쓸히 떠난다.

소설 인물 분석

뤼베크의 다른 회사는 관세동맹에 가입한 이후 번창하는 반면에 부덴브로크 가가 몰락의 길을 걷는 이유는 무엇일까? 다만 그들이 불운을 겪은 때문인가? 사업에서 손해를 보고 혼수 문제로 손실을 당하고 유산 분배로 재산이 나누어졌지만 경제적으로는 회사가 아직 건실한 상태에 있다. 경제적 실패는 몰락의 이유가 아니라 몰락의 결과이다. 하지만 몰락의 원인은 여러 세대가 지나는 가운데 성찰적 경향이 점증한 때문이다. 부덴브로크 가 사람들이 자신에 대해 더 많이 알면 알수록 그들은 그만큼 더 병약해진다. 즉 네 세대가 흘러가는 가운데 헤겔의 역사 철학적인 체계인 예술-종교-철학 순서로 발전하는 것이 아니라 순진성-종교-철학-예술이라는 쇼펜하우어적인 체계가 실현되고 있다.

요한 부덴브로크(1세) 요한 부덴브로크는 명랑하고 현세적이며 실천적이다. 그는 자신이나 자신의 역할에 대해 아무런 회의도 품지 않으며 그런 점에서 순진한 계몽주의자다. 여기서 계몽주의는 비판적 이성이 아니라 극히 실천적이고 시민적인 철학을 뜻한다. 이 철학은 유능함과 업적을 중시하고 종교를 포함하여 모든 비합리적인 것을 허튼소리로 간주한다. 음악이나 시문학은 나중에 하노의 경우에서 보듯이 치명적인 질병이 아니라 사교적인 취미이다. 부덴브로크 노인이 비판한다면 그 대상은 자신이 아니라 다른 사람들이다. 첫 번째 부인에게서 태어난 장남 고트홀트가 기독교 정신에 호소하는 것을 그는 공갈협박을 해서 돈을 우려내려는 경건한 금전욕이라고 비판한다.

요한(쟌) 부덴브로크(2세) 쟌 부덴브로크는 경건하지만 그것은 장점이 아니다. 경건성이란 오히려 몰락 과정의 시작을 알리는 데카당스의 첫 조짐이다. 경건성은 그 본질상 사업에 활발하게 관심을 갖는 것을 방해한다. 그것은 이 세상이 아니라 저 세상의 보물을 모을 것을 요구하고 사업가를 회의적으로 만든다. 사업과 기독교 정신 사이에는 넘을 수 없는 장벽이 존재하지만 쟌의 활력은 양자가 충돌할 경우 동정심을 배척하고 사업을 옹호할 정도로 탄탄하다. 이복형 고트홀트의 유산 요구 문제에서도 쟌은 아버지와 달리 이러한 지불을 거부하면 자기가 훌륭한 기독교 신자인가 하는 문제로 오랫동안 곰곰 생각한다. 하지만 최종적으로 결론을 내리게 해주는 단서는 냉정한 계산이다.

쟌은 정신사적으로 볼 때 낭만주의자다. 낭만주의자가 으레 그렇듯이 그는 계몽적 이성으로 자연을 정복하여 인위적으로 가꾸는 것에 반대한다. 그의 아버지는 정원을 프랑스식으로 예쁘게 가꾸자고 하지만 그는 영국식으로 자연 그대로의 야성적인 모습을 지키자고 주장한다. 기독교 신자로서의 그는 엄격한 혼인 논리를 고수하는 사람이다. 하지만 사업가로서의 그는 토니의 남편 그륀리히가 파산하자 냉정하게 토니를 이혼하게 만든다. 그의 신앙심이란 그의 사업적 태도에 아무런 영향을 행사하지 못하는 속 빈 감상주의에 불과하다. 사업가로서의 그는 그의 아버지가 산업화라고 제대로 이해하는 프랑스의 7월 왕정과 새로운 실천적인 이상들에 열광한다. 하지만 기독교 신자로서의 그는 오히려 가난하고 약한 자들의 비참상에 더 관심을 기울였어야 했을지도 모른다.

토마스 부덴브로크 시의원 세 번째 세대의 실용주의자인 토마스는 종교적인 태도를 꺼리는 심미주의자이다. 그는 계몽주의와 낭만주의의 본질을 꿰뚫어보고 있기 때문에 어느 것에도 기울지 않는다. 자기 자신에 대한 믿음도 사라지기 시작한다. 그는 성공에 대해 성찰하기에 더 이상 성공을 거두지 못한다. 그의 성격과 활동에는 언제나 일 자체를 좋아하는 조상들의 자연스러운 면모와는 달리 뭔가 인위적인 요소가 있다. 근본적으로는 그는 이미 더 이상 시민이 아니라 시민의 역을 연기하는 배우일 따름이다. 낮에는 시민의 모습이지만 밤에는 비시민의 모습이다. 낮에는 군인 같은 얼굴에 화장을 하고 체면, 명예욕을 중시하며 괴테적인 실천가인 반면 밤에는 긴장 풀린 얼굴에 시문학을 좋아하는 하이네적인 몽상가이다.

토마스 부덴브로크가 살아가는 방식은 배우의 그것과 다를 바 없다. 배우와 같은 생활방식은 성찰의 결과이다. 이러한 작위적인 행위를 하는 데는 많은 힘이 든다. 그렇게 되면 사람은 두뇌의 의지에 조종당한 채 진정한 존재와 육체를 배척하는 삶을 살아야 한다. 토마스가 매일 꾸미고 몸단장을 해서 조심스럽게 숨기고자 하는 이 육체는 게을러지고 너절해지고 육감적으로 되려고 한다. 하지만 토마스는 그럴 수 없었기 때문에 그는 쉬 늙어버린다. 토마스 부덴브로크는 이가 하나 아파서 마흔여덟의 나이로 죽는다. 사실 토마스는 이 한 개 때문에 죽는 것이 아니라 성찰과 인위적인 의지의 긴장을 통해 서서히 다년간에 걸쳐 생활력이 소진되어 죽는 것이다. 그의 치과의사 이름이 하필 브레히트인 것도 흥미롭다. 나중에 토마스 만이 작가 브레히트와 심한 갈등을 겪기 때문이다. 그는 천성적으로 볼 때 동생 크리스찬과 마찬가지로 데카당인 셈이다. 크리스찬은 이러한 천성대로 살기 때문에 그래도 살아남는다. 토마스는 이러한 천성에 맞서 살아가려고 하기에 쉬 늙어버려 죽고 만다.

하노 부덴브로크 네 번째 세대에 와서는 이러한 시민성을 연기할 가능성마저 사라지고 만다. 하노 부덴브로크는 이러한 목적에 요구되는 사업가적 자질을 획득하려는 시도를 하지 않는다. 그는 병약하고 비실천적인 몽상가이다. 그는 건강한 보통 아이들과 교제하지 않고 어느 정도 반사회적이라 할 카이 묄른 백작과 교제한다. 그는 오로지 음악, 고통 및 죽음과 친근하다고 느낀다. 그는 음악을 사교적인 오락으로 간주한 할아버지와는 달리 고독한 도취로 간주한다. 그는 아버지가 시민이 아닌 고뇌하는 자로서 아들에게 하소연할 때만 아버지를 이해한다. 그는 죽음이 찾아오자 아무런 저항도 없이 달려간다. 겨우 열다섯 살밖에 되지 않았는데도 성찰은 그에게서 전반적인 것이 되었다.

하지만 하노는 아버지한테서 생활에서의 유능함이 아닌 통찰을 배운다. 학교에서의 경쟁에 그는 구역질과 혐오감을 느낀다. 그는 학교에서 발표 차례가 왔을 때 앞자리 학생이 책을 들이밀며 보게 해줘서 선생님을 속인다. 하지만 그가 속이는 행위를 저지른 것은 그럼으로써 덜 비열해지기 위해서이다. 그는 사물의 본질에서 비열함과 역겨움을 본다. 그는 힘에의 의지를 본다. 이상적인 모든 것이 배척되고 활력과 경쟁력만 중요시된다. 하노는 수습 교사 모더존이 약해서 그를 좋아하는데 그 교사는 힘센 아이들한테는 감히 그러지 못하면서 그에게서는 권위를 느끼게 하려고 한다.

경쟁에 참여하려고 하지 않는 자는 저열함과 비열함을 너무 고통스럽게 느껴야 하기 때문에 죽을 수밖에 없게 된다. 힘에의 의지는 어디서나 진정한 현실이다. 그것을 꿰뚫어보는 자의 의지는 이미 망가진 상태다. 그는 시민으로서 더 이상 쓸모없는 인간이다. 통찰을 하는 사람이 살아갈 수 있는 유일한 생존방식은 예술가의 삶이다. 그러나 하노는 그럴 정도는 되지 못한다.

토니 부덴브로크 이처럼 네 세대가 지나는 중에 점점 더 반성적 사고가 증가하지만 그와 대조수단으로 부각된 인물이 토니 부덴브로크이다. 소설은 그녀와 함께 시작하고 그녀와 함께 끝난다. 그녀는 시종일관 변하지 않으며 끝까지 죽지 않는다. 그 이유는 그녀는 아무것도 이해하지 못하고 성찰하지 않기 때문이다. 그녀는 언제나 어린아이 상태에 머무른다. 그륀리히의 정체가 드러나도 그녀는 하노처럼 인식의 구토를 느끼지 않고 견뎌낸다. '인생이란 그런 거듯이'라는 말을 달고 사는 토니는 서술자가 독자한테 반어적으로 드러내 보이는 그녀의 역할을 전혀 알지 못한다.

게다가 그녀의 시선은 깊지 않다. 엄밀히 말하면 그녀는 사고한다고 볼 수 없고 다만 기계적으로 상투구만 구사할 뿐이다. 서술자의 시도동기 기법으로 그녀는 유머의 대상이 된다. 통찰을 하는 토마스와 하노는 그러한 상투적인 말을 전혀 쓰지 않는다. 그러한 상투어는 활력과 건강을 말해주는 기호인 동시에 그 사용자가 한정된 사고를 한다는 것을 말해준다. 토니는 자신의 인생에 짓밟히고 유린당한다. 그녀는 처음부터 자신의 의사대로 살아갈 수 없는 운명이라서 그런 것을 이해하지 못한다. 그녀는 완전히 소외된 삶을 살아간다. 여성운동의 시각에서 볼 때 그녀에게는 해방이라는 개념이 전적으로 결여되어 있다. 그런데 인식이 없는 토니는 언제나 토마스보다 더 행복하다.

크리스찬 부덴브로크 토마스 만은 크리스찬을 자신의 삼촌 프리드리히 만을 모델로 했다. 『부덴브로크 가의 사람들』이 성공을 거둔 후 작중 인물들의 장단점이 고향 사람들의 입에 오르내리게 되자, 당시 함부르크에 살고 있던 토마스 만의 삼촌 프리드리히 만은 자신의 조카를 가리켜 '자신의 둥지를 더럽힌 한 마리 슬픈 새'라고 비난하기도 했다. 크리스찬이 소설에서 부정적으로 희화화되어 그려지기 때문이다. 어릴 때부터 크리스찬은 형인 토마스와 비교되는 것을 감수해야 한다. 처음에는 그의 재주가 긍정적인 것으로 평가된다. 하지만 그의 흉내는 장난 짓거리로 격하되고, 작가는 그를 통해 예술가성을 반어적으로 희화하고 있다.

크리스찬에게는 이처럼 모방 재능이 있지만 진지함과 끈기가 부족하다. 토마스는 사업을 이어 받으려고 실업학교에 다니지만 처음에는 인문계 학교에 다녀 학문을 하려고 한다. 그러다가 상인이 되려고 런던에 가서 수습 업무를 배운다. 하지만 그는 사업에 흥미를 잃고 회사보다 극장에 가는 것을 더 즐긴다. 방랑벽이 있어 칠레에까지 간 그는 아버지가 죽고 나서야 뤼베크로 되돌아온다.

크리스찬은 토마스의 경쟁자인 하겐슈트룀 앞에서 상인 신분을 무시하는 발언을 해서 토마스와 승강이를 벌인다. 그는 토마스와 달리 체면을 중시하지 않는다. 그리하여 크리스찬은 회사에서 쫓겨나 함부르크로 가서 자기 사업을 하나 실패를 맛본다. 런던에 가서 또 한 번 자신의 운명을 시험하나 병이 들어 다시 뤼베크로 귀환한다. 그는 왼쪽 다리에 통증을 느끼며 음식물을 삼키고 호흡하는 데 곤란을 겪는다. 마지막에 그는 모든 일을 포기하고 오로지 자기의 고통을 관찰하는 데 전념한다.

그러면서 그는 토마스의 반대를 물리치고 어머니가 죽은 후에 알리네 푸보겔과 결혼하여 형과의 관계가 결정적으로 단절되고 만다. 그는 세상 물정에 어두워 알리네가 자신의 돈만을 노리고 결혼했음을 알아채지 못한다. 결혼한 직후 알리네는 크리스찬을 정신병원에 보내버린다. 물론 그에게 전혀 통찰력이 없는 것은 아니다. 그는 자책하면서 하노에게 자신처럼 너무 연극에 빠지지 말라고 경고한다. 그가 최종적으로 어떻게 되는지에 대해 소설에 더 이상 언급되어 있지 않다.

게르다 아놀트선 게르다는 헤라와 아프로디테, 브륀힐데와 멜루지네, 『친화력』의 오틸리에와 『파우스트』의 헬레나를 섞어놓은 인물이다. 그녀는 토마스의 부인이 되기 전에 바이히브로트의 기숙사에서 토니와 대화를 나누는 장면에서 이미 한번 소설에 등장한다. 그녀는 남들처럼 피아노를 치지 않고 바이올린을 켠다. 사치와 약간의 오만함, 예술가적 경향과 우아하고 이국적인 분위기, 건강한 치아를 통해 암시되는 활력이 게르다의 특징이다. 그녀의 눈가에는 푸르스름한 그림자가 드리워져 있다. 그녀는 음악으로 접근하는 사람 이외에는 어느 누구에게도 냉랭한 거리를 취한다. 토마스와 그녀와의 관계도 항상 냉랭하며 두 사람은 사랑으로 결합되어 있다기보다는 서로 예절을 차리며 생활해 간다. 그녀는 또한 트로타 소위와의 애매한 관계에서 볼 때 도덕적인 견지에서도 미심쩍은 구석이 있다. 토마스는 게르다가 사랑하는 까다로운 음악을 이해하지 못하고 그녀는 토마스의 음악적 취향을 저속하다고 평가한다.

소설에서 제시되는 게르다의 상은 한마디로 수수께끼 같은 모습이다. 그녀는 나이가 들어서도 변함없이 아름다움을 유지한다. 쉬 늙어버리는 남편과는 달리 그녀는 늙지 않는 것 같다. 하지만 그녀의 아름다움은 토니의 발랄한 건강미와 비교해 볼 때 어딘가 병적이며 신비한 느낌을 준다. 예술가로서 그녀는 바그너를 좋아하고, 남편보다 크리스찬과 더 잘 소통한다. 그녀는 남편과 아들이 죽었을 때나 마지막에 암스테르담으로 떠날 때도 아무 말이 없다.

그녀는 토마스 만의 어머니와 비슷하지만 실제로 얼마나 닮았는지는 정확히 알 수 없다. 아무튼 그녀는 『작은 프리데만씨』에 나오는 게르다 폰 린링엔과 본질과 외모에서 매우 흡사하다. 젊은 작가가 아무튼 그녀에게 매혹과 거부라는 상반된 감정을 한데 섞어놓은 것은 틀림없다.

그 외의 인물들 소설의 주인공이 아닌 여타의 인물들은 소설에서 반어적으로, 때때로 희화적으로 그려진다. 그들은 부수적인 인물로 소설에 잠깐 등장했다가 다시 사라지고 만다.

토니의 부모는 함부르크의 상인인 그륀리히를 사윗감으로 신중하게 고른다. 가꾸지 않은 원래 그의 외모는 별로 호감을 주는 모습이 아니다. 그륀리히는 이러한 외모를 단정한 복장과 깍듯한 예절, 돈독한 신앙심으로 메우려고 한다. 이러한 거동과 과장된 말투는 토니의 조롱감이 되어 그에게 불리하게 작용한다. 그륀리히가 토니와 결혼하려는 의도는 무엇보다도 부잣집과 결혼하여 그 지참금으로 자신의 빚을 갚고 도움을 받으려는 것이다. 이 목적을 달성하기 위해 그는 온갖 술수를 부린다. 토니의 부모는 그가 목사의 아들이라는 점과 행실이 바르다는 점에 금방 혹해버린다. 그는 토니 앞에 무릎을 꿇고 그녀의 동정심에 호소하며 자살하겠다고 협박한다. 그가 하도 실감나게 연기하는 바람에 토니의 마음이 흔들리게 된다. 그는 토니와 결혼한 이후에도 어려움이 닥칠 때마다 상대에 따라서 능수능란하게 다른 모습으로 연기한다. 토니가 그를 버리고 떠나 이제 더 이상 그녀를 이용할 기회가 사라지자 그는 냉혹한 사기꾼의 면모를 드러낸다.

토니는 그륀리히와 약혼하기 전에 트라베뮌데에서 수로 안내인의 아들인 의과 대학생 모르텐 슈바르츠코프와 사랑에 빠진다. 모르텐은 3월 혁명 전기의 정치적 견해를 대변한다. 그는 혁명가적인 모습을 보이며 불법의 영역으로 이행한다. 자신을 제3계급인 부르주아로 느끼며 귀족을 증오하는 모르텐이 요구하는 것은 평등, 언론의 자유, 상공업의 자유이다. 그는 심지어 토니에게 '공주'니 '귀족'이니 하면서 그녀를 자신의 적대 세력에 편입시킨다. 그의 과격한 정치적 태도는 그의 어색하고 서투른 행동과 맞지 않는다. 그가 토니에 대해 한 말도 하나의 원칙일 뿐이다. 그가 토니에게 키스를 할 때 부르주아와 귀족 간의 적대관계는 적어도 이 순간에는 원칙적으로만 존재할 뿐이다.

모르텐 슈바르츠코프는 소설에서 정치적으로 진보적인 입장을 대변하는 유일한 인물이다. 반면에 토마스는 문학적인 영역에서, 게르다는 음악적인 면에서, 하겐슈트룀 가는 사업상의 일에서 보수적인 뤼베크 시민의 일반적인 관점을 넘어서고 있다. '신흥 부르주아 계급'인 하겐슈트렘 가 사람들의 특징과 주요 행태는 현대 한국 사회의 '천민 자본주의자들'과 비교해 볼 수 있다. 오늘날 한국에서도 부동산 투기를 해서 벼락부자가 된 사람 등, 돈은 있으되 교양은 찾아볼 수 없는 인간 유형이 쉽게 관찰되기 때문이다.

정치적인 입장에서 모르텐과 대응되는 인물은 레브레히트 크뢰거 노인을 들 수 있다. 부덴브로크 영사의 장인인 그는 토마스의 할아버지인 요한 부덴브로크와 같은 세대에 속하는 사람이다. 레브레히트 크뢰거는 철두철미 보수적인 사람이다. 그는 커다란 저택에서 호화스럽게 살며 현재의 부귀영화를 즐긴다. 1848년에 폭동이 일어났을 때 그는 모든 민주화 경향에 분노를 터뜨리는 골수 보수적인 태도를 드러낸다. 그는 시의회 앞에 몰려와 소동을 벌이는 사람들을 '불한당들'이라고 경멸적으로 욕한다. 그는 집으로 가는 도중에 가슴에 작은 돌멩이 하나를 맞은 후 숨을 거두고 만다.

토니는 뮌헨 출신의 알로이스 페르마네더와 재혼한다. 그는 뤼베크 사람들과 달리 엄격하지 않고 야심이 없으며 위엄이 없다. 하지만 그는 소박하고 친절하며 솔직한 다른 특질을 지니고 있다. 돈과 사회적인 가치 평가는 그에게 그다지 중요하지 않다. 작가는 그를 통해 부덴브로크 가의 생활 형식과 삶의 태도를 비판하고 있다고 볼 수 있다.

페르마네더와 가장 대조적으로 등장하는 뤼베크 사람은 세세미 바이히브로트이다. 그녀는 등이 굽어 키가 책상 높이 밖에 되지 않는다. 그녀의 고집스런 독특한 생각과 그녀의 언니 케텔센을 바라보는 시각을 작가는 이렇게 기술한다.

> "글줄깨나 읽은, 그러니까 거의 박식하다고 할 수 있는 테레제 바이히브로트는 진지하고도 사소한 싸움들을 겪으며 어린이 같은 신앙심, 긍정적인 종교심과 저 세상에 가서 언젠가는 자신의 힘들고 미미한 삶이 보상받을 거라는 확신을 간직해야 했다. 반면에 케텔센 부인은 무학이고 순진무구한데다가 우직한 품성을 지녔다. 세세미는 '착한 넬리'라고 말했다. 그녀는 어린아이 같아서 결코 회의를 품는 일이 없고, 싸움할 일이 없으며 그저 행복하기만 하다……"[6]

이 말에는 부러움뿐만 아니라 멸시의 감정도 배어 있다. 이러한 태도는 예술가 토니오 크뢰거가 푸른 눈에 금발의 평범한 사람을 바라보는 시각과 흡사하다.

---

6 앞의 책, 113쪽.

시민성의 약화

독일적인 시민성이란 근면, 업적, 생산성, 시간관념, 절약 및 냉정한 유용성을 통해 특징지어지므로 그것은 일반적으로 게으름, 사치, 시간낭비 및 무용성을 통해 위협받는다. 시민적 개인의 삶은 그가 거둔 업적으로 평가받는다. 아무것도 거두지 못하는 자는 시민사회의 무용지물인 셈이다. 시민사회의 대응 세력들은 경제적인 의미에서 볼 때 아무 쓸모없는 것이다. 부덴브로크 가에서는 무엇보다도 병, 죽음, 사랑 그리고 음악, 바다, 형이상학, 종교 및 철학이 중요한 모티프 영역들이다.

병에 걸리면 시민적인 업적의 요구가 면제된다. 그런 점에서 병은 사람을 무책임한 방식이긴 하지만 자유롭게 만든다. 특히 크리스찬은 신경이 너무 짧고 왼쪽 부위가 아프다면서 이러한 점을 이용한다. 토마스가 오히려 둘 중에서 자기가 더 환자라고 말하자 크리스찬은 격분한다. 그는 환자로서의 영예를 형에게 빼앗기지 않으려고 발버둥친다. 하지만 그는 고통 경쟁에서도 형에게 지고 말았음을 시인해야 한다. 크리스찬은 형이 죽자 크나큰 외경심을 품는다. 그는 "형이 이겼어, 내가 무릎을 꿇을게"[7] 하고 생각하며 형의 임종 장면에서 자신의 패배를 인정한다.

시민사회에서 죽음이란 더할 나위 없는 의문을 제시한다. 왜냐하면 그것은 인생에서 성취한 모든 것을 무용지물로 만들어버리기 때문이다. 토마스는 영원과 불멸이라는 문제에 대해 역사적인 대답을 해서 자신은 선조들 속에 살아있었고 후손들 속에서도 살아있을 거라고 스스로에게 말한다. 그것은 시민적 업적에 죽음을 넘어서는 의미를 부여하려는 것이다. 하지만 죽음을 목전에 둔 지금 그것이 스러지고 없어졌음이 드러나며 단

---

7 『부덴브로크 가의 사람들 2』, 같은 책, 389쪽.

한순간도 마음의 동요 없이 죽음을 맞이할 태세를 지니는 게 불가능하게 된다. 죽음은 업적과 형식에의 의지를 조롱하며 비웃는다. 죽음은 더럽고 구역질나며 무형식이다. 토마스가 피를 흘리며 옷을 더럽힌 채 집에 운반되어 오자 부인 게르다는 토니에게 이렇게 말한다. "사람들이 그를 데리고 왔을 때 그가 어떤 모습이었는지! 그는 평생 동안 몸에 먼지 하나 안 묻혔지……. 아, 마지막을 그런 꼴로 장식해야 한다는 것은 치욕이고 수치야……!"**8**

부유한 부덴브로크 가에서 반지를 얻은 자에게 사랑은 금지된다. 사랑하는 자는 시민성을 위협하고 회사에 손실을 끼친다. 부덴브로크 가에서 사랑은 억압되거나(토니의 모르텐에 대한 사랑, 토마스의 꽃가게 점원에 대한 사랑) 사랑에 빠진 사람은 가문에서 쫓겨난다(자신의 가게와 결혼한 것이나 다름없는 고트홀트). 고트홀트가 첫째 부인한테서 태어난 아이란 사실이 우연이라고 할 수 없다. 요한 부덴브로크에게 안토아네트와의 두 번째 결혼은 존경어린 이성적 결혼이었던 반면, 첫 번째 결혼은 사랑으로 맺어진 결혼이었다. 그래서 부덴브로크 가의 논리에서 볼 때 고트홀트의 어머니는 죽어야 하는 반면 안토아네트는 오랫동안 살아남을 수 있게 된다.

부덴브로크 가족 중에서 건강한 사람은 음악에 소질이 없다. 게르다가 폰 트로타 소위와 음악을 연주하는 것은 이미 시민적 형식을 위협하고 있다. 하지만 아직은 그 형식을 무너뜨리지는 않는다. 하지만 하노의 음악에 대한 사랑은 그 성질상 도취, 망아, 몰락에의 욕구, 에로틱 및 방종이다. 그는 바그너에 의해 영감을 받은 음악적 환상으로 일상적인 시민적 의무의 중압감에서 해방된다.

---

8 앞의 책, 382쪽.

쇼펜하우어 철학과 죽음

소설에서 토니, 죽기 전의 토마스, 그리고 하노는 당연히 바다를 사랑한다. 바다는 의식을 상실하고 시공감각이 사라지는 풍경으로 토마스 만의 형이상학의 풍경이다. 반시민적인 바다 형이상학은 쇼펜하우어 철학을 연상시킨다.

> "두 눈은 아무 힘들이지 않고 고통도 없이 주위를 두리번거리며 망아의 경지에 빠져 초록빛의 망망대해 너머를 바라보았다. 거기로부터 아무런 방해 없이 자유롭게 쏴쏴 하는 부드러운 소리와 함께 강력하고, 신선하고, 야성적이고, 맛있는 냄새를 풍기는 미풍이 불어왔다. 귓전을 감싸는 그 미풍은 쾌적한 현기증을 불러일으켰다. 약하게 마비가 되면서 시공과 한정된 모든 것을 떠나 조용히 행복하게 의식이 몽롱해져 갔다."[9]

종교와 철학도 바다 형이상학과 관계를 맺는 한 반시민적이다. 쇼펜하우어 철학은 토마스에게 에로틱하고 행복을 가져다주며 해방적이다.

> "그는 울었다. 이 세상의 어떤 고통스러운 감미로움과도 비교할 수 없을 정도의 행복감에 고양된 듯이 기뻐 어쩔 줄 몰라 얼굴을 베개에 파묻고 몸을 떨며 울었다."[10]

쇼펜하우어의 철학은 토마스에게 죽음을 대비하게 만든다. 토마스는

----

9 앞의 책, 318쪽.
10 앞의 책, 352쪽.

이 체험을 아직은 확고하게 붙잡아 둘 수 없다. 다음 날에는 시민성이 다시 그에게 우월한 위치를 차지한다. 하노에 이르면 꿈과 음악, 바다와 무시간성을 너무나 사랑하기 때문에 그는 죽음에 더 이상 저항하지 않는다. 그래서 마치 쇼펜하우어의 철학이 최종적인 발언권을 얻고 있는 것처럼 보인다. 하지만 쇼펜하우어는 죽음과 자살을 옹호하지 않았기 때문에 토마스와 하노의 죽음에의 공감은 오히려 신낭만주의 경향의 수용에 불과하다. 또한 토마스 만을 매료시킨 것은 쇼펜하우어 철학의 의지 부정의 구원론이나 불교적인 금욕적 요소가 아니라 에로틱하고 신비적인 요소였다. 세기말의 데카당스 분위기와 몰락 현상에 관심을 가졌던 토마스 만은 쇼펜하우어 철학을 통해 "죽음에 대한 열망을 고조시킨 것이 아니라 오히려 어느 정도 누그러뜨린다."[11] 소설에서 쇼펜하우어 철학은 작가가 넘어서는 한 단계일 뿐이다. 토마스는 그의 책을 읽고 엄청난 감동에 사로잡히지만 곧 그 책을 치워버린다. 며칠 후에는 그 사건이 잊혀버리고 만다. 이로써 소설은 쇼펜하우어에서 일단 멀어진 것처럼 보인다.

몰락의 이유

부덴브로크 일가에서 몰락과 세련은 연관관계를 맺고 있으며 양자가 동일한 진행과정이라는 것을 아무도 외면할 수 없다. 네 세대가 흘러가는 40여 년 동안 점점 더 일가는 병적으로 되어 갔을 뿐만 아니라 더 복잡해지고 세련되어 간다. 환상, 차별성 및 심리적인 형안이 증가해 감에 따라 활력과 연령이 감소해 간다. 요한 부덴브로크 노인은 고령으로 사망하지만 하노는 어린 나이에 죽는다.

----
11 헬무트 코프만, 『소설의 곡예사』, 류은희 편역, 문학과지성사, 2000, 85쪽.

그러나 부덴브로크 가뿐만 아니라 라텐캄프 가, 크뢰거 가, 될만 가, 키스텐마커 가도 함께 쇠락한다. 부덴브로크의 새 집도 원래는 라텐캄프 가가 살다가 몰락하여 그 집을 팔고 이사를 갔던 것이다. 하지만 다른 가문들은 활력의 감소나 지적 음악적 세련을 겪지 않기 때문에 부덴브로크 가보다 몰락의 정도가 훨씬 미미하다. 다른 가문은 딱히 그렇다고 말할 수 없지만 부덴브로크 가가 쇠락하는 것은 그들의 감정과 사고력이 점차 세련되어 가기 때문이다.

시의원이자 시장의 오른팔 격인 토마스는 시에서 그의 선조들이 누리지 못했던 탄탄한 정치적 지위를 차지한다. 부덴브로크 가의 경제적 사회적 상황은 결코 나쁘지 않다. 사실 사업이 번창하는 것은 아니고 토마스가 상당한 재산상의 손실을 입었어도 재산을 그대로 유지할 수 있었다. 그러므로 몰락의 이유는 그보다 더 깊은 곳에 있는 것이다.

루카치는 독일 시민이 부르주아 계급으로 발전 변화해 간 데서 그 이유를 찾고 있다. 토마스 만의 표현에 따르면 독일 시민은 잠깐 잠든 사이에 그러한 변화를 놓쳐버렸다고 한다. 하지만 루카치가 볼 때 그러한 변화는 소설의 밑바탕에 깔려 있으며, 몰락해 가는 사람들은 새로운 경제적 형식에 적응해 갈 수 없었고 적응하려고 하지도 않았다. 그들은 시민으로 남아 있으면서 신흥 부르주아 계급인 하겐슈트룀 가에게 자리를 비워주게 된다. 하지만 다음의 이유에서 이런 주장은 반박의 여지가 있다. 소설에서 파산하는 사람들 모두가 시민은 아니며 그들 중에 많은 사람들은 부르주아 계급이지만 다른 여러 가지 이유로 파산한다. 위에서 언급한 이유들로 전체 계급의 대변자가 아닌 부덴브로크 가만이 양심의 가책이 없는 부르주아 계급과 확연히 구별된다. 그들은 경제적으로도 나쁘지 않다. 토마스는 이례적으로 입도선매 사업에 뛰어들었다가 우박을 맞아 농사를 망치고 만다. 그러므로 그들의 몰락을 경제적인 이유 탓으로 돌리는 것은 부분적인 설명밖에 되지 못한다.

쇠락의 이유를 생물학적인 탓으로 돌리는 것도 불충분하다. 서로 가까이 사는 사람들끼리 결혼을 함으로써 몰락이 일어나는 것이 아니다. 가족 구성원들이 멀리 있는 배우자와 결혼하면 할수록 그만큼 더 몰락이 가속화된다. 반면에 그 전 세대는 뤼베크의 문벌가에서 짝을 찾았다. 게다가 하겐슈트룀 가는 친척끼리 결혼한다. 부덴브로크 가는 활동 범위를 넓히려고 할 때마다 번번이 실패하고 만다. 크리스찬은 지구의 반을 돌아다니지만 결국 이것저것 다 실패하고 귀향한다. 토니는 외지에서 기반을 잡으려고 두 번이나 결혼하지만 실패하고 만다. 막내딸 클라라는 때맞춰 멀리 동프로이센에서 죽는다. 그리고 그녀의 유산은 그녀 남편한테 돌아간다. 모든 것이 그야말로 문자 그대로 가족 탓으로 환원된다. 토마스도 행복을 먼 데서 찾지만 실패로 돌아간다. 그가 토니와 대화하는 중에 암시하는 게르다의 생소함과 냉담함과 아울러 생활에 무능한 하노가 그의 의식과 희망을 앗아간다.

세 번째로 부덴브로크 가 사람들이 식사를 지나치게 많이 해서 파멸을 겪게 된다는 견해가 있다. 하지만 너무 많이 마시고 죽거나 과자를 많이 먹어 당뇨병에 걸리는 경우는 오히려 부덴브로크 가에서 일어나는 것이 아니라 다른 가문에서 주로 일어난다. 다른 한편으로 끊임없이 먹어대는 클로틸데는 끝까지 건강하며 멍청하다. 그렇다면 부덴브로크 가의 감수성과 지적인 발전은 어떻게 설명할 수 있는가?

경제적, 유전 생물학적, 생리학적 이유도 몰락의 유일한 이유는 아니다. 몰락 현상은 그 병원체를 알 수 없는 병의 징후들일 따름이다. 반면에 의지는 많은 개별적 사실들로 전체를 이루어 전체적 연관관계를 형성하는 조직적인 힘이다. 의지가 없이는 그 현상들은 혼란스러운 상태로 남는다. 여러 현상들을 하나로 묶어 몰락과 세련화를 유발시키는 일을 하는 것이 의지다. 의지는 단지 개별사건을 단순히 더하는 총계가 아니라 자장 위의 자석처럼 조정자로 기능한다.

의지와 현상을 근본적으로 분리시킴으로써 우리는 쇼펜하우어의 사색 체계의 한가운데 위치하게 된다. 정자에서 독서를 하는 토마스에게 그것의 중요성은 공공연한 사실이다. 그리고 이러한 사실은 여러 해석들에서 상세히 파헤쳐지고 있다. 쇼펜하우어의 경우에는 예술, 그것도 음악이 월계관을 차지한다. 이러한 테제가 규명되기 위해서는 쇼펜하우어의 사고를 간단히 요약 정리할 필요가 있겠다.

의지와 표상으로서의 세계

플라톤의 이원론과 칸트의 사물 자체와 현상이라는 이분법에서 출발하여 쇼펜하우어는 세상을 표상으로서의 세계와 의지로서의 세계라는 두 가지 점에서 고찰한다. 사물 자체로서의 의지의 세계는 합리적 인식으로는 도달할 수 없는 세계다. 의지란 시공의 저편에 존재하고 인과성의 법칙에 종속되지 않으므로 그 자체로는 인식될 수 없다. 하지만 의지는 현상들 속에서 자신의 모습을 드러낸다.

또한 인간이 이러한 의지에 전적으로 예속되면 그의 이성은 영원히 충동과 욕망이라는 끈에 조종당하게 된다. 하지만 이제 인간의 경우에는 의식의 단계에 따라 인식이 의지에 봉사하는 것을 그만두고 자기 길을 가게 된다. 이러한 일은 여러 단계별로 일어난다. 순진한 상태에는 순수한 의지가 지배하고, 종교에서는 인간은 좀 더 높은 상태에서 자기의 욕구를 실현한다. 학문과 철학에서는 단지 개별적인 객체만을 파악할 따름이다. 예술 속에서 비로소 인간은 개별적 현상을 넘어서서 토대가 되는 이념을 고찰한다. 모든 예술 장르들이 좀 더 높아가는 단계에서 의지의 이념을 파악하는 반면에 예술들 중에서 가장 높은 위치에 있는 음악은 의지 자체를 직접 인식한다.

이러한 예술 형이상학에서 예술가에 대한 이중적인 견해가 도출된다. 즉 예술에 대한 생각이 고도로 세련되면 될수록 예술가의 존재가 그만큼 더 위협받게 되기 때문이다. 한편으로 예술가의 존재는 쇼펜하우어가 단순히 자연의 대량 생산품이라 일컫는 보통 사람들보다 월등히 고상하다. 보통 사람들은 모든 개별적 현상들을 자신의 의지에 대한 그들의 내적 관계 속에서만 볼 수 있는 반면에 천재의 시선은 이념을 향하고 있다. 다른 한편으로 예술가들은 개인적 의지에 무관심하고 그것을 포기함으로써 필연적으로 활기 있는 삶에 대한 욕구를 소홀히 하게 된다. 천재란 계속 의지를 지향하지 않는다 하더라도 보통 사람들보다 훨씬 더 위험한 상태에 처하게 된다. 그리하여 지성이 보통 수준을 넘어섬으로써 비정상적인 상태나 광기로 치닫는 경우가 생길 수 있다. 인간의 경우에 인식의 정도가 서로 상이한 나머지 천재와 범인이라는 구분뿐만 아니라 인식능력에 따라서도 어느 정도 구분 지어진다. 의식의 단계는 동일인의 경우에도 굴곡이 심하다. 인류의 역사가 우둔함, 미신 및 예감에서 빠져나와 고통스러운 고도의 인식으로 상승하듯이 개개인이나 가문도 그러한 발전을 하게 된다.

소설의 처음에 보면 우리는 부덴브로크 노인이 처세술에 능한 현명한 상인으로 건강하고 반성적 사고를 하지 않는 사람임을 알 수 있다. 그는 표상의 세계 한계 내에서 사고하며 근거율에 예속되는 개별적 현상만을 이해할 능력이 있다. 그가 큰아들을 미워하는 이유는 진정 사랑한 첫째 부인이 그 아이를 낳다가 사망했기 때문이다. 그는 사건들을 이해 가능한 인과적인 연관관계에서만 파악한다.

의식의 여러 단계

식탁에서 나누는 장황한 대화는 부자간의 차이와 단계를 두드러지게 드러내준다. 정치에서 요한 부덴브로크는 질서를 중시하는 나폴레옹을 지지하고 쟌은 자유를 대변하는 루이 필립을 옹호한다. 이러한 차이는 다른 차원에서 정원을 어떻게 관리할 것인가 하는 데서도 드러난다. 아버지는 정원의 숲이 무질서하게 마구 자라는 것을 못마땅하게 생각해서 풀을 잘 가꾸고 나무를 원통과 주사위 모양으로 다듬고 싶어 한다. 그러므로 그에게는 프랑스적인 정원이며 프랑스어가 그의 취향에 부합된다. 하지만 기독교적인 생각을 지닌 아들은 나폴레옹을 비판하며 정원의 숲이 자연 그대로 무성하게 자라게 하는 것이 좋다고 말한다. 영국적인 정원에 감동하는 쟌의 발언에서 베르터적인 자연관이 엿보인다.

요한 부덴브로크의 합리주의가 18세기에 뿌리박고 있다면 쟌은 열광적으로 낭만주의를 지지하고 있다. 하지만 아직 그의 믿음은 심미적인 특징이 아니라 기독교적인 특징을 지니고 있다. 그의 종교적인 특성은 나이를 먹어 감에 따라 더 뚜렷하게 드러난다. 그가 죽고 난 후 나중에 그의 집은 경건주의적인 사람들이 모이는 장소가 된다. 종교는 쟌의 의식과 환상을 확장시켜 준다. 왜냐하면 쟌은 순진성과 확고부동함이 사라짐에 따라 어떤 정신적·종교적인 지주가 필요했기 때문이다. 종교는 의식의 상승이자 동시에 활력이 감소하는 원인, 조짐 및 그에 대한 대용품이다.

의식화와 활력이 감소하는 과정은 종교의 단계를 넘어서서 다음 세대에 가서는 할아버지의 계몽주의를 지나 19세기적인 문제성과 맞닥뜨리게 된다. 토마스는 쇼펜하우어와 조우하게 되며 하노는 바그너 체험에서 그 정점에 달하게 된다. 그런 점에서 볼 때 부덴브로크 가의 발전은 개별적인 현상일 뿐만 아니라 베르터에서 바그너에 이르는 낭만적인 의식화 과정을 반영하고 있다. 경건주의자인 아들 토마스는 기독교적인 신앙을 넘어서서 죽음의 형이상학에서 위안을 찾는다. 즉 종교의 자리에 철학이 대신 들어앉는다. 부덴브로크 가의 마지막 자손은 급기야 음악에 완전히 빠져들어 그의 의지는 마비되고 만다.

순진성-종교-철학-예술, 한 가문의 몰락과 상승에는 이 네 개의 의식화 단계가 자리하고 있다. 하지만 그것은 동시에 인류의 의식화 단계이자 문화 단계이기도 하다. 그리하여 네 세대가 흘러가는 가운데 역사적인 원의 지가 또 한 번 모사되고 반복된다. 그러므로 부덴브로크 가의 몰락은 특정한 상황의 불리한 좌표에서 설명될 수 있는 개별적인 사실이 아니고 의지의 필연적인 전개 과정인 것이다. 그리고 그것은 헤겔이 말하는 단계에서가 아니라 쇼펜하우어가 생각한 단계에서 벌어진다. 부덴브로크 가의 운명에는 동일한 것의 영원회귀라는 법칙이 주도권을 행사한다.

소설에서 계절의 진행은 흥망성쇠의 순환을 상징적으로 보여주고 있다. 소설에는 기온, 기상, 식물의 성장, 냄새 및 대기와 같은 계절의 여러 현상이 상세하게 묘사되고 있다. 바다에 대한 상세한 묘사를 제외하고는 자연은 넓은 의미에서 계절이 바뀌는 순간에만 눈에 드러나고 있다. 미지근한 봄날, 따뜻한 여름날, 축축한 가을 저녁 그리고 무엇보다도 성탄절은 계속적인 순간이라는 측면에서 묘사된다. 그리하여 가족의 구성원이 사망하는 경우 계절은 늘 특별한 중요성을 지니게 된다. 영사는 사람을 답답하게 짓누르는 무더운 날씨와 함께 비바람이 몰아치자 곧장 사망한다. 토마스는 겨울날에 회의를 하다 말고 이가 아파 브레히트의 치과병원에서 이를 빼고 나오다가 넘어져 눈 녹은 진탕에 처박히고 만다. 그리하여 요한은 연초에, 쟌은 늦여름에, 토마스는 겨울에 그리고 하노는 연초에 죽는 것이 우연한 일은 아니다. 이로써 계절이라는 면에서도 순환이 완수된다.

예술가가 된, 길 잃은 시민을 그린
중편『토니오 크뢰거』

『토니오 크뢰거』와 『이멘 호(湖)』

"금발의 잉에! 『이멘 호』[1]를 읽지 않고 그런 시도조차 하지 않아야 너처럼 명랑하고 아름다울 수 있겠지. 그거야말로 슬픈 일이 아닌가!"[2]

토니오는 춤추다가 실수를 한 뒤 홀로 복도에 나와 『이멘 호』를 읽을 때를 회상하며 잉에에 대한 그리움과 회한에 잠긴다. 『이멘 호』는 주제 면에서 『토니오 크뢰거』와 연결되는 슈토름의 작품이다. 거기서는 어린 시절 첫사랑에 대한 경험이 훗날 노인의 입을 통해 전개된다. 격정적인 내용은

---

[1] 노년을 맞은 주인공 라인하르트가 젊은 시절에 사랑했던 엘리자베트를 회상하는 형식으로 짜인 소설은 아련한 첫사랑의 기억과 사라져버린 청춘에 대한 허무함이 작품 전체에 감상적이며 시적인 언어로 잔잔하게 흐르고 있다. '저 푸른 산 너머에 있던 우리들의 청춘이 지금은 어디에 있는가'라고 묻는 주인공 라인하르트의 독백을 통해 사랑에 대한 동경과 사랑을 잃은 뒤의 무상과 체념을 느낄 수 있다. 엘리자베트가 예술성을 대표하는 라인하르트 대신에 에리히를 선택한 것은 정신적인 것과 아름다운 것에 대한 속물주의의 승리를 뜻하고 그런 점에서 이런 결말은 비극적이다.

[2] 토마스 만, 『베네치아에서의 죽음 외』, 홍성광 역, 열린책들, 2006, 139쪽.

없고 스토리는 잔잔하게 진행된다. 분위기는 마치 황순원의 「소나기」를 연상케 한다. 라인하르트는 예술가 성격의 시인 유형이다. 엘리자베트를 사랑하면 적극적으로 연락을 해서 결혼을 하든지 해야 하는데 그는 수수 방관하다가 기회를 놓친다. 베르터와 마찬가지로 그에게 진짜 결혼 의사가 있는지도 의문스럽다. 반면 에리히는 성실하고 적극적이며 매우 현실적이다. 부모한테 물려받은 재산도 있으니 여자 쪽에서 볼 때 적당한 신랑감은 에리히이다.

토마스 만의 『토니오 크뢰거』에 많은 영향을 준 『이멘 호』는 슈토름 (Theodor Storm, 1817-88)의 애잔한 사랑 이야기이다. 이루어질 수 없었던 젊은 시절의 사랑 이야기가 목가적 분위기에서 전개된다. 1850년에 발표된 『이멘 호』는 슈토름의 대표적인 초기 작품으로, 작가가 살아있을 때 이미 30판을 찍었을 정도로 널리 알려진 노벨레이다. 젊은 날의 청춘과 사랑을 회상하는 고독한 늙은 남자의 이야기가 우수 어린 체념적 분위기가 지배하는 서정적 이미지들 속에서 전개되며, 줄거리 또한 딸기 찾기, 홍방울새의 죽음, 수련꽃 등과 같은 상징적 장치에 의해 진행된다. 이야기는 회상을 통한 겉과 속의 이중구조로 되어 있는데, 과거에 대한 회상은 이미 그 자체 내에 체념과 순응의 성격을 내포하고 있다.

이러한 체념적 비관주의는 냉혹한 현실에 대한 적극적인 도전이나 운명에 대한 격정적인 저항 없이 추억과 전원 세계에서의 고독, 평온, 겸손, 비애로 나타난다. 그 작품에서 두 남녀의 운명 순응적인 태도는 나폴레옹의 패배 이후 프로이센의 복고반동 체제와 아울러 1848년 혁명의 좌절로 야기된 비더마이어 문학의 주요 모티프를 보여주기도 한다. 이 작품은 또한 예술성과 시민적 삶의 갈등을 다루고 있는데, 주인공 라인하르트의 예술성은 에리히로 대변되는 속물적 시민성에 패하고 만다. 라인하르트는 사색적이며 예술적 감수성을 지닌 주인공이고, 라인하르트가 사랑한 엘

테오도르 슈토름

리자베트는 어머니의 결정에 따라 에리히와 결혼한다. 큰 농장을 소유한 에리히는 현실적이고 건실하며 출세지향적인 청년이다.

시인이나 작가와 같은 예술가는 아무래도 일반 사람보다는 비현실적이다. 예술가가 너무 현실적이면 작품을 창작할 수 없다. 예술가가 살아가면서 세상의 현실 사이에서 겪는 갈등이 그것이다. 세상에 너무 치우쳐서도 안 되고 그렇다고 너무 작품 세계에 빠져서도 안 된다. 정상적인 길에서 벗어나 예술의 길에 들어선 토니오는 평범한 것을 우울하게 동경하며 살아간다. 금발에 푸른 눈을 지닌 사람들을 동경하지만 거기에는 멸시의 감정이 들어 있다. 그것이 에로틱한 아이러니이다. 토니오는 그들을 사랑하지만 자신이 그들보다 정신적으로 우월하다고 느끼는 것이다. 그러나 토니오는 자기가 엄청난 예술가가 된다 한들 그들로부터 사랑받는다는 것은 요원함을 알고 있다.

"금발의 잉에. 내가 풍차를 추다 가련하게 넘어지자 넌 나를 보고 마구 비웃었지. 그런데 내가 제법 유명한 사람이 된 지금에도 나를 그토록 비웃겠느냐? 그래, 넌 그럴 거야. 그리고 그러는 것이 지극히 당연할 것이다! 그리고 내가 아홉 개의 교향곡, 『의지와 표상으로서의 세계』, 〈최후의 만찬〉을 순전히 혼자의 힘으로 이룩해냈다 하더라도 나를 비웃는 너의 생각이 영원히 옳을 것이다…… 그는 그녀를 바라보았다. 그러자 자신에게 그토록 친숙하고 자신과 통하지만, 그가 오랫동안 기억에 떠올린 적이 없는 어떤 시구 하나가 그의 뇌리에 떠올랐다. '난 자고 싶은데, 넌 춤을 추겠다는구나.' 그는 이 시구를 아주 잘 알고 있었다. 이 시구에서 말하고 있는 감정에는 우울하고도 북방적이며, 진실하고도 서투른 둔하고 굼뜬 감정이 담겨 있었다."[3]

길을 잘못 든 시민

열네 살의 문학소년 토니오 크뢰거는 영사의 아들이다. 그는 '금발'에 '푸른 눈'을 지닌 동급생 한스 한젠의 건강한 생활 감정을 선망한다. 하지만 한스는 시를 쓰고 이름 또한 이상한 토니오[4]에게 별다른 관심이 없다. 이 사실이 토니오를 우울하게 만든다.

열여섯 살이 된 토니오는 이번에는 잉에 홀름을 사랑하게 되지만 그녀 역시 그에게 아무런 관심이 없다. 시민적 삶을 대변하는 그들에 대한 토니오의 사랑에는 부러움뿐만 아니라 멸시의 감정이 담겨 있다. 삶을 대변하는 이들에게 정신을 대변하는 토니오는 에로틱한 아이러니를 느낀다. 평범하고 저속한 시민생활을 이해하지 못하는 토니오는 탐미적 예술을 추구하던 습작기를 거쳐 작가가 된다. 창작의 외길만을 추구했지만 아직도 건강한 삶에 대한 동경을 품고 있는 토니오는 여자 친구 리자베타와 대화를 나누다가 북쪽으로 여행을 떠날 결심을 한다.

리자베타는 토니오를 '길을 잘못 든 시민'으로 생각하는데, 여기서 시민이란 단순한 시민이 아니라 경제적 기반을 갖춘 부르주아를 의미한다. 리자베타는 그의 편지에서 삶에 대한 열망을 읽어낸다. 낯설게 변해버린 고향을 13년 만에 방문한 토니오는 공공도서관으로 변한 자신의 생가와 한

---

3 앞의 책, 204쪽.
4 독일에서 토니오는 안토니오, 즉 이탈리아 식 이름이고, 크뢰거는 북유럽식 성이다.

스의 집을 방문하며 아련한 그리움에 잠긴다. 토니오는 발트 해를 거쳐 햄릿의 고향인 덴마크의 올스고르로 해상 여행을 떠난다. 어느 바닷가 호텔에 투숙한 토니오는 그곳에서 축제의 저녁에 한스와 잉에를 닮은 두 사람을 발견한다. 하지만 이들은 그와 언어가 다른 사람들이다. 토니오는 정신과 예술에 사로잡혀 무감각해지고 황폐해진 자신을 새롭게 인식한다. 이러한 자기인식 과정을 거친 토니오는 리자베타에게 보내는 편지에서 '인간적인 것, 생동하는 것, 평범한 것에 대한 시민적 사랑'을 가슴에 품고 창작을 하겠다고 약속한다.

『토니오 크뢰거』의 성립과 구성

『토니오 크뢰거』는 1900년 12월에서 1902년 11월 사이에 쓰인 작품이다. 1장과 2장은 토니오 크뢰거의 문학소년 시절로 그는 단순한 예술을 추구한다. 3장은 창작 수련기로 탐미적 예술을 추구하며 예술지상주의 경향을 보인다. 4장에서 9장까지는 기성작가 시절로 인간적 예술을 추구하며 감상이 아닌 인식을 중시한다. 그래도 탐미적 원칙은 유지하고 있다. 예술가와 시민의 갈등을 다룬 이 소설의 배후에는 동성애적 사랑이 숨어 있다. 토마스 만과 그의 소설에는 세계가 정신과 자연으로 나누어져 있는데, 여기에는 다리가 놓일 수 없다. 소설에서 문학은 정신을 대변하고, 시민성은 자연과 삶을 의미한다.

『토니오 크뢰거』를 쓰기 전에 토마스 만은 습작 「굶주리는 사람들」에서 『토니오 크뢰거』와 유사한 주제를 선보이고 있다. 그 습작에서는 젊은 예술가 데틀레프와 릴리, 화가의 묘한 삼각관계가 벌어진다. 데틀레프는 활달한 릴리를 짝사랑한다. 데틀레프는 도취적인 축제가 벌어지는 공연장을 떠났다가 외로움을 느끼고 릴리에게 돌아가고자 한다. 그녀를 사랑하기 때문이다. 하지만 그는 가지 않고 물러나면서 만족감을 느낀다. 이 여자와 화가보다 자신이 우월하다고 생각하기 때문이다. 데틀레프가 바깥에 나와 겨울밤에 마차를 타려고 할 때 노상강도처럼 보이는 어떤 남자의 모습이 눈에 띈다. 신의 버림을 받고 추위에 떠는 궁핍한 남자이다. 자신을 음험하고도 슬픈 듯이 찬찬히 쳐다보는 이 남자의 눈길을 보고 데틀레프는 '우린 형제들이다! 우리 둘 다 굶주리고 있다'고 생각하며 '예술이란 그리움을 만들어내는 것'이라고 인식한다. 테틀레프는 사랑에 '굶주리는 자'로서 그 남자에게 쇼펜하우어적 연민을 느낀다. "우리 둘의 고향은 배반당한 자, 굶주리는 자, 하소연하는 자, 부정하는 자의 나라야. 그리고 자기멸시에 가득 찬 배반의 시간도 우리에게 공통되지. 우린 삶이며 어리석은 행복에 대한 굴욕적인 사랑에 빠져 있어."**5**

토마스 만은 『토니오 크뢰거』를 자신의 '베르터'라고 표현한다. 『부덴브로크 가의 사람들』을 쓰던 시기에 『토니오 크뢰거』를 구상한 토마스 만은 1899년 여름휴가를 이용해 뤼베크를 경유하여 덴마크를 여행한 적이 있는데, 이때의 인상이 작품에 반영되었다. 즉 토마스 만은 『부덴브로크 가의 사람들』에서 토마스와 하노를 죽음에 몰아넣음으로써 빠졌던 예술가적 위기를 극복하고 재충전 기회를 삼기 위해 『토니오 크뢰거』를 집필한 것이다.

『토니오 크뢰거』는 독일에 독특한 중단편 소설의 한 갈래인 '노벨레'로 분류된다. 원래 노벨레는 괴테의 정의에 따르면 '전대미문의 사건을 극적인 방식으로 구성'하는 것을 기본 특징으로 한다. 그러나 『토니오 크뢰거』에는 기상천외한 사건도 등장하지 않고 구성도 없으므로 노벨레에 대한 전통적인 정의와는 확연히 다르다. 그렇지만 『토니오 크뢰거』가 음악적

---

5 『베네치아에서의 죽음 외』, 같은 책, 113쪽.

구성 원리로 창작되었음을 고려하면 작가 나름으로 노벨레를 현대적으로 재해석한 작품이라 볼 수 있다. 말하자면 이 작품은 발단부, 전개부, 재현부, 종결부라는 소나타의 주(主) 악장과 유사한 구성으로 되어 있다.

이러한 구성이 작품의 씨줄이라면 날줄에 해당하는 것은 시도동기(Leitmotiv)이다. 토마스 만이 심취한 바그너 음악에서 시도동기란 특정한 멜로디나 화음 또는 음상(音像)이 동일한 형태나 또는 변주된 형태로 반복해서 등장하는 작곡기법을 말한다. 토마스 만의 작품에서는 그 기법이 특정한 대상이나 상황의 묘사, 사물상징, 인용구 등을 반복해서 서술하는 방식으로 나타난다. 가령 1장에서 고향 도시의 묘사는 13^6년 후 토니오 크뢰거가 뮌헨에서 뤼베크를 방문하는 장면에서 그대로 반복된다. 그러나 공간은 유사하지만 주인공이 느끼는 감정은 사뭇 다르다. 1장에서는 뤼베크가 아련한 동경을 불러일으키는 애틋한 공간으로 묘사되지만 실제로 방문했을 때는 낯설고 적막한 공간으로 드러난다. 토니오 크뢰거의 생가는 공공도서관으로 되어 있고, 도시의 명문가 자제인 토니오 크뢰거를 알아보는 사람도 없으며 심지어 자신이 투숙한 호텔에서는 경찰의 불심검문에 걸려 사기 혐의자로 몰려 체포당할 뻔하는 곤욕을 치르기도 한다. 토니오가 눈썹을 모으고 휘파람을 부는 행위도 난처하고 난감한 상황을 나타내는 시도동기이다. 그것은 그의 특유의 자세이자 표정이다. 그는 한스가 자신과의 산보 약속을 잊었을 때, 리자베타가 아틀리에에서 작업하는 중에, 북쪽 고향으로 가는 중 호텔 객실에서 이런 휘파람을 부는 동작을 한다.

또한 친구들과 발레 교습을 받는 장면이 덴마크 여행 중의 댄스파티로 반복되는 것도 시도동기 기법에 해당한다. 소년 시절 토니오 크뢰거가 동

---

6 13이라는 숫자는 하이네가 『독일. 어느 겨울동화』에서 13년 만에 고향 뤼베크를 방문하는 것과 연관되어 있다. 또한 『니벨룽겐의 노래』에서 크림힐트는 남편 지크프리트가 죽은 후 13년 동안 정절을 지킨다.

경한 한스와 잉에는 토니오 눈앞에서 멋지게 춤을 추는 반면, 토니오와 그를 짝사랑하는 막달레나는 춤을 추다가 넘어지고 만다. 그리고 슈토름의 시에서 인용한 구절 "난 자고 싶은데, 넌 춤을 춰야겠다는구나!"[7]가 반복되는 것도 시도동기 기법의 일종이다. 이 구절을 떠올리며 토니오는 '사랑하는데 춤을 춰야 한다는 굴욕적인 느낌'을 맛본다. 여기서 춤은 부르주아적인 생활양식을 대변한다. 그런데 그 세계에서 소외된 토니오는 춤을 잘 추지 못하므로 그들 세계에 끼어들 수 없다. 이처럼 정상적인 길에서 벗어나 예술의 길에 들어선 주인공은 정상적이고 평범한 것을 우울하게 동경하며 살아간다.

예술가와 시민의 갈등

토마스 만이 작품 활동을 시작하는 19세기 말의 초기 작품들은 세기말 사상에 침윤되어 있다. 1890년대는 자연주의 문학이 점차 쇠퇴하면서 비합리주의 경향의 신낭만주의, 인상주의, 상징주의가 나타나기 시작했다. 문명의 위기를 지나 문명의 몰락이 예감되던 이 시기에는 모든 것이 데카당스 개념과 연결되어 있었다. 토마스 만의 작품 역시 바그너, 니체, 쇼펜하우어를 배경으로 하고 있다. 바그너의 영향이 강하게 나타나는『베네치아에서의 죽음』을 쓴 뒤 그는 지금까지의 데카당스적 경향에 대해 중대한 자기반성을 하고『마의 산』에서 삶에 봉사하는 쪽으로 생각을 바꾼다. 그러나 삶으로의 완전한 전환은『선택받은 남자』에 가서야 이루어진다.

토마스 만과 그의 소설에는 세계가 정신과 자연이나 삶으로 나누어져 있는데, 여기에는 다리가 놓일 수 없다. 그런데 이 둘을 중개하는 것이 아

---

7 『베네치아에서의 죽음 외』, 같은 책, 137쪽, 204쪽.

『토니오 크뢰거』 중 삽화

이러니의 정신이다. 주인공 토니오 크뢰거와 그의 친구 한스 한젠은 둘 다 유복한 가정의 아들이다. 한스는 승마, 수영을 좋아하며, 금발에 푸른 눈을 지니고 있고, 토니오는 시를 쓰고 바이올린을 켜며, 남국적인 갈색 머리에 검은 눈동자를 지닌 모습이다. 영사의 아들로 열네 살 된 토니오 크뢰거는 시민적 특성을 고스란히 지닌 한스 한젠에게 반해 있지만 한스 는 토니오에게 그다지 관심이 없다.

한스와 산책을 하기로 약속한 토니오는 수업이 끝난 후 교문 앞에서 한 스를 기다린다. 그러나 한스는 약속을 잊어버리고 다른 친구들과 딴 곳으 로 가려다가 토니오를 만난다. 토니오는 약간 마음의 상처를 받지만, 이 미 집으로 간 줄 알았다는 핑계를 대며 화해하려는 한스의 태도에 마음이 풀어진다. 사실 화해를 거부할 의사가 전혀 없었던 토니오는 한스와 함 께 둑길을 따라 산책한다. 토니오는 여러 가지 상념에 사로잡힌다. 중요 한 점은 토니오가 한스를 좋아한다는 것과 그로 인해 많은 고민을 함으로써 '가장 많이 사랑하는 자는 패배자이므로 고통을 겪지 않을 수 없다'는 진리를 이미 터득하고 있다는 사실이다.

한편 열여섯 살이 된 토니오는 쾌활하게 웃으며 이야기하는 잉에의 모습에 반해 2년 전 한스를 볼 때 느끼던 감동 이상으로 강렬한 애정을 느낀다. 하지만 그녀 역시 토니오에게 아무런 관심이 없다. 토니오는 단지 잉에 곁에 있고 싶다는 생각에 열중한 나머지 춤을 추는 도중 정신을 잃고 소녀들 속으로 합류하는 실수를 함으로써 발레 선생인 크나크로

『토니오 크뢰거』를 쓸 당시의 토마스 만

부터 조롱을 당한다. 토니오의 짝사랑은 이렇듯 고통스러운 수치로 끝을 맺지만 토니오는 그녀에 대한 사랑이 변치 않을 것이라는 충성스런 고백을 한다. 하지만 그는 그녀의 사랑을 얻지 못할 것임을 잘 알고 있다.

그런데 한스와 잉에에 대한 토니오의 감정은 이중적이다. 토니오는 그들의 세계가 생존 욕구와 본능만으로 뭉쳐 있는 속물의 세계라고 느낀다. 토니오는 한스에게 실러의 『돈 카를로스』 이야기를 열심히 하지만, 한스는 이머탈이라는 친구가 나타나자 당시 시민계층의 운동인 승마 이야기로 화제를 바꾼다. 한스의 승마와 짝을 이루는 것이 시민계층의 사교댄스라고 할 수 있는 춤 교습 장면이다. 토니오는 크나크 선생의 춤 동작을 보고 원숭이 짓이라고 생각한다. 이처럼 평범한 시민생활에 적응하지 못하는 토니오는 아웃사이더의 고독을 감내하며 작가의 길에 들어서 문학에

정진한다.

하지만 그런 뒤에도 토니오의 내면적 갈등은 극복되지 않고 오히려 더욱 심화된 상태에 있다. 그는 보통 사람들의 평범하고 속물적인 생활방식을 혐오하면서도 육욕과 뜨거운 죄의 구렁텅이로 깊숙이 추락한 상태에 괴로워한다. 그리고 냉혹한 정신과 소모적 관능의 양극단 사이를 방황하면서 양심의 가책을 느낀다. 작가로서 오직 창작에만 지적 에너지를 쏟아붓지만 관능적 욕구가 건강한 사랑의 감정으로 해소되지 못하고 소모적인 육욕으로 발산되는 것이다. 그리하여 토니오의 자아는 극단적 분열에 시달리게 된다. 그런데 토니오는 삶의 활력을 소모시키고 삶을 피폐하게 하는 이 갈등을 자신의 창작을 위한 창조적 긴장으로 받아들인다.

처음으로 등단했을 때 문단 관계자들에게서 많은 박수갈채와 우렁찬 환호를 받은 작가 토니오 크뢰거는 토마스 만을 연상시킨다. "그가 내놓은 것이 공들여 조탁한 작품이었고, 유머러스하면서도 고뇌를 아는 작품이었기"[8] 때문이다. 토니오 크뢰거의 작품들에는 그의 체험들이 고통스러울 정도로 철저히 묘사된 데다가 끈질기게 버티며 명예를 추구하는 보기 드문 근면성이 한데 어우러져 있기에 그의 이름은 토마스 만이라는 이름과 마찬가지로 탁월한 것을 지칭하는 대명사가 된다.

토니오는 동료 소설가가 '빌어먹을 봄'이라고 욕하는 것에 동감한다. 만물을 소생시키는 따스한 봄기운은 인간적 감정을 일깨우기 때문에 냉정한 지적 작업인 창작에 방해가 된다고 보는 것이다. 그래서 토니오는 "예술가가 인간이 되고 느끼기 시작하면 그것으로 끝장이다"[9]라고 말한다. 그러므로 토니오에게 문학은 '소명'이 아니라 '저주'이다. 창작을 위해서는

---

8 앞의 책, 145쪽.
9 앞의 책, 151쪽.

제5부 토마스 만

건강하고 인간적인 삶을 철저히 포기해야 하고 고독을 숙명으로 받아들여야 하므로 '저주'인 것이다. 이러한 생각은 19세기 말의 데카당스 혹은 탐미주의 예술관을 대변한다. 탐미주의는 철저히 삶을 외면하고 오직 '예술을 위한 예술'이야말로 진정한 예술이라 본다.

그러나 토니오의 생각은 점차 변한다. 비록 창작을 위해 삶을 외면하지만 토니오의 마음속 깊은 곳에서는 건강한 삶에의 동경이 꿈틀거리고 있다. 그리하여 탐미적 예술을 추구하던 토니오는 인간적 예술을 추구하는 작가로 변모한다. 인간적인 감정이 창작에 방해된다고 보던 토니오가 가장 인간적인 감정인 사랑을 리자베타에게 고백한 것이다. 토니오는 이제 비정하고 냉혹한 탐미주의자가 아니라 인간적인 삶에 대한 열망을 가슴에 품고 그 열망을 건강한 삶과 창작의 원동력으로 승화시킬 수 있는 작가로 성장한다.

토니오 크뢰거는 무서울 정도로 치열한 창작태도를 견지한 예술가이다. 그는 "살기 위해 일하는 사람처럼 일하는 게 아니라 일하는 것 말고는 아무것도 원하지 않는 사람처럼"[10] 일한다. 그는 살아있는 인간으로서의 자신은 아무것도 아니라고 치부하고, 오직 창작자로만 간주되기를 바라며, 생활하는 자는 창작할 수 없다는 모토를 지니고 있다. 그는 재능을 남과 어울리기 위한 장식품으로 생각하는 소인배들, "훌륭한 작품이란 곤궁한 삶의 압박에 시달릴 때에만 생겨나고, 생활하는 자는 창작할 수 없으며 완전히 창작자가 되려면 죽어야 한다는 것을 모르는"[11] 자들을 경멸한다. 『토니오 크뢰거』를 읽고 매혹된 카프카가 약혼과 파혼을 거듭한 것도 '생활하는 자는 창작할 수 없다'는 모토에 공감했기 때문이 아닐까.

----
10 앞의 책, 145쪽.
11 앞의 책, 146쪽.

토니오는 자신을 '길 잃은 시민'으로 처리하는 리자베타와 대화를 나누다가 북쪽으로 여행을 떠나기로 결심한다. 그는 덴마크의 어느 호텔에 투숙하여 리자베타에게 편지를 쓴다.

"난 두 세계 사이에 서 있어서, 어느 세계에도 안주할 수 없습니다. 그래서 살아가는 게 좀 힘듭니다. 당신 같은 예술가는 나를 시민이라 부르고, 시민들은 나를 체포하고 싶은 유혹을 느끼지요."[12]

토니오 크뢰거의 마지막 말은 자신의 동성애적 경향을 억압하며 시민적 가정을 꾸리려는 결심으로 보인다. "그것은 결실을 맺는 유익한 사랑입니다. 그 속에는 그리움이 들어 있고, 그리고 우울한 질투와 아주 조금의 경멸과 순결하기 짝이 없는 더없는 행복감이 들어 있거든요."[13]

이러한 자기인식의 과정을 거쳐 토니오는 리자베타에게 보내는 편지에서 인간적인 것, 생동하는 것, 일상적인 것에 대한 시민적 사랑을 가슴에 품고 더 나은 작품을 써보겠다고 다짐한다. 토니오는 인간의 형상을 하고 있는 허깨비들이 마법을 풀어달라고 애원하는 손짓에 응답하고 새로운 작품을 써보겠다고 결심한다. 결국 토니오는 소설의 끝에 이르러 예술과 삶의 대화가 가능한 접점을 찾게 된다. 즉 그는 삶에 유용한 예술을 지향하며 예술을 위한 예술이 아니라 온정, 유머, 유용함이 있는 휴머니즘을 추구한다. 그러나 거기에는 아직 내적 생동감이 결여되어 있다.

----

12 앞의 책, 208쪽.
13 앞의 책, 210쪽

「인어 아가씨」와 『토니오 크뢰거』

전혀 무관한 듯 보이는 「인어 아가씨」와 『토니오 크뢰거』는 동성애 코드로 서로 연결되고 있다. 한스 마이어는 안데르센 동화를 전기의 관점에서 새롭게 조명한다. 안데르센의 아버지는 가난한 구두수선공이었고 어머니는 까막눈의 세탁부였으며 집안 형편은 늘 어려웠다. 안데르센은 밖에서 뛰어놀기보다는 혼자 인형놀이를 즐기는 내성적이고 예민한 성격이었다. 그가 열한 살 때 아버지가 병으로 사망하자 가족의 생활고는 더욱 심해진다. 늦은 나이에 대학을 졸업한 안데르센은 처음에 자전적인 요소가 깃든 장편소설 『즉흥시인』을 발표하여 어느 정도 이름을 알린 후 동화작가로 성공을 거둔다. 사회의 최하층에서 출발한 그는 19세기 부르주아 사회에서 완전히 적응하고 자기 삶의 양식화를 대중 소비용으로 완결한다. 비록 동화작가로서 불멸의 명성을 얻긴 했지만 그는 시와 소설, 기행문과 희곡 등 다양한 장르에서 활동했고 특히 극작가로 성공하기를 바랐다. 나아가 그는 '아동문학가'로만 낙인찍히는 것을 싫어했다. 말년에 그는 자신이 아이들과 함께 있는 모습의 동상을 세우려는 사람들에게 화를 내기도 했다. 그는 실제로는 아이들을 좋아하지 않고 그의 동화들은 어린이뿐만 아니라 어른을 위한 것이기도 했다. 그는 성적 정체성이 불확실했다. 그의 내면에는 불안감과 자괴감, 그의 외면에는 출세욕과 허영심이라는 모순적인 감정이 공존했다. 또한 그가 여성들에게 쓴 구애편지는 그녀들이 다른 남성에게 깊이 쏠려 있을 때였다. 그것은 자신의 성적 정체성을 은폐하기 위한 책략의 일환이었다. 안데르센은 성애와 우정을 확실히 구별하지 못했다. 그는 평생 동안 여체에 대한 혐오와 젊은 남성에 대한 선호를 유지했다.

이처럼 그는 평생 이중생활을 계속했다. 그는 덴마크 국내에서는 방정한 생활을 했지만 동성애 혐의로 고소당해 2년간 감옥에서 중노동을 해야 했던 오스카 와일드나 역시 동성애적 성향으로 고통 받았던 차이코프스키처럼 베네치아로 엽색 여행을 떠났다. 또한 동성애자로서의 행복을 은폐하기 위해 걸핏하면 객지생활을 불평하는 편지를 친구에게 보내기도 했다. 특히 만년에 이르러 자신의 본색이 드러날까 봐 극도의 두려움에 시달렸다. 그의 유명한 동화들인 「인어 아가씨」, 「미운 오리새끼」, 「벌거숭이 임금님」, 「주석 병정」 등은 모두 국외자로서 사회적응의 공포를 다루고 있다. 인어 아가씨는 남자이면서도 스스로를 반쯤은 여자처럼 느끼던 안데르센 자신의 문학적 형상화이다. 그가 「인어 아가씨」를 쓴 시점은 자신이 사랑한 에드바르 콜린이 결혼한다는 소식을 들었을 때였다. 평소에 안데르센은 절친한 사이인 에드바르 콜린 부부와 죽어서도 나란히 묻히고 싶다는 소원을 피력했고, 그의 말대로 훗날 세 사람은 같은 묘지에 나란히 묻히게 된다.

비평가들은 안데르센의 여성적 성향과 정치적 보수주의를 연관 지어 생각했는데 이 여성적 성향은 동성애 성향임이 드러난 것이다. 어렵사리 부르주아 계층에 편입한 그는 치유할 길 없는 국외자의 조건을 그리는 동화작가로서의 정체성에 도달했다. 한스 마이어의 지적에 의하면 「인어 아가씨」와 「주석 병정」, 오리 떼 사이의 백조는 국외자로서의 아픔을 앓고 있던 안데르센 자신의 굴절된 자아의 표현이기도 하다. 내심 오리들보다 우월하다고 느끼지만 그들과 함께 섞이지 못하는 백조는 오리들에게 에로틱한 아이러니를 느낀다. 그렇다고 안데르센 동화를 이해하기 위해 어린이들이 이런 사실을 굳이 알 필요는 없다. 하지만 삶과 문학의 연관성에 관심을 갖는 문학 독자에게 이러한 전기적 사실의 조명은 흥미 있고 또 유익하다. 삶의 양식화를 통해 결혼 혐오자가 여성 숭배자로, 자기중심적인 우울증 환자가 어린이의 벗으로, 탐욕스러운 노인이 보기 좋은 은

인[14]으로 나타나는 현상은 충분히 연구해 볼 가치가 있다.

전기와 작품의 상호 조명은 토마스 만의 경우에도 유익한 결과를 낳는다. 예술가적 성향과 시민적 성향의 갈등을 다룬 『토니오 크뢰거』의 배후에도 은밀한 동성애적 사랑이 숨어 있다. 전기에 따르면 한스 한젠의 모델은 1906년 일찍 사망한 토마스 만의 급우 아르민 마르텐스이다. 토마스 만은 1955년 죽기 몇 달 전에도 그에 대한 첫 사랑을 잊을 수 없다고 고백하고 있다. 그래서인지 토니오는 예술가의 삶이 사기꾼, 범죄자, 왕의 그것과 비슷하다고 인식한다. 고향 도시 뤼베크에서 사기 혐의자로 체포당할 뻔할 때도 그는 충분히 있을 수 있는 일이라고 자위한다.

박제가 된 남자

19세기 말 자신을 예술가로 여기며 자부심을 느낀 자들은 시민세계에서 등을 돌렸다. 보헤미안이라 할 이들은 데카당스와 내적으로 연결된다. 그 시대의 예술가인 토니오도 그런 점에서 자유롭지 못하다. 하지만 그는 시민사회에 냉소적인 시선을 보내는 것에 만족하지 못하고 그 사회를 은밀히 동경한다. 그에게 예술가란 인간적인 것에서 벗어난 자이며 비인간적인 속성을 지닌 자이다.

> "예술가가 대체 사내라고 할 수 있을까요? 이런 문제는 '여자'에게 물어봐야겠지요! 내가 보기에 우리 같은 모든 예술가들의 운명은 교황청의 저 박제가 된 가수들의 운명과 약간 흡사한 것 같습니다…… 우린 말할 수 없이 감동적으로 멋지게 노래 부릅니다. 그렇지만……"[15]

---

14 유종호, 『문학이란 무엇인가』, 민음사, 1996, 182-183쪽 참조.

토니오가 살던 시대의 예술가는 남자의 모습으로 등장하지만 남성 상징을 지니고 있지 않다. 그들은 '박제되고 거세된' 자들이다. 토마스 만은 결혼과 이성애를 사회적인 양식으로 본 반면 동성애를 심미적인 것으로 규정한다. 당시 예술가의 문제는 은밀히 예술가의 동성애 기질과 결부되고 있다. 그들은 인식을 함으로써 말을 하지 못하게 된 유령들, 즉 글쟁이들이다. 토니오가 여행을 떠나겠다고 하자 리자베타는 당연히 남쪽으로 떠날 걸로 생각한다. 하지만 토니오는 북쪽 도시 뤼베크를 거쳐 햄릿의 나라이자 「인어 아가씨」를 쓴 안데르센의 고국 덴마크로 가겠다고 한다. 실제로 토마스 만은 1899년 9월 8일부터 16일까지 토니오와 동일한 경로로 덴마크 여행을 한 적이 있었다. 그래서 토니오가 코펜하겐으로 올라가는 여행의 묘사는 실제적이며, 때로는 동화적이고 환상적이다. 토니오는 햄릿이 되기도 하고, 햄릿 왕자를 사랑하는 인어 아가씨의 입장이 되기도 한다.

이 인어 아가씨 모티프는 토마스 만의 만년의 대작 『파우스트 박사』에서도 중요한 모티프로 다시 등장하고 있다. 주인공 아드리안과 인어 아가씨는 칼로 다리를 베이는 듯한 고통을 공유하는 것이다. 그래서 토니오는 바닷가의 큰 홀에서 벌어진 화려한 무도회에서 한스와 잉에 같은 유형의 사람들을 만나지만 차마 그들에게 말을 꺼낼 용기를 내지 못한다. 토니오가 춤을 추다가 걸핏하면 넘어지는 것도 다리가 없는 인어 아가씨를 생각하면 이해가 된다. 특히 토니오가 코펜하겐에 들렀을 때 덴마크의 유명한 조각가 토르발센의 고상하고도 사랑스러운 조각 작품들 앞에 오랫동안 서 있었는데, 아마 그의 인어 아가씨 동상을 오랫동안 쳐다보기 위해서일지도 모른다. 또한 토니오가 춤을 추다가 여자들 가운데 넘어져 크게 창피를 당하는데 이는 동성애 기질을 지닌 자가 사회에 노출돼 굴욕을 당

---

15 『베네치아에서의 죽음 외』, 같은 책, 152-153쪽.

하는 경험이 형상화되었다고도 볼 수 있다. 인어 아가씨가 사랑하는 사람 앞에서 고통을 맛보며 춤을 추듯 예술가도 예술이라는 어렵고 힘든 칼춤을 추어야 하는 존재인 것이다.

고전작가의 실존 파괴 이야기
『베네치아에서의 죽음』

꿈과 비밀의 도시 베네치아

"그러고 몇 분의 시간이 흐른 후에, 의자에 앉은 채 옆으로 쓰러져 있는 남자를 도우려고 사람들이 황급히 달려왔다. 그는 자신의 방에 옮겨졌다. 그리고 바로 그날 세상 사람들은 충격적이게도 존경해마지 않는 그 작가가 사망했다는 소식을 듣게 되었다."[1]

고전작가 아셴바흐가 죽음을 맞이하는 마지막 장면이다. 물의 도시, 운하의 도시 베네치아는 토마스 만에게 화려하고 로맨틱하며 꿈결 같은 도시이다. 토마스 만이 1905년과 1911년에 머문 적이 있는 베네치아는 그에게 꿈과 비밀의 도시이자 잊을 수 없는 마음의 고향이기도 했다. 1925년 세 번째로 베네치아를 방문하고 쓴 에세이에서 그는 '이 도시를 다시 보고 또다시 말할 수 없는 감동에 빠졌으며, 고향에 온 듯 마음이 평온해

---

1 토마스 만, 『베네치아에서의 죽음 외』, 홍성광 역, 열린책들, 2006, 398쪽.

졌다'고 썼다.

　베네치아는 토마스 만이 결코 잊을 수 없는 환상적이고 꿈결 같은 도시이다. 그에게는 어떤 도시도 베네치아를 능가할 수 없었다. 그는 노를 저을 때 나는 찰싹거리는 소리와 뱃머리에 부서지는 둔탁한 파도 소리를 뒤로 한 채 '아픈 마음을 안고' 베네치아를 떠난다. 그러나 만과는 달리 결국 베네치아를 떠나지 못하는 아셴바흐는 시민과 예술가의 대립을 극복하고 내면적 조화를 이룬 고귀하고 근엄한 예술가이다. 그는 베네치아의 해변에서 미소년 타치오(Tadzio)를 만나 그 아름다움에 매혹된다. 그 무렵 이 지방에 콜레라가 유행하여 다른 피서객들은 거의 철수하였으나, 미소년의 포로가 된 그는 타치오를 두고 떠날 수가 없어 그의 뒤를 따라다니다가 결국 죽음에 이르고 만다. '재의 천(川)'을 의미하는 '아셴바흐'라는 이름 자체도 이미 죽음을 암시하고 있다.

　『베네치아에서의 죽음』은 저자 자신의 삶의 실제 사건에서 큰 영감을 받았다. 만은 콜레라가 발생한 1905년 베네치아 근처에 있는 섬에 머물렀고, 그 후 1911년 5월 베네치아를 여행했는데, 자신의 소설 속 캐릭터인 구스타프 폰 아셴바흐처럼 글쓰기의 어려움에 탈진하여 탈출 욕구를 느꼈기 때문이다. 이 여행에서 가장 핵심적인 체험은 타치오의 모델이 된 열 살짜리 폴란드 소년을 만난 사실이다. 토마스 만의 부인 카트야 만은 회고록에서 '무척 매혹적이고 그림같이 아름다운 소년이 토마스 만의 마음에 들었으며, 남편은 언제나 그 아이가 해변에서 친구들과 노는 것을 관찰했다'고 적고 있다. 하지만 토마스 만이 그를 실제로 사랑했다기보다는 그의 내면의 동성애적 동경이 그 소년에게 투사된 것으로 보인다. 뫼스라는 이름의 그 소년은 1964년 『베네치아에서의 죽음』의 폴란드어 번역자에게 자신이 타치오의 모델임을 밝히고, 그때 찍은 가족사진 몇 장을 토마스 만의 딸 에리카 만에게 보냈다.[2] 이 소설에 묘사되는 그 외의 다른

카트야 만

인물과 에피소드들도 『토니오 크뢰거』에서와 마찬가지로 대부분 토마스 만이 여행 중 실제로 체험한 것이었다.

1911년 5월 18일 토마스 만은 브리오니 체류 중 신문에서 쉰한 살을 일기로 사망한 작곡가 구스타프 말러의 부음을 읽었다. 이에 따라 만은 아셴바흐의 외모를 말러에 기초해 구성했다. 아셴바흐나 말러처럼 토마스 만도 동성애적 성향의 소유자이다. 만이 비록 결혼해 3남 3녀를 두었지만, 만의 부인은 그가 단지 가정을 갖기 위해 결혼한 것이라 말했다.

"구스타프 폰 아셴바흐는 중키가 좀 못되는, 갈색 피부에 면도를 말끔히 하는 사람이었다. 거의 아담하다고 할 수 있는 체구에 비해 머리는 지나치게 큰 편이었다. 뒤로 빗어 넘긴 머리카락은 정수리 부분에서는 이미 성깃했으나 관자놀이 쪽에는 덥수룩이 세어 있었다. 머리카락에 감싸인 흰칠한 이마는 주름이 많이 져서 마치 흉터가 난 것처럼 보였다. 테 없는 금테 안경의 코걸이는 품위 있는 곡선의 코 윗부분에 끼워져 있었다. 입은 커서, 가끔 느슨해지기도 하고, 가끔은 갑자기 오그라들어 팽팽해지기도 했다. 야윈 뺨은 주름이 깊고, 뚜렷한 턱 선은 부드럽게 나뉘어 있었다."[3]

---

2 장성현, 『토마스 만과 동성애』, 문학과지성사, 2000, 29쪽 참조.
3 『베네치아에서의 죽음 외』, 같은 책, 306쪽.

화자는 깊은 행복을 주었다가 더 빨리 소모시키는 전투와도 같은 예술의 영향으로 이러한 인상이 만들어졌다고 말한다. 아셴바흐의 베네치아 여행은 그의 바다에 대한 사랑 때문이기도 하다. 그런데 그의 바다에 대한 사랑은 두 가지 상반되는 의미를 담고 있다. 힘들게 창작하는 예술가인 그는 바다의 품에 안겨 자신을 숨기면서 잠시 휴식을 취하고 싶었기 때문이기도 하지만 절도가 없고 영원한 것, 즉 자신의 예술가로서의 임무와 배치되는 무에 대한 그의 애착 때문이기도 했다.

고전작가의 실존 파괴 이야기

1911년 7월에서 1912년 7월 사이에 쓰인 『베네치아의 죽음』은 성적 욕망과 에로틱의 오랜 억압이 좌절로 끝나는 것을 기술하고 있다. 주인공 아셴바흐는 시민과 예술가의 대립을 극복하고 내면적 조화를 이룬 고귀하고 근엄한 예술가이다. 구스타프 폰 아셴바흐의 정열적이고 엄격한 외모는 작곡가 구스타프 말러의 모습을 닮고 있다. 토마스 만은 여기에다 괴테와 자신의 모습도 반영하고 있다. 정해진 시간에 맞춰 하루 일과를 시작하는 것은 바로 만 자신의 모습이기도 하다.

이 작품은 대가의 반열에 오른 한 고전작가의 실존 파괴 이야기이다. 그 작가의 아버지 쪽은 건실한 시민들이지만 어머니 쪽은 보헤미안적이고 육욕적인 핏줄을 지녔다. 그리하여 그에게는 명철한 성실성과 아울러 어둡고 열정적인 충동이 내재하고 있다. 즉 그는 아버지의 세계에서 탈피하여 어머니의 세계로 여행한 셈이다. 이리하여 '동화처럼 외딴 곳' 베네치아 여행은 꿈과 고향, 병과 죽음의 여행이 되어 버린다. 뱃사공 카론이 저승길을 안내해주는 사람이듯이 뮌헨의 낯선 여행자, 수다스러운 선원, 젊게 화장한 배 위의 노인, 곤돌라 뱃사공, 리도의 거리 가수, 그리고 마지막으로 병든 타치오 모두 죽음을 암시해주는 것들이다. 암시적인 기능을 하는 이들 모두는 아셴바흐를 품위 실추와 질병으로 향하는 탈출구 없는 과격한 모험으로 이끌고 있다. 타치오에 대한 아셴바흐의 지나친 애착은 유미주의에서 보이듯이 염세적이고 방종한 천성, 즉 죽음을 내포하고 있다. 하지만 아셴바흐는 예술가인 동시에 시민이기를 원했으며, 또한 실천 윤리가이므로 그러한 일탈 자체를 정신의 탈선으로 느낀다. 그러나 한번 금지된 영역에 이끌린 그에게 지나간 시대에서 빌려온 시민의 이상, 태도, 실천, 품위 등은 아무것도 아님이 증명된다.

미소년 타치오를 쫓는 아셴바흐는 사실 죽음을 뒤쫓고 있다. 아셴바흐는 그에게서 신적인 아름다움을 보고 경탄하지만 반면에 죽음의 그림자도 함께 본다. 그는 소년의 아름다움에 대한 글을 쓰면서 언어가 가져다주는 쾌감을 감미롭게 느끼며, 미소년 때문에 콜레라가 만연하는 도시 베네치아를 떠나지 못하고 소년이 그곳을 떠나는 것에 대해서만 신경 쓰고 있다. 만일 그 폴란드인인 어머니가 그를 데리고 가버린다면 아셴바흐는 살아갈 용기를 잃어버릴 것 같은 지경에 빠지게 된다. 그래서 아셴바흐는 가장 사적인 자신의 금지된 충동과 은밀하게 연결되어 있는 이 도시의 나쁜 비밀에 남몰래 만족감을 느낀다.

토마스 만이 뤼베크를 떠나 정주한 뮌헨은 전통적으로 성 문제에 자유로운 도시였고, 특히 아셴바흐가 산책한 '영국 공원'은 옛날부터 그 중심지 역할을 해왔다. 이 공원을 산책하던 중 십자가, 묘비, 영안실을 보면서 아셴바흐는 잠깐 동안이나마 마음의 안정을 얻지만 어느 낯선 남자를 보게 되면서 완전히 다른 방향으로 생각이 바뀌게 된다. 해골을 연상케 하는 얼굴을 하고 있는 그 남자는 죽음의 사자 헤르메스를 연상시킨다. 그리고 베네치아로 가는 증기선에서 만나는 '비참한 남자'도 방탕하고 윤리적 의지가 부족해 보이며, 곤돌라 사공, 호텔 앞의 유랑 가수도 서로 시도동기적으로 연결되어 있다.

아셴바흐의 주요 작품 인물인 '프리드리히 대제'는 토마스 만이 실제로 계획했으나 완성하지 못한 작품이다. 아셴바흐의 또 다른 소설인 『마야』는 토마스 만이 원래 1900년대 초에 계획했던 미완성 작품이다. 또한 아셴바흐의 단편소설 「비참한 남자」는 자신의 아내를 동성애적인 젊은이의 품 안으로 보내는 기묘한 남자의 이야기이다. 토마스 만은 원래 일흔세 살이 된 괴테의 열아홉 살 소녀 울리케 폰 레베초에 대한 늦사랑을 이야기 소재로 삼으려고 했다고 주장하지만, 이는 동성애라는 작품 소재의 핵심을 위장하기 위해 이성애자인 괴테의 사랑을 표면에 내세운 것으로 보인다. 소설에서 베네치아의 날씨를 여러 번이나 '무더운(schwül)'이라고 표현하는데, 그 어원인 'schwul'은 '동성애의'라는 뜻을 지니고 있다. 이처럼 날씨에도 동성애적 열정을 나타내는 이중적인 의미가 담겨 있다.

문체의 완벽한 모범

다음은 『베네치아에서의 죽음』의 제2장의 내용이다.

"프로이센의 프리드리히 대제의 생애를 명료하고도 힘 있는 산문 서사시 체로 쓴 작가요, 다채로운 수많은 종류의 인물들의 운명을 하나의 이념의 음영 속에 모아 『마야』라는 이름의 소설을 짜임새 있게 묘사한 끈기 있는 예술가이고, 「비참한 남자」라는 제목의 강렬한 단편소설에서 감사하는 모든 청춘에게 궁극적인 인식에 도달한 후에도 윤리적 결단의 가능성을 보여준 창조자이며, 마지막으로 「정신과 예술」이라는 열정적인 논문을 쓴 저술가(그리고 이것으로 그의 성숙기의 작품들을 간단히 언급한 셈이다)로, 진지한 비평가들은 이 논문의 논리적 힘과 반정립의 수사법을 실러의 「소박문학과 성찰

문학」**4**이라는 사려 깊은 논문과 견줄 만하다고 평했다. 즉 그는 슐레지엔 지방의 군청 소재지 L시에서 고위 법관의 아들로 태어난 구스타프 아셴바흐라는 인물이다."**5**

자이들린(Oskar Seidlin)이 문체와 내용의 완벽한 모범으로 거론하고 있는 문장이다.**6** "한 작가의 문체가 그 내면의 충실한 반영"**7**이라고 한다면 글을 쓸 당시 토마스 만의 내면은 어느덧 성숙 단계에 이르렀다고 볼 수 있다. 구스타프 아셴바흐라는 작가와 그의 작품 세계를 일목요연하게 보여주고 있는 이 만연체 문장에서 문장 구조의 주축을 이루고 있는 것은 마지막의 구스타프 아셴바흐라는 단어이다. 각 문장은 임의적으로 또는 우연히 구축된 문장이 아니라 뚜렷한 하나의 목적의식을 지니고 있다. 아셴바흐라는 이름이 마지막에 나옴으로써 독자의 긴장감을 가중시키고 있다. 문장이 계속 상승국면을 그리다가 마지막에 뚝 끊어지게 하는 분리는 보기 드문 문체적 수법이다. 뒤로 갈수록 작품의 성격 묘사가 길어지는 것은 작가로서의 폭과 점진적 성숙을 암시해주고 있다.

작가의 성숙에 따라 그 명칭은 작가(Autor), 예술가(Künstler), 창조자(Schöpfer), 저술가(Verfasser)라는 네 단계로 바뀌어간다. 그 각 단계의 표제어인 생애, 짜임, 윤리적 결단, 논문은 소재, 형성, 품격, 철학으로의 피라미드적인 발전을 나타내주고 있다. 그것은 물질로부터 순수 정신으로의 점진적인 상승과정이다. 처음에는 생애라는 소재를 다루고, 그 다음에는 수공예 작업을 거쳐 내적인 윤리적 결단을 내리며 마지막에는 철학적인 변

----

4 괴테는 성찰문학도 소박한 바탕에서 생겨나는데, 실러가 성찰문학이라는 것의 토대를 찾아내지도 못한 채 뭐라고 말할 수 없는 혼란에 빠져버렸다고 말한다.
5 『베네치아에서의 죽음 외』, 같은 책, 297쪽. 번역은 필자가 일부 수정했음.
6 이유영, 『독일문예학개론』, 삼영사, 1979, 170-180쪽 참조.
7 요한 페터 에커만, 『괴테와의 대화 1』, 장희창 역, 민음사, 2008, 150쪽.

증법적 사고로 나아간다. 이처럼 토마스 만이 작가의 명칭을 계속 바꾸는 것은 단어의 반복을 피하려는 단순한 문체 수법 때문만이 아니라 작가의 정신적 성숙도를 나타내기 위해서이다.

또한 토마스 만은 작품 제목에서도 여러 가지 암시를 하고 있다. 프리드리히 대제와 「비참한 남자」라는 제목은 동성애와 연관되고, 『마야』는 인도의 베단타 철학 내지는 쇼펜하우어 철학을 연상시키며, 「정신과 예술」이라는 논문은 토마스 만 자신을 암시해준다. 토마스 만 자신도 『베네치아에서의 죽음』을 쓰기 전에 '마야'라는 작품을 구상하기도 했다. 또한 독일어 단어에서 'Epos' 대신 'Epopöe'를, 'webte' 대신 'wob'를 사용한 것이나, 'Friedrich der Große' 대신 'Friedrich von Preußen'을 사용한 것은 음악성을 고려해 운율을 맞추기 위한 것으로 보인다. 문장도 느린 템포에서 점점 더 빠르게 진행되다가 마지막 단계에 가서 느리고 장엄하게 진행되는 것을 볼 수 있다. 이것은 도입, 완만한 상승, 상승, 급격한 하강 국면이라는 단편소설의 구조와도 상응하고 있다. 따라서 이 문장은 쇼펜하우어가 『의지와 표상으로서의 세계』 머리말에서 자신의 저서가 '하나의 완벽한 건축물'이라 일컬었듯이 짧은 산문 문장이지만 문체론상 하나의 건축물이며 음악 작품이기도 하다.

미의 화신 타치오

아셴바흐는 베네치아로의 여행과 베네치아 체류 중 일련의 기묘한 낯선 남자들을 만나게 되는데, 이들은 베네치아로 가는 배 안에서 만나게 되는 젊은이로 변장한 늙은이, 아셴바흐를 리도로 태워 가는 곤돌라 사공, 아셴바흐가 묵는 호텔 정원에서 공연하는 유랑 가수 등이다. 이들은 모두 이국적인 면모를 지니고 있다. 그리스 조각을 연상시키는 타치오는 아셴바흐에게 완벽한 미의 화신으로 나타나고 있다.

> "아셴바흐는 소년이 완벽하게 아름답다는 것을 알고 흠칫 놀랐다. 창백하
> 고 우아하며 내성적으로 보이는 얼굴은 연한 금발에 둘러싸여 있었다. 곧
> 게 뻗은 코와 사랑스런 입술, 우아하고 신성한 진지함이 담긴 그의 얼굴은
> 지극히 고귀했던 시대의 그리스 조각품을 생각나게 했다."[8]

죽기 직전 아셴바흐는 모래톱 위를 걸어가는 미소년의 모습을 바라보
는데, 이 순간 작가에게는 그가 '영혼의 안내자'처럼 여겨진다.

토마스 만의 미소년에 대한 지나친 애착은 그의 여러 작품에서 관찰되
고 있다. 『부덴브로크 가의 사람들』에서 하노가 동급생 카이에게 품는 연
정, 『토니오 크뢰거』에서 토니오가 한스에게 품는 감정, 『베네치아에서의
죽음』에서 아셴바흐가 미소년 타치오에게 휩쓸리는 현상, 『마의 산』에서
카스토르프가 초등학교 동급생 히페에게 품는 연정, 『파우스트 박사』에서
아드리안이 조카 네포무크에게 갖는 애정이 모두 그러한 성향을 띠고 있
다. 크뢰거가 잉에에게 품는 이성애적인 감정은 오히려 한스에게 품는 감
정보다 미약하며, 『마의 산』에서 카스토르프가 쇼샤에게 품는 사랑의 감
정도 쇼샤의 모습에서 중성적인 면모가 엿보인다는 점에서 동성애적인
경향에서 벗어나지 못하고 있다.

토마스 만은 에로틱한 인간관계의 테마로서 의심할 나위 없이 독일 역
사의 현상을 다루려고 했다. 왜냐하면 독일적인 문제성이 다루어지는 곳
에서는 어디서나 그의 작품에서 남자 대 남자의 관계가 다루어지고 있기
때문이다. 즉, 슈테판 게오르게 일파나 한스 블뤼어의 도보여행 철학, 의

----

8 『베네치아에서의 죽음 외』, 같은 책, 322쪽.

용군이나 국수주의 그룹에서 동성애를 근간으로 하는 남성단체의 역할이 잘 알려져 있으며, 게다가 나폴레옹 시기의 독일 남성단체에서도 이미 유사한 여러 특징이 발견되고 있다. 만은 남성단체의 이러한 형식이 성적인 비수태성에 관한 의지에서 죽음과 긴밀히 공감하고 있다는 사실을 일찍이 간파했다. 그러나 만의 발전 과정에서 그가 독일적 영역을 멀리 내다보아 시민사회와 그 운명의 보편적 문제가 전면에 부각될수록 남성적 관계의 이러한 좌표 설정이 차츰 뒷전에 놓이게 된다.

반면에 만의 작품에서 여성들은 다만 부수적, 주변적 인물로서 주인공들의 동경의 대상으로 존재할 따름이다. 즉 남녀 간의 상호작용이 결여되어 있는 것이다. 주인공의 여성에 대한 사랑은 그녀로부터 사랑을 불러일으키지 못하고 있다. 다시 말해서 주인공은 사랑에 빠져 있음에도 불구하고 그가 표출하는 삶의 표현에 대한 대가인 사랑을 받지 못함으로써 무기력하고도 비생산적인 불행한 사랑을 겪게 된다.

아셴바흐의 정체성

규율을 엄수하며 창작 활동에 몰두하는 윤리적 가치관의 소유자인 아셴바흐는 그러나 미의 관념에 사로잡혀 자신 본래의 인격적인 개성을 무기력하게 상실해버리고 사랑의 포로가 된다. 예술가인 아셴바흐는 미소년 타치오에 반하여 인간으로 느끼기 시작하자 무절제한 혼돈에 빠져들고 만다. 그는 타락, 몰락, 죽음의 용모를 하고 있는 타치오에게 매혹당한다. 그의 남성적 고독은 정신적인 면에서는 붕괴로, 창조적인 면에서는 은밀한 비생산성으로 입증된다. 아셴바흐는 타치오에게서 신적인 형상을 본다. 그는 파르스 산의 대리석과 같은 노란색 광택을 내는 에로스 신의 머리를 타치오에게서 감지한다. 그의 눈썹은 섬세하고 짙으며, 소년다운 귀여움과 날카로움을 가진 그 자태는 하늘과 바다의 깊은 속에서 솟아 나온 신과 같아 보이며, 그 광경을 바라다보는 것은 신화적인 연상을 불러일으키고 있다. "그것은 태초의 시간, 형식의 기원, 신들의 탄생에 관한 시적인 전설 같았다."[9]

토마스 만은 에세이 「결혼에 대해서」에서 사랑의 종류를 동성애와 이성애로 나누고 있다. 그는 '동성애'를 '죽음', '예술', '미', '생식불능', '무책임', '비도덕성', '방탕함', '자유'와 연관시켰고, '이성애'를 '삶', '도덕', '번식', '책임', '의무', '위엄' 등과 연관시켰다. 이렇게 볼 때 아셴바흐는 이성애의 영역에서 동성애의 영역으로 여행 온 셈이다. 하지만 그에게 중요한 것은 실제적인 성적 욕구 충족이 아니라 시각적, 환상적 만족이었다. 즉 그의 그러한 성향의 목적은 '바라보고 감탄하는' 시각적 만족에 있다. 주인이 없는 것처럼 보이는 카메라가 아셴바흐의 동성애적 정열의 '시각적' 성격을 상징한다고 볼 수 있다. 타치오와 아셴바흐의 관계도 어떤 대화에 의해서가 아니라 시선 교환으로만 이루어진다. 타치오는 『마의 산』에서 발푸르기스의 밤에 쇼샤가 카스토르프에게 그러는 것처럼 고개를 돌려 은연중에 아셴바흐를 유혹한다. '반쯤 몸을 돌리는' 동작은 『베네치아에서의 죽음』에서도 시도동기적으로 여러 번 등장한다. 그리고 마지막으로 '몸을 돌려 어깨 너머로 해변 쪽을 바라보는' 타치오는 이성의 영역을 벗어난 금지된 세계를 가리키고 있다.

아셴바흐가 영국 공원에서 만난 낯선 남자의 '수염 없는', '주근깨가 난 우윳빛 피부'에서는 여성적인 면모가 암시된다. 그의 복장과 외모는 이국적인 느낌, 먼 데서 온 듯한 느낌을 준다. 그리고 아셴바흐가 이 낯선 남자와 나누는 은밀하고도 격렬한 시선 교환에는 무언가 비정상적인 요소

---

9 앞의 책, 334쪽.

가 들어 있다. 이 낯선 남자와 만난 결과 아셴바흐는 불현듯 여행 욕구를 느끼게 된다.

아셴바흐는 토마스 만의 가상적 자아라고 할 수 있다. 가장 먼저 언급되는 작품은 프로이센의 프리드리히 대제의 생애에 관한 소설이다. 프리드리히는 열여덟 살 때 부왕의 압박을 견디지 못해 사랑하는 시종 한스 폰 카테와 외가인 영국으로 도망갈 계책을 세웠다. 그에겐 왕위보다는 평생 예술을 하며 한스와 행복한 가정을 꾸리고 싶은 소망이 있었다. 그러나 도피가 발각되어 그는 별궁에 감금당하고 한스는 교수형에 처해진다. 프리드리히는 자신이 한스를 지켜주지 못한 무력함에 피눈물을 흘리며 엄청난 자기 변신을 시도한다. 먼저 그는 아버지의 명으로 엘리자베트 크리스티나와 결혼하여 동성애를 포기한 것처럼 발표한다. 사실 엘리자베트는 평생 처녀 왕비로 살았으니 그녀 또한 희생양이라 할 수 있다.

뮌헨을 떠나 아드리아 해의 어떤 섬에 닿은 아셴바흐는 자기가 여행 목적지를 잘못 택했다는 사실을 깨닫게 된다. 그러나 이는 자신의 본심을 은폐하기 위한 장치이고 그의 원래 목적지는 이국적이고, 동화처럼 색다른 곳인 베네치아가 분명하다. 이탈리아 중에서도 작가 플라텐이 특히 예찬한 도시인 베네치아는 19세기 말에 부유한 동성연애자들의 휴양 중심지였다. 베네치아가 가까워지자 아셴바흐가 가장 먼저 연상하는 것은 플라텐과 그의 베네치아 소네트들이다. 낭만주의 영향 아래에서 로맨틱한 새로운 시민감정을 우아한 고전시형으로 노래한 플라텐 역시 남성미를 찬미하고 동성애적 성향에 대해 번민한 시인이었다. '세상이 나를 알고 그래서 용서해주기를!'이라는 그의 시 구절은 그 같은 성향에 대한 속죄의 표현으로 보인다.

죽음의 사자 타치오

아셴바흐는 곤돌라를 타고 가면서 곤돌라를 죽음과, 곤돌라의 검은색을 관의 검은색과 연관 짓는다. 아셴바흐에게는 곤돌라 여행이 일종의 지하 세계로의, 그리고 모래시계로 암시되는 죽음으로의 여행인 셈이다. 아셴바흐는 증기선 정류소로 가려는 자신의 의도와는 어긋나게 자신을 리도로 태워 가고 있는 이 곤돌라 사공이 자신을 하데스의 집으로 즉, 저승으로 보내지 않을까 하는 상상을 한다.

타치오를 처음 본 바로 다음 날 식당에서 그를 기다리던 아셴바흐는, 누나들이 도착했는데도 소년이 아직 오지 않자 그를 '페아케 녀석'이라고 부른다. 옛 전설에 따르면 페아케인들은 '사자(死者)를 실어 나르는 사공들'로 알려지고 있다. 이로써 이 작품의 마지막에 아셴바흐가 죽는 순간 타치오가 떠맡는 '영혼의 안내자' 역할과 페아케인들의 전설이 맞아떨어지고 있다. 친구들과 떨어져서 혼자 거닐고 있는 타치오는 세상과는 아무 관련성이 없는 얼굴을 하고 있다. 또한 상아처럼 흰 피부를 갖고, 치아가 좋지 않은 타치오를 보고 아셴바흐는 '저 애가 병을 앓고 있는 것일까?'라고 생각하고 오래 살지 못할 거라고 예견한다. 그리고 그의 친구가 타치오에게 입맞춤하는 모습에 아셴바흐는 '손으로 위협하고 싶은' 감정을 느끼고 마음속으로 타치오가 1년 동안 여행을 떠나 요양하기를 권유한다.

아셴바흐는 베네치아에서 타치오를 쫓아다니면서 내적인 디오니소스적 충동과 아폴론적, 이성적 영역 사이에서 갈등을 겪는다. 처음에는 완강하게 저항하던 아셴바흐의 자아는 결국 도취와 방종의 영역으로 넘어가고 만다. 아셴바흐가 베네치아에 머무는 동안 시 전체가 콜레라로 인해 혼란에 빠져든다. 콜레라의 유포와 아셴바흐의 내적 모험은 각기 베네치아 시당국과 아셴바흐에 의해 비밀에 부쳐지는 공통점이 있다. 동성에 대한 은밀한 애착이 아셴바흐의 내면 깊은 곳에 감추어진 비밀인 것처럼, 콜레라는 베네치아의 비밀이다. 토마스 만이 1913년 『마의 산』을 쓰기 시작하면서 『베네치아에서의 죽음』을 '반쯤 되다만 잘못된 작품'이라고 밝히는 것도 이러한 내적 죄책감 때문으로 보인다.

이 때문에 『베네치아에서의 죽음』이 동성애적인 경향을 경고하며 벌하는 작품인가, 동성애에 호의적인 작품인가의 논란이 있을 수 있다. 이에 대한 토마스 만의 태도는 좀 모호하고 이중적이다. 토마스 만에게 동성애적인 애착이 있었던 것은 분명하지만 그는 이러한 자신의 경향에 계속 제재를 가하고 단죄하는 모습을 보인다. 그러나 관능과 도덕성, 예술성과 시민성 사이에서 그는 계속 동요한다. 그가 예술가를 사기꾼, 범죄자와 같은 유형으로 보는 것도 자신에 대한 단죄 행위이다. 『토니오 크뢰거』에서 토니오가 북쪽 고향을 찾았을 때 불심검문을 당하는 장면이 나오는데 이는 우연한 에피소드로 볼 수도 있지만 예술가를 카인의 표지를 단 범죄자로 보는 자신의 생각이 투영된 때문이다. 즉 만에 의하면 동성애적인 성향을 지닌 반사회적인 예술가는 범죄자인 것이다. 그렇기에 토마스 만은 예술가가 사회로부터 지나친 존경과 명성을 누리는 것에 대해 자괴감을 느낀다. 토마스 만은 실제 삶에서 자신에게 동성애적 욕망 충족을 허용하지 않았던 것처럼, 자신의 가상 자아인 아셴바흐에게도 욕망 충족의 기회를 주지 않는다. 내적으로 죄의식에 시달리는 토마스 만은 토니오처럼 아버지의 꾸지람을 각오하면서도 현실에서 자신의 타락은 용납할 수 없다. 그는 현실에서는 어디까지나 자신에게 엄격하고 철저한 북독일의 건전한 시민인 것이다. 하지만 동성애적 성향이 '토마스 만의 창조성의 가장 깊고 중요한 원천'인 것만은 분명하다.

그러나 동성애는 토마스 만의 작품 속에서 은밀하게 드러난다. 토마스 만에게 동성애는 죽음에 대한 애착과 마찬가지로 현실에서는 결코 실현할 수 없는 금지된 영역, 이성 바깥의 영역에 대한 애착인 것이다. 실제로 자신은 자살을 감행하지 못하고 작중 인물을 죽게 한 괴테나 헤세처럼 그도 작품 속에서 자신의 동성애적 내적 모순과 갈등을 해소하고 승화하는 방편으로 예술 작품을 이용한 것이다. 그렇지만 토마스 만의 아들로 역시 뛰어난 작가였던 클라우스 만이나 앙드레 지드에게는 동성애가 더 이상 금기가 되지 않았다. 그의 아들은 자신의 성적 경향을 공공연히 밝혔다.

영화 〈베네치아에서의 죽음〉

토마스 만의 소설 『베네치아에서의 죽음』은 영화로도 만들어졌다. 그러나 우리나라에서는 개봉되지 않았고 비디오로도 출시되지 않았다. 그렇지만 타치오 역을 맡은 당시 열다섯 살이던 스웨덴 배우 비요른 안드레센의 조각 같은 아름다움은 지금도 화제가 되고 있다. 토마스 만의 동명소설을 바탕으로 이탈리아, 프랑스 합작으로 루키노 비스콘티 감독이 1971년에 제작한 이 영화에 개봉 당시 걸작이라는 찬사와 퇴폐적이라는 비난이 동시에 쏟아졌다. 이 영화는 1971년 칸 영화제 25주년 기념상을 수상했고 에드워드 시대를 고증한 화려한 의상으로 아카데미 의상상을 받았으며 유럽에서 크게 흥행하기도 했다.

감독은 아셴바흐의 역을 맡은 보가드를 제외한 모든 배우들에게 원작을 읽지 못하게 했고 보가드에게는 말러의 음악을 반복해서 듣기를 요구했다. 보가드는 영화를 마친 후 자신에게 남은 일은 정상에서 내려가는 것뿐이라고 말할 정도로 영화에 대해 강한 애착을 보였다. 감독 루키노 비스콘티는 오래 전부터 토마스 만의 작품을 영화화하려고 했지만 『베네치아에서의 죽음』의 제작자를 쉽게 구할 수 없었다. 제작자들은 제목만 보고는 무슨 탐정영화나 괴기영화를 떠올렸으며 작품을 읽은 후에는 가

영화 〈베네치아에서의 죽음〉의 한 장면

타부타 말도 없이 떠나버렸기 때문이다. 마리오 갈로와 공동으로 제작을 시작한 후 비스콘티는 원작자의 이름만으로 제작비를 대준 워너브라더스사의 도움으로 가장 자유로운 상태에서 영화를 완성하게 된다.

영화에서 아셴바흐의 모습은 토마스 만이 생전에 존경해 마지않았던 구스타프 말러의 모습과 외형적으로 흡사하게 분장되었다. 영화에서는 주인공의 직업도 소설가에서 작곡가로 변경되었으며 세부적인 캐릭터 또한 말러처럼 연출된다. 또한 토마스 만의 다른 소설 『파우스트 박사』에서 따온 장면—아셴바흐가 타고 온 에스메랄다라는 증기선 이름과 유곽에서 창녀 헤테라 에스메랄다를 만나는 것—들을 포함해 줄거리가 구성되었다. 그리고 소설에서 등장하지 않는 인물인 알프레드는 영화에서 12음기법을 창안한 독일 작곡가 쇤베르크의 모습을 띠고 있다. 마치 파우스트 박사가 니체의 외양을 띤 음악가인 것처럼 영화에서는 소설 『베네치아에서의 죽음』과 『파우스트 박사』의 줄거리가 혼합되어 소설가가 음악가로 바뀐 모습으로 나타난다.

이 영화의 매력적인 특징은 회상 장면의 아름다운 분위기와, 타치오를 감싸고 있는 신비로움과 대비되면서 구스타프의 곁을 떠나지 않는 죽음의 분위기다. 영화 전반에 자주 등장하는 음악은 독일의 후기 낭만파 작곡가인 말러의 교향곡 5번 4악장 아다지에토이다. 이는 영화에서 주인공이 소설가가 아닌 작곡가로 설정된 때문이다.

이 영화에는 염세적이고도 탐미적인 세계관에 기울었던 비스콘티 말년의 영화관이 잘 나타나 있다. 동성애자 인권 운동이 강화되기 전인 1971년에 제작된 이 작품에는 실제 동성애자였던 감독의 조심스러워 한 흔적이 남아 있다. 위대한 음악가의 근엄한 모습을 다룬 과거 회상 장면을 교차 편집한 점은 미에 탐닉하는 예술가의 양면성을 부각시켜 동성애의 특수성을 강조하는 것으로도 볼 수 있다.

20세기 최고의 문제작 『마의 산』

문학이란 무엇인가?

"문학해서 뭐가 나옵니까? 아름다운 품성이 나온다고요! 아름다운 품성으로 내가 뭘 하겠습니까! 나는 실제적인 인간이어서, 실생활에서 아름다운 품성 같은 것은 거의 본 적이 없습니다."[1]

맥주 양조업자 마그누스의 말이다. 세템브리니가 문학의 아름다움에 대해 장황하게 설교하지만 마의 산에 거주하는 몇몇 사람은 문학이란 아무것도 아니라고 확신한다. 마그누스는 이런 '저주스럽고 야만적인 곳'에서 '문학 운운 하며 자기를 성가시게 하지 말아 달라'고 요구한다. 사람들은 그를 비웃는다. 문학과 이상한 관계를 가진 슈퇴어 부인처럼 이중적으로 실패한 사람이기 때문이다. 그는 병자인데다가 어리석기까지 하다. 카스토르프는 병과 무지를 함께 지닌 사람을 가장 비참하다고 말한다. 그는

----
1 토마스 만, 『마의 산 상』, 홍성광 역, 민음사, 2008, 187쪽.

어리석은 사람은 보통 건강하고 평범하게 살며, 병은 인간을 섬세하고 현명하며 특별하게 만든다고 한다.

생성사와 줄거리

1912년 토마스 만은 가벼운 폐렴 증상으로 스위스의 다보스 요양원에 입원한 부인을 찾아가 3주 가량 머문 적이 있었다. 요양원 의사가 그에게도 폐병 증세가 있으니 이곳에 입원하는 게 좋겠다고 권유했지만 그는 카스토르프와 달리 하산하여, 1912년 이때의 경험을 바탕으로 『베네치아에서의 죽음』에 대응하는 작품인 명랑하고 아이러니한 자튀르극(Satyrspiel)[2]으로 계획하여 단편을 쓰려고 했다. 그런데 그것이 점점 방대해져서 12년 후에 완성된 것이 소위 그의 문학의 정점을 이루는 『마의 산』이다.

이 소설은 사건이 일어나는 순서로 구성되어 있지만 줄거리는 똑같은 속도로 흘러가지 않고 점점 속도가 빨라진다. 처음에는 시간이 매우 천천히 진행되어 3장이 끝날 때까지 이틀밖에 걸리지 않는다. 카스토르프가 요양원 사람들과 함께 지낸 첫 3주일에 관해 이야기하는 데는 엄청난 페이지 수가 필요했지만 그 다음 3주간은 금방 지나가고 만다. 그리하여 소설의 1부인 첫 다섯 장을 썼을 때 7개월이 지난 반면 마지막 두 장을 쓰는 데는 6년 반의 세월이 후딱 지나가버린다. 이러한 불일치는 주인공의 시간 개념이 일그러졌음을 암시해준다. 소설에서는 시간 현상에 대해 이론적인 논의가 계속 이루어진다. 내용이 재미있고 새로우면 시간이 금방 지나가는 반면 내용이 없고 지루하면 시간이 천천히 흘러가는 것이다.

『마의 산』은 제1차 세계대전이 발발하기 전인 1913년 7월에 처음 시작

---

2 고대 그리스 비극 축제에서 세 편의 비극 다음에 등장하는 익살극을 말함.

토마스 만의 부인인 카트야가 묵었던 요양원

되어 제1차 세계대전 다음 해인 1915년 8월에 일단 집필이 중단되었다. 그 사이 토마스 만은 전쟁에 대한 자신의 보수적인 견해를 담은 『어느 비정치적 인간의 고찰』을 집필했다. 그러다가 전쟁이 끝난 후인 1919년에 이미 쓴 것까지 고쳐 써서 1921년 5월에 절반 가량을 썼다. 1923년 초에 유명한 '눈'의 장(章)을 썼으며 1923년 말에 '페퍼코른' 장을 쓰고 1924년에 9월 27일에 『마의 산』 집필을 종결하였다.

'마의 산'이란 스위스 고산지대의 다보스에 있는 폐결핵 요양원 '베르크호프'이다. 토마스 만은 요양원이라는 밀폐된 공간에서 한 단순한 젊은이를 연금술적 방법으로 정신적 교양을 쌓게 하면서 교양인으로 고양시킨다. 대학에서 조선공학을 전공하고 이제 막 조선기사 시험에 합격하여 곧 함부르크의 조선소에 취직할 스물세 살의 청년 한스 카스토르프가 요양원에 도착한다. 환자로 입원하러 가는 길이 아니라 이미 입원해 있는 사촌형을 문병하기 위해 3주 예정으로 이곳에 온 것이다. 사촌 침센은 군인이었으나 폐병이 들어 다보스 요양원에서 요양 중이다.

이곳에 도착한 카스토르프는 자기도 폐병에 걸린 것을 알고 침센과 같이 요양생활을 하게 된다. 그는 점차 고원지대에 있는 요양원의 마적인 분위기에 휩쓸려 죽음과 병에 대해 어떤 친근감을 갖게 되면서, 그 요양원에 요양 중인 러시아 출신의 쇼샤 부인에게 마음을 빼앗겨 7년간 요양원에 머무르게 된다. 그녀는 남편을 고향 다게스탄에 남겨두고 유럽 각지의 요양소와 온천장을 전전하는 퇴폐적인 여성이었지만 이상한 매력을 지니고 있다.

이곳에 입원해 있던 이탈리아 출신의 인문주의자 세템브리니는 카스토르프에게 '죽음'의 세계에 흘러 들어와 아까운 시간을 허비하지 말고 당장 '저 아래'의 시민세계로 복귀하라고 충고한다. 그러나 매혹적인 쇼샤 부인에게 빠져 있는 카스토르프는 그의 충고를 받아들이지 않는다. 7개월 후 사육제날 저녁에 카스토르프는 쇼샤에게 사랑을 고백하고 그날 밤에 그녀와 사랑의 관계를 맺는다. 하지만 그녀는 다음 날 산을 내려가버린다.

그러다가 카스토르프는 유대인 나프타를 알게 된다. 그는 예리한 이론을 종횡으로 구사하며 독재를 찬양하고 테러를 긍정하고 반개인적 전제정치를 옹호하고 공산주의적인 이상향의 도래를 확신하는 예수회 회원이다. 그래서 개성을 존중하는 진보주의자 세템브리니와 자주 충돌하며 논쟁을 벌인다. 얼마 후 호전되지 않는 병세에 지친 침센은 카스토르프의 제지를 뿌리치고 하산하여 군무에 종사한다.

그대로 산에 남은 카스토르프는 스키를 배운다. 어느 날 스키를 타고 산으로 갔다가 눈보라 때문에 산의 오두막에 갇혔을 때 그는 지금까지의 체험을 바탕으로 자기의 생활 방법에 대해 반성을 해본다. 그리고 인간이 올바르게 살기 위해서는 죽음의 애착에서 벗어나 사랑에 의한 삶을 영위하지 않으면 안 된다는 것을 깨닫는다. 사촌은 병이 약화되어 다시 요양원에 왔다가 얼마 안 있어 죽는다.

　어느 날 쇼샤 부인이 시민의 전형인 은퇴한 커피 왕 페퍼코른을 데리고 그곳에 나타난다. 카스토르프는 이 현세적인 생의 거인에게서 많은 교훈과 감동을 받는다. 그 사람은 개념적이 아니고 감각적이며 현재적인 생을 사는 생 그 자체의 인간이다. 그러나 그도 생에 패하여 자살을 하고, 쇼샤는 다시 하산한다. 그녀가 떠난 후 카스토르프는 허탈 상태에 빠진다. 요양원에는 히스테리 환자가 속출한다. 세템브리니와 자유에 대해 논쟁을 벌이다가 모욕당한 나프타는 그에게 결투 신청을 한다. 결투장에서 세템브리니는 하늘을 향해서 권총을 쏘아버린다. 이것을 본 나프타는 비겁자라고 흥분하면서 자기 머리를 권총으로 쏘아버린다. 그와 같이 카스토르프가 7년 동안 고산지대에서 온갖 체험을 하며 무위한 생활을 하고 있을 때, 갑자기 청천벽력처럼 제1차 세계대전이 발발한다. 카스토르프는 마의 산을 내려와 보리수 노래를 중얼거리면서 혼란 속으로, 어스름 속으로 사라져 간다.

　『마의 산』은 토마스 만이 제1차 세계대전을 전후하여 정치 및 사회의식의 대전환점을 맞이한 시기에 작가로서 그의 정신적 삶의 궤적을 기록한 '교양소설'이자 '입문소설'이며 '성년식 소설'이다. 성배를 찾는 주인공 한스 카스토르프의 의식화를 둘러싸고 여러 인물들이 이념의 각축전을 벌이는 이 작품에서 특히 우리의 관심을 끄는 인물은 주인공 카스토르프와 그의 교육자인 세템브리니이다.

　이 소설의 중심 모티프는 생과 사의 문제이다. 즉 평범한 한 청년이 죽음에 애착을 느꼈다가 다시 삶으로 옮겨오는 정신적인 변화를 그린 것이다. 하노나 아셴바흐가 그러했듯이 죽음에 친근감을 지녔던 토마스 만의 주인공이 여기에 이르면 그것을 탈피하고 삶의 세계로 옮겨져 일종의 조화를 형성한다. 말하자면 이 소설은 죽음의 애착에서 조화로운 삶에 이르기까지의 과정을 그린 교양소설인 것이다. 카스토르프는 인간은 형식, 논리, 건강, 시간 등으로 대표되는 삶에만 몰두해서도 안 되고, 자유, 위험, 병원 등으로 대표되는 죽음에 빠져서도 안 되며, 삶의 배후에는 문학의 주제라 할 수 있는 생활과 예술, 생과 사, 자연과 정신의 대립이 잘 나타나 있다. 토마스 만의 죽음에 대한 애착은 바그너와 신낭만주의의 영향이고, 죽음의 극복은 니체의 삶에 대한 긍정과 깊은 연관이 있다. 그리고 이 소설에는 19세기 후반부터 20세기 초에 걸친 유럽 문명세계의 정신이 잘 조감되어 있다.

『마의 산』의 문제성

『마의 산』은 20세기 최고의 고전의 하나로 평가받고 있는 토마스 만의 문제작이다. 『마의 산』은 흔히 시대소설, 교양소설, 철학소설 등으로 일컬어지지만 딱히 어느 것이라고 단정하기에는 어려운 점이 있다. 『마의 산』을 시대소설로 파악하여 리얼리즘적인 관점에서 고찰하는 자들은 토마스 만이 주인공의 입을 빌려 전전(戰前) 사회를 비판하고 특히 세템브리니를 통해 계몽주의를 주창한다고 주장한다. "인간은 개체로서 자신의 개인적 생활을 영위할 뿐만 아니라 자신의 시대와 그 시대를 사는 사람들의 생활을 영위해 나가기"[3] 때문이다. 『마의 산』을 교양소설로 보는 연구자들은 1950-1960년대에 행해진 탈정치적인 형식 분석을 근거로 작품의 시도동기, 서술태도, 인용의 해석을 중시한다. 그리고 『마의 산』을 철학소설로 보는 사람들은 시대소설이나 교양소설과는 무관한 쇼펜하우어적인 철학

---

3 『마의 산 상』, 같은 책, 67쪽.

소설로 보고 작품의 하강하는 구조를 강조하고 있다.

토마스 만은 쇼펜하우어가 『의지와 표상으로서의 세계』의 머리말에서 그랬듯이 시도동기적인 암시들을 제대로 이해할 수 있도록 소설을 두 번 읽으라고 요구한다. 이는 소설의 줄거리보다 시도동기 구조가 더 중요하다는 암시를 내포한다. 그럴 적에 사실적인 외부 묘사는 가상으로 드러나고 그 배후에 제2의 차원이 드러난다. 심층 세계에는 알레고리 구조가 자리 잡고 있지만 표면적으로는 줄거리가 사실적으로 드러나게 하는 점이 토마스 만의 탁월한 작품 기법인 것이다.

그리하여 카스토르프가 7년 동안 머무르는 요양원이 아주 사실적으로 묘사되지만 암시, 은유, 비유, 지시, 인용을 통하여 동화 속에서 나오는 마법에 걸린 산이 되기도 하며, 바그너의 탄호이저에서 나오는 비너스 산이 되기도 하며, 고대 신화세계의 저승인 하데스가 되기도 하며, 괴테의 『파우스트』에서 나오는 '발푸르기스의 밤'의 마녀 산이 되기도 하며, 일반적으로는 시간을 상실하고 의무를 망각한 반시민적인 세계이기도 하다.

『마의 산』과 「독일적 공화국에 관하여」

『마의 산』의 변화 과정은 토마스 만의 변화와 궤를 같이하여 심미주의에서 출발하여 국수 보수적인 입장을 지나 공화주의에까지 걸쳐 있다. 바이마르 공화국 시절 토마스 만은 제1차 세계대전 때와는 다른 정치적인 입장을 표명하지만 그것은 마지못한 것이었다. 그의 정치의식의 발전은 나치의 발흥과 시기적으로 밀접하게 연관되어 있다. 하지만 토마스 만은 완만한 작업방식으로 인하여 정치적인 시대사를 제대로 좇아가지 못하고 있다. 그렇게 볼 때 결국 『마의 산』도 제국시대적 산물의 소산이다. 그가 제1차 세계대전이 끝난 후 공화제를 신봉하는 입장으로 변화하지만 『마의 산』은 구조적으로 볼 때 여전히 변화의 흔적이 미약하다. 장기간에 걸친 작업 기간으로 말미암아 그 소설은 자신의 기질과는 달리 바이마르 공화국을 지지하는 소설이 되고 있다.

토마스 만의 초기 작품에서는 좁은 의미에서의 시대사가 별로 드러나지 않고 있다. 정치적, 사회적 사건들에 대한 직접적인 반응은 초기 작품에서 거의 존재하지 않는다. 젊은 토마스 만이 살고 활동했던 무대는 뮌헨-슈바빙이라는 비정치적인 예술 문학가의 세계지만 넓은 의미에서는 물론 역사적인 배경이 중요하게 자리 잡고 있다. 경제적으로 번영하는 시민적 안정의 시기로서 제1차 세계대전 전의 평화로운 시절이 문학적 활동에 필요한 자유로운 공간을 확보해준다. 보헤미안적인 젊은 토마스 만은 시대의 정치적인 긴장들을 별반 감지하지 못한다. 그의 작업은 시민계층과 그 국외자, 무엇보다도 예술가의 차원에서 행해진다. 사회적 문제는 그의 책에서 거의 드러나지 않는다. 산업의 세계나 노동자의 세계에 대한 형상화는 전혀 이루어지지 않고 있다. 만의 시대 비판은 중요성이 없는 것은 아니지만 확고하게 구축된 안정된 사회에 그다지 위험하거나 위협적이지 않다.

토마스 만은 그의 초기 작품에서 과격하게 시대를 비판하는 입장에서 출발하여 시민사회를 전적으로 무시하고 물질주의적인 것으로 간주하지만 이는 개별적으로는 구체적인 관점이 없는 낭만적인 속물 비판의 전통선상에 서 있는 비판에 불과하다. 그는 1904년 형 하인리히에게 '정치적인 것엔 하등 관심이 없다'고 편지를 썼지만 제1차 세계대전으로 말미암아 그의 삶에 일대 전환이 오게 되었다.

전쟁의 패배와 바이마르 공화국 선포는 그에게는 경미한 쇼크였다. 그는 소위 보수적 혁명이라는 형식을 대변한다. 비독일적이고 서구적이며 자본주의적인 것에 대한 거부로 인해 그는 러시아 혁명에 공감의 의사를 보이기도 한다.[4] 그는 뮌헨 소비에트 공화국이 러시아 혁명을 닮으려는 흔적이 보이면 관심 있게 지켜보지만 그것이 서구적이고 유대적이며 국제주의적인 것으로 평가되는 한에는 혐오한다. 그것이 붕괴함으로써 그는 비로소 안도의 한숨을 쉰다. 이제 뮌헨 소비에트 공화국 치하보다는 차라리 군부 독재가 낫다는 것이다.

토마스 만은 「독일적 공화국에 관하여」에서 '그의 뜻이 변화된 것이 아니라 아마 그의 생각이 바뀌었을지도 모른다'고 말한다. 토마스 만은 공화국을 계몽적 민주적인 의미에서 옹호하는 것이 아니라 노발리스, 니체, 하우프트만이나 휘트먼과 같은 낭만주의적 생기론적인 전통에서 공화국을 운명, 삶이나 고향으로서 옹호하고 있다. 전선은 여전히 독일의 내적인 문화 대 정치이다. 다만 공화국이 문화의 편에 서 있고 우익 과격주의나 좌익 과격주의는 정치의 편에 서 있을 따름이다. 심층 구조에서의 그의 사고체계는 그대로이며 변화는 다만 표면적인 현상에 불과하다.

1922년의 공화국 연설에서 토마스 만은 「어느 비정치적 인간의 고찰」에서처럼 전쟁을 낭만적이고도 시적이라고 보고 있지만 오늘날에는 전쟁이 아주 나쁜 낭만주의, 구역질나는 시문학이 되었다고 말하고 있다. 전쟁은 이제 그에게서 긍정적인 요소를 상실한 것이다. 물론 전쟁은 평화적이거나 사회주의적인 입장에서 비판된다기보다는 보수적인 입장에서 비판된다. 그는 전쟁이 위엄을 지녔던 영웅시대를 여전히 향수 어린 마음으로 회고하고 있다. 그는 현대전을 거부하지만 그에게는 평화에 대한 희망도 없는 것이다. 이러한 비관적인 탈출구 없는 입장이 『마의 산』의 전쟁

----

4 1919년 4월 5일의 일기에서 토마스 만은 연합국 측에 적대적인 한 그는 공산주의도 사랑한다고 고백한다. 도스토옙스키에게서 지대한 영향을 받은 그는 1918년 4월 5일의 일기에서 공산주의를 러시아적인 영혼 즉 무형태성과 무형식에로의 경향의 표현으로 파악하기도 하는데 이런 시각이 『마의 산』에 반영되기도 한다.

묘사에서도 지배하고 있다.

게다가 공화국 연설의 끝은 "인간은 착한 마음씨와 사랑을 위해 자신의 생각에 대한 지배권을 죽음에 넘겨주어서는 안 된다"[5]는 카스토르프의 눈의 꿈의 종합을 채택하고 그것을 공화제적인 복음으로 나타내고 있다. 소설이 눈의 꿈의 복음을 재빨리 지워버리고 상대화하여 '눈'의 장의 비전에도 불구하고 전쟁으로 끝나는 반면 새로 공화주의자로 변모한 토마스 만은 명백히 그 소설을 상승구조를 지닌 교양소설로 해석하고 있다. 이러한 유형의 자기해석은 그때부터 빈번하게 행해진다.[6]

공화국에로의 전환 이후에 쓰인 제2부는 죽음과 결부된 동성애적 경향에서 벗어나 새로운 삶에 대한 의지의 표현이기도 하다. 그의 전체 작품에서 두드러지게 나타나는 에로틱한 사랑의 전기적인 심리학적 뿌리들은 토마스 만 사후 20년이 지난 1975년부터 그의 일기의 공개로 새로운 국면을 맞게 되었다. 이런 의미에서 세템브리니가 카스토르프에게 하는 말은 의미심장하다. "인간은 어느 정도 일반적인 성질을 띤 종합적인 표현을 하기만 하면, 자신도 모르게 자신의 모든 자아를 거기에 담고는 자신의 삶의 근본 주제와 근본 문제를 어떻게든 비유적으로 표현하여 자신을 완전히 드러내지 않고는 못 배기는 것 같습니다."[7] 이 말은 문학 작품이 바로 작가 자신의 삶의 근본 주제와 근본 문제들의 문학적 변용이라는 사실을 분명히 말해주고 있다.

----

5 『마의 산 하』, 같은 책, 294-295쪽.
6 1925년 10월 30일 귈레민(Bernard Guillemin)과 가진 인터뷰에서 '눈'의 장이 끝에 오지 않은 것이 구성상의 실수라고 말하는 데서 그러한 입장이 정점에 달한다. 토마스 만은 문학 작품에서는 미적인 이유로 다의적인 성격을 부여하는 반면에 에세이와 연설에서는 민중 교육적인 이유 때문에 분명한 입장을 취하려고 한다.
7 『마의 산 하』, 같은 책, 32쪽.

『마의 산』의 상징성

베르크호프 요양원이라는 무대는 지리적으로 고산 지대를 나타낼 뿐만 아니라 밀폐되고 외부와 차단된 세계를 나타내기도 한다. 이는 한스 카스토르프의 고향인 무미건조하고 사회적인 평지와 반대되는 개념이기도 하다. 또한 요양원은 바그너의 오페라 〈탄호이저〉에 나오는 지옥 같은 환락의 천국인 비너스 산을 떠올려준다. 그곳은 육욕과 방종한 생활이 지배하는 장소이다. 그곳의 시간은 세상 시간과 다르게 진행한다. 방문자는 그곳에서 단 몇 시간밖에 있지 않았다고 생각하는데, 자기도 모르게 7년 세월이 흐른 것이다. 한스 카스토르프도 원래 요양원에 3주간 머무르려고 했지만 결국 7년간 머무르게 된다.

요양원 주민들은 삶에서 이탈한 신비한 분위기에서 살아간다. 특히 동화와 전설에 대한 인용이 두드러진다. 베렌스 고문관이 염라대왕인 라다만티스로 군림하는 진료실과 특히 뢴트겐실은 그리스 신화의 하데스로 비유되는 반면, 카스토르프는 오디세우스라는 임시 방문객으로 격하된다. 베렌스 고문관은 두 사촌을 제우스의 쌍둥이 아들 카스토르와 폴룩스로 비유하고, 세템브리니는 자신을 프로메테우스로 비유한다. 슈퇴어 부인은 시지포스와 탄탈루스 이야기를 꺼내며 이를 요양원 생활에 비유한다.

환자들의 푸짐한 식사는 '티슈라인-데크-디히Tischlein-deck-dich'로, 주문을 외면 음식이 차려진다는 그림 동화의 마술 식탁으로 비유된다. 엥엘하르트 양이 쇼샤 부인의 이름을 알아내려고 여러 가지를 불러보는 장면은 그림 동화의 「룸펠슈틸첸」을 생각나게 한다. 평범한 주인공 한스라는 이름은 그림 동화에 나오는 「행운아 한스」의 이름을 따고 있을 뿐만 아니라 그의 쾌활한 순박성도 함께 지니고 있다. 결국 행운아 한스와 마찬가지로 카스토르프 역시 7년간 쌓은 다양한 교양도 아무 보람 없이 전쟁에 나가 무의미한 죽음을 맞게 된다. 물론 여기에는 기독교도 박해 때 동굴에 갇혀 200년 동안 잠자다가 깨어난 일곱 순교자의 모티프도 담겨 있다. 카스토르프가 수간호사한테 온도계를 사는 장면도 입문 의식이 되어, 그는 어엿한 베르크호프 주민으로 받아들여진다. 아드리아티카 폰 밀렌동크라는 수간호사 이름도 중세적인 분위기가 나는 이름이다.

게다가 마적인 숫자 7이 밀란 쿤데라의『참을 수 없는 존재의 가벼움』에서처럼 일관된 흐름으로 소설을 관통하고, 또한『니벨룽겐의 노래』에서 크림힐트가 오빠 군터와 하겐 일행을 자기 나라로 초대한 것도 결혼 7년 뒤이다. 카스토르프는 '마의 산'에 7년간 머무르며, 7개월이 지나 소설의 정점인 '발푸르기스의 밤' 장면이 오고 소설의 1부가 끝난다. 두 사촌의 이름도 일곱 개의 알파벳으로 되어 있고, 식당의 식탁의 수도 일곱 개이며, 카스토르프의 방 번호도 34호실이다. 세템브리니라는 이름은 7이라는 수를 의미하며, 페퍼코른이 자살할 생각을 할 때 일곱 명이 함께 한다.

에로스와 발푸르기스의 밤

원래 에로스는 그리스 신화에서 사랑의 신으로 등장하며 철학에서는 진선미를 동경하는 순수애로 파악되고 있다. 토마스 만은 쇼펜하우어의 의지 개념을 에로스로 이해하며, 바그너 철학은 그에게 심리와 주지주의로 고양된 세련된 에로스로 여겨진다. 토마스 만은 1901년 형에게 보낸 편지에서 '자기배반, 정신이 삶으로 기울어지는 현상이 에로스다'라고 말한다. 이 에로스는 남녀관계로 나타나지만 쇼펜하우어의 경우에는 그것이 형이상학의 대상이 되듯이 토마스 만의 경우에는 미학의 대상이 되고 있다.

『마의 산』은 지적인 작품인 동시에 은밀하게 에로틱한 작품이다. 특히 토마스 만은 쇼펜하우어에게서 에로틱한 점을 받아들여 자신의 작품에서 형상화하고 있다. 결핵에 걸린 환자들은 욕정에 불타고 있다. 카스토르프의 옆방에 묵는 러시아인 부부는 시도 때도 없이 음란한 짓거리를 벌인다. 시가와 체온계의 묘사, 크로코프스키 박사의 강연에도 에로틱한 모습이 보이고, 기침과 재채기, 동상에서도 근질거리는 육체가 묘사된다.

주인공 한스 카스토르프는 작가 토마스 만과 마찬가지로 양성애적인 성격을 지니고 있다. 그의 동성애적인 성격은 어린 시절 학우인 프리비슬라프 히페를 짝사랑하는 데서 드러나고 있고, 활력이 강한 페퍼코른에게 매혹되는 것에서도 나타나고 있다. 다른 한편으로 그는 러시아 여자 쇼샤를 열정적으로 사랑하고 있다. 그런데 '뜨거운 암고양이'라는 뜻을 지닌 쇼샤에게는 남성적인 면모도 함께 보이고 있다. 카스토르프의 성적 지향성은 히페와 쇼샤한테서 연필을 빌리는 행위에서 서로 연결되고 있다. 여기서 길쭉한 연필은 남성의 성기를 암시하고, '프리비슬라프'라는 이름은 '동침'이라는 뜻을 지니고 있다. 자신의 책상 서랍에 몰래 보관해둔 연필 깎은 부스러기는 잊을 수 없는 사랑의 흔적이자 여운으로 볼 수 있다.

소설이 진행되는 중에 이 주제는 여러 번 아이러니하게 굴절된다. 사육제날에 카스토르프가 쇼샤에게 하는 사랑의 맹세는 우스꽝스러운 면이 있다. 뢴트겐실에서 베렌스 고문관은 연구 목적으로 카스토르프에게 여성의 팔을 보여주며 '빛에 의한 해부는 근대의 승리'라고 말한다. 급기야 카스토르프와 쇼샤, 페퍼코른은 기묘한 삼각관계에 빠져든다. 동성애와 결혼 간의 대결이 토마스 만의 전기에서 드레스덴 출신의 화가 파울 에렌베르크와 만의 부인 카트야 프링스하임 사이의 택일 관계에 근거하고 있다는 점은 분명하다. 전기적으로는 부인 카트야가 승리하지만 실제 생활에서는 다만 억압되어 나타날 수밖에 없었던 동성애적 에너지들이 문학 작품의 가장 중요한 정신적 충동력이 되었던 점에서 시문학적으로는 파울 에렌베르크가 승리한 셈이다.

카스토르프와 쇼샤의 결정적인 만남은 소설 전반부의 끝에 위치하는 발푸르기스의 밤에 가서야 이루어진다. 그는 이때 처음으로 쇼샤에게 말을 건다. 발푸르기스의 밤은 그에게 시공에서 벗어난 시점이다. 경험적 차원에서 보면 2월 29일에 벌어지는 사육제는 모든 질서에서 벗어난 날이며 달력에서도 거의 빠졌다고 볼 수 있는 밤이다. 발푸르기스의 밤은 문명사회의 규범이 무너진 날이지만 초월적 차원에서 보면 쇼펜하우어적인 의미에서 개체화의 원리가 지양된 날이다. 무도회가 절정에 이르면서 현실영역이 사라진 시점에 카스토르프는 쇼샤에게 "우린 여기에 앉아 꿈결에서처럼 구경이나 하지"[8]라고 말한다.

사육제날 카스토르프는 쇼샤와 세템브리니에게 '당신'이 아닌 '너, 자네'라는 호칭을 쓴다. 더 빨리 쇼샤와 대화를 나누었다면 '너'란 표현을 쓰지 못하고 '당신'이란 호칭을 써야 하는데 이를 피하기 위해 그는 사육제의 밤까지 기다린 것이다. 세템브리니가 이 호칭을 싫어하는 것은 경험적 시각에서 보면 그것이 문명이나 진보적 인간성에 역행하는 것이지만 초월적 시각에서 보면 이성의 저편에 있는 형이상학적 영역을 대변하기 때문이다. 이때 카스토르프가 쇼샤와 프랑스어로 대화를 나누는 것도 세련됨과 우아함을 표현하기보다는 시공감각이 소멸된 상태임을 나타내준다. 쇼샤가 카스토르프에게 연필을 빌려주고는 '몸을 돌려' 자기에게 돌려달라고 말하는 것은 의미심장한 뜻을 내포하고 있다. 또한 제2부에서 세템브리니가 카스토르프에게 '석류의 맛'이 어땠냐고 물어보는 것에서 두 사람이 나중에 어떤 관계를 가졌는지를 짐작하게 해준다.

토마스 만의 발푸르기스의 밤이 에로틱한 밤이듯이, 괴테의 『파우스트』

---

8 『마의 산 상』, 같은 책, 639쪽.

에 나오는 발푸르기스의 밤도 브로켄 산 정상에서 마녀들이 모여 광란의 축제를 여는 에로틱한 밤이다. 『파우스트』에서 발푸르기스의 밤 장면은 은폐된 관능적인 묘사로 가득하다. 이날 브로켄 산으로 오르는 마녀들은 빗자루나 염소를 타고 오르는데 여기서 빗자루는 남성의 성기와 관련되어 있다. 파우스트가 짚고 오르는 지팡이도 같은 의미를 담고 있다. 눈앞에 보이는 산의 풍경 묘사는 남녀의 성애 장면을 연상시킨다. 이처럼 발푸르기스의 밤 전체는 하나의 성적 욕망의 총체로 읽을 수 있다. 가운데 봉우리에서 멀리 바라보이는 풍경은 황금과 욕정, 권력의지로 불타오르는 불야성의 도시이다. 파우스트는 맹목적인 성욕의 화신이 되어 그레첸을 죽음으로 몰고 가는데, 괴테는 여기서 구원자를 마녀로 몰아 처형하는 사회의 위선을 고발하고 있다. 브로켄 산에 마녀들이 있다고 하는데 실은 마녀들의 존재도 인간의 욕정이 만들어낸 성적 판타지일 뿐이다. '내 술통에서 탁한 게 흘러나오는 것을 보니, 세상도 마찬가지로 기운 모양이오'라는 메피스토펠레스의 말은 묘한 이중적인 의미를 지닌다. 그 말은 프랑스 대혁명 이후 앙시앵 레짐의 몰락을 의미하는 정치적 함의로 이해되기도 하지만, 욕정의 절정에 달해 사정한 장면으로 읽을 수도 있다. 이처럼 발푸르기스의 밤의 거의 모든 구절은 성애와 관련되어 있다고 볼 수 있다.

『마의 산』의 마지막에 나오는 전쟁 장면에서 두 병사가 죽은 채 누워 있는 모습 역시 은밀한 동성애적 분위기를 연상시킨다. "거기에는 두 명의 친구가 엎드려 있었기 때문이었다. 이들은 다급한 나머지 한데 엉켜 붙어 있다가, 이제 포탄에 맞아 뒤범벅이 된 채 사라져버린 것이다."[9] 이처럼 삶에서 금지된 사랑은 죽음을 통해 성취되고 있다.

----

9 『마의 산 하』, 같은 책, 725쪽.

카스토르프의 세 명의 사부(師父)

세템브리니 세템브리니는 처음 등장하는 순간부터 몽롱한 상태에 있는 카스토르프의 정신을 번쩍 들게 한다. 그러한 작용은 한쪽 입 언저리를 빈정거리듯 비죽거리는 데서 기인한다. 그는 어둠의 힘에 대한 이성의 무기로서 조소와 악의를 변호한다. 그는 요양원의 의사들을 어둠의 세력인 미노스와 라다만트로 지칭하면서 신화적인 개념과 동일시한다. 그럼으로써 요양원은 하데스가 되고 의사들은 저승 재판관이 된다. 카스토르프는 '저승세계에 온 오디세우스'가 된다. 그래서 그는 나중에 오디세우스처럼 마녀의 섬도 방문하고 돼지 그림도 그리게 된다. 따라서 카스토르프의 요양원 체재 시간은 여러 세계를 방랑하는 시간으로 인식된다.

세템브리니가 카스토르프를 일과 현실 세계의 대변자로 평가한다면 그는 애당초부터 오류를 범하고 있는 셈이다. 카스토르프는 세템브리니의 세계에 동감하지 않는다. 시도동기의 구조가 이러한 사실을 잘 말해준다. 세템브리니의 견해들은 자신의 의도와는 달리 처음부터 신용을 잃고 있다. 그의 말뿐만 아니라 말할 때의 행동도 함께 우스꽝스럽게 묘사된다. 카스토르프는 세템브리니의 모습을 보고 토스트 굽는 사람을 연상하고 그의 말을 금방 구운 토스트에 비유한다. 이러한 태도는 형식을 내용보다 중요시하는 세템브리니의 허영적인 자기만족을 나타내줄 뿐만 아니라 이러한 말의 공허함을 보여주기도 한다.

소설 제1부의 마지막에 나오는 '발푸르기스의 밤' 이후부터는 쇼샤가 소설의 무대를 지배한다. 세템브리니는 그 장면의 깊은 신화적 알레고리적 의미를 지적한다. 이제 카스토르프는 파우스트가 되고 쇼샤는 릴리트가 되며, 세템브리니는 계몽주의자 메피스토펠레스의 역을 맡는다. 이때 카스토르프의 '너'라는 호칭은 시간과 사회의 바깥쪽에 있다.[10] 쇼샤가 다시 돌아온 뒤 그녀가 당신이라는 말로 지칭됨으로써 카스토르프는 다시 사회로 복귀하게 된다. 세템브리니는 마지막에 가서 카스토르프에게 '자네'라고 부름으로써 여태껏 이성적 차원에만 머물러 있던 계몽주의자가 인간화되고 형이상학적인 것의 비합리성을 받아들이게 된다.

나프타 나프타는 시도동기 구조에서 볼 때 세템브리니의 반대편에 위치한다. 세템브리니는 일과 자본주의 세계에 열광하지만 나프타는 무위와 정관의 장소로서의 침대 생활에 열광한다. 침대와 무위의 동기는 아시아적 영역과 연결된다. 동유럽 출신의 유대인인 그는 서구세계와 대립된다. 스페인의 로욜라가 창시한 예수이트로서의 그의 신분 때문에 나프타는 과잉 형식의 나라인 스페인과 연결된다. 그 때문에 카스토르프는 나프타의 금욕 이론을 듣고 곧장 스페인적인 명예와 그의 할아버지의 목 칼라를 연상한다. 이로써 군인 신분과도 모티프 연결이 이루어져 폰 로욜라와 프로이센의 프리드리히 대제의 연결도 이루어진다.

나프타는 전쟁을 위대한 동력으로 긍정하는 반면 세템브리니는 평화적인 세계 공화국에 대해 열광하지만 예외를 두고 있다. 이탈리아인인 세템브리니는 오스트리아에 대항해서 필요하다면 전쟁을 치러서라도 브렌네르 국경선을 관철시키고자 한다. 나프타는 혼합적인 인물이다. 벌써 그 근원에 대해 수많은 억측이 있어 왔다. 그의 외모는 토마스 만이 '또 한 사람'이라는 장을 쓰기 직전인 1922년 1월에 만나 알게 된 게오르크 루카치를 닮아 있다. 나프타는 일반적으로 보수적인 혁명의 여러 모순적인 노력

----

10 카스토르프는 '발푸르기스의 밤'에 프랑스어로 말하는데, 이는 흔히 말하듯이 프랑스어의 명료성과 이성적 합리성을 의미하는 것이 아니라 시도동기 구조에서 볼 때 오히려 일종의 러시아적인 것이다. 러시아어는 비조형적인 나쁜 발음을 통해 무책임성과 꿈꾸는 듯한 무의식을 특징짓고 있다. 클라브디아 쇼샤가 곧 여행할 계획이라고 말하자 그는 꿈의 대화에서 깨어나 명료성과 사회성을 지시하는 언어인 독일어로 말한다.

의 형상화이다. 물론 그 속에는 니체와 쇼펜하우어의 견해도 들어 있다. 그에게는 중세의 보편주의적인 기독교적 세계국가라는 의미의 제국과 시민적 자유주의 시대의 종말로서 테러, 규율과 철의 복종을 뜻하는 공산주의가 혼재해 있다. 그래서 카스토르프는 나프타를 보존의 혁명가라고 부른다.

나프타의 존재는 그의 방에 있는 비단 카펫이다. 이는 무정부주의와 공산주의에 대한 열광을 암시하는 지적 기호라 볼 수 있다. 나프타의 견해는 존재에 의해 굳건히 떠받쳐지지 않는다. 세템브리니의 수사학적인 진보에의 열광도 실천적 행동과는 거리가 멀다. 그의 실천은 그의 이론인 것이다. 그러나 전쟁과 같은 비상시국에는 그에게도 존재의 세계가 견해들보다 우위를 차지한다. 그는 마의 산을 떠나가는 카스토르프에게 '자네'라고 부르며 러시아인처럼 입맞춤을 하고 이탈리아 편에 서서 싸운다. 나프타는 그의 견해가 타당하다 하더라도 그다지 바람직한 인물로 그려지지 않는다. 세템브리니는 그 당시의 토마스 만에게는 아무리 우스꽝스런 존재라 하더라도 근본적으로는 동감을 사는 인물이다.

정치적 도덕가로서의 토마스 만이 실제 현실 정치에서 필요하다고 생각했던 것을 심미주의자로서의 그는 따라갈 수 없었다. 심미주의자는 도덕가가 무조건 말하려고 했던 것을 부인한다. 그러므로 결론 문장은 진지한 표현이긴 하나 동시에 미심쩍기도 하다. 윤리적 의무의 차원에서는 결론 문장이 분명 타당하다. 그러나 깊은 영역에서는 비도덕적인 죽음에의 공감, 열반에의 사랑, 달콤한 수면에 대한 애착이 계속 남아 있다. 내용적으로 보더라도 사상의 꿈은 이중적이다. 그 꿈은 사상적으로는 부인하지만 심정적으로는 가슴 속에서 계속 죽음에 대한 성실성을 지닌다. 이러한 사정 때문에 사상은 커다란 힘을 펼치지 못한다. 자신의 견해와는 달리 마음이 응해주지 않는 것이다.

페퍼코른　페퍼코른은 다의적인 성격을 지닌 인물이다. 그런 그가 소설의 구조 속에 무리 없이 녹아들어 있는지 논란이 되고 있다. 특히 그가 카스토르프에게 어떤 의미가 있는지가 문제된다. 카스토르프가 그에게서 무언가를 배우는가, 아니면 그는 한낱 에피소드에 불과한가? 그가 인물로서 진지하게 받아들여지는가 아니면 희화적인 인물에 불과한가? 그는 소설 구성상으로 미리 예상된 인물이지만 토마스 만이 1923년 하우프트만을 만난 뒤 그의 인상을 따서 상세한 묘사가 이루어진다. 페퍼코른에게는 이중적인 구조적 필연성이 존재한다. 한편으로는 '눈'의 장 이후 세템브리니와 나프타의 역할이 다 끝난 상태에 있었기에 새로운 영향이 필요했다. 다른 한편으로 쇼샤가 요양원에 돌아와야 하는데 혼자여서는 안 된다.

　페퍼코른은 하나의 인물이다. 인물이란 존재이지 견해가 아니다. 그래서인지 페퍼코른는 달변가가 아니라 말을 더듬는다. 그럼에도 페퍼코른은 희화적인 인물이란 사실이 간과되어선 안 된다. 그는 현실적인 인물이 아니라 그런 인상을 줄 뿐이다. 그는 소설에서 두 교육자를 왜소화시키고 쇼샤의 위험성을 중화시키며 카스토르프를 강하게 하는 기능을 갖고 있다. 하지만 그는 마지막에 가서 할 말이 없고 자살로 인해 그의 프로그램은 우스꽝스럽게 남는다. 그 성격과 프로그램의 정신사적인 배경은 생철학이며 그러므로 수미일관되게 니체이다. 그는 생, 축제, 도취, 신화와 원초적 자연을 사랑하며 자신이 독수리와 친근하다고 느낀다. 그는 니체처럼 자신을 디오니소스, 예수와 비교한다. 12명의 요양원 손님과 가진 그의 연회는 최후의 만찬이다. 그럼에도 그는 살아있는 인물이라기보다는 삶과 고통의 알레고리이며, 확신적인 반주지적 복음이라기보다는 오히려 생철학의 비판이다. 카스토르프는 그를 통해 두 교육자로부터 상대적인 독립성을 확보하고 무형식의 소용돌이로부터 해방되어 쇼샤에 대한 호칭도 '너'에서 '당신'으로 전환된다.

교양소설과 시대소설

교양소설은 작품의 전체 구조가 상승하고 탈교양소설은 하강한다는 판단을 함축하고 있다. 토마스 만이 후에 수많은 자기해석을 통해『마의 산』을 교양소설이라고 밝히지만 소설의 기본 구조가 무엇보다 하강구조란 것은 확고한 사실이다. 『베네치아에서의 죽음』처럼 이 소설도 결국 인격이 해체되고 죽음에 이끌리는 이야기인 셈이다.[11] 『베네치아에서의 죽음』에서 아셴바흐의 경우처럼 처음에 확고하던 시민적 정체성이 소설의 끝에 가서 와해된다. 그러므로 이 소설은 주인공이 결국 시민사회에 편입하게끔 하는 것이 아니라 반대로 거기에서 점점 멀어지게 한다. 사부들은 그가 현실세계로 복귀하도록 도와주는 것이 아니라 오히려 반대로 세계의 모든 요구로부터 카스토르프를 자유롭게 해준다. 처음에는 시민적 정체성이 존재하지만 마지막에는 전장에서 전체의 지양이 일어나기 때문에 크리스찬젠은 이 소설을 탈교양소설이라고 칭한다.

제1차 세계대전이 끝난 후 토마스 만은 독일적 공화국을 신봉하는 쪽으로 전환하면서 소설의 하강구조를 반전시키려고 시도한다. 그것은 주로 다섯 군데에서 일어난다. 눈의 꿈, 쇼샤에 대한 호칭, '음악' 장에서 눈의 꿈 인용, 심령술 장에서 불을 켠다는 표현과 소설의 마지막 문장이 그것이다. 하지만 이 다섯 군데는 소설의 기본 구조와 모순되며 카스토르프의 전체적 발전에 아무런 결과도 낳지 못한다. 그것은 수미일관된 상승구조에 대한 근거가 되지 못한다. 그것들은 전체적인 하강구조를 막아보려고 애를 쓰지만 중과부적으로 붕괴되는 도약으로 볼 수밖에 없다. 이 소설을

---

11 옌드라이에크는 죽음의 경험이 최종적으로 삶의 경험이라는 것을 보여주는 것도 교양소설의 대상일 수 있다고 말한다.

공화국 신봉의 담지자로, 즉 긍정적 교양소설로 만들려는 모든 시도는 작품의 기본 구조와 모순된다.

눈의 꿈에서 가슴과 사상의 분리는 『비정치적 인물의 고찰』에서의 정치와 문화의 분리를 다른 방식으로 보여준다. 국가적인 것은 죽음에 지배권을 내주어서는 안 되는 사상을 필요로 하는 반면 죽음에의 성실성은 문화, 가슴, 내면성의 영역에서만 적용된다. '눈'의 장 이후에는 교양 이념에 적대적인 옛 구조들이 광범위하게 효력을 발휘한다. 카스토르프는 죽음과 방종한 시간 관리의 매혹에서 벗어나지 못한다. 교양소설 이념은 탈교양적인 반대구조를 통해 힘을 잃고 있다. 교양 이념은 주변적인 전지적 시점을 통해 독자에게 전달될 뿐이다. 그 이념은 소설에서 형상화되지 못해 단지 견해로만 남게 되고 작품의 존재에 의해 대체로 부인된다. 세부의 선택과 배치를 조종하는 것은 전전(戰前) 사회의 모방이 아니라 모든 현실적인 것을 알레고리로 만드는 쇼펜하우어적인 형이상학이다.

전통적인 교양소설에서는 독자에게 결정적인 지침을 알려주는 전지적 서술자가 『마의 산』에서는 그 역할을 포기한다. 독자가 신뢰할 수 없는 무언가를 추천하는 서술자의 불확실성이 독자에게 전달된다. 이 소설이 널리 수용되는 것은 이야기된 것과 서술자의 희망이 모순되기 때문이다. 소설의 구조에 의해 독자에게 거부된 것이 『요셉』에서는 구상의 토대를 이루고 있다. 요셉에게는 눈의 꿈이 실현되고 있다. 요셉은 사상의 자유와 죽음에의 성실성의 종합을 구현하고 있다. 『마의 산』에서와는 달리 여기서는 아폴로적인 것에 애당초부터 우선권이 주어져 있다. 그런 점에서 『요셉』은 공화주의자 토마스 만의 작품이다.

토마스 만은 일반적으로 리얼리스트로 지칭된다. 리얼리스트는 사실과 갈등을 형상화하지만 역사적 사회적인 해결 과제를 프롤레타리아 계급에게 넘겨준다. 루카치는 이를 '사회주의 리얼리즘'과 대비하여 '시민적 리얼리즘'이라 부른다. 루카치의 견해로는 주된 문제인 자본주의 계급사회의 모순이 해결되어야 비로소 사회주의 리얼리즘이 가능하기 때문이다.

일반적으로 시대소설이란 시대의 모사를 시도하고 그러므로 다소 리얼리즘의 원칙에 따르는 소설로 간주된다. 『마의 산』을 전전 사회의 시대적 파노라마로 이해할 근거들은 충분히 존재한다. 카스토르프가 요양원에 장기 체류하게 되는 배경도 의사들이 병원 수입을 올리기 위한 계책으로 볼 수 있으며, 간호사도 은근슬쩍 온도계를 강매하는 행태를 보인다. 그리고 '저 아래' 세상에서는 돈이 없으면 여자들이 결혼하지 못한다는 자본주의적 행태에 대한 비판도 묘사된다. 카스토르프의 죽음에 대한 은밀한 매혹은 전적으로 유럽 데카당스의 정신 상태에 대한 사실적인 묘사로 파악할 수 있다. 그의 참전은 1914년의 일반적인 전쟁 열광을 드러내는 것으로 볼 수 있다. 사실 토마스 만의 자기해석도 그러한 입장을 취하고 있다.

하지만 비교적 외적인 층위만 관찰할 때 그러한 해석이 가능하다. 시도동기의 분석이 사실적인 묘사의 배후 의미를 나타내주는 한 전체 구조는 리얼리즘 개념과 다른 모습으로 드러난다. 배후 의미는 쇼펜하우어 철학을 원용한 다른 구조 체계에 속한다. 결국 작가는 『마의 산』을 시대소설로 보기를 원하지만 소설 자체의 구조에 의해 그러한 시각이 방해를 받는다. 카스토르프가 애연가인 이유는 무엇인가? 사실적인 입장에서 보면 북(北)독일에 카스토르프 같은 애연가가 많기 때문이라고 볼 수 있다. 하지만 그가 애연가인 것은 함부르크의 시민을 성격 짓기 위해서라기보다는 소설의 시도동기 구조에서 볼 때 비시민적 충동성, 쇼샤의 아시아적인 손톱 깨묾, 성애, 무형식, 열반과 연결되고 있다. 흡연은 바닷가에 누워 있는 것과 마찬가지로 탈개인적인 시공 상실의 체험이고, 쇼펜하우어적인 정지된 현재이며, 의지로서의 세계 편에 서서 표상으로서의 세계를 지양하는 것이다.

소설의 하강구조

카스토르프의 관심은 의지로서의 세계의 영원성 속에서 비시민적인 형식 해체를 향하고 있다. 그는 기만적인 표상 세계의 개체화의 속임수에서 벗어나 세계의 진정한 형상을 찾으려 한다. 그러기에 그는 쇼샤 부인에게 빠지고, 음악을 사랑하며, 마법이 걸린 산에 머무르다가 전쟁에 휩쓸려든다. 표상으로서의 세계는 그에게 아무런 힘을 발휘하지 못한다. 좌파든 우파든 견해만으로는 의지의 세계의 존재를 변화시킬 수 없다. 두 교육자도 그들 존재에 의해 아이러니하게 부정된다.

소설의 마지막 장은 분명 하강구조를 강조하고 있다. 카스토르프는 끝에 가서 이류 러시아인 좌석에 앉게 된다. 자기 손목시계마저 잃어버린 그는 이제 고급 시가 뤼트리쉬부어를 피우면서 그것을 시계 대용으로 활용하고, 연금술적인 마력을 지닌 정지된 현재에 존경을 표한다. 그는 마치 낙제가 결정된 학생처럼 아무렇게나 방치된 채 시민적 형식에 대한 무관심의 표시로 수염을 기르고 있다. 눈 속에서의 꿈 이래로 여러 가지 조그만 도약의 움직임이 있었지만 그는 제 힘으로는 마법의 산을 뛰쳐나갈 수 없다. 그의 해방은 청천벽력 같은 전쟁에 의해서이다. 훌륭한 행위나 발전된 인간성의 결과로서가 아니라 원초적 자연력인 전쟁의 결과로 해방되는 것이다.

전쟁은 마의 산의 근본 모티프를 또다시 채택한다. 그것은 죽음의 세계의 축제이며 하나의 열병이다. 이것은 카스토르프를 마법의 산에 붙잡아 둔 힘이다. 그 때문에 평지로의 해방도 세템브리니적인 의미에서 일어난 것이 아니다. 그 해방은 죽음의 세계가 단지 형태를 바꾼 것에 불과하다. 전쟁에서 죽음의 형태는 보다 노골적인 형태를 띠게 된다.

따라서 서술자의 이야기 톤도 변하게 된다. 은폐된 죽음의 존재가 알레고리, 암시, 이중성, 은밀한 지시를 위한 풍부한 유희공간을 제시해준다. 그것은 신이 없는 세계에서 얻을 수 있는 최고의 자유로서의 아이러니의 놀이터이다. 그러나 노골적인 죽음이 개입함으로써 서술 톤이 두드러지게 달라져 유희적인 문체가 장중하고도 엄숙하게 바뀌면서 서술자의 막강한 자의식이 동요 받게 된다. 여태까지는 서술자가 모든 것을 유희 재료로 삼을 수 있었지만 이제 그는 그림자와 같은 안전한 상태에서 자신이 당하지 않은 것에 부끄러워한다. 전쟁에 직면하여 유희가 끝나는 것이다.

카스토르프는 참전하면서 무의식적으로 보리수 노래를 부른다. 여전히 그는 죽음에의 공감에 이끌리고 있다. 마지막 문장은 독자를 위한 것이지 주인공을 위한 것이 아니다. 또다시 처음의 방향상실이 반복되는 소설의 결말은 카스토르프가 겪은 것을 또다시 의문시하는 것 같다. 이제 평지도 죽음의 영역이 되고 만다. 카스토르프는 그 한가운데에 있다. '눈'의 장과 그 가르침이 흡사 전쟁 체험을 선취하는 것 같다. 소설의 첫 부분이 이미 소설 전체를 구상했던 것처럼 소설 결말은 또 한 번 소설 전체를 되풀이한다. 마지막 문장의 질문에 대한 대답은 더 이상 제시되지 않는다.

토마스 만적인 제2의 계몽주의

카스토르프는 삶에 이르는 두 가지 길, 즉 직선적인 일반적 길과 죽음을 뚫고 가는 천재적인 길이 있다고 말한다. 이것은 헤세가 『데미안』에서 말하는 밝음의 세계와 어둠의 세계와 유사하다. 한편 나프타는 자유의 개념이 인간의 자기 확충 본능과 열정적인 자아 강조가 결합하고 있다는 점에서 낭만주의와 일치하기 때문에 자유를 계몽적 개념이라기보다는 낭만적인 개념으로 본다. '눈'의 꿈에서 중요한 것은 피의 향연을 조심스럽게 염두에 두고 있기 때문에 태양의 자식들이 그토록 예의바르고 품위 있다는 카스토르프의 인식에 있다. 이처럼 카스토르프는 '눈'의 꿈에서 무조건 죽음에 공감하지 않고 그 위험성을 깨닫는다. 그것은 독일 낭만주의가 비스마르크와 관헌국가를 거쳐 나치즘으로 귀결되는 역사적 폐해를 말해준다.

따라서 보리수의 세계에 대한 애정에 회의적인 비판을 내리고 이 세계를 불길한 예감으로 바라보는 것은 이 가곡의 배경이 되는 세계가 금지된 세계, 죽음의 세계이기 때문이다. 하지만 카스토르프에 따르면 낭만주의에 대한 사랑 자체는 병적인 것이 아니라 건전한 것이지만, 그것이 위험한 것은 신선하다가도 곧장 썩어서 상하기 쉬운 과일과 같기 때문이며, 그러기에 니체적인 자기극복이 필요하다는 것이다.

> "그렇다, 자기극복이야말로 이 사랑, 음산한 결과를 초래하는 영혼의 마술을 극복하는 본질인 것이다!"**12**

가곡이 대변하는 낭만적인 죽음의 세계는 자기극복의 대상이다. 토마스 만이 1922년부터 낭만주의에서 벗어난 것은 세계대전이나 바이마르 공화국 시절 우익 테러에서 나타난 낭만주의의 잔인화 탓이다. 카스토르프의 이러한 자기극복의 예감은 니체의 낭만주의의 자기극복과 밀접한 관계가 있으며, 토마스 만의 니체 모방은 힘든 시기의 지주가 되고 있다. 반면에 쇼펜하우어의 자기극복은 삶에의 의지의 긍정으로부터 삶에의 의지의 부정을 의미한다.

삶에의 의지의 부정을 통한 고통스러운 자기극복을 말하는 쇼펜하우어와는 달리 낭만주의의 자기극복은 다른 형태를 띠게 되어 토마스 만적인 새로운 계몽주의가 된다. 전통적인 계몽주의와는 달리 낭만주의라는 심

---

12 『마의 산 하』, 같은 책, 603쪽.

연을 통과한 토마스 만적인 제2의 계몽주의는 낭만적 사고의 긍정적인 면을 받아들인다. 그것은 세템브리니 같은 평면적인 제1의 계몽주의가 아니기 때문에 반동적인 보수 세력에 성공적으로 맞설 수 있다는 것이다. 토마스 만으로서는 쉽사리 부패하는 과일과도 같은 낭만주의가 나쁜 낭만주의라면 그 위험성을 꿰뚫어보는 제2의 계몽주의는 좋은 낭만주의인 셈이다.

카스토르프도 보리수 가곡에서 이러한 점을 깨닫는다. 낭만주의가 그 역사적 종말에 가서 새의 이미지로 비유되는 것은 황혼이 되어서야 비상을 시작한 미네르바의 부엉이를 상기시킨다. 마지막에 가서 인류의 자기완성에 대해 말하는 세템브리니의 이야기는 보수와 정체의 원리가 타도되는 새 시대의 아침을 기다린다는 것이다. 그리고 흔히 형이상학의 지양이라고 일컬어지는 소설의 마지막 문장도 '죽음의 축제' 속에서 사랑이 탄생하기를 희구한다는 점에서, 그것은 단순한 의미에서의 형이상학의 지양에 대한 요구라기보다는 '눈'의 꿈에서처럼 개체화의 원리가 간파된 후 '착함과 사랑'이 피어나기를 희구하는 것이다.

이처럼 카스토르프는 낭만주의를 통과하고서 그것의 자기극복을 통해 세템브리니의 계몽주의와는 다른 제2의 계몽주의를 예감하고 전쟁에서 사라진다. 물론 『마의 산』은 구조적인 면에서는 쇼펜하우어적인 삶에의 의지의 형이상학이 우세하지만 니체를 통한 낭만주의의 자기극복 노력이 꿈틀거린다고 볼 수 있다. 이러한 문제는 단선적인 쇼펜하우어 긍정이냐 부정이냐의 문제보다 훨씬 복잡하게 진행되고 있으며, 그것은 쇼펜하우어 철학의 부정적인 위험성을 경고하면서 그 긍정적인 면을 수용하는 입장이다.

섬뜩한 시대소설이자 금지된 사랑의 소설
『파우스트 박사』

"이제 날은 저물고

불그레한 하늘은 지상의 모든 생명에게

고달픈 일을 놓고 쉬라는데, 나 홀로

힘들고 고통스러운 방랑의 길을 떠나려고

마음의 준비를 하고 있었다.

내 기억은 이 모든 것을 틀림없이 기록할 것이다.

오, 뮤즈들이여, 위대한 수호신이여, 나를 도와주소서.

오, 기억이여, 내가 본 것을 여기에

기록해 남기고자 하니,

그대의 탁월함을 드러내다오."[1]

토마스 만은 단테의 『신곡』 지옥편에 나오는 구절을 앞머리에 실으면서 소설의 기나긴 도정에 대한 심호흡을 하고 있다. 토마스 만의 작품은 대단

----

[1] 토마스 만, 『파우스트 박사 1』, 임홍배 역, 민음사, 2010, 5쪽. 번역은 필자가 일부 수정했음.

히 밀도가 높고 심도 있는 내용이라서 독자의 이해와 수용이 어려운데, 그의 작품들 중 특히 『파우스트 박사』가 그 점에서 단연 으뜸이라고 할 수 있다. 작품의 이해를 위해 먼저 파우스트 이야기에 대해 살펴보기로 하자.

민중본 『요한 파우스트 박사 이야기』

파우스트는 1480년경 독일의 소도시 마울브론 근처 크니틀링겐에서 태어나 1500년대 초반에서 1530년대 후반까지 종교개혁과 르네상스 시대에 실제로 활동한 인물이다. 당대의 학자들은 신학과 의학을 공부하는 한편 마술에 몰두하면서 예언자 노릇을 하고 기이한 행동과 끝없는 욕망으로 세인의 관심을 끈 그를 사기꾼이라고 멸시했다. 그러다가 그가 사망하자 그를 둘러싼 이야기가 민담으로 형성되던 중에 종교개혁자 루터는 그를 악마로 간주하기도 했다. 그래서 루터의 교리를 따랐던 동시대인은 이 세상에는 악마와 마녀가 있고, 마법의 힘은 바로 악마와의 결탁에서 나온다고 믿었다.

1587년에 나온 민중본 『요한 파우스트 박사 이야기』에는 악마와 계약을 맺은 파우스트가 인식과 향락을 얻기 위해 온갖 악행을 벌이는 모습이 구체적으로 묘사된다. 그 책에 의하면 파우스트는 바이마르 근처 로다에서 농부의 아들로 태어났고, 부유한 친척이 그를 비텐베르크로 데려와 신학 공부를 시켰다. 하지만 천문학자이자 수학자, 의사가 된 그는 기독교 교리에 만족하지 않고 의학, 천문학, 수학, 점성술 등을 연구하며 자연과 우주의 온갖 신비를 캐내려 한다. 그는 어느 날 밤 슈페서발트의 갈림길에서 막대기로 동그라미를 몇 개 그리고 주문(呪文)을 외워 악마를 불러낸 뒤, 다음 날 자정에 수도사 복장으로 자기 집에 찾아오라고 말한다. 지옥의 두목에게 허락을 받아야 했던 악마는 이틀 뒤에 나타나 자신이 24년간 파우스트에게 봉사할 테니 기독교 신앙을 거부하고 육신과 영혼을 내놓을 것을 제안한다. 세상의 온갖 학문으로도 지식욕을 충족시킬 수 없었던 파우스트는 악마의 힘을 빌려서라도 '세상의 진리'를 알고 싶었다. 그래서 파우스트가 그 계약에 피로 서명하는데 그때 핏방울이 떨어져 '아, 이런, 도망가라!(O homo fuge!)'라는 글이 쓰인다. 악마 메피스토펠레스는 이제 수도승의

오페라 〈파우스트 박사〉의 한 장면

모습으로 파우스트의 조수가 되고 파우스트는 가끔 자신을 따라다니며 하인 노릇도 하는 개를 프레스티기아라고 부른다.

파우스트는 메피스토펠레스에게 지옥과 루시퍼, 악마의 본질과 조직 및 그 힘에 대해 묻는다. 파우스트는 그의 대답을 듣고 한때는 아직 자신이 회개할 시간이 있음을 깨닫지만, 지식욕을 억누를 수 없어 악마로부터 천문학을 배우고 점성술과 천체의 운행에 대해 묻는다. 이어서 파우스트는 우주를 돌아다니고, 독일과 유럽 각지를 여행하면서 로마 교황과 터키의 술탄을 만나기도 한다. 또한 흑마술과 백마술을 부리는 모험을 벌이기도 하고, 그리스의 알렉산드로스 대왕과 왕비, 그리고 미녀 헬레네를 마술로 불러내기도 한다. 그 후에 그는 자신의 종말이 가까워짐을 알고 욕정을 채우려는 충동이 커지자 메피스토펠레스에게 헬레네를 데려오라고 협박한다. 마침내 그는 아름다운 그녀의 모습에 마음을 빼앗겨 그녀와 함께 지내며 마지막 해에는 아들 유스투스를 얻기도 한다.

그런데 신앙심이 돈독한 한 노인이 찾아와 성경에서 회개한 사람들의 예를 들면서 파우스트에게 회개할 것을 요구하자, 그도 회개하고 악마와 맺은 계약을 취소하고 싶어 한다. 하지만 악마가 위협하며 앞으로 그런 유혹에 넘어가지 않겠다는 서약서를 쓸 것을 요구하자 이번에도 그는 굴복하고 만다. 서약서를 쓰고 24년째 되던 해 파우스트는 자기 조수이자 양아들인 바그너에게 모든 유산을 주고, 메피스토펠레스까지 달라는 그의 요구에 다른 악마인 '아우어한(Auerhahn)', 즉 뇌조(雷鳥)를 넘겨준다. 악마와 계약한 날짜가 다가오자 파우스트는 죽음의 고통과 비참함을 탄식하게 되고, 악마는 이런 그의 답답한 마음을 조롱하고 괴롭힌다. 드디어 계약 기간이 만료되자 파우스트는 학생들을 데리고 비텐베르크 근처의 림리히로 최후를 맞으러 간다. 최후의 날에 그는 학생들에게 자기처럼 악마의 유혹에 빠지지 말라며 자신은 악한 기독교인이자 선한 기독교인으로 죽는다는 말을 남긴다. 그런데 파우스트가 학생들과 작별하고 잠자리에 든 밤 열두 시와 한 시 사이에 엄청난 소음이 일어났고, 방에서는 살려달라는 비명 소리가 들렸다. 다음 날 아침 학생들은 파우스트의 눈알과 이가 방바닥에 뒹굴고 벽에 피가 뿌려져 있는 것을 발견했는데, 그의 시체는 집 바깥의 오물더미 위에 놓여 있었다. 학생들은 그를 땅에 묻고 난 뒤에 비텐베르크에서 파우스트 자신이 쓴 삶의 기록을 발견하고, 거기에 그의 죽음만을 추가로 써 넣는다. 파우스트가 죽자 헬레네와 아들 유스투스는 동시에 사라져버리고 만다.

이런 내용을 담고 있는 최초의 민중본 파우스트는 출판되던 해에 벌써 개정판이 나올 정도로 큰 인기를 끌었다. 이 최초의 파우스트 민중본이 나온 1587년 한 해 동안에만 다섯 종이나 되는 서로 다른 판본이 나올 정도로 파우스트 전설은 민중의 사랑을 받았다. 그리고 괴테 이전에 이러한 여러 파우스트 민중본을 문학적으로 형상화하는 데 성공한 작품으로는 영국 작가 크리스토퍼 말로의 『포스터스 박사의 비극적 이야기』가 있다. 토마스 만의 『파우스트 박사』에서는 1578년의 민중본에서 출발한 파우스트 박사 모티프의 전통이 새롭게 파악되고 변형되어 해석된다.

괴테의 『파우스트』

괴테의 『파우스트』는 엄밀히 말하자면 순수한 창작물이 아니고, 중세 시대부터 전승된 이야기를 희곡으로 각색한 것이라 할 수 있다. 그러나 괴테의 『파우스트』는 전설과는 내용이 사뭇 다르다. 특히 제1부의 주요 테마인 파우스트 박사와 그레첸의 비극적 사랑은 파우스트 전설에는 없는 내용이다. 전설 속의 파우스트 박사는 악마와 계약한 대가로 파멸에 이르지만 괴테는 그를 파멸에서 구원한다. 괴테가 기술한 쾌락과 구원, 정신성과 세속의 향유 사이에서 끊임없이 방황하는 파우스트의 이중성은 가치와 방향성을 상실한 현대인의 모습과 매우 유사하다.

파우스트는 황제를 도와 반란군을 진압한 공로로 해안의 넓은 땅을 봉토로 하사받는다. 이제 파우스트는 군주로서 백성들에게 더 많은 농경지를 제공하겠다는 원대한 포부를 갖고 대규모 간척사업을 벌인다. 운하 공사는 사람을 제물로 바쳐서 초고속으로 진행된다. 그 과정에서 노부부의 작은 동산이 간척사업에 방해되자 그는 동산의 보리수 몇 그루에 분통을 터뜨린다. 그는 이 세상의 모든 재보를 자기 것으로 하고 또 자신이 건설한 새로운 나라에 살고 있으면서도 속을 태우고 있다. 보리수나무, 오두막집 한 채, 작은 종 한 개가 자기 것이 아니라고 해서 말이다. 결국 메피스토펠레스는 파우스트의 욕망 충족을 위해 노부부 필레몬과 바우키스의 오두막과 함께 저항하는 노부부를 태워버린다. 우리는 여기서 무분별한 개발을 통해 노부부를 죽음으로 몰아넣으면서까지 더 많은 부를 창출하려는 개발 지상주의자의 면모를 엿볼 수 있다. 이 장면에 이어 '근심'이라는 알레고리는 넓은 제국을 소유하고도 만족을 모르고 마음이 궁핍한 파우스트를 장님으로 만들어버린다. 눈이 먼 상태에서도 '내면의 밝은 빛'에 현혹되는 파우스트는 간척사업의 완공을 다그치며 "자유로운 땅에서 자유로운 사람들과 함께 살고 싶다[2]"며 자유와 평등의 지상낙원을 꿈꾼다. 파우스트는 메피스토의 부하들이 자신의 무덤을 파는 공사장의 삽질소리를 간척사업이 완성된 것으로 착각하고 지상낙원을 상상하며 "멈추어라, 너 참으로 아름답구나!"[3] 하고 외친다. 그리고 파우스트는 마침내 자신의 원대한 포부를 달성했다고 믿지만 그것은 근대적 발전론에 '눈이 먼' 파우스트의 착각일 뿐이다.

괴테는 『파우스트』에서 진보와 발전에 대한 굳은 믿음을 지닌 근대적 인간의 전형을 그려내고 있다. 파우스트와 메피스토펠레스의 내기에서 바로 이 근대적 인간의 특징이 단적으로 드러나고 있다. 자신의 한계를 넘어 원대한 목표와 이상을 위해 끊임없이 도전하고 노력하는 근대인의 모습은 긍정적으로 볼 수 있다. 그러나 괴테는 작품에서 노동착취와 살상, 폭력에 기초한 파우스트의 개발 지상주의에 대해서는 근본적으로 비판하고 부정적으로 평가한다. 파우스트의 간척사업은 가혹한 노동착취에 기초한 자본축적과 자본주의적 근대화의 어두운 이면을 드러내고 있다. 근대적 인간의 운명을 구원하기 위해서는 개발과 발전이 능사가 아니라 사랑과 생명에 대한 존중이 필요한 것이다. 또한 파우스트의 구원은 최고의 지식, 온갖 쾌락, 재화에도 만족할 줄 모르는 근대인의 탐욕스런 본성에 의해서가 아니라 파우스트의 죄를 대신 속죄하는 그레첸의 기도와 영

----

2 『파우스트』 11580행.
3 『파우스트』 11582행.

원하고도 여성적인 것[4]에 의해 이루어진다.

구동독에서의 파우스트 논쟁[5]

독일 문학사에서 파우스트는 괴테 이외 많은 작가들에 의해 끊임없이 예술적 소재가 되어 왔다. 그뿐만 아니라 파우스트는 문화 정치적으로도 다양하게 수용되어 왔다. 아리아인의 순혈을 강조하는 나치는 파우스트를 '세상을 지배하려는 독일 영혼의 대표'로 간주했으며, 히틀러는 '파우스트적인 인간의 육화'로까지 여겨졌다.

종전 후 1953년 구동독에서는 파우스트를 영웅으로 보느냐 배반자로 보느냐를 둘러싸고 파우스트 논쟁이 벌어졌다. 건국 초기에 구동독에서는 모든 계층의 독일인이 공감할 수 있는 고전의 긍정적 영웅이 필요했던 것이다. 이때 토론의 핵심이 된 작품이 예술의 힘으로 세상을 변화시키고자 애쓴 작곡가 한스 아이슬러의 오페라 대본 『요한 파우스트』였다. 쇤베르크의 제자인 아이슬러는 엘리트 음악의 한계를 절감하고, 음악성과 정치성의 접목을 도모한 선구적 음악가였다. 그는 동독의 국가(國歌)인 '폐허에서 부활하라'를 쓴 작곡가로 구동독에서 명예와 영광을 얻을 뻔했으나, 파우스트 논쟁 이후 그의 역할은 심하게 축소되고 만다. 토마스 만은 그의 파우스트 대본을 읽고 '파우스트 소재의 새로운 착상'이며 '특히 시구들의 민속적인 어조가 자주 매우 탁월하게 적중한다'고 감탄하기도 했다.

그러나 작가들의 반응과는 달리 구동독의 당 지도층은 그 작품을 신랄

----

4   흔히 'das Ewig-Weibliche'를 '영원히 여성적인 것'으로 번역해 왔는데 '영원하고도 여성적인 것'이 옳다고 하겠다.
5   이경분, 「'파우스트 논쟁'을 둘러싼 1950년대 동독의 문화정치」, 정인모 편, 『독일 문학의 이해』, 새문사, 2003, 9-36쪽 참조.

하게 비판한다. 아이슬러의 파우스트는 민중본 『요한 파우스트 박사 이야기』의 영향을 많이 받고 있으며, 줄거리와 전체 구조는 민속적인 인형극의 전통을 따르고 있다. 아이슬러의 파우스트는 민중본 파우스트처럼 부정적인 면이 강조된다. 그러나 민중본 파우스트가 종교적인 이유로 부정적인 평가를 받는 것과는 달리 아이슬러의 파우스트는 정치적인 이유로 부정적인 인물로 된다. 그는 농민 혁명기에 어떤 행동이 옳은지 알면서도 이를 부인하고 도피하여 지식인의 역할을 제대로 하지 못하는 것이다. 그의 계약 조건이 농민 혁명을 위해 투쟁하는 동료들을 잊는 것과 학문 및 모든 가치에 연연해하지 않는 차가운 이기주의자가 되는 것이기 때문이다. 아이슬러의 파우스트는 토마스 만의 『파우스트 박사』와 마찬가지로 악마와의 계약 기간이 끝난 후 구원을 받지 못한다. 그러나 아이슬러의 파우스트는 자신의 잘못을 뉘우치지 않고 자작곡을 연주하다 쓰러지는 레버퀸보다 마지막에 자신의 잘못을 인정하는 갈릴레이에 가깝다고 할 수 있다. 아이슬러가 이 작품을 쓴 것은 곤경에 처한 민중을 외면하고 권력자 편을 드는 예술가를 경고하기 위해서였다.

그러나 아이슬러의 친구인 에른스트 피셔의 수필이 파우스트 논쟁의 도화선이 되었다. 그는 아이슬러의 작품을 칭찬하면서도 그것이 독일 인문주의자를 배신자로 형상화하고 있다고 쓴다. 그런데 이러한 피셔의 개인적인 의견이 뜻하지 않게 당 문화 간부와 당 지도부를 자극시켜 열띤 논쟁을 일으키게 되었다. 독일 고전의 위대한 영웅을 배신자로 표현하고 독일에 불행을 가져온 중심인물로 설정한 점이 비판자들의 논거였다. 비판자들은 괴테의 파우스트를 통해 토마스 뮌처의 혁명적인 전통과 진리를 추구하는 파우스트 형상이 하나로 통합되었으며, 이를 마르크스주의가 계승하고 있다고 주장했다. 브레히트는 아이슬러의 파우스트의 일차원적 수용을 비판하며 그것에 부정적인 측면이 있는 것은 아니라고 옹호했다. 하지만 피셔의 주장에 사로잡힌 지도부는 아이슬러가 괴테를 패러디했다고 단정 지으며 그의 진의를 이해하려 하지 않았다. 결국 그의 작품은 민중을 모독하는 반애국적이고 반동적인 작품으로 오해되었다. 당시 구동독의 권력자 울브리히트는 괴테를 '형식적으로 흉하게 망쳐놓고, 파우스트의 위대한 이상을 우스꽝스럽게 만드는 것'을 그냥 내버려둘 수 없다고 단호히 못 박았다. 그 결과 아이슬러의 작품은 공연 금지가 되고 책은 모두 회수당하고 말았다.

이 같은 현실에 마음의 상처를 입은 아이슬러는 빈으로 떠나 1년 이상 실의에 빠져 두문불출하고 지내다가 1955년 브레히트의 권유로 구동독에 다시 돌아왔다. 그는 제한된 상황에서나마 사회주의 문화 창조에 기여하려는 마음으로 방송과 언론에서 다시 활발한 활동을 했지만 소련의 원수(怨讐)였던 라흐마니노프의 음악과는 달리 그의 음악은 거의 연주되지 않았다. 아이러니하게도 구동독에서 예술의 주인은 예술가나 예술이론가, 예술애호가가 아니라 사실 예술에 문외한인 당 문화 간부와 당 지도부였던 것이다.

『파우스트 박사』의 성립

우리는 '파우스트' 하면 보통 괴테를 떠올리게 된다. 하지만 독일에는 괴테 말고도 파우스트를 소재로 문학 작품을 쓰고 작곡을 한 많은 작가와 음악가 들이 있는데 토마스 만도 그 중의 한 사람이다. 우리에게 무척 생소하고 읽기 까다로운 『파우스트 박사』는 그가 집필 도중 폐질환으로 수술까지 받으면서 가장 힘겹게 쓴 작품이다. 토마스 만은 자신의 소설 주인공들 중 『부덴브로크 가의 사람들』의 하노 부덴브로크, 『마의 산』의 한스 카스토르프와 더불어 『파우스트 박사』의 아드리안 레버퀸을 가장 사랑했는데, 아드리안 레버퀸은 하노 부덴브로크, 토니오 크뢰거, 한스 카스토르프가 정신적으로 최고로 고양된 인물이다. 특히 아드리안 레버퀸이라는 이름에는 토니오 크뢰거처럼 이탈리아와 북독일의 이름과 성이 섞여 있어 그 인물의 성향을 잘 드러내고 있다.

토마스 만은 미국 망명 시절인 1943년 5월 23일에 『파우스트 박사』를 쓰기 시작했다. 그리고 소설의 중심이 되는 악마와의 대화 장(章)을 1945년 초에 쓴 다음 「독일과 독일인」의 강연 원고를 준비하느라 집필을 중단했다가 1947년 1월 말에 완성한다. 그런데 그가 쓴 『파우스트 박사』의 화자인 차이트블롬도 1943년 5월 23일에 음악가 레버퀸의 전기를 쓰기 시작해서 독일 패망 직전인 1945년 4월에 소설을 완성한다.

『파우스트 박사』는 복합적인 의미를 지닌 소설이다. 그것은 음악소설이자 종교소설이고, 사회소설이자 시대소설이다. 또한 파우스트 소설이자 독일 소설이며, 니체 소설이자 토마스 만 자신의 은밀한 사랑의 소설이기도 하다. 토마스 만은 문학 활동을 하던 초기에 「행복에의 의지」, 『토니오 크뢰거』, 『트리스탄』과 같은 예술가 소설을 썼다. 그의 초기 작품의 주인공들은 사회에서 고립되고 유리되어 번번이 실패한 자로 묘사되며, 의심받고 쫓기며 사회로부터 추방되어 버려진 자들이다. 세기의 전환기 무렵에는 실제로 이런 유형의 인물들이 많았는데, 그들은 대개 탐미주의자나 퇴폐주의자, 사기꾼이나 기식자, 병자나 아마추어 예술가, 세상을 경멸하는 예술가들이었다. 토마스 만은 1905년 결혼한 후에 외적으로 고독과 고립에서 벗어나 자신의 행복한 결혼생활을 다룬 『대공 전하』를 쓴다. 하지만 1911년 베네치아를 여행하던 중 작곡가 말러의 사망 소식을 듣고 다시 예술가 소설에 손을 대어 『베네치아에서의 죽음』을 쓴다. 그러나 제1차 세계대전 이후부터 그는 예술가를 다루는 주제에서 멀어진다. 그는 자신이 시대와 보편성을 대변한다고 생각했고, 그런 신념으로 창작의 노고를 극복할 수 있었다. 사회적인 양심을 저버리고 그저 탐미주의자, 순수한 예술가로는 사회에서 존재할 수 없음을 자각했던 것이다.

그 후 나치의 박해를 피해 미국에 망명해 있던 토마스 만은 1943년 3월 14일 그동안 써오던 요셉 형제의 자료를 치워버리고 파우스트 박사의 자료를 모으기 시작한다. 3월 17일에 옛 일기를 들추다가 그는 자신이 이미 1901년 파우스트 박사에 대해 구상했던 글을 발견하고 청년 시절의 고통을 부끄러움과 감동, 사랑의 감정으로 강렬하게 체험한다. 또한 1941년 5월 4일자 일기에 '파우스트를 다시 읽다'라고 적혀 있는 것으로 봐서 그 전에도 그가 파우스트 소재에 관심을 가졌던 것으로 보인다. 그래서 그는 파우스트 박사와 관련된 책과 여러 저서들을 본격적으로 읽기 시작한다. 그것들은 요한 샤이벨의 저서 『첫 민중본이 발행되기까지 파우스트 박사에 대한 전설』, 로베르트 페취의『민중본 파우스트 박사』, 그 밖에 니체의 친구인 파울 도이센의『프리드리히 니체에 대한 회상들』을 비롯한 니체와 관련된 저서, 악마 관련 저작, 아도르노, 키르케고르, 루터의 편지들, 음악 문헌, 파울 틸리히와 관련된 자료들이었다.

천재 작곡가 아드리안 레버퀸의 일대기

이 소설은 독일의 천재 작곡가 아드리안 레버퀸의 삶을 기록하는 전기 형식으로 되어 있다. 문학박사이자 라틴어 및 그리스어 교사였던 제레누스 차이트블롬은 제2차 세계대전 중인 1943년 5월 이자르 강변의 프라이징에 있는 자신의 은거지에서 1885년에 태어나 1940년 영면에 든 소중한 친구 아드리안 레버퀸의 일대기를 기록하기 시작하는데, 그것이 『파우스트 박사』이다.

그러나 1947년『파우스트 박사』 초판이 발간된 후 일반 독자가 이해하기 어려운 내용이 너무 많았기 때문에 토마스 만은 장녀인 에리카 만과 공동 작업으로 독자를 고려해 난삽한 음악 이론을 삭제한 개정판을 냈다. 토마스 만의 『파우스트 박사』는 한 작곡가의 전기이자 음악에 대한 소설이다. 그의 작품에서 음악은 몰락의 사자(使者) 역할을 한다. 『파우스트 박사』에서 레버퀸을 음악의 길로 인도하는 크레츄마어는 음악을 가장 '정신적인 예술'로 정의하는 동시에 그것의 '음울한 감각'에 대해서도 언급한다. 그리고 레버퀸 자신도 음악적 실험에 중세의 연금술사나 마술사가 시도하는 것과 비슷한 점이 있음을 보여준다. 이처럼 음악은 악마가 잠복해 있는 저 경계선과 가장 가까운 곳에 위치한 것처럼 보이므로 소설의 화자인 차이트블롬은 이성과 인간 품위가 관련되는 문제에서는 음악을 무조건 신뢰하는 것을 거부한다.

그런데 음악을 독일의 전형적인 예술로 파악하는 토마스 만은 중세 설화에 나오는 파우스트가 음악가가 아니었다는 점에 놀라움을 표명하고 자신의 소설에서 레버퀸을 음악가로 만든다. 이 소설에서 차이트블롬은 '프랑스에서는 문학이 대중적 인기를 얻는 반면, 독일에서는 음악이 대중적 명성을 누린다'고 말한다. 토마스 만은 독일과 세계의 관계가 언제나 음악적인 관계, 즉 추상적이고 신비적인 관계에 있다고 본다. 따라서 그에게는 음악적 요소가 독일적 요소와 결합되며, 그렇기 때문에 아드리안 레버퀸의 이야기는 독일의 문제성인 독일과 세계의 관계 및 20세기 독일의 상황과 연관된다. 그리고 야만으로 치달은 독일 문화의 정신적, 정치적 경로를 기술하는 이 작품에서 음악적이고 독일적인 두 요소는 대위법의 음률처럼 서로 보충하는 관계를 이룬다.

토마스 만은 전기 형식의 소설을 선택하면서 자신은 뒤로 물러나고, 레버퀸과 차이트블롬만을 무대에 남겨놓는다. 흔히 다른 작품에서 상세히 인물 묘사를 하는 토마스 만은 차이트블롬과 레버퀸의 모습은 거의 기술하지 않으며, 다만 레버퀸이 정신이상이 되기 직전에 예전과는 달리 팔자수염을 하고 있다고만 말한다. 사실 상징적인 의미에서 보자면 이 작품에서 연대기 보고자와 작곡가는 다른 사람이 아닌 같은 사람이라고 할 수 있다. 즉 차이트블롬은 젊은 시절의 니체를 닮았고, 레버퀸은 만년의 니체를 닮았으며, 악마에게서는 가치의 전도를 외친 이후의 니체의 모습이 엿보인다.

이 작품에서 차이트블롬과 레버퀸은 각기 다른 역할을 맡고 있다. 작곡가에 대해 무언가를 진술해야 할 때 아주 먼 거리에 실재하는 차이트블롬은 절제되고 조화와 이성을 지향하는 본성을 지닌 학술적 의미의 '탐구자', 전통에 충실하지만 새로운 것도 받아들이는 인문학자로 형상화되고 있다. 그는 예술 애호가이고 음악에도 박식하며, 직접 '비올라다모레'를 연주하기도 한다. 그는 마성적인 힘이 인간의 삶에 영향을 끼친다는 것을 인정하기는 하지만 그런 것에 반감을 느낀다. 파시즘을 비판하는 그는 나치에 동조하는 두 아들에게까지 전기를 비밀로 하고, 나치 정신에 따라 학생을 가르치는 것이 싫어 교사직을 포기하며, 히틀러 정권이 빨리 붕괴되기를 바라는 소망을 피력한다. 그렇지만 그는 독일의 신무기에 열광하기도 하고, 독일의 패망을 착잡한 마음으로 지켜보는 점에서 당시의 평균적인 교양 시민을 대변하는 모순적인 지식인이기도 하다. 그러니 화자 역할을 하는 그는 토마스 만의 입장을 대변하는 인물은 아니다. 이처럼 반쯤은 소박하고 반쯤은 동요하는 휴머니스트의 초상인 구시대적 학자이자 마적인 하계의 힘에 경악하는 차이트블롬은 악마에게 사로잡힌 파우스트의 20세기적인 독특한 삶을 증언하는 역할을 담당한다.

아드리안 레버퀸은 카이저스아셰른의 숙부 집에서 중·고등학교 시절을 보내고 할레 대학에서 2년간 신학 공부를 한 다음 라이프치히에서 다시 음악 공부를 한다. 그리고 1910년경 이탈리아의 팔레스트리나에서 2

년간 머무는 도중 악마를 만나 창조의 어려움을 극복하는 대가로 악마에게 자신의 영혼을 맡긴다. 그 후 아드리안은 뮌헨 근교의 외딴 마을인 파이퍼링으로 이사해 은신처이며 파우스트적인 의미에서 서재이자 감옥이라 할 옛 수도원장실에서 고독한 창작생활을 한다. 그러나 과거에 창녀에 의해 걸린 매독의 합병증인 정신착란으로 쓰러진 그는 생애의 마지막 10년 동안 어머니의 보호를 받으며 지낸다.

차이트블롬의 전기는 음악 소재의 고갈이나 진부함으로 인해 창작 불능에 대한 불안에 사로잡힌 아드리안이 악마의 힘을 빌려 새로운 예술로 돌파해나가는 천재 예술가의 삶을 기록한 이야기이다. 그는 라이프치히 유곽의 아가씨가 사전에 경고했음에도 불구하고 악을 감내하고 그 영향을 직접 체험하기 위해 고의로 병에 걸린다. 그의 병은 천재성을 자극하고, 그 천재성은 병을 키운다. 그리하여 추상적 질서를 위해 자체의 열기를 포기하는 차갑게 계산된 음악이 제시된다. 레버퀸은 쇤베르크의 12음 기법을 따르고, 선사시대나 중세의 신화에서 내용을 취하며, 고립에서 빠져나와 인간적인 길로 접어드는 예술을 추구하려 하지만 돌파의 중개자인 악마가 결정권을 갖고 있기에 그런 희망은 충족되지 않는다. 여기서 냉기가 승리하고 과거에 위안을 주던 예술은 저주로 변하며, 그것에 절망하는 레버퀸은 '악마의 도움과 솥 밑에서 타오르는 지옥 불 없이는 예술이 불가능하게 된' 시대가 왔다고 말한다.

유혹자인 악마의 여러 모습

이 소설에서 악마는 25장에서 결정적으로 등장하기 전 이미 처음부터 여러 가지 모습으로 나타나며 레버퀸을 미혹의 길로 이끈다. 악마적 요소는 레버퀸의 아버지가 원소들의 비밀을 캐내려던 그의 고향집에서 이미 모습을 드러낸다. 그의 아버지는 여가 시간에 신비로운 흔적과 마술적 성향을 보이는 실험에 열중하는데 레버퀸은 처음부터 악마적인 힘에 의해 선택되고 그것에 빠져드는 경향을 보이며, 그의 음악적 성향 역시 그 자체로 원죄와 같은 특징을 띤다. 게다가 레버퀸은 말더듬이 스승 크레츄마어에 의해 음악에 유혹되어 예술의 비밀 속으로 인도된다. 또한 할레 대학의 신학 교수 쿰프는 방구석에 악마의 모습이 보인다며 빵을 던져주고는 악마를 찬양하기도 한다. 절름발이 신학대학 강사 슐렙푸스는 악마론을 거론하며 반인간적인 야만의 극단을 보여준다. 그의 주장에 따르면 세상에 악이 존재하는 것도 피조물에 모든 것을 허용하는 조물주의 전능함을 증거하는 것이며, 따라서 악은 신의 뜻에 합당한 필연적 정당성을 얻는다. 더군다나 할레 대학의 신학부 전체에는 성스러운 향기보다는 지옥의 유황 냄새가 더 강렬하게 스며있다.

아드리안이 타락한 아시리아의 수도 니네베라고 표현한 라이프치히에서 절름발이 안내인은 악마의 보조자 헤테라 에스메랄다가 기다리는 유곽으로 그를 데려간다. 이어서 아드리안의 성병을 치료하던 두 의사에게 악마의 그림자가 덮쳐 한 의사는 갑자기 죽음을 맞이하고 다른 의사는 경찰에 체포된다. 지적인 선동가 카임 브라이자허는 파시즘의 이데올로기적인 개척자 역할을 한다. 그런 한편 미국인 학자 케이퍼케일스 교수는 레버퀸을 잠수정에 태워 심해로 데려가 기괴한 심해 생물을 구경시켜 준다. 그는 '뇌조'라는 뜻인 '아우어한'이라고 불리는데, 이 단어는 파우스트 민중본에서 악마를 지칭한다. 잠수정을 타고 심해를 항해하는 이 이야기를 하면서 레버퀸이 일부러 허풍을 떠는 것인지 아니면 환각을 묘사하고 있는지는 불확실하다. 또한 공연 매니저인 사울 피텔베르크는 괴테의 메피스토펠레스를 암시하는, 마법의 외투를 펴는 시늉을 하면서 레버퀸을 파리의 음악계로 데려가려고 하지만 실패하고 만다. 이처럼 아드리안은 다리를 끌며

걷거나, 다리를 저는 악마들, 악마의 보조자, 아우어한이라 불리는 악마, 마법의 외투를 펴는 자들에게서 여러 가지 마성적 자양분을 제공받는다.

그런데 악마 자체는 이탈리아의 팔레스트리나에 아드리안이 머물 때 황혼 무렵 저택의 거실에 모습을 드러낸다. 아드리안을 유곽으로 데려간 여행 안내인과 비슷하게 생긴 그는 건달의 모습으로 나타나서, 대화가 진행되는 도중 아도르노를 연상하게 하는 이성적 지식인의 모습으로 변한다. 그날 밤 아드리안은 열이 높은 상태였기에, 악마가 메피스토펠레스와 같은 실재의 인물인지, 아니면 몽환이나 환각인지, 아니면 일시적으로 나타났다가 몇 년 뒤 광기로 변하는 병의 형태인지 불분명하다. 악마는 대화를 주도하며 아드리안을 논박하고 비난하는가 하면, 박식을 자랑하며 괴테, 니체, 아도르노, 그리고 토마스 만 자신의 말을 인용하면서 그럴싸한 논증을 제시한다. 악마는 현대 예술과 문화의 위기에 대해 언급하면서 예술은 사기이고 형식과 내용 사이의 균형이 파괴되었다고 단언한다. 그는 끝으로 예술의 쇠퇴가 심각하여 결국 패러디의 가능성과 책략까지 조롱하는 시점에 와 있음을 상기시킨다. 이리하여 예술가가 지옥에서 구원을 찾는 역설적인 상황이 벌어진다. 차이트블롬은 예술의 발전과 진보가 병의 영향력을 극복했으면 하고 바라는 반면, 아드리안은 그럼으로써 평균적인 예술가가 되는 길을 따르지 않고 악마에게서 병과 아울러 두뇌 흥분제를 선사 받는다. 이리하여 예술은 휴머니즘과의 이념적 접점을 상실하고 기법상으로 완벽한 높이에 도달함으로써 절망의 차가운 황무지에 처하게 된다.

레버퀸은 악마가 등장하는 순간 그가 퍼뜨리는 얼음장 같은 냉기를 느낀다. 이 냉기는 레버퀸이 악마와 계약함으로써 빠져드는 인간적인 고독의 상징이다. 악마는 아드리안이 성병에 감염되어 있음을 상기시키고, 원소를 캐내려고 한 아버지의 실험을 떠올려준다. 또한 작가는 악마의 장을 통해 예술론적 고찰이 유입되게 한다. 이는 아도르노의 견해를 빌려 시민적 예술 작품이 지닌 허상의 특성을 거부하는 것이다. 그러면 무엇이 악마이고 지옥인가? 악마는 말한다.

> "지옥은 말로 고발될 수 없고, 단어로 표현될 수 없으며, 있기는 한데 신문에 실리지 않고 대중에게 공개되지 않아. 요컨대 어떤 말로도 비판을 가할 수 있는 지식이 될 수 없다는 사실, 그것이 지옥의 은밀한 쾌락이자 안전함이지. 그래서 '지하세계' '지하실' '두꺼운 벽' '소리 없음' '망각' '구원 없음' 같은 말도 실은 약한 상징에 불과해. 그런데, 이봐, 지옥에 관해 말할 때는 그냥 상징으로 만족할 줄 알아야 해. 지옥에서는 모든 것이 중지되니까. 지시하는 단어뿐 아니라 모든 것이 중지된단 말이야."[6]

여기서 파시즘의 테러 세계가 암시되고 있음은 의문의 여지가 없다. 지하실은 게슈타포의 지하실이고, 이제는 악이 매독과 같은 중병을 가리키는 것이 아니라 파국으로 치닫는 독일 정신과 영혼의 역사 범주 속에 있는 것이 분명해진다. 천재적인 음악가 이야기가 여기서 마침내 독일의 역사가 된다.

그런데 뮌헨의 크리트비스 살롱에 출입하는 지식인들 중 시인 다니엘 추어 회에는 공포와 엄격한 규율에 의해 통제되는 세계를 꿈꾼다. 열광적 테러리즘을 설파한 그의 시 「포고」는 "병사들이여! 나는 그대들에게 약탈하도록 허락하노라, 이 세상을!"과 같은 호전적 선동구호로 전쟁과 폭력을 예찬한다. 이 시의 화자가 크리스투스 임페라토어 막시무스(지상의 최고 사령관 그리스도)라는 기괴한 이름인 데서도 군국주의적 정복욕이 종교적 광

---

6 『파우스트 박사 1』, 같은 책, 475쪽. 번역은 필자가 일부 수정했음.

신주의와 결합하고 있음을 알 수 있다. 그런 호전적이고 국수주의적인 구호를 아름답다고 예찬하고, 전쟁과 테러를 미화하는 데서 최고의 미적 쾌감을 추구하는 지식인들의 정신적 성향을 작가 자신은 탐미주의와 야만의 유착관계로 설명하며 그런 점에서 시인 다니엘 추어 회에 같은 인물을 파시즘의 전조로 보고 있다.

악마는 계약을 통해 음악가가 창조의 어려움을 극복하도록 도와주지만 '사랑을 해서는 안 된다'는 조건과 아울러 체념과 고독을 권고한다. 이 조건은 이미 레버퀸이 스스로 지키고 있으므로 각서가 필요 없다. 대화중에 악마가 발산하는 냉기는 아드리안의 본성에 들어 있는 차가움이고, 그가 죄로 느끼는 고독은 그의 창조력의 필수불가결한 요소이다. 괴테의 파우스트는 은총 안에서의 죄인이기 때문에 구세주를 필요로 하지 않는 반면, 레버퀸은 세계와 고립되어 있기 때문에 구원을 믿지 않고, 모든 희망을 좌절시키는 회의적인 분위기에서 작업하고 창작한다. 아드리안은 시간을 거슬러, 삶의 찬양에서 비탄이 생기고, 천재적 착상이 망상으로 변하며, 예술의 은총은 저주가 되는 마법의 주문이 통하는 과거로 돌아간다. 하지만 악과 재능의 결합은 예술에서만이 아니라, 독일이 과거와 야만성에 빠져듦으로써 정치에서도 수행된다. 결국 1930년 아드리안은 친구와 친지를 초대한 자리에서 자신의 죄를 고백함과 아울러 악마와의 결탁을 이야기하고 구원의 희망이 어렴풋이 비치는 말들로 이야기를 끝맺는다. 아드리안은 자신의 곡인 「파우스트 박사의 비탄」 칸타타에서 구원의 유혹을 거부하지만 고별사에서는 악의 속에서 창조된 것이 혹시 은총을 받을 수 있을지 모르겠다며 구원에 대한 간절한 소망을 드러낸다. 이어서 그는 피아노 앞에 앉아 「파우스트 박사의 비탄」 첫 마디를 연주하고는 바닥에 쓰러져, 그 후 10년간 정신착란 속에서 지낸다.

패러디와 몽타주 기법

　토마스 만은 자신이 차이트블롬이나 레버퀸과 동일하지 않음을 누누이 강조하였지만 이 두 인물은 작가와 매우 유사하다는 인상을 준다. 인문주의자인 차이트블롬은 토마스 만처럼 제1차 세계대전에 열광하고, 제2차 세계대전 때는 히틀러에 반대하면서도 독일군의 신무기에 자랑스러워하는 모순을 보이기도 한다. 이 작품에서 작가는 연대기 보고자를 효과적으로 활용하여 레버퀸뿐만 아니라 소설 자체와 상당한 거리를 확보함으로써 자신의 작품에 자유를 갖게 되어 연대기 보고자의 서술방식을 비판할 수 있었다.

　이미 차이트블롬의 첫 줄은 토마스 만의 문체를 패러디하면서, 소설은 소설을 조롱하고 자신의 가능성을 의심하면서 그 자체의 패러디로 변화한다. 또한 토마스 만은 소설에 연대기 보고자를 등장시킴으로써 모호한 소재를 생동감 있게 만들고, 작가 자신과 독자로 하여금 그 소재의 끔찍함을 견디게 한다. 그리고 직접적이고 개인적이며 고백적인 모든 것을 해설자의 손을 통해 그려지게 하여, 연대기를 집필하는 동안 작가를 동요하게 만드는 사건들을 자신의 보고와 다성 음악적으로 교차시킬 수 있게 된다. 즉 그는 멀리서 울리는 포탄 소리와 내적인 경악으로 손을 덜덜 떨며 자신의 보고를 중의적이면서도 명료하게 서술해 나간다. 결국 차이트블롬의 도입은 엄청난 소재로부터 거리를 취하는 동시에 되도록 직접 소재에 접근하기 위한 수단이었다.

　1943년부터 이야기되는 시대적 사건들은 개인의 비극을 대규모로 반복하고 있으며, 이를 통해 화자는 레버퀸의 질병과 몰락의 역사가 결국엔 어떻게 독일 몰락의 역사와 같은 것인지 설명한다. 독일 몰락의 역사가 하나의 역사적인 보고라고 한다면, 소설은 개인의 이야기와 독일 역사의 동질성으로 인해 시대소설이 된다. 독일의 몰락은 여기서 완성되며 비단 유럽의 전장에서만 이루어진 것만은 아니다. 그리고 독일의 몰락은 차이트블롬이 레버퀸에 관한 전기를 그의 종말 묘사로 끝낸 순간에 완전해진다.

토마스 만은 또 다른 형식적 수단인 몽타주 기법을 사용해 아드리안 레버퀸의 생애를 니체의 그것과 연관시킨다. 레버퀸의 삶에서 중요한 일화들인 신학 공부, 사창가에서의 모험, 병, 식이요법 식단, 정신착란, 차이트블롬이 꽃다발을 안고 정신 이상인 레버퀸을 찾아간 장면 등은 실제로 니체의 자서전에서 따온 것이다. 라이프치히의 창녀와 가진 레버퀸의 체험은 니체의 친구 도이센의 회상기에 의존하고 있고, 임종 순간의 레버퀸의 모습은 니체의 저작 『이 사람을 보라Ecce Homo』의 특징을 보인다. 그렇지만 레버퀸에게서는 여러 음악가와 토마스 만 자신의 특징도 보이고, 툭하면 웃길 잘 한다는 점에서 마법사의 원조인 멀린이 연상되기도 한다. 훗날 토마스 만은 차이트블롬처럼 자신도 레버퀸에게 절대적인 애정을 바치며 그에게 공감한다고 말한다. 토마스 만은 아드리안 레버퀸의 학창 시절부터 그에게 근심어린 애정을 기울였고, 그의 냉담함이나 삶에 대한 거리, 영혼의 결핍, 비인간성과 절망적인 마음, 저주받을 것이라는 그의 확신에 자신의 온 마음을 빼앗겼다고 고백한다.

이러한 몽타주 기법을 통해 토마스 만이 니체 소설을 쓰려는 것은 아니었지만, 니체는 몽타주로 연결되고 인용된 전기에 의해 독일 역사를 독일적 내면성과 독일 영혼의 역사로서 서술하는 데 기여하는 의미심장한 인물이 된다. 즉 니체의 출현으로 셰익스피어의 희곡들, 차이코프스키의 삶에서 일어난 사건들, 쇤베르크의 12음기법, 아도르노의 예술 문화 비판적인 진술들, 루터 연설과 연결되는 관점들이 열리게 되어 독일의 비합리적인 역사가 삽입되어 덧붙여진다. 이 역사는 뒤러의 시대까지 거슬러 올라간다. 아드리안의 아버지 요나탄은 뒤러의 동판화를 모방하여 그려진 인물이고, 그의 어머니 엘스베트는 1507년경의 그림을 모방한 인물이다. 숙부 니콜라우스 레버퀸의 집은 뉘른베르크에 있는 뒤러의 집을 모델로 묘사되고, 니콜라우스는 뒤러가 그린 건축기술자 아우크스부르크의 초상화를 본뜬 인물이다. 물론 이것들은 모두 표면적인 인용에 불과하고, 보다 중요한 것은 이로써 야기되는 정신 상태와 영혼의 분위기이다. 이러한 영혼의 삶은 토마스 만이 볼 때 매우 독일적일 뿐만 아니라 의문스럽고 섬뜩한 특징을 띤 것이었다. 이리하여 레버퀸의 삶 속에 루터 시대 이후 죽이어져온 독일 정신과 영혼의 역사가 다시 한 번 총괄된다.

또한 작가는 아드리안뿐만 아니라 다른 형상들도 주위의 인물을 이용해서 묘사했다. 악마는 간혹 아도르노를 연상시키고, 여류작가 아네테 콜프(Annete Kolb)는 자네 쇨로 구체화되고, 토마스 만과 친한 한스 라이지거(Hans Reisiger)는 뤼디거 실트크납으로 나타나며, 무대화가 에밀 프레토리우스(Emil Preetorius)는 크리트비스로, 토마스 만의 어머니는 시의원 부인 로데로, 만의 여동생 율리아와 카를라는 로데 부인의 딸 이네스와 클라리사로 등장한다.[7] 또한 작가의 젊은 시절 정신적 동성애의 상대였던 파울 에렌베르크는 바이올린 연주자 슈베르트페거로, 토마스 만을 추종하는 아그네스 마이어와 이다 헤르츠는 아드리안을 추종하는 두 여성 로젠슈틸과 나케다이로, 토마스 만의 손자 프리도 만(Prido Mann)은 아드리안의 조카 네포무크로 그려진다. 한편 아드리안이 중·고등학교 시절을 보낸 카이저스아셰른은 작가의 고향인 뤼베크나 니체가 어린 시절을 보낸 나움부르크를 연상시킨다.

----

7 시의원 부인과 두 딸 이네스와 클라리사는 토마스 만의 어머니와 두 여동생 율리아와 카를라를 모델로 하고 있다. 클라리사처럼 배우가 되려 한 카를라는 1910년 음독자살을 하며, 이네스처럼 모르핀 중독이었던 율리아도 1927년 자살로 생을 마감한다.

토마스 만 부부

아드리안의 모습에는 폴란드의 여류작가 마리아 돔브로프스카가 묘사한 '폐쇄적이고 내면 지향적이며 비범한' 토마스 만의 모습과 비슷한 점이 있다. 그리고 젊은 시절 토마스 만이 아내가 될 카트야 프링스하임에게 보낸 사랑을 맹세하고 고백하는 편지에서도 냉기가 뿜어져 나온다. 토마스 만의 비서 콘라트 켈렌의 보고에 의하면 만의 집필 태도는 북독일인답게 철두철미하다. "아침 아홉 시를 알리는 종이 치면 그는 펜을 잡고 전날 쓰다가 놓아둔 원고를 써내려가기 시작했다. 만은 매일 아홉 시에서 열두 시까지 작업했다. 엄격한 규율로 몸에 밴 습성은 너무나 정확하여 여행 중에도 그는 호텔이나 선실, 침대 마차에서도 자신의 문학적 의무 시간을 준수했다." 이처럼 토마스 만은 괴테나 쇼펜하우어처럼 신선한 아침 시간에 집필했고, 오후에는 산책이나 독서 등을 했다.

토마스 만과 쇤베르크의 논쟁

1947년 『파우스트 박사』가 발간된 후 1948년 2월 작곡가 아르놀트 쇤베르크는 아드리안 레버퀸의 12음기법에 그 음악체계를 마련한 원래 창조자의 이름을 거론하지 않았다는 이유로 토마스 만에게 거세게 항의하면서 2년간 여러 차례에 걸친 논쟁이 벌어진다. 사실 쇤베르크는 그 책을 알지도 읽어 보지도 못했는데 작곡가 구스타프 말러의 전 부인이 중간에서 이야기를 잘못 전달한 때문이었다. 그녀는 토마스 만이 책에서 쇤베르크를 매독환자라고 했다면서 그를 자극했던 것이다. 그런 이유로 무척 좋았던 두 사람의 사이는 금이 가게 되었고 쇤베르크는 이성적인 사람이었지만 거세게 항의까지 했다. 토마스 만은 그런 항의가 부당한 것 같았지만 첨예하게 논쟁하고 싶지 않아서 그다음 판부터는 소설의 끝에 이 작품이 쇤베르크의 12음기법에 도움을 받았음을 밝힌다. 그러나 쇤베르크는 자신의 초상과 마찬가지라고 착각한 주인공 레버퀸이 매독에 걸려 정신병자로 죽는 것이 자신에 대한 모욕이라고 비난하며, '동시대의 어느 작곡가이자 이론가'라는 표현 때문에 흥분했다. 그래서 1949년 1월 1일에 나온 〈토요 문학 리뷰〉라는 잡지에서 토마스 만은 이 소설은 '니체 소설'이며 거기에 자신의 모습도 투영되어 있다고 밝혔다.

사실 레버퀸의 12음기법 음악에 대한 생각은 쇤베르크의 그것과 다르다. 12음기법에는 음악 철학적 고려가 들어 있고, 레버퀸은 12음기법 음악을 이성으로만 접근한다는 점이다. 레버퀸은 12음기법이라는 용어 대신 '엄격한 악절'이라는 말을 사용하며, 여기에서 화성과 멜로디는 평등한 관계가 된다고 한다. 토마스 만이 쇤베르크의 분노를 가라앉히려고 노력해서 한동안 화해의 분위기가 조성되는 것 같았다. 하지만 쇤베르크가 아도르노의 저서 『신음악의 철학』에 격분해 있던 터에, 자신이 싫어하는 아도르노의 도움으로 음악가 소설을 쓴 토마스 만이 '동시대의 어느 작곡가이자 이론가'라고 한 표현을 자신에 대한 혐오스러운 복수 행위라며 비난했다. 그러나 더 이상 논쟁을 연장시키고 싶지 않았던 토마스 만이 1949년 12월 19일자의 편지에서 자신은 쇤베르크의 진정한 적이 아님을 이야기한 것이 계기가 되어 두 사람은 화해하고 논쟁을 끝마친다.

사랑의 금지와 동성애

아드리안 레버퀸의 본성에는 그가 악마와 맺은 사랑의 금지라는 계약이 아니더라도 언제나 '나를 붙들지 말라'와 같은 요소가 있다. 그는 사람들과 신체적으로 너무 가까이 하는 걸 싫어하고, 분위기에 함께 휩쓸리는 것을 꺼린다. 그는 문자 그대로 혐오, 회피, 내향성, 거리감의 인간이다. 그렇지만 화자는 레버퀸이 사랑이나 애정 관계를 맺었던 사람들을 밝히고 있다.

> "이 친구가 누구를 사랑한 적이 있었을까? 한때 어느 여성을 사랑했을지 모른다. 마지막에는 한 아이를 사랑했을지도 모른다. 언제나 뭇사람의 마음을 사로잡던 경박한 남자에게 마음이 기울어지자, 분명 바로 그 때문에 그는 그 사내를 자신에게서 떠나보냈다. 그것도 죽음 속으로. 그가 과연 누군가에게 마음을 열어 보인 적이 있었던가? 누군가를 일찍이 자기 삶 속에 들여놓은 적이 있었던가? 아드리안에게는 있을 수 없는 일이었다.[8]"

레버퀸이 사랑했던 인물들은 유곽의 여인 헤테라 에스메랄다, 조카인 네포무크 슈나이데바인, 그리고 뤼디거 슈베르트페거라고 볼 수 있다.

독일어로 '칼 대장장이'라는 뜻의 슈베르트페거는 토마스 만이 1899년 뮌헨에서 사귄 친구이자 애정의 대상이 된 파울 에렌베르크를 문학적으로 형상화한 인물이다. 화가이자 바이올리니스트인 슈베르트페거는 토마스 만의 가장 정열적인 열정의 대상으로 '금발에 푸른 눈'의 소유자이다. 붙임성이 좋은 슈베르트페거는 아드리안을 목표로 달려드는데, 인간

---

8 『파우스트 박사 1』, 같은 책, 5쪽. 번역은 필자가 일부 수정했음.

적인 면이 결여된 아드리안은 이를 거부하고 피하지만 그의 집요하고 끈질긴 요구에 결국 무너지고 만다. 그리고 아드리안이 슈베르트페거를 위해 바이올린 협주곡을 작곡해주면서 둘 사이의 관계는 다른 차원으로 진전되며, 그 곡은 아드리안의 작품 중에 유일하게 인간적인 면모를 띤 작품이 된다. 아드리안은 빈에서 열린 슈베르트페거의 바이올린 협주곡 연주회에 참석한 후 둘이 함께 레버퀸의 숨은 후원자인 톨나 부인의 영지가 있는 헝가리로 여행을 떠난다. 그 후 둘이 '서로 말을 놓게 된 것'으로 보아 두 사람의 우정이 애정으로 바뀐 것을 알 수 있다. 토마스 만의 작품에서 말을 놓는다는 것은 흔히 은밀한 의미에서 성적인 의미나 동성애적 의미를 띠고 있다. 말을 놓자고 끈질기게 요구해 온 슈베르트페거의 소원이 헝가리 여행을 계기로 이루어졌듯이, 토마스 만도 청년 시절 예외적으로 파울 에렌베르크와 말을 놓는 사이가 된다.

그렇지만 사랑의 금지라는 서약을 지켜야 하는 아드리안 레버퀸은 결국 자신의 비밀스러운 마음을 열어 보인 슈베르트페거를 죽음으로 몰아넣는다. 아드리안은 1924년 말 취리히에서 미모와 지성을 겸비한 마리 고도를 만나 슈베르트페거를 사랑의 전령으로 내세워 그녀에게 청혼한다. 하지만 이 청혼은 악마의 소행에 의한 것이지 아드리안의 진심이라고 보기는 어렵다. 예상대로 기묘한 청혼에 고도가 퇴짜를 놓자 그 틈을 이용해 슈베르트페거가 그녀에게 청혼을 하여 승낙을 받아낸다.

전기작가 차이트블롬도 아드리안과 말을 놓는 사이지만 여기서는 차이트블롬이 일방적으로 사랑과 헌신을 바친다. 차이트블롬에게는 우정의 숭배, 나움부르크에서의 군복무, 고전 어문학 공부, 수학 재능의 부족이라는 점에서 젊은 시절 니체의 모습이 보인다. 차이트블롬이 아드리안에게 바치는 사랑은 평생에 걸친 짝사랑이다. 그것은 토마스 만의 시민적 자아의 자신에 대한 사랑, 즉 나르시시즘으로 볼 수 있고, 또는 일반 대중이 자신을 사랑하기를 바라는 토마스 만의 심정 표현일 수도 있다. 차이트블룸이 '사랑의 비올라'라는 뜻을 갖는 '비올라 다모레'를 연주한다는 점에서 그는 그 악기의 보조 현처럼 친구를 사랑하는 역할을 한다. 아드리안과 슈베르트페거가 말을 놓게 되자 차이트블룸이 은밀히 질투하고, 친구에 대한 자신의 우정이 남편이나 가장으로서의 의무보다 컸다는 고백으로 볼 때 그에게는 은밀한 동성애적 감정이 숨겨져 있다고 볼 수 있다. 토마스 만은 차이트블룸을 통해 자신의 동성애적 감정을 패러디하고 있는 것이다.

소설에서 사랑의 결실은 자식이 아니라 작품으로 나타난다. 아드리안의 슈베르트페거에 대한 사랑은 바이올린 협주곡을 낳고, 에스메랄다에 대한 아드리안의 사랑은 그의 작품에 '시-미-라-미-내림미' 음으로 표현된 문자 상징을 낳으며, 조카 에효[9]에 대한 사랑은 「파우스트 박사의 비탄」에서 '에코 효과'를 낳듯이, 차이트블룸의 아드리안에 대한 사랑의 결실은 바로 『파우스트 박사』라는 레버퀸의 전기인 셈이다. 이 전기와 아드리안의 12음기법 음악은 48이라는 숫자로 연결되어 있다. 전기가 48장으로 되어 있듯이, 아드리안의 12음기법은 기본형에서 역행, 전회, 전회의 역행을 통해 각기 조바꿈할 수 있으므로 48가지로 치환할 수 있게 된다.

상징적 동일성

이처럼 소설의 구성은 쇤베르크의 12음기법에서 중요한 기능을 갖는 조바꿈 원칙을 통해 아드리안의 음악적 구성과 유사해진다. 아드리안이 태어난 부헬 농장과 아드리안이 창작 활동을 한 파이퍼링의 슈바이게슈

---

9 영어로는 '에코'이다.

틸 댁 사이에는 은밀한 동일성이 존재한다. 또한 에스메랄다와 톨나 부인, 인어 아가씨와 아드리안의 여동생 우르줄라 슈나이데바인과의 상징적 동일성이 있다. 또한 토마스 만은 극구 부인하지만 차이트블롬, 아드리안과 토마스 만 사이에도 은밀한 동일성이 있다고 볼 수 있다. 특히 부헬 농장과 파이퍼링 사이에는 어머니, 아들딸, 하녀, 개, 나무, 연못과 언덕을 통해 두 지역의 은밀한 동일성이 확인되고 있다. 전기도 음악 작품에서처럼 역행, 전회, 전회의 역행이 이루어지는데, 아드리안이 중세라는 과거로 거슬러 올라가는 점, 부헬에서 파이퍼링으로 공간이 바뀌는 점, 아드리안이 정신이상이 된 후 다시 어머니가 있는 곳으로 간다는 점이 그것이라 할 수 있다. 아드리안의 음악이 문학 작품을 토대로 이루어지는 것은 문학과 철학 작품을 읽으라고 한 스승 크레츄마어의 영향 탓으로 볼 수 있다. 그러나 아드리안의 음악은 외형적으로 파시즘과 공통점이 있긴 하지만 정치적 파시즘과는 거리가 멀고, 나치 정권에 의해 제재를 받는다는 점에서 독일이 승리하는 한 출간 가능성이 없는 차이트블롬의 전기와 비슷하다.

아드리안은 라이프치히와 헝가리의 프레스부르크에서 만난 여자를 어릴 때 아버지의 나비 도감에서 구경했던 날개가 투명한 나비의 이름을 따서 '헤테라 에스메랄다'라고 부른다. 니체는 『차라투스트라는 이렇게 말했다』에서 유곽의 몸 파는 여자들을 '사막의 딸'로 비유한다. 도이센의 니체 전기에 의하면 1865년 쾰른으로 혼자 여행을 떠난 스물한 살의 니체는 여행 가이드에게 좋은 식당을 소개해달라고 하는데, 아주 무서운 지옥의 사자로 그려지는 그는 니체를 유곽으로 데려간다. 갑자기 여인들에 둘러싸인 니체는 피아노에 다가가 건반 몇 개를 치고는 도망친다. 그리고 일 년 후 니체가 다시 그 유곽을 찾았다가 매독에 걸리듯이, 아드리안도 다시 그 여자를 만나러 브라티슬라바까지 찾아가 그녀의 경고에도 불구하고 관계를 맺어 매독에 걸린다.

차이트블롬은 유곽의 그 여자를 불길한 여자로 부르는 한편 그녀에게서 '영적인 빛'과 '고귀한 인간성'을 발견한다. 이러한 모순성은 브렌타노의 시에 곡을 붙인 아드리안의 초기 작품 「아, 사랑스러운 아가씨여, 그대는 얼마나 나쁜지」에서도 암시되고 있다. 하지만 에스메랄다가 나중에 아드리안의 숨은 후원자로 등장하는 톨나 부인과 적어도 상징적인 동일 인물이라는 사실은 일반적으로 쉽게 간파하기가 어렵다. 둘 다 헝가리에 연고가 있고, '독' '화살' 및 '뱀'의 모티프와 연관이 있다는 점에서 그러한 상징적 동일성이 있는 것이다. 톨나 부인이 아드리안에게 선물한 반지에 '부정한 자들아, 도망가라! 피하라!'라고 새겨진 문구는 에스메랄다 자신의 몸에 대한 경고와 상응한다. 혹시 에스메랄다는 방탕한 헝가리 귀족과 결혼했다가 남편이 불의의 사고로 사망하자 영지를 물려받고 혼자 살면서 아드리안을 몰래 후원하는지도 모른다. 비록 몸은 천하지만 고귀한 인간성을 지닌 그녀는 아드리안의 장례식에도 참가한 것으로 보인다. "자기를 알아보지 못하게 베일로 얼굴을 가린 낯선 여성이 서 있었다. 그녀는 관을 내리고 흙을 뿌리는 사이에 다시 자취를 감추었다."[10] 베일을 쓴 그 여자가 바로 톨나 부인, 즉 에스메랄다가 아니겠는가.

레버퀸의 조카인 네포무크는 어머니 우르줄라가 요양소에 들어가게 되자 1926년 6월 중순 파이퍼링의 레버퀸에게 온다. '에효'라는 애칭으로 불리는 그 아이도 토마스 만이 좋아하는 푸른 눈과 금발의 소유자이다. 레버퀸은 미치기 전의 마지막 고백에서 에효가 자신의 아이이고, 사랑의 금지라는 계약 때문에 그를 죽음으로 몰아넣었다고 고백한다.

---

[10] 『파우스트 박사 2』, 같은 책, 504쪽. 번역은 필자가 수정했음.

"그녀는 히피알타라는 이름의 제 여동생이자 귀여운 신부였습니다. 그자가 그녀를 저의 침실로, 저의 동침 상대로 데려왔습니다. 저는 그녀와 정을 통하기 시작했고, 그녀가 물고기 꼬리를 하고 있든 사람의 다리를 하고 있든 점점 사랑하게 되었습니다…… 그런 후 히피알타는 임신해서 귀여운 아들을 낳아주었습니다."**11**

에효가 아드리안의 자식이라면 히피알타는 누구인가? 히피알타란 말이 나비와 관련이 있으므로 에스메랄다를 지칭한다고 할 수 있지만, 아드리안의 누이 우르줄라 슈나이데바인이라고 보는 게 타당하지 않을까. 그렇게 본다면 에효는 사실적으로는 아니라 해도 적어도 상징적으로는 남매의 근친상간으로 태어난 아이가 된다. 에효가 매독에 걸린 부모의 자식들에게서 특징적으로 나타나는 뇌막염에 걸려 죽는다는 점에서 아드리안에게서 병을 물려받았다고도 볼 수 있다. 그리고 에효의 성이 '슈나이데바인(Schneidewein)'이지만 그것을 '다리를 자르는'이라는 뜻인 '슈나이데바인(Schneidebein)'과 연결시켜 보면 그것이 인어 아가씨와 연결되는 것을 알 수 있다. 인어 아가씨는 걸을 때 '다리를 자르는' 고통을 받기 때문이다. 이러한 점에서 볼 때 토마스 만은 교묘하게 단어를 조작해 위장한 것이라고 할 수 있다. 그러기에 『파우스트 박사』는 '섬뜩하고 난해한 작품'인 동시에 '기묘하고 가장 사적인 작품'이 된다. 또한 메아리 효과는 조바꿈의 기법, 작품에서 나타나는 은밀한 동일성과도 연관이 있다고 할 수 있다. 아무튼 에효가 남매간의 실제적인 근친상간으로 나온 아이는 아닐지라도 적어도 상징적인 의미에서의 근친상간으로 태어난 아이라고는 볼 수 있지 않을까. 사실 에효에게도 안경사인 실제의 아버지는 중요하지 않고 오직 외삼

---

11 앞의 책, 485쪽. 번역은 필자가 일부 수정했음.

촌인 레버퀸만이 중요하다.

안데르센의 동화 「인어 아가씨」는 왕자의 사랑을 얻기 위해 혀가 잘리는 고통을 감내하고, 물고기의 꼬리 대신에 인간의 다리를 얻으며, 걸을 때 칼에 잘리는 듯한 고통을 겪는다. 레버퀸도 인어 아가씨처럼 자주 칼에 베이는 듯한 두통에 시달린다. 레버퀸은 여동생 우르줄라의 결혼을 달가워하지 않고, '처녀성을 바치는 희생의 축제'라고 생각된 여동생의 결혼식에 마지못해 참가하면서 그날 극심한 편두통에 시달린다. 레버퀸과 차이트블롬은 결혼식 날 오후 시온 산으로 산책을 떠났다가 돌아오는 길에 쿠물데 연못에 잠시 발걸음을 멈춘다. 여기서 산은 남성을 상징하고, '암소의 여물통'이란 뜻의 연못은 여성을 상징하는 것이므로 그날 산책이 레버퀸에게는 은밀한 성적인 고통과 연결되는 것이 분명하다.

「독일과 독일인」

토마스 만은 『파우스트 박사』를 집필하던 중에 「독일과 독일인」이라는 연설문을 작성했다. 1945년 2월과 3월에 작성한 그 글에서 그는 '독일인으로 태어나면 독일의 운명과 죄과를 짊어져야 한다'고 말하면서 자신을 이 죄과에서 사면시키지 않았고, 마찬가지로 자신을 선한 독일의 대표자로 생각하지도 않았다. 이 강연에서 그는 왜 독일의 운명을 의인화하는 인물이 음악가여야 하는지에 대해 '음악은 악마적인 영역이다'라는 함축적인 표현으로 설명하고 있다. 그는 음악을 독일적인 것의 심리적인 등가물로 보았다. 그는 그 강연에서 '악한 독일과 선한 독일이라는 두 개의 독일이 존재하는 것이 아니라 단 하나의 독일이 존재하는데, 그 최선의 것이 악마의 술책으로 말미암아 악한 것으로 기울어졌다'고 말한다. 즉 선한 독일과 악한 독일이 있는 것이 아니라, 하나의 독일이 최고 선한 것을 악마의 계략으로 빼앗기는 바람에 악한 것으로 되고 말았다는 것이다.

나치의 성립과 승리로 귀결되는 독일의 재앙을 다루는 연설문의 논제는 사회적 과정의 분석이 아니라 문화 비판과 독일 정신사에 대한 심리적 성찰에 입각해 있다. 토마스 만은 독일의 문제성의 본질을 독일 외부에서 다루는 것이 아니라 '내부로부터' 다룬다. 그는 독일의 몰락을 초래한 상황을 비판할 뿐만 아니라 자신을 비판하고, 아울러 독일의 운명에 독일인이 연대책임을 질 것을 주장한다. 이 연설문에서 토마스 만은 루터와 후기 고딕 시대의 조각가 틸만 리멘슈나이더를 내세워 고찰한다. 작가의 견해에 따르면 비텐부르크 출신의 '보수적 음악가'와 뷔르츠부르크 출신의 '자유와 권리의 투쟁가'는 독일 역사의 두 경향을 구체화한다. 이 경쟁관계에서 신학자가 인류애를 지니고 자유를 사랑하는 따뜻한 심장을 가진 조각가를 언제나 압도한 것이 독일의 불행이라는 것이다. 작가는 독일적 본질의 화신이자 음악적인 루터를 좋아하지 않는다고 말한다. 루터의 독일성이 신교적 자유와 종교적 해방으로 나타난다 해도 분리주의적이고 반 로마적이며 반 유럽적인 성격은 토마스 만을 낯설게 하고 불안에 빠뜨린다. 그에 의하면 '지성의 오만이 영혼의 고대성이나 영혼의 속박과 계약을 맺는 곳에 바로 악마가 있다'는 것이다.

이 연설문과 밀접하게 연관되는 『파우스트 박사』는 독일의 자기비판인 동시에, 토마스 만에게 자신의 뿌리와 정신사에 대한 비판적 검색이다. 토마스 만은 소설에 파우스트 인용이 들어 있긴 하지만 자신의 소설이 괴테의 『파우스트』와는 아무 관련이 없음을 여러 차례 강조한다. 오히려 그에게는 괴테로부터의 전향과 괴테 전승을 종식하려는 의도가 숨어 있는지 모른다.

『파우스트 박사』에는 독일의 역사, 철학, 문학, 신학, 음악, 미술, 정치, 자연과학, 성경, 신화 등 교양인이 알아야 할 모든 내용이 긴밀하고도 촘

촘히 얽혀 있다. 그래서 한 개를 건드리면 그것과 연결되는 다른 것이 잇달아 쏟아져 나온다. 가히 인문학과 예술 방면의 보고라 할 수 있는데, 인문 교양과 관련되는 방대한 양의 내용을 담고 있다는 점에서 토마스 만은 엄청난 독서가이자 뛰어난 해석자이다. 대담하고 독창적이며 천재적인 삶을 산 아드리안 레버퀸은 토마스 만의 예술가 유형의 차라투스트라이다. 그는 신의 축복인 자신의 재능으로 만족하지 못해 악마의 힘을 빌려 무서운 싸움을 벌였다.

레버퀸은 가치를 타인이 아닌 자신에게서 구한다는 점에서 니체가 말하는 주인도덕의 소유자이다. 우리는 컴퓨터가 없던 시대에 이 모든 것을 나름대로 이해하고 적재적소에 넣어서 방대한 장편으로 만든 작가의 서사적 솜씨에 경탄을 금할 수 없다. 우주의 '통 속의 한 방울의 물'과 같은 미미한 존재인 우리 지구인은 아득한 우주와 심해를 드나드는 이 작품을 대하며 한없이 작고 초라한 기분이 든다. 이런 작품을 제대로 읽고 이해하여 고통 중에 크나큰 기쁨을 맛본다면 가벼운 다른 작품은 밋밋하고 싱거워서 읽는 재미를 느낄 수 없을 것 같다. 물론 이 책을 한 번 읽어서는 제대로 이해하기 힘드니 적어도 두 번은 읽어야 한다고 하는데, 바쁜 현대에 한가하게 이런 책에 많은 시간을 할애할 수 있는 사람이 있겠는가? 그러나 큰 기쁨과 깊은 쾌감은 땀과 수고 없이 거저 얻어질 수 있는 게 아니라서 그만한 대가를 요구한다는 것을 알아야 한다.

제6부

헤르만 헤세

가정과 학교의 몰이해로 파멸한
젊은이의 이야기『수레바퀴 밑에』

경건한 분위기의 가정

"한스 기벤라트의 장례식에는 많은 수의 조합원과 호기심 어린 사람들이
모여들었다. 한스 기벤라트는 다시 모두의 관심을 끄는 유명인사가 되었
다. 교사들과 교장 선생님, 마을 목사도 다시 그의 운명에 동참했다. 모두
가 프록코트 차림에 실크해트를 쓴 채 엄숙하게 장례행렬을 따라갔다."**1**

한스 기벤라트의 장례식에는 목사를 비롯해 많은 사람들이 따라간다.
일꾼들이 유해를 운반하고 성직자는 한 사람도 따라가지 않은 베르터의
장례식 때와는 다르다. 아버지와 교장을 비롯한 동네 사람들은 구두장인
플라이크와는 달리 기벤라트의 죽음을 자살이 아니라 실족사로 여기기
때문이다.

헤르만 헤세는 1877년 7월 2일 슈바르츠발트 북쪽의 작은 마을 칼프에

----

1 헤르만 헤세, 『수레바퀴 밑에』, 홍성광 역, 현대문학, 2013, 245쪽.

서 태어났다. 헤세의 아버지 요하네스 헤세는 1847년 에스토니아에서 의사의 아들로 태어나 신학을 전공하고 인도에서 선교사로 일했다. 하지만 그는 건강상의 이유로 3년 만에 유럽으로 돌아와, 바젤 선교사의 소개로 칼프에서 헤르만 군데르트 박사의 조수로 일하게 된다. 그곳에서 그는 군데르트 박사의 딸 마리 군데르트와 알게 되

헤르만 헤세

어 결혼했다. 인도에서 태어난 마리 군데르트는 선교사였던 첫 남편 찰스 아이젠버그가 사망하고 나서 헤세의 아버지와 재혼했다. 헤세의 외할아버지인 헤르만 군데르트는 인도의 말라야람어를 연구하는 데 일생을 보낸 저명한 동양학자였다. 헤세는 조상으로부터 여러 나라의 다양한 혈통을 이어받았다. 게다가 친가와 외가가 모두 선교사 집안이었기 때문에 어려서부터 이국적인 문화를 경험하며 국제적인 분위기에서 자라났다.

신앙적인 분위기의 가정에서 자란 헤세는 어린 시절 '나는 천국에서 살았다'고 할 정도로 행복한 생활을 했다. 헤세의 어머니는 가족의 평안과 하나님 나라를 위해서 사는 것이 자신의 사명이라고 생각했다. 자녀 교육에 열성을 보인 어머니는 일기에서 헤세는 세 살 때 매우 영리하고 얘기하는 것을 좋아했지만 고집과 반항이 대단했다고 밝혔다. 유치원에 다닐 때는 격정적인 기질이 가족을 힘들게 했는데, 그것이 더욱 심각한 상황이 되어 급기야 헤세의 아버지는 어린 아들을 다른 곳에 맡겨야 하지 않을까 걱정하기도 했다.

헤세가 다닌 마울브론 신학교

　아홉 살부터 열세 살까지 고향인 칼프에서 학교를 다닌 헤세는 학교 생활에 잘 적응하지 못했다. 횔덜린의 시를 애송하던 헤세는 이미 '열세 살 때부터 시인이 아니면 아무것도 되고 싶지 않다'고 생각했다. 헤세의 어머니는 신앙 속에서 아들을 키우며 보살폈지만, 헤세는 청소년기에 이르러 부모의 경건주의 기독교 세계와 갈등을 겪는다. 부모를 포함하여 교회와 학교의 기독교 세계가 그에게는 너무 경직되고 편협하며 배타적인 것으로 생각되었다. 그 시절 그에게 학교와 기숙사는 너무 협소하고, 때로는 고문과 같은 것이었으며, 미래는 매우 절망적으로 보였다.

　1890년 2월, 열세 살이었던 헤세는 뷔르템베르크의 주 시험을 준비하기 위해 괴핑겐으로 가서 라틴어 학교를 다녔다. 헤세는 훗날 괴핑겐에서 라틴어 학교에 다니던 시절을 긍정적으로 회고하기도 했는데, 그곳에서의 수업은 실제로 자신이 바라던 결과를 가져다주기도 했다. 주 시험에 합격한 학생은 신학교에 입학할 수 있고, 그곳에서 국비 장학생으로 공부하여 주의 공무원이나 목사, 교수가 되었다. 그러므로 그것은 학생들에게 미래를 보장해주는 대단히 중요한 시험이었다.

그 때문에 헤세의 아버지는 1890년 11월 헤세에게 뷔르템베르크 주의 시민권을 취득하게 해주었다. 그래서 헤세는 이전에 가지고 있던 스위스 시민권을 상실하게 되었다. 1891년 6월 헤세는 주 시험에 합격했으며, 그해 가을에 마울브론 신학교에 입학했다. 이 학교는 엄격한 시험으로 학생들을 선발해 목사로 배출하는 권위와 전통을 자랑하는 명문학교였다. 이 학교에서 학생들은 수도승처럼 검소한 생활을 해야 했고, 고대 언어를 익히며 철저하게 고전 공부를 했다. 헤세는 이 신학교에서 그리스, 로마의 문학과 중세 문학을 현대 독일어로 번역하고, 실러와 클롭슈토크의 작품을 읽으며 독서 클럽을 만드는 등 그곳에 잘 적응하는 것처럼 보였다.

학업 중단과 우울증

그때 부모님에게 보낸 편지들에 의하면 헤세는 신학교 생활에 대해 처음에는 대체로 만족해하는 편이었다. 그는 그곳 분위기를 자유롭게 여겼고, 수업에도 나름대로 흥미를 느꼈다. 몇몇 예외가 있었지만 교사들과 동료 학생들도 대체로 헤세의 마음에 들었다. 하지만 헤세는 신학교에 다닌 지 6개월 만인 1892년 3월 7일 『수레바퀴 밑에』의 한스 기벤라트와 마찬가지로 갑자기 학교에서 사라지고 말았다. 날씨는 추웠고 수중에는 돈이 한 푼도 없었다. 학교에서는 실종신고를 하고 근처 숲 속을 수색하기도 했지만 그를 찾지 못했다. 만 하루가 지난 3월 8일 점심때가 되어서야 그는 경찰에 붙잡혀 마울브론 신학교로 돌아왔다. 그는 학교를 무단이탈한 죄목으로 8시간 감금되는 처벌을 받았다. 이 사건이 있고 나서 헤세는 선생님들과 동료들에게 따돌림을 당하고 고독한 외톨이 생활을 하게 되었다. 그런 후 헤세는 우울증에 빠지는 등 정신적 위기를 맞았고 3월 20일의 편지에서는 '저녁노을처럼 사라지고 싶다'며 자살에 대한 생각을 내

비치기도 한다.

결국 학업을 계속할 수 없을 정도로 건강이 나빠진 헤세는 1892년 5월에 학교로부터 일시적으로 요양 휴가를 받았다. 이 휴가는 공식적으로는 그의 건강을 되찾기 위한 조치였으나 실제로는 명목상의 퇴학을 의미했다. 이렇게 하여 부모의 관심과 주위의 기대를 한 몸에 받으며 명문 신학교에 입학한 헤세는 결국 학교를 그만두게 되었다. 당연히 아버지는 헤세의 이런 생활에 크게 실망했고, 이처럼 신학교에서 불명예 퇴학을 당한 소년 헤세는 인생의 방향감각을 잃은 채 방황을 했다.

이 무렵 헤세는 우울증과 신경증으로 환각 증세를 보이기도 했다. 그래서 5월에 그는 블룸하르트(Christoph Blumhardt) 목사가 운영하는 바트 볼(Bad Boll) 감화원에 맡겨졌다. 헤세는 처음에는 이곳에서 안정을 되찾고 잘 적응하는 듯 보였다. 하지만 6월에 일곱 살 연상의 으제니 콜프(Eugenie Colb)에 대한 짝사랑에 실패한 뒤 그는 마음의 평화가 깨져 심한 정신불안에 시달렸고 심지어 권총 자살을 시도하기까지 했다. 그러자 헤세의 부모는 1892년 6월 말 그를 슈투트가르트 부근의 렘쉬탈에 있는 정신병원으로 보냈다. 그곳에서 그는 기도요법 치료를 받았으며, 정원 일을 하거나 정신 장애아들에게 기초적인 학습을 도와주면서 정신적 안정을 얻을 수 있었다. 헤세는 3개월 후에 아버지에게 간청하여 고향집으로 돌아갈 수 있었지만, 아버지와 심한 갈등을 겪은 후 다시 슈테텐으로 보내졌다. 이때 그는 사춘기의 반항과 고독, 가족의 이해를 받지 못하고 쫓겨났다는 느낌이 정점에 달했다.

열다섯 살의 헤세는 부모와 사회에 반항하며 신앙적인 면에서 무척 힘든 시기를 보낸다. 이때부터 헤세는 아버지에게 반항적인 태도를 보이며 편지에 공격적이고 반어적이며 풍자적인 표현을 쓰게 된다. 작가로서의 그의 자의식이 종교적 전통과 고루하고 위압적인 권위와 충돌했던 것이다. 그러다가 헤세는 바젤의 피스터(Pfister) 목사의 보호를 받으며 위기와 갈등이 상당 부분 진정되었다. 그는 어린 시절을 회상하며 잠시 고향 같은 느낌을 받았다. 병세가 약간 호전된 헤세는 1892년 10월 말에 바트 칸슈타트 김나지움에 입학할 수 있었다. 그곳에서는 성적도 좋고 잘 적응하는 것 같았으나, 몇 달 뒤에는 학업에 흥미를 잃고 두통과 무기력에 시달렸다. 결국 1년 동안 그곳에 머무른 후 헤세의 학창 시절은 영원히 끝나고 말았다.

견습생이 된 헤세

그리하여 헤세는 외삼촌의 소개로 에스링겐(Eßlingen) 서점의 견습생이 되어 처음으로 직업전선에 나섰지만 거기서도 4일 만에 도주하고 말았다. 다시 칼프로 돌아온 헤세는 아버지와는 계속 냉전 상태였지만 자연과 어머니를 통해 서서히 안정을 되찾았다. 그는 작가의 길을 가고 싶었다. 하지만 현실을 받아들이기로 하고 페롯(Perrot) 탑시계 공장의 견습공이 되었다. 페롯 탑시계 공장에서 호의적인 견습 증명서를 받은 헤세는 기독교 신앙을 떠나 점차 문학과 예술의 아름다움으로 기울어지면서 이제는 튀빙엔 서점의 견습생으로 새 출발을 하게 되었다. 헤세는 3년 동안 열심히 일하면서 작가가 되기 위해 부단히 노력했다.

그는 튀빙엔에서 교회에 나가지는 않았지만 성경을 다시 읽으며 새로운 눈으로 바라보았다. 헤세가 이런 변화를 보이자 아버지는 자신도 인생의 여러 시기에 성경의 여러 부분에서 감동을 받고 힘을 얻었다고 아들에게 편지를 썼다. 이제 부자간에 비판이 아닌 이해와 사랑에 가득 찬 새로운 분위기가 생겨난 것이다. 또한 뼈가 약해져서 2년 동안 고통을 겪고 있던 어머니와의 관계도 다시 좋아졌다. 그는 매일 밤 자리에 눕기 전에 어머니의 건강을 기원하는 기도를 하면서 부모님께 저지른 많은 잘못을 뉘우치며 고통스러워했다. 이내 어머니의 건강이 회복되자 헤세는 깊은 감동을 받고 하나님께 영광을 돌린다. 결국 헤세는 그리스도를 무시하거나 외면할 수 없다는 것을 깨닫게 된다.

헤세는 튀빙엔의 서점에서 일하며 틈틈이 시를 썼다. 그리하여 1896년 「마돈나」라는 시로 등단하고, 1898년에는 『낭만적인 노래』와 『한밤중 뒤의 한 시간』을 출간했는데 그것들은 상업적으로는 실패했다. 감상적이고 애수적인 이 작품들을 헤세의 어머니도 경건주의적 입장에서 신랄하게 비판한다. 그녀는 문학적인 재능은 하나님의 영광을 위해서 그리고 다른 사람들에게 유익하게 써야 한다고 생각해서였다. 헤세는 어머니의 이러한 부정적인 평가에 크게 실망하고 고통스러워했다.

1899년 가을 헤세는 튀빙엔을 떠나 바젤의 유명한 라이히(Reich) 고서점에서 책을 분류하는 일을 했다. 바젤은 외로운 헤세에게 자기탐구, 방랑, 여행을 위해 좋은 기회를 제공해주었다. 1901년 그는 오랫동안 꿈에 그리던 이탈리아 여행을 떠났다가 돌아와 창작과 여행을 하기에 편한 바텐빌(Wattenwyl) 고서점에 들어갔다. 새 서점은 헤세를 위해 다음 작품인 『헤르만 라우셔의 유작』을 발간해주었다. 1902년에는 오랫동안 지병에 시달리던 어머니가 세상을 떠났다. 그런데 헤세는 자신의 우울증이 악화될까 두려워서 어머니의 장례식에 참석할 수 없었다.

이처럼 헤세는 1893년부터 약 10년간 여러 서점과 탑시계 공장에서 일했고, 1901년과 1903년에는 이탈리아를 여행하기도 했다. 이 기간 동안 헤세는 괴테의 작품을 읽으며 그에게서 '안정을 얻고, 가르침을 받고, 조화에 관해 배웠다'고 한다. 그 후 헤세는 브렌타노, 아이헨도르프, 티크, 슐라이어마흐, 슐레겔 형제와 같은 낭만주의 작가들에 매료되었는데, 특히 좋아한 작가는 노발리스였다. 그러다가 헤세는 1904년 『페터 카멘친트』의 성공으로 서점 일을 그만두고 본격적인 작가 활동을 시작해서 『수레바퀴 밑에』를 1906년에 발간한다.

헤세의 분신 기벤라트

『수레바퀴 밑에』의 주인공 한스 기벤라트(Hans Giebenrath)[2]는 뷔르템베르크 주의 한 작은 마을에서 성장한다. 어머니는 그가 어렸을 때 세상을 떠났기 때문에 아버지가 유일한 그의 보호자이다. 도매업자이자 중개인인 아버지는 속물의 사고방식을 지닌 인물이다. 라틴어 학교의 교장 선생님과 아버지는 또래의 소년들이 재능이 뛰어난 한스에게 나쁜 영향을 끼칠까 봐 그들과 놀지 못하게 한다. 기벤라트는 아버지의 자긍심과 고향의 명예를 드높여줄 자랑거리이다. 그는 아버지와 교장 선생님, 마을 목사의 기대를 한 몸에 안고 과중한 학업 부담에 시달린다. 그로 인해 그는 만성적인 두통에 시달리지만 주 시험 합격이라는 목표를 향해 열심히 학업에 정진한다.

온 마을 사람들, 특히 교장 선생님과 마을 목사의 기대를 한 몸에 받으며 주 시험에 응시한 한스는 시골학교 출신이지만 차석이라는 우수한 성적으로 합격한다. 그럼으로써 그는 마울브론 신학교에 입학할 수 있게 된다. 그리하여 아버지는 방학 동안에 한스가 좋아하는 낚시를 할 수 있게 허락해준다. 하지만 주 시험에 합격한 후에도 아버지와 교장 선생, 마을 목사의 권유와 기대 때문에 그는 방학 동안 또래의 다른 학생들처럼 마음대로 놀지도 못하고 하루에 몇 시간씩 수업을 받는다. 단지 구두장인인

----

2 '기벤라트Giebenrath'에는 'Geben Sie mir Rat', 즉 '내게 조언을 해주세요'라는 뜻이 담겨 있다. 하지만 기벤라트는 가정과 학교로부터 진정한 조언을 받지 못하고 사회의 몰이해 속에 죽음을 맞이한다.

플라이크만이 하루 종일 공부만 하면 좋지 않다고 충고한다. 경건주의자이자 인도주의자인 플라이크는 특히 마을 목사를 좋지 않게 보며 그와 대립각을 세운다.

한스는 방학이 끝나고 드디어 마울브론 신학교에 입학하여 아홉 명의 친구들과 같은 방에서 기숙사 생활을 한다. 그는 엄격한 규율과 꽉 짜인 수업시간, 어울리기 힘든 다른 모든 친구들에게서 아무런 호감을 느끼지 못하지만 그래도 처음에는 기숙사 생활에 비교적 잘 적응하여 좋은 성적을 유지해 나간다. 그러다가 헤르만 하일너(Hermann Heilner)라는 천재적이고 반항적인 시인 학생과 사귀면서 학교와 학교의 요구에 대해 회의하기 시작한다. 처음에 한스는 문제아 하일너를 좋지 않게 보다가 그에 대해 경탄하게 된다. 하일너는 너무 지적이고 너무 반항적이라서 선생님들에게는 전율의 대상이다. 그와 우정이 깊어 갈수록 주입식 교육과 가혹한 규율이 지배하는 학교 생활을 견딜 수 없게 된 한스는 힌두라는 친구의 죽음, 헤르만 하일너와의 이별 등을 겪으면서 심신이 차츰 무너져 간다. 그 결과 한스의 성적은 점점 떨어지게 되고, 과도한 압박으로 어린 나이에 이미 기력이 소진된 그는 두통과 환각에 시달리기도 한다.

한스 기벤라트와 차츰 가까운 사이가 된 하일너는 시 짓기와 숲속의 호수를 좋아하는 문학 소년이다. 예술가와 몽상가의 기질을 지닌 자유로운 영혼의 소유자인 하일너의 존재는 고독한 한스에게는 신선하고도 매혹적인 충격이었다. 그 이후로 그들은 하일너의 탈주 사건으로 한때 소원해지기도 하지만 그 후 학교를 떠날 때까지 동성애를 연상시키는 밀접한 애착 관계를 유지한다. 그러나 마울브론 신학교는 꿈꾸는 이 두 소년을 그냥 내버려둘 만큼 관대하지도 이해심이 많지도 않은 매정한 곳이었다. 하일너는 마치 감옥과도 같은 신학교의 담장을 뛰쳐나와 며칠간 마음대로 나다니다가 결국 마을에서 붙잡혀온 후 퇴학 처분을 당하고 만다.

한스 기벤라트도 그동안 하일너와 사귀면서 이미 경직되고 억압적인 신학교 생활에 차츰 흥미를 잃게 된다. 그동안 쌓여 왔던 과도한 긴장과 신경쇠약으로 기진맥진해진 한스는 신학교에서 요양 휴가를 받아 고향으로 돌아온다. 그러나 옛날과 다름없는 자연만 한스를 정답게 맞아줄 뿐, 옛날 기대에 차 자기에게 정겨운 시선을 보내주었던 사람들은 이제 냉랭한 시선으로 그를 대한다. 한스는 최후의 도피처로 자살을 생각하기도 한다. 하지만 다시 살겠다고 마음을 다잡은 그는 빈민 거리의 사람들과 사귀면서 다양한 경험을 한다. 그러다가 한스는 구두장이 플라이크의 조카딸인 에마에게서 짜릿한 사랑의 감정을 느끼지만, 이 역시 짧은 만남으로 끝남으로써 또 한 차례 깊은 좌절감을 맛본다. 아들의 이러한 모습에 크게 실망한 아버지는 그가 견습공으로 재출발하길 바란다. 이러한 시점에서 그냥 방안에 죽치고 있지만 말고 철물공이나 시청의 서기가 되라는 아버지의 설득은 피폐한 한스의 심리를 더욱더 극단으로 몰아가는 결과를 낳는다.

결국 한스는 철물 장인한테서 수습을 받기 시작하고, 예전의 동료들로부터는 한때 잘나가다 꼴좋게 되었다며 비웃음을 받는다. 하지만 예전의 친구로 역시 기계공 수습을 받는 중인 아우구스트만이 한스를 따뜻하게 대해준다. 한스는 이처럼 새로운 삶을 시작하지만 고된 노동과 정신적 갈등 속에 일주일을 보낸다. 철물공이 된 지 일주일째 되던 일요일에 한스는 다른 견습공들, 숙련공과 어울려 비라흐로 놀러간다. 일요일에 동료들과 비라흐로 놀러간 한스는 술집에 들러 처음으로 많은 술을 마신다. 지나치게 취해 동료들과 헤어진 한스는 몽롱해진 상태로 비틀거리며 혼자 집에 오던 중 산을 내려오다 강물에 빠져 익사하고 만다.

밤늦게까지 아들이 돌아오지 않자 한스의 아버지는 화가 나서 때려주겠다고 잔뜩 벼른다. 하지만 잠에서 깨어난 그는 아들이 익사했다는 소식을 든는다. 사고사였을까, 아니면 자살이었을까? 그가 어떻게 물에 빠졌는지 아는 사람은 아무도 없었다. 분명한 것은 한스의 죽음이 평균적이고 평범한 것을 지향하는 학교의 몰이해와 아버지의 야만적인 공명심이 빚어낸 비극이란 사실이다. 한스 기벤라트는 다시 고향에서 유명한 존재가 되어 뭇 사람의 흥미를 끈다. 한스를 기억하는 마을 사람들은 그의 장례식에 모여들어 총명했던 이 아이에게 이러한 불행이 닥친 것에 안타까워하지만, 곧 아무 일도 없었다는 듯 다시 자신들의 일상 세계로 되돌아간다.

헤세의 자서전 격인 『수레바퀴 밑에』

『수레바퀴 밑에』는 헤세의 자서전이라 할 수 있다. 한스 기벤라트의 고향 마을은 헤세의 고향 칼프임을 쉽게 알 수 있다. 헤세는 이 작품을 쓰면서 마울브론 신학교에서 보낸 자신의 체험을 가공하고 있다. 학생들이 기거하는 방의 이름은 지금도 사용되고 있는 이름이다. 『수레바퀴 밑에』의 한스 기벤라트도 헤세와 마찬가지로 마울브론 신학교에 입학한 우등생이자 모범생이었다가 일순간에 나락으로 굴러 떨어진다. 그렇게 된 이유는 헤세와 기벤라트의 자신의 아버지에 대한 갈등관계에서 찾아볼 수 있다. 헤세의 아버지는 보수적인 골수 경건주의자였다. 그는 모든 것을 독실한 신앙적인 관점으로만 이해하고 받아들였다. 헤세는 아버지에 대한 종교적 반감 때문에 어렸을 때부터 신학을 멸시하고 조롱하며 교회를 외면했다. 종교적으로 아무런 결점도 없는 아버지는 헤세에게는 언제나 한결같은 동상과 같은 존재였던 것이다.

소설에서 한스를 오랫동안 혼자 키워 온 그의 아버지도 결코 이상적인 아버지의 유형이 아니다. 그는 마을의 다른 사람들처럼 속물적인 사고방식의 소유자이다. 그는 아들이 주 시험에 떨어지면 김나지움에 가겠다고 하자 일언지하에 거절해버린다. 학비가 너무 많이 든다는 것이다. 그에게 실제로 외아들을 교육시킬 돈이 부족한지는 분명하지 않다. 직업이 도매업자이자 중개인인 것으로 보아 그가 그렇게 가난한 것 같지는 않다. 그는 아들이 주 시험을 준비하는 동안 낚시와 토끼 사육을 금지시킨다. 그것들은 한스에게는 자연 친화적이고 자기 주도적이며 자기 소외에서 벗어나는 일이다. 아버지는 한스의 죽음을 자살로 보지 않고 교장이나 교사들, 마을 목사처럼 사고사라고 생각한다.

구두장인 플라이크는 독실한 경건주의자이다. 심지어 그는 마을 목사가 신의 존재를 믿지 않으며 신앙보다 학문을 우위에 둔다고 생각한다. 그는 한스의 보호 천사와 같은 역할을 한다. 플라이크와 마을 목사는 한스를 사이에 두고 조용한 전쟁을 벌이고 있는 셈이다. 플라이크는 헤세의 대변인 역할을 하면서 유일하게 한스의 죽음을 자살이라고 해석한다. 그는 자살의 원인이 술이 아니라 한스의 어린 시절과 자유, 급기야는 그의 목숨을 빼앗아간 교사와 학교, 그리고 아버지의 공명심이라고 지적한다. 물론 책에서는 한스가 자살을 했는지에 대해 분명히 언급하지 않고 있다. 만약 한스가 스스로 목숨을 끊었다면 교장과 교사들, 아버지, 마지막으로 에마도 그것에 기여했다고 볼 수 있다. 그들이 흐느끼는 동안 교장은 "저 아이는 훌륭한 인물이 될 수 있었을 텐데요"라며 안타까워한다. 그들과 한스의 아버지는 그의 문제를 그들 자신의 시각에서만 바라보며, 한스도 자신의 삶에서 무언가를 결단할 수 있다는 것은 생각하지 않는다.

익사의 모티프는 소설에서 여러 번 암시되고 있다. 한스의 동료 힌두는 수도원 근처의 조그만 호수에서 얼음이 깨지는 바람에 익사하고 만다. 그 때문에 한스는 수도원에서 수업을 받는 도중 처음에는 배 위에 있는 예수를 보는 환각을 두 번이나 경험한다. 두 번째는 예수가 배 위에서 한스에게 오라고 손짓하자 한스는 물을 건너 예수에게 달려가려고 한다. 그리고 나서 그의 환영이 흐릿해진다. 따라서 물은 한스에게 매혹적인 영향을 미치는 것 같다. 교장과 교사, 아버지는 이젠 한스를 자신들의 소망을 가로막는 장애물로 보아서, 완강하고 나태한 소년을 억지로라도 다시 올바른 길로 되돌려야 한다고 생각한다. 사실 한스는 실제로 익사하기 오래 전에 이미 정신적으로 익사 상태에 있었던 것이다. 소설 구성으로 볼 때 한스의 죽음은 어쩌면 필연적인 것이라 할 수 있다.

한스 기벤라트는 마울브론 신학교에서 헤르만 하일너를 만남으로써 자신의 억압된 자아가 터져 나오게 된다. 틀에 박힌 진부한 생각을 거부하고 자신의 길을 가는 하일너는 마울브론의 체제에 의해 낙인찍히기를 원하지 않는 야생마 같은 소년이다. 그의 정신적인 친구는 셰익스피어와 실러, 레나우와 같은 작가들이다. 그는 니체가 말하는 위버멘쉬의 한 유형이고, 쇼펜하우어가 말하는 독립적인 사고를 하는 인간이다. 헤세가 볼때 니체는 '조금도 굴하지 않고 자신의 길을 간' 사람이고, 또 '그의 내면에는 자연 그대로의 인간상이 깃들어 있는' 인물이다. 이름과 성의 이니셜이 H.H.인 이 학생은 헤르만 헤세의 분신과 같은 모습을 보이고 있다. 시를 쓰는 그는 문학을 좋아하고 학교 제도에 비판적이며 예민한 감수성을 지녔다. 그리고 헤세와 마찬가지로 동성애적인 성향을 드러내기도 하고, 신학교를 탈주하는 사건을 벌이며 학교에서 쫓겨난다. 아울러 한스 기벤라트도 여러 가지 면에서 헤세의 분신이라고 할 만한 여러 특징을 지니고 있다. 헤세와 한스는 라틴어 학교를 다니다가 주 시험에 합격하여 신학교에 들어간다. 그리고 신학교에서 쫓겨나 자살을 기도하기도 하고, 공장에서 견습공으로 일하기도 한다. 하일너와 한스는 헤세의 상이한 성격적 측면을 구현하고 있다. 두 소년 사이에 첫사랑의 달콤한 비밀과도 같은, 우정 이상의 감정이 존재하는 것으로 보아 하일너와 기벤라트는 헤세의 분열된 자아라고 볼 수 있다.

재능 있는 젊은이의 파멸

이 소설에서 헤세는 자신의 경험을 되새기며 창의적이고 재능 있는 아이를 파멸시키는 첩경이 무엇인지 가장 효과적으로 보여준다. 여기서 주인공 소년은 규범과 명령, 의무와 과중한 학습에 질식해버리고 만다. 그런 것들은 젊은이의 원초적인 건강한 생명력을 말살해버리는 것이다. 그리하여 생명력이 억압되고 위축된 젊은이는 급기야 문제아가 되어 학교와 사회에서 낙오하고 만다. 마울브론 신학교의 관심사는 젊은이들이 도시에서 가족과 함께 생활할 때의 정신 산란으로부터 영향을 받지 않고, 활동적인 생활에서 접하게 되는 유해한 환경으로부터 보호하는 것이다. 1900년경 독일 신학교의 이러한 교육 철학을 비판하는 사람이 소년 시인 하일너와 구두장인 플라이크이다. 선생님이 보았을 때 천재는 자신들에게 존경심을 보여주지 않는 골치 아픈 존재이고 하나의 전율이다.

하일너는 동료 학생들을 지루한 위선자들이고, 히브리어의 철자보다 더 고상한 건 알지 못한다고 비판한다. 그는 그 점에선 한스도 마찬가지라고 힐난한다. 하일너는 한스가 갖고 있는 걱정이나 소망이 없고, 자기 자신의 생각과 언어를 지니고 있다. 그는 보다 따뜻하고 자유롭게 살면서, 오래된 기둥과 담벼락의 아름다움을 이해하고 있다. 또한 자신의 영혼을 시구에 반영해서, 환상을 가지고 자신의 허구적인 삶을 만들어내는 독특한 비법을 터득하고 있다. 한스에게는 그의 이런 점이 경탄의 대상이다.

헤세의 이 소설은 우리나라의 획일화된 교육 현실, 학생들을 규칙과 틀에 짜 맞추려는 학교의 문제점을 떠올리게 한다. 아이들이 규칙과 지식만을 강요하는 주입식 교육제도에서 고통 받고 좌절하며 희생되는 게 지금 우리나라의 교육 현실이 아닌가. "아이들을 일찍부터 길들이겠다는 명목으로 모든 자연성이나 독창성, 야성을 몰아내기 때문에 그 결과 속물만

남게 된다"**3**는 괴테의 말도 그런 점을 경고하고 있다. 소설에서는 여러 가지의 바퀴가 번번이 등장한다. 한스는 어린 시절 물레방아 만드는 것을 좋아하지만, 아버지는 그것을 유치한 짓이라 여기고 못하게 한다. 신학교 교장도 바퀴 이야기를 한다. 그는 한스에게 "아무튼 지쳐서 힘이 빠지지 않도록 해라. 그러다간 수레바퀴 밑에 깔릴지도 모르거든"이라고 말하지만 바로 교장 자신이 한스를 짓누르는 수레바퀴의 한 부분이라 할 수 있다. 한스는 에마를 알게 되면서 약간 모욕을 받은 듯 자신을 수레바퀴에 살짝 스친 민달팽이와 같다고 느낀다. 한스는 기계공으로 일하면서 톱니바퀴 옆에서 일하는데 책 전체에서 그렇듯이 여기서도 바퀴는 부정적이고 억압적인 것을 상징하고 있다. 『수레바퀴 밑에』라는 책 제목 역시 상징적인 의미를 지닌 것으로 볼 수 있다. 한스는 결국 수레바퀴 밑에 깔리는 신세가 된 것이다. 한스에게 필요한 건 아버지와 교장, 동료들, 선생님들의 압박이 아니라 그들의 따뜻한 사랑과 관심이었다. 만약 누군가가 한스를 진정으로 이해하고 배려하며 조언할 수 있었더라면 한스는 그처럼 안타까운 죽음을 맞이하지 않았을지도 모른다.

---

3 요한 페터 에커만, 『괴테와의 대화 2』, 장희창 역, 민음사, 2008, 251쪽.

자신의 길을 가는 싱클레어 이야기
『데미안』

위기에 처한 헤르만 헤세

> "내 속에서 솟아 나오려는 것, 바로 그것을 나는 살아보려고 했다. 그런데 그것이 왜 그토록 어려웠을까."[1]

『데미안』의 머리말 맨 처음에 나오는 구절로, 당시 헤세의 심정을 잘 표현한 내용이다. 헤르만 헤세는 제1차 세계대전과 더불어 대전환을 하고 새 출발을 하게 되었다. 거기에는 정치적인 이유 이외에 개인적인 사정도 있었다. 그의 아들 마르틴은 병에 걸려 집을 떠나 있었고, 부친의 사망과 부인의 정신불안 증세로 헤세 역시 정신분석 치료를 받아야 했다.

『데미안』은 이처럼 헤세가 위기에 처해 있던 1916년과 1917년 사이에 쓰인 소설이다. 헤세는 1917년 가을에 출판업자인 피셔에게 편지를 보내 에밀 싱클레어라는 청년의 원고를 가지고 있는데, 그가 중병에 걸려 시한

---

1 헤르만 헤세, 『데미안』, 홍성광 역, 현대문학, 2013, 7쪽.

부 생을 살고 있으니 그 작품의 출판을 도와주고 싶다고 했다. 그리하여 발표된 작품은 1919년에 출판되자마자 괴테의 『젊은 베르터의 고뇌』에 버금가는 큰 파문을 일으키게 되었다. 그런데 『데미안』이 신인작가에게 주는 권위 있는 문학상인 폰타네 상의 수상작으로 정해지자, 헤세는 그것이 자신의 작품임을 밝히고 수상을 취소하기에 이른다. 그리하여 1920년 4판 때부터는 『데미안』이 헤세의 본명으로 출판되었다. 초기에는 우수에 찬 낭만적이거나 유미적인 작품을 썼던 헤세가 자기 내면의 기록인 『데미안』의 저자라는 사실에 많은 사람들이 놀라워 했다. 작품의 주인공 이름은 정신병에 걸린 친구 휠덜린을 곁에서 돌본 이삭 폰 싱클레어(Issac von Sinclair)에서 따온 것이다.

10대 청소년의 고통과 절망, 그것을 극복하는 내면의 치열한 과정을 그린 『데미안』은 『싯다르타』 『황야의 늑대』와 함께 미국과 일본에서 헤세 붐을 일으키는 데 크게 기여했다. 이 세 작품은 융의 심리학과 관련이 있다는 사실에서도 공통점이 있다. 출간 당시 독일에서도 『데미안』은 제1차 세계대전에 참전했던 군인들 사이에서 선풍적인 인기를 끌었다. 무서울 정도로 시대의 정곡을 찌르는 작품이었기 때문이다. 독일의 고전작가 토마스 만도 피셔 출판사에 편지를 보내 '무한한 감동과 기쁜 마음으로 『데미안』을 읽었다'고 말하면서 에밀 싱클레어라는 작가가 누구인지 문의했다고 한다. 데미안이라는 이름은 내면에서 우러나오는 경고의 소리인 소크라테스적 다이모니온이기도 하고, 선악을 초월한 존재인 데몬이기도 하다. 헤세가 이 작품에서 강조하는 것은 자기 내면의 악마와 싸우는 것이 얼마나 의미심장한가 하는 일이다.

싱클레어 이야기

『데미안』은 주인공인 에밀 싱클레어가 열 살 때부터 스무 살 정도 될 때까지 겪는 내적인 변화와 성장을 다루고 있다. 줄거리는 외적인 사건보다 내적인 감정에 초점이 맞추어져 있다. 그동안 싱클레어는 좀 더 높고 가치 있는 삶에 이르는 유일한 힘든 길을 걸으며 자아를 인식하고 세상을 보는 눈이 변해 자아를 실현하게 된다. 이 작품은 세 개의 단계로 나누어져 있는데, 1~3장에서는 싱클레어가 데미안과 함께 고향에서 지내는 과정을 그리고, 4~6장에서는 싱클레어가 데미안과 헤어져 St.라는 시에서 기숙사학교에 다니는 과정을 다룬다. 7~8장에서 그는 대학을 다니던 중 전쟁이 발발해 전쟁터로 나간다.

제1단계인 1~3장에서 모범생인 싱클레어는 크로머로 대변되는 악의 세계를 경험하고 데미안의 눈에 보이지 않는 도움 덕택으로 거기로부터 벗어난다. 데미안이 들려주는 표지의 문제는 싱클레어에게 인식과 회의, 비판을 시도하는 출발점이 된다. 제2단계인 4~6장에서 싱클레어는 부모의 세계를 떠나 삶의 의미를 성찰하고 자기 자신을 찾기 시작하며, 제3단계인 7~8장에서는 에바 부인을 만나고 전쟁을 겪음으로써 변모된 자신을 자각한다. 싱클레어는 에바 부인의 지도를 받으며 독자적인 개성을 지닌 인간이 되어야 함을 배운다. 전쟁이 나자 싱클레어는 데미안과 함께 전쟁터에 나가 중상을 입지만, 데미안으로부터 에바 부인의 키스를 전해받고 자신의 내면에서 인도자인 데미안과 닮은 자신의 모습을 본다.

라틴어 학교에 다니는 착실하고 순진한 싱클레어는 이 세상이 밝은 세계와 어두운 세계로 나뉘어져 있다고 생각한다. 밝은 세계는 의무와 책임, 양심의 가책과 참회, 용서와 훌륭한 결심, 사랑과 존경, 성경 말씀과 지혜가 넘치는 세계이다. 이 세계는 허용된 세계이며 선악과를 따먹기 이

전의 에덴동산과 같은 곳이다. 어두운 세계는 도살장과 감옥, 술주정꾼과 사람들에게 악다구니를 쓰는 여인네들, 새끼를 낳는 암소와 쓰러진 말들, 강도의 침입, 살인, 자살의 세계이다. 그는 하녀와 수공업 직공, 유령 이야기와 추문이 있는 어두운 세계가 자신과 무관하다고 생각하지만, 그가 보기에는 그 세계가 자신이 속한 밝은 세계보다 흥미진진하고 유혹적인 세계인 것 같다.

그런데 싱클레어는 술주정꾼의 아들인 크로머를 만나 공명심에서 엉겁결에 사과를 훔친 적이 있다고 거짓말을 하고 맹세까지 하다가 그의 손아귀에 사로잡히고 만다. 크로머가 자꾸만 돈을 요구하자 급기야 싱클레어는 저금통을 부수고 돈을 훔쳐 그에게 가져다주기에 이른다. 이처럼 어두운 세계에 빠져든 싱클레어는 그 세계에 대해 아무것도 모르는 아버지보다 자신이 우월하다는 생각을 하기 시작한다. 이렇게 그는 아버지에 대한 존경심을 버리고 부모님과 이제까지 친근했던 대상들에 이별을 고한다. 한편 싱클레어는 양심의 가책에 시달리며 돌아온 탕아처럼 부모님께 죄를 고백하고 이전의 세계로 되돌아갔으면 좋겠다고 생각하기도 하지만, 그에게 부모의 밝은 세계는 이제 돌아갈 수 없는 잃어버린 낙원과 같다.

싱클레어가 죽음에 이르는 뼈저린 고독을 맛보는 동안 데미안이 그의 앞에 나타난다. 싱클레어에게 독심술을 시험하는 그는 니체가 말하는 '위버멘쉬'의 한 유형이다. 강자이자 정신력과 담력이 있는 데미안은 불안에 떠는 싱클레어를 크로머로부터 구해주긴 하지만, 크로머와는 다른 의미에서 악하고 나쁜 세계로 이끄는 또 하나의 유혹자이다. 데미안은 목사나 교사들과는 달리 카인을 '용기와 개성이 있는 인물'로 평하면서 독자적으로 해석한다. 카인이 악인으로 매도당하는 것은 얼굴에 다른 사람을 겁나게 하는 표지가 있기 때문이라고 했다. 데미안은 카인의 표지가 우월한 자의 표지이므로 그의 정신력과 대담성, 힘을 본받아야 한다고 싱클레어에게 가르친다. 하지만 싱클레어는 이마에 표지를 지닌 자신만의 삶을 찾아야 한다는 데미안의 가르침을 쉽게 받아들이지 못한다. 오히려 싱클레어는 자신을 카인이 아닌 아벨로 확인하고, 데미안이 구원자나 해방자가 아니라 자신을 악의 세계로 구속하려는 유혹자가 아닌지 의심하며 수년간 내적 갈등에 시달리며 지낸다.

그로부터 3, 4년이 지난 뒤 싱클레어는 견진성사를 받기 위한 종교수업 시간에 데미안을 다시 만나게 된다. 데미안은 이번에는 골고다 언덕에서 예수와 함께 십자가에 매달렸던 두 명의 강도 이야기를 들려준다. 데미안은 일반적인 통념과는 달리 끝까지 참회하지 않은 죄수를 자신의 길을 끝까지 간 신뢰할 수 있는 사람이라며 높이 평가한다. 회개하지 않은 죄수야말로 용기와 개성이 있는 사람이기에 프로메테우스와 카인의 후예라는 것이다. 데미안은 공인된 세계의 절반만을 인정하는 것은 자연스럽지 못하며 하나님뿐만 아니라 악마에게도 예배를 해야 한다고 가르친다. 이리하여 밝은 세계와 어두운 세계의 문제는 개인의 차원을 벗어나 전 인류의 문제로 확대된다.

견진성사를 받은 후 싱클레어와 데미안은 각자 다른 도시로 떠남으로써 서로 헤어지게 된다. 16세의 싱클레어는 St.라는 도시에서 기숙사 학교에 다니며 다시 어두운 세계에 빠진다. 그는 방탕하고 무절제한 생활을 한 나머지 퇴학 경고를 받을 위험에 처한다. 싱클레어는 오르간 연주자 피스토리우스의 도움을 받는다. 피스토리우스는 가능성을 찾아내어 굳건히 자신의 길을 가는 것이 인간의 사명이라고 말한다. 이로써 갈등을 극복한 싱클레어는 자신의 이마에서 카인의 표지를 발견한다. 그는 이제 옛날처럼 귀엽고 착실한 소년이 아니라 야위고 무뚝뚝하며 고집스런 청년이 된다. 그는 좋지 못한 친구들과 어울리며 술집의 영웅이자 독설가로 이름을 떨친다. 학교에서는 쫓겨나기 일보 직전이고 더욱이 빚마저 지고 있어 그러한 생활에서 벗어나려면 자살을 하거나 감화원에 수용되는 도리밖에 없게 된다.

어느 날 싱클레어는 공원에서 베아트리체라는 소녀를 보고 남몰래 사랑에 빠져 숭배하기 시작한다. 그는 전격적으로 악의 세계에 등을 돌리고 성스러운 나라로 인도되어 경건한 사람으로 바뀐다. 싱클레어는 자아의 원형인 그녀의 모습을 그린 초상화를 바라보다가 그림 속의 인물이 데미안과 자신을 닮았음을 발견한다. 싱클레어는 새의 그림을 그려서 데미안에게 보냈는데, 그 후 책갈피 속에서 이런 답장을 발견한다.

"새는 알을 깨고 나오려고 싸운다. 알은 세계이다. 태어나려는 자는 하나의 세계를 파괴해야 한다. 새는 신에게 날아간다. 그 신의 이름은 아브락사스이다."[2]

1916년 3월에 사망한 헤세의 아버지의 묘비명에는 시편 124에 나오는 '끈이 끊어지므로 새는 벗어났도다'라고 쓰였는데, 그것도 아브락사스 신에게 날아가고자 하는 새의 의미와 상통한다. 한층 성숙해진 싱클레어는 어느 날 구름 속에서 거대한 새의 형상을 보고 아브락사스를 현실에서 다시 체험한다. 싱클레어는 수업시간에 신적인 것과 악마적인 것을 결합시키는 상징적인 신인 아브락사스에 관해 듣는다.

종교와 신화에 대한 해박한 지식을 갖춘 피스토리우스가 싱클레어에게 아브락사스에 관한 설명을 해주면서 둘은 친구 사이가 된다. 피스토리우스는 인식의 불꽃이 처음으로 희미하게 비칠 때 비로소 인간이 된다고 말한다. 피스토리우스는 각자의 내부에는 인간이 될 가능성이 깃들어 있으

----

2 앞의 책, 129쪽.

나, 각자 그 가능성을 예감하고 그것을 의식하는 법을 배움으로써 그 가능성이 그의 것이 된다고 설명한다. 결국 싱클레어는 데미안과 피스토리우스를 통해 이원론적 기독교 세계관을 극복한다. 용기와 신념을 얻은 싱클레어는 자살 직전의 크나우어를 구해주고 그의 숭배를 받기도 한다. 이제 싱클레어는 점차 자신감을 지닌 청년이 되어 어떤 질문에 대해서도 자신의 내면으로부터 답을 들을 수 있을 만치 성장한다.

그런데 싱클레어는 점차 피스토리우스의 지식이 케케묵은 것이고 그것에 실천력이 없음을 깨닫는다. 그에게는 불확실한 미지의 운명을 향해 덤벼들 용기가 부족한 것이다. 그래서 싱클레어는 대화중에 무심코 피스토리우스를 비난하는 말을 내뱉음으로써 그와 결별한다. 이처럼 피스토리우스라는 존재는 싱클레어가 자기실현을 위한 수단이자 잠정적인 길잡이이지 최종 목적지는 아닌 것이다. 이제 목적지에 가까이 다가선 싱클레어는 자살을 하려던 크나우어가 도움을 청했을 때 "너 자신을 생각해봐야 하고, 정말로 너의 본질에서 나오는 일을 해야 한다"고 충고하면서 나름 교사로서의 길을 간다. 싱클레어는 피스토리우스와 헤어져 현관문을 나오면서 처음으로 자신의 이마에 카인의 표지를 느끼고, 자신의 운명을 발견하여 불굴의 정신으로 사는 것이 자신의 임무임을 인식한다.

자신의 길을 가는 싱클레어의 길은 태초의 어머니인 에바 부인을 향해 가는 길이다. 에바 부인은 데미안의 육체적인 어머니인 동시에 싱클레어의 정신적인 어머니가 된다. 에바 부인은 고통을 깨닫는 상태에서 더 높은 곳으로, 모든 대립이 지양된 행복한 상태로 싱클레어를 이끌어간다. 방학이 되자 싱클레어는 데미안이 살던 집을 찾아갔다가 데미안의 어머니 사진을 보는데, 사진 속의 부인은 싱클레어가 꿈속에서 그리워하던 여성이었다. 이제 싱클레어의 얼굴에는 카인의 표지가 더욱 뚜렷해진다. 데미안은 싱클레어를 에바 부인에게 데리고 간다. 실제로 모습을 드러낸 에

바 부인은 싱클레어가 그리던 연인의 모습과도 비슷하고, 데미안을 닮기도 하며, 싱클레어 자신과 비슷하기도 하다. 에바 부인은 싱클레어를 만나는 순간 미소를 보내는데, 그녀의 눈길은 완성을, 그녀의 인사는 귀향을 뜻한다. 싱클레어는 항상 도중에 있었지만 이제 고향에 돌아온 느낌을 갖는다. 모든 존재의 근원이자 어머니인 에바 부인과의 만남은 싱클레어에게 최초의 성취감을 안겨준다.

대학을 다니던 어느 날 싱클레어는 데미안으로부터 전쟁이 일어났다는 말을 듣고 데미안과 함께 전선으로 나간다. 이듬해 봄에 싱클레어는 심한 부상을 입고 야전병원에 후송된다. 잠깐 의식이 돌아온 그는 옆 침대에 데미안이 누워 있는 것을 발견한다. 데미안은 이제부터는 자기를 불러도 예전처럼 달려가 줄 수 없을 테니, 그럴 때는 자신의 목소리에 귀를 기울이라고 한다. 그러면 데미안이 싱클레어의 내면에 들어 있다는 것을 깨닫게 될 거라고 한다. 다음 날 아침 싱클레어가 잠에서 깨어나 보니 데미안은 이미 사라지고 그가 누웠던 침대에는 다른 환자가 누워 있다. 싱클레어는 이제 자신의 길을 갈 준비가 되어 있으므로 길잡이 역할을 하는 데미안이 필요 없게 된다. 이제부터는 싱클레어가 비춰보는 내면의 거울에는 데미안의 얼굴이 아닌 자신의 모습이 비춰 보인다. 그리하여 싱클레어는 밝은 세계와 어두운 세계를 모두 이해하고 자신의 길을 가는 청년으로 세상에 발을 내딛을 수 있게 된다.

시도동기와 모티프

이 작품에서 중요한 시도동기는 대립 내지는 반대명제이다. 이것은 두 세계를 도입할 때 이미 시작된다. 그리하여 대립을 나타내기 위해 종종 유사한 의미를 지닌 단어들이 나란히 연결된다. 이것은 그 반대명제에 대한 독자의 인상을 강화시킨다. "그 세계는 사랑과 엄격함, 모범과 학교라고 불렸다. 그 세계에 속하는 것은 은은한 광채, 맑음과 깨끗함이었다. 그것은 부드럽고 다정한 대화, 깨끗이 씻은 손, 말끔한 옷, 예의범절의 영역이었다."**3**

문장에 그려진 새의 그림도 중요한 시도동기의 기능을 한다. 그것은 처음에 데미안에 의해 언급되고, 부모 집의 돌로 새겨진 그림에서 발견된다. 나중에 싱클레어는 꿈에서 나타난 사건을 토대로 문장의 새를 그려 데미안에게 보낸다. 이 그림은 줄거리가 진행되는 중에 싱클레어를 위한 새의 꿈이 되고, 시도동기적 상징으로서 보호와 인식을 대변한다. 마침내 그 새의 꿈에서, 알을 깨고 나와 싱클레어의 발전을 상징하는 문장의 새가 생겨난다. 다시 말해 싱클레어는 자신의 운명을 따를 수 있기 위해 자신의 주변에서 자기를 보호하는 껍질을 깨야 한다.

작품에서 여러 번 등장하는 카인의 표지는 성숙에 이르는 길을 상징한다. 그런 길을 걸으려면 죄와 잘못된 일을 행해야만 한다. 카인과 아벨의 이야기와 관련하여 데미안은 독특한 관점을 제시한다. "그렇게 하라고 우리에게 표지가 찍혀 있는 거야. 두려움과 증오를 불러일으켜 당시의 인류를 협소한 목가적 세계로부터 위험한 넓은 세계로 몰아대도록 카인에게 표지가 찍혀 있었던 것처럼 말이야."**4** 마지막에 가서 그 모티프는 실제 사건에서 다시 발견된다. 그 표지를 달고 있고 아브락사스를 숭배하는 깨달음을 얻은 사람은 세상을 뒤흔들어 쇄신하려는 이념과 비전을 갖고 있다. 그러한 것들은 제1차 세계대전을 통해 현실이 된다.

---

3 앞의 책, 11-12쪽.
4 앞의 책, 208쪽.

정신분석과 꿈

『데미안』에는 무의식과 마주하는 싱클레어의 꿈이 중요한 역할을 한다. 1913년과 1914년에 문헌을 통해 정신분석에 대해 알게 된 헤세는 1916년 5월부터 1917년 11월까지 융(Jung)의 제자인 랑(Lang) 박사로부터 60여 회 정신분석 치료를 받는다. 1921년에 헤세는 영지주의자에게 많은 흥미를 느낀 융한테서도 정신분석 치료를 받는다. 융의 심리학에서는 인간은 의식의 세계와 무의식의 세계로 이루어져 있어서 우리가 무의식의 세계를 받아들여 의식의 세계와 통합된 개체가 되어야만 온전한 삶을 살 수 있다고 한다. 데미안이 들려주는 카인의 이야기는 영지주의자들의 견해를 담고 있다. 융의 심리학은 헤세로 하여금 인습적인 종교관으로부터 벗어나게 도와주었다. 『데미안』에는 여덟 개의 꿈이 등장하는데 일곱 개는 싱클레어의 꿈이고 여덟 번째 꿈은 데미안이 꾼 것이다.

첫 번째 꿈[5]은 싱클레어가 식구들과 함께 보트를 타는 꿈으로, 그들은 휴일의 평화와 광명의 분위기에 휩싸여 있다. 당시 어두운 세계에 처음 발을 들여놓은 싱클레어는 양심의 가책으로 괴로워하는데, 이 꿈은 근심 없는 어린 시절로 되돌아가고 싶은 소망을 나타낸다. 두 번째 꿈은 아버지를 살해하는 꿈이다. 그것은 부모의 세계를 떠난 싱클레어가 밝은 세계만을 인정하는 단계에서 벗어났음을 뜻한다. 싱클레어는 꿈속에서 아버지를 살해한 후 다음 단계를 향한 자신의 길을 간다. 세 번째의 꿈은 새의 문장에 관한 것이다. 싱클레어는 새의 그림을 불태워 그것을 먹는 꿈을 꾼다. 이것은 싱클레어가 혼란스런 상태로부터 좀 더 고양된 상태로 상승하고자 하는 뜻을 나타낸다. 새의 그림을 태워서 먹었다는 것은 아브락사스가 이

---

5 꿈에 대한 해석은 박광자, 『헤르만 헤세의 소설』, 충남대학교출판부, 1998, 67-72쪽을 참조했음.

제 싱클레어의 내부에서 그와 하나가 되었음을 뜻한다.

어머니를 포용하는 네 번째 꿈은 사춘기 소년의 성적 욕구와 관련이 있다. 이 사랑의 꿈을 통해 싱클레어는 사랑이 최고의 선이자 악임을 깨닫는다. 이와 관련해 데미안은 싱클레어에게 성적 충동은 무조건 금지된 것이 아니고, 윤리적인 제약 역시 항구적인 것이 아니라고 말한다. 다섯 번째 꿈은 하늘을 날아다니는 꿈이다. 너무 높이 비상한 싱클레어는 호흡을 조절하여 마음대로 상승과 하강을 할 수 있음을 알고 마음의 안정을 되찾는다. 이에 대해 피스토리우스는 나는 것을 포기하고 인도로 걷는 쪽을 택하는 대다수의 사람들과는 달리 싱클레어에게는 계속 날면서 자신을 이끌어가는 놀라운 힘을 지니고 있음을 자각하라고 일러준다. 여기서 하늘을 나는 사람은 자기 내면의 주인이 되어 자신의 길을 가는 사람을 뜻한다. 여섯 번째 꿈은 반은 남자이고 반은 여자인 어머니를 포용하는 꿈이다. 싱클레어는 공포를 느끼면서 불타는 욕망으로 그 사람을 열렬히 포옹한다. 이 꿈은 싱클레어의 데미안에 대한 사랑과 에바 부인과의 결합을 상징한다. 싱클레어의 성적 욕구는 데미안과의 관계를 원하는 동시에 에바 부인과의 관계를 원하는 이중적인 성적 구조를 지니고 있다.

일곱 번째 꿈은 에바 부인에 대한 욕구의 실현에 관한 것으로, 그 꿈은 별을 사랑한 어느 청년에 관해 에바 부인이 들려준 동화와 관련이 있다. 그리움이 별까지 다다른 그 청년은 별을 향해 날아가면서 별을 가슴에 안는다는 게 불가능하지 않을까 의심하는 순간 바닷가에 떨어져 산산조각 나고 만다. 에바 부인은 실현되리란 사실을 확실히 믿는 정신력이 없어서 그렇게 되었다고 일러준다. 부인이 들려준 다른 동화에서 어느 남자는 열렬한 사랑으로 자신의 모든 것을 불태운 뒤 사랑하는 여자를 온 힘으로 끌어당겨 결국 그녀를 품에 안게 되었다고 한다. 바로 그 순간 그는 한 여자가 아닌 온 세계를 마음속에 소유하게 되었으며 사랑을 통해 스스로를 새롭게 발견하게 되었다는 것이다. 이 젊은이는 자신을 잃어버리기 위해 사랑을 하는 대부분의 사람들과는 달리 사랑을 함으로써 자기 자신을 찾은 것이다. 에바 부인은 이처럼 굳건한 확신에 차 있을 때 사랑이 성취된다고 말한다. 이 꿈을 통해 싱클레어는 모색과 방황을 끝내고 진정한 고향에 돌아왔음을 확신한다.

여덟 번째 꿈은 온 세상이 불타고 있는 꿈이다. 데미안이 꿈속에서 사다리를 타고 높은 곳으로 올라가 보니 나라 전체가 화염에 휩싸여 있었다. 이 꿈은 임박한 세계대전을 암시하고 있다. 싱클레어는 전쟁터에 나가 살상과 파괴의 현장을 직접 체험한다. 싱클레어는 이러한 파괴가 다시 태어나기 위한 재생의 과정임을 이해하게 된다. 그것은 알이 깨어져야 새가 알을 깨고 나올 수 있는 것과 같은 이치이다. 그리고 야전병원에서 데미안이 에바 부인과 그의 입맞춤을 전해주는 것은 싱클레어가 자기실현을 이루었음을 상징적으로 보여준다.

자기실현의 문제

『데미안』은 머리말에서 보듯이 자기실현의 문제를 주제로 내세우고 있다. "한 사람 한 사람의 삶은 자기 자신을 향해 가는 길이고, 그런 길을 가려는 시도이며 좁은 길의 암시이다. 일찍이 완전히 자기 자신이 되어본 사람은 아무도 없었다. 그럼에도 누구나 자기 자신이 되려고 노력한다."[6] 그런데 싱클레어는 자신의 내면에서 저절로 우러나오는 삶을 희구하기 때문에 그가 추구하는 자기실현의 길은 내면적인 성격을 띠고 있다. 『데미안』은 그러한 자기실현을 주제로 하므로 전형적인 발전소설 내지는 교

----
6 『데미안』, 같은 책, 9쪽.

양소설의 형태를 띠게 된다. 작품을 세 단계로 나눌 수 있다는 점에서도 그런 특징을 보인다.

교양소설의 또 다른 특징은 주인공이 주위 세계와 갈등을 겪는다는 데 있다. 원칙적으로 발전 소설의 주인공은 그에게 도움이 되는 경험을 쌓아 더 성숙해져서 하나의 개성 있는 인간이 되어야 한다. 그 결과 주인공은 세계에서 자리 하나를 차지하여 세상과 화해한다. 그러므로 그는 전에 자신이 경멸했던 것이나 문제로 보았던 것의 일부가 된다. 교양소설의 마지막 특징은 텍스트에서 이전의 발전 단계를 되돌아보고 참조하도록 지시하는 것이다. 그것은 텍스트에 형식적 구조를 부여해주고 독자에게 여러 단계를 인식하여 성찰할 수 있게 도와준다. 싱클레어는 데미안의 도움으로 어두운 세계에서 벗어났다가 억압된 그 세계가 다시 그에게 찾아온 것을 느낀다. "중요한 것은 '어두운 세계', '다른 세계'가 다시 나타났다는 것이다. 한때 프란츠 크로머였던 것이 이제는 나 자신의 일부가 되었다. 그리하여 '다른 세계'는 바깥으로부터도 다시 나에 대한 지배권을 얻게 되었다."**7**

싱클레어의 발전에 큰 기여를 하는 것은 니체 독서이다. "내 책상 위에는 니체의 책이 몇 권 놓여 있었다. 나는 니체와 함께 살았고, 그의 영혼의 고독을 느꼈으며, 그를 끊임없이 몰아댄 운명을 감지했다."**8** 이로써 싱클레어는 니체처럼 가차 없이 자신의 길을 걷는다. 헤세의 일차적 목표는 싱클레어의 내적 발전을 될 수 있는 한 정확히 묘사하는 것이다. 그리하여 줄거리가 아닌 내적 감정이 중요하게 부각된다. 예컨대 크로머는 단순히 악동이라기보다는 싱클레어의 내면에 살아 움직이는 억압된 요소의 투영이며 악마의 화신이다. 다른 한편으로 데미안은 싱클레어의 구원

---

7 앞의 책, 70쪽.
8 앞의 책, 188쪽.

자이고 모든 것을 알고 있는 성숙한 유형이다. 데미안은 실제적인 인물을 나타내긴 하지만 실은 그 역시 싱클레어의 일부분이라 할 수 있다. "그것은 데미안의 눈빛이었다. 혹은 내 내면에 있는 눈빛, 모든 것을 아는 그 눈빛이었다."[9]

데미안은 이미 처음부터 의식을 무의식과 합일시킨 완전한 개인으로 등장한다. 그는 싱클레어의 위대한 모범이고, 싱클레어가 속수무책인 상태에 있을 때 마치 부름을 받은 것처럼 때맞춰 나타난다. 데미안이 문제를 생물학과 진화론적 입장에서 생각해야 된다면서 '동물들이 새로운 진화 단계로 넘어가면서 그들의 종을 구해낼 수 있었다'고 하는 말은 나치 독일의 우생학운동과 관련되는 듯한 발언으로 오해받을 소지가 있다. 인종위생운동은 19세기 말 독일사회의 급격한 산업화 과정에서 파생된 제반 사회문제와 노동자 계층에 비해 엘리트 계층의 출산율이 상대적으로 떨어지는 데 대한 사회 다원주의적인 관심에 주된 근거를 두고 있다. 초기의 독일 인종위생운동은 생물학에 엄밀한 지적 기반을 두었고 인종적 정치적 색깔은 두드러지지 않았다. 그러나 1933년 나치의 집권 이후 인종위생운동은 흑인, 유대인, 동부 유럽인들을 인종적으로 구분하고 열등시하는 정치적 운동으로 급속히 변질된다. 하지만 데미안의 말은 싱클레어에게 자신의 운명을 맞이할 각오를 다지라는 뜻에서 한 말이기에 나치의 우생학운동과는 거리가 있다고 하겠다.

데미안이 떠난 뒤 피스토리우스가 싱클레어의 길잡이 기능을 맡는다. 그리하여 순진하고 무분별한 싱클레어는 일련의 성찰과 개성화 과정을 겪음으로써 결국 데미안으로부터 벗어나거나 그와 합일할 수 있게 되어, 스스로를 자신의 인도자로 보는 단계에 이른다. 책의 끝부분에도 데미안

----
9 앞의 책, 123쪽.

과의 이런 합일이 나타난다. 데미안은 마지막에 가서 '그[Er]'라고 대문자로 표기됨으로써 신처럼 드높여져 있다.

> "그러나 이따금씩 열쇠를 발견해서 운명의 상이 잠들어 있는 컴컴한 거울 속의 나 자신 속으로 완전히 들어가게 되면, 그 시커먼 거울 위로 그냥 몸을 굽히기만 하면 되었다. 그러면 내 친구이자 인도자인 그, 이제 완전히 그와 닮은 나 자신의 모습이 보였다."[10]

헤세의 젊은 시절의 모습은 여러 가지 면에서 싱클레어와 비슷하다. 둘다 엄격한 아버지와 자애로운 어머니, 누이들이 있다. 헤르만 헤세는 싱클레어와 마찬가지로 감수성이 예민하고 제어하기 어려운 성격이어서 부모는 여섯 살 난 그를 감화원에 보내려고 했을 정도였다. 김나지움 시절도 둘 사이에 유사한 점이 있다. 헤세도 싱클레어처럼 그 시절 술집을 드나들며 술을 마시기 시작했다. 헤세는 특히 심한 우울증에 시달렸으며 자살을 하겠다고 부모를 위협하기도 했다. 피스토리우스와의 대화도 융의 제자인 랑 박사와의 정신분석 치료와 연관시킬 수 있다. 내쫓긴 상태에 있거나 홀로 있다는 경험을 한 것도 싱클레어와 헤세의 공통점이라 할 수 있다.

----
10 앞의 책, 235쪽.

금욕과 쾌락을 거쳐 완성으로 가는
『싯다르타』

인도와 친숙한 헤세

"고빈다의 가슴속에서는 가장 진실한 사랑의 감정과 가장 겸허한 존경의
감정이 마치 불꽃처럼 활활 타올랐다. 싯다르타의 미소는 그가 예전에 평
생 동안 사랑했던 그 모든 것, 예전에 평생 동안 그에게 가치 있고 신성하
게 여겨졌던 그 모든 것을 생각나게 해주었다."[1]

소설의 끝에 가서 싯다르타의 자비로운 미소를 보고 고빈다의 마음속
에서는 친구 싯다르타에 대한 존경의 감정이 타오른다. 고빈다는 싯다르
타의 이 미소, 도도히 흘러가는 이 형상들을 내려다보며 짓는 단일성의
미소, 수천 명이 태어나고 죽는 것을 내려다보며 짓는 동시성의 미소, 싯
다르타의 이 미소가 바로 부처의 미소와 매우 똑같다고 생각한다.

헤세의 작품들 중 우리나라에서 최초로 번역되어 소개된 작품이 『싯다

----

1 헤르만 헤세, 『싯다르타』, 홍성광 역, 현대문학, 2013, 188쪽.

르타』이다. 1926년 양건식이 작품의 일부를 번역하여 〈불교〉지 제26호에 실은 것이다. 『싯다르타』에는 「인도의 문학」이라는 부제가 붙어 있는데, 이는 헤세의 인도에 대한 관심, 그리고 그의 인도 여행 체험과 관련이 있다. 헤세는 1911년 마리아 베르누이와의 결혼생활에서 갈등을 겪으면서 부인으로부터 거리를 두기 위해 화가인 친구 한스 쉬투르체네거와 3개월 간 인도 여행을 떠났다. 유목민 기질의 헤세는 남편과 아버지로서의 의무를 제대로 이행하지 못하고 툭하면 방랑과 도주를 일삼았다. 첫째아들 브루노가 태어났을 때 그는 이탈리아로 도주했고, 둘째아들 하이너가 태어난 해에도 5개월 간 집을 비웠으며, 셋째아들 마르틴이 태어난 지 두 달도 안 되어 인도로 달아난 것이다. 이러한 방랑과 도피가 심화된 형태가 쥐스킨트의 작품들에서 나타나고 있다.

헤세는 어려서부터 인도와 친숙했고 인도 관련 서적도 많이 읽었지만 이처럼 마흔네 살이 되던 1911년에야 인도 여행을 할 수 있었다. 그는 스리랑카, 말레이시아, 인도네시아를 여행했지만 정작 인도에는 가지 못했던 것으로 알려져 있다. 여행의 결과는 만족스럽지 못했다. 내적인 변화나 자기인식은 단순히 여행을 한다고 쉽게 얻을 수 있는 것이 아니기 때문이다. 헤세는 그곳에서 원했던 정신적이고 종교적인 영감을 얻지는 못했지만, 새로운 천국을 에콰도르나 동양의 어느 지역에서가 아니라 마음속에서, 유럽인의 장래 속에서 찾아야 함을 깨달았다. 그 여행은 그의 이후의 문학 작품에 큰 영향을 주었다. 먼저 그는 1913년에 『인도에서: 인도 여행으로부터의 스케치』를 출간했다.

헤세는 인도에서 기독교 선교 활동을 펼치며 인도 문화에 심취해 온 특이한 가문의 자제였다. 유명한 인도어 학자였던 외할아버지 헤르만 군더르트를 비롯해 아버지와 어머니 모두 인도에서 선교사로 활동했고, 외사촌인 빌헬름 군더르트는 일본학자로 일본 선불교에 조예가 깊었다. 또한 헤세가 살았던 시대에는 인도와 중국의 주요 경전과 많은 문학 작품들이 이미 유럽에 번역되어 있었다. 그래서 헤세는 소년 시절부터 외할아버지의 서가에서 힌두교 경전 『우파니샤드』와 불경의 번역판을 읽을 수 있었고, 동양 문화에 관심이 많아 아버지 요하네스 헤세와는 노자의 『도덕경』에 대해 이야기를 나눌 정도였다. 또한 헤세는 인도 종교에 몰두해 명상 요가를 행하기도 하고, 불교적인 자기집중이나 생각을 비우는 명상, 무아 속으로의 침잠을 수행하기도 했다. 유년시절 이후 부모의 경건주의적 기독교에 반감을 품어 온 그에게 인도와 중국의 동양사상이 일종의 정신적 보완재로 자리 잡은 것이다. 1922년 「인도에서 온 방문객」이라는 글에 자신의 생애의 절반 이상을 인도와 중국 연구에 몰두했다고 적고 있는 것으로 보아 『싯다르타』는 헤세가 인도와 중국 사상을 충분히 연구한 이후에 나온 작품임을 알 수 있다.

제1차 세계대전과 제2의 위기

헤세는 1914년 제1차 세계대전의 발발로 1892년 마울브론 신학교에서 도망쳐 10년 동안 위기를 겪은 이래 인생에서 제2의 위기를 겪는다. 우선 1914년에 세 살 된 막내아들 마르틴이 뇌막염에 걸려 장기간의 요양이 필요했고, 1915년부터는 아내 마리아의 우울증이 심해진다. 헤세는 전쟁이 일어나자 수많은 반전적인 글을 신문과 잡지에 발표함으로써 독일 국민들에게서 '조국이 없는 녀석', '둥지를 더럽히는 놈', '배신자' 등으로 매도당한다. 그러자 그는 독일 대사관에 지원병 신청을 하지만 시력과 나이 때문에 부적격 판정을 받고, 1915년 베른의 독일 전쟁포로구호소에 배치된다. 이곳에서 그는 독일 전쟁포로들에게 책을 모아서 보내주는 일을 맡는다. 헤세는 1916년에서 1917년까지 전쟁포로와 억류자들을 위한 〈독

414   제6부 헤르만 헤세

일 억류자 신문〉의 공동 발행인을
맡았고, 1916년에서 1919년까지는
〈독일 전쟁포로를 위한 책〉과 〈독
일 전쟁포로를 위한 일요일 전령〉
의 발행인을 맡았다.

　1916년에는 사랑과 경외의 대상
이었던 아버지가 죽음을 맞이한다.
헤세는 이러한 일련의 일로 자신도
심한 신경쇠약에 시달리게 되어, 루
체른 근처 존마트(Sonnmatt)의 요양소
에서 심리학자 융의 제자인 요제프
베른하르트 랑 박사로부터 정신 요

마리아 베르누이

법 치료를 60여 회 받는다. 부인 마리아 베르누이는 1918년 정신착란을
일으켜 요양소에 입원한다. 헤세는 전쟁과 풍비박산이 난 가정으로 고통
을 겪었으며, 돈의 가치가 떨어져 극심한 생활고까지 겪게 된다. 이러한
시기에 그는 세상과 단절하고 세상에서 도피하려는 마음으로 몬타뇰라를
찾게 되었다. 그는 1919년 4월에 베른을 떠나 단신으로 테신 주의 중심도
시 루가노 근교의 어느 농가와 조렌고의 어느 숙소에서 잠시 머무르다가,
5월 11일 몬타뇰라의 카사 카무치로 이사했다. 그는 이제 빈털터리에 하
찮은 글쟁이에 불과했고, 남루한데다 약간은 수상쩍은 이방인이었다. 그
이방인은 우유, 쌀, 마카로니로 연명했고, 낡고 해진 양복을 입었으며, 가
을에는 숲에서 주워 온 밤으로 저녁을 때웠다. 다행히 여러 친구들이 그
를 충실히 도와주어서 간신히 살아남을 수 있었고, 창작 작업도 해낼 수
있었다. 그는 이제 남편과 가장의 임무에서 벗어나 혼자만의 시간을 가지
며 비로소 나름대로 개인적인 해방감을 맛보았다.

하지만 예민한 성격의 헤세는 그동안 겪은 정신적 고통으로 만성적인 우울증에 시달리며, 통풍과 류머티즘, 눈의 통증으로 평생 고생하게 된다. 그는 1919년 여름에 가장의 도주를 다룬 『클라인과 바그너』를 완성한 후 『클링조어의 여름』을 약 4주 만에 완성했다. 그는 이때 창작과 그림 그리기를 통해 극심한 우울증과 자살 충동을 극복할 수 있었다. 그리하여 어느 정도 내면의 긴장을 해소함으로써 겨울부터 『싯다르타』의 작업을 시작할 수 있었다. 그는 그곳에 13년간 거주하면서 『황야의 늑대』, 『나르치스와 골트문트』를 집필했다. 그러다가 1931년에는 몬타뇰라의 카사 로사로 이주해 그곳에서 평생 머물게 된다. 이처럼 헤세가 44년간 머무른 몬타뇰라는 그의 제2의 고향이자, 그가 유명한 작품들을 창작하고 세계적인 명성을 얻게 해준 곳이다.

생성과 구조

『싯다르타』는 1919년 12월에서 1922년 5월 사이에 스위스의 몬타뇰라에서 집필되었다. 헤세는 1920년 2월에 『싯다르타』 집필에 본격적으로 착수해서 6개월 만에 제4장까지 순조롭게 써내려갔다. 하지만 그 이후부터는 제대로 진척이 되지 않자 헤세는 우선 제4장까지를 「금욕자들 곁에서」라는 제목으로 1920년 8월에 〈노이에 취리혀 차이퉁Neue Züricher Zeitung〉에 발표했다. 9월에는 그것을 쿠르트 볼프의 잡지 〈수호신Genius〉에 「싯다르타의 세속생활」이라는 제목으로 발표했고, 다음 해에는 문예지 〈노이에 룬트샤우Neue Rundschau〉에 제1부로 묶어 발표했다. 이처럼 제2부가 제대로 진척이 되지 않은 것은 헤세가 그 내용을 직접 경험하지 못한 까닭이었다. 싯다르타의 금욕 생활을 기술할 때는 그럭저럭 쉬웠는데 그를 긍정자이자 극복자로 기술하는 것은 어려웠다. 게다가 독일 각지에서 헤세를 비방하는 편지가 하루에도 수십 통씩 쇄도해서 창작에 방해가 되었던 것이다. 그러나 헤세는 1922년 4월에 다시 『싯다르타』 집필에 착수해서 5월 7일에 마무리를 짓고 5월 28일에 출판사에 원고를 보내게 된다. 『싯다르타』의 제1부는 같이 반전 활동을 한 프랑스 작가 로맹 롤랑에게 헌정되었고, 제2부는 외사촌 빌헬름 군더르트에게 헌정되었다.

헤세가 이 작품을 제1부 4장과 제2부 8장으로 나눈 것은 불교에서 말하는 4성제, 8정도[2]와 관련이 있는 것으로 보인다. 그러나 주제 면에서 보면 작품을 세 단계로 나누는 것이 합당하다고 할 수 있다. 각각의 단계는 약 20년씩 걸리는 것으로 보인다. 소설이 시작될 때 열여덟 살 가량인 싯다르타는 스무 살이 되어 제2단계를 시작하며, 마흔 살 무렵에 마지막 단계가 시작되어 예순 살에 끝나는 것이다. 처음에 싯다르타는 불교적 관점에서 고행과 요가 생활을 하면서 정신과 설법의 세계에 머물지만, 제2단계에서는 카말라를 만나 관능과 재물을 추구하는 세속의 생활을 하면서 감각의 단계에 머물고, 마지막 단계에서는 강가에서 도가와 독일 신비주의의 관점에서 자기실현을 완성하여 해탈의 경지에 들어서게 된다.

이 작품에서 싯다르타라는 이름을 가진 주인공은 일반 독자의 생각과 달리 부다가 아닌 전혀 다른 인물이다. 부다는 이 작품에서 고타마라는 이름으로 등장해 싯다르타에게 영향을 주는 역할을 한다. 이 작품은 문학적 언어와 낯선 문화 공간에도 불구하고 기본 구조를 볼 때 『데미안』, 『황야의 늑대』, 『나르치스와 골트문트』, 『유리알 유희』와 같은 헤세의 다른 발전 소설들과 유사하다. 탐구하는 자, 자신을 넘어서는 자는 멈추어 있

---

2 부다가 생로병사의 고통에서 벗어나기 위해 발견한 네 가지 진실인 4성제는 삶을 고뇌로 파악하고, 그 고뇌의 원인을 밝히고, 그 원인을 소멸하여, 해탈에 이르는 길이다. 해탈에 이르는 방도인 8정도는 정견(正見), 정사유(正思惟), 정어(正語), 정업(正業), 정명(正命), 정정진(正精進), 정념(正念), 정정(正定)이다.

는 자와 대비된다.

소설의 많은 인물은 인도의 문화에서 가져온 것이다. 소설에 나오는 인물의 이름들은 불교뿐만 아니라 힌두교의 종교적 표상에 대한 암시를 담고 있다. 싯다르타는 '목표에 도달한' 역사적인 인물인 싯다르타 고타마에서 유래한다. 고타마는 불교의 가장 오래된 불교 텍스트의 언어인 팔리(Pali)에 있는 부다의 이름이다. 바주데바는 인도의 전설에 따르면 크리슈나[3]의 아버지 이름이고, 그에 따라 비슈누[4]의 아바타라[5]이다. 고빈다는 종교시 『바가바드 기타』에 있듯이 크리슈나의 이름이다. 카말라는 힌두교 가르침에 의하면 사랑의 신 카마에 의해 의인화된 이름으로 관능을 암시하고 있다. 헤세는 카말라라는 소설 인물을 그리면서 소설을 쓰던 당시 헤세의 애인이었고 1923년 그의 부인이 된 루트 벵어에 의해 영감을 받았다. 그렇지만 이러한 인도의 이름들은 단지 껍데기에 불과하고 실제적인 의미에 따르면 작품은 불교보다 노자에 더 가깝다고 할 수 있다.

구도의 길

작품의 제1부에서 싯다르타는 실제의 부다와 마찬가지로 구도의 길을 가기 위해 집을 나선다. 그리하여 싯다르타의 자기실현은 불교적 차원, 즉 불교적 번뇌의 모티프와 함께 시작된다. 그것은 쇼펜하우어적인 삶에의 의지의 부정이었다. 부유하고 학식이 높은 브라만의 아들로 태어난 싯다르타는 어려서부터 총명하여 훌륭한 브라만이나 사제가 될 충분한 소

---

[3] 인도의 신들 가운데 가장 널리 숭배되고 사랑받는 신의 하나.
[4] 힌두교의 주요 신의 하나.
[5] 힌두교에서 세상의 특정한 죄악을 물리치기 위해 신이 인간이나 동물의 형상으로 나타나는 것을 말함.

질을 지니고 있었다. 그는 모든 사람들의 찬탄을 한 몸에 받고 있었지만 그 자신은 영혼의 안정을 얻을 수 없었고, 정신의 갈증이 축여지지 않았으며 온통 불만투성이였다. 인간이나 신도 창조된 것이므로 시간의 지배를 받아 사멸하는 것은 아닐까 하는 의문이 그를 괴롭혔던 것이다. 그는 온갖 경전을 익히고 참선을 하지만, 그가 궁극적으로 찾고 있는 참된 자아는 스승이나 책이나 지식을 통해서는 얻어질 수 없다는 것을 깨닫고 절친한 친구이며 동반자, 종자(從者)이자 그림자인 고빈다와 함께 3년 동안 사마나들 곁에 머무르면서 지혜를 얻기 위해 온갖 노력을 한다.

"싯다르타의 앞에는 하나의 목표, 단 하나의 목표가 있었다. 그것은 마음을 비우는 일이었다. 갈증이나 소망에서 벗어나고, 꿈에서 벗어나고, 기쁨이나 괴로움에서 벗어나 마음을 비우는 일이었다. 다시 말해 자기 자신을 죽이는 것, 자아로부터 벗어나는 것, 비운 마음으로 안식을 얻는 것, 자신을 초탈한 경지에서 경이의 세계에 집하는 것, 그것이 그의 목표였다. 일체의 자아가 극복되고 소멸했을 때, 마음속의 모든 욕망과 모든 충동이 자취를 감추게 되었을 때, 그때야 비로소 자아를 초탈한 궁극적인 것, 존재에 있어서 가장 심오한 것, 위대한 신비의 세계가 눈뜨게 되리라는 것이었다."[6]

싯다르타는 사마나들한테서 단식과 호흡을 중단하는 법을 배운다. 그리고 불교적 명상과 참선을 수행하며 자아를 탈출하여 무아의 경지에 이르는 법을 배운다. 그리하여 그는 죽어서 동물과 식물, 무생물이 되었다가 환생하는 이른바 불교적 윤회를 간접적으로 체험하기도 한다. 하지만 그는 이 윤회의 순환 고리 속에서 매번 새로운 갈증을 느끼고, 다시 고통

----
6 『싯다르타』, 같은 책, 26쪽.

스럽게 자기 자신으로 돌아온다는 것을 알게 된다. 그는 그것이 일시적인 도피 상태이며 생의 고뇌와 무의미에 대한 잠시 동안의 마비 상태에 불과하다고 느낀다. 따라서 그는 사마나들한테서도 인생의 본질적인 길을 발견하지 못할 것임을 느낀다. 결국 '가르침으로부터는 아무것도 배울 수는 없다'는 역설적인 가르침만 배운 셈이다. 그는 존재하는 것은 오직 안다는 것뿐이며 안다는 것의 적은 '알려고 하는 것'과 '배우는 것'이라고 여기게 된다.

그럴 즈음 싯다르타와 친구 고빈다의 귀에 온갖 번뇌를 극복하고 윤회의 수레바퀴에서 벗어났다는 고타마에 관한 소문이 들려온다. 고타마는 최고의 인식을 지니고 있으며 전생의 일을 기억해 내고 열반에 도달했다고 했다. 그리하여 그들은 고타마의 설법을 들어 보려고 사마나 생활을 청산하고 떠난다. 그러나 싯다르타는 애당초부터 가르침이나 배움에는 회의적이었기 때문에 큰 기대는 하지 않는다. 고빈다는 고타마의 설법을 듣고 그의 제자가 되어 불법에 귀의하겠다고 결심하나 싯다르타는 그렇게 하지 않는다. 싯다르타는 『나르치스와 골트문트』의 골드문트처럼 신앙적 인간이고, 고빈다는 나르치스처럼 이성적 인간인 것이다. 고타마 자신은 죽음으로부터의 해탈을 얻었지만, 부다의 가르침 그 자체로부터는 해탈을 얻을 수 없다는 것을 싯다르타는 깨닫는다. 즉, 그는 더 나은 가르침을 구하려는 것이 아니라 그 가르침으로 해탈을 얻는 길을 찾는 것이 자기의 목표라고 생각한다.

싯다르타는 그때까지 자기 내부의 핵심적인 것과 궁극적인 것을 찾아내려 했지만 실상 자기 자신은 오히려 자기에게 생소하고 낯설게 느껴졌다. 그리하여 자신의 내부의 길을 걷고자 작심한다. 그런 생각을 하고 주위를 살펴보니 그제서야 비로소 삼라만상이 아름답고 신기하게 눈에 들어온다. 정신의 세계에 매여 있던 싯다르타는 감각을 통해 세상을 파악하게 되는 것이다. 객관적 세계는 동일하지만 주관이 바뀌자 객관은 주관화된 객관이 된다. 예전에는 가상적 존재라고 경멸해 마지않았던 현상 세계가 새로운 의미를 지닌 채 자기 앞에 놓여 있게 된다. 그리하여 집으로 돌아가려던 생각을 고쳐먹고 단순하고 소박한 어린아이처럼 새 출발하기로 결심한다. 그는 오직 스스로의 힘에 의해서만 지혜를 얻을 수 있다고 생각한 것이다.

싯다르타의 자기실현은 그가 감각의 세계에 들어가면서 새로운 국면을 맞게 된다. 그는 고빈다를 만나 포옹하는 꿈을 꾸는데, 포옹하고 보니 그는 고빈다가 아니고 어느 여성이었다. 싯다르타는 이 꿈을 꾼 뒤 어떤 도시의 입구에서 미모의 기생인 카말라를 만나 그녀의 아름다움에 반한다. 그는 자신이 무지한 방면의 기술을 통달한 그 여자를 자기 스승으로 모신다. 카말라를 만나면서 시작된 제2의 삶은 수년 후 그가 세속을 떠나는 데서 끝나게 된다. 그는 그녀의 소개를 받아 거상인 카마스와미 밑에서 장사꾼으로서의 남다른 수완을 발휘하여 막대한 재산을 모은다. 그러나 그는 속세 인간이 빠져드는 온갖 욕심과 고통에 빠져들고 급기야는 도박에 빠져들어 거액의 주사위 도박판을 벌여 공포의 도박꾼이 된다. 그러나 그는 도박에서는 거액의 돈과 별장을 날리고도 덤덤하지만 사업에서는 한 푼이라도 더 벌기 위해 극히 인색한 짓을 한다. 이 모두가 그에게는 카말라와 사랑의 향락을 즐기기 위한 것이며, 속인들에게 재물의 무가치함을 일깨워주기 위해 취한 막다른 방법이었다.

그러나 사랑의 환희도 막대한 재산도 그에게는 궁극적인 목표가 될 수 없었다. 수년의 세월이 흘러 머리가 희끗희끗해지기 시작하면서 싯다르타는 그런 생활에 혐오감을 느낀다. 그리고 세월이 아무리 흘러도 자신은 방관자일 뿐이며, 소인들과는 전혀 다르고 우월하다는 생각에서 벗어나지 못한다.

"가끔씩 그는 가슴 속 깊은 곳에서 나오는 죽어가는 나지막한 소리를, 그가 거의 알아들을 수 없을 정도로 나지막하게 경고해 오고 호소해 오는 소리를 느끼곤 했다. 그럴 때마다 그는 한 순간 다음과 같은 의식을 하게 되는 것이었다. 즉 내가 이상한 생활을 하고 있구나. 나는 지금 순전히 장난 같은 일을 하고 있구나. 나는 사실 명랑해져 있고 가끔씩은 즐거움을 느끼기도 한다. 하지만 그런데도 불구하고 본래적인 나의 삶은 나를 스쳐 지나가 버리고 나와 맞닥뜨리지 않는구나 하는 의식을 잠시 가져보기도 하였다."**7**

그러던 어느 날 싯다르타는 새의 꿈을 꾸는데, 그 꿈에서 그는 카말라의 아름다운 새가 처참하게 죽어 있는 것을 본다. 그는 아무에게도 알리지 않고 도시를 떠난다. 그곳으로부터 빠져 나와 강가에 선 싯다르타는 지금까지의 자신의 생애가 실패로 끝난 것임을 자각하고 깊은 절망감에서 자살하려고 한다. 강물에 빠져 죽으려는 순간, 완성을 뜻하는 '옴'이라는 말이 귓가를 스치고, 이 옴이라는 말과 함께 생의 불멸성과 이제껏 잊고 있던 모든 신적인 것을 갑자기 다시 느끼게 된다. 그 '옴'이라는 소리가 깊이 잠든 그의 정신이 눈을 번쩍 뜨게 해주었으며, 그리하여 그는 자신의 행위가 어리석은 행위임을 깨닫게 되었다. 피로에 지친 싯다르타는 깊은 단잠을 자게 된다. 몇 시간 후 잠에서 깨어난 그는 과거의 일을 끝없이 아득한 것으로 느끼며 새로운 인간으로 다시 태어난다. 이러한 각성은 과거를 치유하고 보완하며 종합하는 일종의 치유의 잠으로 볼 수 있다. 반면에 제4장에서의 재탄생은 과거를 부정하고 과거와 반대되는 인간으로 출발하는 것이었다. 그는 이제 다시 어린아이가 되어 새로운 삶을 시작한다.

----
7 앞의 책, 26쪽.

도가 사상적 자기실현

싯다르타는 자기실현의 마지막 단계에 들어가 주로 도가 사상적 자기실현을 추구한다. 그런 목표에 도달하는 데는 뱃사공인 바주데바가 큰 역할을 한다. 바주데바는 부다와는 달리 현실을 인정하고 현실 속에서 적극적으로 활동하는 인물이다. 그는 사공이라는 구체적인 직업을 가지고 노동을 통해 생활을 영위해 나가는 것이다. 싯다르타는 그를 스승으로 삼으면서 강물로부터 궁극의 진리를 터득하게 된다. 바주데바는 세상에서 가장 약하고 부드러운 것이 단단한 것보다 더 강하고, 물이 바위보다 강하며, 사랑보다 더 강하다는 도가의 가르침을 전한다. 『도덕경』에서 물은 언제나 겸손하게 낮은 곳을 향해 흐르므로 겸손의 미덕을 보여주는 좋은 상징이 된다고 한다. 바주데바는 모든 존재하는 것의 단일성, 전체성, 동시성을 대표하는 강에 귀를 기울이라고 가르친다. 바주데바는 학문과 언어, 논리적 사색에 회의적인 태도를 보인다.

> "보시오. 나는 학자가 아니고 해서, 말을 잘 할 줄 모르고, 사색하는 법도 모릅니다. 나는 다만 남의 말을 경청해주는 법과 경건해지는 태도만 배웠답니다. 그 밖에는 나는 아무것도 배운 것이 없답니다."[8]

도가 사상에 의하면 절대적 진리에 도달하기 위해 학문과 언어, 이성과 사색이 결정적 요소가 아닌 것이다. 싯다르타는 친구 고빈다에게 지혜란 언어로 전달할 수 없는 것이라고 말한다. 사상으로 생각되고 말로 표현되는 것은 모두 일면적인 것이고 전체성, 원형, 단일성이 결여되어 있다는

----

8 앞의 책, 135쪽.

것이다. 헤세는 단일 사상을 힌두교의 경전인 『바가바드 기타』를 통해 알게 되었는데, 『싯다르타』에서는 도가 사상의 영향으로 이 단일 사상이 더욱 강화되어 나타나는 것이다. 헤세는 가르침보다 체험을 중요시하는 신비주의적 관점에서 중국의 도를 인도의 아트만, 기독교의 은총과 같은 것으로 본다. 신비주의 입장에서 볼 때 궁극적 진리는 언어로 전달할 수 없고, 논리적인 설명으로도 이해시킬 수 없으며, 교리를 통해서도 도달할 수 없는 영역이다. 싯다르타가 고타마를 떠나는 것도 그가 비록 성자, 완성자라 할지라도 가르침을 통해서는 구원받을 수 없기 때문이다. 싯다르타의 신비적인 요소에는 말이나 교리보다 실제적인 행동과 삶에 결정적인 종교적 의미를 부여한다는 점에서 경건주의적 기독교의 요소도 다분히 담겨 있다. 그러므로 헤세는 청소년 시절 부모의 경건주의적 교회를 부정했지만 서서히 그것을 받아들여 내면화한 것이다.

싯다르타가 바주데바 곁에서 정신적 안정을 얻으며 미소도 사공의 미소와 비슷해져 가고 있을 때, 카말라는 화류계 생활을 청산하고 불제자가 된다. 그녀는 임종이 다가온 부다를 참배하러 가던 도중 독사에게 물려 바주데바의 오두막에서 숨을 거두고 만다. 카말라가 죽으면서 싯다르타에게 맡긴 버릇없는 아들은 싯다르타를 곤경에 빠뜨린다. 소년 싯다르타는 사치스럽고 방종한 생활에 젖어서 아버지를 심히 괴롭히다가 급기야는 아버지한테서 탈출을 하고 만다. 아들을 잃고 사랑의 고통에 시달리며 상심하는 싯다르타의 모습은 아직 그가 현실의 미망에서 벗어나지 못하고 있음을 드러낸다. 이 사랑의 시련으로 싯다르타는 자신이 소인배와 마찬가지임을 자각한다. 이 시련을 통해 사랑을 새롭게 인식하는 그는 소인들의 온갖 죄악과 과실을 이해하고 그들을 사랑하게 된다. 결국 싯다르타가 그토록 추구했던 자기실현은 사람과 존재에 대한 사랑으로 귀결된다. 다시 강가에 선 싯다르타는 영원한 흐름의 상징인 강물의 수천 가지 소리에 귀를 기울여 들으면서 그 소리가 옴, 즉 완성임을 깨닫는다. 그는 사랑이 가장 중요한 것임을 인식한 순간부터 운명과의 투쟁을 그치고, 매 순간 단일성을 생각하고 느끼고 숨 쉬며 바주데바와 같은 평화의 미소를 띠게 된다. 즉, 그는 고뇌를 잊고 애욕의 속박에서 벗어났을 뿐만 아니라 완성의 경지를 터득한 기쁨의 꽃이 얼굴에 활짝 피게 된다.

싯다르타가 이처럼 해탈의 경지에 들어갈 무렵 바주데바는 세상을 떠난다. 이제 그에게 스승이 필요 없게 된 것이다. 싯다르타가 득도를 하자 소문을 듣고 찾아온 친구 고빈다에 의해 그런 사실이 확인된다. 고빈다는 자신이 아직 찾지 못한 마음의 평화를 싯다르타가 찾았으며, 그가 부다와 똑같이 미소 짓는 것을 발견한다. 싯다르타는 고빈다와 대화를 나누면서 바주데바에 대해 이렇게 말한다.

> "그러나 대부분은 이 강물한테서 배웠다네. 그리고 내가 뱃사공 일을 하기 전에 이 일을 맡아 했던 바주데바한테서도 많은 것을 배웠지. 그는 아주 소박한 사람이었다네. 그는 사색가는 아니었지만 고타마와 마찬가지로 필연적인 이치를 깨닫고 있었지. 그는 완성자이고 성자였다네."[9]

싯다르타는 고빈다와 대화를 나누며 시간이 실재하지 않는 영원한 현재 상태를 그에게 가르친다. 그리고 시간이 실제로 존재하지 않는다면 현세와 영원, 고뇌와 행복, 선과 악 사이에 존재하는 것처럼 보이는 간격도 하나의 착각에 불과하다는 것을 가르친다. 완성자 싯다르타는 고빈다의 절을 받는다.

이처럼 싯다르타는 처음에 집을 떠나 고행자들이 모여 있는 숲에 가서

---

9 앞의 책, 175쪽.

3년쯤 보낸 뒤 부다가 머물고 있는 예트바나 별장으로 간다. 그곳에서 이틀을 머문 싯다르타는 강을 건너 도시로 간다. 도시에서 카말라와 약 20년을 보낸 싯다르타는 갑자기 도시를 떠나 전에 왔던 강으로 가서 강가에서 물이 시간의 극복이라는 특성을 지니고 있음을 배운다. 그는 정신의 세계에서 감각의 세계로 갔다가 강가에서 이 둘의 종합을 배우고 열반에 이르는 것이다.

제7부

---•••---

프란츠 카프카

죽음에 이르는 실직 가장의 이야기
『변신』

"어느 날 아침 뒤숭숭한 꿈에서 깨어난 그레고르 잠자는 자신이 침대에서 흉측한 모습의 한 마리 갑충으로 변한 것을 알아차렸다. 그는 철갑처럼 딱딱한 등을 대고 침대에 누워 있었다."[1]

카프카의 작품 중 가장 유명한 『변신』의 첫 문장이다. 독자들은 여느 소설과 다른 색다른 서두에 어리둥절해 하며 충격에 빠진다. 이런 서두는 『소송』이나 『성』에서도 마찬가지다. 카프카를 해석할 문의 열쇠는 어디서 발견할 수 있는가? 그래도 『변신』은 비교적 평이하고 단순한 작품이다. 그러면 이런 기괴한 소설을 쓴 프란츠 카프카는 어떤 사람인가?

유대인 중산층 가정 출신의 카프카

프란츠 카프카는 유대인 중산층 가정에서 상인인 헤르만 카프카와 율

---

1 프란츠 카프카, 『변신 외』, 홍성광 역, 열린책들, 2007, 95쪽.

리에 뢰비의 셋째아들로 체코의 프라하에서 1883년 태어났다. 체코어로 'Kavka'인 카프카는 까마귀를 뜻한다. 두 형이 어려서 죽었기 때문에 맏아들이 된 카프카는 죽을 때까지 맏이로서의 역할을 의식하며 살았다. 가족 가운데 그와 가장 가까웠던 사람은 세 여동생 엘리, 발리, 오틀라 중 막내 오틀라였다. 세 자매는 모두 나치 강제수용소에서 1942년에 비참한 최후를 맞이했다.

카프카가 태어난 프라하는 당시 이중삼중으로 그를 억압하고 있었다. 그는 서른다섯 살까지는 오스트리아-헝가리 왕국의 시민이었고, 그 이후로는 체코 국민이 되었다. 그러나 그는 유대인이었고, 체코 사람이면서도 아버지의 요구로 강대국 언어인 독일어로 교육받았다. 독일어를 쓰는 프라하 주민은 인구의 7.5%에 불과했지만 이들은 대학교, 공과대학, 콘서트홀, 다섯 개의 고등학교, 네 개의 실업고등학교 그리고 강력한 언론을 소유하고 있었다. 그렇지만 독일이 아니라는 지역적인 한계로 카프카가 사용하는 독일어 어휘가 풍부하지 못했고, 그가 쓴 문장이 생동감에 넘치지는 않았다. 그리고 그를 둘러싼 가족과 시대의 억압은 그를 내면세계로 깊이 빠져들게 했다. 카프카는 프라하의 상층부를 장악하고 있던 독일인에게는 유대인이라는 이유로, 같은 유대인들로부터는 시온주의에 반대한다는 이유로 배척받았다. 카프카는 사회의 억압적인 구조를 혐오했고, 억압 없는 이상사회를 꿈꿨다. 그는 노동계급의 권익 향상을 위한 성명서를 만들고, 아나키즘의 원조인 크로포트킨의 저서를 읽었고, 사회주의 서클에서 활동했다. 그는 자기가 속했던 20세기 초반 서구 자본주의의 현실을 답답한 심정으로 바라보았다. 그 사회에서 예민한 감성을 지닌 카프카는 자신의 내면세계에 갇혀 출구 없는 절망적 상황에 처하고 만다. 하지만 그의 고민과 갈등은 작가 개인의 차원을 넘어 초개인적 의미를 얻게 된다.

프란츠 카프카

카프카의 아버지는 독일 남부 뵈멘의 보섹(Wossek)이라는 조그만 마을에서 궁핍하게 태어났다. 그는 일곱 살 때부터 손수레를 끌고 이 마을 저 마을 돌아다녀야 했고, 어린아이였을 때 보헤미아 지방의 소도시 피섹으로 장사하러 다녀야 했다. 그는 유대인이 거주 이전의 자유를 얻자 프라하로 이주한 후, 잡화 행상에서 시작해 직물도매상으로 자수성가한 사람이었다. 아버지는 자칭 동화된 유대인이었지만 유대인 공동체의 예배와 의례를 마지못해 지킬 뿐이었으므로 카프카는 언어나 문화 면에서 독일인이었다. 카프카는 체격이 당당한 아버지에게서 평생 동안 위압감을 느꼈다. 반면에 카프카는 영적이고 이지적이며, 경건하고 유대의 율법을 열심히 따르며, 기인들이 많고 기질이 섬세한 어머니 쪽 혈통에 강한 일체감을 느꼈다. 어머니는 얌전하고 온화한 성격에다가 감정이 섬세하고 두뇌가 명석하며 지혜로운 여성이었다. 그녀는 완고하고 봉건적이며 화를 잘 내는 남편에게 복종하고 고된 사업을 거들면서, 또한 남편과 마찬가지로 아들이 아무런 이익도 없고 건강을 해칠지도 모르는 글쓰기에 몰두하는 것을 거의 이해하지 못했다. 카프카는 부모의 몰이해 속에 '몽상적인 내면생활'을 기록해 갔다. 그는 내향적이고 선병질적이며 죄의식으로 어두운 그리자가 드리워진 소년이었지만, 건전한 것과 친근했고 자연의 위대성을 찬미했으며, 그의 성향이 엽기적이거나 병적인 것에 쏠린 것은 아니었다.

아버지는 4년제 초등학교를 마친 프란츠에게 상인의 기질이 보이지 않자 독일계 인문 중고등학교에 진학하도록 한다. 이곳에서 카프카는 평생을 두고 사귄 몇 명의 중요한 친구들을 만나게 된다. 카프카에게 사회주의적 지식을 전수해준 루돌프 일로비, 시온주의자 후고 베르크만, 훗날 노동자재해 보험회사에 카프카를 추천해준 보험회사 사장의 아들 프리브람, 그리고 오스카 폴락이 그들이었다.

특히 매우 조숙한 폴락은 카프카의 예술과 철학에 커다란 영향을 주었고, 외부세계와 단절하며 살았던 카프카와 세상 사이의 교량 역할을 해주었다. 대학에서 카프카는 처음에 문학과 예술사 강의를 주로 들었으나 전공은 법학으로 결정지었다. 부모와 가족의 기대를 저버릴 수 없었기 때문이었다. 그는 고등학교 시절부터 문학에 마음을 두고 글을 썼지만, 이때 쓴 작품들은 그의 일기와 함께 사라져버렸는데, 아마 그가 없애버린 것으로 추정된다. 그는 독일계 초등학교에서도, 학구적인 엘리트를 양성하는 규율이 엄격한 독일계 김나지움에서도 모범생이었다. 그러나 카프카는 체코어에 관심이 많았고, 체코 문학에 대해서도 조예가 깊었다. 교사들은 그를 높이 평가하고 좋아했다. 그렇지만 그의 내면에서는 이 권위주의적인 제도와 기계적인 암기식 학습, 고전어들을 강조하면서 인문과학을 비인간화시키는 교과과정에 반기를 들고 있었다.

사회주의에 대한 공감

대학시절 카프카는 니체, 쇼펜하우어, 괴테, 에커만의 『괴테와의 대화』, 플로베르의 작품에 감격했고, 특히 토마스 만의 『토니오 크뢰거』에 매혹되어 문예지 〈노이에 룬트샤우-Neue Rundschau〉에 실리는 그의 작품을 관심 있게 읽었다. 또한 그는 그릴파르처, 카로사, 헤벨, 폰타네, 슈티프터의 작품을 즐겨 읽었고, 후에는 발자크에 찬탄하고 자신의 처지와 비슷한 불행한 작가 클라이스트에 공명했으며, 만년에는 철학자 키르케고르의 작품을 애독했다. 특히 그는 바쿠닌도 읽었고, 릴리 브라운 같은 사회주의자의 비망록도 읽었다. 그의 일기장에는 키부츠와 유사한 유토피아적 공동체에 대한 구상이 두 페이지 정도 작성되어 있었는데, 거기에는 '무소유의 노동자사회'라는 제목이 붙어 있다. 또한 그의 채식주의는 탐욕스러운 부르주아 계급에 대한 반대의 표명이기도 했으며, 호사스러운 가구를 갖고 싶어 하는 약혼녀 펠리체 바우어와 다투기도 했다. 특히 카프카는 중국의 노장철학에 대해서도 조예가 깊었고, 독일어판으로 된 도교에 관한 다섯 권짜리 전집을 반복적으로 정독했다고 한다.

카프카는 청년 시절 자신을 사회주의자 내지는 무신론자라고 선언하고 기성사회에 대해 명백한 적대감을 표명했다. 성인이 되자 제한적이긴 하지만 줄곧 사회주의자들에 대한 공감을 표시했고, 제1차 세계대전 전에는 체코 무정부주의자 회합에 참석했다가 붙잡혀 거액의 벌금을 물기도 했으며, 말년에는 사회주의화된 시온주의에 뚜렷한 관심과 공감을 보이기도 했다. 그 밖에도 카프카는 강연이나 야회(夜會)에 참여하여 수학자 코발레프스키, 물리학자 막스 플랑크, 아인슈타인으로부터 양자론이나 상대성 이론에 대한 보고를 들었고, 정신분석의 기초 보고를 들었으며, 칸트와 헤겔의 저작도 접하게 되었다. 그러나 그는 본질적으로 수동적이었고 정치적으로는 방관적인 자세를 고수했다. 유대인이기에 프라하의 독일인 사회에서 고립되어 있었고, 현대 지식인이기에 유대의 유산으로부터도 소외되어 있었다. 그는 체코의 정치적·문화적 열망에 공감했지만 독일 문화에 동화되어 있었기에 그러한 공감은 억눌린 채 잘 드러나지 않았다.

이와 같이 사회적으로 고립되고 삶의 토대를 잃어버리는 바람에 카프카는 일생 동안 개인적으로 불행하게 지냈다. 그는 프라하 동료들과 비교할 때 성공하지도 알려지지도 않은, 몇몇 친구들만이 인정해주는 외로운 글 쟁이였다. 렌츠나 클라이스트처럼 그는 당시 문학적 평가를 제대로 받지 못했고, 시대의 조류에 적응하려 하지도 않았다. 그렇지만 그는 프라하에 있는 일부 독일계 유대 지식인이나 문학자들과 친하게 지냈다. 1902년 대학시절에 만난 막스 브로트(Max Brod)가 카프카의 친구들 중 가장 가깝고 그를 염려해주는 친구가 되었다. 1902년 10월 대학에 진학한 지 2년째 되던 해에 브로트가 '니체와 쇼펜하우어'에 대한 강연을 하면서 니체를 '사기꾼'이라고 칭한 것에 카프카가 반발한 것을 계기로 두 사람은 가까워졌다. 브로트는 1906년부터 1915년까지 베를린 문학권에서 신즉물주의와 표현주의의 선구자로서 새로운 양식을 주도하고 베를린 문단을 활성화시킨 인물로 인정받는다. 그는 자신의 초기 시, 수필, 소설 등을 잡지 〈악치온〉을 통해 발표했을 뿐만 아니라 바움, 피크, 카프카, 베르펠과 같은 프라하 작가를 베를린 문단에 소개했다. 카프카는 종종 그에게 자신의 작품을 읽어주기도 했다. 결국 막스 브로트는 카프카의 글을 장려하고 구제하고 해석했을 뿐만 아니라 가장 영향력 있는 그의 전기작가로 부상했다.

법학박사가 된 카프카

1906년 간신히 법학박사 학위를 받은 카프카는 민사법원과 형사법원에서 각각 6개월 간 법률가 시보 수습을 마쳤지만 법관이나 변호사가 되는 것을 포기하고 1907년 일반 보험회사에 입사한다. 그러나 이곳에서의 근무는 매우 고되고, 소설을 쓸 시간도 낼 수 없을 정도였다. 그는 이 회사를 그만두고 1908년 프라하의 노동자상해보험회사라는 준(準) 국영기업에 법률고문관으로 취직하여, 폐병으로 중간에 병가를 얻어야 했던 1917년까지 그곳에 근무하다가 죽기 2년 전인 1922년 퇴직했다. 이곳에서 카프카가 주로 맡았던 임무는 기업의 이의제기에 대한 반박문을 작성하고 노동자상해보험회사의 일을 홍보하는 선전문을 만들거나, 법률가로 법정에 출두하여 보험회사를 변호하고, 뵈멘과 라이헨베르크의 북부 공업지대의 공장들에 대한 감독 출장을 가는 것이었다. 그래서 그는 근무조건이 열악해 끔찍한 사고들이 자주 일어나는 공장에 대해 속속들이 알고 있었다. 기업가들은 사고방지 조처를 소홀히 했고, 검사관들을 매수하여 많은 돈을 보험회사에 내기도 했다. 특히 「유형지에서」는 강제수용소의 모습을 미리 보여주며, 카프카는 시계공장의 사고를 다루는 어떤 책에서 '노동자들이 조심하지 않으면 바늘이 살 속으로 파고 들어간다'는 구절을 읽고 바늘이 살 속으로 들어온다는 모티프를 얻게 되었다. 카프카가 이곳 보험회사에서 그토록 오랫동안 근무한 까닭은 노동자의 권익을 보호하는 일을 한다는 보람이 있었고, 오후 2시에 퇴근해 근무조건이 좋았기 때문이었다. 당시 유대인으로서는 어렵게 들어간 이 직장에서 그는 일에 열성적으로 매달렸고 작품에서 풍기는 어둡고 음침한 이미지와는 달리 지적이고 유머 있는 사람이었으며, 사장도 그의 능력을 인정해주었고 함께 일하는 동료들도 성실한 그를 좋아했다.

카프카는 글을 쓸 시간을 내기 위해 엄격하게 절제하는 생활을 했다. 오전 8시부터 오후 2시까지 회사의 일을 마치고 귀가해서 3시부터 7시 반까지 잠을 잤다. 그리고는 친구들과 혹은 혼자서 한 시간의 산책을 하고 가족들과 저녁식사를 했다. 그런 다음, 밤 11시경에 글을 쓰기 시작해서 새벽 2시나 3시 혹은 좀 더 늦게까지 썼다. 이 무렵 유럽의 노동환경은 무척 열악했다. 카프카는 공무출장을 통해 자본주의 세계의 내면을 속속들이 꿰뚫어볼 수 있었다. 그는 그곳에서 관료기구의 무자비성, 노동자에 대한 가혹한 대우, 이들의 비참한 생활을 직접 체험했다. 이러한 체험을 바탕으로 그는 『성』에서 관료조직의 실체를, 『소송』에서 재판 조직의 정체를 신랄하게 풍자하고 있다. 그는 시위운동에도 참가하고 사회혁명가의 집회에도 참가하였다. 클라우스 바겐바흐는 카프카를 서민대중 편에선 당시의 유일한 작가라고 지적하고 있다.

사후의 명성

카프카의 단편에 나타난 많은 주제들은 장편에서도 등장한다. 나중에 『소송』에 삽입된 단편 「법 앞에서」는 접근하기 어려운 법과 그것에 대한 인간의 끈질긴 열망을 보여준다. 『소송』에 나오는 능력 있고 양심적인 은행원이자 독신자인 요제프 K는 그를 체포하러 온 사람에 의해 잠이 깬다. 치안판사의 법정에서 행해지는 심문은 환멸스러운 어릿광대 극으로 바뀌고 그가 무슨 혐의로 체포되었는지는 결코 설명되지 않는다. 이런 상황에서 요제프 K는 접근할 수 없는 법정에 스스로 찾아가 자신이 알지도 못하는 죄로부터 무죄 석방을 받기 위해 전념한다. 그는 중재자들에게 호소해 보지만 그들의 충고와 설명은 오히려 새로운 혼란을 가중시킬 뿐이다.

그리고 「화부」는 『아메리카』의 1장을 이루고 있다. 『아메리카』의 주인공인 소년 카를 로스만은 하녀에게 유혹당해 애를 갖게 하는 바람에 부모에 의해 미국으로 보내진다. 거기서 그는 아버지와 같은 유형의 많은 인물들과 은신처를 찾고자 애쓰지만 순진하고 단순한 그의 성격으로 인해 어디서나 이용당한다. 마지막 장의 묘사에 따르면 로스만은 꿈의 세계인 '오클라호마의 자연극장'에서 일자리를 얻게 되는데, 카프카는 궁극적으로 로스만이 파멸하게 되리라고 말한 적이 있다.

1920년대에 벌써 발터 벤야민이나 쿠르트 투콜스키 같은 문예비평가들이 카프카에게 지대한 관심을 보였지만, 카프카가 죽을 무렵 그가 사귄 문학인들은 소수에 지나지 않았다. 카프카는 막스 브로트에게 출판되지 않은 원고는 전부 없애고, 이미 인쇄되어 나온 작품은 재판 발행을 중지해달라고 유언했다. 하지만 브로트가 이를 따르지 않음으로써 카프카의 이름과 작품은 그의 사후에 세계적으로 명성을 얻게 되었다. 그런데 그의 명성은 처음 히틀러 점령 시 실존주의 작가 사르트르와 카뮈에 의해 처음으로 프랑스와 영어권 국가에서 널리 알려지게 되었다. 그가 독일과 오스트리아에서 재발견되어 독일 문학에 지대한 영향을 끼치기 시작한 것은 1945년 이후였고, 공산권에서도 그의 가치를 재조명하기도 했다. 하지만 조국 체코에서 그는 퇴폐적인 부르주아 작가로 낙인찍혀 오랫동안 금지된 작가로 있었고, 동구권의 몰락 이후 그의 이름은 다시 자유를 얻게 되었다. 특히 체코 출신의 밀란 쿤데라는 『참을 수 없는 존재의 가벼움』에서 주인공의 이름을 토마스와 프란츠로 하면서 토마스 만과 프란츠 카프카를 기림과 동시에, 작품의 구조나 주제도 카프카의 『변신』과 다른 작품들의 구조와 주제를 대폭 수용하고 있다.

실존주의 소설의 선구

『변신』은 1912년 11월 후반부에 시작되고 12월 초에 완성되어 1915년에 출간되었다. 그 전인 1912년 8월 카프카는 펠리체 바우어(Felice Bauer)와 교제하며 그녀를 사랑하게 되었다. 그녀와의 만남이 카프카의 창작에 커다란 영향을 미쳐, 같은 해 9월 22일 밤부터 23일 새벽에 걸쳐 「선고」를 완성했다. 그리고 그는 그 해 10월에는 『아메리카』의 1장에 해당하는 「화부」를 브로트에게 낭독해주었다.

이 중편에서는 주인공 그레고르의 의식의 흐름이 내면 독백의 형식으로 서술되며, 어떤 화자도 끼어들지 않고 그레고르의 생각들이 직접적이고 즉각적으로 표현되고 있다. 「선고」, 「시골의사」와 함께 오이디푸스 콤플렉스를 다룬 이 작품은 현대 사회에서 자기 존재의 의의를 잃고 살아가는 소외된 인간 모습을 형상화한 표현주의적 소설이며, 실존의 문제성을 다루고 있다는 점에서 실존주의 소설로 간주되기도 한다. 소설에서는 일상적 시간과 모험적 시간이 교대로 반복되고 있다. 이 작품은 종교적·심리학적·사회학적 해석 등으로 다양하게 분석되고 있으며, 영화의 소재로도 활용되고 있다.

영화감독 데이비드 크로넨버그는 이런 카프카적인 불안을 〈비디오드롬〉 같은 작품을 통해, 스티븐 소더버그는 영화 〈카프카〉를 통해 카프카가 맞닥뜨리고 있는 현실을 노동자를 억압하는 권력으로 드러내고 있으며 영화의 소재로도 활용되고 있다.

죽음에 이르는 실직 가장 이야기

젊은 출장 영업사원 그레고르 잠자가 어느 날 아침 뒤숭숭한 꿈에서 깨어나 자신이 한 마리 흉측한 갑충으로 변신한 것을 발견한다. 그레고르 잠자는 자신이 벌레로 변했다는 사실에 당황해하긴 하지만 그 사실에 의문을 품기보다는 출근하지 못하게 된 것을 더욱 염려한다. 출근 시간이 지나도 아무런 기적이 없자 가족들은 문을 두드리고 회사의 지배인은 그레고르가 출근하지 않는 이유를 알아보려고 찾아온다. 지배인은 그레고르의 수상쩍은 행동을 회사 문제와 연결시켜 의심하고는 해고하겠다고 위협한다. 그러자 그레고르의 식구들 역시 변신이라는 비현실적 상황에 대해 놀라기보다는 그레고르가 출근하지 못하게 되었다는 사실 때문에 괴로워한다. 그레고르가 집안의 생계를 책임지고 있기 때문이다. 그레고르는 안으로 잠긴 문을 통해 자신의 처지를 호소하려고 하지만 다른 사람들은 찍찍거리는 그의 목소리를 알아듣지 못한다. 얼마 후 힘들게 문을 열고 나간 그레고르의 모습을 본 지배인은 혼비백산해 도망치고 부모는 커다란 충격을 받는다. 아버지는 위협하는 동작으로 벌레를 다시 방으로 들여보내는데, 이 와중에 그레고르는 상처를 입고 피를 흘린다.

주인공은 문틈으로 가족들을 관찰한다. 그의 모습에 질린 누이동생은 공포를 느끼며 그에게 먹을 것을 가져다주지만 그는 예전 음식에 구미가 당기지 않는다. 2주일 후 그의 방을 찾아온 어머니는 벌레의 형상에 놀라 실신하고 만다. 그 모습을 본 아버지가 사태를 잘못 파악하고 화가 나서 마구 던진 사과가 등에 박혀 그레고르는 심한 상처를 입는다. 그레고르에게 부양 능력이 없어지자 가족들은 스스로 생활대책을 강구한다. 아버지는 은행 사환으로 취직하고 어머니는 삯바느질을 하며, 음악원에 다니기를 바랐던 여동생은 가게의 점원으로 일하게 된다. 게다가 방을 하나 비워 하숙인들을 받아들이기도 한다. 점차 가족들은 아무 쓸모없고 오히려 방해만 되는 그레고르를 귀찮게 여기게 된다.

어느 날 저녁 저녁식사 후에 누이동생이 하숙인들을 위해 바이올린을 연주하고 있을 때 음악에 매혹된 주인공은 거실로 기어 들어간다. 하숙인들은 벌레를 보고 깜짝 놀라며 집에서 나가겠다고 위협한다. 그러자 여동생은 벌레를 더 이상 오빠로 간주할 수 없다며 어떻게든 '저것'을 없애야 한다고 부모를 설득한다. 그레고르는 겨우 몸을 이끌고 자기 방으로 돌아와 비참한 최후를 맞이한다. 아버지가 던진 사과가 등에 박힌 채 곪아서 결국 죽음에 이르는 것이다. 늙은 하녀가 벌레의 시체를 치우고 한결 홀가분해진 가족은 휴일을 맞아 행복한 기분으로 소풍을 떠난다.

일의 세계와 자아의 세계 사이의 갈등

'변신' 이야기는 일반적으로 신화나 동화에서 자주 접할 수 있다. 그 경우에는 대개 마법이나 초능력에 의해 변신이 이루어지고 마법이 풀리면서 원래 모습으로 되돌아온다. 그러나 카프카의 '변신'에서는 그레고르 잠자가 벌레로 변한 이유에 대한 아무런 설명 없이 그의 죽음으로 끝난다. '잠자'라는 이름은 '윤회'를 뜻하는 고대 산스크리트어 'Samsara'에서 온 것으로 보인다. 그런데 소설을 읽은 독자들은 변신의 이유에 대해 답을 찾아보려 하나 시원한 답을 얻기 어렵다.

그레고르 잠자의 운명은 이 작품에 앞서 1907년에 완성된 「시골에서의 결혼 준비」에 나오는 라반의 꿈을 생각나게 해준다. 라반은 자신의 육체를 시골에 보내는 대신 자신은 벌레의 형상으로 남아 침대에서 쉬고자 한다. 그런데 자신의 경우는 타인의 눈에 비친 변신이 아니라 라반의 환상 속에서만 변신 과정이 진행되며 동물로 변신되기를 원한다. 하지만 그레고르 잠자의 경우는 그렇지 않다. 그는 이 불쾌한 꿈에서 깨어나 얼른 일상적인 업무의 세계로 돌아가고자 한다. 라반의 경우와는 달리 '벌레'를 자신의 '자아'와 동일시하려고도 하지 않는다. 그도 물론 일의 세계와 자아의 세계 사이에서 갈등하며 살고 있지만, 그는 자아를 철저하게 인식하지 않은 채 두 세계 사이에서 떠다니고 있다.

그가 잠에서 깨어나 이러한 믿기지 않는 상황이 발생한 것에 대해 여러 가지로 원인 분석을 해보니, 자신의 일상생활에 많은 문제가 있다는 사실이 드러난다. 자신을 그리 반기지도 않는 사람들을 찾아다니는 출장 영업사원 그레고르는 하루하루가 늘 피곤하고 업무 스트레스에 쫓기고 있으며, 인간적 만남도 진실하지 못하다.

"아, 원 세상에. 어쩌다가 이런 고달픈 직업을 택했단 말인가! 날이면 날마다 여행이나 다녀야 하다니, 사무실에서 근무하는 것보다 업무상 스트레스가 훨씬 더 심하다. 게다가 여행하다 보면 골치 아픈 일들이 한두 가지가 아니야. 기차를 제대로 갈아타려고 신경 써야 하는 일, 불규칙하고 형편없는 식사, 상대가 늘 바뀌어 결코 지속될 수 없고, 결코 진실하게 되지 않는 인간적 만남 등과 같은. 이 모든 것을 왜 악마가 잡아가지 않는지 모르겠다!"[2]

이러한 내적 고충 이외에도 그레고르는 아버지가 사업에 실패하여 진 빚을 갚느라 사표를 낼 수도 없는 입장이다. 그는 5, 6년 뒤 빚을 다 갚으면 직장을 그만두려는 생각을 하고 있다. 그러나 회사를 그만둔 후 막상 어디로 갈 것인지, 어떤 생활을 할 것인지는 정해두지 않았다. 그는 원치 않는 직장 생활을 하면서 은밀하게 본래적인 자신으로 되돌아가려는 소망을 품고 있었는데, 이러한 변신은 그레고르로 하여금 억눌러 온 소망을 실현시켜 주는 계기가 되기도 한다.

오이디푸스 콤플렉스와 아버지에 대한 공포

아버지의 형상은 카프카의 존재뿐만 아니라 작품에도 어두운 그림자를 던졌으며, 사실 그의 작품 세계에서 아버지는 가장 인상적인 인물 유형으로 등장하고 있다. 물질적인 성공과 사회적인 출세 외에는 숭배할 것이 없는, 이 거칠고 현실적인 오만한 가게 주인이자 가부장인 아버지는 카프카의 상상 속에서 거인족의 일원으로, 무시무시하고 감탄스럽기는 하지만 혐오스러운 폭군으로 등장한다. 1919년에 쓴 「아버지에게 드리는 편지」에서 아버지에 대한 그의 오이디푸스 콤플렉스를 엿볼 수 있는데, 실제로 카프카는 이 편지를 부치지는 않는다.

----
2 앞의 책, 96쪽.

여기서 카프카는 그의 내면에 자신이 무능하다는 생각을 주입시켜 준 위압적인 아버지 덕분에, 결혼하여 아버지가 되는 평범한 삶에 실패하여 문학으로 도피했다고 고백했다. 그는 아버지가 자신의 삶의 의지를 꺾어 버렸다고 느꼈으며, 이런 아버지와의 갈등을 직접 반영한 작품이 「선고」이다. 간결한 산문으로 쓰인 카프카의 소설들은 압도적인 힘과의 절망적인 투쟁을 그리고 있는데, 미지의 힘은 『소송』에서처럼 희생자를 짓궂게 괴롭히며 심문하고, 『성』에서처럼 자신의 존재를 인정받으려고 갈망하는 주인공의 노력을 허사로 만든다.

카프카는 아버지의 바람에 따라 대학에서 법학을 전공한다. 그가 법학을 전공하게 된 것은 아버지의 소망에 따라 자의반 타의반으로 공부했을 뿐 법관이나 변호사가 될 생각은 추호도 없었다. 그는 아버지를 피해 "방안으로, 책 속으로, 좀 정신 나간 친구들한테로, 터무니없는 이념들 쪽으로"[3] 도망쳤다고 말한다. 그는 아버지 앞에만 서면 자신감을 잃고 한없는 죄의식만 느낀다. 아버지는 카프카에게 "널 생선처럼 토막 내 버릴 테다"[4]라는 막말도 서슴지 않았다. 그러면 카프카는 벙어리처럼 입을 다물고 아버지 앞에서 설설 기었다. 『변신』에서도 아버지와의 갈등이 표면에 드러나고 있다. 카프카의 작품에서 아버지는 대개 폭군의 형태로 나타나며, 이와 같은 아버지의 모습은 사장, 관료, 법 등의 층위와 겹쳐진다. 아버지는 그레고르의 방문을 '주먹으로' 두드리며, 그를 방안으로 몰아넣을 때는 '두 발로 쾅쾅 구르며' 위협한다.

"하지만 그가 몸을 돌리느라 꾸물거리면 아버지가 참지 못할까 봐 겁이 났

---

3 프란츠 카프카, 『아버지에게 드리는 편지』, 이재황 역, 문학과지성사, 1999, 11쪽.
4 앞의 책, 49쪽.

다. 그리고 손에 쥔 지팡이로 아버지가 당장이라도 등이나 머리통을 박살 낼 것 같아 등골이 오싹했다…… 참기 어려운 쉿쉿 하는 저 소리만 없어도 좋으련만! 그 소리에 그레고르는 혼이 싹 달아나버렸다…… 그때 아버지 가 뒤에서 그를 힘껏 걷어차는 바람에 그는 이제 그야말로 구원을 얻게 되 었다. 그리고 그는 피를 심하게 흘리며 방 안 깊숙이 날아가 버렸다."**5**

그레고르가 느끼는 공포는 카프카가 실제로 아버지에게 느꼈던 공포 의 표현이기도 하다. 『변신』에서 가부장제 사회의 정점에 위치한 아버지 의 모습에는 가족의 생계를 좌지우지하는 회사의 사장, 그의 대리인의 존 재가 겹쳐 있다. 이들은 개체로 존재하는 것이 아니라 자본주의적 억압의 상징으로 기능하고 있다.

변신의 의미와 이유

그러면 변신의 의미와 이유는 무엇일까? 카프카의 작품은 다양한 해석 이 열려 있기에 일의적으로 해석할 수 없고 독자들의 상상력과 비판적 사 고를 요구한다. 그레고르는 돈 버는 기계로 전락해버린 현대의 가장 모습 이다. 그는 비록 쫓기듯이 하루하루 힘들게 살아가지만 가족을 위해 희생 하고 헌신한다는 의미에서 보람을 느끼고 있다. 그러나 어느 순간 자신이 인간으로서의 자아를 상실하고 벌레처럼 살고 있는 게 아닌가 하는 자각 이 생길 때 문득 한 마리 벌레로 변신하고픈 생각이 들 수도 있다. 그러나 실제로 벌레 같은 존재가 되어 회사에서 버려졌을 때 어떤 일이 일어나는 가? 더 이상 돈벌이에 쓸모없게 되는 순간 그 존재는 가정에서도 징그러

----

5 『변신 외』, 같은 책, 113-114쪽.

운 벌레 취급을 당하며 가차 없이 버려지고 만다. 그러나 벌레로 변한 인간이란 꿈이나 상상, 비유가 아니고 우리의 실제 현실일 수 있다.

그러면 변신이 비인간적인 삶을 살아가는 현대인의 모습을 그리고 있는 걸까? 그레고르 자신이 오히려 변신하고 싶었던 것이 아닐까? 이런 해석의 어려움이 카프카 문학의 특징이다. 다른 한편으로 변신은 자신을 억누르는 고된 삶에서 벗어나고 싶은 그레고르의 무의식적 소망의 표출로 볼 수도 있다. 그레고르는 지겨운 직장 생활을 어쩔 수 없이 마지못해 하고 있다. 그레고르는 아버지의 사업실패로 진 빚을 다 갚고 나면 회사를 그만두고 자신의 삶을 찾겠다는 은밀한 소망을 갖고 있다. 이런 점에서 본다면 그레고르는 벌레가 되어 자신의 자아를 찾고자 하는 것으로 볼 수 있다. 오히려 인간의 모습으로 살아가는 삶은 역설적이게도 벌레만도 못한 비인간적인 삶으로 나타난다. 그러나 그레고르는 벌레의 모습을 하고 있지만 인간의 사고를 하며 인간의 삶으로 돌아가고자 한다.

그레고르가 원래의 소망대로 벌레가 된 자신의 모습을 받아들이고 자유로운 삶을 살았다면 어땠을까? 물론 죽음이 그의 책임은 아니다. 하지만 그는 벌레가 된 자신의 처지를 비관해 은밀히 죽음을 소망했을지도 모른다. 그레고르는 시민사회의 구태의연한 관습에서 벗어날 기회를 얻었지만 가족주의적 사고의 틀을 버리지 못하고 그 안에 안주하려 한다. 하지만 사회의 획일적인 틀에서 이탈한 존재는 가족뿐만 아니라 사회에서 인정받지 못하고 배척되어 죽을 수밖에 없는 운명이다. 또한 그레고르가 어머니를 도우려다 아버지의 사과를 맞고 죽음에 이르는 점에서 가족 간, 나아가 인간 간의 소통의 단절과 소외현상을 확인할 수도 있다.

자본주의 체제에서 가족의 의미

한편 그레고르가 벌레로 변신하자 그의 수입에 전적으로 의존해서 살던 가족들은 처음에는 어찌할 바를 몰라 하다가 차츰 각자 돈벌이를 하며 그레고르 없이도 생계를 꾸려가게 된다. 어머니와 여동생은 벌레로 변신한 그레고르를 처음에는 걱정하고 헌신적으로 보살피려 한다. 그러나 그레고르가 가족의 삶에 아무 쓸모없고 오히려 짐만 된다는 것을 깨닫자 오빠를 '저것'이라 부르며 '괴물'로 생각한다. 결국 어머니에 대한 아버지의 사랑이 그레고르를 죽음으로 내몬다. 어머니를 실신하게 한 벌로 그가 사과를 맞았기 때문이다. 가족에게는 경제적 능력이 있느냐 없느냐가 중요하다. 그레고르 가족은 사랑과 희생 등의 가치로 포장된 가족의 의미가 허구에 불과한 것이며, 사실상 자본주의의 경제 논리에 매몰되어 있음을 보여준다. IMF 이후 실직한 수많은 가장이 가정에서 내몰리고 죽음을 맞이한 사실을 떠올리면 이 이야기는 허황된 환상이 아니라 구체적인 현실성을 띤다.

그레고르가 갑충으로 변신하자 어쩔 수 없이 가족도 나름대로 변신하여 생활전선에 나서며, 그는 가족들에 기생하여 살아가게 된다. 이리하여 가족은 그를 없어져야 할 무용지물이라고 여기게 된다. 그레고르가 가족 중에서 가장 사랑한 인물로, 자신이 돈을 대서 음악학교에 보내주려는 계획까지 세우고 있던 여동생한테서 오히려 그는 가장 매몰차게 따돌림을 당하게 된다. 여동생은 처음에는 오빠를 '마치 아내처럼' 극진히 보살피다가 결국 그가 아무 짝에도 쓸모가 없게 된 것을 알고 잔인하게 등을 돌리고 만다.

이런 상황에서 자신의 삶이 무의미하다는 결론을 내린 그레고르는 가족을 원망하지 않고 화해하는 심정으로 죽음을 맞이한다. 물론 음식이 입에 맞지 않은데다 아버지가 던진 사과에 맞아서 생긴 상처가 덧난 이유도 없지 않지만, 오히려 그가 자발적으로 죽음을 받아들인 인상이 강하다. 죽은 갑충을 치운 후 여동생 그레테의 탐스럽게 피어오른 육체에서 미래의 희망을 기대하며, 가족이 교외로 소풍을 떠나는 결말은 그로테스크하고 비인간적인 현대인의 모습을 비춰주고 있다. 이렇게 볼 때 현대 사회에서 가족이란 사랑의 공동체라기보다는 자본주의 체제의 경제공동체에 가깝다. 현실에서는 가족주의 이데올로기를 이용하여 이러한 본질을 합리화하거나 미화하고 있을 뿐이다.

한국 소설에서의 변신 모티프 수용

우리나라 소설에서도 변신의 모티프가 김영현의 단편 「벌레」와 구효서의 「카프카를 읽는 밤」에서 수용되고 있다. 김영현의 단편 「벌레」는 감방에서 교도관의 가혹 행위 때문에 자신이 한 마리 벌레로 변한 것 같은 주인공의 모습을 그리고 있다. 작품에서 '나'는 스스로가 벌레처럼 느껴져 남의 눈에 띄지 않는 먼지 같은 존재가 되고 싶어 하는 '나'의 증상에 관해 이야기한다. 그러나 「벌레」는 카프카의 『변신』처럼 난해하지 않고 독재 권력의 야만성을 고발하는 풍자적인 성격을 띠고 있다. 김영현의 소설에서는 주인공이 벌레로 변신하지 않고 끝까지 인간으로 남아 있다. 그러나 '나'가 벌레로 변하게 되는 것은 폭력적 권력 때문만이 아니고 심층에서 일어나는 내적 심리도 작용하고 있다. 가족과 애인이 '입에서 침을 흘리고 옷에 오줌을 싸놓은' 자신의 비참한 몰골을 보면 놀라서 미치고 말 것이기 때문이다. 『변신』의 그레고르는 자신의 변신을 담담하게 받아들이는 반면 「벌레」의 '나'에게는 변신이 치욕이고 징그러운 모습이다. 그렇지만 '나'는 '벌레'가 되어 자신을 억압하는 사회와 스스로에게서 벗어나고 싶어 한다.

구효서의 「카프카를 읽는 밤」에서 '나'는 카프카의 소설을 읽으며 변신을 하게 된다. 소설에서 '나'는 땅끝 '토말'에서 우연히 만난 '그녀'와 이야기를 나눈다. 땅끝까지 갔다는 건 '나'와 '그녀'가 현실에서 더 이상 갈 수 없는 막다른 골목에 다다랐음을 의미한다. '그녀'는 자신이 재일 한국인 2세이며 자신에겐 영토가 없다고 말한다. '나'가 카프카의 소설을 읽으며 변신하게 되는 건 카프카처럼 자신도 뚜렷한 영토를 갖지 못한 소외된 사람임을 암시한다.

그런데 '나'의 변신은 카프카의 『변신』이나 김영현의 「벌레」와는 달리 그 형태를 알 수 없다. 다만 '나와 눈이 마주치는 순간 헉, 소리와 함께 눈과 입을 크게 벌리고 그 자리에 얼어붙는' 아내의 반응으로 보아 '나'가 굉장히 무섭거나 혐오감을 일으키는 섬뜩한 모습임을 추측할 수 있다. '나'는 가장 가까워야 할 가족과 분리되는 모습을 통해 '나'가 외부세계와 화합하지 못하고 현실을 벗어난다는 걸 보여준다.

카프카는 그레고르 잠자 이야기를 지금으로부터 약 100년 전에 썼다. 지금도 우리는 그때와 같은 막연한 불안과 위협, 공포에 시달리며 살아가고 있다. 어느 날 아무 잘못도 없이 부당하게 직장에서 내쫓겨 타인의 눈총을 받으며 쓸쓸하게 퇴장당할지도 모른다. 인간적인 존재로서 정당하게 대우 받고, 주체로써 당당하게 이 세상을 살아가는 것이 아니라 도구로 쓰이고, 그 쓰임이 다했을 때는 매몰차게 폐기처분 당한다. 그것이 바로 이 소설들의 세계이고 작가들이 비판한 세계이다. 또한 그 세계에선 따뜻한 사랑의 보금자리여야 할 가정마저 가장을 도구적 기능인으로만 평가하고, 그 기능이 쓸모없을 때는 손쉽게 폐기처분하는 냉혹하고 비정한 공간이다.

어느 날 이유 없이 체포되는
요제프 K의 이야기 『소송』

"누군가 요제프 K를 중상모략 했음에 틀림없다. 그는 아무런 나쁜 짓을 한 기억이 없는데도 그날 아침 느닷없이 체포되었기 때문이다."[1]

카프카의 소설에서 주인공은 어느 날 아침 벌레로 변해 있기도 하고 느닷없이 체포당하기도 한다. 그 때문에 카프카 문학에 의해 '카프카적 kafkaesk'이라는 형용사가 생겨나게 되었다. '혼란스러운, 섬뜩한, 불합리한' 어떤 것을 가리키는 단어이다. 실제로 많은 사람들은 카프카의 난해한 작품을 접하고 충격을 받으며 '그로테스크하고 비현실적'이라는 인상을 받는다. 그리고 주인공은 그 상황에서 벗어나려고 애를 써보지만 끝까지 그 이유를 알지 못한 채 비참하게 죽고 만다. 어느 날 갑자기 주인공이 체포되는 이 상황은 꿈인가 현실인가? 이 상황은 비인간화된 악몽 같은 세계 속에서 인간이 느끼는 공포와 소외와 당황스러움을 의미한다. 그리고 전율, 불안, 소외, 좌절을 나타내는 표제어로서 불확실한 운명에 어쩔 수 없

----
1 프란츠 카프카, 『소송』, 홍성광 역, 펭귄클래식, 2009, 7쪽.

이 내맡겨져 있는 상태, 테러, 죄, 절망, 관료주의적 조직 및 익명의 권력 구조에 의한 위협을 상기시킨다. 토마스 만은 '카프카의 응시는 세계문학이 산출해낸 가장 읽을 만한 작품으로 평가될 것이다'라며 무명의 카프카에게 찬사를 바치고 있다.

흔히 카프카의 『소송』은 도스토옙스키의 『죄와 벌』, 『성』은 괴테의 『파우스트』, 『아메리카』는 호메로스의 『오디세이』에 비견되기도 한다. 『소송』의 주인공 요제프 K는 토마스 만의 장편 『마의 산』의 카스토르프처럼 사로잡힌 몸이 되어 소송이라는 심연으로부터 탈출을 시도하지만 실패하고 만다. 카프카의 문학은 지금까지 알려진 문학 작품의 어느 부류에도 속하지 않는 고유한 형식과 특징을 지니고 있다. 그리고 카프카의 작품 기법은 다의적 해석을 가능하게 하는 완벽한 형식을 지니고 있다. 아도르노의 말처럼 카프카의 모든 문장은 '해석을 허용하려 하지 않는다'. 또한 작가는 독자의 사유를 촉발하는 핵심적 과제를 성취하고 있다. 즉 카프카 문학의 특수성은 종래의 사실주의 문학에 과감히 반기를 들고 언어를 충격적으로 혁신한 미적 현대성에 기인한다.

딜레마이자 또 다른 소송인 결혼

카프카는 『소송』을 쓰던 무렵 펠리체 바우어와 약혼과 파혼[2]의 과정을 겪는다. 당시 바우어의 아버지에 보내려고 일기에 기록한 편지에 '저는 문학 외의 그 어떤 것이 될 수도 없고 될 생각도 없습니다. 문학은 저 자신의 것입니다'라는 구절이 나오는데, 이를 보면 그가 결혼문제로 얼마나 고

----

2 카프카는 모두 세 번의 약혼과 파혼을 겪는다. 두 번은 펠리체 바우어와의 약혼이었고(1914년, 1917년), 마지막은 율리에 보리체크와의 약혼이었다(1919년).

민을 거듭했는지 잘 알 수 있다. 결혼은 그에게 딜레마이고, 구원인 동시에 소름 끼치도록 무섭고 불가능한 일이었기 때문이다. 그는 결혼하기로 결심한 순간부터 더 이상 잠을 이룰 수 없었다. 카프카의 사랑은 카네티의 지적대로 '또 다른 소송'으로, 주저와 연기의 과정이며, 정당화를 하기 위한 소송 심리(審理)이다. 카프카는 『소송』을 거의 다 쓰고, 『아메리카』를 완성하는 중에 두통과 불면증에 시달리면서, 성서, 스트린드베리, 도스토옙스키, 크로포트킨, 키르케고르의 작품을 탐독한다.

독일의 희곡 작가 페터 바이스는 카프카의 『소송』을 희곡 작품으로 만들어 『새로운 소송』을 썼고, 페터 한트케도 카프카의 영향을 많이 받았다. 한트케는 요제프 K가 처형당하며 느끼는 수치심, 즉 카프카의 수치심에서 자신을 '재발견하고, 최초로 발견하고, 끊임없이 재발견하게' 되었다고 말한다. 페터 바이스는 『소송』을 사회주의 교훈극으로 전환하여 노동자 독자를 '올바른 인식'의 길로 이끌게 하려고 한다. 페터 바이스의 『소송』에서 K는 대 합병기업에서 업무대리인으로 출발하여 대표 자리까지 고속 승진한다. 바이스는 자본주의 사회의 메커니즘을 인식했으나 이를 타파하지 못하는 요제프 K의 무능함에 대해 처형을 선고했다. 뷔르스트너 양은 K와는 달리 가장 밑바닥 경리사환에서 출발하여 은행장까지 올라간다. 그녀는 프롤레타리아 출신으로 상부의 내막을 잘 알고 있었음에도 그들과 동조하며 수단 방법을 가리지 않는 뒷거래의 핵심중개자로 최고 책임자에게까지 올라간다. 인물들의 성격과 그들의 맡은 임무 등이 카프카에서와는 완전히 다른 내용으로 대치되었지만 그 사건의 진행 방향과 공간적 구조는 변함없이 유지된다. K가 일요일이면 찾아갔던 법정은 여기에서는 현재의 부조리를 개선하고자 열망하는 정치 집회로 대체되었고, 정체모를 최고법정은 여기서 다국적 독점기업, 군부 그리고 감시기구를 총망라한 권력 엘리트 집단으로 구체화되었다.

토마스 만이냐 카프카냐?

루카치는 저서 『토마스 만이냐 카프카냐』에서 토마스 만을 비판적 리얼리즘의 작가로 옹호하고, 카프카를 총체적 세계관이 결여된 전위적 데카당스 작가에 불과하다고 주장한다. 그는 카프카가 불안이라는 근본적 체험 때문에 현실의 본질적 특성과 경향을 발견하지 못했고, 따라서 현실의 의미 없는 부분들과 자신의 무기력만을 묘사하는 데 그쳤다고 비판한다. 브레히트는 이와는 달리 카프카를 클라이스트, 뷔히너 등과 대등한 위대한 산문작가로 평가하지만, 소외라는 독특한 경험으로 환각적인 악몽을 만들어 내는 서술 기법에는 반대한다. 브레히트는 카프카의 작품을 이성의 심판을 기다리는 우화나 비유로 읽지만 카프카가 이 우화에서 아무런 해결책도 제시하지 못했다고 본다.

그런데 벤야민이 보기에 브레히트의 사회학적인 유물론적 해석은 메시아의 도래에 대한 카프카의 근원적인 신학적 질문을 도외시한다는 점에서 한계를 지닌다. 숄렘이 카프카를 주로 신비주의자로 보았다면 브레히트는 그를 실패한 우화작가로 보았다. 카프카의 비유 언어 형식을 통해 인간의 자기 소외를 분석하는 벤야민은 카프카의 산문에 신비주의자와 우화작가, 모호한 언어와 지시적 언어, 공상가와 현자가 동시에 공존하고 있기 때문에 이 문제에 대한 결정을 유보하고 있다. 아도르노는 카프카 작품의 인물들은 강력한 순응 압박에 시달리는 변형된 인물로 보고, 작품에 인간의 부패와 허위의식이 그려져 있지만 카프카가 이 상황에서의 탈출구를 제시하지 못한다고 본다.

1963년 체코의 프라하에서 열린 카프카 회의에서는 그동안 공산권에서 반동적인 데카당스 작가의 본보기였던 카프카의 작품을 마르크스적 관점에서 재조명해 카프카를 위대한 작가로 증명하려고 시도했다. 이 토론회에서는 아주 상이하고 다양한 카프카 조명이 이루어져 카프카는 여기에서 소설 세계를 날조해 사회 현실의 날조를 보여준 아방가르드 리얼리즘의 대표자로 간주되는가 하면, 작품의 풍자성과 비유적인 현실 묘사로 관료제에 대한 비판가로 평가되기도 하고, 다른 한편에서는 모든 산업국가와 사회주의 국가에도 상존하는 소외의 소설가로 규정되기도 한다.

소설의 생성

카프카는 1914년 7월 12일 펠리체 바우어와 파혼한 뒤 다음 달 중순에 『소송』을 쓰기 시작해 1915년 1월에 미완성인 채로 끝낸다. 소설에서 감시인의 이름이 빌렘과 프란츠인 것은 우연이 아니다. 그것에서 1914년 8월에 제1차 세계대전을 일으킨 독일의 빌헬름 2세와 오스트리아의 프란츠 요제프 1세의 이름이 암시되고 있다. 막스 브로트는 카프카가 요절한 다음 해인 1925년 이 미완성 소실에 『소송』이란 제목을 붙여 출판하였다. 막스 브로트는 불태워 없애라는 카프카의 유언을 어기고 출판하게 된 이유를 이 소설이 '단연 최고의 작품'이기 때문이라고 밝힌다. 이 소설의 생성 배경으로 1914년 5월 베를린에서 있었던 펠리체 바우어와의 약혼과 곧 이은 7월의 파혼으로 인한 카프카 생애의 위기를 들 수 있다. 그는 파혼으로 인해 한편으로는 해방감을 느꼈지만, 결혼과 가족을 꾸리는 문제에서 실패했다는 죄책감이 더욱 컸다. 이 같은 죄책감에 쫓기면서 카프카는 자기고발과 자기심판이라는 내적 소송을 경험하게 된다. 이 소설이 카프카의 자전적 체험에서 비롯된 것이긴 하지만 주인공 K가 바로 카프카를 의미하는 것은 아니다. 카프카는 친필 원고에서 뷔르스트너 양을 약어, F.B.로 적고 있는데, F.B.는 펠리체 바우어의 약어로 보인다. 또한 브로트는 여교사 몬타크 양의 모델이 펠리체 바우어의 친구 그레테 블로흐라고 주장한다. 소설에서 요제프 K는 서른한 번째 생일 전날 저녁에 살해되고, 작가 카프카는 자신의 서른한 번째 생일 전날 저녁에 펠리체와의 약혼을 취소하기 위해 베를린으로 갈 결심을 한다. 카프카는 파혼을 한 장소인 아스카니아 호프(Askanischen Hof)라는 호텔을 일기에서 호텔 '법정'이라고 부르고 있다.

막스 브로트는 『소송』을 카프카의 '가장 위대한 작품'이라고 평했고, 쿠르트 투콜스키는 『소송』을 가리켜 자신이 '최근에 읽은 작품 중에서 가장 섬뜩하고 강한 인상을 주는 책'이라 말한다. 헤르만 헤세는 1925년 베를린 일간지 〈타게스슈피겔〉에 기고한 서평에서 『소송』에서 받은 신선한 충격을 이렇게 평하였다. "그것은 얼마나 진기하고, 사람을 흥분시키는 기묘한 책인가! 그리고 얼마나 즐거움을 안겨주는 책인가! …… 그것은 마치 오목거울에 나타나는 것과 같은 섬뜩한 가상의 현실이 생겨나도록, 순수한 기교로 만들어지고 환상의 힘으로 창조되었다."

소송을 둘러싸고 벌어지는 주인공의 불안한 상황에 관해 다양한 해석이 있다. 막스 브로트는 『소송』을 신의 심판과 은총이라는 종교적 관점에서 해석했고, 아도르노는 제1차 세계대전 이전의 비인간적인 오스트리아의 관료 제도를 비판하고 있다고 보았으며, 빈더는 카프카가 바우어와 겪은 약혼과 파혼과정을 자서전의 관점에서 해석하였다. 『소송』에는 유명한 우화 「법 앞에서」가 삽입되어 있는데, 이 우화는 지금까지 논의된 소설의 핵심들을 다시 한 번 응축해서 표현하고 있다. 카프카는 항상 복잡한 내용의 작품일수록 단순화하는 형식, 흔히 기록의 형식으로 소설의 기본 구조를 요약한다. 『아메리카』에서는 삼촌의 편지, 『성』에서는 클람의 편지가 여기에 해당된다. 이 우화에 나오는 문지기 이야기를 카프카는 일기에선 전설이라 말하고, 소설에서는 법 입문서에 있는 이야기로 표현한다.

카프카는 소설이 한없이 계속되어 끝나지 않는 것을 막기 위해 처음의

'체포'와 마지막의 '종말' 장을 1914년 8월 11일 거의 동시에 완성했다. 서른 살이 되는 생일 아침에 이유도 모른 채, 실제로 구금되지도 않은 채 자신의 침대에서 체포된 K는 기소기관과 자신의 위법행위에 대해 알아보지만, 이 추적과정에서 불합리한 사법제도의 불투명한 미로 속으로 빠져든다. 결국 요제프 K는 끝없는 노력에도 불구하고 자신의 죄가 무엇인지, 자신이 도달하고자 하는 법원의 정체가 무엇인지 밝히지 못한 채 일 년 후 야밤에 두 명의 형리에 의해 어느 채석장으로 끌려가서 '개처럼' 처형당한다.

평론가들은 K가 체포되어 이렇게 처형되는 죄의 원인을 여러 각도에서 분석한다. 막스 브로트는 종교적인 죄의식에서 그 원인을 찾으려 하고, 빌헬름 엠리히는 실존주의적 관점에서 근원적 갈등을 겪는 현대인의 내면세계를 요제프 K에게서 읽으려 한다. 발터 조켈은 심리분석가의 입장에서 K가 취한 행동의 오류를 카프카의 오이디푸스 콤플렉스에서 찾는다. 아도르노와 같이 사회학적 분석을 하는 평론가들은 주인공의 죄를 후기자본주의 사회가 부딪힌 위기에 대응하려는 자세를 다지는 과정에서 나온 산물로 간주한다.

길 잃은 평범한 시민 요제프 K

『소송』의 주인공 요제프 K는 은행의 업무주임이다. 그는 자신의 서른 살 되는 생일날 아침 잠자리를 급습당하고 자신이 체포되었다는 사실을 통고받는다. 혐의 사실이 무엇인지 도저히 알 수 없었고, 법정에서도 이에 대해 아무 말이 없다. 행동의 자유는 허용되었으므로 그는 계속 은행 일을 보면서 소재를 알 수 없는 재판소와 자신의 혐의를 알아내어 무죄를 입증하려고 안간 애를 쓰며 자신의 무죄를 주장한다. 그러나 법정투쟁도 아무 소용이 없고 그는 점차 기진맥진한 상태로 빠져든다. 그로부터 1년이 지난 후 K는 두 명의 사형집행인에 의해 채석장으로 끌려가 아무 저항도 못하고 개처럼 처형되고 만다.

작품에서 미혼의 은행원인 요제프 K는 서구 자본주의 사회의 가치관을 그대로 따르는 평범한 시민이다. 직장의 상관은 그의 능력을 높이 평가하고, 하숙집 주인은 그를 착하고 좋은 청년이라고 말하며, 그의 삼촌 역시 그를 집안의 명예로 자랑스럽게 여기고 있다. 요제프 K는 자신이 밤마다 찾아가는 엘자를 자기 애인이라 부르면서도 애인의 자리를 차지하겠다는 레니의 말에 선뜻 그녀를 포기할 의사를 밝힌다. 밤부터 새벽까지 술집에서 일하고 낮에는 침대에서 손님을 받는 엘자에 대한 요제프 K의 사랑은 본능 충족과 대리만족 이상의 의미는 없다. 이러한 시민생활의 단면들로 카프카는 성공과 행복에 대한 요제프 K의 집념이 무분별한 출세욕과 이기심의 표출임을 보여주고 있다.

첫 장면에서 '여행복 차림의 낯선 사람'을 만나면서 요제프 K는 1년간 소송이라는 여행을 떠난다. 요제프 K 역시 토마스 만의 토니오 크뢰거나 아셴바흐처럼 '길 잃은 시민'이라 할 수 있다. 실제로 카프카는 주인공 요제프 K를 토니오 크뢰거처럼 부유한 사업가의 아들로 구상했다가 고쳤다고 한다. 그런데 요제프 K를 향한 유혹은 더 강하고 착오는 훨씬 크며 탈선은 더욱 걷잡을 수 없다. 카프카는 불확실한 희망으로 현혹되고 불확실한 위협으로 고통 받는 피고인 요제프 K의 여행이 예술가가 모험과 방황을 하며 겪어야 하는 수련기의 또 다른 표현임을 암시한다.

보다 자세히 살펴보면 카프카 작품에 등장하는 대부분의 '길 잃은 시민'들은 예술가의 운명을 공유한다. 카프카가 『소송』에서 주인공의 직업을 예술가로 직접 묘사하고 있지는 않지만 요제프 K가 은행 고객인 이탈리아인 예술 애호가를 동반해야 한다거나, 그의 얼마간의 예술사적 지식들이 은행 안에 소문나 있다고 언급하는 카프카의 숨은 의도를 간과할 수 없다. 실제로 소송에서 피고에게 요구하는 '청원서'는 총체적 삶을 기술할 것을 요구한다. 이러한 맥락에서 『소송』이란 연극을 연출하는 예술가의 역할 역시 요제프 K의 몫으로 파악할 수 있다. 작품 전체를 주도하는 모티프로 『소송』이 연극 그 자체라고 암시된다. 체포 사실을 통고 받는 장면에서 피고라는 새로운 역할을 맡은 요제프 K는 반어법으로 『소송』이란 희극에 동참하겠다는 의지를 밝힌다. 작품의 끝머리에서 죽음을 맞이하는 요제프 K는 법원이 보냈다고 여겨지는 인물을 '연극배우'의 등장이라고 여기며 그들에게 "당신들은 어느 극장에 출연하는가?"라고 직접 물어본다. 카프카는 '지붕 밑 다락방에 위치한 법원'이 바로 연극 무대라는 사실을 간접적으로 강조하고 있다.

상징 언어

뷔르스트너 양의 방에 걸린 하얀 블라우스의 흰색은 순결을 상징하며, 이 상징은 잃어버린 어린 시절을 연상시킨다. 요제프 K는 아이의 역할이 가족과 사업, 시민사회의 도덕과 같은 감옥에서 탈출할 수 있게 해준다고 확신한다. 요제프 K가 도시 외곽에 위치한 법정을 찾아갈 때 그것이 위치한 방향을 표시하는 메모에서 받은 첫인상은 '어린아이처럼 미숙한 글씨'였고, 변호사는 요제프 K에게 마치 '어린아이에게 하는 듯한 경고'를 한다. 체구가 건장한 '붉은 턱수염의 남자'는 바로 아이로 변신한 요제프 K의 팔루스(음경)적 유혹자이다. 이러한 맥락에서 요제프 K의 이해할 수 없는 흥분과 비난을 설명할 수 있다.

『소송』에는 되풀이해서 등장하는 인물로 건장한 남성의 전형과 남성을 유혹하는 여성의 전형이 있다. 전자로는 부패한 말단직원을 처벌한다는 명분으로 발가벗겨 채찍질하는 법원의 감시인, 하숙집 여주인 그루바흐 부인의 조카로 '창'이라는 뜻의 독일어 '란체Lanze'를 연상시키는 란츠가 있고, 후자로는 뷔르스트너 양, 엘자, 변호사의 간병인인 레니, 법원 직원의 아내가 있다. 이런 여성들은 협조자의 역할을 부여받지만, 실제로는 시민사회의 규범에서 벗어난 자유분방한 생활을 통해 요제프 K의 일상에서 통제되고 숨겨진 여성적인 면을 강조해주는 기능을 맡고 있다.

진정한 사랑의 상실

카프카의 잠언에 '새장이 새 한 마리를 잡으러 갔다'는 말이 있듯이, 소설에서는 법정이 피고인 요제프 K를 잡으러 간 셈이다. 그렇지만 K가 체포된 정확한 원인은 소설의 끝에서도 밝혀지지 않고, 요제프 K가 어떤 나쁜 짓을 했는지도 불확실하다. 실제로 고발이 있는 것도 아니고 판결도 내려지지 않는다. 그루바흐 부인은 체포를 학식 있는 사람들이 골몰하는 뭔가 추상적이고 이론적인 것, 원칙적인 것으로 생각한다. 그의 죄 또한 어떤 특정한 법률적 과실에 있는 것이 아니라 인식과 고백을 통해 속죄할 수 있는 실존적이고 인간적인 죄로 이해될 수 있다.

그러면 체포의 원인이 된 요제프 K의 인간적·도덕적 죄는 어디에 있는가? 요제프 K는 어머니에게 생활비를 송금하는 등 경제적인 지원은 하지만, 어머니를 찾지 않은 지 이미 2년이나 되어 모자간의 사랑 같은 건 독자에게 느껴지지 않는다. 요제프 K에겐 아버지도 없지만 그의 내면엔 어머니도 존재하지 않는다. 같은 도시에 사는 유일한 혈육인 사촌 여동생 에르나의 생일도 그냥 지나치는 등 그는 가족에 대해 무관심하며 주의를 기울이지 않는다. 삼촌은 요제프 K가 이처럼 가족 의식이 결여된 것을 질책한다. 뷔르스트너 양, 엘자, 레니, 법원 직원의 아내 등 요제프 K의 여자관계에 있어서도 에로틱한 육체적 관계는 엿볼 수 있지만 헌신적인 모습이나 진정한 사랑은 찾아보기 어렵다. 요제프 K의 소송이 진정한 사랑의 부재를 다루고 있다는 점에서 사랑에 실패한 카프카 자신의 정신적 갈등과 죄책감을 떠올리게 한다.

요제프 K와 뷔르스트너 양의 키스 장면은 오히려 관계의 상실과 사랑의 무능력을 보여주고, 부엌의 서류 더미 속에서 벌이는 레니와의 정사는 낯설고 기묘한 성행위에 지나지 않는다. 특히 하숙집 여주인에 의해 품행이 단정하지 못한 여자로 평가되는 뷔르스트너 양은 K에게 에로틱한 존재로 여겨진다. 요제프 K는 그녀의 방에서 자신의 체포에 관해 얘기한 후 그녀의 손, 입, 얼굴 그리고 목에 키스를 한다. 이 같은 애정표현은 진정한 사랑과는 거리가 먼 강제적 행위로 나타난다. 요제프 K는 또한 변호사 훌트의 간병인인 레니의 유혹을 받고, 그녀는 자진해서 요제프 K의 조력자로 나선다. 그러나 여성 조력자들은 전도된 역할을 수행해서, 요제프 K를 진정으로 돕는 대신 더 깊이 소송에 휘말리게 한다. 요제프 K 역시 인간관계를 물적 관계로 격하시키고 다른 인간들을 도구화하면서, 소송으로 인한 위협에 대처하기 위해 이 여자들을 수단으로 이용한다. 이 밖에도 요제프 K는 뇌물로 법원에 속한 자들의 환심을 사려하는 등, 부정직한 행동과 매수도 서슴지 않는다.

체포와 종말

요제프 K는 체포를 희극으로 생각하고, 뷔르스트너 양에게 체포과정을 마치 연기하듯 설명해 보인다. 그는 감시인들이 온다는 통지를 받지 않았음에도 분명 그들의 방문을 알고 있다. 이는 법원이 아니라 자신이 판결을 내릴 용의가 있음을 의미한다. 마지막으로 요제프 K는 두 손을 쳐들고 손가락을 펼치면서 저항한다. 요제프 K의 저항은 자신의 죄를 떠안고 판결을 인정할 수 있는 기회를 놓쳐버린 마지막 중대한 실수로 해석되고 있다. 결국 요제프 K는 최후의 법원이 아득히 먼 곳에 있음을 의식하고 죽는다. 카프카의 소설에서 죽음은 끔찍스럽긴 하지만, 동시에 자유로 향하는 유일한 길이기도 하다. 살로 파고 들어오는 칼에 대한 생각은 카프카의 일기에서 여러 번 등장하는데, 『소송』을 집필하기 3년 전인 1911년 11월에 이미 카프카는 자신의 '심장에 비틀린 칼의 상상에 대한 쾌감'에 대해 적고 있다.

체포와 종말 사이에 놓여 있는 소송의 전 과정은 요제프 K가 법원의 존재를 파악하고, 최고법원에 이르고자 시도하는 과정이다. 그러면서 요제프 K는 자신의 죄에 대해서는 어떠한 것도 알지 못하고 알려고 하지도 않는다. 일상적 의미의 소송으로 진행되지 않는 『소송』은 눈에 보이지 않는 법정에서 진행된다. 요제프 K의 소송은 정상적인 재판 절차와는 거리가 멀다. 우선 요제프 K의 행동부터가 지극히 모순된다. 그는 재판을 거부하면서도 법원을 찾는다. 실제로 법원과 소송의 세계가 점점 그의 사고와 행동양식을 결정짓고 있다. 이로 인해 그는 직업상의 과제를 수행하는 데 지장을 받으며, 사회적 일상에서 멀어지고 차츰 유리되는 느낌을 갖게 된다. 법원에 맞서는 그의 행동은 너무 성급하고 수단과 방법을 잘못 선택하고 있지만, 그는 언제나 그러한 것을 뒤늦게 깨닫는다. 또한 초조감으로 인해 요제프 K는 맹목적인 행동과 모든 가능한 피상적인 시도를 감행하고는 또한 이내 바로 포기한다.

이 과정에서 특이하게도 요제프 K의 가정과 예측이 법원에 의해 현실화되고 있다. 요제프 K가 처음으로 법원에 출두하라는 요구를 받았을 때 그에게 날짜는 통보되었지만 시간은 언급되지 않는다. 요제프 K는 자기 마음대로 아홉 시로 정하고 법원에 출두하지만 열 시에야 법원 사무국에 도착한다. 그런데 이제 법원으로부터 한 시간이나 늦었다고 비난을 당한다. 소설의 끝에서도 요제프 K는 법원으로부터 아무런 통보를 받지 않았지만 검은 옷을 입고 사형집행인들을 기다린다. 이 같은 예측만으로도 실제로 형리들이 등장한다. 그러나 소송의 진행과정에서 그에게 모습을 드러낸 건 단지 법원의 하급 조직뿐이다. 법원 전체와 그 핵심을 볼 수 없다는 것이 바로 요제프 K가 벗어날 수 없는 미궁 속으로 빠져드는 요인이 되고 있다.

「법 앞에서」의 시골남자와 요제프 K 모두 하급재판소의 발언들을 절대적인 진리로 받아들이는 데에 소설과 전설의 유사성이 있다. 또한 둘 다 착각하고 있고 기만당하고 있다. 시골남자처럼 요제프 K도 스스로의 잘못으로 목표를 그르친다. 왜냐하면 그는 본질적인 것을 인식하지 못하고 자신의 소송을 쓸데없는 방법들로 이끌어가기 때문이다. 그는 성당에 들어갈 때도 성경이나 기도서 대신 도시의 관광 책자를 휴대한다. K는 인간의 본질, 자신에게 죄가 있음을 간과하듯 성당의 본질을 간과한 것이다. 또한 두 사람 모두 공통으로 모든 것을 법과 법원에 걸면서도 그 본질을 파악하지 못하고 있다. 시골사람이 법에 대해 자신의 힘을 행사할 수 없는 것처럼 K 역시 법과 죄의 본질의 문제를 파고들 수 없다. K에게 법이란 인간이 이성으로 판단 가능한 영역의 바깥에 있는 것이라는 사실만 분명할 뿐이다. 말하자면 '문지기 전설'은 권위에 대한 맹신, 비독립성, 미성숙에 관한 우화로써 법원이 요제프 K에게 보내는 마지막 경고로 이해될 수 있다.

권력에 의한 감시와 통제

프로이트의 제자 오토 그로스는 1913년 〈악치온〉지에 "오늘날 혁명가는 원초적 형태의 폭행, 아버지와 부권에 대항해 투쟁한다"고 선언하였다. 그런데 부자 갈등이란 모티프와 관련하여 커다란 이목을 끈 사건이 1913년 11월 베를린에서 발생했다. 즉 오토 그로스의 아버지가 시민적 질서에서 이탈한 아들을 정신병원에 감금시키면서 부자 갈등이란 문학적 주제에 실제 본보기를 제공해주었던 것이다. 이 사건은 카프카의『소송』집필 9개월 전에 일어났다. 저명한 형법학자이자 수년간 예심판사를 역임하기도 한 한스 그로스는 아들 오토를 공안에 유해한 정신병자로 몰아 오스트리아의 한 정신병원에 감금시켰다. 당시 경찰은 오토 그로스를 체포한 이유를 모르핀 소지 때문이 아니라 신분증명서를 소지하지 않았기 때문이라고 했다. 그의 증명서는 그라츠에 있는 그의 아버지가 보관하고 있었다. 그리고 여러 사람들이 그로스를 체포하기 위해 그의 집을 점거하였다고 한다.『소송』역시 낯선 사람들이 요제프 K의 방을 점거하는 것으로 시작되고, 요제프 K 역시 자신의 신분증명서를 발견할 수 없다.

카프카가 한스 그로스처럼 그렇게 과격하고 공개적으로 가장 원초적인 형태의 폭력, 아버지와 부권에 대한 혁명적 투쟁을 선전하지 않았다 하더라도 카프카의 권력, 종속, 죄, 기진맥진에 대한 문학적인 분석과 그로스의 이론적 분석 사이에는 많은 공통점이 있다. 또 그들의 개인적인 경험에도 비슷한 점이 많이 있다. 카프카가 「아버지에게 드리는 편지」에서 그의 아버지를 묘사한 것처럼, 카프카의 아버지는 그로스의 아버지와 여러 가지 공통점이 있다. 둘 다 이상한 부류의 사회 진화론자들이다. 그로스의 아버지는 여러 기고문에서 생물학적으로 열등하고 생존경쟁에서 낙오된 자들은 건전한 사회를 위해 서부 아프리카의 식민지로 추방해야 한다는 논리를 전개하였다. 카프카의 아버지 역시 강자와 건강한 자의 사회 진화론적 미덕을 찬양하였다. 허약한 아들은 그가 보기에 생활능력이 없는 해충이나 다름없다. 이와 같은 가족 내에서의 부자 갈등은 개인과 가부장적 사회의 권위 및 권력 간의 무의식적인 다양한 갈등의 기본 틀이 되었다. 『소송』에서는 「선고」와 『변신』에서 드러난 가족 간의 부자 갈등이 가족 외적인 영역으로 확대됨으로써 아버지 대신 익명의 관료주의 기관이 등장한다.

『소송』은 조지 오웰이 『1984년』에서 제시한 초권력(빅브라더)에 의한 사생활 침해, 현대 국가의 개인에 대한 통제와 감시를 일찌감치 예견한 작품으로 볼 수 있다. 작품에서 감시와 관찰의 수단으로 기능하는 창문은 위협을 나타낸다. 왜냐하면 창문은 들여다보는 것을 가능하게 하며, 호기심 많고 악의에 찬 낯선 이들의 시선에 개인의 사생활을 노출시키기 때문이다. 그렇게 창문을 통해, 맞은편 거리에 있는 이웃들에 의해 K가 체포되는 장면이 관찰된다. 즉 K의 체포는 공개적으로 관찰되는 사건으로 진행된다. 하숙집 여주인 그루바흐 부인도 집 안에서 엿듣는 자, 엿보는 자로서의 기능을 한다. 공개적 관찰은 단순한 호기심을 넘어 K를 문책과 처벌의 소송절차에 내맡기는, 그의 존재에 관한 사회적 감시형태를 취하고 있다. 턱수염이 뾰족한 남자는 K의 출발을 관찰하기 위해 창가를 떠나 현관에서도 모습을 드러낸다.

막스 브로트는 이들 관찰자들 외에 특히 체포 장면의 감시인들과 감독관들은 바로 나치 친위대원의 등장을 예고하며, 또한 죄 없이 체포된 K는 유대인을 상징하는 것이라고 보았다. 체포와 형리 장면에서 묘사된 감시인과 형리들의 제복은 실제로 나치의 복장을 연상하게 한다. 고등 교육을 받은 이들은 형리들보다 더 위험한 존재들로 전체 사회에 보이지 않는 감시의 그물을 던지고는 언제든지 테러와 살상을 자행할 준비가 되어 있다. 이들의 확고부동한 권력 본능이나 관료 근성은 아이히만이나 히틀러와 같은 유형의 인물들을 상기시킨다. 카프카의 정체성의 위기, 가족 간의 갈등은 히틀러의 젊은 시절과 흡사한 점이 있다. 즉 히틀러 역시 열심히 일기를 썼고, 폭력 환상에 시달렸으며, 애정관계에서도 불운하였다.

또한 둘 다 성적(性的)인 문제를 안고 있었고, 내외적으로 오랫동안 막강한 아버지의 권위에 종속되어 있었다. K는 폐물창고에서 태형리가 감시인들인 프란츠와 빌렘을 마구 때리는 장면을 목격한다. 잔혹성, 끔찍함, 위협 등 카프카적인 것의 견본적 장면인 형리 장면은 흔히 전체주의 체제하에서의 비인간적 폭력과 고문에 대한 예언적 표현으로 간주되었다.

권력과 법의 실체

『소송』에서 법원 관리들의 서열제도와 변호사들 내부의 서열은 피라미드 모양의 위계질서 구조로 특징지어진다. 마치 「법 앞에서」에서 문지기 숫자가 정해지지 않고 끝없이 이어지듯, 법정 내부의 관리들의 서열은 파악불가능하고 그 꼭대기를 짐작할 수 없게 한다. 따라서 『소송』에서 판사는 이 서열제도에서 하급에 속하는 '예심판사'로만 등장할 뿐 고위직 판사는 단지 존재한다고 이야기될 뿐이다. 상인 블록이 '무면허 변호사와 소변호사, 대변호사'가 있다고 말하는 것으로 보아 변호사들 내부에서도 서열이 존재하고 있다. 그리고 이 대변호사들은 도달 가능하지 않은 은밀한 어둠 속에 존재할 뿐 볼 수 없는 존재로 그려진다. 「법 앞에서」의 문지기가 시골남자의 모든 물건을 뇌물로 받은 것처럼 법원은 말단부터 부패하고 위선적이다. 심지어 법을 집행하는 최고 심급인 최고법정도 무능하고 부패할 따름이다. 그런데 이러한 권력구조에서 책임을 지는 권력 핵심부가 부재하며, 법정은 단지 '대리인의 기능' 내지 '중개의 원칙'을 통해 작동한다. 요제프 K를 체포하러 온 감시인들은 이러한 대리인에 불과하다. 푸코는 위계질서적인 감시 장치로서 '매개항'의 필요성을 역설하는데, 그에 따르면 이 매개항의 존재가 빈틈없는 통제 조직망을 형성하게 하는 동시에 통제받는 것에 너무 부담되지 않도록 하는 생산적인 규율장치를 가능하게 한다는 것이다.

벤야민과 아도르노도 카프카의 소설에서 두루 나타나는 관료조직의 위계질서와 그 안에서 작동하는 대리와 매개의 원칙을 자본주의 사회의 핵심적 특징으로 파악한다. 벤야민은 카프카의 소설에 표현된 위계질서적인 구조를 점점 불투명해져 가는 인간 공동체의 '삶과 노동의 조직'의 문제로 보면서, 현대 자본주의 사회의 고도로 조직된 체제 하에서 '불투명하게 매개된 인간의 유일한 관계가 되어 버린' 그런 시대적 상황이 카프카의 세계에 나타난다고 본다. 벤야민은 『소송』의 주제를 '인간 사회의 노동과 생활의 조직 문제를 비유적으로 형상화한 것'이라고 보았다. 아도르노 또한 상업주의가 팽배한 자본주의 사회에서는 '대리나 중개의 원칙'이 개인의 사생활에 침투하여 사적 영역을 집어삼키고 있다고 말한다. 그런데 요제프 K는 마지막으로 죽는 순간까지도 최고 심급의 법정과 자신의 사건에 최종 판결을 내려줄 재판관의 존재를 확인할 수 없었다. 카프카에게 권력 서열체계의 맨 꼭대기에는 최고의 심급이 가정되기는 하지만 실제로는 텅 비어 있고 존재하지 않는 것이다. 그런데 이러한 최고 심급 내지 중심은 블랙홀로서, 그리고 빈자리로 나타나면서 오히려 권력의 기능을 보증하는 역할을 한다.

한편 들뢰즈와 가타리는 카프카의 삶과 예술 사이에 아무런 구별을 두지 않는다. 그들은 그의 일기들과 편지들이 그의 허구와 직접적으로 소통하며 자신의 단편과 장편들에서 그가 실재 세계의 일부인 힘들과 싸움을 벌인다고 주장한다. 법은 그 자신이 기능하는 것 이외의 다른 궁극적 목적을 가지고 있지 않으며, K의 법에 대한 추구는 결론이 나지 않는 일련의 만남들과 무기한의 유예로 귀결될 뿐이라는 것이다. 들뢰즈와 가타리는 법에 대한 이 이야기를 단순한 허구로 보지 않는다. 왜냐하면 그들은 『소송』에서 카프카가 오스트리아-헝가리 제국 내부에 내재하는 경향들과 싸움을 벌임으로써 '미래의 악마적인 권력들'인 나치즘, 스탈린주의, 관료제적 자본주의와 같은 권력들을 폭로한다고 주장하기 때문이다.

오손 웰즈의 영화 〈소송The Trial〉

소설과 약 50년의 차이를 두고 1962년 오손 웰즈(Orson Welles) 감독에 의해 영화로 제작된 〈소송〉은 비교적 원작에 충실하게 진행된다. 작품의 전체 주제를 잘 요약해주는 「법 앞에서」가 영화의 첫 부분인 프롤로그에 등장하고 끝부분에서도 다시 반복된다. 「법 앞에서」의 시골남자는 『소송』의 요제프 K로 대치될 수 있으며, 성당의 신부는 요제프 K에게 「법 앞에서」를 들려줌으로써 K가 일상인으로 살면서 잊고 있는 실존적 자기책임성을 비유적으로 보여주고 있다. 변호사 훌트(Huld)는 K가 자유 의지로 이곳, 법의 문까지 왔으며, 법정에 도전하려는 K의 태도를 미친 짓이라고 반박한다.

영화에서는 이 변호사를 제2차 세계대전 및 나치즘의 독재자로 묘사하

오손 웰즈가 감독한 영화 〈소송〉의 한 장면

여 소설을 나치즘, 유대인 학살, 전쟁이라는 역사적 현실로 구체화한다. 그런데 소설에서는 K가 아무 저항도 못하고 죽는 반면에 영화에서는 K가 광분한 변호사의 말을 중단시키며 끝까지 패배를 거부하고 사형집행인에게 반항하면서 다이너마이트를 폭파시켜 자살한다. 그리고 소설에서는 '개 같구나'라고 고백하는 데 반해 영화에서는 '너희들, 너희들이 해야지!'라고 절규하며 능동적으로 저항하고 공동체적으로 각성할 것을 촉구한다. 이처럼 소설에서 나타나는 죄가 추상적인 데 반해 히틀러와 제2차 세계대전을 경험한 웰즈는 죄를 좀 더 구체적인 역사적 현실과 연결시키며, K를 나치즘의 수동적인 협력자로 방치하지 않고, 영화 속에서나마 나치의 등장을 어떻게든 막으려고 한다.

원죄설과 구원설

그런데 요제프 K는 왜 아무 잘못도 없이 체포되어 결국 '개같이' 처형되고 마는가? 수많은 해석이 있지만 이 문제에 대한 설득력 있는 설명은 여전히 찾아보기 힘들다. 카프카는 인간이 처해 있는 상황 자체를 유죄로 여긴다. 이런 점에서 요제프 K가 죄 없이 체포되는 것은 인류의 원죄와 관련이 있는 것으로 보인다. 그는 체포된 다음 하는 수 없이 아침식사로 전날 저녁에 남겨둔 사과를 먹는다. 두 감시인이 K의 아침식사를 먹어 치웠기 때문이다. 이 사과는 인류의 타락과 관계되는 선악과를 연상시키는 과일이다. 처음 그는 두 감시인이 그의 아침식사를 먹어치운 일로 자살 충동을 느끼기도 하지만 사과를 한 입 베어 물고 '기분이 좋아져서 일도 잘 풀릴 것으로' 생각한다.

카프카는 이러한 죄와 벌 개념을 쇼펜하우어에게서 취한 것으로 보인다. 쇼펜하우어는 인간이 고통과 처벌을 면할 수 없는 것은 죄 지을 본성을 타고 났기 때문이라고 한다. 그에 의하면 원죄설은 구약성서와 신약성서를 이어주는 유일한 형이상학적 원리이다. 쇼펜하우어는 기독교의 원죄설을 자기 식으로 해석하여 삶에의 의지의 긍정, 즉 욕망과 욕정을 원죄로 보고, 삶에의 의지의 부정, 즉 해탈을 구원으로 본다. 그리고 삶에의 의지의 부정의 대표자가 구세주이다. 우리가 삶에서 적지 않은 고통을 겪는 것은 시간이 우리를 숨 돌릴 틈 없이 몰아대고, 우리 뒤에서 교도관처럼 채찍을 들고 있기 때문이다. 쇼펜하우어가 보기에 인간은 '삶의 선고를 받았지만, 판결의 내용은 아직 모르고 있는 아이 같은 존재'이다. '이 세상 사람들은 자기 생존에 대해, 더구나 각자 자신의 방식으로 벌을 받고 있다'는 것이다. 쇼펜하우어는 『소품과 부록Parerga und Paralipomena』에서 이렇게 말한다.

> "모든 인간을 평가하기 위한 올바른 척도는 그가 애당초 존재해서는 안 되는, 다양한 고통과 죽음에 의해 자신의 생존을 속죄하는 존재라는 점이다. 그러한 존재로부터 무엇을 기대할 수 있는가? 우리는 모두 사형선고를 받은 죄인이 아닌가? 우리는 일차로 우리의 출생에 의해, 두 번째는 죽음에 의해 속죄한다. 원죄도 이것을 알레고리로 나타내고 있는 것이다."[3]

이 문장이 요제프 K의 체포와 처형에 대한 단초가 될 수 있지 않을까? 알다시피 카프카는 쇼펜하우어와 니체의 철학을 열심히 읽었고, 또 많은 영향을 받기도 했다. 쇼펜하우어는 '인간은 도살업자가 자기들을 하나하나 고르고 있는 줄도 모르고 들판에서 뛰어노는 어린 양과 같다'고 말한다. 즉 어린 양은 도살업자에 잡히면 죽음을 면치 못한다. 인간도 그와 같

---

3 아르투어 쇼펜하우어, 『쇼펜하우어의 행복론과 인생론』, 홍성광 역, 을유문화사, 2013, 314쪽.

은 운명이라는 것이다. 우리는 행복한 나날을 즐기고 있는 중에는 운명이 바로 지금 우리에게 어떤 액운을 준비하고 있는지 알지 못한다. 그래서 쇼펜하우어는 '우리는 모두 사형선고를 받은 죄인이 아닌가?'라고 묻고 있다. 카프카가 체포와 마지막 처형 부분을 먼저 같이 쓴 것은 이와 관련이 있는 것으로 보인다. 쇼펜하우어에 의하면 죄지을 본성을 지녔기에 애당초 존재해서는 안 되는 인간은 출생과 죽음에 의해 자신의 생존에 대해 두 번 속죄해야 하는 존재이다. 이렇게 보면 요제프 K의 체포와 처형은 인간이 처한 근원적인 실존에 대한 알레고리로 볼 수 있다.

법과 성

『소송』에는 「법 앞에서」가 K와 교도소 전속 신부의 이야기로 제시되어 있다. 신부는 K가 법원에 대해 자신을 속이고 있다면서 법서(法書) 서문에 쓰인 기만에 대해 이야기해준다. 시골에서 온 어느 남자가 법 안으로 들어가려는데 문지기가 가로막고 있다. 이 법은 또 다른 '성(城)'이라 할 수 있다. 그런데 홀에서 홀로 갈 때마다 점점 힘이 더 세지는 문지기가 서 있고 세 번째 문지기의 모습만 봐도 오줌을 지릴 지경이라고 한다. 문은 열려 있지만 들어갈 수 없다는 것이다. 시골남자는 문지기가 내주는 등받이 없는 의자에 몇 날 몇 년을 앉아 안으로 들여보내달라고 수많은 시도를 하고 자꾸 간청하며 문지기를 지치게 만든다. K의 입장은 끝내 허락되지 않는다. 문지기는 죽음이 임박한 남자에게 '다른 사람은 누구도 이 안으로 들어갈 수 없었고, 오직 K만이 입구로 들어갈 수 있었다'고 알려준다. 그러면서 처음에는 문이 열려 있어 안을 들여다볼 수 있다고 했으나 마지막엔 "난 이제 가서 입구를 걸어 잠그겠소"[4]라고 말한다.

이 이야기는 이성적인 분석, 추리를 불가능하게 한다. 시골남자는 무엇하러 평생 법 앞에서 기다렸는가, 차라리 자유 의지가 있으니 그냥 돌아가는 편이 현명한 일이 아니었을까? '아직은 들여보내줄 수 없다'는 문지기의 말로 미루어 봐서 언젠가는 입장이 가능할 듯 보이기도 한다. 그렇다고 주인공이 아무런 노력을 하지 않는 것도 아니다. 문지기를 매수하기 위해 아무리 귀중한 것이라 하더라도 온갖 물건을 서슴없이 내놓지만 아무 소용이 없다. 또한 자신의 털외투 옷깃에 붙어사는 벼룩들에게 문지기의 마음을 돌리게 해달라고 부탁하듯이 어처구니없는 일을 하기도 한다. 주인공은 어린애처럼 키가 줄어들고 시력이 약해지며 끝내 청력도 잃어간다.

신부한테서 이 이야기를 들은 요제프 K는 문지기가 시골남자를 속인 거라고 하자, 신부는 그와는 다른 견해를 밝힌다. K가 볼 때는 문지기가 남자의 입장이 가능할 것처럼 헛된 희망을 불어넣고는 평생 동안 기다리다 늙어죽게 했다. 또한 문지기는 들여보내줄 가능성이 있다고 내비침으로써 자신의 직무를 넘어서는 일을 한다. 하지만 그는 결국 입장을 허락하지 않았으므로 시골남자를 속인 것이다. 그러면서 마지막엔 오직 K만이 입구로 들어갈 수 있었다며 앞뒤가 맞지 않는 이야기를 한다. 그러나 신부는 '안으로 들여보내달라고 수많은 시도를 하고, 자꾸 간청하며 문지기를 지치게 만들었기에' 문제를 일으킨 자는 시골남자라는 견해도 있음을 알려준다. 그는 시골남자가 평생 동안 문 옆의 걸상에 앉아 지냈다면 그것은 자유 의지에 의한 것이지 강요에 의한 것이 아니라고 지적한다.

반면에 문지기는 자신의 임무로 인해 자기 자리에 매여 있는 처지여서, 마음대로 바깥으로 나갈 수 없고 아무리 들어가고 싶어도 안으로도 들어갈 수 없다는 것이다. 게다가 그는 이 문으로 혼자 들어가도록 정해져 있

---

4 『변신 외』, 같은 책, 217쪽.;『소송』, 같은 책, 285쪽.

는 이 남자만을 위해 봉사하고 있을 뿐이므로 시골남자보다 낮은 위치에 있다고 주장한다. 그러면서 자유로운 사람이 얽매여 있는 사람보다 높은 위치에 있는 법이라는 근거를 댄다. 또한 문지기는 법을 위해 일하고, 법에 속해 있는 사람이기에 인간적인 판단에서 벗어나 있다. 그렇다면 문지기가 시골남자보다 낮은 위치에 있다고 볼 수도 없다. 결국 절대적인 판단기준이 사라지고 만다. 신부가 "모든 걸 진실이라고 생각할 필요는 없고, 다만 필연적이라고 생각해야만 합니다"[5]라고 하자 K는 "거짓이 세상의 질서가 된다니 참담한 견해군요"[6]라고 말한다. 이것은 K의 결론적인 말이지 최종 판단은 아니다. 그는 이런 이야기가 자기보다 오히려 법원 관리들의 토론 모임에 더 적합할 비현실적인 것이라고 여긴다. 이때 K가 손에 들고 있던 등불이 이미 꺼져 있다는 묘사는 모든 규범의 상대화와 절대적 척도의 상실을 암시하고 있다.

결국 누가 속이고 속임을 당했는지, 누가 정상이고 비정상인지 알 수 없게 된다. 이처럼 카프카의 소설에는 정상과 비정상, 합리성과 비합리성을 판가름하는 척도가 소멸된다. '거짓이 세상의 질서'라는 K의 표현은 우리가 진실이라고 알고 있는 것이 어쩌면 거짓일지도 모른다는 생각을 갖게 해준다. 이것은 '올바른 식견을 가진 사람도 우롱당한 사람들 틈에서는 그들의 잘못된 견해를 수용할 수밖에 없다'는 쇼펜하우어의 말과 연결된다. "도시의 시계탑이 모두 잘못된 시간을 가리키고 있는데 혼자 시간이 맞는 시계를 갖고 있다 한들 무슨 소용이 있단 말인가? 모든 세상 사람들뿐만 아니라 자신의 시계만이 올바른 시각을 가리키고 있음을 알고 있는 사람조차도 잘못된 시계에 맞춰 생활하는 것이다."[7]

----

5 『소송』, 같은 책, 293쪽.
6 앞의 책, 293쪽.
7 『쇼펜하우어의 행복론과 인생론』, 같은 책, 199쪽.

도달할 수 없는 곳의 상징인 『성』

"K는 밤늦은 시각에 도착했다. 마을은 깊이 눈 속에 파묻혀 있었다. 성이 있는 산은 안개와 어둠에 둘러싸여 있어서 전혀 보이지 않았고, 커다란 성이 있음을 알려주는 아주 희미한 불빛조차도 눈에 띄지 않았다."[1]

『성』의 유명한 첫 문장은 이렇게 시작된다. 시골남자가 법에 들어가지 못하듯이, K는 결국 성에 들어가지 못한다. 그럼 성이란 무엇인가? 또 어떻게 성에 들어갈 수 있는가? 쇼펜하우어는 『의지와 표상으로서의 세계』에서 외부로부터는 성에 들어갈 수 없다고 단언하고 있다.

"여기서 우리는 외부로부터는 사물의 본질에 결코 도달할 수 없음을 알았다. 외부로부터는 아무리 탐구한다 해도 형상이나 명칭을 얻는 데 불과하다. 이것은 마치 성의 주위를 돌면서도 입구를 찾지 못해 우선 그 정면을 스케치해두는 것과 같다. 그런데 나 이전의 모든 철학자들은 바로 그런 길

----
1 프란츠 카프카, 『성』, 홍성광 역, 펭귄클래식, 2008, 7쪽.

제7부 프란츠 카프카

을 걸어왔다."**2**

이처럼 외부로부터는 사물의 본질에 결코 도달할 수 없다고 말하는 쇼
펜하우어는 세계의 본질이 삶에의 맹목적인 비합리적 의지라고 파악한
다. 그러면 그런 사실은 어떻게 파악되는가? 시간과 공간, 인과율을 통하
여 우리 앞에 나타나는 경험적 세계는 한낱 표상의 세계일 따름이지 사물
자체의 세계는 아니다. 그러면 사물 자체를 파악할 길은 전혀 없는가? 칸
트는 경험적으로 불가능하다고 보지만, 쇼펜하우어는 우리의 신체를 통
해 사물 자체를 파악하는 길을 열었다.

들어갈 수 없는 성, 즉 의지

우리의 신체는 물론 하나의 표상에 불과하고 인과율에 의하여 규정되는
하나의 객관에 불과하다. 그러나 신체는 동시에 우리 자신 속에 의지가 있
음을 직접 알려주고 있다. 쇼펜하우어에 의하면 우리는 인식 주체일 뿐만
아니라 우리 자신도 인식 대상, 즉 사물 자체이다. 그러므로 외부로부터는
다다를 수 없는 대상 본연의 내적 본질에 이르는 길이 안으로부터 우리에
게 열려 있다. 니체는 이에 대해 '우리가 외부에서 공격해서는 점령할 수
없었던 성을 적군 내부의 배신 덕분에 비밀 통로를 통해 안으로 들어오게
된 것과 같다'고 말한다. 카프카의 소설 『성』의 주인공처럼 외부에서는 이
성에 들어갈 수 없고 그저 바깥의 스케치만 그릴 수 있을 뿐이다.

사물 자체, 즉 의지의 세계는 시공을 초월해 존재한다. 그러므로 카프
카의 작품에서 시간의 개념은 우리의 일상적이고 상식적인 개념과는 다

---

2 아르투어 쇼펜하우어, 『의지와 표상으로서의 세계』, 홍성광 역, 을유문화사, 2015, 185쪽.

르게 나타난다. 카프카의 잠언 및 일기에서 묘사되는 시간에 대한 형이상학적인 관념과 이미지들에서는 당대의 역사주의와 다원주의의 중요한 시간관념인 진보적 시간의식이 해체되고 있다. 일주일이라는 짧은 허구적 시간은 연속성을 가질 수 있지만 본질적인 발전요소로서 묘사된 종래의 시간 개념으로는 분석하기가 곤란하다. 『성』에서 주인공 K가 마을에 머무는 시간을 계산하기는 쉽지 않다. 아침식사 후 2시간이 지나면 성과 마을은 벌써 어둠에 잠긴다. 이렇게 작품에 시간 개념이 없다 보니 시간의 단위인 계절도 자연적인 법칙에서 벗어난다. 봄과 여름이 불과 이틀 동안처럼 짧게 느껴지고 아주 좋은 날씨에도 종종 눈이 오기도 한다. 또한 성과 마을은 인과관계가 적용되지 않는 질서를 재현하는 곳이기도 하다.

요양 생활

1917년 8월 9일 카프카는 각혈하지만 그것이 정신적인 이유 때문이라며 의사의 진찰을 거부한다. 결국 진찰에 응해 결핵요양소에 들어가라는 권고를 받았으나, 이를 받아들이지 않고 여동생 오틀라가 살고 있는 취라우로 요양을 간다. 각혈은 카프카의 내면이 분열되었음을 나타내는 징후인데, 병이 난 것을 계기로 그는 또다시 자신의 정신적 분열과 주저를 정당화시킬 수 있었다. 『성』에 나오는 마을의 상황과 농민들의 모습은 이 취라우의 풍토와 지리적 환경이 소재가 되고 있다. 이러한 전지 요양의 결과 그의 병세는 회복되었고, 1917년 각혈하기 직전 그는 펠리체 바우어와 다시 약혼을 했지만 그 해 성탄절 무렵 다시 파혼하고 말았다. 카프카는 1918년 여름까지 취라우에 머물다가 프라하에 돌아와서 「시골의사」의 원고를 정리해, 다음 해 「유형지에서」와 함께 책으로 출판하였다.

1918년 11월 카프카는 프라하의 북쪽 쉘레젠에 체재하면서 율리 보리체크(Julie Wohryzek)를 알게 되어, 1919년 6월 약혼까지 하게 되었다. 그러나 약혼녀의 아버지가 제화공이라는 이유로 아버지가 결혼을 반대했기 때문에 약혼은 취소되고 말았다. 이런 이유로 카프카는 1919년 9월에 「아버지에게 드리는 편지」를 써서 아버지에 대한 자신의 독립적인 입장을 주장하려고 했다.

펠리체 바우어와 프란츠 카프카

1920년 다시 몸이 나빠진 카프카는 직장에서 휴가를 얻어 4월에 티롤 지방의 메란(Meran)으로 전지요양을 갔는데, 그의 작품을 체코어로 번역해준 것이 계기가 되어 밀레나 예젠스카(Milena Jesenska)를 알게 되었다. 카프카는 은행원의 부인이자 슬라브계 체코 명문가 출신인 그녀를 2년간 열렬히 사랑하여 프러포즈까지 했지만 일언지하에 거절당하고 말았다. 그가 그녀를 그리스의 헬레나처럼 이상화한 데 반해, 그녀는 현실적이고 객관적이며 이성적으로 그를 바라본 것이다. 1939년 나치 군대가 프라하로 진주했을 때 그녀는 고의로 유대인의 표지를 가슴에 달고 다니다가 강제수용소에 끌려가 해방되기 직전에 병으로 사망하고 말았다. 한편 1920년 3월 무렵 카프카는 『카프카와의 대화』로 유명한 구스타프 야누흐를 알게 되었다. 둘의 관계는 괴테와 에커만의 그것과 비교되어 이 대화집은 카프카의 문학과 사상을 이해하는 데 귀중한 자료가 되고 있다.

1923년 여름 카프카는 여동생 엘리와 함께 발트해 연안의 뮈리츠(Müritz)에 머무르다 유대계 폴란드 여성인 디만트(Dora Dymant, 혹은 디아만트Diamant라고도 함)를 알게 되어 죽을 때까지 그녀의 간호를 받으며 살았다. 연극적 소질이 다분한 그녀의 재능을 그가 인정하고 지도해준 덕분에 두 사람의 사이는 급속도로 가까워졌다. 그녀는 카프카를 서구적 정신과 유대적인 마음을 가진 사람으로 보고, 자기보다 두 배나 나이가 많은 그를 흠모했으며, 열과 성의를 다해 그를 돌보았다. 나치가 진주한 후에도 기적적으로 살아남은 그녀는 1949년 카프카의 출판물에서 나오는 인세로 여비를 마련하여 팔레스트리나로 이주했다가, 후에 영국의 런던에 건너가 살다 1952년 사망했다고 한다. 카프카는 그녀와 함께 1923년 7월 프라하를 떠나 베를린 교외 슈테크리츠에서 살았다. 그리하여 몸은 극도로 쇠약하고 건강이 말이 아니었지만 이때 비로소 일찍이 맛보지 못한 삶의 행복을 맛보았다. 창작 활동도 부분적으로 계속하여 「소굴」, 「여가수 요세피네」가 나왔다.

그러나 1924년 3월 그는 병세가 극도로 나빠져 다시 프라하로 돌아갔으나 집에도 있을 수 없어 빈의 요양소를 거쳐 키얼링(Kierling) 요양소로 옮겨졌다. 그는 후두결핵으로 말도 제대로 할 수 없는 상황이었지만, 도라의 헌신적인 사랑으로 삶에 애착을 보이면서 의사의 지시에도 잘 따랐으나, 1924년 6월 3일 결국 마흔한 살의 나이로 짧은 삶을 마감하고 말았다.

시대사조에 앞선 글쓰기

프란츠 카프카라는 거대한 문학 현상을 다룬 비평사의 끝없는 논의와 열기는 1950년대의 '카프카 유행'을 불러일으키기에 이르렀다. 오늘날에는 1950년대의 카프카 유행은 사라졌지만, 그의 작품이 주는 매력은 당시에 비해 조금도 뒤지지 않는다. 또한 카프카 연구의 침체를 예견하는 사람은 아직 아무도 없다. 지금까지 그의 신비한 언어 세계에 대한 연구 문헌이 '5천여 권'의 방대한 양에 달하고 있지만 그 논지들이 완전한 합의를 보지 못한 상태이다. '카프카, 그는 끝이 없는가'라는 의문이 계속 제기되는 한 카프카 문학에 대한 미련과 사랑은 좀처럼 끝나지 않을 것이다.

그런데 이러한 미련과 사랑에 관계없이 카프카 문학에 대한 연구가 항상 벽에 부딪치는 이유는 무엇인가? 그것은 카프카의 언어 구조와 표현 세계가 지니는 미로적 특성 때문일 것이다. 카프카 문학의 언어와 표현이 미로이듯이, 카프카 문학의 수용사와 비평사 또한 미로의 역사이다. 카프카에게는 미로가 곧 그의 미학의 전부인지도 모른다. 그러므로 카프카 문학의 본령을 찾는 것은 피라미드의 전설을 찾는 것만큼이나 풀리지 않는 수수께끼이다.

카프카의 소설들은 시간과 공간의 엄격한 통일성, 시점의 일관성을 축으로 이야기를 짜나가는 근대적인 소설 형식에서 완전히 벗어나 있다. 따라서 세부 묘사의 강력한 '리얼리즘'에도 불구하고 루카치 같은 근대주의자들이 카프카를 끝내 받아들이지 못했던 것은 이 때문이었을 것이다. 카프카의 '모더니즘'은 문학 형식상의 근대주의에서 완전히 벗어나 있다. 따라서 카프카는 '모더니즘'이란 말조차 그 반대의 의미를 갖는 역설적인 것이 되게 만든다. 카프카의 작품은 읽을수록 이해되는 것이 아니라 역설적으로 이해가 불가능함을 알게 만든다. 그리하여 그의 작품은 후기 구조주의의 해체주의적 글 읽기의 모범적 범례가 되어 모더니즘과 포스트모더니즘 논의의 문맥에서 중요한 의미를 지니게 된다.

『성』의 여러 모델

1922년 3월 15일 카프카가 『성』의 첫 부분을 친구 막스 브로트에게 낭독해준 것으로 보아 그는 이때 이 작품을 쓰기 시작한 것으로 보인다. 회사에서 완전히 퇴직하기 1주일 전인 1922년 6월 23일 그는 프라하를 떠나 여동생 오틀라의 여름 집이 있는 곳으로 간다. 그는 이 기간에 『성』을 쓰기 시작해 7월 말에 일단 마지막 장까지 쓴 것으로 보인다. 브로트는 『성』에 나오는 프리다의 모델이 바로 밀레나라고 한다. 하지만 지적이고 활기에 넘친다는 점에서 보면 밀레나의 모습이 아말리아에게도 들어 있다고도 할 수 있다.

브로트에 의하면 이 작품은 체코의 여류작가 보체나 넴코바(1820-62)의 대표작 『할머니』의 영향을 받았다고 한다. 카프카가 소년 시절에 매혹되었던 이 작품은 성과 거기에 예속되어 있는 마을과의 미묘한 관계를 서술하고 있다. 마을 사람들은 체코어를 쓰고, 성에서는 독일어를 쓰기 때문에 양자 사이에는 커다란 간극이 있다. 성을 지배하는 여왕은 친절하고 인자한 인물이지만, 측근에 둘러싸여 일반 백성들은 그녀에게 접근할 수 없다. 이 작품에서 대신(大臣) 소르티니가 순진한 처녀 크리스텔을 유혹하는 대목은 『성』에 나오는 소르티니와 아말리아와의 관계와 유사하다. 결국 그 작품은 할머니가 여왕에게 과감하게 접근하고 진언하여 성의 부정과 적폐를 바로잡는 줄거리로 되어 있다.

그리고 『성』과 유사한 습작으로 보이는 '마을에서의 유혹'은 카프카의 1914년 6월 11일의 일기에 나와 있다. 거기에는 '나'라는 인물이 아직 한 번도 가본 적이 없는 마을에 가서 불친절한 여관에 묵고, 다락방의 매트리스 위에 잠자리를 마련했는데 어린이들과 개에게 괴롭힘을 당하는 이야기이다. 또한 브로트는 『성』의 발문에서 취라우와 같은 특정한 마을이 떠올랐다고 적고 있는데, 벤야민은 이에 대해 "우리는 그곳을 다른 마을로 인식할 수도 있다. 그것은 탈무드의 전설에 나오는 어느 마을이며, 이 전설은 랍비가 '어째서 유대인은 금요일 저녁에 향연을 준비하는가?'라는 질문의 답으로 들려주는 이야기이다"라고 해석한다.

성에 초대받은 K

K는 성의 측량사로 초빙을 받고 밤늦게 마을에 도착한다. 마을은 온통 눈으로 덮여 있고, 성은 어둠과 자욱한 안개에 싸여 있을 뿐이다. K는 잠자리를 얻으려고 헤매다가 간신히 여관에 여장을 풀고 매트리스 위에 드러누웠지만 제대로 잠을 이루지 못한다. 간신히 잠이 들었는데 성의 집사 아들인 슈바르처가 그를 깨우며 숙박 허가증을 보여달라고 한다. 이 마을에서는 성의 주인 베스트베스트 백작의 허가가 없으면 누구도 숙박할 수 없기 때문이다. K는 자신은 성의 초청을 받고 이곳에 찾아온 측량사이며, 조수들은 다음 날 이곳에 도착할 거라고 설명한다. 슈바르처가 전화로 성에 조회해 보니 처음에는 정반대의 대답을 하던 사무국에서 이번에는 K의 주장이 사실이라고 대답한다. 이것으로 성에 들어가기 위한 K의 험난한 도정이 시작된다.

다음 날 아침 K는 작은 마을처럼 보이는 성을 향해 걸어가지만 가까이 보이던 성에 도무지 도달할 수 없다. 길은 마을에서 성으로 통해 있는 것 같은데 걸어가면 갈수록 자꾸만 성에서 멀어진다. K는 눈 속에서 헤매다가 농가와 같은 집에 들어가 휴식을 취한다. 그 집에서도 K는 외지인이라는 이유로 쫓겨나고 만다. 그때 마부 게어슈테커가 그를 썰매에 태워 '추어 브뤼케' 여관으로 데려다준다. 여관에 도착하니 그의 두 조수 아르투어와 예레미아스가 기다리고 있다. 이들은 마치 쌍둥이처럼 모습과 목소리가 너무 닮아 구별하기가 힘들 정도인데 그들은 함부로 떠들어대고 장난을 일삼을 뿐 도무지 진지한 태도를 보이지 않는다. 그때 심부름꾼 바르바나스가 성의 대리인 클람이 보낸 편지를 K에게 전한다, 거기에는 K를 채용한다는 것과 앞으로 성에서 K에 대한 감시를 게을리 하지 않을 거라는 내용이 적혀 있다.

K는 바르바나스가 성으로 돌아갈 거라 생각하고 그의 뒤를 쫓아가지만 막상 그가 도착한 곳은 성이 아니라 누추한 그의 집이다. 그의 집에서 잠자리를 제공하지만 K는 더는 그 집에 머물고 싶지 않아 바르바나스의 누나인 올가를 따라 고급 여관인 헤렌호프로 가서 주점 여급인 프리다를 알게 된다. 프리다는 클람의 애인인데 K에게 열쇠 구멍으로 옆방에 있는 클람의 모습을 들여다보게 해준다. 그리고 프리다는 클람을 버리고 K의 애인이 되어, 둘은 추어 브뤼케로 돌아와 조수들과 함께 지낸다. 전에 클람의 정부였던 이 여관의 여주인 가르데나는 지금은 프리다의 양어머니가 되어 그녀를 돌봐주고 있다. 여주인은 클람과 직접 만나서 면담하려는 K의 의도를 알아차리고 이를 만류하지만 K는 그녀의 말을 듣지 않는다.

K는 자신의 직속상관인 촌장을 만나 상의하려고 그를 찾아간다. K는 성에 도달하고 이 마을에 정착할 목적으로 어떤 방법도 가리지 않을 생각이다. 하지만 촌장은 마을에는 측량사가 필요하지 않으며, 만일 측량사를 초빙했다면 어느 부서에서 사무착오로 K를 초청한 것 같다고 말한다. K가 다시 여관에 돌아오자 여주인은 클람을 만나보려는 그를 한사코 말린다. 그때 학교 선생이 찾아와 K를 학교 관리인으로 채용하겠다는 촌장의 의사를 전달한다. K는 그 제의를 거절했지만 여관방에서 쫓겨날 위기에 있는 그의 처지를 고려한 프리다가 적극 권해서 그는 그 자리를 받아들이기로 한다. 이제 클람을 만나기 위해 헤렌호프에 갔던 K는 클람의 마을 비서 모무스를 만난다. 클람과 면담하기 위해 몰래 숨어 있던 사실에 대해 모무스는 마을의 보고서를 작성하기 위해 K를 심문하고 조서를 꾸며야 하는데 K는 이를 거부하고 여관을 나온다. K는 추어 브뤼케로 돌아오는 도중 바르바나스를 만나 클람의 편지를 전해 받는다. 편지에는 K의 측량사 일에 대한 열의와 성실한 태도를 칭찬하는 내용이 들어 있다. K는 클람과의 면담을 요청하는 내용을 바르바나스에게 알려준 뒤 마침 마중

나온 조수들의 안내를 받고 추위에 떨며 학교에 도착한다.

그런데 학교에 도착해 보니 관리인의 방이 따로 없고, 교실 하나를 임시로 침실로 사용하게 되어 있었다. 그래서 K와 프리다는 조수들과 함께 체육실로 사용하는 교실에서 잠을 잤다. 다음 날 아침에 깨어나 보니 교실에 들어온 학생들이 호기심에 그들을 둘러싸고 구경하고 있었다. 그때 여선생 기자(Gisa)가 출근하여 K가 고양이를 학대했다고 트집을 잡으며 그를 나무란다. 남선생까지 합세하여 조수들의 행동을 비난하자 K는 그와 격한 언쟁을 벌인다. 조수들이 못마땅해서 K가 그들을 해고하려 하자 프리다는 클람이 그들을 보냈다면서 조수들을 옹호한다. 그래도 K가 조수들을 해고하겠다고 하자 프리다는 회한과 같은 미묘한 감정에 사로잡히게 된다. 프리다는 K에게 외국으로 가자고 하지만 K는 이곳을 떠나 다른 곳으로 가는 데 반대한다. 이때 비룬스비크의 아들인 학생 한스가 옆 교실에서 살짝 찾아와 K는 그에게 많은 질문을 하고 한스의 어머니를 만날 수 있는 방법을 모색한다.

K가 조수들을 교실에서 쫓아내고 바깥에 나가 쌓인 눈을 치우고 있는데 슈바르처가 찾아온다. 여선생 기자를 사랑하는 그는 학교의 임시 교사로도 일하고 있다. 그 후 K는 프리다의 만류를 뿌리치고 바르바나스의 집으로 찾아가서 성의 정보를 듣고 클람과의 연줄을 알아보려고 한다. 그러나 올가는 바르바나스가 성의 사무국에 드나들고 있다지만 그게 성의 사무국인지 아닌지 확실하지 않다고 한다. 클람을 목격한 사람들의 증언도 구구하여 그의 정체를 도대체 종잡을 수 없다. 이어서 올가는 성의 관리 소르티니의 요구를 거절한 동생 아말리아의 이야기를 들려준다. 소르티니에게서 추잡한 내용의 연서를 받은 아말리아는 그것을 찢어 심부름꾼의 얼굴에 던져버렸다고 한다. 그 결과 그 가족은 권력자의 명령을 따르지 않고 마을의 법을 어긴 죄로 마을 사람들에게 배척당해 고립무원의 상

태에 빠지고 만다. 아버지는 낙담한 나머지 갑자기 늙어 병들고, 올가는 문제 해결을 위해 성의 정보를 얻어야 하기 때문에 헤렌호프에서 일을 도와주며 하인들의 야유와 희롱을 당하는 신세가 된다. 이리하여 K는 바르바나스 가족과 서로 돕고 의지해야 하는 관계가 된다.

K가 이렇게 그 집에 머물러 이야기하는 동안 프리다는 조수 예레미아스에게 K를 데려오라고 한다. K가 자신의 충고를 무시하고 올가, 아말리아와 정답게 지내는 게 못마땅하기 때문이다. 그동안에 K에게 실망한 프리다는 다시 헤렌호프로 돌아가 주점 여급으로 일하게 되어 있고, 예레미아스도 임시로 그곳에서 일하며, 아르투어는 성으로 돌아가 K를 비난하며 고발하고 있다. 그때 바르바나스가 와서 클람의 비서인 에어랑어가 자기를 만나러 헤렌호프로 오라 했다고 K에게 전한다. K는 헤렌호프의 여관 복도에서 프리다를 만나 올가를 찾아간 것에 대해 설명을 하고, 예레미아스까지 끼어들어 서로 언쟁을 하게 된다. 프리다는 K와 예레미아스 사이에 끼어 이제는 최종적으로 예레미아스를 옹호한다. 그는 그녀의 어릴 적 친구로 전부터 그녀를 사랑하고 있었지만 조수라는 자신의 신분 때문에 프리다를 K에게 양보하고 있었다고 한다. 그녀가 예레미아스를 돌보기 위해 자기 방으로 돌아간 후 갑자기 피로해진 K는 어느 방이든 들어가 눕고 싶은 생각만 간절하다. 그리하여 그는 에어랑어의 방을 찾지 못하고 성의 관리 프리드리히의 비서인 뷔르겔의 방으로 들어간다.

뷔르겔은 K에게 성의 관청기구와 운영에 관해 이야기를 해준다. K는 너무 피곤해서 뷔르겔과 이야기하는 도중 깜빡 잠이 들었다가 승리의 축배를 들기도 하고, 벌거벗은 비서를 공박하는 꿈을 꾸기도 한다. 둘이 이야기하는 소리가 그를 깨웠는지 옆방에서 에어랑어가 K를 찾는 목소리가 들려오자 K는 뷔르겔의 방에서 복도로 나가 에어랑어를 만난다. 그는 K에게 프리다를 다시 주점으로 돌려보내라고 한다. 그것은 클람이 지시한

게 아니고 자기네 비서들은 클람을 기분 좋게 해줄 의무가 있다고 한다. 그가 서둘러 떠나고 이제 새벽 다섯 시인데 헤렌호프의 복도는 활기차고 방마다 덜커덕거리는 소음이 들려온다. 그리고 하인 둘이 손수레에 서류들을 잔뜩 싣고 돌아다니며 전달하는데, 서류 분배를 둘러싸고 복도와 방문 사이에서 옥신각신 말다툼이 벌어지기도 한다. 서류 분배가 다 끝나고 하인이 손수레에 종이 한 장을 빠뜨렸는데, K는 그게 자기 것일지도 모른다고 생각하지만 확인할 수가 없다. 하인은 그 종이를 발견하고 잠시 생각하더니 찢어버린다. 그런데 갑자기 어떤 나리가 그의 방에서 크게 소리치다가 나중에는 시끄럽게 벨을 울려 여관 복도에 일대 소란이 벌어진다. 그때 여관 주인 부부가 급히 달려와 K를 비난하면서 그를 밖으로 내쫓는다. K는 그들에게 자신이 두 번이나 심문을 받고 지쳐 복도에 있게 된 경위를 이야기하고 새벽까지만이라도 잘 수 있게 해달라고 한다.

K는 피곤하고 졸린 나머지 맥주 통 위 널빤지에서 열두 시간 넘게 깊은 잠을 잤다. 잠을 깨어 보니 주점 여급으로 일하다 다시 하녀로 전락한 페피가 있다. 그녀는 프리다가 클람의 애인이기 때문에 K가 그녀를 사랑하게 되었고, 그가 프리다를 통해 성과 연줄을 맺어 보려는 생각이었으며, 프리다가 K를 사랑한 것도 순전히 허영과 타산에서 나온 거라고 말했다. 페피는 자신의 신세타령을 하고 K에게 호의를 보이며 그가 자신을 사랑하면 참다운 행복이 실현될 거라고 말하지만, K는 이러한 유혹에 굴복하지 않는다. 그 사이 여관 여주인이 들어와 자신의 옷차림에 대해 K가 간섭하는 걸 비난하고 옷장에 가득 든 옷들을 보여주며 옷에 대해 K와 이야기한다. 그 후에 K는 마부인 게어슈테커의 청으로 함께 그의 집으로 가고, 마부의 어머니에 대한 묘사가 잠깐 나오면서 이 소설은 미완성으로 끝난다. 카프카가 브로트에게 이야기한 바에 의하면 K가 죽는 자리에서 그가 이 마을에서 생활하는 것을 조건부로 허락하는 것으로 끝날 예정이

었다고 한다.

인물들의 이름 분석

『성』에 나오는 인물들을 살펴보면 그들은 카프카와 관련이 있거나 그 이름에 특별한 의미가 있다. 막스 브로트는 카프카가 『성』을 집필하던 시기가 밀레나와 교제하던 시기에 해당되기 때문에 프리다 속에는 밀레나의 모습이 들어 있다고 한다. 또한 바르바나스의 누이 올가는 카프카의 첫 번째 약혼녀 펠리체 바우어가 모델이라고 한다. 그리고 밀레나의 남편이었던 폴락은 여성들과의 교제가 복잡하다는 점에서 성의 대리인 클람과 비슷한 일면을 찾을 수 있다. 또한 성의 주인인 베스트베스트(西西) 백작은 서구(西歐)에서 서구인에게 동화하려는 서구 유대인의 문제성을 암시한다. 서구화된 독일 유대인들은 동유럽 유대인에게 거부감을 느꼈지만 1918년 오스트리아 제국이 붕괴한 이후 진정한 유대인의 정체성을 전통과 종교의 의무를 지키는 동유럽 유대인에게서 보았다.

그리고 침머만은 소설을 잘 이해하기 위해 등장인물의 이름을 분석하고 있는데, 『성』에 나오는 이름들을 살펴보면 그것들은 기존의 인물이나 지명에서 따온 것으로 카프카는 각각의 인물들에 그 이름에서 연상되는 특별한 의미를 부여하려 했던 것 같다. 우선 클람의 마을 비서 모무스는 그리스 신화에 나오는 밤의 아들이고, K의 조수 예레미아스는 구약(舊約)의 선지자 이름이다. 또한 성의 관리 갈라터는 신약(新約)에 나오는 아나톨리엔의 한 자치구 이름이고, 자매인 올가와 아말리아는 시나고가(Synagoga)와 에클레시아(Ecclesia)의 알레고리로 볼 수 있다. 시나고가는 천으로 눈을 가리고 부러진 창을 든 여인상이며, 에클레시아는 개선장군처럼 창을 높이 들고 있는 여인이다.

그리고 K가 만나길 염원하는 클람(Klamm)은 고대 산스크리트어로 '착각'이나 '환상'을 의미한다고 한다. 따라서 관찰자의 기분과 상황에 따라 클람의 모습은 달라져 그의 본질을 알 수 없게 된다. "클람은 마을에 올 때와 떠날 때가 완전히 다르게 보인다고 그래요. 맥주를 마시기 전과 후가 다르고, 깨어 있을 때와 잠을 잘 때가 다르며, 혼자 있을 때와 대화를 나눌 때가 다르다고 그래요."[3] 그리고 성의 관리들이 묵는 여관인 '헤렌호프(Herrenhof)'는 원래 빈에 있는 한 카페의 이름이었는데, 카프카가 생존할 당시의 문인들은 이를 '창녀장'이란 뜻의 후렌호프(Hurrenhof)라고 바꿔 불렀다고 한다.

성에 들어가지 못하는 토지측량사

작품에서 살펴보았듯이 주인공 K는 결국 성으로 통하는 길을 찾지 못한다. 성의 관청은 측량사로서의 그의 임명과 의무에 대하여 확인도 부인도 하지 않는다. 관리들은 K의 노력을 수포로 돌아가게 하고, 그의 노력은 오직 제자리를 맴돌 뿐 아무런 진전이 없다. K는 이제 자신의 이전 존재를 포기하고 오직 성에 대해서만 생각하지만 파고들면 들수록 도리어 성은 K에게서 더 멀어진다. 신원도 출생도 분명하지 않은 K는 성안으로 들어가는 일이 불가능함을 알게 되자 자신의 모든 힘을 성의 관리인 클람과의 면담에 쏟는다. 클람 역시 성의 깊숙한 내부를 지키는 '문지기'인 셈이다.

카프카의 작품에 대한 다양한 해석을 정리해 보면 일반적으로 다섯 가지로 구분된다. 첫째, 막스 브로트가 '카프카의 파우스트'라고 부른 『성』

----

3 『성』, 같은 책, 261쪽.

을 신의 심판과 은총, 신과의 실질적 단절, 원죄의 문제를 중심으로 풀어가려는 종교적 해석, 둘째, 1963년 프라하에서 열린 '카프카 회의'에서 『아메리카』를 계급투쟁의 입장에서 해석한 공산주의 입장의 해석, 셋째, 카프카가 자신의 부친에 대해 갖는 콤플렉스를 창조의 원천이라고 보는 심층심리학적인 해석, 넷째, 극한 상황에 처한 현대인이 거대한 악마적인 존재와의 대결에서 패배하고 좌절하는 모습을 그린다는 실존주의적 해석, 다섯 째, 고향을 잃은 실향민의 모습을 묘사하고 있다는 시온주의적 해석이 그것이다. 그런데 카프카의 작품은 유대 민족을 벗어나 현대인 일반의 문제를 다루기에 어느 특정 민족과 무관하게 전 지구인의 공감을 얻고 있다.

카프카의 작품은 내용뿐만 아니라 공간 역시 아주 독특하게 설정되어 있다. 카프카의 많은 작품에서 주인공의 주거 및 활동 공간은 아주 제한되어 있다. 사건은 탁 트인 하늘 아래가 아닌 거의 벽이나 감옥, 터널, 복도 등에서 벌어지고 있다. 『성』에서도 사건은 성이 있는 마을의 범주를 벗어나지 못하며, 성 자체도 우리가 생각하는 것과는 다르다.

"그것은 유서 깊은 기사의 성이나 새로 으리으리하게 지은 건물이 아니라, 옆으로 넓게 퍼진 시설물로 서너 개의 3층 건물과 오밀조밀하게 붙어 있는 수많은 나지막한 건물로 이루어져 있었다. 이것이 성이라는 사실을 알지 못했으면 조그만 도시라고 생각할 수 있을지도 모르겠다."[4]

마찬가지로 성 내부의 공간도 어둡고 빛이 없어 우울하게 묘사된다. 또한 후텁지근한 농부들의 방, 낡고 긴 복도들, 오물과 맥주 찌꺼기로 가득

----
4 앞의 책, 16쪽.

찬 브뤼켄호프, 헤렌호프의 술 마시는 방들도 어둠침침하기는 마찬가지이다.

또한 『성』에서는 신화적인 암시가 내포되어 있다. 성이 시각적으로 산 위에 가까이 보이는데도 접근할 수 없다는 것은 신화적이다. 소설의 도입 부분에 "이렇게 그는 앞으로 다시 걸어갔지만, 길은 기다랗게 뻗어 있었다. 도로, 즉 마을의 큰길은 성이 있는 산으로 나 있지 않았다. 성이 있는 산에 가까이 다가가는 듯하다가, 마치 일부러 그런 듯 구부러져버렸다. 성에서 멀어지는 것도 아니면서 그렇다고 가까워지는 것도 아니었다"[5]고 신화적으로 묘사되어 있다. 그리고 바르바나스의 아버지는 성으로부터 아말리아의 행위를 용서받으려고 애 쓰는 동안 급격히 늙어버린다. 비 오는 날씨에도 농장 울타리 옆에 앉아 지나가는 관리들을 기다리는 동안 그의 허리는 더 굽어지고 신체는 급격히 변화한다.

성(城)과 의지, 사물 자체

앞에서 살펴보았듯이 쇼펜하우어 철학은 토마스 만뿐만 아니라 카프카에게도 사유의 중요한 단초 역할을 했다. 쇼펜하우어 철학의 매력을 최초로 가르친 사람은 젊은 시절 '광신적인 쇼펜하우어주의자'였던 막스 브로트였다. 막스 브로트는 '성'을 유대교의 신으로 해석하고, 토마스 만도 카프카의 '성'을 신에 대한 형이상학적 탐구의 알레고리로 해석한다. '성'을 신으로 보는 것도 의지나 사물 자체로 보는 것과 비슷한 고찰방식이다. '세상을 체험하는 자는 모든 인간들을 반드시 사랑할 수밖에 없다'나 '정신적 세계 외에 어떤 것도 존재하지 않는다. 우리가 감각적 세계라 부르

---

5 앞의 책, 20쪽.

는 것은 정신적 세계 안에 놓인 악이다'와 같은 카프카의 잠언에서도 쇼펜하우어적인 요소를 발견할 수 있다. '나는 내 눈으로만 본다'는 K의 자의식은 '세상은 나의 표상이다'라는 『의지와 표상으로서의 세계』의 첫 구절을 연상시킨다. 이러한 자의식은 근대적 주체의 자기 성찰에 대한 가능성으로 볼 수 있다.

토지측량사 K는 성에 닿을 수 없다. 계속해서 노력은 해보지만 도저히 성에 다다를 수 없다. 가까이 다가갈수록 성은 멀어진다. 이처럼 K가 성에 접근할 수 없는 것은 경험에 의해서는 의지, 즉 사물 자체에 도달할 수 없기 때문이다. 쇼펜하우어의 '의지'는 사물 자체이고, 무의식적 욕망이고, 리비도이고, 삶의 에너지이고, 힘에의 의지이다. 사물 자체, 예지계, 의지는 인식할 수 없다. 우리가 인식하고 경험하는 세계는 현상계, 표상으로서의 세계일 뿐이다. 사물 자체인 의지는 사물 외부를 탐구해서는 도달할 수 없다. 그러므로 K는 '성이 있는 산에 가까이 다가가는 듯하다가, 마치 일부러 그런 듯 구부러져버리고, 성에서 멀어지는 것도 아니면서 그렇다고 가까워지는 것도 아니다'라고 말한다. 헤세의 평생에 걸친 탐색 역시 자신의 내부의 또 다른 자기(Selbst)를 찾는 일이었다. 니체 역시 『인간적인 것, 너무나 인간적인 것』에서 성 안의 '친구나 적이 배신자 역할을 해서 그를 비밀 통로로 데려가지 않는다면' 자신의 내부로 들어갈 수 없다고 말한다.

그럼 K의 직업이 정말 토지측량사인가? 헤렌호프 여주인이 K에게 직업을 묻자 그는 측량사라고 답한다. 그리고 측량사가 무슨 일을 하는지 말해주자 여주인은 하품이 나온다는 듯이 '당신은 진실을 말하지 않아요? 대체 왜 그러는 거지요?'라고 반문한다. 이 대화로 보아 사실 K의 직업이 실제로 토지측량사인지도 의심스럽다. 그 직업은 오히려 철학자의 알레고리로 보인다. 철학자는 성과 마을 사이, 즉 의지와 표상, 사물 자체와 현상 사이, 또는 주관과 객관 사이의 거리를 재는 사람이다. 클람은 환상, 착각을 의미하는 점에서 마야의 베일이다. 그는 실제로 눈으로 볼 수 없는 존재이고, 여지껏 마을의 누구와도 대화한 적이 없다.

쇼펜하우어의 반실재론적 인식론에 의하면 표상을 탐구해서는, 즉 경험적 방법에 의해서는 세계의 본질을 인식할 수 없다. 하지만 우리는 우리의 몸으로 직접 의지를 경험할 수 있다. 의지가 객관화된 존재가 곧 인간이고, 신체는 의지가 직접적으로 객관화된 것이다. 따라서 생식기는 객관화된 성 욕동이고, 위장과 창자는 객관화된 배고픔이다. 우리는 신체 내부의 성욕과 식욕을 느낌으로써 의지, 즉 사물 자체의 존재를 파악할 수 있다. 카프카는 '성'이라는 대상을 통해 이 의지, 즉 욕망에 대해 알레고리적으로 묘사하는지도 모른다.

권력과 욕망

카프카는 『성』에서 개인의 삶 자체가 정치임을 보여주고자 한다. 그의 작품이 역사와 세계에서 고립된 개인의 실존적 고통, 즉 근본적으로 비정치적이거나 혹은 반정치적인 삶을 그리려는 것은 아니다. 그와 반대로 『성』에서는 욕망과 권력의 관계에 대한 천착이 더욱 강력하다. 성은 권력의 중심에 있으며 성 아래 마을 사람들은 자신들의 권리를 포기하고 성의 권위를 무비판적으로 받아들인다. 마을 사람들의 외적인 모습에서도 맹목적으로 복종하는 태도가 엿보인다. 마을에 도착한 다음 날 벌써 K는 마을 농부들의 모습에서 무기력과 고통의 기색을 발견한다. 그런데 K도 무의식적으로 권력에 종속되어 있는 모습을 보인다. 그는 여관 주인에게 은밀한 비밀처럼 자신의 생각을 털어놓는다.

"사실 나에겐 힘이 없어요. 우리끼리 말하자면 정말 아무 힘이 없어요. 그래서 힘 있는 사람에겐 분명 당신 못지않게 존경심을 품고 있긴 하지만, 당신처럼 솔직하지 못해 그런 사실을 항상 시인하려고 하지 않을 뿐이오."[6]

이러한 권력을 휘두르는 대표적 인물로 성의 관리 소르티니를 들 수 있다. 소르티니는 공허하고 추하며, 불공정하고 무자비한 권력을 대표하며 이에 저항하는 인간을 멸시하고 고립시키는 힘으로 작용한다. 이러한 관료적 분위기는 성에 딸려 있는 마을에서도 감지된다. 올가의 동생 아말리아가 성의 관리 소르티니의 요구를 거절한 사실이 마을 사람들에게 알려지자 오랜 동안 친하고 다정하던 이웃 사람들이 그녀의 아버지에게 맡겼던 일감을 찾아가고, 그를 마을의 소방대원 자리에서도 쫓아낸다. 이처럼 마을 사람들은 성의 명령 없이도 자진해서 아말리아와 그녀의 가족을 멀리한다. 그녀의 가족은 졸지에 따돌림을 당하고, 가족의 삶은 급속히 파괴된다. 아버지는 성의 관리를 만나 용서를 빌려 하지만, 그들을 만나는 것도 용서도 불가능하다. 그들이 지은 죄가 뭔지 몰라 아무도 그들을 용서할 수 없기 때문이다.

사실 성이나 소르티니가 그 가족에게 어떤 처벌이나 제제도 가하지 않았지만 그녀의 가족은 더 없이 고통스런 형벌을 받는다. 그것은 '위'에서 통치하는 성의 관리가 아닌 바로 '옆'의 이웃들에 의해서다. 이로써 '권력은 위가 아니라 아래에서 행사된다'는 푸코의 말이 실현되는 셈이다. 카프카는 이웃사람들이 행사하는 이런 권력, '밑으로부터의 권력'이 어디서 연유하는가를 잘 알고 있다. 그것은 성의 명령이나 규칙에 따르는 그들의 복종에서 나온 게 아니라 그들 자신의 욕망에서 나온 것이다. 가령 프

----

6 앞의 책, 15쪽.

리다의 양어머니를 자처하는 브뤼켄호프 여주인 가르데나도 한때 클람의 애인이었다. 그녀는 그 이후에도 클람에 대해 강한 욕망을 버리지 않고 있다. 클람이 준 사진, 숄, 나이트캡을 그녀는 평생 기념물로 간직하고 있다. 그 물건들은 그녀가 억척스레 일하고 사업을 번창시켰다는 점에서 그녀를 살아가게 한 추동력이지만 동시에 그녀의 심장에 자리 잡고서 그것을 잠식하는 병이다.

K에게서 해고된 예레미아스의 말도 주인과 조수라는 권력관계를 입증해주고 있다.

> "즉 나는 당신과 처지가 달라요. 내가 당신과 주종관계에 있는 한에는 당신은 일의 특성 때문이 아니라 일을 지시하기 때문에 물론 나에게 무척 중요한 인물이었어요. 그때는 당신이 원하는 거라면 뭐든지 해드렸지만 이젠 당신은 나에게 아무래도 상관없는 사람입니다. 회초리를 부러뜨린다 해도 나는 꼼짝 하지 않을 겁니다. 내가 한때 잔혹한 주인을 가졌구나 하는 생각만 날 뿐이지, 내 마음을 사로잡기에는 어림도 없어요."[7]

성의 대리인 클람은 조용하고 영리하며 신뢰할 수 있는 반면 의중을 알 수 없는 인물로 묘사된다. 뭇 여성들의 욕망의 대상인 클람은 수많은 여성들과 관계를 맺고는 상대방에 대한 관심이 없어지면 가차 없이 관계를 끊어버린다. 그렇지만 여자들은 그에게 끌리는 감정을 억제하지 못한다. 정신분석학적으로 보면 『성』은 가부장적인 가족제도에서 부친의 권위를 상징한다. 따라서 접근할 수 없고 예측할 수 없는 성의 관청에 대한 K의 관계는 부친과 아들의 관계와 상응한다. 젊은 K는 나이 많고 권력이 있는

---

7 앞의 책, 345-346쪽.

클람에게서 애인을 빼앗고, 클람과의 투쟁에서 유리한 고지에 서고자 한다. 바르바나스와 함께 그의 집으로 가는 길에서 K는 갑자기 유년시절의 기억을 떠올린다. 어린 시절 놀이터였던 고향의 묘지에는 높은 담이 둘러쳐져 있었다. 자신들의 키보다 훨씬 높은 담장 위로 올라가는 경기를 벌였던 K의 친구들 중 몇 명만 그 위로 올라갈 수 있었고, K는 아직 성공하지 못했다. 미끄럽고 높은 담을 정복하고 싶은 욕망은 당시 어린 K에게 묘지에 대한 호기심 이상이었다. 그런데 어느 날 K는 작은 깃발을 입에 물고 그 높은 담을 단숨에 뛰어올라간다. 이러한 성취감은 훗날 다른 형태의 명예욕으로 이어진다.

무능한 관청조직

카프카의 작품에서는 제복이 커다란 힘을 지니고 있다. 즉 성의 관리들이 제복을 입고 있을 때는 외경심과 복종을 강조하는 무제한의 권리를 지니지만, 그들이 공적 권위의 상징인 제복을 벗었을 때는 권위를 상실하게 된다. 성의 관리들이 제복을 벗은 사적인 영역에서는 얼마나 무방비 상태가 되는지를 성의 비서 뷔르겔의 일화에서 실감할 수 있다. K가 한밤중에 방문을 잘못 열어 뷔르겔의 방에 들어서자 제복을 입지 않은 잠옷 바람의 뷔르겔은 관리로서의 막강한 권위를 상실하고 만다. 뷔르겔은 K의 요구에 맞설 의지를 잃고 침입자인 K의 요구에 순순히 응하게 된다. 또한 K는 바르바나스가 자신을 성의 높은 사람들과 접촉할 수 있게 해주리라 믿지만 곧 생각을 바꾸게 된다. 번쩍거리는 비단옷을 벗은 바르바나스는 공적인 제복도 직책도 없는 심부름꾼에 불과한 모습이기 때문이다.

성의 관청조직은 아무 일도 제대로 처리하지 못하는 무능한 조직이다. 관리들은 미친 듯이 벨을 누르는가 하면 방에서 빠져나와 유치하게 행동하기까지 한다. 관리들은 기만적이고 태만하다. 막대한 비용을 들이지만 그 결과는 보잘것없다. 그들은 밤에 여관 침실에서 사람들을 맞이하고 공적 임무를 수행하기도 한다. 그들은 밤늦게까지 일하지만 아무것도 해놓은 일이 없고, 수없이 의사소통을 하지만 헛되이 끝나며 비서들의 모호한 위계질서 때문에 담당 관리를 만나는 것도 불가능하다.

이런 관리들에 대한 세밀한 묘사는 카프카 자신이 근무하던 보험회사에서 경험한 것과 아주 흡사하다. 그는 그곳에서 관료 기구의 무자비성, 노동자에 대한 가혹한 처우와 그들의 비참한 생활을 직접 체험했으며, 특히 안전장치의 미비로 노동자들이 상해를 입는 것을 보고 안타까워했다. 즉 카프카가 작품에서 조직의 정체를 신랄하게 폭로한 것은 보험회사에 법률고문관으로 근무한 체험이 기초가 되었다고 볼 수 있다. 그는 이러한 조직에 매여 살았지만 관료 문학과 월급쟁이 문학을 쓰지 않은 유일한 작가에 속한다. 그는 자신의 작품을 실용적으로 이용하는 것에 거부감을 가졌는데 이는 그가 문학을 성스럽게 생각한 것과 관련이 있다. 유대 사상에 따르면 탈무드 학자는 토라를 가르치면서도 어떤 이득도 취하지 않도록 육체노동을 해야 한다고 되어 있기 때문이다.

소더버그 감독의 영화

작가 카프카는 〈카프카〉로 영화화되었는데, 이는 작가의 일대기가 아닌 그의 작품들 내용을 소더버그 감독이 재해석하여 만든 영화이다. 영화는 처음에 텅 빈 도시의 거리를 암울하게 비추며 시작되는데 한 인물이 누군가에게 쫓기다가 살해된다. 보험회사 직원인 주인공 카프카는 회사 동료인 라빈의 갑작스런 실종을 궁금해하면서 사건에 뛰어든다. 그는 주변을 수소문하다가 라빈의 여자 친구인 로스만 양을 통해 라빈이 비밀스럽게 활동하던 단체를 알게 되고, 사회의 계급체계에 대해 의문을 품는데 그 사이 로스만 양이 실종되고 비밀단체의 회원들이 집단으로 피살된다. 마침내 친구의 죽음이 성의 비밀과 연관되어 있는 것을 알게 된 카프카는 생명의 위협을 받으면서 도심의 최상층의 '성'에 잠입해 들어가게 된다.

여기서 영화는 갑자기 흑백에서 컬러 화면으로 바뀐다. 성에 잠입한 카프카는 실종된 것으로 알려진 박사가 성의 내부에서 대중을 쉽게 조종하고 통제하기 위해서 인간을 대상으로 각종 생체 실험을 하는 것을 알게 된다. 박사와 맞닥뜨린 카프카는 그에게서 '개인을 상대하기는 힘들지만 대중을 지배하기는 쉽다'는 말을 듣게 된다. 위험한 순간을 맞이한 카프카는 가지고 온 폭탄이 폭발하여 어두운 다락 같은 방으로 극적으로 도망간다. 그는 거대하게 확대된 인간의 뇌가 바닥에 비쳐진 스크린 바닥을 조심스레 기어서 도망가고 뒤쫓아오던 추적자는 그 화면을 깨뜨리며 아래로 떨어진다. 힘들게 탈출에 성공해서 일상으로 돌아간 카프카는 시체로 발견된 로스만 양의 사망 원인을 자살로 처리하려는 경찰에 동의하고, 아버지에게 편지를 쓰며 영화가 끝난다.

위안이자 구원인 글쓰기, 우리 삶의 고단한 모습

카프카에게는 글쓰기가 위안이자 구원이었다. 그에게 글은 삶의 대체물이 아니라 삶의 내용이었으며 글을 쓰기 위해 그는 결혼과 가족을 갖는 걸 희생했다. 그런데 쿠르트 볼프 출판사와 관계가 나빠진 1917년 봄부터 1922년 초까지 그는 절망적인 상태에 빠져 글을 쓰지 못했다. 그는 여동생 오틀라의 집이 있는 취라우에서 시골생활을 하면서 목공일과 정원일 등에서 기쁨을 얻었다. 그리고 『성』을 쓰기 시작하던 1922년 초에는 이미 자신의 마지막이 가까웠음을 인식하고, 자주 과거를 되돌아보며 긴 일기를 쓰고 자신의 실존 방식인 고독과 실향성에 대해 생각해 보았다. 그는 오붓하고 평화로운 가정을 꿈꿨지만 결국 실패로 끝났고, 그의 지명도는 1915년 폰타네 상을 받으며 절정에 이르렀지만 그 후 점점 낮아졌다. 그리하여 주위에서 잊히기 시작할 즈음 그는 자신의 흔적을 없애버리려고 남겨진 자신의 글들을 태우라고 유언했다.

한 사회에서 개인에게 중요한 것은 자신의 자리를 찾고 그 구성원으로 받아들여져 생계를 이어가는 것이다. 그래야 결국 사회도 안정적으로 존속하게 된다. 그러나 『성』에서 K는 실체가 불분명한 성과 마을로부터 거부당하고 온갖 연줄을 통해 클람과 면담하려고 하나 끝내 정규직이라 할 수 있는 측량사 자리를 얻는 데는 실패한다. 실의에 빠진 프리다는 멀리 다른 나라로 가자고 하지만 K는 어떻게든 마을에서 살아보려고 한다. 그래서 애인인 프리다의 권유로 K는 비정규직인 학교 관리인 자리를 맡기는 하지만 교사들의 질시와 냉대를 받으며 결국 쫓겨나고 만다. 여기서 어찌어찌하여 먼저 성에 들어간 사람들이 새로 성에 들어오려는 사람들을 못 들어오게 막거나 밀어 떨어뜨리고 안정된 지위에 있는 자기들끼리 웃으며 조롱하는 모습이 보인다. 성에 너무 많은 사람들이 몰려 들어오면 성에서의 안락한 삶이 방해되고 하찮은 족속과 같이 있는 것이 불쾌하기 때문이다. 이는 마치 우리 사회에서 강자에게 냉대당하는 약자들의 숙명을 보여주는 것 같기도 하다.

또 바르나바스의 여동생 아말리아처럼 불의에 항거하는 사람은 사회에서 눈을 부릅뜨고 감시해주지 않는 한 곧 부지중에 사회로부터 매장당하고 그 가정은 풍비박산 나고 만다. 고여 있는 물과 감시 없는 성 안의 권력은 부패하기 마련이다. 마지막에 K는 게어슈테커의 임시 마부가 될 운명이지만 작품은 결국 미완성으로 끝난다. 그리고 이렇게 카프카의 삶과 작품은 허무하게 끝나고 만다. 카프카도 결국 사회의 인정을 받지 못한

측량사 K처럼 이방인이자 영원한 방랑자였던 셈이다. 어떻게 보면 레싱, 뷔히너, 토마스 만, 헤세, 한트케, 쥐스킨트와 같은 중요 작가 역시 안정된 성에 들어가지 못한 자들이다. 반면에 일찍 바이마르 공국이라는 성에 들어간 괴테는 뒤따라 들어오려는 친구 렌츠를 내치고 만다. 현대 사회에서 힘도 능력도, 재산도 직위도 없는 대부분의 인간 군상 역시 결국 성에 들어가지 못하고 주위만 빙빙 돌다가 죽어갈 슬픈 운명에 처해 있는 것이 아닐까?

제8부

현대 작가들

전쟁의 상흔을 그린 레마르크의
『서부전선 이상 없다』

전쟁의 상흔

"다들 평화와 휴전에 대해 이야기를 한다. 모두들 학수고대하고 있다. 이러한 기대가 다시 무산된다면 이들은 무너지고 말 것이다. 그토록 평화에 대한 희망이 간절하다. 만약 이들의 희망을 앗아간다면 이들은 폭발하고 말 것이다. 평화가 오지 않으면 혁명이 일어날 것이다."[1]

『서부전선 이상 없다』는 제1차 세계대전을 배경으로 하여 학도지원병 파울 보이머와 그의 동료 전우들의 삶과 죽음을 그린 전쟁소설이다. 이 작품은 진실한 기록문학이라고 격찬을 받는가 하면 전쟁으로 황폐화된 세대의 증오감을 드러낸 작품이라고 배척당하기도 했다. 이 소설 자체는 전쟁을 정면으로 고발한 것은 아니지만 열아홉 살의 병사 보이머와 그의 전우들은 죽음과 삶의 문제를 거친 속어로 서로 이야기하며 전쟁의 참상

---

1 에리히 마리아 레마르크, 『서부전선 이상 없다』, 홍성광 역, 열린책들, 2006, 228쪽.

에 대해 소박하게나마 단순한 항의
를 하고 있다. 이런 점에서 이 소설
에 반전 의식과 감정이 담겨 있기 때
문에 작가는 나치의 박해를 받았다.
이 작품은 1930년 독일의 파프스트
와 미국의 루이스 마일스턴에 의해
영화화되기도 했다.

레마르크는 소설의 앞머리에서
'이 책은 고발도 고백도 아니다. 비
록 포탄은 피했다 하더라도 전쟁으
로 파멸한 세대에 대해 보고하는 것
일 뿐이다'라고 말하고 있다. 그는

에리히 마리아 레마르크

전쟁에 대해 담담하게 말하지만 뮌스터 대학에 다니던 1916년 열여덟 살
의 나이로 자원입대하여 서부전선에 배속되었다. 그는 다섯 번이나 사선
을 넘나드는 부상을 당했는데 이때 경험한 참상이 후에 발표한 그의 소설
에 잘 나타나 있다. 슈테판 츠바이크가 이 소설을 가리켜 '완전한 예술 작
품인 동시에 의심할 수 없는 소설'이라고 평한 이유는 바로 그 때문이다.

에리히 마리아 레마르크(1898-1970)는 독일 베스트팔렌의 오스나브뤼크에
서 태어났다. 그의 조상은 프랑스 혁명 때 독일로 이주해 온 집안으로 아
버지는 제본업자였다. 그는 토마스 만과 마찬가지로 나치의 박해를 피해
독일에서 미국으로 망명해 살았다. 그리고 미국에서 시민권을 얻었으나
만년에는 스위스의 테신에서 살다가 그곳에서 사망했다. 이처럼 그에게
는 국경이나 국적은 19세기의 유물에 불과했다.

1914년에서 1918년까지 지속된 제1차 세계대전은 역사상 최초로 기관
총과 지뢰, 수류탄 등의 무기가 동원된 전쟁이었으며, 전 세계가 두 편으

로 나뉘어 싸운 대규모 전쟁이었다. 전쟁터에서 젊은 레마르크가 본 것은 절망 그 자체였다. 그러나 이 전쟁이 남긴 가장 큰 피해는 인적·물적 손실이 아니라 사람들 마음에 새겨진 깊은 상처였다. 레마르크는『서부전선 이상 없다』에서 자신을 포함해 참전 세대인 동시대의 젊은이들을 '전쟁으로 파괴된 세대'라 불렀다.

세계적 작가가 된 저널리스트

이때 그가 겪은 고통과 공포는 훗날 작품 속에 그대로 반영되었다. 삶보다 죽음을 먼저 배우며 젊은 병사들은 미래에 대한 희망과 꿈을 잃어버렸다. 전쟁터에서 돌아온 뒤에도 그 후유증은 쉽게 사라지지 않았다. 레마르크 역시 전쟁 뒤의 불안한 상황에서 한동안 방황했다. 전쟁이 끝난 뒤 10여 년 동안 그는 먹고살기 위해 초등학교 교사와 점원 등을 전전하였으며, 이름 없는 저널리스트 신문에 기사를 쓰곤 했다.

그가 초등학교 교사 생활을 할 때의 경험이 그의 두 번째 작품인『귀로』에 잘 나타나 있다. 실의와 좌절에 빠진 나날을 보내던 레마르크는 회사원 생활을 하기도 하고 장사를 하기도 하다가, 스물두 살에 베를린으로와서 〈스포츠 화보〉지의 편집인이 되었다. 그리하여 1918년 이후 〈미〉, 〈스포츠 화보〉와 같은 여러 잡지에 사회 소설, 스포츠 소설, 콩트 등을 쓰는 저널리스트로 지냈다.

10여 년 동안 무명 저널리스트로 생활하던 중 1929년 발표한『서부전선 이상 없다』가 기록적인 베스트셀러가 되면서 그는 하루아침에 일약 세계적인 작가로 발돋움했다. 이 책은 18개월 동안 25개 국어로 번역되어 발행부수만도 350만 부를 넘었다. 레마르크의 다른 작품이 대개 그렇지만『서부전선 이상 없다』는 전쟁과 격동기 속에 처한 인간의 고뇌를 그렸다는 점이 인기 요인으로 작용했다. 이 소설의 반향은 정치적인 논쟁으로까지 발전하여 작품의 상연, 상영을 둘러싸고 갖가지 소동이 벌어지기도 했다.

작품 세계

레마르크의 소설은 대부분 전쟁, 전쟁의 상흔과 악몽, 피난민의 참상과 나치 독일의 만행을 그리고 있다. 『서부전선 이상 없다』의 속편이라 할 『귀로』(1931)는 젊은 병사들이 패전으로 고향에 돌아와 실의와 좌절을 안고서 어떻게든 살아보려고 하는 노력을 르포르타주 형식으로 그리고 있다. 당시 독일은 패전으로 국민 생활이 황폐해진 데다가 1929년 세계 대공황의 여파로 정치적 위기감이 높아지고 있었다. 몸과 마음이 지쳐버린 독일 국민들은 강력한 독일제국 건설을 내세우며 등장한 히틀러와 나치의 광기 어린 선전에 사로잡혔다. 레마르크의 수난은 이때부터 시작되었다. 전쟁을 준비하고 있던 나치는 레마르크를 그들 정책에 반대하는 사람들의 대표로, 『서부전선 이상 없다』는 반전문학의 기수로 보아 적대시했다.

그래서 1933년 1월 나치가 정권을 잡자 레마르크의 새로운 삶에 대한 소망은 일장춘몽이 되고 만다. 조국의 정치 상황에 회의와 불안을 느낀 레마르크는 나치가 정권을 잡기 직전 혼란한 독일을 피해 1932년에 이미 스위스에 이주해 있었다. 그의 작품은 판매금지되고 괴벨스가 직접 지휘하는 가운데 베를린의 오페라하우스에서 불태워졌으며, 1938년에 그는 시민권을 박탈당하기까지 했다. 1939년 제2차 세계대전이 발발하자 신변의 위협을 느낀 그는 미국 뉴욕으로 망명하여 미국 시민권을 얻었다. 그후 레마르크는 헤밍웨이를 비롯한 미국 작가들의 영향도 받았다.

그리하여 그의 후속 작품 『세 전우』는 나치의 탄압으로 독일에서 출판되지 못하고 1937년 미국에서 출판되었다. 이 작품은 전후의 실업과 혼란과 공황이 난무하는 베를린에서 자동차 수리공장을 경영하는 세 전우를 둘러싸고 벌어지는 우정과 사랑과 죽음의 이야기이다. 전우 중 한 사람은 길거리에서 원한을 샀던 어느 건달에게 살해당하고, 주인공의 애인은 폐병으로 외롭게 숨을 거둔다.

이상의 세 작품은 제1차 세계대전과 그 직후의 불안하고 혼란한 사회에서 방황하는 귀환병들의 불안과 좌절을 그리고 있으나, 1940년에 나온 『네 이웃을 사랑하라』는 히틀러 정권에서 쫓겨 나온 망명자 문제를 다루고 있다. 이 소설은 여권도 없이 이 나라에서 저 나라로 부평초처럼 떠다니는 독일 피난민들의 참상과 그 이웃들의 사랑을 다루고 있다. 다음 작품인 『개선문』의 전편을 이루고 있는 이 소설은 레마르크의 소설 중에서 가장 비극적이고 서스펜스가 넘치는 작품이다. 사랑하는 사람들을 남겨둔 채 강제수용소와 가스실의 공포에서 벗어나 외국으로 탈출한 사람들은 어디를 가든 불법입국 죄로 체포되어 투옥당하고 가차 없이 국외로 추방당한다. 이 와중에 고귀한 생명들이 무수히 스러지고 만다. 하지만 어떠한 불안이나 절망도 인간의 숭고한 영혼을 말살시키지는 못한다. 소설의 주인공인 케른과 루트는 청순하고 열렬한 사랑으로 결합되어, 서로의 생명을 감싸면서 정처 없는 방황을 견뎌나간다. 레마르크는 이 불행한 방랑자들의 비극을 리얼하게 그리면서 이들의 연민이나 성실성을 아름답게 장식하고 있다.

1946년에 발표된 『개선문』은 레마르크의 작품 중에서 가장 널리 알려져 있다. 제2차 세계대전 직전의 파리를 무대로 불안과 절망에 사로잡힌 망명자들의 삶을 묘사하였다. 나치에게 쫓겨 파리로 망명한 주인공 라빅은 유능한 의사로 따뜻한 인간성과 예리한 감수성을 지닌 사람이다. 그러나 여권도 신분증도 없는 그는 프랑스인 외과의사 대신 위법으로 수술을 해주면서 불안하고 허무한 나날을 보낸다. 이러한 생활을 하는 가운데 라빅과 여배우 조안과의 사랑, 독일 강제수용소에서의 원수 하케에 대한 복수 등이 그려지면서, 결국 독일과 프랑스 간의 전쟁이 시작된다.

1952년에 발표된 『생명의 불꽃』과 1954년에 발표된 『사랑할 때와 죽을 때』는 제2차 세계대전 막바지의 나치 독일의 파국을 그린 자매편이다. 『생명의 불꽃』은 이 역사적인 파국을 독일의 강제수용소라는 압축된 무대에다 설정하고, 멀리 지평선에서 은은하게 울려오는 연합군의 포성을 배경으로 수용소 내의 처절한 마지막 사투를 그리고 있다. 이 작품에서 적극적이고 행동적인 인간상이 그려지는 반면 『사랑할 때와 죽을 때』에서는 회의적인 인간상이 그려지고 있다. 단 하나의 희망이었던 풀만은 게슈타포에 체포되고 주인공 그레버도 자신이 풀어준 포로의 총에 맞아 허망하게 죽고 만다. 이는 작품을 쓸 당시 분할 점령 치하에 있던 독일의 절망적인 현실에서 연유하는 것으로 보인다.

1956년에 발표된 『검은 오벨리스크』는 인플레가 극심하던 제1차 세계대전 직후의 혼란한 사회와 나치 정권이 수립되어 정치적인 학살이 자행되던 무렵을 배경으로 하고 있다. 같은 해에 발표된 『종착역』은 베를린을 무대로 하여 나치의 만행과 그로 인한 인간의 불안과 참상 및 나치 정권의 붕괴를 다루고 있다. 하지만 여기서도 다시 한 번 인간성과 정의가 승리한다는 사실이 강조되고 있다.

1961년에 발표된 『하늘은 총아를 모른다』와 1963년에 발표된 『리스본의 밤』은 1933년에서 1942년에 걸쳐 독일, 오스트리아, 스위스, 프랑스 및 포르투갈까지 이어지는 망명객의 수난사를 다루고 있다. 주인공 슈바르츠의 망명생활, 아내 헬렌과의 애정 문제, 사선을 넘나드는 여러 번의 극적인 탈출 등이 담담한 필치로 전개된다. 『리스본의 밤』은 1942년 어느 날 밤 리스본 항구의 어느 바에서 이뤄지는 낯선 두 남자의 대화가 중심이다. 소설의 화자는 부인과 함께 나치의 학정을 피해 도피중이며, 미국행을 결심하고 이곳 리스본 항까지 오게 되었지만 그들에게는 여권도 비자도, 그리고 뱃삯을 치를 돈도 없다. 주인공은 어느 낯선 남자의 이야기를 듣고는 슈바르츠라는 이름의 여권과 배표를 받아 쥐고 미국행을 감행한다. 이후 낯선 타향에서 종전을 맞이한 주인공은 다시금 유럽으로 되돌아온다. 망명중인 이름 없는 주인공이 우연히 타인의 여권을 얻어서 목숨을 부지하게 된다는 이야기의 설정은 현대 사회가 지닌 개인의 정체성 부재에 대한 비판이기도 하다. 손쉽게 위조되는 한낱 종이쪽지에 불과한 증명서가 인간의 실존을 규정하는 시뮬라시옹으로서의 세계에 대한 비판과 다름없는 것이다.

레마르크가 사망한 뒤 유작 『그늘진 낙원』이 발표된다. 이 작품은 레마르크가 미국에 망명한 1939년 이후 자신의 체험을 1인칭 수기 형식으로 담담하게 그리고 있다. 이 소설에는 유럽에서 겪은 소름끼치는 과거의 그림자, 도저히 가시지 않는 악몽의 그림자를 안고서 약속의 땅이라는 미국에서 주인공 로버트 로스와 망명객들이 엮어내는 사랑과 희망, 갈등과 좌절이 선명하게 그려져 있다.

레마르크의 소설은 동서양을 막론하고 모든 나라에서 많이 읽히고 있다. 그 이유는 작품의 테마와 그것을 그려내는 그의 문학적 표현양식 때문으로 볼 수 있다. 그의 작품의 테마는 제1차 세계대전과 전후의 혼란, 나치 독재, 즉 게슈타포에 대한 공포, 제2차 세계대전이다. 그는 세계대전과 전체주의의 공포 아래에서 신음하는 수많은 동시대인의 운명을 한 시대의 역사적 비극으로 설정하고 이를 역사적인 넓은 시야에서 세계사적 테마로 그려내고 있다. 또한 그는 소설을 교묘하게 구성하고, 사실적인 묘사에 서정적인 감상을 섞어서 평이하고 명쾌한 문체로 그려나간다. 이 두 가지 요인으로 레마르크는 세계적인 작가가 된 것이다. 즉 레마르크의 작품들은 동시대인들에게 가장 절실하고도 고통스러웠던 체험을 다루었고, 또한 이를 누구나 쉽게 이해할 수 있는 명쾌한 문체로 다루었기 때문에 국경을 초월하여 전 세계 독자들의 사랑을 받고 있는 것이다.

작가의 분신 파울 보이머

레마르크는 『서부전선 이상 없다』에서 자신이 겪은 제1차 세계대전의 체험을 1920년경부터 나치가 출현할 때까지 약 10년간 독일 문단을 지배했던 문예사조인 신즉물주의적인 수법으로 담담하게 그리고 있다. 표현주의에 대한 반동으로 일어난 이 문예사조는 자아의 주장이나 감정의 표현을 억제하고, 사실에 바탕을 두고 사실 자체로 하여금 말하게 하는 기법이다. 또한 신즉물주의는 표현주의를 거친 리얼리즘이라는 점에서 자연주의와 다르다는 것을 강조한다. 과학과 기술의 발달, 물질문명의 범람 등이 이 문예사조가 생겨나는 데 큰 영향을 미쳤다. 추크마이어, 브레히트, 케스트너, 데프린, 노이만 등이 이 사조의 대표 작가인데, 레마르크의 경우 이 유파에 넣는 견해도 있지만, 그렇지 않은 주장이 더 우세하다.

『서부전선 이상 없다』에서 마지막 작품인 『그늘진 낙원』까지 레마르크의 소설들을 발표된 순서대로 읽어보면 제1차 세계대전에서 제2차 세계대전까지 유럽의 역사를 그대로 살펴볼 수 있다. 그 긴 여정의 첫 번째 작품이면서 작가로서 레마르크의 이름을 널리 알린 소설이 바로 『서부전선 이상 없다』이다.

화자 파울 보이머와 친구들의 나이는 열아홉 살. 네 젊은이는 같은 학교에 다니다가 엉겁결에 전쟁에 뛰어들었다. 자발적인 의지에 뜨겁게 불타서가 아니라 담임교사 칸토레크의 일장 연설에 이끌려서였다. 소설은 입대한 지 얼마 안 되는 파울 보이머와 그의 동료들이 운 좋게 한 끼를 배

불러 먹을 수 있게 되어 만족해하는 것으로 시작된다. 영국 포병대가 기습적으로 아군 진지를 향해 장거리포와 중포탄을 마구 쏟아붓는 바람에 중대가 막대한 인명 손실을 입고 겨우 80명만 살아 돌아와 식량이 남았기 때문이다. 이는 그다지 대수롭지 않은 일일지도 모르겠지만 피를 말리는 긴장감 속에서 사는 그들에겐 오래간만의 커다란 행복이다. 그러나 친구 켐머리히가 아수라장 같은 야전병원에서 눈물을 흘리며 죽으면서 현실은 냉정하게 되돌아온다.

이 소설은 '전쟁이란 무엇인가'에 대해 처절하게 답하는 작품이다. 고등학교에 다니다가 독일군이 된 젊은이들은 전쟁이 곧 끝나고 일상으로 돌아가리라는 생각에 사로잡혀 있다. 그렇지만 현실은 다르다. 총성이 끊이지 않고 포화가 빗발친다. 야전병원은 고통으로 비명을 지르는 부상병들로 가득하다. 차츰 전쟁 기계가 되어 가는 동료들은 눈 깜짝할 새 죽어나간다. 주인공 파울 보이머는 허황된 애국심에 들뜬 담임선생 칸토레크의 설득으로 반 친구인 크롭, 밀러 5세, 레어와 함께 자원입대하나 모두 전쟁터에서 죽고 만다. 키 작은 크롭은 머리가 비상해서 제일 먼저 일등병이 된다. 밀러 5세는 학교 교과서를 끼고 다니며 특별시험을 꿈꾸며, 포화가 쏟아지는 중에도 물리 명제를 파고든다. 그리고 얼굴이 온통 구레나룻으로 덮인 레어는 장교 위안소의 아가씨들에게 열을 올린다. 파울 보이머는 바로 작가의 분신인 동시에 전쟁터에 끌려 나간 모든 젊은이들의 전형이라 할 수 있다.

전쟁이 어떤 건지 잘 모른 채 입대한 이들은 전혀 다른 세계에 적응해야만 했다. 그들이 들어온 곳은 군대, 그리고 전쟁이라는 전혀 다른 세상이었다. 10주간의 훈련으로 그들은 '병사'로 만들어지고, 서부전선 최전방에 배치되었다. 그때부터 전쟁은 그들에게서 인간다움을 빼앗아갔다. 젊은이다운 패기와 애국심으로 나선 전쟁터였건만, 그곳은 상상을 초월하는 끔찍한 곳이었다. 포화가 빗발치는 곳에서 파울 보이머는 젊은이들을 전쟁터로 내몬 기성세대의 허위의식과 전쟁의 무의미함에 비로소 눈을 뜬다. 전선에서의 긴장감과 불안감, 아무도 지켜주지 않는다는 외로움, 익숙해져버린 포탄소리와 총탄 소리, 이미 일상이 되어 버린 배고픔과 전우의 죽음, 이런 것을 겪은 이들은 술 한 잔, 담배, 통조림 하나에도 웃을 수 있지만 그런 웃음 역시 진실은 아니다.

전쟁의 참상

전쟁은 왜 일어나는가? 어른들이 말하는 것처럼 절대적이고 숭고한 이유 따윈 없다. 독일의 젊은이가 독일을 지키기 위해 전쟁터에 나온 것처럼 프랑스의 젊은이도 똑같은 이유에서 총칼을 들었을 뿐이다. 젊은이들을 전선으로 보낸 어른들은 애국심을 강조했지만 전쟁이란 결국 정치가들의 이해관계에 따른 것이다. 해로운 편견과 싸우고 편협한 견해를 제거하여 국민정신을 건강하게 하는 것이 오히려 진정한 애국심이라 할 수 있다. 그러므로 파울 보이머가 자신이 죽인 적군 병사에게 한 말처럼, 국적에 상관없이 모든 병사들은 전쟁이란 괴물에게 깊은 상처를 입은 동지이며 다 같은 피해자인 것이다.

『서부전선 이상 없다』에는 곳곳에 기성세대와 젊은 세대의 대립, 허위의식에 가득 찬 기성세대에 대한 젊은이들의 분노가 드러나 있다. 학생들을 자의반 타의반으로 전쟁터로 내몬 담임교사 칸토레크, 자신의 생각만 고집하는 고향 어른들, 이들은 모두 안전한 후방에서 말로만 조국애를 부르짖으면서 전방에서 들려오는 진실을 외면한다. 훈련병 시절에 만난 분대장 힘멜슈토스는 부정적인 기성세대의 또 다른 모습이다. 힘으로 신병들을 다스리려 하는 힘멜슈토스는 권위주의적인 기성세대를 대표하는 인물이며, 다른 한편으로 군국주의에 빠진 독일을 상징한다고 할 수 있다.

결국 전쟁은 젊은이들의 꿈과 미래에 대한 희망을 짓밟고 인간성마저 빼앗아갔다. 병사들은 살기 위해 무의식적으로 적군을 죽이고 도둑질을 하는가 하면 죽어가는 친구를 걱정하기보다 그의 장화를 탐낸다. 전쟁이 그들을 이렇게 만든 것이다. 생각하지 못하는 기계라면 고통이 없을 텐데, 인간이기에 그들을 자신들의 변화에 괴로워할 수밖에 없다. '이렇게 변해버렸는데 평화가 찾아온다고 무얼 할 수 있겠는가'라는 주인공의 말은 자포자기한 병사들의 심정을 잘 보여준다. 이런 상황에서 화자는 인간의 위엄과 존엄은 간데없고 오로지 맹목적인 생존 본능만이 판치는 전쟁을 경험하면서 다시 정상인으로 돌아갈 수 있을지 의문을 품는다.

그나마 극한 상황에서 병사들을 지탱해주는 것이 하나 있다면 그것은 전우애다. 하지만 시간이 흐르면서 전우들이 하나씩 죽고, 결국 혼자 남은 주인공도 그토록 고대하던 종전을 앞두고 1918년 10월의 어느 날 전사하고 만다. 그날 사령부의 보고에는 '서부전선 이상 없다'라고 기록되어 있었다. 주인공 파울 보이머의 죽음과 그날 당국이 작성한 보고서는 전쟁의 비정함과 허무함을 절실히 느끼게 해준다. 이렇게 작가는 인간의 생명을 짓밟는 전쟁의 참상과 폐해를 보여주면서 전쟁이 왜 일어나선 안 되는지를 말하고 있다.

차분한 반전소설

주인공의 담임선생 칸토레크는 체육 시간에 학생들에게 장황한 연설을 늘어놓고 급기야는 반 친구들을 모조리 이끌고 지역 사령부에 가서 자원입대하게 만든다. 그러나 그 뒤 향토방위대에 편입된 칸토레크의 모습은 우스꽝스럽고 가련하다. 화자는 "낡아빠진 전투모와 군복을 입은 그의 모습이 얼마나 멍청하게 보이던가!"라고 묘사한다. 그는 학생들의 애국심에 호소하여 그들을 입대하게 만들지만 정작 그 자신은 참전하여 애국할 생각이 없었던 것이다. 미텔슈테크는 행동이 굼뜬 담임선생에게 포복훈련을 시키며 일갈한다. "향토방위대원, 칸토레크, 우리는 위대한 시대에 사는 행운을 가졌다. 그러니 우리 모두는 일치단결하여 이 고난을 이겨내야 한다." 이런 점에서 칸토레크는 애국과 안보를 부르짖으며 타인을 비방하고 공격하지만 정작 자신은 그 뒤에 숨는 비겁한 이들의 허상을 여실히 보여준다.

사색가인 크롭은 아무 상관없는 엉뚱한 사람들이 서로 싸우는 것보다 더 간단하고 나은 해결책을 제시한다. 그는 선전포고를 할 때는 투우 경기를 볼 때처럼 입장권을 구해서 음악을 울리며 일종의 축제처럼 해야 한다고 제안한다. 그리고 원형경기장에서 양국의 장관과 장군들이 수영복 차림으로 손에 몽둥이를 들고 서로 싸워 살아남는 자의 나라가 승리한 것으로 하자는 것이다. 사실 전쟁에 명성을 떨치거나 경제적 이득을 보는 권력자는 소수일 뿐 국토는 피폐해지고 일반 국민은 목숨과 재산을 잃을 뿐이다.

그럼 지금까지도 『서부전선 이상 없다』가 계속 독자들의 사랑을 받는 이유는 무엇일까? 이 소설은 필연적으로 이어지는 줄거리 없이 병사들이 전쟁터에서 겪는 일들을 하나씩 나열하고 있다. 즉 개별 이야기의 순서를 뒤바꾸어도 전체 내용에는 큰 무리가 없다. 이런 형식 때문에 오히려 텔레비전 다큐멘터리 프로그램을 보는 것 같은 사실감과 긴장감을 느낄 수 있다. 그러면서도 인물 각자의 개성이 살아있는 등 소설로서의 재미 또한 놓치지 않고 있다. 또한 쉽고 평이하게 쓰인 것도 이 작품의 또 다른 매력이라 하겠다.

하지만 이 소설을 비롯해 레마르크 문학의 진정한 매력은 다른 데 있다. 반전문학이라고 하지만 그의 소설에는 어떤 이데올로기나 거창한 정치적 주장도 들어 있지 않다. 다만 그는 권력자들의 이해관계 때문에 일어난 전쟁의 참상과 그 때문에 보통 사람들이 겪는 고통을 사실적으로 그렸을 뿐이다. 그 밑바닥에는 바로 인간의 가치가 짓밟히는 상황에 대한 분노가 숨어 있다. 이러한 휴머니즘에 바탕을 둔 반전(反戰) 의식이야말로 레마르크 문학이 단순한 전쟁소설의 차원을 넘어 세계적인 문학으로 인정받는 가장 큰 이유라 할 수 있을 것이다.

전후의 가난과 주택 문제를 그린 하인리히 뵐의
『그리고 아무 말도 하지 않았다』

그는 한마디도 중얼대지 않았다

"그들은 그를 빌라도의 법정으로 끌고 갔다.
한마디 말없이, 한마디 말없이.
그러나 그는 한마디도 중얼대지 않았다.
한마디 말없이, 한마디 말없이.

그들은 모두 소리쳤다. "십자가에 못 박아라!"
한마디 말없이, 한마디 말없이.
그러나 그는 한마디도 중얼대지 않았다.
한마디 말없이, 한마디 말없이.

우리는 그를 어느 나무에 못 박았다.
한마디 말없이, 한마디 말없이.
그러나 그는 한마디도 중얼대지 않았다.

한마디 말없이, 한마디 말없이."

예수의 수난을 노래한 1930-40년대 미국의 흑인영가 '그는 한마디도 중얼대지 않았다(He never said a mumblin' word)'의 가사이다. 하인리히 뵐(1917-85)의 소설 『그리고 아무 말도 하지 않았다』는 이 노래에서 작품 제목을 따온 것으로 알려져 있다. 이 노래와 마찬가지로 소설은 '침묵'을 하나의 주요 모티프로 삼고 있다. 예수 역시 죽음을 맞이한 자리에서 '할 말이 있느냐'는 질문에 침묵을 지켰고, 예수의 고난이 예언된 구약성서에서도 비슷한 내용이 나온다.[1] 주인공 보그너의 어머니도 남편과 싸움을 할 때 거의 한마디도 하지 않는다. 캐테[2] 역시 십자가를 지고 가는 예수처럼 자신에게 주어진 현실을 묵묵히 감내하며, 작중 인물들 역시 번번이 침묵을 지킨다. 이런 점에서 작품의 주인공은 항상 술에 취해 떠돌아다니는 프레트가 아닌 캐테로 볼 수 있다. 한편 대외적으로 사회현실에 침묵을 지키던 작가 뵐도 1968년부터는 사회 현실에 대한 자기 목소리를 내기 시작한다.

삶과 글쓰기가 일치한 작가

독일의 작가이자 노벨 문학상 수상자인 하인리히 뵐이 사망한 지 어느덧 30년이 지났다. 1985년 7월 16일에 뵐이 사망하자, 독일 작가 지크프리트 렌츠는 "작품에서 오직 자신의 시대를 묘사하려 했고, 이로써 모든

---

1 이사야 53장 7절 참조. "그가 곤욕을 당하여 괴로울 때에도 그의 입을 열지 아니하였고, 마치 도수장으로 끌려가는 어린 양과 털 깎는 자 앞에서 잠잠한 어린 양과 같이 입을 열지 아니하였도다."
2 캐테(Käte)는 '순수한 여자'를 의미하는 카타리나(Katharina)의 단축형으로 뵐의 소설에는 캐테나 카타리나라는 이름의 인물이 여럿 등장한다.

시대를 위해 글을 쓴 작가 하인리히 뵐은 결코 잊히지 않을 것이다"[3] 라고 평가했다. 뵐은 많은 작품들에서 나치, 전쟁, 사회 정치적 테마를 다루면서 가톨릭교회와 독일 시민의 속물근성을 비판했고, 독일의 과거 반성을 촉구했다. 그리하여 전후 독일 문학의 가장 중요한 대변자가 되었을 뿐만 아니라 독일에

하인리히 뵐

서 가장 많은 독자를 가진 작가들 중 한 명이 되었다. 그런데 사반세기가 지난 오늘날의 상황은 어떠한가? "지금 지크프리트 렌츠의 발언은 상당히 무색해지고 있다. 세상 사람들은 이제 존경하는 위대한 존재였던 뵐에 대해 더 이상 이야기하지 않고, 그는 이제 독일어 수업에만 가끔 등장할 뿐이다. 그의 작품은 그 뜻은 좋지만 낡은 것으로 치부되고 있다."[4]

뵐의 오랜 동료인 문학평론가 마르셀 라이히-라니츠키는 "뵐은 25년 동안 죽어 있다. 오늘날에는 다른 주제들이 현안으로 대두했고, 그리하여 뵐의 책, 그리고 뵐과의 괴리가 점점 커지고 있다"[5]고 인정했다. 또한 〈디 벨트〉지 같은 우익 신문에서는 "하인리히 뵐은 얼마나 오래 죽어 있는가?"라는 제목의 특집 기사로 뵐에 대한 부정적인 평가를 실었고, 프란츠오벨과 같은 작가는 "하인리히 뵐만큼 대중의 의식에서 빨리 사라진 작가는 드물다"[6]라고 하면서 그를 폄하했다. 그러나 〈디 차이트〉지에서는

---

3 〈데어 슈피겔〉, 1985년 7월 22일자 기사에서 인용.
4 〈쥐트도이체 차이퉁〉, 2010년 7월 16일자 기사에서 인용.
5 〈프랑크푸르터 알게마이네 차이퉁〉, 2010년 7월 16일자 기사에서 인용.

"옛 독일의 정치 문화에 끼친 뵐의 중요성을 과대평가했다고는 할 수 없다…… 뵐의 과격성, 통렬함, 날카로움은 훗날 자신이 무정부주의적이라고까지 선언한 민주적 사명의 일부였다"[7]라며 여전히 뵐을 옹호하고 있다. 뵐의 오랜 친구이자 동지였던 귄터 발라프는 뵐은 "터키의 풍자 작가 아지즈 네신과 더불어 거의 유일하게 삶과 작품이 완전히 일치한 작가"라며 "독립과 자유를 추구한 그의 정신은 오늘날에도 유효하다"[8]고 말한다. 이처럼 하인리히 뵐을 보는 시각은 여전히 첨예하게 대립되고 있다.

진실한 가톨릭 가정에서 보낸 어린 시절

독일이 제1차 세계대전에서 패망하기 1년 전인 1917년 쾰른에서 태어나 1985년 랑엔브로이히에서 사망한 하인리히 뵐은 전후 독일에서 가장 성공한 작가 중 하나로 평가된다. 그의 작품은 토마스 만이나 귄터 그라스 못지않게 많은 독자를 확보했고, 독일뿐 아니라 전 세계에 막강한 영향력을 행사했다. 뵐은 토마스 만이 1929년 『부덴브로크 가의 사람들』로 노벨 문학상을 받은 이래 제2차 세계대전 후 독일 국적의 작가로는 최초로[9] 노벨 문학상을 받음으로써[10] 일약 국제적인 작가가 되었다. 하인리히 뵐은 가구 제작자이자 목공예가인 빅토르 뵐과 그의 두 번째 아내 마리아 사이에서 태어났다. 뵐의 조상은 헨리 8세가 성공회를 국교로 정하자 영

----

6 〈디 벨트〉, 2010년 7월 16일자 기사에서 인용.
7 〈디 차이트〉, 2010년 7월 16일자 기사에서 인용.
8 〈쥐트도이체 차이퉁〉, 2010년 7월 16일자 기사에서 인용.
9 1946년 『유리알 유희』(1943)로 노벨 문학상을 받은 헤르만 헤세는 스위스 국적이었고, 1966년 시극 『엘리. 이스라엘의 고통에 대한 신비극』(1951)으로 노벨 문학상을 받은 유대계 독일인 넬리 작스는 나치가 등장한 후 스웨덴으로 이주해 스웨덴 국적이 되었다.
10 1972년에 수상하였고, 수상작은 『여인과 군상』이었다.

국을 떠나 네덜란드를 거쳐 독일의 라인 강변으로 이주한 가톨릭교도였다. 홀아비인 빅토르 뵐은 딸 둘을 데리고 농사와 맥주 양조업을 하던 집안의 마리아와 결혼했다. 하인리히 뵐은 아버지 빅토르의 여덟 번째 자식이자 세 번째 아들이었다. 소시민이었던 뵐의 부모는 로마 가톨릭을 믿었고 나치에는 단호하게 반대했다.

하인리히 뵐이 네 살이 되었을 때 그의 가족은 쾰른 교외에 있는 라더베르크의 집으로 이사했다. 히틀러가 감옥에서 『나의 투쟁』을 쓰던 해인 1924년에 뵐은 가톨릭계 학교인 라다탈 초등학교에 들어갔다. 그런데 그가 열 살이 되었을 때 남동생이 성홍열에 걸렸다. 뵐은 이미 병에 걸렸다가 나았지만 다른 아이들에게 전염시키지 않으려면 집 밖에 나가서는 안 되었고 격리 기간이 지난 후에도 다시 학교로 돌아가지 못했다. 뵐의 부모는 자식들을 엄격한 가톨릭 식으로 교육했다. 아버지는 전쟁을 몹시 증오하는, 예술적 재능은 있으나 약간 불안정한 남자였다. 반면에 도전적이고 정열적이며, 감수성이 예민하고, 대담하며 지적인 어머니는 뵐에게 이상적인 여인상이었다. 가난한 자와 약자에게 따뜻한 어머니는 뵐에게 유일하게 참되고 진실하며 위대한 가톨릭 신자였다.

뵐은 열한 살 때 카이저 빌헬름 김나지움에 들어갔다. 그가 김나지움에 다니던 1928~29년에는 독일 경제가 비약적으로 발전해 국민들의 경제 사정이 잠깐 나아졌지만, 인플레이션으로 어려움을 겪던 뵐의 아버지는 세계 공황으로 타격을 받아 1930년에 집을 팔아야 했다. 그래서 가족은 쾰른의 구(舊)시가지 외곽으로 이사해야 했다.

전쟁, 탈영, 포로가 된 뵐

1933년 히틀러가 집권했지만 빵, 포도주, 폭스바겐을 주겠다던 공약과는 달리 경제 위기와 실업은 해소되지 않았다. 히틀러는 고속도로와 병영을 건설하고 군대를 증강했다. 뵐은 거리에서 형제나 친구들과 다닐 때 나치 돌격대(SA)나 히틀러 청소년단(HJ)이 옆으로 행진해 가는 것을 자주 목격했다. 뵐과 그의 친구들은 그들에게 오른손을 쳐들어 히틀러 식으로 "하일 히틀러!" 하고 경례를 해야 했다. 그래서 뵐은 행진하는 발자국 소리가 들리면 옆집으로 피했다.

나치에 의해 구타당하고 체포, 연행되는 사람들을 보며 뵐은 거리에 있는 것이 더 이상 안전하지 않다고 느꼈다. 열일곱 살이 되던 해에 글 쓰는 일을 직업으로 삼기로 마음먹은 뵐은 그 시절 벌써 굉장히 많은 분량의 단편, 시와 소설을 썼지만 히틀러가 집권한 시대라 그것들은 세상 빛을 보지 못하고 묻히고 말았다. 1937년 고등학교 졸업 시험에 합격한 뵐은 본의 서적상 마티아스 렘페르츠의 견습생으로 들어가 근무했다. 6개월간 나치 노동봉사단(RAD) 근무를 해야 대학에 들어갈 수 있었기 때문에 대학에는 들어가지 못했지만 뵐은 모두가 가입하는 나치 조직에 가입하기를 거부했고 조만간 전쟁이 일어날 것이라 생각하여 직업 교육을 받는 것이 무의미하다고 판단, 1년 후에 점원 수습도 그만두었다.

뵐은 집 안에 틀어박혀 계속 책을 읽고 습작에 열을 올렸다. 1938년 가을, 뵐은 노동봉사대에 소집되어 반년 동안 힘든 육체노동을 한 끝에 대학에 들어갈 수 있는 자격을 얻었다. 뵐은 쾰른 대학에 들어가 독문학과 고전 어문학, 즉 라틴어와 그리스어를 공부했지만 강의보다는 집필에 더 비중을 두었다. 그러다 전쟁이 발발했고, 1939년 여름에 군대에 소집되어 프랑스, 소련, 루마니아, 헝가리, 라인란트에서 복무하면서 여러 번 부상을 당했고 티푸스에 걸려 야전병원에 입원하기도 했다.

뵐은 1942년에 휴가를 얻어 누나로부터 소개받아 오랫동안 사귀던 아네마리 체히(Annemarie Čech)와 결혼했다. 그녀는 체코의 플젠 태생으로 체코인 법률가였던 아버지와 독일 서부의 라인란트 출신인 어머니가 모두 세상을 떠나 쾰른의 친척 집에서 자랐다. 체히는 뵐의 작품을 영어로 번역했고, 그의 작품을 읽고 서슴없이 평하는 평론가 역할도 해주었다. 연합군의 대공습으로 쾰른이 파괴되었을 때 아내 아네마리 뵐은 산악 마을로 피난을 가 있었다. 뵐은 휴가증을 위조해 휴가를 나와 아내를 찾아갔다. 탈영을 하면 사형을 선고받고 잡힌 자는 즉석에서 사살됐기 때문에 그는 계속 생사의 갈림길에 서야 했지만, 삶에 전기를 마련하려면 위험을 무릅써야 했다. 1945년에 그는 또 한 차례 휴가증을 위조해 탈영했다가 다시 군으로 복귀했다. 뵐의 견해에 따르자면 탈영병이 살아남을 수 있는 가장 안전한 장소는 군대였다.

1945년 봄, 뵐은 미군에 체포되었고, 프랑스와 벨기에에 있는 미국과 영국의 포로수용소에 수감되어 모욕적인 대우를 받고 돌멩이 세례를 당하기도 했다. 그는 '독일인'이라는 단어를 자신과 관련시킨 적이 없었지만 이 시기에는 자신이 독일인이라고 느꼈다. 1945년 9월, 포로수용소에서 풀려나 독일로 돌아간 뵐은 아내와 함께 쾰른으로 되돌아갔다. 그러나 그들은 온통 파괴되어 폐허가 된 쾰른을 보았을 뿐이었다.

상흔을 되새기는 습작의 시기

1945년 포로수용소에서 돌아온 뵐은 시의 조사부에서 인구 조사원으로 일하면서 전쟁으로 오랫동안 중단되었던 글쓰기를 다시 시작할 수 있었다. 전쟁 기간 매일 엄청난 양의 편지를 쓰긴 했지만 이제 본격적으로 소설을 쓰기 시작했다. 뵐은 소년 시절에 클라이스트, 톨스토이, 도스토옙스키, 레옹 블루아[11], 카뮈, 디킨스, 발자크의 영향을 받았고, 헤밍웨이의 간결한 문체와 포크너의 의식의 흐름 기법을 받아들였으며, 발자크, 디

킨스 등 사회 비판적인 경향을 지닌 사실주의 작가들의 작품을 주로 읽었다. 완전히 파괴된 쾰른에서 사는 것이 힘들었지만 일정 시점까지는 빈집에 들어가 살아도 되었기에, 뵐은 가족의 집을 새로 정비하고, 임시변통으로 방을 수리하자마자 다시 글을 쓰기 시작했다. 대학에도 다시 등록했는데, 대학에서 생필품 카드를 발급해주었기 때문이었다.

이 시기에는 뵐의 아내가 교사로 일하면서 가정의 생계를 꾸려 나갔다. 뵐은 1946년 7월부터 공모용의 첫 장편소설 『사랑이 없는 십자가』를 집필하기 시작했고, 전후 문학이나 전쟁 문학, 폐허 문학, 귀향자 문학으로 불릴 수 있는 그의 최초의 단편들이 1947-1948년에 잡지에 실렸다. 이 시기의 작품들에서 뵐은 전쟁 경험과 전후 독일에서 잘못된 방향으로 나아가는 사회에 대해 주로 다루었다. 그렇지만 고료는 가계에 별로 도움이 되지 않았고, 장편소설을 썼지만 책이 발간되지 않아 돈도 받지 못했다. 단편 작가로서 뵐의 명성을 높인 몇 편의 수준 높은 단편소설이 단편집 『나그네여, 그대는 슈파…로 가는가』(1950)에 실렸다. 그러나 책을 사는 사람은 많지 않았고 뵐은 돈을 벌기 위해 다시 여러 직업을 전전해야 했다. 그 시기에 쓰인 다른 단편들은 부분적으로 약간 고쳐져 1983년 출간된 단편집 『상처 입은 사람들』에 실렸다. 뵐은 프랑스에서 한때 전쟁포로 생활을 하면서 문필가이자 시나리오 작가인 쿤츠를 알게 되어 돈독한 우정을 쌓았는데, 그 시기에 주고받은 편지가 『희망은 맹수와도 같다』라는 제목으로 1994년에 출간되었다.

---

11 레옹 블루아(Léon Bloy, 1846-1917). 프랑스의 소설가. 독실한 가톨릭 신자로 알려져 있으며, 대표작으로 『절망한 사람』, 『가난한 여인』이 있다. J. 베르나노스의 작품에도 많은 영향을 끼쳤다.

성공과 기억의 재생

뵐은 47그룹에 초대받음으로써 삶에 커다란 전기를 마련하게 된다. 1951년 5월에 47그룹에 데뷔하여 큰 성공을 거두었지만, 이 시기에 발표한 몇몇 작품들은 일반 독자들에게 별다른 반향을 불러일으키지 못했다. 그는 바트 뒤르크하임에서 열린 제7차 회합에 초대되었다. 뵐은 처음으로 이 그룹에 참가하여 풍자소설『검은 양들』을 낭독했고, 헝가리 출신 작가 밀로 도르를 근소한 차이로 제치고 '47그룹상'을 수상, 상금 1천 마르크를 받았다. 상을 받고 유명해진 뵐은 쾰른 시의 보조 일자리를 그만두고 전업 작가가 되었으며, 그의 아내도 교사 일을 그만두고 영문 번역가로 활동하기 시작했다. 그리고 마침내 독자와 비평가들이 그의 책에 관심을 갖기 시작했다.

뵐은 과거의 고통스러운 기억을 떠올리며 겸손하게 재생하는 작업에 착수했다. 초기 장편『열차는 정확했다』와『아담, 너 어디 있었느냐?』는 병사들의 어둡고 절망적인 삶과 전쟁의 무의미함을 간결한 문체로 그리고 있다. 뵐의 뮤즈는 기억의 여신 므네모지네였고, 그의 모토는 '과거의 죄악과 상실의 아픔을 기억하라!'였다. 그는 서독이 화폐 개혁과 군부 재무장으로 서구 사회에 편입되어 경제적 부흥을 이룩한 상황 속에서 번영의 그늘 속에서 곪아 가는 정신적 상처를 문학의 대상으로 삼았다.

불공정한 주택 배정 문제를 소재로 한『그리고 아무 말도 하지 않았다』와 한 기계공의 삶을 통해 불안정한 현실을 묘사한『지난 시절의 빵』은 사회에서 낙오한 자의 물질적 빈곤과 평등의 허위성을 보여주었다. 전쟁으로 아버지와 아들, 남편을 잃고도 삶에 대한 힘찬 의욕을 보여주는 여자의 이야기가『보호자 없는 집』, 삼대에 걸친 어느 건축가 집안을 통해 현실의 불안함을 탐구한『아홉 시 반의 당구』는 내면의 상처와 과거에 대한 부담감을 그리고 있다.

『그리고 아무 말도 하지 않았다』가 성공을 거두고 나서 뵐은 괴테의 이탈리아 여행에 비견될 아일랜드 여행을 한 뒤 『아일랜드 일기』를 펴낸다. 『아일랜드 일기』는 정치와 전쟁을 다루지 않은 첫 작품으로, 출간되었을 때 많은 독자들과 비평가들은 뵐이 과거를 극복했다며 기뻐했다. 아일랜드의 원시 상태에 가까운 가톨릭 신앙, 반유물론적인 삶의 철학은 이후 뵐의 정신세계와 작품 활동에 깊은 영향을 주었다.

전후 독일 문학의 대표 하인리히 뵐

보러(Karl Heinz Bohrer)는 "서른 살의 조숙한 작가나 바흐만, 엔첸스베르거나 그라스가 아니라 곧 쉰 살이 되는 하인리히 뵐이 전후 독일 문학을 대표한다. 그는 전후 문학의 고전작가이다"[12]라고 했고, 작가 추크마이어는 1968년 "내가 뵐에게서 가장 경탄하는 것은 그의 언어의 단순성, 명료성, 정확성이다. 그는 호언장담하지 않고 허세를 부리려고 하지 않는다"고 말했다. 한편 2002년 니만은 "부분적으로는 실패한 것처럼 보일지 모르지만 그는 위대하다. 그는 발자크처럼 미래에도 사라진 세계의 거울로 읽힐 것이다"[13]라면서 그를 높이 평가한다.

그런데 뵐의 문학성과 도덕성을 높이 평가하는 사람들이 있는 반면 독일 비평계의 교황 격인 라이히-라니츠키 같은 비평가는 그의 작품의 미적인 측면이 떨어진다며 하인리히 뵐과 귄터 그라스를 부정적으로 평가하기도 한다. 풍크(Gisa Funck)도 뵐의 정치 참여는 높이 평가할 수 있지만 작

---

12 〈프랑크푸르터 알게마이네 차이퉁〉, 1967년 10월 23일.
13 〈디 차이트〉, 2002년 2월 2일.

품성에 대해서는 공감하지 못한다며 의구심을 거두지 못하고 있다. 이처럼 뵐의 도덕적 의무감과 그것의 미학적 표현, 즉 예술성과의 관계가 해결되지 못하고 논란이 되기도 한다.

가톨릭 신자이자 평화주의자인 뵐은 주변 사회에 대해 매우 도덕적이긴 하지만 개인주의적인 관점을 발전시켰으며, 그의 작품에서 자주 등장하는 주제는 개인의 책임을 받아들이느냐 또는 거부하느냐 하는 것이었다. 그는 반전사상과 비협조주의를 나타내기 위해 절제된 산문과 예리한 풍자를 사용했다. 이 세계에는 자신의 고향이 없다고 생각한 뵐은 억압받는 사람들과 연대하여 고위 성직자, 국가, 관료주의, 성 안에 들어간 사람들에게 저항했다. 그는 제2차 세계대전에서 독일 국민이 겪은 일들을 인도주의 입장에서 해석한 탁월한 인물로 평가된다.

폐허문학의 정수

『그리고 아무 말도 하지 않았다』가 출간되기 전까지 뵐의 책들은 자유민주당(FDP)과 관계가 있는 미델하우베 출판사에서 출간되었다. 1951년 뵐이 『검은 양들』로 '47그룹상'을 수상하자 여러 출판사가 그의 작품에 관심을 보였는데, 결국 뵐은 1952년 4월 27일 키펜호이어 운트 비치 출판사와 『그리고 아무 말도 하지 않았다』의 출판 계약을 맺었다.

뵐은 1952년 5월에 풍자소설 『크리스마스 때 뿐만 아니라』를 거의 끝마쳤고 1952년 8월 중순부터 12월 초 사이에 『그리고 아무 말도 하지 않았다』의 대부분을 집필했다. 1952년 12월 6일에 뵐은 친구 쿤츠에게 이미 소설을 다 끝마쳤다고 전했다. 그전에 뵐은 성서 이야기를 쓰려고 했다가 대신 단편 「크리펜파이어」를 써서 프랑크푸르터 헤프텐 출판사에 보냈다. 그 작품에는 주인공 벤츠가 어둑해질 무렵 역에 내려 성당에 들어가고, 거기서 바보 아이와 함께 있는 소녀를 바라보다가 그녀를 따라 간이식당으로 들어간다는, 『그리고 아무 말도 하지 않았다』의 분위기가 벌써 담겨 있었다. 또한 사회에서 낙오한 귀향자, 농부의 얼굴을 한 성직자와 같은 인물, 여러 가지 동기와 줄거리 면에서 1949-1951년 사이에 쓰여 1992년에 출간된 『천사는 침묵했다』와 연결되며, 〈여느 날과 다름없는 하루〉라는 제목의 방송극이 『그리고 아무 말도 하지 않았다』의 마지막 장을 토대로 제작되기도 했다.

1948년의 화폐 개혁 후에 서독의 대도시인 쾰른에서 벌어진 일을 부부 각자의 관점에서 그린 이 소설은 1953년 말까지 1만 7천 부 이상이 팔리며 커다란 성공을 거두었다. 13장으로 나누어진 소설은 48시간 동안 일어난 일을 부부 각자의 시각에서 묘사한다. 부부가 함께 있는 장에서는 독백보다 대화가 주를 이룬다. 작가는 냉정하고 담담한 어조로 부부의 고통과 슬픔을 그리고, 전후 독일의 경제 재건이 시작되고 있지만 사회적인 불공정과 곤경이 만연한 것을 비판한다.

집 없는 자의 서러움

이야기는 1952년 9월 30일 토요일 오후에 시작되어 10월 2일 정오경에 끝난다. 보그너 부부에게는 세 아이가 있고 쌍둥이 아이들은 어린 나이에 죽고 말았다. 가장인 프레트 보그너는 좁은 단칸방에서 아내 캐테, 세 아이와 함께 사는 것을 견디지 못하고 집을 나와 다른 데서 산다. 그는 전쟁과 가난으로 인한 상처를 안고 포격으로 파괴된 도시 이곳저곳을 떠돌아 다닌다. 그의 아내 캐테 보그너도 절망적인 일상생활과 위선적인 가톨릭 신자인 프랑케 부인으로부터 달아나고 싶지만 아이들 때문에 수모를 견디며 초라한 방에서 억지로 살아간다. 또다시 임신한 그녀는 어느 날 싸구려 호텔에서 남편과 함께 밤을 보내며 자신이 여전히 남편을 사랑하는 것을 깨닫지만 그와 헤어지기로 마음먹는다.

프레트 보그너는 마흔네 살이고 아내 캐테 보그너는 서른여덟 살이다. 부부에게는 열세 살 된 딸 클레멘스, 열한 살 된 카를라, 그리고 어린 프란츠가 있으며, 캐테는 지금 또 임신한 상태이다. 이들 부부는 전쟁 중에 쌍둥이 레기나와 로베르트를 잃었다. 프레트는 전문적인 직업을 갖지 못하고 여기저기서 일을 해야 했는데, 약품상회에서 일을 했고 사진사로도 일을 했었다. 그 후 도서관에서 일하다가 캐테를 만나게 되었고 같이 아침을 먹을 수 있는 가장 좋은 상대로 여겨 그녀와 결혼했다. 프레트는 첫 아이 클레멘스가 태어날 무렵 전쟁으로 군에 입대하지 않으면 안 되었는데 그는 6년간의 군복무 기간 중 3년간을 전화교환병으로 근무했다. 그에게 전쟁이란 지루한 것이었으며 인간 멸시로 밖에는 이해할 수 없었다. 그렇지만 죽음과 시체는 가장 지루하지 않은 것이었다.

프레트는 지금 어느 가톨릭교회의 사무실에서 전화교환수로 일한다. 그의 월수입은 320마르크 83페니히이다. 여기에서 방세, 전기세, 가스비, 병원보험료를 지불하면 240마르크 밖에 남지 않으므로 가족이 생활하기에 너무 어렵다. 그는 좁고 궁색한 단칸방에서 사는 것을 견디지 못하고 두 달 전에 집을 떠나 다른 곳에 살고 있다. 전쟁 전까지 그들은 제법 쓸 만한 방을 가지고 있었지만 지금은 가구하나 없이 단칸방에 살면서 가난하게 되었다.

프레트의 옆방에는 프랑케 부부가 방 네 개를 가지고 있다. 프랑케 부인은 성당의 가톨릭 부인회 회장이며, 가톨릭교회를 이용하여 자기 잇속을 챙기고 있다. 그녀는 늘 성찬식에 참석하고 대주교의 반지에 입을 맞추지만 항상 심술궂은 얼굴을 하고 캐테에게 조금의 자비도 베풀지 않는다. 그녀는 외형적으로는 보그너 부부를 돕고 있다. 크리스마스에는 프랑케 부인은 보그너 가족을 집에 초대하여 아이들에게 선물을 준다. 프랑케 부인의 방에 꽉 찬 화려한 가구에 아이들은 두려움을 가지고 불안해하며 캐테도 자신의 방과 너무 대조되는 그 방들에 절망과 좌절감을 느낀다.

프레트는 가족과 떨어져 여기저기를 헤매며 지낸다. 그는 전쟁 때 알게 된 막스가 일하는 역의 수하물 파트로 가서 마루의 스팀 장치 밑에서 잘 때도 있다. 거기에서 자면서 그는 자신의 처지를 생각해 울기도 하는데 이는 술을 마셔서가 아니라 마음이 아파서 우는 것이다. 때때로 그는 추위를 피하기 위해 성당으로 가기도 하는데 아침이면 추위를 녹이기 위해 간이식당에서 커피를 마신다. 프랑케 부부는 여행을 떠나고 옆방 사람들도 영화관에 간 어느 날 캐테는 항상 조용히 지내야 했던 아이들이 허용을 해도 막상 떠들면서 놀지 못하는 게 너무나 마음이 아프다.

어느 토요일, 캐테는 다음 날 오후 다섯 시에 만나자는 남편의 연락을 받는다. 프레트는 아내를 만나기 전에 돈을 구하고 호텔 방을 얻어야 한다. 그는 돈을 구하기 위해 사람을 찾아가고 전화를 하고 마침내 50마르크를 빌린다. 그는 우선 방을 구하고 얼마의 시간이 남자 길거리에서 가톨릭의 행사 행렬이 지나가는 것을 구경한다. 대주교의 걸음은 후작의 걸음 같다. 그는 행렬 속에 초를 들고 가는 아이들에게서 클레멘스와 카를라를 본 것 같은 착각을 한다. 그리고 아이들의 창백한 모습에서 노래 부르기를 좋아한 아이들에게 노래를 부르지 못하게 매질한 행동이 후회가 된다. 일에 지쳐 돌아온 집에서 아이들의 노래 소리가 그를 자극했기 때문에 참을 수가 없었던 것이다. 아내와의 약속시간이 남아 그녀를 기다리다가 그는 성당의 확성기에서 대주교의 음성을 듣는다. 그러나 그는 그 말들이 형용사에 불과하고 진실하지 않으며 영향력을 잃었다고 생각한다.

보그너 부인은 아이들을 돌봐주는 청년에게 맡기고 남편을 만나러 간다. 도중에 그녀는 성당에 들러 신부에게 그녀의 모든 불안과 괴로움을 고해한다. 방 하나에서 온 식구가 살아야 하며, 프랑케 부인의 집에서 가톨릭 모임이 있을 때마다 아이들은 옆방에 방해가 되지 않도록 숨을 죽여야 한다. 그리고 현 상황을 견디지 못한 남편은 두 달 전 집을 나갔고, 가끔 밖에서 아내를 만나는데 그녀가 다시 임신을 했다고 말한다.

프레트가 찾아간 호텔은 초라하고 허름했는데 그는 아내를 기다리다 잠이 든다. 남편이 일러준 호텔을 찾아간 아내는 남편에게 한 달 동안 어디서 지냈는지 몰라서 물어본다. 그는 어느 부잣집을 친구가 관리하는데 주인 내외가 멀리 여행을 가서 그 집에서 친구와 지낸다고 한다. 그 집은 방이 13개나 되고 욕실도 4개나 되고 개가 자는 방도 있다고 한다. 캐테는 남편과 많은 이야기를 나누면서 그를 사랑하지만 그와의 관계를 끝내야겠다고 남편에게 말한다. 아침이 되어 그들은 착하고 아름다운 소녀의 간이식당으로 가서 간단한 아침을 먹고 캐테는 서둘러 아이들에게 돌아간다. 집으로 돌아와 아이들에게 아빠 이야기를 하자 클레멘스는 아빠가 아프지 않고 다른 아이들을 가르친다고 말한다.

프레트는 신부의 심부름으로 은행에 가는 도중에 거리를 기웃거리다 아름답고 감동을 주는 여인을 보고 놀라는데 그녀는 다름 아닌 그의 아내 캐테이다. 그녀는 옷가게에서 남자 옷을 보고 있는데 그녀의 모습과 행동에 감명을 받은 그는 그 충격으로 은행에 가지 않고 다시 성당으로 돌아간다. 신부는 그가 돌아온 것을 보고 돈에 문제가 있는 것인지 걱정하나 사실을 알고 그를 집으로 돌아가도록 권유한다.

염소, 양과 늑대, 물소의 인물 유형

뵐의 작중 인물들은 보통 선하고 가난하고 고통 받는 자들과 악하고 부유하고 권력 있는 자들의 두 그룹으로 나뉜다. 전자는 양이나 염소처럼 약한 자들이고, 후자는 늑대나 들소처럼 강한 자들이다. 기독교에서 양이란 이 세상의 죄를 홀로 지고 죽은 예수를 상징하며, 무죄하고 방어력이 없는 존재를 의미한다. 캐테는 또한 자신의 아이들을 성화(聖畵)에서 성 요셉의 대패 옆에서 놀고 있는 아기예수들 같다고 생각한다. 어린 양은 자신을 희생하여 이웃사랑을 실천하는 자인 반면, 들소는 양의 무리를 해치는 사악한 늑대 같은 존재이다. 포이히트방어는 『성공』에서 군국주의의 전형인 루덴도르프 장군이 들소 같은 눈을 하고 있다고 묘사하고 있다. 작품에서 동정심이 많고 따뜻한 이웃사랑을 실천하는 캐테는 양이나 염소의 유형에 속하고 프랑케 부인은 늑대나 들소 같은 유형에 속한다. 프레트의 어머니나 뵐의 어머니도 양의 유형에 속한다. 프레트가 떠올리는 어머니의 모습은 바로 뵐의 어머니 모습이기도 하다.

> "어머니는 선량한 분이셨다. 누가 찾아오든 문전박대하는 일이 없었고, 우리에게 약간의 여유라도 있으면 거지들에게 빵과 돈을 주었으며, 최소한 커피 한 잔이라도 내놓았다. 우리 집에 줄 게 아무것도 없을 때는 깨끗한 유리잔에 시원한 냉수라도 내놓으면서 그들에게 위로의 눈길을 보냈다."[14]

가톨릭 신부들 중에서도 농부의 얼굴을 한 신부만이 따뜻한 마음을 지니고 이웃 사랑을 실천한다. 그 신부와 보그너 부부가 드나드는 간이식당도 이러한 따뜻한 사랑이 실현되는 공간이다. 상이군인 아버지와 지적 장애를 가진 동생을 진심으로 사랑하고 보살피는 소녀는 환한 빛을 발하는 천사 같은 존재로 좌절하고 절망한 부부에게 큰 힘을 준다.

캐테의 반대 유형은 프랑케 부인이다. 어둡고 매정한 눈을 지닌 그녀는

---

14 하인리히 뵐, 『그리고 아무 말도 하지 않았다』, 홍성광 역, 열린책들, 2011, 9쪽.

캐테에게 공포감을 불러일으킨다. 머리는 단정하고 몸에 잘 어울리는 옷 맵시를 하고, 아침마다 영성체를 올리고, 교구의 지도층 여성을 영접하는 주교의 반지에 입맞춤을 한다. 하지만 그녀는 자신의 입지를 위해 보그너 부부의 주택 배정을 거부한다. 주택위원회에서 프레트가 술주정뱅이이고 캐테가 성당협회의 행사에 참가하지 않는다는 신부의 증언 때문에 보그너 부부의 주택신청을 거부했기 때문이다. 그 때문에 가톨릭교회의 주택위원회 회장인 프랑케 부인은 사심 없는 여자라는 평을 더욱 확고히 한다. 그도 그럴 것이 그녀가 캐테에게 주택 배정을 허락해 주었다면 그녀는 보그너 부부의 방을 자기의 식당으로 사용할 수 있었기 때문이다.

캐테는 그런 프랑케 부인의 행태에 말할 수 없는 공포를 느끼며 성체를 먹는 것도 불안하고, 눈빛이 점점 냉혹해지는 프랑케 부인이 매일 그것을 즐긴다는 사실에 더욱 끔찍하게 생각한다. 예배 의식이 그녀에게 남아 있는 얼마 안 되는 기쁨 중의 하나이지만 미사에 참석하기가 불안하다. 제단 옆에 선 신부를 보는 것도 불안하다. 옆방 응접실에서 종종 신부는 고급 시가를 피우며 탕아 같은 목소리로 협의회의 여자들과 시시껄렁한 농담을 주고받는다.

프랑케 부인은 방을 네 개나 쓰고 거실에는 온갖 진기한 물건을 가득 채우고 살지만 단칸방에서 세 아이를 데리고 사는 캐테를 괴롭히고 인정머리라고는 조금도 없는 매정한 여자다. 심지어 그녀는 캐테 가족 중 누군가가 화장실을 사용할 때 양탄자에 물방울이 떨어졌는지 점검하고 벽지에 물이 한 방울이라도 떨어져 있으면 심한 잔소리를 늘어놓는다. 그 때문에 캐테는 물방울 공포증에 걸릴 지경이다. 캐테가 두려운 것은 아이들을 어떤 것으로부터도 지켜줄 수 없기 때문이고, 사람들의 냉혹함, 프랑케 부인의 냉혹함으로부터 지켜줄 수 없기 때문이다. 그래서 아이들은 부인이 무슨 회의에 참석할 때만 복도에서 놀 수 있는데, 그나마도 조용히 노는 게

습관이 되어 마분지로 만든 기차만을 조용히 끌고 다닐 뿐이다.

프랑케 부인의 존재를 상징해주는 것은 그녀가 아이들에게 레모네이드를 줄 때 쓰는 잔이다. 그 잔에는 '늑대와 일곱 마리 새끼 염소'라는 동화의 내용이 그려져 있다. 그림 형제의 동화에 나오는 것으로, 엄마 염소가 집을 비운 사이 못된 늑대가 아기염소들을 잡아먹는다는 내용이다. 이 그림은 그녀가 뵐이 말하는 늑대나 물소의 인물 유형임을 암시하고 있다.

가출, 낙오와 탈영

"나는 돈이 필요했고, 아내와 같이 잘 방이 필요할 뿐이었다. 우리는 같은 도시에 살고 있지만 두 달 전부터 호텔 방에서만 우리의 결혼생활을 영위해 왔다. 날씨가 따뜻할 때는 가끔 야외의 공원이나 파괴된 집의 현관이나 그 밖의 남에게 들킬 염려가 없어 안전하다고 생각되는 도심의 으슥한 곳을 찾아다녔다. 다른 이유는 없고 우리 방이 너무 작기 때문이다. 게다가 우리와 우리 옆방을 가로막고 있는 벽이 너무 얇다. 보다 큰 방을 얻으려면 돈이 필요하고, 에너지라 불리는 것이 필요한데, 우리에게는 돈도 에너지도 없다. 나의 아내에게도 에너지가 부족하다."**15**

프레트와 캐테가 힘들게 살아가는 모습을 잘 말해주는 문장이다. 이중적인 일인칭 소설로 장마다 번갈아가며 남자와 여자의 시각에서 13장으로 구성된 이 작품은 주택난의 시대에 부부의 주거 문제를 다루고 있다. 이 작품에서 아이를 좋아하는 사람은 선이고 아이를 싫어하는 사람은 악으로 묘사된다.

----
15 앞의 책, 93쪽.

프레트는 성당의 전화교환수로 일하지만 박봉이어서 아이들의 산수 과외일도 겸하고 있다. 보그너 부부는 두 달 전부터 떨어져 살고 있다. 원래 폭력을 혐오하는 프레트이지만 가난 때문에 마음의 여유를 잃은 상황에서 집이 좁고 시끄럽다는 이유로 아이들에게 손찌검까지 하기 때문이다. 부부는 지역의 성직자와 밀접한 관계를 맺고 있는 위선적인 가톨릭 신자인 집주인 프랑케 부인으로부터 지원을 받기는커녕 오히려 방해만 받는다.

전쟁이 끝나고 7년이 지난 1952년이 시간적 배경이지만 패전국 독일의 상처는 아직 다 아물지 않았고 주인공 프레트와 캐테의 삶은 여전히 고달프고 팍팍하다. 부부가 값싼 호텔에라도 하룻밤 묵으려면 프레트는 여기저기 돈을 빌리러 다녀야 하는 형편이다. 부부와 세 자녀는 단칸방에서 사는데, 이것은 뵐 자신의 이야기와 비슷하다. 뵐은 1950년 초까지 이사를 여러 번 다녔고, 다섯 식구가 방 두 칸짜리 집에서 사는 등 경제적으로 어려움이 많았다. 그러나 뵐은 『그리고 아무 말도 하지 않았다』가 성공을 거둠으로써 자신의 주거 문제를 해결한다.

그런데 보그너 부부가 단칸방에 사는 까닭은 그들이 게으르거나 일하지 않아서가 아니라 프랑케 부인이 응접실을 포함해 방을 네 개나 갖고 있기 때문이다. 프레트가 그 응접실을 쓸 수 있었더라면 그는 집을 나가지 않았을 것이다. 지역의 성직자와 밀접한 관계에 있는 프랑케 부인은 주택을 배정하는 문제에서 부부를 도와주기는커녕 오히려 방해한다. 그녀는 자신의 이익을 포기하는 척해서 가톨릭교회의 환심을 사고 뒤로는 가난하고 힘없는 사람을 짓밟는 나쁜 사람이다.

사회에서 낙오한 프레트는 진실이 결여된 불공평한 사회에서 권태와 좌절을 느끼며 그 사회에 동참하기를 거부함으로써 탈락자이자 국외자가 된다. 아이를 많이 갖지 말라는 사회적 권유를 묵살하고 네 번째 아이를 가진 캐테 역시 사회 부적응자라 할 수 있다. 가톨릭 신부 중에도 가톨릭

교회에서 낙오한, 농부의 얼굴을 한 신부만이 그나마 따뜻한 마음으로 이웃 사랑을 실천한다.

뷜과 마찬가지로 프레트는 아내가 쌍둥이를 낳았을 때 군에서 휴가를 나왔다가 실제로 탈영한 경험이 있다. 이처럼 뷜의 탈영 모티프는 전, 후기 작품에 관계없이 등장한다. 군대에서 거의 3년 동안 전화교환병으로 근무한 프레트의 전쟁 기억은 주로 전화 속의 시체, 사망자 수에 대한 기억이지만 '밤새도록 시체 곁에 누워 있던' 실제 경험도 있다.

하지만 그는 시체들 곁에 누워 있던 시간은 지루하지 않았고, 살아있는 사람들 곁으로 돌아와야 했을 때 지루해졌다고 말한다. 시체를 보지 않았을 때는 죽음에 대한 생각만 하다가 정작 시체들 곁에 누워 있을 때는 포근함을 느낀 것이다. 그에게 전쟁은 숨 막이는 긴장이 아니라 지루함이며 시체에 대한 권태이다. 고급 장교들도 전투에서 사망하는 문제에 대해 그다지 민감한 반응을 보이지 않는다. 그들은 대규모로 죽어야 전투가 제대로 이루어졌다고 생각한다. 전투의 크기는 사망자 수에 따라 평가되는 것이다.

가톨릭교회 비판

뷜은 자신이 원했든 원하지 않았든 독일 독자들에게 기독교 작가로 간주된다. 그의 작품은 초기의 『열차 시간은 정확하였다』에서부터 유작 『강풍경을 마주한 여인들』에 이르기까지 기독교 모티프가 강하게 나타난다. 1957년에 쓴 「그리스도 없는 세계」라는 글에서 뷜은 '기독교 세계에는 이교도 세계에서는 볼 수 없는 불구자나 병자, 노인이나 약자를 위한 배려의 공간과 사랑이 있기 때문에 가장 좋은 이교도보다 가장 나쁜 기독교 세계를 택하겠다'고 한다. 뷜이 거부하는 것은 기도와 사랑의 실천이 결핍

된 현실의 가톨릭교회이다. 구역질나는 현실 속에서 '신'이라는 단어만이 자신에게 남아 있는 유일한 것이라고 여기는 캐테야말로 진정한 신자다. 캐테는 프랑케 부인과 같은 사람들이 소위 '하느님 장사'를 하는 건 아닌가라고 생각한다. 캐테는 기도만을 유일한 신앙의 무기로 삼고 예수의 이웃사랑을 지상에서 실천하며 진실된 삶을 살아가고자 한다.

뵐 작품에 등장하는 가톨릭 신자들은 대체로 질서 원칙, 법적 사고, 미학, 돈벌이, 가톨릭적 몸짓에만 관심이 있을 뿐 이웃사랑에는 대체로 무관심하다. 프랑케 부인이 다니는 가톨릭교회의 신부도 마찬가지이다. 도미니코 성당의 신부도 고해성사를 할 때 아직 몇 명이 남았는지를 따지며 열두 명이나 남았다고 하자 실망한 표정을 짓는다. 반면 캐테는 기도만이 도움을 준다고 여기며 기도를 통해 어려움을 함께 견뎌나가자고 말한다. 또한 권태롭지 않은 유일한 것은 기도라며 프레트에게 기도를 권한다. 가톨릭 신자인 하인리히 뵐은 이 소설에서도 기독교의 사고와 행위에 대한 질문을 제기했다. 가난과 복지에 대한 뵐의 반대명제나 사회적 공간에 대한 그의 상징이 도식적으로 느껴질지도 모른다. 하지만 삶이란 다름 아닌 도식적이란 반론이 가능할지도 모른다.

이처럼 뵐은 가톨릭교회를 비판적으로 바라본다. 가톨릭교회를 비판해온 뵐은 1976년 시위하듯 가톨릭교회에서 탈퇴했지만 그렇다고 가톨릭 신앙 자체를 버리지는 않았다. 뵐이 죽기 전에 다시 가톨릭을 받아들였다는 소문이 퍼졌으나 이것은 사실이 아니다. 뵐이 가톨릭교회에서 탈퇴한 이유는 이유는 이웃사랑과 자비를 나누어야 할 교회가 이러한 시대적 사명을 망각하고 정치와 결탁하여 명예와 이권만을 추구하는 것으로 보았기 때문이다. 뵐이 보기에 교회는 참 사랑을 잃어버린 제도화된 기구에 불과하다. 가톨릭교회와 프랑케 부인으로 대변되는 시민계층의 가톨릭 신자에 대한 비판은 프레트 보그너의 시각으로 그려지는 성 히에로니무스 성체

행렬의 묘사에서 그 정점을 이룬다. 성체 행렬에서 묘사되는 주교의 모습은 당시 쾰른의 프링스 대주교를 암시한다. 행렬에서 보이는 가톨릭교회의 위계 구조와 그 대표자인 대주교의 거동이 뵐이 겨냥하는 목표점인 것이다.

주변 사람들이 보그너 부부를 곱지 않은 시선으로 보는 동안 그들은 위선적이고 제도화된 가톨릭교회에서 점점 이탈하게 된다. 뿐만 아니라 보그너의 자식들도 사회적 계층 상승의 가능성이 없고 미래도 그리 밝아 보이지 않는다. 캐테는 남편과의 관계를 끝내려는 마음을 그에게 털어놓는다. 소설의 끝에 가면 가난에 무뎌진 프레트의 열정은 다시 회복되는 듯 보인다. 길거리에서 어떤 여자의 모습을 보고 심장이 멎는 듯한 감동과 흥분을 느끼며 뒤쫓아가는 게 그 증거다. 한데 놀랍게도 그 여자는 아내 캐테였다. "15년간 결혼생활을 해온 내 아내는 여전히 내게 낯선 동시에 또 무척 낯익게 생각되었다." 이처럼 거리에서 다시 아내의 행적을 본 프레트가 집에 돌아갈 것 같은 가능성이 마지막에 암시된다.

뵐은 원래 프레트 보그너의 귀향을 묘사하는 14장을 구상했지만 실제로 쓰지는 않았다. 가난은 사회적 책임이란 사실이 작품에서 분명히 제시되었는데 아내에 대한 사랑을 재발견하고 집에 돌아온다고 해서 사회적 환경이 좋아질 것이라 생각하지는 않았기 때문이다. 뵐은 주인공의 귀향을 통한 거짓 해결을 주저한다. 뵐은 1950년대에 사회에 적응하지 못해 탈락하고 낙오한 사람, 그래도 어떻게든 사회에 복귀해 보려는 사람을 그렸다면, 1960년대에는 적극적으로 사회에서 이탈하거나 군대에서 탈영하는 주인공들의 모습을 보여준다. 그의 소설의 주인공들은 1970년대에 와서는 물질만능의 자본주의 체제를 경멸하며 폭파, 저격, 살인, 방화를 저지르고, 급기야 생명을 거부하며 자살을 시도하기까지 한다. 하지만 마지막 작품에서 그들은 먼 길을 거쳐 탈출이 아닌 살 만한 나라를 꿈꾸며 사회에 동참하기로 마음먹는다.

막다른 골목에 처한 약자들

이 작품에서 보그너 부부에게는 빵과 집이 중요한 역할을 한다. 빵과 포도주, 집이 있으면 행복하고 그렇지 않으면 불행하다. 보그너 부부의 아이들은 가난에서 빠져나올 구멍이 없다. 또 그들에게 언젠가는 더 많은 돈을 갖게 되거나 벌게 될 거라고 약속해줄 수 없다. 프레트의 행복은 단순하다. 깨끗한 집에서 돈 걱정 없이 제 때에 집세를 내면서 사는 것이 그들의 바람이다. 보그너 부부에게 아이들은 그들의 전부나 마찬가지로 소중하다. 부부는 아이들의 행복한 미래를 꿈꾸어보기도 하지만 자식들도 그들과 마찬가지로 좋은 직업을 가지고 보란 듯이 살 수 없으리라는 미래를 예감하고 절망한다.

이처럼 보그너 부부와 같은 사회적 약자들이 처한 상황은 희망 없는 막다른 골목에 처해 있는 카프카 작품의 주인공들의 상황과 비슷하다. 하이네의 시집 『로만체로』 중의 「세상만사」에서도 이 소설의 주인공이 처한 것 같은 암담한 현실을 풍자하고 있다. "가진 것이 많은 사람은, 곧 더 많은 것을 얻게 될 것이다. 가진 것이 적은 사람은, 그것마저 빼앗기게 될 것이고/ 그러나 아무것도 없는 사람은, 제 무덤이나 파는 수밖에, 뭔가 가지고 있는 놈들만이, 이 세상에서 살 권리가 있는 것이다." 독일의 희곡 작가 뷔히너의 「헤센 급사」에 나오는 "귀족의 생활은 항상 휴일이고, 서민의 생활은 항상 일하는 날이다"라는 표현도 작중 인물들이 처한 상황에 적용될 수 있다.

하인리히 뵐은 이 작품으로 독일비평가협회 문학상을 비롯해 여러 문학상을 휩쓸었고, 47그룹에서도 작가로서의 가치를 인정받았다. 그러나 가톨릭 성직자에 대한 비판적인 서술로 가톨릭 교계로부터는 격렬한 비난을 받기도 했다. 이 작품에 대해 동시대의 독자들은 주로 내용에 대한 토론을 했는데, 오늘날에는 형식적인 면에서 부족한 점, 그중 가난한 자와 부자를 보는 도식적인 시각, 모티프의 투명성 문제, 부분적으로 판에 박힌 서술 등이 중점적으로 논의되고 있다.

그렇지만 뵐이 이 소설로 서독의 여론에 점차 더 큰 영향을 미치게 되었다는 점에 대해서는 논란의 여지가 없다. 47그룹을 주도한 한스 베르너 리히터는 1953년 『그리고 아무 말도 하지 않았다』가 출간되자 '전후 독일에서 쓰인 최고의 책'이라고 호평했으며, 독일의 언론인이자 작가 카를 코른은 "오늘날 독일에서 정말 힘이 있고 진실한 작품을 쓴 사람을 꼽는다면 나는 하인리히 뵐이라고 말할 것이다"[16]라며 뵐을 높이 평가했다.

---

16 〈프랑크푸르터 알게마이네 차이퉁〉, 1953년 4월 4일자 기사에서 인용.

살인자가 된 냄새의 천재를 그린
파트리크 쥐스킨트의 『향수』

"18세기 프랑스에 한 남자가 살고 있었다. 그는 천재적이고 끔찍한 인물들이 적지 않았던 이 시대의 가장 천재적이고 가장 끔찍한 인물들 중 하나였다."[1]

『향수』의 이 첫 문장은 클라이스트의 소설 『미하엘 콜하스』의 첫 문장을 상기시킨다.

"16세기 중엽 하벨 강가에 한 말장수가 살고 있었다. 교사의 아들로 미하엘 콜하스라는 이름의 그는 그의 시대의 가장 정의로운 동시에 가장 무서운 사람들 중 하나였다."[2]

'어느 살인자의 이야기'라는 부제가 붙은 이 소설은 18세기 중반 프랑스

---

1 파트리크 쥐스킨트, 『향수』, 김인순 역, 열린책들, 1998, 9쪽. 번역은 필자가 수정했음.
2 하인리히 폰 클라이스트, 『미하엘 콜하스』, 배중환 역, 서문당, 1999, 17쪽. 번역은 필자가 수정했음.

를 배경으로 극히 예민한 후각을 타고난 냄새의 천재의 짧은 일대기를 다루고 있다. 화자는 오만함, 인간 혐오, 비도덕성 등 사악함의 정도에 있어서 그가 사드나 생쥐스트, 푸셰나 나폴레옹 등과 같은 악명 높은 어느 누구에게도 뒤지지 않는다고 보고한다.

파트리크 쥐스킨트의 『향수*Das Parfum*』는 수많은 고전의 구절을 모방하거나 패러디하고 있다. 그런 점에서 그러한 고전에 능통한 독자라면 쏠쏠한 재미를 맛볼 수 있다. 정체성의 상실을 뜻하는 냄새 없는 인간이라는 모티프는 샤밋소의 그림자 없는 주인공인 『페터 슐레밀의 놀라운 이야기』나 호프만스탈의 『그림자 없는 여인』을 상기시킨다. 이 소설은 출생 상황이나 출생 전의 의식, 외형 등에서 귄터 그라스의 『양철북』과도 통하고, 테리에 신부의 신학 연구, 그르누이의 동굴 잠, 순결한 소녀 등은 괴테의 『파우스트』를 상기시킨다. 또한 범죄자가 된 천재의 이야기란 점에서 토마스 만의 『파우스트 박사』와도 연결되며, 예술가를 왕이자 범죄자, 사기꾼으로 보는 『토니오 크뢰거』, 『대 사기꾼 펠릭스 크룰의 고백』, 암석 위에서 이슬과 이끼만 먹고 살아남는 『선택받은 남자』, 7년간 산중 생활을 하는 주인공을 그린 『마의 산』, 니체의 예술가 비판과 디오니소스 신화, 편집증적인 목표 추구라는 점에서 클라이스트의 『미하엘 콜하스』, 식인 모티프로 『펜테질레아』도 생각나게 한다. 또한 은신처를 찾아 산속으로 도피한다는 점에서 헤세의 에세이와 주인공들도 상기시킨다.

이 작품은 1985년 독일에서 발표된 이후 전 세계적으로 베스트셀러이자 스테디셀러가 되었고, 2006년에는 톰 티크베어 감독에 의해 영화화되기도 했다. 이러한 인기는 20세기 독일 문학 작품 중 최고의 판매고를 자랑했던 토마스 만의 『부덴브로크 가의 사람들』, 레마르크의 『서부전선 이상 없다』, 귄터 그라스의 『양철북』의 인기를 훨씬 능가하는 것이었다. 그러나 대중적 인기가 높긴 했지만 전문가들이 반드시 호평한 것은 아니었다. 오히려 많은 독문학자들은 쥐스킨트에 대해 광범위하게 침묵하였고, 지나친 판매량은 작품의 통속성에 대한 선입관을 갖게 했다. 대중적인 성공이 오히려 객관적인 작품 평가를 방해한 것이다. 『향수』에 대한 본격적인 미학 비평은 그리 많지 않았고, 따라서 본격적인 문학 논의도 의외로 그다지 이루어지지 않았다.

어느 살인자의 이야기

『향수』의 줄거리는 비교적 간단한 편이다. 스스로는 아무런 체취도 없으면서 최상의 향수를 얻기 위해 스물다섯 명의 순결한 처녀들을 살해하는 집요한 살인자 장-바티스트 그르누이의 이야기이다. 그는 최고의 향수를 만들고는 결국 부랑자들에게 잡아먹혀 죽음으로써 자신의 정체성을 해체한다.

그르누이는 1738년 7월27일 파리에서도 가장 악취가 심한 이노셍 묘지에서 미혼모인 생선장수 여인의 다섯 번째 사생아로 태어난다. 그 해의 가장 무더웠던 날들 중의 어느 날이었다. 아기는 다른 형제들처럼 죽을 운명이었지만 큰 울음소리로 이 세상에 나온 것을 알린 까닭에 살아났다. 그러나 『파우스트』의 그레첸처럼 영아 살해죄를 저지른 생모는 몇 주 후 처형되고 만다. 그르누이는 태어날 때부터 버려지고 사랑받지 못한 존재였다. 그는 태어났을 때 어머니가 탯줄을 생선 칼로 잘라 아기를 생선내장 더미에 던져놓았는데도 살아남았다. 유아에게 필요한 보살핌이나 사랑 없이도 그르누이는 견디었고, 얼굴에 이불을 덮어놓고 벽돌로 짓눌러도 살아남았다. 그는 보통 아이들의 두 배나 먹고도 모자라 다른 아이들이 먹어야 할 젖까지 다 빨아먹는 게걸스런 아이였다. 그 때문에 보모가 세 번이나 바뀌었고, 결국 고아와 기아를 위한 수용소에 보내졌다가, 생

파트리크 쥐스킨트

메리 수도원에 보내져 장 바티스트라는 이름으로 세례를 받는다.

이처럼 그르누이는 생명력이 무척 강한 아이였다. 그는 멀건 수프와 묽은 우유, 썩은 야채와 상한 고기로도 잘 자랐고, 홍역이나 이질, 수두나 콜레라 등 온갖 전염병들을 다 이기고 살아남았다. 우물에 빠지거나 끓는 물에 가슴을 덴 그는 얼굴에 곰보 자국과 수두 흔적이 남았고, 발이 굽어져 절룩거리며 걸었지만 목숨은 부지했다. 그는 끈질긴 생명력을 지닌 박테리아나 진드기와 같았다. 그는 자기 자신 속에 틀어박혀 자라는 기이하고 보기 흉한 아이였다. 그런데 그런 그에게 특이한 능력이 있었으니 그것은 곧 코로 냄새를 맡는 비상한 능력이었다. 그는 여섯 살에 벌써 주변 세계를 후각적으로 완전히 파악했으며 일상의 모든 냄새를 구분하고 분류하여 머릿속에 저장해 둘 수 있었다.

반면 그르누이는 이 세상 모든 냄새를 다 맡을 수 있는 대신 그의 몸에서는 아무런 냄새가 나지 않는다. 또한 냄새 맡는 능력은 언어 능력의 부족을 초래했다. 그는 코를 통해 냄새를 맡음으로써 자신의 존재를 자각한다. 커가면서 그르누이는 역사상 가장 위대한 향수 제조인이 되기로 결심한다. 그의 목표는 세상의 모든 냄새를 소유하는 것이었다. 여덟 살이 되어 파리에서 무두장이 그리말의 조수에서 부터 시작, 열세 살에 향수 제조인 발디니의 도제로 들어간 그는 자신의 천재적인 후각을 이용하여 향수 제조기술을 하나씩 익혀나간다. 그러나 이미 수많은 냄새를 식별, 분류, 조합하는 천부적 재능을 갖춘 그르누이에게 이 도제시절은 그저 공식을 익히는 과정에 불과했다. 그는 발디니로부터 인간 사회에서 살아가기 위해 필요한 기술자 증서를 얻은 후 프랑스 남부의 외진 플롱 뒤 캉탈 산속의 동굴에서 7년 세월을 보낸다. 그러나 그곳에서 자신이 냄새 없는 인간이라는 것을 알아챈 그르누이는 내면세계로부터 다시 바깥세상으로 나온다. 그는 에스피나스 후작의 도움으로 세상에 발을 디디나 곧 후작을 속이고 향수의 본고장 그라스로 가서 침지법이라는 새로운 향수 제조술을 이용, 본격적으로 필생의 향수 제조 작업에 매달린다.

이미 파리에서 향기에 이끌려 소녀 한 명을 살해한 그는 그라스에서 도합 스물다섯 명의 순결한 미소녀들을 살해한다. 이 소녀들의 땀구멍으로부터 뽑아낸 발한 물질로 그가 목표하는 마법적인 향수의 에센스를 얻으려는 것이다. 그가 살인을 저지르는 것은 이 여인들의 향기를 보존해 놓기 위해서이다. 그의 최후의 목표는 그라스 시의 부집정관 리쉬의 열여섯 살 난 아름답고 매혹적인 딸 로르이다. 그녀를 살해한 범인으로 체포되어 사형선고를 받은 그는 소녀들의 에센스로 만든 향수를 뿌리고 처형장으로 향한다. 그런데 이 한 방울의 향수는 방금 전까지 그의 피를 요구하던 군중을 돌연 집단 최면의 도취상태로 몰아넣는다. 만여 명의 군중이 돌연 살인마에 대한 사랑을 느끼게 된 것이다. 향수 냄새를 맡은 사람들은 향기의 힘에 이끌려 그를 숭배하며 그 자리에서 집단혼음 등 온갖 성적 광란상태에 빠져들고 문명 이전의 상태로 복귀한다. 그리하여 군중은 동물적, 충동적, 성적 쾌락에 빠지고 처형장은 쾌락의 도취적인 디오니소스적 축제로 돌변한다.

그르누이는 그 틈을 타 처형장을 탈출한다. 자신이 뿌린 향수에 의해 완전히 우중(愚衆)이 되어 버린 인간들에게 환멸을 느낀 그르누이는 파리로 돌아온다. 그의 바람은 파리에서 죽음을 맞이하는 것이다. 외부로 향하던 공격성이 이제는 자기 파괴로 이어진다. 애초부터 보살핌이나 애정, 사랑 따위는 필요하지 않은 괴물로 태어난 그는 자신이 태어난 곳으로 간다. 파리의 공동묘지에서 이 냄새의 천재는 부랑자들에게 갈기갈기 물어뜯기며 죽음을 맞이한다.

이 살인자의 이야기는 이 소설을 얼핏 추리소설로 보게 만들지만, 이러한 인상은 부분적으로만 타당하다. 이 작품에는 추리소설의 요소 외에 예술가소설과 교양소설[3]의 요소도 담겨 있기 때문이다. 역사도 배경에서 흐릿하게 아른거린다. 그러나 이 장르들은 원래의 의미와는 달리 패러디된다. 그러면 이 세 장르를 패러디의 대상으로 삼은 것은 무엇 때문일까? 다름 아니라 이 세 장르 모두 근대의 산물이기 때문이다. 추리소설은 합리적인 범죄 수사와 재구성을, 교양소설은 시민적 개체의 자기실현과 자아완성을 위한 윤리적 실천이념을, 예술가소설은 예술의 자율성으로 인해 가능해진 천재 예술가의 자의식을 다루기에 모두 근대의 소산이라 할 수 있다. 그런데 이 소설에서 수업시대와 편력시대를 거쳐 장인시대에 와서 자아완성을 이루어야 할 주인공 그르누이는 살인자로 전락하고, 예술을 통한 자아완성과 구원의 이념은 공허한 기만전술로 드러난다.

제1부인 수업시대는 그르누이의 출생과 유년시절, 파리에서의 수업시대를 다룬다. 여기서는 기묘한 출생과 탁월한 후각 능력, 무두장이 그리말과 향수 제조인 발디니 곁에서의 도제시절이 서술된다. 제2부인 편력시대는 동굴 속에서의 내적 단련 시기와 세상에 되돌아온 뒤 그라스에서 보낸 시기로 나눌 수 있다. 그르누이는 동굴에서 상상력으로 온갖 종류의

---

3 독일의 교양소설은 주인공의 자아의 성숙과정을 묘사하는 독일의 전형적인 소설형태이다. 발전소설은 주인공의 성장과정만 중시한다면, 교양소설은 주인공의 자아의 성장과정뿐만 아니라 조화로운 완성의 단계까지 서술한다. 또한 일정한 교육목적을 위해 주인공의 성장과정을 교육적 측면에서 다루는 소설을 교육소설이라 하는데, 이 세 가지를 모두 포함한 개념이 넓은 의미에서의 교양소설이다.

향수를 만들며 즐기지만, 그곳에서 자신의 냄새 없음, 비존재성, 무정체성을 깨닫는다. 그르누이는 자신의 냄새를 인위적으로 창조해 보겠다고 마음먹으며 다시 사회 속으로 들어가겠다고 결심한다. 제3부인 장인시대는 예술가 혹은 살인자로서 생애의 절정을 맞이한 그르누이를 보여준다. 제4부인 에필로그에서 그르누이는 부랑자 무리에 의한 죽음을 맞이한다.

출생과 죽음, 그리고 비존재성

그르누이는 파리에서 가장 불결한 지역인 이노셍 묘지에서 태어난다. 또한 그는 역시 파리의 공동묘지에서 부랑자들에게 갈기갈기 물어뜯기며 자발적인 죽음을 맞이한다. 그에게는 삶에의 의지만큼이나 죽음에의 충동도 강했던 것이다. 이처럼 그의 죽음 장면은 출생 장면과 연결된다. 그의 죽음과 해체, 탈개체화의 장소는 출생의 장소와 마찬가지로 공동묘지인 것이다. 그가 죽는 장면은 최후의 만찬에서 예수가 제자들과 함께 먹는 빵과 포도주를 떠올리게 한다. 그의 마지막 살인 역시 예수의 탄생을 연상시키는 마구간에서 준비된다. 그런 점에서 예수가 패러디되고 있다. 그르누이는 사랑을 거부하고 삶을 선택했지만, 마지막에 가서 사랑의 마음에서 죽음을 선택한다. 향수에 취한 부랑자 무리들은 그에게서 천사의 향기를 맡고 억제할 수 없는 사랑의 감정에 휩싸여 그에게 달려든다. 너무 사랑한 나머지 그를 갈기갈기 찢어 남김없이 먹어치운 것이다.

소설의 서두에서 화자는 18세기 가장 천재적이면서 가장 끔찍한 인물들 중 하나인 그르누이의 이름이 "오늘날 잊혀버렸다"고 말한다. 그의 천재성과 명예욕이 발휘된 분야가 역사에 아무 흔적도 남기지 않는 냄새라는 덧없는 영역이었기 때문이라는 것이다. 어쩌면 그는 아예 없는 존재였는지 모른다. 그래서인지 누구에게나 있는 냄새가 그르누이에게는 없기에 사람들은 냄새를 통해 그의 존재를 알아채지 못한다. 딸의 안전을 위해 만반의 대책을 세우는 리쉬에게도 그르누이는 없는 것이나 마찬가지인 존재였다. 리쉬는 딸을 피신시킨 뒤 낯선 투숙객을 조사하러 마구간으로 내려가 거기에 있는 그르누이를 보고도 '촛불에 일렁이는 그림자로 생겨난 환영'을 본 듯했다고 표현한다. 이렇게 볼 때 그르누이라는 존재 자체가 아예 의심스러워지기도 한다. 그렇다면 그도 『성』의 대리인 클람처럼 '착각'이나 '환상' 같은 존재인가?

교양소설

교양소설은 전인적 인격을 형성하기까지 젊은이의 자아의 내적 성장을 주제로 한 것이다. 외적 구조로 보자면 이 작품은 교양소설 내지 발전소설의 구도를 따르고 있다. 하지만 내적 성장의 목표가 반사회적이고 사회를 우롱하기 위한 것이기 때문에 오히려 반교양소설이라 할 수 있다. 그르누이는 사회에로의 통합이 아니라 사람들을 도취시키는 힘을 추구한다. 무엇보다도 그가 향수 제조술을 습득하는 과정에서 비롯하는 살인은 전통적인 교양소설에서 추구되는 인도주의적 교육이상과는 완전히 배치된다. 영아 및 소년 시절에 그르누이를 키워주는 유모나 스승들은 그를 돌보아주는 존재라기보다는 오히려 착취하는 존재들이다. 태어난 이후 그가 겪어 나가는 사회화 과정은 건강한 인간관계 속에서의 자아 추구가 아니라 오직 자신의 생존을 위한 투쟁으로 축소된다. 그러기에 그르누이의 성장 과정은 진정한 의미에서의 교양 습득과정이라 볼 수 없다. 타고난 냄새의 천재인 그는 스승 없이 혼자 힘으로 후각적인 현상을 익히므로 이 역시 전통적 교양소설에 어긋난다. 그르누이가 향수 제조인 발디니에게서 배우는 것은 냄새를 맡는 능력이 아니라 외적인 향수 제조 기술과 창작 원리에 불과하다. 따라서 둘의 관계는 정신적으로 영향을 받는 전통적인 교양소설에서의 스승과 제자 관계라고는 할 수 없다.

그르누이가 동굴 속에서 보내는 7년은 그의 편력시대에 해당한다. 이 기간 유럽에서는 7년 전쟁이 벌어지나 그는 이를 전혀 알지 못한다. 세상과 동떨어진 고독한 산속에서 그는 혼자만의 인위적인 낙원을 창조하고 그 안에서 스스로 창조주가 되어 자신의 내면을 즐긴다. 그러나 그곳에서 자신에게 냄새가 없다는 것을 알고 충격을 받은 그르누이는 자신도 인간이 되어야겠다고 결심하고 '마법의 산' 플롱 뒤 캉탈에서 내려온다. 스물 다섯의 나이에 그르누이는 백발노인의 모습을 하고 있다. 그는 산에서 정신적·육체적으로 성장 발전하지 못한다. 그르누이는 몽펠리에에서 에스피나스 후작의 도움으로 사회화 과정에 성공하나 곧 도망쳐 그라스로 간다. 이곳에서 그는 인간적일 뿐 아니라 초인간적인 냄새를 만들어 사람들의 사랑을 받으며 신에게 도전하기로 결심한다. 하지만 사랑에의 이 갈증은 냉소적인 지배욕에 다름 아니다. 이 점에서 『향수』는 한 개인의 자아완성이라는 교양소설의 근본 목표에서 또다시 벗어난다. 다시 말해 이 작품은 외형상으로는 교양소설의 도식을 따르고 있으나 내용상으로는 교양소설을 철저히 패러디하고 있는 것이다.

추리소설

제3부인 장인시대에 와서 작품은 교양소설의 틀을 벗어나 추리소설의 형태를 띤다. 제3부는 살인범죄의 계획과 준비, 범죄의 실행과 체포, 재판과 처형, 그리고 집단적 망아의 도취적인 축제로의 반전 등 세 부분으로 나뉜다. 이 소설은 외관상으로 추리소설의 도식을 잘 이행하고 있는 것처럼 보인다. 그는 최고의 향수를 만들려는 목적에 필요한 향기를 채취

하기 위해 제3부에서만 모두 스물다섯 명의 처녀를 살해한다. 수사는 공전을 거듭하고 처음에는 집시나 이탈리아 노동자, 또는 유대인이 범인으로 의심받는다. 여기서 그르누이와 대결하는 탐정 역할을 맡고 있는 사람이 바로 최후의 희생양이 될 로르의 아버지 리쉬이다. 그러나 리쉬가 안전하다고 믿고 방심한 순간 주인공은 로르를 습격하여 살해하고 시체 곁에서 성스러운 하룻밤을 보낸다. 범인은 우여곡절 끝에 체포된다. 추리소설의 도식을 따르자면 이 작품은 그르누이의 체포로 끝나야 하지만 처형장에서 집단적인 향락의 밤을 보낸 사람들은 향수의 마법적인 효력으로 그르누이 대신 드뤼오를 범인으로 만들어 처형하고 만다. 이로써 고전적인 범죄소설에서와는 달리 범인의 체포 후에 회복된 질서가 미심쩍은 것으로 되고 만다.

또한 그르누이가 그라스에서 스물네 번째 살인을 하고 나서 더 이상 살인이 일어나지 않자 다들 이제 살인이 끝났다고 생각하지만 시의 부집정관 리쉬만은 그렇게 생각하지 않는다. 그는 범인이 자기 딸 로르를 겨냥하고 있다고 생각해 딸을 안전한 곳으로 피신시킨다. 이 작품에서는 전통적인 추리소설에서와는 달리 탐정이 범인을 추적하는 것이 아니라 역설적으로 범인이 탐정의 딸을 추적하는 역설적 상황이 벌어진다. 그리고 범인이 누구인지 독자가 안다는 점에서도 이 작품은 전통적인 추리소설의 범주에서 벗어나고 있다. 그러면 왜 쥐스킨트가 추리소설의 형식을 취하는 걸까? 그것은 소설에 긴장과 흥미를 유발하기 위해서라기보다는 근대의 장르인 추리소설의 근본속성을 패러디함으로써 근대적 이성을 비판하기 위해서이다. 이 작품에서 살인묘사가 상세하지 않고 성적인 요소나 공포적인 요소와 결부되지 않는 것도 그 때문이다.

예술가소설

『향수』는 발전 성장의 주체가 일종의 예술가이므로 예술가소설로 볼 수 있다. 또 주인공의 성장 목표가 예술가이고 또한 예술가가 되기 위한 방랑과정을 묘사하므로 예술가적 교양소설이라 할 수 있다. 그런 점에서 괴테의『빌헬름 마이스터의 수업시대』역시 예술가적 교양소설이라고 볼 수 있다. 예술이 감각을 통해 아름다움을 느끼는 것이라면 향수는 시각이나 청각이 아닌 후각과 연결되는 예술이다. 그르누이는 '개구리'라는 뜻이다. 개구리라는 단어는 18세기 파리의 멍청한 사람들, 저주 받은 왕자, 냉혈동물의 의미를 지니고 있다. 또한 뭍과 물에서 살 수 있는 개구리는 예술가로서의 작품 주인공이 갖고 있는 이율배반적인 성격을 잘 나타내준다. 그르누이의 향수 추구는 예술적인 미적 원칙에의 추구로 해석할 수 있다. 『향수』는 독일 낭만주의 작가 호프만의『스쿠데리 양』을 생각나게 한다. 『스쿠데리 양』의 보석 세공업자 카디악은 절대적 예술의지에 사로잡힌 살인자이다. 그는 자신이 만든 보석 세공품을 고객에게 내어주고 밤이면 고객의 뒤를 쫓아 그를 죽이고 그 보석세공품을 다시 빼앗는다. 카디악 역시 그르누이처럼 추하게 생겼으며 그의 영혼에도 악마적인 힘과 연결된 낙인이 찍혀 있다. 카디악이 낮에는 보석 세공 예술가로, 밤에는 살인자로 이중생활을 하듯, 그르누이 역시 향수 제조인과 살인자로 이중생활을 한다. 이처럼 쥐스킨트는 18, 19세기 예술가들에게 부여되었던 모든 속성을 그르누이에게 부여함으로써 예술가소설의 역사를 되짚어보며 그것의 현재적 의미를 되새겨본다.

예술가소설의 모범은 '미리 생각하는 사람'이라는 뜻의 프로메테우스이다. 티탄족 출신의 그는 최고의 장인(匠人)이 되었고, 이 인연으로 불 및 인간의 창조와도 뗄 수 없는 관계를 맺었다. 그리스 비극작가 아이스퀼로스

영화 〈향수〉의 한 장면

는 『결박된 프로메테우스』에서 프로메테우스를 인간에게 불과 문명을 가
져다주었을 뿐만 아니라 생존 수단 이외에 모든 예술과 과학을 줌으로써
불과 문명을 보호하는 존재로 표현했다. 그르누이는 소설의 마지막 부분
에서 스스로를 새로운 인간이라 칭하고 '프로메테우스 같은 위대한 일을
완성해냈다'며 자신의 행위를 프로메테우스의 창조행위에 빗댄다. 이처럼
천재 예술가로서의 그르누이 속에는 질풍노도기의 독창적 천재인 프로메
테우스의 모습이 들어가 있다. 그러나 프로메테우스 같은 예술가를 자율
적인 천재의 원형으로 찬양하는 예술가 상은 자연과학과 의학, 문학과 사
회제도의 발달로 늦어도 19세기 중반이면 소멸된다. 시민계층이 주도하
는 이 세기에 이르면 예술은 비의성과 신비함을 빼앗기고 급격한 기능변
화가 초래되기 때문이다.

　그르누이는 병든 천재로 『반지의 제왕』의 골룸(Gollum)처럼 보기 흉한 신
체를 갖고 있다. 그는 다리를 절며 곱사등이 같은 혹을 달고 있다. 그는

제8부　현대 작가들

'트로이에 온 사람들 중 가장 못생긴 자로 안짱다리에다 한쪽 발을 절고, 두 어깨는 굽어 가슴 쪽으로 오므라져 있는'『일리아스』의 유일한 평민 테르시테스를 닮아 있다. 뿐만 아니라 둘은 사회로부터 소외되어 있다는 점에서도 닮아 있다. 무두장이 그리말 집에서 일할 때 앓은 비탈저 병으로 외모는 더욱 흉측해졌고, 향수 제조인 발디니한테서 일할 때는 매독의 변종인 두창을 앓기도 했다. 그르누이는 냄새에 대한 예민함과 후각적인 탁월한 능력만을 갖고 있을 뿐 지능은 거의 저능아나 다름없다. 말을 배움에 있어서도 냄새와 관련되는 어휘만 주로 기억할 뿐 도덕적이고 윤리적인 측면과 결부되는 추상어는 익히지 못한다. 이처럼 그는 도덕적인 발육부전의 유아상태에 머무름으로써 범죄자가 될 위험소인을 이미 다분히 안고 있는 것이다.

그르누이는 자신에게 냄새가 없다는 것을 알고 7년 동안 칩거하던 산에서 내려온다. 그에게는 이제 사기꾼으로서의 예술가의 속성이 더해진다. 그는 사기꾼 과학자 에스피나스 후작을 속이고, 자신의 인간 냄새를 만들어 인간들을 기만한다. 그리하여 그는 냄새를 만드는 것, 즉 예술이 환상임을 깨닫고, 자신에게 그 환상을 만드는 능력이 주어져 있음을 인식한다. 예술이 환상이라는 사실은 이 작품에서 예술 자체로 설정된 향수의 성격과 일치한다. 『향수』에서 예술가를 범죄자, 사기꾼, 숭배의 대상인 왕 같은 존재로 본다는 점에서 이 작품은 토마스 만의 『토니오 크뢰거』의 모티프를 차용하고 있다. 한편 그르누이의 처형장 장면은 예술과 권력, 예술과 정치의 관계를 보여준다. 이 장면은 집단 광기, 히틀러의 폭압적 권력 행사, 나아가 현대의 전체주의 사회와 종교적 정치적 조작이나 조종에 대한 비유 및 우화로 읽히기도 한다.

이처럼 그르누이의 모습에는 질풍노도기의 독창적인 천재 예술가, 낭만주의의 분열된 예술가, 병든 천재, 유미주의의 데카당스한 예술가, 사기꾼과 범죄자 예술가 등의 모습이 다채롭게 뒤섞여 있다. 천재숭배에 대한 비판은 독일 역사에서 지속적으로 확인되는 영도자 동경에 대한 희화화와 위험성에 대한 경고로 이어진다. 냄새의 천재가 뿌린 독창적 향수의 위력에 굴복하여 반문명적 광기의 상태에 빠져드는 군중들의 모습에서 이 소설이 독일의 역사에 나타난 전체주의와 독재자를 맹목적으로 추종한 독일 민족에 대한 정치적 알레고리라는 지적이 가능해진다. 그르누이라는 예술가가 무와 동일시됨으로써 이 작품은 현대 예술이 실질 내용이 없는 허상에 불과함을 보여준다. 소설의 끝부분에서 그르누이가 잡아먹히는 것은 포스트모더니즘적인 개인적 정체성 해체의 패러디로 볼 수 있다.

시각에 대한 후각의 우위

『향수』의 시대적 공간적 배경은 18세기 중반 프랑스 파리와 여러 도시이다. 근대 자본주의의 태동기에 교역과 장사로 부를 획득한 리쉬는 딸마저 사업수단으로 삼는 이해타산적인 부르주아이다. 리쉬는 모자이크 그림이라는 시각적인 방법을 동원하여 범인의 최종 목표가 자기 딸이라고 추론한다. 그는 모든 희생자가 보다 높은 원리의 일부분으로 이용되었을 것으로 추정한다. 청각이 시간과 관련된 감각이라면 이성적인 감각으로 평가되는 시각은 공간과 관련된 감각이다. 시각에서 회화가 등장했다면 그동안 후각은 원초적이고 동물적인 감각으로 평가절하 되었다. 그러나 이 작품에서 시각을 사용하는 리쉬가 후각을 사용하는 그르누이에게 패배함으로써 후각은 시각의 한계를 드러내는 기능을 하고 있다.

리쉬는 살인자 그르누이의 '눈'을 속이기 위한 나름의 전략을 구사한다. 즉 그는 그르노블로 떠난 것처럼 가장하지만, 실제로는 하인들만 그곳으로 보내고 자신은 딸과 단둘이 카브리스 쪽으로 향하는 것이다. 그러나 그르누이는 리쉬와 딸이 그르노블로 떠났다는 경비병의 말을 듣고도 자신의 뛰어난 후각이 지시하는 대로 그들이 향한 곳을 정확히 찾아간다. 그르누이가 리쉬의 딸 로르를 살해하고 냄새를 추출하기 위해 마구간에서 쉬고 있을 때 리쉬는 그가 범인이라고 생각하지 못하지만, 그르누이는 향수를 이용해 그를 안심시키고 자신의 목적을 달성한다. 향수를 이용해 리쉬의 예리한 눈을 속이는 것은 시각적인 리쉬에 대한 후각적인 그르누이의 승리를 보여준다. 그르누이는 아름다운 소녀들의 모습에 시각적으로 전혀 영향 받지 않고 후각에만 의존해 자신의 목적을 달성하는 것이다. 이처럼 시각적인 탐정에 대한 후각적인 범인의 승리는 추리소설의 패러디인 동시에 이성을 바탕으로 한 근대의 패배이기도 하다.[4]

계몽주의에 대한 비판

그러면 쥐스킨트의 이러한 서술 전략은 무엇을 겨냥하는 걸까? 그가 전하는 메시지는 이성에 기초한 계몽주의와 계몽사회에 대한 단호한 비판이다. 소설속의 거의 모든 등장인물들은 이성과 합리성을 바탕으로 계몽주의적 사고와 행동을 한다. 그러나 이들의 계몽적 행동과 사유는 철저히 희화화되고, 합리적 판단과 계산을 토대로 한 이들의 예상과 기대는 번번이 빗나간다. 국가는 오직 효율성만을 앞세워 높은 영아 치사율을 아무 문제없이 수용한다. 당시의 종교기관도 그런 점에서는 예외가 아니다. 이러한 점은 우선 테리에 신부의 태도에서 감지되고 있다. 어느 정도 비판정신을 갖고 있는 그는 우매한 민중들의 미신적 사고를 단호히 거부하는 태도로 보아 계몽주의자임이 분명하다. 그는 냄새가 없는 아이라고 그르

---

4 정항균, 『메두사의 저주』, 문학동네, 2014, 494-495쪽 참조..

누이를 받아들이려 하지 않는 유모를 비난하지만 그 역시 무시무시한 힘을 지닌 악마 그르누이를 가이아르 부인에게 보내버린다.

가이아르 부인은 그르누이가 그리말의 무두 작업장에서 살아남지 못하리라는 사실을 잘 알고 있으면서도 그를 그리말에게 단돈 15프랑에 팔아넘긴다. 그녀에게는 아무런 양심의 가책이 없다. 어린 시절 아버지로부터 부지깽이로 이마를 맞아 후각을 상실한 가이아르 부인은 이와 함께 따뜻함이나 냉정함 등 모든 인간적 감정도 잃어버렸기 때문이다. 자기중심적 타산에 사로잡힌 그녀에게 그르누이의 생사는 중요한 문제가 아니다. 양육비가 더 이상 지불되지 않는 그르누이를 돌보다가는 다른 아이의 생명마저도 위태롭게 될지 모른다고 생각해서이다. 하지만 가이아르 부인은 나중에 자신의 꿈이나 평소의 기대와는 달리 자신이 그토록 두려워했던 시립병원의 낯선 노파들 사이에서 최후를 맞는다.

소설의 9장부터 향수와 장갑 제조인 발디니가 등장한다. 그는 새 시대의 이념인 계몽주의의 신봉자라기보다는 전근대적이고 구시대적인 인물이다. 그는 규칙을 깨뜨리는 발명에 거부감을 갖고 있다. 규범을 중시하는 발디니와 대비되는 인물이 펠리시에이다. 그는 비록 에센스의 추출 방법은 몰라도 이미 추출된 에센스를 토대로 유행에 맞춰 새로운 향수를 제조해내는 능력을 지니고 있다. 마르지 않는 창조의 샘을 지닌 펠리시에는 다른 모든 상인에게 위험한 존재이다.

그러나 쇠락해 가던 발디니는 마법사 도제 그르누이의 도움으로 경쟁자의 향수를 압도할 새로운 향수를 만들어낸다. 그르누이가 새로운 향수를 제조해내자 그는 신에게 감사드리지 않고 기도까지 잊어버린다. 그는 새로운 시대정신을 비판하는 입장에서 스스로 경쟁을 이겨낼 수 있는 기회가 오자 시대 최고의 수혜자가 된다. 하지만 발디니는 부와 권력을 얻는 순간 급격한 종말을 맞이한다. 그가 그르누이를 도제신분에서 해방시켜주던 날 밤 그의 가게가 위치한 다리가 붕괴되고, 발디니와 그가 축적한 부는 순식간에 센 강으로 쓸려가버리는 것이다. 발디니의 이야기는 결국 계몽주의의 진보와 근대성의 이념이 이미 인간의 파멸과 암암리에 관련되어 있음을 폭로해준다. 그르누이와 연관을 맺은 사람의 종말은 발디니가 처음은 아니다. 그와 최초로 인연을 맺은 어머니는 처형대의 이슬로 사라지고, 가이아르 부인은 개인적으로 조용한 죽음을 맞이하려는 자신의 계산과 소망과는 달리 경제적으로 몰락하여 공공장소에서 숨을 거둔다. 그리고 무두장이 그리말은 그르누이를 팔아서 받은 돈으로 술을 마시고 취한 나머지 강물에 빠져 죽고 만다.

에스피나스 후작은 계몽주의 시대의 특징인 과학과 실험을 대표하는 사람이다. 발디니가 18세기 계몽시대와 근대성에 대한 반동적 대표자라면, 교양 있는 후작은 겉보기에는 세상에 대해 개방적이고 미래지향적이다. 그러나 그의 이론, 과학적 실험, 진보에 대한 믿음은 철저히 희화화되어 나타난다. 독자들은 황소의 정액을 이용한 '우유꽃'이나 소위 '치명적 유동체'에 관한 그의 이론이 너무나 터무니없다는 것을 쉽사리 간파한다. 반면 후작은 그의 연구결과의 정당함에 대한 믿음으로 점점 더 고양된다. 그는 한눈에도 알 수 있듯이 실험과 관찰의 신봉자로서 계몽주의 시대정신의 화신이다.

소설 제2부의 마지막 장면에서 후작은 옷을 몽땅 벗고 두 손을 하늘로 벌린 채 노래하면서 한겨울의 차가운 눈보라 속으로 사라진다. 그의 제자들은 후작이 크리스마스이브에 돌아올 것을 기다린다. 독자들은 여기서 후작이 표방하는 '과학'이 얼마나 비합리적인 바보짓인지 분명히 깨닫게 된다. 이것은 자연과학 실험과 경험주의적 연구에 대한 패러디로 볼 수 있다. 에스피나스 후작이 주창하는 과학이론에서는 종교 또는 종파 창시자의 면모가 중첩되고 있다. 이는 아도르노와 호르크하이머가 『계몽의 변증법』에서 '계몽이 인류를 주술과 마술에서 해방시켰지만, 그 계몽이 다시 신화로 돌아간다'고 예리하게 지적한 내용을 상기시킨다. 두 사람이 이성과 계몽에 근본적 한계가 있다고 보듯이, 쥐스킨트는 에스피나스 후작을 통해 계몽적 이성에 의한 과학적 지식이 주도면밀하게 심어진 환상임을 폭로하고 있다.

그르누이가 마지막으로 마주치는 막강한 적은 리쉬이다. 그는 오렌지와 올리브, 밀과 대마를 경작하는 밭과 영지가 있고 저택과 선박을 소유한 부르주아이다. 따라서 그는 새로운 시민계급의 경제 분야에서도 활동하고 있는 셈이다. 향수 제조인 발디니와 에스피나스 후작과는 달리 리쉬는 깨어 있는 정신의 소유자이고 어느 정도의 지성을 소유하고 있다. 그는 칸트 식으로 말하자면 '자신의 지성을 사용할 용기를 지닌' 인물이다. 주교의 악마 파문 이후 살인이 멈추자 모든 그라스 시민은 이제 더 이상 살인이 그라스 시에서 일어나지 않을 거라고 믿지만, 리쉬만은 예외이다. 리쉬는 자신의 지적 능력을 이용해 그르누이의 의도와 정체를 정확하게 추리해낸다.

도구적 이성에 대한 경고

리쉬는 어떻게든 자기 딸을 살인자로부터 보호하기 위해 나름의 치밀한 계획을 실행에 옮기지만 그르누이의 후각적인 우위로 인해 리쉬의 방어 대책은 결국 수포로 돌아간다. 그러나 계몽주의자 리쉬에 대한 역설은 마지막 순간에 완성된다. 리쉬가 자신의 딸의 살인자인 그르누이를 양자로 삼는 장면에서 계몽주의자에 대한 희화화는 절정에 달한다. 리쉬의 지성은 그르누이의 악마적 천재성에 비하면 초라하고 빈약하다. 자연에 규칙을 부여하는 천재성을 지닌 그르누이가 최고의 향수 제조 장인이 되는 과정은 당시의 시대정신인 계몽적 방법에 철저히 의존한다. 그가 행하는 분류와 실험은 철저히 계몽주의 시대를 상징적으로 드러내는 행위이다.

작가는 그르누이가 살해하는 어린 소녀들을 관능적으로 묘사한다. 파리와 그라스의 첫 희생자들도 성적 매력을 지닌 매력적인 소녀로 묘사된다. 하지만 그르누이는 그의 아름다운 희생자들에게서 어떠한 성적 욕구도 느끼지 않으며, 또한 육체적 쾌락에도 전혀 관심이 없다. 오직 향기를 채취하기 위해 살인할 뿐이다. 그런데 그르누이는 '물오른 촉촉한 꽃'이 아닌 '시든 꽃'에는 관심을 보이지 않는다. 로르의 아버지 리쉬가 딸을 지키기 위해 딸을 빨리 결혼시키려고 애쓰는 것도 그 때문이다. 처녀성과 향기의 상실은 그르누이에게 아무런 의미가 없다. 그가 행하는 살인은 장인이 자신의 작업을 완수하기 위한 하나의 냉정한 작업과정이다. 마지막 살인조차도 일상적인 평범한 일과처럼 묘사된다. 마지막에 가서 로르의 살인과정 묘사는 뛰어난 장인의 예술품 창조 장면처럼 그려져 있다. 그의 작업은 냉정한 이성의 판단에 의한 창작의 과정이자 생산의 과정이다. 그에게는 인간마저도 오로지 향수 생산을 위한 수단으로만 존재할 따름이다. 그는 '너 자신이나 다른 사람의 인격을 항상 목적으로 다루고 결코 수단으로 다루지 말라'는 칸트의 정언명령을 비웃고 있다.

호르크하이머는 『도구적 이성 비판』을 통해 '현대 사회의 모순이 도구적 이성의 전면화에서 시작되었다'는 점을 지적한다. 그리고 그는 도구적 이성의 상승이 어떻게 자연과 인간 자신을 사물화하고 지배하는지 밝혀나간다. 이성 자체가 아닌 이성의 도구화가 문제라는 것이다. 소설에서 도구적 이성에 대한 이 같은 경고는 작품의 마지막에까지 이어진다. 소설의 마지막에 그르누이는 파리의 부랑자 무리들에게 형체도 없이 뜯어 먹히고 만다. 그르누이는 결국 자신이 뿌린 향수에 의해 흥분된 사람들에 의해 자발적인 죽임을 당하는 것이다. 이것은 인간의 생산품이 이미 통제력을 넘어서서, 그것을 만든 인간을 파멸시킬 수도 있다는 경고로 해석될 수 있다. 이는 뇌 과학의 발달로 가능해진 슈퍼 인공지능의 파괴적 힘에 대한 스티브 호킹이나 빌 게이츠의 경고와도 연결된다. 인간의 명령을 따르는 약한 인공지능 역시 인류를 멸망시키지는 못하더라도 문제를 야기할 수 있다. 인공지능 기계들이 사회에 필요한 대부분의 일을 하게 된다면 대다수의 인간들이 더 이상 할 일이 없어 무료함에 빠질 수 있기 때문이다. 절대적인 무료함 역시 인류의 타락과 몰락을 초래할 수 있다. 이처럼 발디니, 에스피나스, 그리고 리쉬의 운명이 암시하고 있듯이, 소설에서 이성을 기초로 한 근대와 계몽주의의 이념은 실패한 것으로 판정되고, 따라서 전통적인 규범과 가치는 상대화되어 무색해지고 만다.

규범의 파괴자 페터 한트케의 중편
『어느 작가의 오후』

외부세계와 내부세계의 갈등

"젊은 시절의 꿈에서 작가에게는 문학이 모든 나라들 중 가장 자유로운 나라였고, 이 나라에 대한 생각이야말로 일상적인 비열함과 굴종에서 벗어나 당당하게 동등한 능력을 얻을 수 있는 유일한 탈출구였다."[1]

"그가 악몽을 꾸는 경우는 오로지 글을 쓸 때였다. 그때 행위는 없고 늘 같은, 밤새 되풀이되는 판결만 있었다. 즉 낮에 쓴 것은 단순히 무가치하고 무의미한 것이 아니었고-또한 그래서도 안 되었다. 글을 쓰는 것은 죄가 되는 일이었다."[2]

이처럼 글쓰기는 작가뿐 아니라 누구에게나 탈출구이자 악몽이기도 하

----
1 페터 한트케, 『어느 작가의 오후』, 홍성광 역, 열린책들, 2010, 48-49쪽.
2 앞의 책, 95쪽.

다. 페터 한트케(Peter Handke)는 이 작품을 통해 자신의 내적인 무언가를 추구함과 동시에 작가와 작품의 관계와 작가 자신의 정체성에도 질문을 던진다. 또한 그런 내적 추구를 통해 '작가로서의 나'가 아닌 '나로서의 작가'를, 작가 자신의 생각과 감정을 드러내며 자신의 내부에 자리하고 있는 고뇌와 고독을 말하고 있다. 작품 제목은 '작가의 어느 오후'가 아닌 『어느 작가의 오후』이다.

노벨 문학상 단골 후보인 페터 한트케는 1942년 오스트리아 케른텐 주 그리펜에서 태어났다. 그의 어머니는 전쟁 중 오스트리아 주둔 독일군 장교를 사랑하여 한트케를 낳았지만, 그는 이미 유부남이었다. 아비 없는 자식을 낳아서는 안 된다는 가족의 성화로 한트케의 어머니는 자신의 조건에 구애받지 않는 독일군 하사관 부르노 한트케와 내키지 않는 결혼을 하게 된다. 한트케는 두 살부터 여섯 살까지 어머니를 따라 계부의 고향인 동베를린에서 보낸 짧은 기간을 제외하고는 관습과 가난에 찌든 벽촌으로 문화나 교육과는 거리가 먼 그리펜에서 유년시절을 보낸다. 가족이 간신히 도망을 쳐 빠져나오긴 했지만 강렬한 영향을 주었던 대도시 동베를린의 인상은 가끔 그에게 독일에 대한 향수를 불러일으키기도 한다.

한트케의 어린 시절은 전쟁과 연결되어 있는데, 그는 전쟁에 대해 직접 이야기하지 않고 이미지로 그려낸다. 그는 어린 시절 전쟁과 가난을 겪으며 자신과 주변세계에 대해 부정적 감정을 지니고 자란다. 그러다가 문학을 접함으로써 자신의 개체성 및 인간으로서의 위엄을 상실하고 그것을 고통스러워했던 지금까지와는 달리 시적 존재 형식을 믿게 되고 농촌 환경과 가톨릭적인 지역주의로 인해 극도로 말살되었던 자아를 찾고자 열망하게 된다. 김나지움 시절 기숙학교 생활을 했던 한트케는 문학을 그 기숙학교의 고립과 강요로부터의 해방으로, 또 어린 시절의 괴로웠던 체험에 대한 보상으로 느끼면서 열두 살 때부터 이미 작가가 되겠다고 마음먹는다.

그는 열대여섯 살 무렵 윌리엄 포크너와 조르주 베르나노스의 책을 읽고 공감한다. 기숙학교에서 금지한 그 작가들의 책들은 기숙학교가 그에게 제시하는 것과는 다른 세계를 보여주었다. 한트케는 기숙학교에서가 아니라 두 작가의 작품 세계에서 진정한 삶을 느낀 것이었다. 자신을 현실로부터 문학세계로 인도해준 포크너와 베르나노스 외에도 젊은 한트케는 카프카, 도스토옙스키, 딜런 토머스, 그레이엄 그린, 요한 네스트로이, 뷔히너 등과 접했는데, 그들 중에서도 열여덟 살 때부터 읽기 시작한 카프카에게서 가장 큰 영향을 받았다.

천재 또는 무서운 파괴자, 새 세대의 출현

페터 한트케는 1961년부터 1965년까지 오스트리아 그라츠 대학교에서 법학을 공부했다. 이 시절 그는 그라츠의 젊은 예술가들의 모임이었던 '포럼 슈타트파크Forum Stadtpark' 및 이들의 기관지 〈마누스크립테〉와 관련을 맺고 그곳의 중개로 인연을 맺은 방송국을 통해 왕성한 문학 활동을 시작한다. 방송 일을 하면서 한트케는 문학 작품뿐만 아니라 광범한 정신과학 서적들을 섭렵하는데, 백여 권이 넘는 양질의 서적들은 그의 젊은 날의 사상과 문학 이론 형성에 결정적인 영향을 미친다. 그라츠에서 한트케는 처음으로 공중전화와 에스컬레이터, 시내 순환전차를 보았고, 영화, 비트 문화와 팝음악에 열중했으며 그리스어 과외교사를 한다. 이와 같이 다양한 일상생활을 접한 것이 작가가 되고자 하는 그의 문학 활동에 중요한 역할을 하게 된다. 그는 이처럼 '포럼 슈타트파크'와 관련된 활동을 하며 문학이란 언어로 서술된 사물로 이루어지는 것이 아니라 바로 언어 그 자체로 이루어진다는 주장을 하며 언어에 극단적으로 몰두한다. 1965년 졸

페터 한트케

업을 얼마 남기지 않고 마침 첫 소설 『말벌들』의 원고가 주르캄프 출판사에 채택되자 그는 전업 작가로서 작품 활동에만 전념하기 위해 법학 공부를 포기한다.

첫 장편소설 『말벌들』이 출간된 후 스물네 살의 한트케는 1966년 4월 22일에서 24일까지 프린스턴에서 열린 '47그룹'[3]의 모임에 참가해 자신의 소설 『행상인』의 일부분을 읽고, 회의 마지막 무렵 '독일 문학에서는 여기든 저기든 어디에서도 서술 불능이 지배하고 있다. 창조성과 성찰이 부족한 산문은 무미건조하고 어리석다'며 독일 문학에 대한 과격한 비판을 한다. 이 과격한 비판으로 한트케는 삽시간에 유명해졌지만, 대부분의 비평가들은 한트케의 행동을 관습에서 벗어난 태도이며 또한 계획된 자기선전이라며 부정적인 평가를 내렸다. 하지만 젊은 세대는 한트케의 등장을 헬무트 하이센뷔텔과 함께 하나의 전형적인 '세대의 행동'이나 새로운 세대의 출현으로 보고자 했다. 그리고 출판업자나 그쪽의 선전 전문가 쪽에서도 효과 만점인 그를 띄워주는 쪽으로 나아가게 되었다. 하지만 문학의 순수성을 지향하는 그는 무엇보다도 문학이 수단이 되는 것에 불만이었고, 그의 그런 성향은 세르비아 사태를 보는 그의 시각에서도 유감없이 발휘되고 있다.

----
3 미국에 전쟁포로로 잡혀 있던 독일 작가들이 무너진 독일 문학의 전통을 재확립시키는 데 관심을 갖고 1947년에 시작한 문학단체이다. 이 그룹이 매년 수여하는 '47그룹상'은 작가에게 커다란 문학적 명예를 안겨주었는데, 이 상의 수상자로는 귄터 그라스와 하인리히 뵐이 있다. 페터 한트케의 비판이 있은 다음 해인 1967년 마지막 정기총회를 끝으로 해체되었다.

첫 장편소설 『말벌들』에서 서술 텍스트의 줄거리를 파괴한 한트케는 『행상인』에서는 탐정소설의 기법을 역이용하면서 탐정소설 장르에서의 발견 과정이라는 규범을 파괴하고, 1966년에 발표된 첫 희곡 『관객모독』에서는 행위자와 관객 간의 구분과 격리라는 환상주의 연극의 규범을 파괴한다. 또한 독일의 역사적인 인물 카스파 하우저의 실화를 다룬 『카스파』에서는 획일화된 사회화 과정과 언어의 폭력성을 맹렬히 비난하며 순식간에 천재 또는 무서운 파괴자의 이미지를 구축한다. 순수한 행위연극을 실험해본 『미성년은 성인이 되고자 한다』와 시집 『내부세계의 외부세계의 내부세계』를 발표했던 60년대는 언어극과 기존 규범의 파괴기로 규정된다. 특히 『관객모독』은 사건-공간-시간이라는 전통적 구성을 배제하고 일종의 모독과 욕설언어를 통해 무대와 관객의 거리를 가깝게 묶어주었다. 그 후 연이어 나온 그의 작품들은 모두 충격과 파문을 일으켰고, 그로 인해 지나친 관심을 받음으로써 그는 오히려 부정적인 반응을 얻게 된다.

전통적 형식을 통한 전통소설의 파괴

비교적 이른 나이인 스물세 살에 배우 슈바르츠(Libgart Schwarz)와 결혼한 한트케는 1969년 한 아이의 아버지가 되지만 결혼은 곧 파경을 맞게 되고, 이 결혼생활은 한트케에게 자신을 돌아보는 계기가 된다. 내적 침잠과 그 결과 빚어지는 소통의 부재, 사회적 부적응은 그에게 고통을 준다. 언어의 문제에서 자아 탐구의 문제로 넘어가는 경계선에 위치한 『페널티킥을 맞은 골키퍼의 불안』은 한트케의 초기의 언어비판이 개인과 규범, 주체와 객체와의 관계로 확장되어 가는 과정을 보여줄 뿐만 아니라 이 두 세계 사이의 갈등을 어느 작품에서보다 첨예하게 드러내준다.

1960년대 후반에 실험적이고 전위적인 활동에 열중한 한트케는 70년대에 들어가서 카프카와의 만남을 통해 도전적 세계관을 가지며, 그로 인해 70년대에 나온 대부분의 작품은 살해의 도식을 갖게 된다. 『페널티 킥을 맞은 골키퍼의 불안』에서 주인공 요셉 블로흐는 영화관의 여매표원을 초대해 자기 방에서 목을 졸라 죽이는 끔찍한 살인을 저지른다. 정해진 일상으로부터 벗어나길 원하는 『긴 이별에 짧은 편지』의 주인공도 자신을 살해하려는 부인의 위협을 받으며 쫓긴다.

1960년대 한트케의 산문이 아방가르드적 실험정신으로 과거 문학 전통의 거부에 일차적인 목표가 있었던 것과는 달리 70년대의 그의 산문은 일단 전통적 문학 형식을 채택하고 있다. 70년대에 들어서 한트케는 글쓰기를 통한 자아 탐구를 시도하며 사회와의 화해를 시도한다. 어머니의 자살을 주제로 한 『소망 없는 불행』과 미 대륙을 횡단하는 체험에서 생겨난 『긴 이별에 짧은 편지』에서 그는 성장소설의 장르를 새롭게 실험한다. 두 작품에서는 우울증의 문제가 제기되는데, 『긴 이별에 짧은 편지』에서는 어머니뿐만 아니라 주인공 자신의 정서불안이 우울증 증세로 설명되기도 한다. 특히 『소망 없는 불행』은 1971년 다량의 수면제를 복용하고 자살한 어머니의 죽음을 겪은 후 쓰인 산문으로, 한트케는 거기에서 어머니의 일생을 회상하며 전후의 사회적 모순과 정치 상황, 그리고 가정과 사회에서 억압당한 여성의 자의식을 잘 묘사하고 있다. 70년대에 들어와서 한트케가 전통적인 형식을 택하기도 하지만 페터 퓌츠(Peter Pütz)는 그것이 바로 전통적 소설을 파괴하기 위해서라고 말한다. 즉 『페널티 킥을 맞은 골키퍼의 불안』은 전통적 추리소설에 대한 파괴이고, 서른 살 주부의 자아 탐색을 다룬 『왼손잡이 여인』은 전형적인 여성소설에 대한 파괴라는 것이다.

한트케는 1970년대부터 개인적으로 위기에 처했던 1975년부터 77년까지의 일기를 묶은 『세상의 무게』, 소설 『진실한 느낌의 시간』, 고향과 가족, 전통으로의 귀환이 문제되는 『느린 귀향』, 첫째 부인과 헤어진 후 딸

아미나(Amina)를 기른 경험을 토대로 쓴 『아이 이야기』, 세잔의 예술에 대한 열정을 그린 『생 빅투아르 산의 가르침』, 하루의 힘든 글쓰기를 마친 다음 시내로 오후 산책을 나갔다가 돌아오는 과정을 그린 『어느 작가의 오후』 등 해마다 끊임없이 새로운 작품을 발표했다. 또한 소설이 아닌 영화 〈베를린의 하늘〉[4]의 시나리오 작업에 참여해 영화평론가와 관객에게 좋은 반응을 얻기도 했다.

비정치적인 작가의 소박한 현실인식

1980년대 말에 잘츠부르크를 떠나 다시 파리 근교의 작은 마을 샤빌로 거주지를 옮긴 한트케는 1994년 『아무도 살지 않는 만(灣)에서 보낸 세월』 이라는 '새로운 시대의 동화'를 발표했다. 이 소설에서 한트케는 세계적인 도시 파리 근교의 후미지고 외딴 한 모퉁이를 찾아 '구경하는 것 역시 행위'라는 결론에 도달한 작가 게오르그 코이쉬니히의 일상을 다룬다. 『우리가 서로 몰랐던 시간들』에서는 어느 도시의 한 광장이 주인공이다. 극중에서는 대사라곤 한마디도 없이, 행위자들은 이 광장을 그저 우연히 지나가는 행인들로 전락하며 관객이 기대하는 줄거리 역시 해체되어 있다. 그럼에도 한트케의 이 같은 극단적인 언어포기는 긴장감 넘치고 유머러스하고 신비로우며 또 소름끼칠 정도로 뻔하고 어리석은 일상을 정확하게 꿰뚫어낸다.

1966년 참여문학에 강경한 반대 입장을 취하며 내면의 세계로 철학적 사색의 망명을 떠났던 한트케는 사회주의 붕괴 이후인 1990년대에 들어서면서 뒤늦게 「슬로베니아에 대한 회상」과 「몽상가의 아홉 번째 나라와의

---

4 일명 〈베를린 천사의 시〉로 불린다.

이별」 등의 정치 에세이를 발표한다. 또한 유고 내전과 더불어 서방의 획일적 여론에 대한 그의 반론이 1996년 1월 독일의 〈쥐트도이체 차이퉁〉지에 격주로 연재되자, 서방 언론은 일제히 그를 대량학살을 지지하는 '테러주의자', '세르비아인의 변호사' 등으로 격렬하게 비난을 퍼붓는다.

하지만 1996년 한트케는 세르비아를 방문한 후 발표한 『도나우 강, 사바 강, 모라바 강, 드리나 강으로의 겨울여행 혹은 세르비아인을 위한 정의』를 발표하여 저널리즘의 획일성과 흑백논리를 비판하였다. 이런 논란이 있고 난 후 1997년 『나는 어두운 밤 나의 고요한 집을 나섰다』가 출판되자마자 수많은 비평가들은 여전히 분노감을 표출하며 한트케를 가리켜 '머릿속에는 버섯만 들어있는 자'라며 작품에 대한 혹평을 했다.

선입견에 대한 도전

코소보 사태가 종결되면서 발표된 『통나무배를 타고』는 전쟁이 끝나고 10년쯤 지난 뒤 전쟁영화를 찍기 위해 발칸의 어느 시골 호텔에 묵고 있는 두 사람의 영화감독에 관한 것을, 당시의 정치 상황과 어울리지 않게 전원적·동화적 분위기로 일관하고 있어 관객도 비평가도 놀라움을 금치 못했다. 2000년대에 들어와 쓴 작품 『돈 주안』에서는 '줄거리'는 살아있지만 도입부에서부터 청자가 자신의 '독서'를 대체하는 형식으로 '돈 주안'이라는 존재가 어느 날 갑자기 등장한다. 이후 소설이 전개되는 내내 '돈 주안'은 청자의 이의 제기를 거부하는 형식으로 의사소통 기능을 하는 '언어'를 거부한다.

2006년 독일의 문학계에서는 한트케가 '하인리히 하이네 상'을 수상한 일로 논쟁이 벌어져, 그를 옹호하거나 반대하는 작가들이 서로 다른 매체에서 경쟁적으로 글을 쏟아내기도 했다. 하이네 상을 둘러싼 논쟁에서 한트케의 친(親) 세르비아적 입장 자체를 옹호하는 이들은 거의 없었지만 '스스로를 전통가치의 옹호자'로 자처하는 보토 슈트라우스는 브레히트, 카를 슈미트, 하이데거 등을 언급하며 위대한 작가는 실수도 할 수 있다며 '대중으로부터 이해받지 못하는 천재' 한트케를 옹호하는 발언을 했고, 심사위원이었던 뢰플러는 한트케가 독재자 편을 든 게 아니라 사건의 여러 측면을 고려하자고 한 것이라고 해석했다. 시의회에서 수상을 취소한 것에는 대부분의 작가들이 부정적인 견해를 보였다. 귄터 그라스는 〈차이트〉지와 가진 인터뷰에서 한트케의 세르비아 독재자 밀로셰비치에 대한 견해에는 조금도 동의하지 않지만 문학적 기준을 가지고 심사한 것을 두고 정치적인 이유에서 번복하는 것에는 반대한다고 밝혔다.

한트케는 모든 존재 현상에 대해 이제까지의 모든 선입견으로부터 벗어나 존재의 직접성을 표현하는 것을 창작의 의도라고 밝히고 있다. 그는 문학의 정치화, 참여문학을 거부하는 것으로 문학 활동을 시작했다. 그의 도발적 저술 작업, 영화제작 참여 또는 심지어 정치적 활동 모두를 가장 적절히 설명해주는 말은 '선입견에 대한 도전'이라 말할 수 있다. 한트케가 문학에서 말하고 있는 것은 끔찍한 현실이 아니라 사실 이상적인 것, 시적인 것이다. 그것은 결합하고 포용하며 화해시키는 것이며, 우리 모두의 기억 속에 들어 있는 어린 시절, 이상적인 세계, 유토피아라고 할 수 있다. 구 유고슬라비아를 배경으로 하는 한트케의 글이 비현실적인 세계를 보여주는 것은 그곳이 그의 회상의 공간, 시적 공간에 속하기 때문이다. 문학을 사회 개혁의 수단이 아니라 자아의 탐구, 정체성 찾기로 보는 한트케는 문학을 통해 외적인 것이 아니라 현실 뒤에 숨겨진 것, 현실 너머의 것을 서술하려고 한다. 끊임없이 모색과 변신을 거듭해 온 한트케는 다시 낭만주의자, 이상주의자로 모습을 드러내면서 이제 점점 구도자, 예언자의 모습을 닮아가고 있다.

오후의 바깥 산책

어느 12월의 오후 작가가 집을 나선다. 그날 분의 글쓰기는 끝났고, 다음 날 아침에야 다시 글쓰기를 계속할 것이다. 외출하기 전 몇 시간 동안 작가는 바깥세상이 더 이상 존재하지 않고, 자기 혼자 방 안에 살아남아 있을지도 모른다는 강박관념에 시달린다. 그래서 밖으로 나가 산책을 하면서 자기가 만난 사람이며 사물을 묘사하기 시작한다. 대인 기피증이 있는 작가는 망상에 사로잡혀 현실과 환상을 제대로 구별하지 못한다. 그럼에도 그는 사람과 마주치지 않으려고, 주변 세계의 눈에 띄지 않으려고 조심한다. 양파 모양의 나무 지붕이 있는 우물을 보고 작가는 전에 가본 적이 있는 모스크바에 다시 온 듯한 착각에 빠진다. 가판대에서 신문을 사며 부들부들 떨고, 신문의 머리기사를 보는 순간부터는 판매원의 인사에 대답도 못하고 고개만 끄덕일 뿐이다.

그는 서재에서 멀리 벗어나 광장을 이리저리 거닐면서도 일이 계속 자기를 따라다녀 여전히 작품 활동을 하고 있는 것처럼 생각한다. 거리의 골목에서 그는 자신을 조롱하고 비방하며 적대적인 시선을 보내는 사람들과 만난다. 검은 옷을 입은 어떤 사람은 그의 길을 가로막고 집게손가락을 집어 들고는 '나는 당신의 문학을 기소합니다!'라고 엄숙하게 통고하기도 한다. 교외로 빠지는 고속도로 옆 숲 속에서는 나뭇가지에 매달려 있는 늙은 부인을 보고, 호숫가에서는 노인과 손자에 대한 환영을 본다.

산책 도중 그는 '작품'이란, '문학'이란, '작가'란, '글쓰기'란 무엇인지 끊임없이 생각한다. 그는 자신의 '적'과 '독자'와도 맞닥뜨리며, 어느 카페에서는 먼 나라에서 자신을 찾아온 번역가를 만나 경험담을 듣기도 한다. 그는 온갖 종류의 망상을 두루 체험하고 다시 집으로 돌아오지만, 집으로 돌아오는 길을 어떻게 찾았는지도 제대로 기억하지 못한다. 그런 와중에도 밤에 강 아래쪽 제방에서 쏴쏴 물소리가 나도록 색소폰을 불고 있던 사람만은 망상의 소산이 분명하다고 생각한다. 그와 동시에 자신이 정원에 있는 것도 하나의 망상이 아닐까 하고 생각한다. 심지어 그는 자기 자신이 칼에 찔리고 총에 맞거나, 자동차 사고를 당해 어딘가에 죽어 있는 게 아닌가 생각하기도 한다. 그는 시시각각 온갖 종류의 망상을 두루 체험해서 끝내 머리가 터질 것 같은 기분이 든다.

그리고 '마침내 그냥 누워' 다음 날에 대해 생각하고, 일하기 전의 아침 시간에 오랫동안 정원을 이리저리 거닐기로 마음먹는다. 지나간 오후를 다시 더듬어보지만 나뭇가지와 개만 나타날 뿐 그 무엇도 기억나지 않는다.

한트케 식 글쓰기의 표본

"어느 봄날 오후, 구스타프 폰 아셴바흐는 뮌헨의 프린츠레겐텐 가에 있는 자신의 집을 나와 혼자 꽤 멀리 산책을 했다. 사실 그는 아침에 몇 시간 동안 이제 의지력의 극단적인 신중함과 용의주도함, 집요함과 정확함을 필요로 하는 힘겹고 몸에 무리가 가는 작업을 했기 때문에 신경이 지나치게 예민하게 되었다. 그래서 작가인 그는 점심을 먹고 나서도 자신의 내부에 들어 있는 창작 추진 장치의 추진력에, 즉 키케로가 웅변의 본질로 본 '정신의 끊임없는 움직임'에 제동을 걸 수 없었다. 더구나 점점 기력이 달릴 때면 도중에 하루 한 번씩 낮잠을 자서 긴장을 풀어주는 게 꼭 필요했는데 잠도 오지 않았다. 그래서 그는 차를 마신 직후 야외로 나왔다. 신선한 공기를 쐬고 몸을 좀 움직이고 나면 다시 힘이 생겨 저녁을 보내기가 유리하지 않을까 하는 희망에서였다."[5]

---

5 토마스 만, 『베네치아에서의 죽음 외』, 홍성광 역, 열린책들, 2006, 289쪽.

토마스 만의 『베네치아에서의 죽음』의 첫 부분이다. 고전작가 아셴바흐는 힘든 오전 글쓰기를 마치고 긴장을 풀기 위해 산책에 나선다. 『어느 작가의 오후』에 나오는 '오, 머물러라! 너희, 신성한 예감들이여!'라는 표현은 괴테의 『파우스트』에 나오는 '머물러라, 너 참 아름답구나!'를 생각나게 한다. 방랑자이자 도피자 모습은 헤세와 쥐스킨트의 좀머 씨를 상기시킨다. 『어느 작가의 오후』에 등장하는 작가 역시 아셴바흐처럼 작업 부진, 진척 불능, 즉 영원한 중단 가능성에 대한 두려움에 시달린다. 소설 속의 작가는 아셴바흐처럼 하루 분량의 일을 마치고 산책에 나선다. 독자는 한트케의 묘사를 통해 이렇다 할 사건이 없는 외부 풍경을 함께 체험할 수 있다. 첫눈이 내릴 뿐 특별한 사건이라곤 아무것도 일어나지 않는 이 소설에서 독자는 사건으로부터 자유로운 묘사, 그 묘사가 드러내는 작가의 감정에 주목하게 된다. 작가가 산책길에 만난 사물, 풍경, 사람 들을 통해 한트케는 독특한 관찰, 감정이입된 묘사, 시적 사유의 아름다움과 같은 한트케 식 글쓰기의 표본을 보여준다. 한트케 식 묘사가 갖는 힘은 독자로 하여금 작가가 그려낸 풍경을 단순히 바라보는 것이 아니라 자신의 기억과 감각을 동원하여 풍경을 새롭게 체험하게 한다는 데에 있다.

작가의 외부세계는 그의 내면 풍경, 즉 그의 느낌의 반영이다. 때는 성탄절 분위기가 물씬한 12월 초 해 저문 오후이다. 매일같이 오가는 길이지만 작가에게는 모든 것이 새롭고 낯설며, 두렵고 또한 아름답다. 작가가 이렇게 모순적인 감정 사이를 불안하게 오가는 모습은 그의 유일한 생존 방식인 글쓰기와 닮아 있다. 산책이라는 말이 풍기는 편안함과는 달리 작가에게는 산책이 한가한 휴식이 아니다. 산책은 작가가 자신의 존재를 심문받는 고통스러운 심판 행위이다. 하지만 바깥에서 보내는 그 시간에 작가는 자신과 자신의 삶에 대해 이야기하며 깊은 숨을 쉴 수 있다.

한트케 작품의 주인공들은 현실에 쉽게 융화하지 못하고 이질감을 느끼며 외롭게 살아가는 카프카의 작품 주인공들과 비슷하다. 청소년 시절 이미 외부세계와 내부세계의 갈등을 체험하고 내면의 체험세계를 주관적 언어로 형성하려고 했던 한트케가 전통적 기법에 뿌리를 둔 작가들보다는 카프카 쪽으로 기울게 된 것은 어쩌면 당연한 일인지도 모른다. 문체 외에도 카프카는 한트케의 세계관 형성에도 깊은 영향을 주었다. 그렇지만 훗날 한트케는 카프카의 언어에는 비유가 많고 묘사 역시 상세하며 꾸며 낸 유머에 해당하는 반면, 자신의 경우에는 비유가 없는 언어, 세부 묘사나 줄거리에서 해방된 밝음을 지향한다고 이야기한 바 있다.

『어느 작가의 오후』에서도 그는 카프카를 연상시키는, 현실과 망상이 교차하는 독특한 글쓰기를 선보인다. 작품의 주인공인 작가는 '집 안의 집'이라는 독특한 이름의 작업실에서 글을 쓴다. 그는 집 전체가 위험 속에 방치된 듯한 느낌을 받고, 현관의 식물들은 자기들을 좀 봐달라고 요구하는 것처럼 느낀다. 심지어 집까지 그에게 잠자는 것뿐만 아니라 살아달라고 요구하는 것처럼 느낀다. 부근의 작은 산의 밤 비행기를 위한 신호에서 작가는 자신에게 '무언가'를 알리는 경고 신호를 감지하지 않았을까? 그래도 집에서 차분히 앉아 추억에 잠기는 시간이 그의 가장 사랑스러운 시간이다. 그런데 그는 공간 안의 여러 사물들에 낯설고 서먹한 기분을 느낀다. 그 공간은 『변신』의 주인공 그레고르가 갇혀 있는 방을 떠올리게 한다. 그러나 그레고르가 자신의 방 안에서만 돌아다니고, 거실로 과감하게 나왔다가 아버지에게 쫓겨 돌아가는 것과는 달리 작가는 집 안의 곳곳을 돌아다니고, 외부로의 탈출을 감행한다.

소설 속의 작가는 최종적인 명제를 끔찍하게 여긴다. 그는 규칙보다 변덕, 우연, 영감을 중시한다. 오랜 기간 자신의 글쓰기 목적을 추구하며 살아온 그는 자신의 꿈이라 할 수 있는 작가 생활조차 일시적인 것으로 본다. 그의 모토는 '만물은 유전한다' 또는 '아무도 같은 강에 발을 담그지 않는다'는 헤라클레이토스의 명제이다. 헤라클레이토스는 '사람들은 같은 강에 발을 담그지만 흐르는 물은 늘 다르다'는 인생과 강에 대한 유명한 비유로 변화 속에서도 통일이 유지되는 것을 보여준 철학자이다. 훗날 플라톤은 우리의 감각에 어떻게 나타나든 만물은 끊임없이 변화한다는 것을 나타내기 위해 이 원리를 채택했다.

방에서 몇 시간을 보내다가 오로지 자연만 접하면서 작가는 이제 어린애 같은 해방감에 사로잡힌다. 집에서 보낸 마지막 몇 시간 동안 자신의 주위가 더욱 조용해진 순간 작가는 그러는 사이에 바깥세상이 더 이상 존재하지 않고, 방 안에 자기 혼자 살아남아 있을지도 모른다는 강박관념에 시달렸던 터였다. 집 안에서부터 시작된 망상은 산책의 길목 곳곳에서도 계속된다. 바깥의 온갖 사물은 거울에 비친 상으로 나타난다. 그의 기본 원칙은 공허이다. 골목 안에서는 검은 옷을 입은 사람에게 "당신의 문학을 기소합니다!"라고 엄숙하게 통고받으며, 골목을 벗어나 다다른 숲에서는 나뭇가지에 매달려 있는 여자를 보고, 끝내는 모든 것이 망상의 소산이라고 생각한다. 그가 바라보는 모든 것, 사람뿐만 아니라 사물들, 풍경들 속에서 망상은 끊이지 않고 펼쳐진다. 그 '불안'과 '두려움'을 통해 독자는 작가라는 존재의 가장 내밀한 곳을 탐험할 수 있다.

『어느 작가의 오후』에서 유일하게 '사건'이라 부를 만한 것은 첫눈 내리는 장면과 번역가를 만나는 장면이다. 그러나 한트케는 첫눈이 내리는 풍경을 묘사하는 대신 그 자리에 자신의 감각과 기억을 채워 넣는다. 눈 내리는 탁 트인 벌판에서 이름 없는 익명의 존재로 걸어가며 '한계의 제거'나 '자아의 제거'로 불릴 체험을 한다. 그는 언어의 한계를 벗어나서 날마다 불확실한 새로운 시작을 한 이래로 비로소 자신을 진지하게 '작가'라고 부른다. 그의 직업 문제는 자신의 존재의 문제에 대한 비유이다. 그에게는 '작가로서의 나'가 아니라 '나로서의 작가'를 보여주는 것이 중요하다.

그는 오랜 기간 동안 오직 글쓰기 생각만을 했음에도 그때까지 작가라는 단어를 기껏해야 반어적으로나 또는 어찌 할 바 몰라 하며 사용한다. 그는 자신을 다른 사람들로부터 배제시키며 살아왔다. 그들의 비밀을 잘 알고 있는 자신이 그들에게 환영받고 포옹 받으며, 사람들 사이에 끝까지 앉아 있을지라도 그들에게 속하지 않을 것이라 다짐한다. 그의 이념은 변두리와 중심을 연결시키고, 중심을 통과해서 변두리로 걸어가는 것이다. 그가 책상을 떠나 사람들 근처로 가는 것은 그 때문이다.

그렇지만 그는 거리에서 자신이 정상이 아니란 것을 알아챘다. 작가의 비정상적인 모습은 뷔히너의 소설 『렌츠』의 주인공 렌츠를 보는 듯하다. 그는 신문 가판대에서 신문을 사면서 몸을 떨고, 머리기사를 보는 순간 문장을 제대로 완성하지 못하며, 거스름돈을 계산하면서 실수를 저지른다. 또 걸어가면서 신문을 다 잘라버린 뒤 휴지통에 집어넣어야겠다고 마음먹는다. 판매원의 인사에는 고개만 끄덕일 수 있을 뿐이다. "갑작스럽게 대인 기피증에 사로잡힌 그는 우연히 행인을 만나자 움찔 놀랐고, 얼마 전에 자신의 삶의 이력을 그에게 털어놓은 다른 사람과의 만남을 피하기 위해 눈길을 옆으로 돌렸다."[6] 그는 사람들을 관찰하면서 반대로 자신이 관찰되는 느낌, 즉 '말뿐만 아니라 그들의 호흡도, 소리마저도 모두 그를 향한 것'이라는 느낌에 휩싸이기도 한다. 그는 그렇게 스스로를 고립시킨 자신을 되돌아보며 활짝 열린 창밖으로 자신이 내는 소음을 세상에 내보내며 '나는 이웃을 갖기를 바란 적이 있는가?'라고 생각한다. 이처럼 단순한 외부세계의 관찰이 아니라 외부세계를 보며 내부세계를 탐구하는 것은 자아 내지 정체성 탐구와 통하고 있다.

---

6 『어느 작가의 오후』, 같은 책, 41쪽.

작품, 작가와 번역가

작가는 언어에도 강박증이 있다. 바깥으로 나가다가 갑자기 발걸음을 돌리고 다시 집 안으로 들어가, 서재로 올라가서 거기서 어떤 단어를 다른 단어로 바꾸고 나서야 안도한다. 그런 뒤 그는 방에서 땀 냄새를 맡았고 유리창에 증기가 낀 것을 보았다는 것으로 그 안도감을 표현한다.

그는 작품과 작가에 대해 생각한다. 그에게 "작품이란 재료는 거의 중요하지 않고 구조가 무척 중요한 것, 즉 특별한 속도 조절용 바퀴 없이 정지 상태에서 움직이는 어떤 것, 모든 요소들이 자유로운 상태로 열려 있어 누구나 접근 가능할 뿐 아니라 사용한다 해서 낡아 떨어지지 않는 것"이다. 그는 내는 책마다 '성공을 거듭'하곤 했던 어느 작가, 바로 그 자신에 대해 생각한다. 그는 나라 전체에 더 이상 자신의 독자가 존재하지 않는다는 생각까지 한다. 그는 지금 자신의 작품이 일부 찬사를 받고 있지만 그것은 마치 꿈처럼 깨어나면 허상 같은 것이라고 자각한다. 또한 그는 자신이 쓴 내용이 이미 선구자의 저서에 적혀 있을지 모르기에 새로운 것을 창조해내야 한다는 부담감을 피력한다.

그는 소설 속 인물인 번역가의 입을 통해서 작가로서의 고뇌와 불안을 이야기함과 동시에 번역가로서의 즐거움과 그에 대한 동경을 드러내기도 한다. 번역가는 번역 일이 그를 깊이 쉬게 해주고 더 이상 외톨이 역할을 하지 않게 해준다고 말한다.

> "이제 나는 어떤 고통에도 시달리지 않고, 글을 쓸 권리란 것을 느껴보려고 고통을 기다리지도 않는다오. 번역가는 확신할 수 있고 그 확신은 활용된다오."[7]

그 번역가는 믿을 만한 텍스트를 번역함으로써만 침착한 상태가 되고, 자신을 현명하다고 느낀다. 왜냐하면 예전과는 달리 그는 어떤 문제든 해결 가능하다는 것을 알고 있기 때문이다. 문지방을 넘지 않고, 앞뜰에 머무름으로써 번역가는 외톨이가 되는 대신 다른 사람들과 같이 놀 수 있다는 것이다. 작가는 번역가 노인의 뒤를 미행하며, 그의 번역 원고가 든 검은 가방을 갓 태어난 모세가 들어 있는 바구니로 생각한다.

작가는 집에 돌아와 거실에서 사념에 잠겨 자문한다. 그는 왜 혼자 있을 때만 그렇게 순수하게 관여하는가? 그가 자신과 같이 있었던 사람들이 가자마자, 멀리 갈수록 그들을 더욱 깊이 받아들인 이유는 무엇인가? 마음속으로는 동반자로 여기면서도 옆자리에 없을 때 가장 또렷하게 떠오르는 이유는? 그는 왜 죽은 사람들과만 살았는가? 왜 죽은 사람들만이 그의 영웅이 될 수 있었는가? 이런저런 질문들이 꼬리에 꼬리를 물고 이어진다. 침실의 창밖으로 보이는 암석 낭떠러지를 보고 그는 "세월이 흘러 연필 깎은 부스러기가 많이 쌓이면 자신이 저 아래에 떨어졌을 때 충격이 덜 할 것이라고 상상하며" 자신의 존재와 정체성에 대한 성찰을 한다. 그의 대답은 이렇다.

"나는 소설의 형식으로 시작했다! 계속한다. 그대로 놓아둔다. 반대하지 않는다. 서술한다. 전해준다. 소재의 가장 피상적인 부분을 계속 가공하고, 그 숨결을 느끼며, 그것을 다듬는 자가 되고자 한다."[8]

한트케는 1966년 〈악첸테〉지에서 '글을 쓰지만 소위 현실이라고 하는

---

7 앞의 책, 109쪽.
8 앞의 책, 121쪽.

것에는 관심이 없고, 글을 쓸 때는 오직 언어에만 관심이 있다'고 밝힌다. 그런 점에서 그의 문학은 예술지상주의의 이념인 '예술을 위한 예술'과 유사한 '언어를 위한 언어'가 되고 있다. 그가 정치적 목적이나 도덕적 제약으로부터 자유로운 미적 언어의 세계를 추구했다는 점에서 일단 이데올로기로부터의 초월을 지향했다고 볼 수 있다. 그러나 이데올로기는 오히려 무의식의 수준에서 사고 주체를 구속하며 제약하고 있다. 현실사회로부터의 도주와 내면으로의 칩거는 원하건 원치 않건 기성 지배체제의 현상유지에 한몫 기여하는 경우가 많다. 자신이 소속해 있는 부르주아 사회에 적대적이고 비판적인 태도를 취했다 하더라도 그의 유미적 허무주의는 사회의 전향적 변혁지향보다는 기성질서의 현상유지를 전제로 한다는 점에서 문제의 소지가 있다. 그런 점에서 코소보 사태에서 보듯이 그의 실제적인 정치 참여는 우스꽝스러우며 대중의 지지를 얻지 못하고 있다.

이 소설은 작가를 사회로부터 격리시켜야 한다는 그의 신념과 언어 그 자체로서의 문학이 정점에 달한 작품이라 할 수 있다. 그러나 소설 속의 대인 기피나 강박관념 같은 전기적 요소를 완전히 배제하고 언어의 형식적 측면만 가지고 작품 해석을 하려는 것은 한계가 있으며, 두 요소를 상호 보완적인 중층구조로 파악할 때 그의 문학을 더 잘 이해할 수 있을 것이다. 독자들은 특정한 줄거리가 없고 문장과 문장이 아무런 맥락 없이 서로 단절되어 따로 겉도는 듯한 느낌에 당혹감과 막막함, 지루함을 느낄지도 모른다. 또한 그 반대로 정확하고 유려한 묘사, 환상과 현실을 오가는 사유의 자유로움, 시적 리듬, 감상에 치우치지 않은 담백함에 경탄을 표할 수도 있겠다.

독자에게 큰 충격을 안겨준 밀란 쿤데라의 소설
『참을 수 없는 존재의 가벼움』

"영원회귀는 매우 신비로운 사상이다. 니체는 이 사상으로 많은 철학자들을 혼란스럽게 만들었다."[1]

밀란 쿤데라는 니체의 영원회귀를 거론하면서 작품을 시작한다. 영원회귀뿐 아니라 핵심 주제에서 두 사람은 묘하게 닮아 있다. 허무주의에 대한 환멸, 모든 가치의 전도, 위버멘쉬, 힘에의 의지, 동일한 것의 회귀가 니체의 핵심 사상이라면 공산주의에 대한 환멸, 모든 가치의 전도, 자유로운 인간, 본능에의 의지, 동일한 것의 반복이 쿤데라의 그것이다.

밀란 쿤데라는 1929년 체코의 모라비아 지방 브르노에서 태어났다. 어릴 때 피아니스트이자 음악 연구가인 아버지 루드비히 및 작곡가 카프랄에게서 음악을 배우고 1948년부터 프라하의 음악·연극예술아카데미에서 시나리오 작법, 영화감독 수업을 듣는 한편 글을 쓰기 시작했다. 졸업 후에는

---

1 밀란 쿤데라, 『참을 수 없는 존재의 가벼움』, 송동준 역, 민음사, 1995, 9쪽. 번역은 필자가 수정했음.

밀란 쿤데라

1969년까지 모교에서 가르치면서 영화 감독 밀로슈 포르만(〈뻐꾸기 둥지 위로 날아간 새〉, 〈아마데우스〉 등을 연출함) 등 많은 제자를 길러냈고, 이후 1975년에 프랑스 레네 대학에 초빙되어 비교문학을 가르쳤으며, 1980년부터는 파리에서 교수 생활을 했다. 시, 소설, 희곡, 평론 등 거의 모든 문학 장르에 손을 댄 그의 작품으로는 『우스꽝스런 사랑』을 비롯한 희곡들과 소설 『농담』, 『인생은 다른 곳에』, 『이별의 왈츠』, 『웃음과 망각의 책』, 『참을 수 없는 존재의 가벼움』, 『느림』, 평론서 『소설의 기술』, 그리고 여러 권의 시집이 있다.

이 중 『참을 수 없는 존재의 가벼움』은 〈프라하의 봄〉이라는 제목으로 필립 카우프만 감독에 의해 1988년 영화화되어 우리에게 소개되었다. 그러나 쿤데라의 의도와는 달리 영화에서는 철학적 단상은 모두 생략되고 성적 요소만 강조된 점이 아쉬움을 준다고 할 수 있다.

밀란 쿤데라의 문학

제2차 세계대전 후 많은 청년 지식인들이 그랬던 것처럼 쿤데라도 공산주의에 강하게 이끌렸다. 그는 스트라빈스키, 피카소 그리고 초현실주의 등에 사로잡힌 것처럼 위대함과 기적적인 변형으로 완전히 새롭고 다른 세계를 약속한 공산주의에 매료되었다. 그는 1948년 공산당에 가입했지만, 공산주의자들의 공포통치에서 광신주의, 독단주의, 정치 재판을 보게 되었다. 그는 권력으로부터 거부되고, 권력에 대항하다가 죄의식을 느

영화 〈프라하의 봄〉의 한 장면

끼다. 2년 후 당에서 쫓겨난 그는 1953년 스탈린이 사망한 후 1956년에 재입당이 허용되었으나 1968년 '프라하의 봄'이 좌절되자 1970년에 또다시 당에서 제명되었다. 1960년대 후반기에 그는 다른 많은 지식인들과 함께 비밀경찰이 없고 언론 출판의 자유가 허용되는 사회주의, 국민의 의견이 반영되는 인간적인 사회주의 건설을 요구했다. 하지만 쿤데라는 러시아 군의 침공 후 교수직에서 쫓겨나고 일할 권리와 책 출판의 권리, 독자들을 박탈당했다.

쿤데라는 자신의 문학 작품에 '정치적 의도'가 없다고 주장하지만 그의 정치 사회적 경험은 작품에서 드러나는 철학관이나 문학론에 뚜렷이 반영되고 있다. 그의 강한 회의주의와 정치적 신화에 대한 냉소적 비판 등은 그가 겪은 역사적 사건들이 남긴 환멸의 결과이다. 쿤데라의 소설이 계속적으로 제기하는 질문은 '왜 잘 의도되고 준비된 인간적인 정치 운동이 전체주의로 변질되곤 하는가?'이다. 이에 대해 쿤데라는 종교적 충동이 그러듯 광신주의를 유발하기 쉬우며, 그것이 '영원한 평등과 단결의 유토피아를 건설한다는 꿈'을 약속하기 때문이라고 대답한다. 그래서 그는 『참을 수 없는 존재의 가벼움』에서 '대행진의 신화'를 희화화하고 있다.

쿤데라는 소설사에서 가장 중요한 작가들로 세르반테스, 발자크, 디드로, 리처드슨, 로렌스 스턴, 톨스토이, 조이스, 토마스 만 등을 들며 중유럽의 20세기 작가로는 프란츠 카프카, 헤르만 브로흐, 로베르트 무질을 들고 있다. 특히 그는 『소설의 기술』에서 카프카와 브로흐에 대해 깊이 있는 성찰을 보여준다.

프라하의 봄과 그 이후

『참을 수 없는 존재의 가벼움』의 배경은 시간적으로는 1968년의 '프라하의 봄'과 그 이후이며 공간적으로는 프라하와 주변 온천장, 시골 집단농장, 그리고 토마스와 테레사가 망명생활을 하던 취리히와 프란츠가 살고 있는 제네바이다. 주된 내용은 체코 공산주의의 민주화 과정이 러시아군의 개입으로 좌절되고 난 후 주인공들이 존재의 위기감에 휩싸인 채 섹스와 사랑(즉 육체와 영혼)의 갈등 속에 살아가는 모습이다.

소설은 작가의 철학적 고찰로 시작된다. 즉 니체의 '영원한 회귀'의 역설과 고대 그리스 철학자 파르메니데스가 논한 '무거움과 가벼움'에 대한 논구가 그것이다. 같은 것이 영원히 반복된다는 참을 수 없는 무거움이라는 배경 앞에서 우리의 삶은 역설적으로 아주 가벼운 것으로 나타날 수 있다. 러시아군의 침공이라는 존재의 참을 수 없는 무거움 앞에서 주인공들이 참을 수 없이 가볍게 행동하듯이 말이다.

외과전문의 토마스는 시골 온천장 마을에 진료 갔다가 우연히 호텔 종업원 테레사를 알게 된다. 두 사람은 서로 어떤 예감을 느낀 채 헤어진다.

얼마 후 테레사는 프라하의 토마스 집에 트렁크 하나를 들고 불쑥 나타나는데, 이것이 그에게 무거운 부담이 된다. 테레사는 남편의 애인 사비나 덕택에 잡지사 사진작가로 발돋움하지만 러시아군의 프라하 침공으로 두 사람은 취리히로 망명한다. 그러나 토마스의 끊임없는 바람둥이 짓에 고민하던 테레사는 프라하로 도망간다. 다시 프라하로 쫓아간 토마스는 필화사건이 문제되어 유리창닦이로 일하게 된다. 토마스의 외도에 견디다 못한 테레사는 남편과 같은 방법으로 보복하려다가 경찰의 함정에 걸려들어 매춘 혐의를 받게 된다. 공산주의 사회에서 매춘은 법적으로 금지되어 있다. 더 이상 프라하에 살 수 없게 된 테레사는 남편을 졸라 시골로 이사를 가고 시골 농장의 트럭 운전사가 된 토마스는 오히려 자유를 느낀다. 그들은 시골 농장에서 마을 사람들과 춤을 추러 갔다가 트럭을 타고 집으로 돌아오는 도중 교통사고로 죽고 만다.

한편 자유분방한 인텔리 여류화가인 사비나는 제네바, 파리, 뉴욕 등지를 전전하며 망명생활을 한다. 그러다 그녀가 제네바에서 만난 스위스인 교수 프란츠는 유럽 사회주의 운동에 깊은 관심을 갖고 있는 순진파 지식인이다. 사비나를 사랑하게 된 그는 결국 아내와 헤어지고 사비나에게 구혼을 하지만 그녀는 그러한 부담이 싫어 달아나고 만다. 그녀는 구속을 죽음처럼 느낀다. 프란츠는 캄보디아 국경 대행진에 참가했다가 불의의 사고로 죽고 만다.

이 소설에서는 카레닌이라는 이름의 개도 중요한 역할을 한다. 남편의 진정한 사랑을 못 받은 테레사는 그 보상 심리로 사랑을 카레닌에게 쏟는다. 카레닌이란 개 이름은 톨스토이의 소설 『안나 카레니나』에서 따온 것이다.

쇼펜하우어, 니체, 토마스 만의 영향

『참을 수 없는 존재의 가벼움』이라는 제목에 대해 쿤데라의 많은 친구들은 반대의 뜻을 나타냈다. 최소한 '존재'라는 단어는 모두를 거북하게 만든다. 존재라는 단어를 삶, 생명, 조건과 같은 좀 더 가벼운 단어로 바꾸고 싶어 하는 사람들도 많이 있다. 그러나 햄릿의 "죽느냐 사느냐, 그것이 문제로다"라는 표현은 존재의 문제를 제기한 것이지 삶의 문제를 제기한 것이 아니다. 애당초 쿤데라가 구상한 제목은 『비체험의 위성(衛星)』이었다. 비체험이란 인간 조건의 한 특질인 것이다. 사람은 한 번 태어나는 것으로 끝이다. 인간은 지구라는 위성에서 아무것도 모른 채 인생을 살아가는 것이다.

『참을 수 없는 존재의 가벼움』에서는 토마스 만의 소설과는 달리 인물들의 생김새에 대해서는 거의 아무런 언급이 없다. 쿤데라는 심리적 동기를 추적하는 것보다 상황 분석에 더 치우치기 때문에 인물들의 과거에 대해 별다른 언급을 하지 않는다. 토마스에 대해서는 거의 아무런 자료가 없으나 테레사는 그녀 자신의 어린 시절 뿐만 아니라 어머니의 어린 시절도 비교적 자세하게 드러나 있다. 테레사는 그녀 어머니의 연장에 지나지 않는다. 그로 인해 그녀는 고통을 당한다.

쿤데라는 토마스 만의 『부덴브로크 가의 사람들』에서처럼 숫자 7에 각별한 의미를 부여한다. 그의 소설은 거의 7부로 나누어져 있다. 토마스는 침공 후 7일째 되던 날 두브체크의 연설을 듣고, 테레사와 7년간 산 후 취리히에서 6, 7개월 생활한다. 처음 테레사는 일주일간의 휴가로 토마스를 찾아가고, 7일 동안 러시아군의 만행을 사진 찍으며, 스위스로 약 50장(7×7)의 사진을 갖고 간다. 필화사건에 휘말린 토마스는 일주일 생각할 시간을 달라고 말하며, 내무부의 남자는 2주 후에 다시 찾아온다. 이러한 7

이라는 숫자는 그에게 심오하고 무의식적이며 이해할 수 없는 절대적 명령, 그로서는 도저히 벗어날 수 없는 형식의 원형으로 기능하는 것이다. 이것은 창세의 신화와도 관계를 갖는다고 볼 수 있다.

앞에서 보았듯이 『참을 수 없는 존재의 가벼움』은 니체의 동일한 것의 영원한 회귀에 대한 단상으로 시작된다. 쇼펜하우어는 주저 『의지와 표상으로서의 세계』에서 삶에의 맹목적인 의지의 영원한 생식력으로 말미암아 생기는 세계 전체의 에로틱한 성격에 관심을 가졌다. 그에 의하면 삶에의 맹목적인 의지의 초점이 바로 생식기라는 것이다. 그는 이러한 맹목적인 의지를 끊음으로서 구원될 수 있다고 말한다. 반면에 무(無) 속으로 퇴각하는 그의 체념은 니체에 의해서는 즉시 약함의 철학으로 느껴진다. 니체는 삶에의 의지를 부정하는 쇼펜하우어적인 결론에 찬성하지 않고 오히려 존재를 긍정하는 데 도달한다. 즉 쇼펜하우어는 삶에의 의지를 부정하고 무를 긍정하며 니체는 삶을 긍정하고 형이상학을 부정한다. 육체와 영혼의 관계에서 두 영역을 매개시키는 것이 예술의 본질로서 이러한 매개성이 바로 아이러니의 근원이다.

아이러니는 사람을 종종 화나게 한다. 그것은 빈정거리거나 대들어서가 아니고 세계를 애매한 것, 불확실한 것으로 보여주어 우리가 확고한 입장을 취하는 것을 방해하기 때문이다. 그것은 믿음, 헌신, 행동의 부정이다. 그래서 조셉 콘라드는 어느 혁명주의자의 입을 빌려 '여자와 아이들과 혁명주의자들은 아이러니를 혐오한다'고 말한다. 그러나 쿤데라는 '소설이란 애당초 아이러니를 근본으로 하는 장르'라고 말한다. 아이러니를 총체성을 드러나게 하는 중요한 수단으로 보는 루카치는 '길은 열리고 여행은 끝났다'는 시적 비유를 통해 아이러니를 표현한다.

테레사에게 토마스의 아이러니한 행동은 도저히 이해가 되지 않는다. 우리는 그가 테레사를 사랑하는지 알 수 없다. 그가 테레사를 사랑하지 않는다면 왜 테레사를 쫓아 '저속한 도시' 프라하에 갔으며, 왜 다시 시골로 갔을까? 본질적으로 볼 때 남성은 여성과는 달리 아이러니한 동물인 것 같다. 아내는 남편에게 묻는다. "나를 사랑해?" 그것은 남편에게, 토마스에게 대답하기 곤란한 것일지도 모른다. 아마 마음은 입으로부터 자유를 원할지도 모른다.

저속한 세계와 고상한 세계

테레사에게는 저속한 속물 세계와 자신을 구분 짓는 상징물이 있다. 그것은 베토벤의 음악, 책(톨스토이, 필딩, 토마스 만), 공원의 전용 벤치이다. 베토벤은 그녀에게 '다른 편에 있는' 세계의 형상이었고 그녀가 꿈꾸었던 세계의 형상이었다. 소설은 그녀에게 자신의 불만스런 삶에서 환상으로 도피할 수 있게 해주었다. 우리에게도 번잡한 일상에서 이러한 '차원 도약'의 환상적인 공간이 있다면 정신 건강에 좋지 않을까? 테레사가 속물 세계의 먼지를 떨쳐버리는 공원의 작은 벤치는 그녀에게 늘 '아름다운 섬'이었다. 아마 다른 사람들에게는 그것이 단순히 지저분한 공원에 불과할지도 모른다. 토마스가 호텔 식당에 나타났을 때 테레사는 우연히 책을 펴두고 있었고, 마침 베토벤의 4중주곡이 흘러 나왔으며, 퇴근 후 토마스는 하필이면 테레사의 지정석인 노란 벤치에 앉아 기다리고 있었다. 그녀가 볼 때 토마스는 다른 세계, 좀 더 높은 세계의 표상이었다.

한편 사실주의 회화의 일면적인 묘사법에 진절머리가 난 사비나는 사실적인 세계의 배후에 있는 다른 세계, 신비하거나 추상적인 세계를 추구한다. 그녀에게 자신의 나체는 표상의 배후에 있는 진정한 세계이고 할아버지의 유물인 멜론모는 두 세계를 연결해주는 끈이다. 우리는 멜론모를 쓰고 있는 그녀의 나체에서 두 세계를 함께 볼 수 있다. 그러나 영화 〈프라하의 봄〉을 본 관객들은 어떻게 생각할까? 니체야말로 진정한 현실이고 멜론모는 흥분제에 지나지 않는다. 이처럼 토마스 만의 소설을 영화로 만든 〈마의 산〉에서와 마찬가지로 영화는 소설의 깊이를 따라가지 못하는 경우가 많이 있다.

테레사에게는 눈에 보이는 저속한 현상 세계는 거짓 세계이고 토마스가 상징하는 세계가 진짜 세계이다. 이것은 쇼펜하우어가 현상 세계를 미망의 세계로 보고 그 배후에 진정한 세계가 있다고 한 말을 연상시킨다. 테레사는 사진기 뒤에 자신을 감추고 다른 세계를 관찰한다. 그렇다면 테레사는 실제로 인간 토마스를 사랑했다기보다는 토마스가 대변하는 세계를 사랑한 것이 아닐까? 우리 주변에도 그러한 경우는 허다하다. 그렇지만 우리는 이성을 도구화하여 스스로를 기만하고 합리화하며 잘 살아가고 있다. 이것이 우리의 아이러니한 존재 형식이 아닐까?

여성 혐오자 토마스

토마스는 어떻게 보면 여성을 두려워하는 여성 혐오자이다. 그의 이상은 가정을 꾸리는 것이 아니라 많은 정부를 거느린 채 독신으로 지내거나 여자와 결혼은 하되 아이를 갖지 않는 것이다. 이와 비슷한 예는 독일 문학사에서 많이 찾아볼 수 있다. 위대한 문학자인 괴테는 많은 여자들과 사귀었고, 또 그들로부터 도망쳤다. 그는 자신의 가정부와 살다가 20년 후에야 결혼식을 올렸다. 하이네는 사촌 여동생들을 사랑하다가 좌절하여 아이 대신 시를 낳았다. 그는 무지한 프랑스 여자와 결혼하지만 자녀가 없었다. 평생 개하고 지낸 쇼펜하우어는 여성의 몸매를 아름답지 않다며 혹평했다. 허리는 가늘고 엉덩이가 불균형적으로 크다고 말했지만 실제로는 여자를 꽤 밝힌 것을 보면 아마 그의 진심이 아닐 것이다. 니체는

'여성의 커다란 재주는 거짓말이고, 여성의 가장 큰 관심사는 겉모습과 아름다움이다'라면서 남성은 여성의 바로 이런 재주와 본능을 존중하고 사랑한다고 말한다. 토마스 만은 결혼 전에 자신의 동성애적 성향에 괴로워했고, 카프카는 결혼은 하지 못하고 약혼과 파혼을 거듭했다.

　토마스에게 중요한 것은 사랑이 아니라 육체의 행위이다. 그에게는 그것이 축구 경기와 같은 오락과 다름없다. 소설에서는 그가 왜 그렇게 되었는지에 대한 납득할 만한 설명이 없다. 그는 러시아의 침공 이전부터 그러한 생각을 가졌다. 그러므로 그가 그같이 행동하는 이유를 찾을 수 없다. 그는 달팽이가 달팽이집을 가지고 돌아다니듯 자기의 생활방식을 고수한다. 여자와는 오직 섹스만을 원하는 토마스가 테레스와 같이 자게 되었다. 그로서는 견딜 수 없는 일이었지만 그는 이에 대해 신화적인 생각을 갖는다. 그녀는 '바구니 속에 넣어져 강물에 떠내려 온 아이'라는 것이다. 이러한 표현은 시도동기로 여러 번 반복되어 나타난다. 그래서 그는 그 아이를 구조할 수밖에 없었다. 그는 테레사의 고통을 덜어주기 위해 결혼했다. 그것은 사랑의 감정이라기보다는 연민의 감정이었다. 그는 자신의 역할을 카레닌이라는 암캐에게 맡겨버렸다. 테레사는 개에게서 동성애적 감정을 느낀 것이 아닐까? 천사의 면모를 한 테레사는 결국 악녀가 되고 말았다. 그녀가 『안나 카레리나』라는 입장권을 들고 들어간 세계는 하나의 지옥이었다. 하이네에게 그의 아내 마틸데가 하나의 지옥이었듯이 말이다.

　테레사는 토마스의 방탕함을 견디지 못하고 취리히에서 '저속한 도시' 프라하로 달아났다. 처음에 트렁크 하나만 들고 토마스를 찾아왔던 그녀는 물론 그에게 짐이 되지 않으려고 도주했다고 자신을 합리화했다. 그러나 그녀는 그가 자기에게 되돌아올 것을 알고 있었다. 그녀는 그를 심연 속으로, 프라하로 빠뜨렸다. 마치 로렐라이에서 요정이 뱃사공을 유인해 빠뜨려 죽이듯이 말이다. 이것은 매혹과 거부라는 양면감정인 것이다.

그러나 취리히에서 만족스런 새로운 삶을 시작한 토마스는 '바구니에 담겨져 떠내려 온 아이'를 쫓아 프라하에 들어갔다. 그러나 귀국하면서 여권을 빼앗겼기 때문에 다시는 망명할 수 없는 신세가 된다. 게다가 오이디푸스가 자기 눈알을 뽑고 테베를 떠났듯이 공산주의 권력자도 마찬가지 행동을 해야 한다는 내용의 글을 '프라하의 봄' 때 잡지에 기고한 전력 때문에 의사 직업을 잃고 유리창 닦이로 전락한다. 저속한 속물들처럼 그 글을 취소하고 타협을 했더라면 계속 의사 일을 할 수 있었을지도 모른다. 그는 강한 남자이고 테레사는 약한 여자이다. 물론 테레사도 사진기를 들고 러시아군 침공을 찍을 때는 강한 여자였지만 말이다. '더 높은 세계'에 올라간 그녀는 현기증을 느낀다. 그것은 막막하면서도 이겨낼 수 없는 쓰러지고 싶은 욕망이다.

저속한 세계로부터의 탈출

하지만 테레사가 '더 높은 세계'라고 보는 토마스의 세계가 그에게는 또 하나의 저속한 세계이다. 동료 의사들은 필화사건에 휘말린 그를 보고 쑥덕거린다. 그는 굴복하여 속물이 되느니 차라리 속물들의 세계에서 탈출하고자 한다. 하지만 유리창 닦이가 된 일주일 후에 토마스는 놀랍도록 낯선 상황을 극복하고 자기에게 긴 휴가가 시작되었음을 깨닫는다. 그는 이집 저집 다니는 것을 마치 한 축제에서 다른 축제로 가는 듯 느낀다. 그에게는 하루 16시간이라는 자유로운 시간이 생긴 것이다. 결과적으로 테레사는 더 많은 현기증을 느껴야 하는 신세가 된다.

테레사는 토마스에게 위경련이 일어났던 순간을 이용해 시골로의 이사 약속을 받아내는 데 성공한다. 그녀는 남편처럼 자신도 바람을 한 번 피워보자고 마음먹는다. 그러나 결과는 참혹한 것으로 드러난다. 외부의 충격이 내부의 갈등보다 훨씬 컸던 것이다. 엔지니어를 사칭한 경찰 끄나풀과의 관계 때문에 그녀는 협박을 받아서 더 이상 프라하에서 살 수 없다. 마지막에 테레사는 춤을 추면서 모든 불행이 자기로부터 왔음을 시인한다. 한편, 토마스는 의사라는 천직을 버리고 시골에서 트럭 운전기사가 된 데 대해 자유로움과 홀가분함을 느낀다. 그것은 그의 솔직한 감정이다. 그의 이러한 마음가짐을 유추해 보면 혹시 그는 인류의 발전 과정을 거슬러 올라가 인류의 원형, 아담에 근접해 있는 것은 아닐까? 그가 여자들에게 매번 "옷 벗어!"라고 하는 지시는 다른 시각에서 보면 에덴동산을 그리워해서 그러는 것은 아닐까? 외과 의사인 토마스는 직업상 사물의 표면을 절개하여 그 내면에 숨겨진 무언가를 보아야 한다. 이러한 소망이 그로 하여금 다른 편의 삶을 추구하도록 했을지도 모른다. 즉 그는 자신의 소명으로 생각했던 것으로부터 해방될 때 삶에서 남는 것이 무엇일까를 알고자 했던 것이다.

플라톤의 『향연』에 의하면 사랑이란 '우리들 자신의 상실된 반쪽에 대한 동경'이다. 테레사는 토마스에게서가 아니라 반복에 근거한 삶을 살아가는 카레닌에게서 그런 감정을 느낀다. 그녀는 해시계처럼 행동하는 개인 카레닌에게서 보금자리와 아담을 느낀다. 작가는 아담이 낙원에서는 아직 인간이 아니라 한낱 동물에 불과했을지도 모른다고 생각한다. 개는 마치 아담이 그랬던 것처럼 자신의 육체를 거울에 비추어 볼 줄도 모르고, 육체와 영혼의 이원성에 대해 아무것도 모르고 있다. 낙원에서의 삶은 미지의 세계를 경험해가는 모험적인 삶이 아니었다. 쿤데라가 원래 책의 제목을 '미체험의 위성'으로 정하려고 한 것은 이 지상의 삶이 에덴동산에서의 삶과 반대 극을 이루고 있다는 의미일 것이다. 시계를 보면 시곗바늘은 직선 운동을 하는 것이 아니라 곡선 운동을 한다. 시간은 계속적인 전진 운동을 하는 것이 아니라 문자판 위에서 빙빙 원을 그리며 매일매일 동일한 궤도를 돈다. 이것은 인간의 시간이 아니라 동물, 개의 시간, 낙원에서의 시간, 신화적인 시간이다. 쿤데라의 견해에 의하면 인간의 시간은 그와 달리 직선으로 진행되기 때문에 행복할 수 없다는 것이다.

감각과 쾌락의 옹호

  독일 문학사에서 일찍이 쾌락을 옹호한 작가로 괴테를 들 수 있다. 물론 그 이전 시대에도 쾌락을 옹호한 작가 군이 있기는 했지만 말이다. 『파우스트』에 나오는 '발푸르기스 밤'은 바로 마녀들이 브로켄 산에 모여 육체의 향연을 벌이는 날이다. 그 장에 나오는 표현들은 비유적으로 서술되었기 때문에 독자들이 이해하기는 힘들다. 파우스트는 영원히 샘물이 흐르는 골짜기를 노래하며 우리들의 사지에도 생기를 불어넣기를 축원한다. 그런데 마녀들이 노는 모습은 그야말로 난잡한 육체의 향연이다. 우리나라 번역본을 보면 이러한 표현들이 제대로 번역되지 않거나 비유적인 형태로 숨어 있는 것을 볼 수 있다. 토마스 만의 『마의 산』에도 '발푸르기스의 밤'이 나오는데 거기서는 환자들이 가면을 쓰고 환락의 축제를 벌인다. 바로 그날 밤 주인공 카스토르프는 쇼샤의 유혹에 빠져 석류의 맛을 본다. 성서에 의하면 석류는 처녀의 몸을 비유적으로 표현한 것이다. 노동절의 대행진 날인 5월 1일이 바로 발푸르기스의 밤과 날짜가 같다는 것은 기묘한 아이러니이다. 그날은 공산주의 세계가 자신의 얼굴에 아름다운 가면을 쓰고 행진하는 날이다. 발푸르기스의 날에 민중들이 가면을 쓰고 광적인 행동을 하듯이 말이다.

  독일 문학사에서 무엇보다도 중세적인 영혼의 질곡에 반기를 들고 감각을 옹호한 작가는 하이네였다. 그는 영혼주의의 질곡을 깨치고 감각주의를 주창하다가 독일 문학사에서 장렬하게 전사하고 만다. 영혼주의는 무거운 것, 중력의 영으로 나타나는 반면 감각주의는 가볍고 경쾌한 것, 웃음, 춤과 노래로 나타난다. 하이네는 괴테가 현실을 외면한다고 비판했지만 그가 감각을 해방시킨 점은 높이 평가했다. 하이네는 데카르트의 '나는 생각한다, 고로 나는 존재한다'를 『아타 트롤』에서 '나는 입맞춤한다, 고로 나는 존재한다'로 살짝 바꾸어버렸다. 이것은 당시의 고루한 인습에서 볼 때 야비한 외설적 표현이었다. 그래서 그는 결국 독일에서 쫓겨나 파리에서 살면서 평생 독일을 비판한 까닭에 '독일의 스캔들'이 되고 말았다.

토마스 만의 작품에는 '에로틱한 우정'이 중요하게 다루어지고, '에로틱한 우정'이 동성에 향해지면 동성애적 경향을 띠게 된다. 토마스 만 자신도 일기에 의하면 결혼하기 전 보헤미안적인 생활을 할 때 한때 동성애적인 갈등을 겪은 것으로 보인다. 『참을 수 없는 존재의 가벼움』에서 토마스라는 이름은 토마스 만을 연상시키고 토마스의 '에로틱한 우정'에는 어느 정도 동성애적 성격이 엿보인다. 토마스에게 중요한 것은 도취에 이르는 오락이지 가정을 꾸리고 한 침대에서 자는 것이 아니다. 테레사와 카레닌의 관계도 동성애적인 요소가 내포되어 있다. 테레사는 카레닌에게 자신의 얼굴을 핥게 하고 이 애무를 마치 영원히 기억에 아로새기려는 듯 두 눈을 감고 받아들인다. 원래 카레닌은 암컷이기 때문에 카레리나로 이름을 지으려고 했지만 테레사가 여자라서 수컷의 이름인 카레닌으로 지었던 것이다. 테레사는 카레닌이 자신의 얼굴을 몇 번 핥게 하고 이 애무를 마치 영원히 자기의 기억에 아로새기려는 듯 두 눈을 감고 받아들인다.

프란츠와 프란츠 카프카

이 소설에서 프란츠라는 이름은 체코 프라하 출신의 작가 프란츠 카프카를 생각나게 해준다. 프란츠에게 음악은 도취로서 이해되는 디오니소스적인 아름다움이다. 이런 점에서 음악을 대하는 그의 생각은 쇼펜하우어의 음악관을 연상시킨다. 쇼펜하우어의 발전 도식에 따르면 순진성-종교-철학-예술 순으로 인류가 발전하는데 예술 중에서도 음악이 의지의 직접적인 발현이기 때문에 최고의 단계라는 것이다. 음악은 프란츠를 고독, 한적, 책 먼지에서 해방시켜 준다. 뿐만 아니라 그는 늘 비현실적인 것을 현실적인 것에 우선한다. 그가 시위행진에 참가하는 것은 연극 및 꿈에 불과하다. 그에게는 사비나라는 환상이 실제의 사비나보다 더 감미롭다. 그가 캄보디아 국경 대행진에 참가한 것은 캄보디아가 자기를 버린 환상 속의 사비나의 고향이 변형된 형태였기 때문이다. 즉 체코처럼 캄보디아는 바로 러시아가 주먹을 내리친 나라였다. 그는 비현실적인 행진에 참가하여 현실적으로 목숨을 잃고 만다. 따라서 프란츠는 유럽 좌익진영의 마지막 위대한 행진의 우울한 메아리인 셈이다.

한편 토마스의 삶도 카프카를 연상시킨다. 카프카의 독신생활, 약혼 파기, 오이디푸스 콤플렉스, 프라하, 다원적인 민족 구성, 숙명적인 이방인의 입장, 후두결핵은 토마스의 이혼생활, 독신생활, 방탕한 결혼, 오이디푸스 콤플렉스, 프라하, 고립된 상황, 망명생활, 위장병과 연결되고 있다. 카프카의 소설에서 괴물은 조이스와 프루스트와는 달리 더 이상 내부로부터 오는 것이 아니라 외부로부터 온다. 카프카는 꿈과 현실을 뒤섞는 데 성공했다. 사실 이것은 노발리스가 『푸른 꽃』에서 희구한 것이지만 카프카가 그 100년 후에 새로운 신천지를 발견한 것이다. 마치 토마스가 여자의 육체에서 100만분의 1의 차이가 나는 신천지를 희구했듯이 말이다.

카프카적인 세계에서 관청의 서류는 플라톤의 이데아와도 흡사하다. 그 서류는 진짜 현실을 반영하는 반면 인간의 육체적 존재는 환상의 영사막에 비춰진 그림자에 지나지 않는다. 『참을 수 없는 존재의 가벼움』에서 당국은 토마스의 신상카드를 쥐고 있다. 토마스라는 존재는 신상카드에 비춰진 가짜 현실에 불과하다. 엔지니어로 위장한 경찰의 끄나풀은 테레사와 관계를 맺음으로써 테레사를 협박할 자료를 입수한다. 프라하에서는 매춘이 금지되어 있기 때문이다. 이처럼 토마스와 테레사에게는 당국의 서류가 진짜 현실이고 자기들의 현존재는 그야말로 하찮은 것이 된다. 프라하에서는 당국의 미움을 받게 되면 일자리를 얻지 못하는 반면에 노동은 법으로 규정된 의무이기 때문에 일을 하지 않으면 처벌받게 된다. 즉 '벌이 죄를 찾으러 다니는' 아이러니한 상황이 연출되는 것이다.

쿤데라의 소설 『참을 수 없는 존재의 가벼움』은 쉽게 읽어낼 수도 있지만 그리 이해하기 쉬운 소설이 아니다. 그럼에도 오랜 기간 많은 독자의 사랑을 꾸준히 받고 있다. 그것은 공산주의 몰락의 시기에 무거운 주제를 가볍게 처리하는 작가의 뛰어난 솜씨 때문이 아닐까?

독일의 과거 청산 문제를 다룬
베른하르트 슐링크의 『책 읽어주는 남자』

> "그녀가 나를 샤워실과 침대로 끌어당기기 전에 나는 반시간 가량 『에밀리아 갈로티』를 그녀에게 읽어주어야 했다."[1]

앞에서 말했듯이 『에밀리아 갈로티』는 미하엘 베르크가 하나 슈미츠에게 맨 처음 읽어주는 시민극으로, 괴테의 『젊은 베르터의 고뇌』에서 베르터가 자살하기 전 그의 책상 위에 펼쳐져 있던 작품이기도 하다. 이로써 그녀의 비극적인 자살이 암시된다. 베르크는 그녀에게 시민적 교양을 키우는 데 꼭 필요한 작품들을 주로 읽어준다. 그것들은 베르크가 학교에서 감상문을 쓰기 위해 읽은 작품들이기 때문이다. 그는 레싱의 『에밀라아 갈로티』 뿐 아니라 키케로의 연설문 『카틸리나 탄핵』, 실러의 『간계와 사랑』, 호메로스의 『오디세이』, 톨스토이의 『전쟁과 평화』를 읽어주고, 녹음 테이프에는 슈니츨러와 체호프의 단편들, 켈러와 폰타네, 하이네와 뫼리케의 작품들, 그리고 카프카, 프리쉬, 욘존, 바흐만, 지크프리트 렌츠의 작품을

----

1 베른하르트 슐링크, 『책 읽어주는 남자』, 김재혁 역, 이레, 2004. 번역은 필자가 수정했음.

베른하르트 슐링크

낭독하고 녹음해서 들려준다.

베른하르트 슐링크(Bernhard Schlink)는 독일의 베스트셀러 소설가 겸 법학자이자 판사이다. 그는 1944년 빌레펠트의 베텔에서 독일계 아버지와 스위스계 어머니의 네 자녀 중 막내로 태어났다. 부모는 둘 다 신학을 전공했으며, 아버지는 나치 때문에 신학 교수직을 잃었다. 이후 아버지는 목회 일을 하게 되었고, 슐링크가 두 살 때 하이델베르크로 이사해 그는 그곳에서 유년시절을 보냈다. 아버지는 후에 교수가 되어 세계 교회주의 운동에 뛰어든다. 슐링크는 하이델베르크 대학교와 베를린 자유대학교에서 법학을 전공하여 1975년 하이델베르크 대학에서 법학 박사학위를 취득하고, 1981년에는 프라이부르크에서 교수자격 취득 논문(Habilitation)을 마친다. 그 후 1987년부터 2006년까지는 뮌스터에 있는 노르트라인-베스트팔렌 주 헌법재판소 판사로도 활동한다. 그리고 본 대학과 프랑크푸르트 대학교에서 법학 교수로 재직하다가, 1992년부터 베를린 훔볼트 대학교에서 공법과 법철학을 가르쳤으며, 2006년 2월 퇴직하여 현재는 베를린과 뉴욕을 오가는 생활을 하고 있다.

1987년 슐링크는 발터 팝(Walter Popp)과 공동으로 『젤프의 처벌』로 작품 활동을 시작했다. 이후 디오게네스 출판사에서 추리소설 『고르디우스의 매듭』, 『젤프의 기만』, 『책 읽어주는 남자』, 단편소설집 『사랑의 도피』, 『젤프의 살인』, 『귀향』, 『주말』, 『여름의 거짓말들』, 『글쓰기에 대한 생각』, 『계단 위의 여자』를 발표했다.

특히 자신의 어린 시절을 소재로 한 『책 읽어주는 남자』(1995)는 독일,

영화 〈더 리더: 책 읽어주는 남자〉의 한 장면

미국에서 베스트셀러가 되어 50개 이상의 언어로 번역되었다. 그것은 추리소설이 아닌 그의 첫 소설이었으며, 독일어권 작품 중 처음으로 〈뉴욕타임스〉 베스트셀러 목록에서 1위를 차지했고, 2008년에는 〈더 리더: 책 읽어주는 남자〉라는 이름으로 영화화되었다. 이 소설로 슐링크는 1998년 한스 팔라다 상을 수상했다. 1993년에는 『젤프의 기만』으로 독일 추리소설 상을, 1999년에는 〈벨트〉지가 주는 세계문학상을, 2000년에는 하인리히 하이네 상을 수상하는 등 수많은 상을 수상했고, 2004년에는 연방공로 십자훈장을, 2014년 9월에는 제4회 박경리 문학상을 수상하기도 했다. 토지문화재단은 "슐링크는 제2차 세계대전 당시 나치 독일이 자행한 반인간적인 학살과 문명 파괴에 대한 독일인의 무한책임을 중심 주제로 다뤄 왔다"며 "박경리 문학상에 부합하는 투철한 작가정신으로, 역사를 통찰하고 문학적으로 승화시키는 역량이 돋보인다"고 선정 이유를 밝혔다.

철부지 소년과 여인의 위험한 사랑

이 소설은 미하엘 베르크라는 법학 교수가 일인칭으로 자신의 과거를 회상하는 형식으로 서술된다. 서술되는 시간은 1958년부터 1984년까지이고, 서술하는 시간은 그로부터 10여년이 지난 1994년이다. 소설의 무대는 1958년 하이델베르크로 여겨지는 독일의 어느 도시다. 평소 간염을 앓고 있던 열다섯 살 난 소년 미하엘 베르크가 학교에서 집으로 오는 도중 구토하며 쓰러진다. 그것을 본 미지의 어느 여인이 그를 도와준다. 그녀는 그보다 스물한 살 많은 전차 차장 하나 슈미츠이다. 병이 나은 뒤 감사 표시를 하기 위해 미하엘이 그녀를 찾아가면서 두 사람 사이에 열정적이며 변덕스러운 관계가 싹트기 시작한다. 얼핏 보면 열다섯 살 소년과 서른여섯 살 여인과의 비정상적인 애정관계로 보인다. 둘의 관계는 상호 소통하는 관계가 아니라 슈미츠가 지배하고 명령하는 일방적인 관계이다. 미하엘은 차츰 수업을 빼먹기도 한다. 아직 어린 나이와 하나에 대한 욕망 사이에서 고뇌하던 미하엘은 그러던 어느 날 그녀가 갑자기 사라져 버리자 망연자실한다.

하나 슈미츠의 배후에는 끔찍한 사건의 비밀이 감추어져 있다. 작가는 추리소설처럼 그 비밀을 밝혀나간다. 그녀는 소년과의 성적인 관계에도 불구하고 자신의 가족이나 과거에 대해 함구한다. 그녀의 행동에는 이해할 수 없는 점이 있다. 즉 그녀는 그와 함께 자전거 여행을 하면서 이상한 행동을 보인다. 새벽에 소년이 잠자리에서 일어나 그녀에게 잠깐 산책을 하겠다는 쪽지를 남기고 외출한다. 그가 다시 돌아왔을 때 쪽지의 행방은 묘연했고, 그녀는 뜻밖에 과격한 행동을 보인다. 소년으로서는 이해할 수 없는 수수께끼 같은 일이다.

그녀가 감추고 있는 수수께끼는 소년의 마음속에도 수수께끼를 던진다.

책 읽어주는 것을 좋아하는 전차차장도 그에게는 수수께끼 같은 일이다. 이들의 만남에는 일정한 패턴이 있다. 먼저 책 읽어주기, 샤워, 사랑 나누기, 그리고 함께 누워 있기다. 그것은 하나의 의식(儀式)처럼 진행된다. 성적 경험이 없는 소년은 능숙한 여인의 손길에 의해 성적인 유희에 빠져들고, 그로 인해 동년배들의 세계에서 오랫동안 떠나 있게 된다. 그녀가 어느 날 홀연히 사라짐으로써 두 사람의 관계는 일단 끝이 난다.

제2부에서 미하엘은 1943년생이고, 슈미츠는 1922년생임이 밝혀진다. 비록 두 사람 사이의 연애 기간은 아주 짧았지만 이 경험은 미하엘이 자신의 정체성을 형성하는 방식에 근본적인 영향을 미친다. 그 후 미하엘는 법학을 전공하고, 어느 세미나에서 나치 전범재판에 참여하라는 요구를 받는다. 그는 1966년 가을에 시작된 특별재판에 무작위로 배당되는데, 그곳에서 놀랍게도 기소된 전범 중 한 명이 하나임을 알고 깜짝 놀란다. 그리하여 나치 전범재판 법정에서 하나와 재회한 미하엘의 자의식은 산산이 부서지고 만다. 그녀는 제2차 세계대전 당시 강제수용소에서 수많은 유대인들을 죽음으로 몰아넣은 혐의로 기소된 전직 강제수용소의 여자 감시원이었던 것이다. 이렇게 제2부는 하나 슈미츠의 과거에 대한 이야기로 계속된다. 이때부터 그녀의 과거가 하나씩 드러나기 시작한다. 그녀의 죄목은 수용소에 수감된 유대인 여자들을 이송 중에 한 교회에 가두어 모두 불에 타죽도록 한 혐의이다.

주인공 미하엘 베르크는 자신이 나치 범죄자와 사랑을 나누었다는 죄책감에 시달린다. 그런데 그녀가 지멘스 회사에서 보장된 승진도 마다하고 나치 친위대로 들어가 아우슈비츠 강제수용소 감시원이 된 것과 전차회사에서 기사로 정식 채용하겠다는 것도 거부하고 다른 곳으로 도망친 점도 이해할 수 없는 행동이다. 그것은 바로 그녀가 글을 읽지도 쓰지도 못하는 문맹이기 때문이다. 이 문맹의 문제가 그녀의 삶을 좌지우지하는 근본 문제가 된다. 그녀는 자신이 문맹이라는 사실에 대해 극도로 수치심을 가지고 있다. 이러한 사실이 결정적인 순간마다 그녀의 생에서 메피스토펠레스의 얼굴을 하고 나타난다. 그녀는 법정에서 함께 기소된 다른 여자 감시원들이 그녀가 보고서를 작성했다고 모든 책임을 뒤집어씌울 때도 자신이 문맹이란 사실이 폭로되는 것이 두려워 필적 감정을 거부하고 자신이 모든 벌을 떠맡는다. 스스로를 변호하기를 거부하는 하나를 바라보면서 그는 그녀가 살인보다 문맹을 더 치욕적으로 여긴다는 사실을 서서히 깨닫게 된다. 동시에 그는 법대생이자 그녀의 옛 애인으로서, 그녀의 끔찍한 죄와 한때 사랑했던 여인에 대한 기억 간의 화해를 도모한다.

제3부에서는 서술자의 현재와 그리 멀지 않은 시점에서 소설이 전개된다. 하나는 감옥에 있고 미하엘 베르크는 그녀를 그리워하면서 그녀를 위해 녹음 테이프에 책을 녹음하여 보내주는 일을 한다. 주인공 베르크는 법제사 전공을 해서 외적으로는 그런대로 성공한 학자이다. 그러나 그의 내면세계는 하나와의 관계에 대한 기억들로 일그러져 있다. 그는 아무리 발버둥 쳐도 과거의 흔적을 떨쳐버릴 수 없다. 그는 동료인 거트루트와 결혼하여 딸까지 낳았지만 결국 이혼하고 만다. 그는 이 결혼을 하나와의 연애관계와 비교하지만, 아무런 공통점을 찾지 못한다. 결혼생활 동안 내적으로 하나로부터 벗어나려는 시도는 실패하고 만다. 그는 하나와의 사랑이 두 사람의 삶에 결정적인 영향을 끼쳤음을 깨닫는다.

하나가 수감된 지 8년 후부터 시작된 책의 낭독 녹음은 그녀가 석방될 때까지 10년간 계속된다. 그러나 그는 그동안 하나를 찾아갈 생각을 하지 않고 문학 작품만 담은 녹음 테이프만 계속 보내줄 뿐이다. 그녀는 감옥에서 독학으로 읽기와 쓰기를 익힌다. 베르크는 하나를 멀리 과거 속에 묶어놓고 그녀의 이상화된 모습을 사랑하려 한다. 이것은 바로 현실 회피적 태도이고 그녀에 대한 부인이자 배반이라 할 수 있다. 그는 그녀가 석방되기

며칠 전에 처음으로 교도소를 찾아가지만 그녀는 그의 태도에서 거리감을 느낀다. 둘은 상이한 삶에 대해 서로 이야기를 나눈다. 무기징역형에서 감형을 받은 그녀는 결국 석방 예정일 새벽에 감방에서 목을 매달아 자살한다. 그녀의 유품에는 베르크가 고등학교 졸업식장에서 학교장으로부터 상장을 받는 사진이 있었다. 이를 본 베르크는 눈물을 삼킨다. 그녀는 미하엘과의 첫 만남 이후 그에 대한 사랑을 끝까지 간직하고 있었던 것이다. 여간수는 녹음테이프가 슈미츠에게 무척 중요했음을 들려주면서, 왜 그녀에게 한 번도 편지를 쓰지 않았는지 묻는다. 끝으로 그녀는 슈미츠가 남긴 돈과 유품을 그에게 건네주고, 그녀의 유언을 낭독해준다. 마지막에 가서 미하엘은 하나와 자신의 관계의 속성을 성찰하고, 그것을 전후 독일 세대의 그들 부모 세대에 대한 사회정치적 관계에 비유한다.

독일의 과거 청산

독일의 철저하고 집요한 과거 반성은 우리의 부러움을 사게 한다. 최근 독일 언론은 '전직 나치 친위대 소속 경비원 오스카 그로닝이 이듬해 봄 재판을 받게 될 예정'이라고 보도했다. 무려 아흔셋의 나이에 단죄될 위기에 놓인 그로닝은 과거 아우슈비츠 수용소의 경비원 혹은 회계사로도 통했던 인물이다. 독일 하노버 검찰이 공개한 그의 혐의는 지난 1944년 5월 16일부터 7월까지 단 두 달 동안의 행적이다. 그는 당시 아우슈비츠의 경비원으로 일하면서 이곳으로 끌려온 유대인의 학살을 방조한 것과 이들의 돈과 물품 등을 가로챈 후 장부를 작성해 나치 정권에게 경제적으로 도움을 준 혐의를 받고 있다. 이에 대해 그로닝은 '친위대 상관이 아우슈비츠로 가라고 명령해서 간 것뿐'이라면서 '유대인을 죽이는 잔학한 행위를 목격하긴 했지만 내가 직접 일을 저지른 것은 아니다'라고 주장했다.

독일의 과거사 청산작업은 종전 후 지체 없이 시작되었다. 독일은 제2차 세계대전 발발에 대한 진상규명을 철저히 한다는 원칙하에 히틀러 정권시기의 전쟁범죄자를 처벌하고 나치·이념 청산작업을 해나갔다. 이와 함께 독일은 나치의 희생자 및 전쟁 피해국에 대해 정치 지도자들이 앞장서 사죄하고 진정으로 반성하는 모습을 보여주었다. 사과와 함께 배상도 아끼지 않았다. 독일은 또한 잘못된 과거를 반복하지 않도록 나치의 만행을 교과서에 왜곡 없이 수록하여 후세에 가르치고 있다. 유대인 학살의 만행에 대해서도 세대를 이어 철저한 반성의 자세를 보이고 있다.

　그러면 독일이 처음부터 자발적으로 철저한 과거 청산을 했는가? 실은 그렇지 않다. 1945년 11월 20일부터 1946년 8월 31일까지 뉘른베르크 재판이 열렸으나 영국인 판사 로렌스를 재판장으로 한 타의에 의한 재판이었다. 그로써 독일인 스스로 나치를 사법적으로 청산할 수 있는 계기가 박탈되었으며, 처벌받은 사람의 수도 얼마 되지 않았다. 그러다가 1949년 9월 서독 정부가 출범하면서 과거 청산보다 국민통합에 역점을 두게 된다. 구동독에서는 인적, 제도적 청산이 더 단호했지만, 공산당의 지지기반을 확대하기 위해 정치적으로 도구화했고, 나치 체제를 자본주의 체제의 '구조적 모순'으로만 파악하여 내면적 성찰은 부족했다. 또한 공산주의자들을 영웅으로 만들기 위한 국가적 지배전략의 일환으로 과거 청산이 진행되었기 때문에 결과적으로 독일 통일 후 극우집단이 준동하는 원인이 되었다.

　그 뒤 1956년 소련의 독일군 포로 1만 5천 명이 최후로 귀환함으로써 나치 범죄에 대한 조사가 불가피해지자 나치 범죄의 진상을 규명하기 위한 사법조사와 연구를 위한 본부가 설립되었다. 그리하여 1961년 예루살렘의 아돌프 아이히만 재판, 1963년 프랑크푸르트의 아우슈비츠 재판이 열렸으며, 만기 시효를 69년까지 연장했다가 시효를 아예 폐지했다.

1986년 하버마스의 역사가 논쟁에서 놀테가 홀로코스트와 스탈린의 대량학살의 내적 연관성을 주장하여 홀로코스트의 '상대화'를 주장한 반면, 하버마스는 나치 범죄의 유일무이함을 강조하면서 나치 시대에 대한 기억과 반성이 전후 서독 사회의 구심점이라는 논거를 폈다. 마르틴 발저는 1998년 나치에 대한 자기반성이 이미 충분히 이루어졌으니 나치를 과거의 문제로 인식해야 할 때라고 주장했고, 2000년에는 독일 정부와 기업이 공동으로 기금을 출연해 '기억, 책임 그리고 미래'라는 재단을 설립했다. 이제 나치를 경험하지 않은 새 세대가 사회 전면에 부상함으로써 '집단기억'에서 '문화기억'으로 바뀌는 중이다.

독일 통일 이후에는 과거의 나치 청산에 동독의 사회주의통일당의 독재 청산이 추가된다. 과거 청산의 중요성은 과거에 일어났던 사실을 들여다보고 그것을 이해하여 똑같은 일들이 되풀이되지 않도록 하는 데 있다. 과거 청산은 과거 잘못의 처벌에 그 목적이 있는 것이 아니고, 잘못을 저지른 쪽의 진실한 반성과 사죄를 바탕으로 피해당한 측이 용서하는 절차가 매우 중요하다. 적법한 보상도 되어야 하지만 더 중요한 것은 사실을 그대로 밝히는 일이다.

악의 평범성과 무사유의 죄악

우리는 개인에게 역사적 책임을 어느 정도까지 물을 수 있는가? 이 소설은 이런 문제를 고민하는 작품 중 하나이다. 독일의 전쟁 세대를 대표한다고 볼 수 있는 하나는 문맹으로 홀로코스트를 방관한 수용소 관리원이었다. 그녀는 교회 문을 열어주지 않음으로써 유대인들을 불타 죽게 한 혐의를 받고 있지만, 자신이 저지른 죄에 대해 무거운 죄의식을 느끼지 못하고 있다. 그러나 감옥에서 글을 읽고 쓰는 법을 배우면서 점점 자신의 잘못을 깨닫는다. 이 소설에서 글을 읽는 능력은 사유하고 반성하는 능력의 알레고리로 나타난다. 실제로 유대인 대량 학살의 주범이었던 아돌프 아이히만 역시 자신이 무슨 잘못을 저질렀는지 깨닫지 못했고, 그저 위에서 시키는 대로 했을 뿐이라고 스스로를 변호한다. 이에 대해 하나 아렌트는 '악의 평범성'과 '무사유의 죄악'에 대해 지적한 바 있다. 불의에 대해 사유하지 않는 자는 유죄라는 것이다.

나치 전범 하인리히 아이히만은 1961년 이스라엘 비밀경찰들에 의해 끌려와 예루살렘의 법정에 서게 된다. 철학자 한나 아렌트는 그의 재판 과정을 취재해 『예루살렘의 아이히만. 악의 평범성에 대한 보고서』를 쓴다. 그 책에서 아렌트는 유대인 학살범 아이히만이 '악마적인 심연을 가진 괴물'이 아니었으며 평범하고 성실하기까지 한 그를 엄청난 범죄자로 만든 것은 '순전한 무사유'였다고 단언한다. 그는 또한 니체의 말대로 '괴물과 싸우다가 괴물이 된' 경우도 아니었다. 학교 성적이 나쁜 열등생, 실업자로 전전하다 엉겁결에 군에 입대한 사회의 낙제생, 나치 친위대 장교였으나 히틀러의 『나의 투쟁』도 읽지 않은 인물이었다. 평범하고 정상적인 사람이지만 상부에서 시키는 대로 하다가 괴물이 된 경우였다. 많은 사람들은 아렌트가 아이히만의 병리성과 악마성을 폭로해주길 바랐다. 하지만 아렌트는 아이히만을 지극히 정상적이며 평범한 사람이라고 결론 내렸다. 아이히만은 본래 개인적으로 반유대적인 성향도 아니었고, 유대인 친척도 있었으며, 놀랍게도 유대인들이 팔레스타인에 조국을 건설하는 데 찬성하는 시온주의자였다. 아렌트는 이 책에서 지극히 평범한 사람들도 사유하지 않을 때 얼마든지 악행을 저지를 수 있음을 고발하고 있다.

그런 아이히만이 어떻게 유대인 학살자가 됐을까? 그는 자기가 잘못하고 있다는 것을 알거나 느끼는 것을 거의 불가능하게 만드는 상황에서 범죄를 저질렀으며, 그는 타인의 입장에서 생각하는 데 무능력했을 뿐이라는 것이다. 하나 아렌트는 무사유야말로 '말과 사고를 허용하지 않는 악의 평범성'이며 '이러한 무사유가 아마도 인간 속에 존재하는 모든 악을 합친 것보다도 더 많은 대파멸을 가져올 수 있다'고 말한다. 아렌트의 임무는 인간의 모든 행위에는 도덕적·법적·역사적 책임이 따른다는 사실을 밝히는 것이다.

하나 슈미츠가 재판장에게 던진 질문은 우리에게도 해당된다. "당신 같으면 어떻게 하셨겠습니까?" 1961년 예일 대학 심리학과 교수 스탠리 밀그램이 그것을 증명해 보였다. 밀그램은 근본적으로 선량한 사람들도 경우에 따라 악하게 행동할 수 있다는 대표적인 예로 제3제국 시절 독일인들이 보인 행동을 꼽았다. 그는 권위와 복종에 대한 실험을 통해 평범한 사람들이 어떻게 괴물이 되는지를 보여준다. 그는 '징벌에 대한 학습효과'라는 주제로 피실험자를 모집하여 문제에 대한 답이 틀리면 전압을 올려 학생들을 징벌하게 했다. 교수의 권위에 굴복한 피실험자들은 자신의 행동이 좋은 학습결과를 가져온다고 여기며 학생들을 잔인하게 고문했다. 밀그램의 실험결과는 놀라운 것이었다. 그것은 악의 평범성을 이해하게 해주는 실험이었다. 그 때문에 평범한 인간인 하나의 아픔이 바로 시대적인 고민으로 우리에게 다가온다.

진정한 과거극복의 어려움

소설에서 수치와 분노의 감정은 개인의 차원을 넘어 사회와 세대의 차원으로 확대된다. 전쟁에서 끔찍한 범죄를 저지른 여인과 전후의 철부지 소년과의 사랑은 알레고리적인 의미를 담고 있다. 즉 이것은 전쟁 세대와 전후 세대 사이의 화해할 수 없는 갈등과 간극을 말해주고 있는 것이다. 화자는 과거 극복을 위해 이 책을 썼다고 말하지만 하나와의 과거를 털어놓음으로써 자신의 과거를 극복했다고 할 수 있는가? 그 대답은 부정적이다. 독일의 과거 전체가 부정적인 과거로 존재하듯 자신의 과거 역시 개인적인 짐으로 언제까지나 남아 있을 수밖에 없기 때문이다.

이 소설에서 서술자는 자율적인 사고능력이 결여된 하나의 상태를 문맹과 결부시킨다. 하나는 문맹 때문에 지멘스 회사를 관두고 나치에 가담하여 죄를 저지르고, 문맹을 숨기기 위해 재판과정에서 죄를 뒤집어쓴다. 따라서 그녀의 문맹은 피해자라는 인상을 주어 동정을 일으키게 하기도 한다. 하지만 여기서 하나 슈미츠의 문맹이란 알레고리적 개념으로, 하나 아렌트가 말한 '무사유'의 상태를 의미한다고 볼 수 있다. 칸트는 그러한 미성년 상태의 원인이 지성의 결여에 있는 것이 아니라 '타인의 지도 없이 스스로의 지성을 사용하려는 용기가 없는' 데 있다고 본다. 따라서 하나 슈미츠는 읽고 쓰기를 배우겠다는 용기를 발휘함으로써 미성년에서 성년으로 가는 첫걸음을 내디딘다. 글을 익힌 하나는 나치 범죄에 대한 책을 읽으면서 자신의 죄를 인식하고 반성하게 된다. 석방 전날 자살을 하는 것도 속죄의 의미를 담고 있다고 할 수 있다. 그녀의 죽음으로 진정한 과거 극복은 전후 세대의 몫으로 남겨진다. 이 글쓰기는 부모 세대의 과거와의 화해의 시도이다.

그런데 이 소설에서는 문맹의 문제와 관련해 다음과 같은 의문점이 제기된다. 하나 슈미츠가 문맹이기 때문에 무죄인가? 그리고 교양을 갖기만 하면 도덕적이라 할 수 있는가? 하나 슈미츠는 읽기를 배우면서 자신의 죄를 파악하고 정화된 상태가 되는가? 슐링크는 〈프랑크푸르터 알게마이너 차이퉁〉지와 가진 인터뷰에서 이런 해석을 잘못된 것이라고 일축한다. 작가는 하나의 문맹을 무사유의 상태로 파악해 그것에 대한 공감과 동정을 원치 않는 것이다.

이 작품은 문장이 짧고 등장인물도 소수이며, 사건이 물 흐르듯이 진행된다. 작품의 화자는 하나에 대해 담담한 태도를 취한다. 그녀를 비난하지도 동정하지도 않으면서 일정한 거리를 취한다. 그리고 화자의 생각과 섬세한 관찰을 담아내기 위해 일인칭 시점을 사용한다. 재판에서 사용되는 추리와 추론, 그리고 법적 사고가 소설에서 정확하고 간결한 글쓰기로 드러난다. 이런 글쓰기는 독자로 하여금 쉽게 소설의 매력에 빠지도록 하는 힘이다.

법대 교수와 판사를 역임한 슐링크는 인종학살의 트라우마 후에 필연적으로 일어나는 복잡한 윤리적 의문들과 맞붙는다. 그러나 슐링크는 그 희생자들보다는 나치의 유산을 물려받은 이들에게로 초점을 옮긴다. 『책 읽어주는 남자』는 독자들에게 전후 세대들이 어디까지 부모 세대의 죄에 책임을 져야 하는지, 그러한 끔찍한 과거가 과연 해소될 수 있는지 돌아보게 한다. 나치를 악마처럼 묘사하는 것이 과연 그들의 행위를 비판하는 수단이 될 수 있을까? 아니면 그들과 우리 사이를 거짓 구별하기 위한 이기적인 도구인가? 우리의 일상에도 악마가 스며 있어 우리를 따라다니며 옥죄는 것은 아닌지 돌아볼 일이다.